Eine Reihe mysteriöser Vermisstenfälle hält London in Atem. Junge Mädchen, die von zu Hause ausgebrochen sind, verschwinden von einem Tag auf den anderen spurlos. Das Gerücht geht um, ein geheimnisvoller Mann habe seine Finger im Spiel. Schon bald wird die erste Leiche gefunden, hindrapiert wie eine Puppe. Marnie Rome von der Kriminalpolizei London wird zum Tatort gerufen. Marnie, die brillante Ermittlerin, die aus eigener Erfahrung weiß, was es heißt, Opfer zu sein. Und die sofort spürt, dass man sich auf die Fürsorge dieses Mannes nicht verlassen kann …

Sarah Hilary lebt mit ihrem Mann und ihrer Tochter in Bristol. Sie arbeitet bei einem bekannten Reiseführerverlag, war jedoch auch schon als Buchhändlerin und bei der Royal Navy tätig. »Herzenskalt«, der erste Teil der Reihe um die unerschrockene Ermittlerin Marnie Rome, wurde in England als bester Krimi des Jahres ausgezeichnet.

SARAH HILARY

PUPPEN-HEIM

THRILLER

Aus dem Englischen
von Beate Brammertz

btb

Die englische Originalausgabe erschien 2016 unter dem Titel
Tastes Like Fear bei Headline Publishing Group, London.

Dieses Buch ist auch als E-Book erhältlich.

MIX
Papier aus verantwortungsvollen Quellen
FSC® C014496

Verlagsgruppe Random House FSC® N001967

1. Auflage
Deutsche Erstveröffentlichung April 2020

Umschlaggestaltung: semper smile, München
Umschlagmotiv: © Shutterstock/Ensuper; 7th Sun
Satz: Uhl + Massopust, Aalen
Druck und Einband: GGP Media GmbH, Pößneck
mb · Herstellung: sc
Printed in Germany
ISBN 978-3-442-71885-6

www.btb-verlag.de
www.facebook.com/btbverlag

Für Francis,
einen der Mutigen.

Zwei Jahre zuvor

Regen hatte sämtliche Türme Londons glanzlos gemacht, die Wolkenkratzer geschrumpft, die Hochhäuser in Pfützen voller Dreck begraben. Selbst die Schornsteine der Battersea Power Station waren gedrungen, ihre langen Schatten flirrten im Wasser. Nicht nur Tage, sondern Wochen des Regens. Herabprasselnde Sintfluten, Gestank aufwühlend, die einem den Boden unter den Füßen verschoben, dich nicht vergessen ließen, dass diese Stadt auf Grabhöhlen gebaut war.

Der Regen fand seinen Weg in alles, sickerte durch Mauerwerk, brachte das Glas von zerbrochenen Fensterscheiben zum Erzittern, füllte die leere Dose, die Christie zur Hauptverkehrszeit aufgestellt hatte. Mit dem Finger fuhr sie am schartigen Rand entlang, brachte sich eine blutige Wunde bei – der Beweis, dass sie immer noch da war. Eine Dose Guinness, der Deckel mit einem stumpfen Messer abgetrennt, Steine als Gewicht am Boden. Mit Münzen hätte es genauso funktioniert, aber seit Tagen hatte niemand Kleingeld hineingeworfen. Sie saugte an ihrem Finger, schmeckte Fleisch und Kupfer. Wund im Innern, eine schmerzhafte Leere, aber *Ich bin immer noch da*, dachte sie. Sie wünschte, sie hätte einen besseren Beweis als ihren blutigen Finger.

Die Welt war eine Wand aus Regenschirmen. Sie kannte die Pendler auf diesem Weg, hatte sie in ihren Sommerkleidern und Hemdsärmeln schwitzen gesehen. Jetzt mit finster dreinblickenden Gesichtern, die Köpfe gesenkt, hochgezogene Schultern. Wütend auf sie, weil sie auf ihrem Gehweg Platz für sich beanspruchte, ihre schmutzigen Füße in die halb geschlossene Tür ihres Gewissens schob. Der Regen war eine Ausrede, um sie noch mehr zu hassen, als sie es ohnehin schon taten.

Als sie neu dabei gewesen war – vor wie langer Zeit? Monaten? –, hatte sie die Menschenmenge nach freundlichen Gesichtern abgesucht. Doch sie hatte schnell gelernt, dass es nicht Freundlichkeit war, die Münzen gab. Leute schleuderten ihr Kleingeld zu, wie sie es in Parkautomaten warfen. Um vorbeizukommen, weg. Bald würden sie nicht mehr so tun müssen, als bemerkten sie sie nicht. Sie wäre dann durchsichtig. Der Regen wusch sie aus.

»Entschuldigung!«, sagte eine Frau, im Klartext Christies Füße meinend, die anscheinend im Weg waren, obwohl sie es nicht waren. Sie hatte sich so klein gemacht, kein Teil von ihr war irgendjemandem im Weg. »Herrgott noch mal, such dir ein Dach über dem Kopf.« Dünn und wutentbrannt, die Faust, erbarmungslos mit Ringen bestückt, um einen gelben Regenschirm gekrallt.

Christie hatte sich in einen Hauseingang gedrängt, in dem es fast trocken war, aber der Regen fand sie dennoch. Kroch durch alte Ziegel, erst ein Rinnsal und dann ein Strom. Sie spürte, wie seine Finger ihren Nacken kitzelten.

»Es gibt *Orte*, weißt du?«

Davon wusste sie nichts. Sie wünschte, sie wüsste es. Sie hatte Angst vor Regen, wie er alles zerstörte, ihre Kleidung, ihren Schlafsack – alles, was sie besaß. Vor Regen hatte sie sogar noch mehr Angst als vor Feuer.

Als das alles noch neu für sie gewesen war, kam manchmal ein junges Pärchen mit Broschüren vorbei. Sie blieben stehen und gingen in die Hocke, mit Gesichtern, die schwer arbeiteten. Über *Unseren Herrn* redeten und was kommen würde und »Bist du bereit?«. Christie hätte das von alten Leuten erwartet, obwohl die meisten von ihnen den Kopf schüttelten, als hätte es zu ihren Zeiten keine Bettler gegeben. Nur einmal hatte jemand über sechzig sie genauer in Augenschein genommen.

Das junge Pärchen hatte Broschüren mit Fotos von grinsenden Menschen dabei. Das Papier färbte ab, sodass ihre Hände noch schmutziger wurden. Als sie die beiden um Geld bat, wurden sie wütend. Sie gaben vor, es nicht zu sein – »Wir sind auf deiner Seite« –, aber sie sah es unter der Oberfläche ihrer Haut, wie Schlangen, die ihre Beute verschluckt hatten.

Schlimmer als die Schlangen war der kleine Mann, der immer kam und sich neben sie setzte. Er sprach nie ein Wort, hockte einfach da und ließ Kleingeld in ihre Dose fallen, einen Penny nach dem anderen, damit sie nicht aufstehen und weggehen oder ihm sagen konnte, dass er sich verpissen sollte, obwohl er ihr unheimlich war. Er roch komisch. Nicht armkomisch. Reich-komisch. Reich zu sein helfe nicht, erklärte das junge Pärchen, es ginge nur darum, für das bereit zu sein, was kommen würde. Den Tod oder Jesus, das wusste sie nicht, aber da war ein Moment gewesen, als sie geglaubt hatte, sie könnte es tun – heucheln, religiös zu sein, damit die zwei sie vor dem hier retteten. Ein Niemand zu sein, ein Nichts, unsichtbar.

Als der Regen einsetzte, kamen sie nicht mehr.

Niemand kam mehr, abgesehen von dem kleinen Mann. In einem Plastikumhang, von dem nasse Tropfen in ihren Hauseingang rannen. Und der Kleingeld in ihre Dose warf. Sie wusste, dass sie es sich nicht leisten konnte, wählerisch zu sein, aber wenn er verschwunden war, stopfte sie die Hand hinein, schaufelte seine Münzen heraus und schleuderte sie weg, bevor sie sich rostiges Blut von den Knöcheln leckte. Morgen würde er mit neuem Kleingeld kommen. Sie sollte umziehen, irgendwohin, wo er sie nicht finden konnte. Ihr ganzer Körper schmerzte, als würde er zusammengequetscht werden.

Wohin sollte sie gehen?

Wer sollte sie sein?

Für die Frau mit den Ringen könnte sie sich kleiner machen, für das religiöse Pärchen so tun, als glaube sie an Gott. Mit dem unheimlichen Typ im Umhang mitgehen und … sein, was auch immer er wollte, das sie war. Nur um dem Regen für einen Tag, eine Stunde zu entfliehen. Er wusch sie aus, jegliche Farben, alles. Sie war längst nicht mehr *sie selbst.* Innerlich leer, ausgehöhlt. Verloren.

Genau in dem Moment hatte *er* sie gefunden, genau *dort* …

Als sie kurz davorstand, sich selbst zu verlieren.

Er war nicht wie der kleine Mann. Er war groß und blond und roch nach dem Regen, der die Schultern seines Hemds dunkel färbte. Er hatte keine Broschüren, keine Fragen. Er war nicht wütend auf sie.

Seine Hände waren leer und offen, wie sein Gesicht.

Als er vor ihren Hauseingang trat, sperrte er die Regenschirme und das Zischen und Fauchen der Reifen auf der Straße aus. Seine Schultern hielten den Regen von ihr ab.

Starke Finger, nass wie ihre, doch seine Handflächen waren trocken und warm.

Sicherheit, er war Sicherheit.

Es gibt Orte, *weißt du.*

Sie hatte nicht daran geglaubt, bis zu diesem Moment.

1

Gegenwart

Noah Jake war spät dran. Er schnappte sich einen Bagel und verließ das Haus, das Frühstück zwischen die Zähne geklemmt, die Hände frei, um nach seiner Oyster Card und den Schlüsseln und seinem Handy zu suchen, das genau in diesem Moment die Titelmelodie von *Die Füchse* spielte …

»Jake.« Bagel rausnehmen, noch ein Versuch. »DS Jake.«

»Verdammt, Mann.« Ron Carling lachte. »Du hörst dich an, als wäre es Telefonsex. Wobei störe ich gerade?«

»Frühstück. Was ist los?«

»Bei dir wohl nicht viel, so wie du klingst. Lange Nacht?«

»Die langen Nächte sind nicht das Problem. Es ist das frühe Aufstehen, das mich umbringt.« Die Oyster Card blieb unauffindbar. Ihn beschlich das ungute Gefühl, dass sein kleiner Bruder Sol sie ihm geklaut hatte. »Bin auf dem Weg.«

»Die Chefin braucht dich in Battersea.«

»Wo genau?«

Ron lieferte eine Adresse, die Noah kannte. »Wann?«

»Vor zehn Minuten. Schnall lieber deine Disco-Rollschuhe an.«

Vierzig Minuten später, der Verkehr auf der York Road wurde von Unfallschildern der Polizei umgeleitet. Ein chaotisches Durcheinander aus Autos fraß sich durch die Straßen zu beiden Seiten der Battersea Power Station. Noah marschierte im breiten Schatten des Bauwerks, die Neigung ihrer Schornsteine wie verfärbte Finger, die zum blauen Himmel zeigten. Schon seit Jahren stillgelegt, diente das Kohlekraftwerk gelegentlich als Filmkulisse oder für Ausstellungen, meistens stand es jedoch leer. Dan hatte hier gearbeitet, als es eine Kunsthalle gewesen war, und erklärt, es ließe die Tate wie das Kuriositätenkabinett einer altjüngferlichen Tante aussehen. Jetzt wurde dem Kraftwerk eine neue Gestalt verpasst, ein Schornstein fehlte bereits, ließ es wackeln wie ein umgedrehter Tisch. Penthouses wurden für sechs Millionen zum Verkauf angeboten, und es kursierten Gerüchte über exklusive Clubs und Restaurants. Noah würde das alte Kraftwerk vermissen. Sunset Boulevard mit einem krassen Gesichtslifting, immer noch verstohlen sechzig Zigaretten am Tag rauchend …

Er hörte das Absperrband, bevor er es sah, laut hin und her flatternd.

Schwarzer Geruch von Brandflecken am Unfallort. Ein SUV war in einen Audi gefahren, der Aufprall hatte beide Wagen ineinander verkeilt gegen eine Betonmauer geschleudert, wo sie noch dazu einen Laternenpfahl mitgerissen hatten.

DI Marnie Rome stand bei einem Verkehrspolizisten, die roten Haare aus dem Gesicht gebunden, ihr eleganter Anzug derselbe Farbton wie der metallisch graublaue Audi, der gerade weggeräumt wurde. Der SUV war bereits fort, nur die Schramme von der Karosserie in der Wand. »DS Jake. Guten Morgen.«

»Tut mir leid, ich bin zu spät.«

»Jeder ist zu spät«, sagte der Verkehrspolizist, »wegen dem hier.«

»Wie schlimm ist es?«, erkundigte Noah sich bei Marnie. »Ron sagte, keine Toten.«

»Noch nicht. Vier im Krankenhaus, zwei in kritischem Zustand. Unser Augenzeuge behauptet, ein Mädchen wäre auf die Straße spaziert.«

Keine Erwähnung eines Mädchens im ersten Online-Lagebericht. »Sie ist eine von denen im kritischen Zustand?«

»Sie ist davonspaziert. Nicht der kleinste Kratzer, zumindest nicht von diesem Unfall. Der Fahrer des Audis hatte Glück. Seine Frau nicht. Ebenso wenig wie der Beifahrer im SUV.«

»Wer sind die beiden in Lebensgefahr?«

»Ruth Eaton vom Audi. Logan Marsh vom SUV. Er ist achtzehn. Sein Dad hatte ihn von einem Freund nach Hause gefahren. Kopfverletzungen. Sieht nicht gut aus.«

»Aber das Mädchen hat keinen Kratzer abbekommen? Wo ist sie?«

»Ich wünschte, das wüsste ich.«

»Als du sagtest, sie wäre davonspaziert ...«

»War das wortwörtlich gemeint. Wir müssen sie finden. Laut der Beschreibung liegt eine Kindeswohlgefährdung vor. Halb nackt, mit Schrammen übersät. Schockzustand.« Marnie betrachtete die Spuren der Verwüstung, die vom Unfall stammten. »Der Audi-Fahrer ist unser einziger Augenzeuge. Joe Eaton. Er ist mit seiner Frau im St Thomas.«

»Wie alt war das Mädchen?«

»Sechzehn, siebzehn?« Sie nahm Noahs nächste Frage vorweg. »Rote Haare, nicht blond. Es hört sich nicht nach May Beswick an.«

Seit zwölf Wochen suchten sie nun schon nach May. Noah hatte gehofft ...

»Dieses Mädchen ist mager«, sagte Marnie, »und halb nackt. Niemand in der Vermisstendatei passt auf ihre Beschreibung.«

»Die Beschreibung ist etwas dürftig.« Zwölf Wochen waren lang genug, damit May hätte abmagern und sich die Haare rot färben können. »Ist ihm nichts weiter an ihr aufgefallen?«

»Er war damit beschäftigt, sie nicht zu überfahren.«

»Ich habe einmal einen Beinaheunfall erlebt. Ein Kind ist auf die Straße gerannt, einem Ball hinterher. Ich konnte bremsen, gerade noch. Er hat sich seinen Ball geschnappt, dann war er weg.« Noah schnippte mit den Fingern. »Ich habe ihn nur eine Sekunde gesehen, aber ich sehe immer noch die Sommersprossen auf seiner Nase, den Schorf an seinen Knien. Wie ein Foto. Das war vor zwei Jahren.«

»Flashbacks …« Marnies Augen verdunkelten sich zu einem Tintenblau. »Vielleicht erinnert sich Mr Eaton an mehr, als er denkt. Finden wir das heraus.«

2

Im St Thomas roch es wie immer, eine hauchdünne Schicht Sauberkeit mit dem sauren Nachhall von Körperausdünstungen. Aus reiner Gewohnheit atmete Noah durch die Nase ein. Er und Marnie gingen einen Korridor hinab, in dem Rollwagen schwarze Streifen an den Wänden hinterlassen hatten und die Böden wie im Fieberwahn schimmerten, zu dem Zimmer, in dem Joe Eaton auf Neuigkeiten von seiner Frau wartete.

Eaton war Mitte dreißig, wäre aber auch als achtundzwanzig durchgegangen. Dunkle Haare. Graue Augen, das linke von einer subkonjunktivalen Blutung getrübt, die das Weiß rot gefärbt hatte. Schicker Anzug, verunstaltet von einer Halsmanschette wegen des Schleudertraumas. Knapp über einen Meter achtzig groß. Nackte Angst im Gesicht, als er Marnie und Noah erblickte.

»Mr Eaton, ich bin Detective Inspector Rome, das ist Detective Sergeant Jake. Wie geht es Ihnen?«

»Gut.« Er straffte die Schultern. »Mir geht's gut. Ruth ist im OP. Sie glauben, es ist eine Milzruptur.«

»Es tut mir leid«, sagte Marnie, »aber wir müssen Ihnen ein paar Fragen stellen.«

»Wie geht es Logan? Ich habe in der Nacht mit seinem Dad gesprochen.« Joe schlug sich die Hand auf den Mund. »Es hat schlimm geklungen, schlimmer als bei Ruth. Und er ist doch noch ein Kind.«

»Wir haben noch nicht mit Mr Marsh geredet. Sollen wir uns hinsetzen?« Marnie zog einen Stuhl heran und drehte ihren schlanken Körper so, dass sie den Mann direkt ansah.

Joe nickte, folgte ihrem Beispiel. Noah konnte seinen Stress riechen: abgestandener Schweiß unter CK One, grünes Handreinigungsgel aus einem der Krankenhausspender.

»Ich hatte gehofft, Sie könnten uns etwas über die junge Frau erzählen, die sie gestern Abend gesehen haben.«

»Sie ist einfach auf die Straße gelaufen. Ich hatte keine andere Wahl, als auszuweichen. Sonst hätte ich sie überfahren.« Er strich sich mit der Hand durchs Haar. Verzog das Gesicht. »Hat sie Ihnen gesagt, warum sie auf die Straße gelaufen ist?«

»Von ihr fehlt jede Spur«, sagte Marnie. »Wir suchen nach ihr.«

»Sie meinen, sie ist abgehauen? Nach dem Unfall?« Er wirkte erschrocken, eher verängstigt als wütend. »Sie hat *das* getan und ist dann weggelaufen?«

»Wir sind auf der Suche. Sie glaubten, sie sei verletzt?«

»Sie war mit Kratzern übersät. Aber ihr geht's wohl gut, muss es ja, ansonsten hätte sie nicht abhauen können.«

»Wir würden gern noch einmal Ihre Aussage von gestern Abend durchgehen. Für den Fall, dass wir irgendetwas übersehen haben.«

»*Ich* habe keinen einzigen Kratzer, das ist, was ich nicht verstehe. Nur dieses Teil durch das Schleudertrauma.« Joe berührte die Halskrause, dann streckte er die Hände aus und starrte sie an. »Selbst Logans Dad … Wir konnten ohne Hilfe aussteigen, beide. Aber ich bin der Einzige, der nicht den kleinsten Kratzer abbekommen hat, und ich bin für den ganzen Scheiß verantwortlich.«

Marnie und Noah warteten schweigend.

»Sie ist direkt vor uns auf die Straße gelaufen. Hätte ich sie angefahren, wäre sie tot. Ich bin allerhöchstens dreißig gefahren, aber das reicht, um jemanden umzubringen. Ich *musste* ausweichen.«

»Aus welcher Richtung ist sie gekommen?«, fragte Marnie.

»Von links. Ich schätze, das ist … Westen?«

»Und sie ist nach Osten gegangen?«

»Da ist eine Wohnsiedlung auf dieser Seite der York Road, vielleicht wohnt sie dort? Die haben einen Alkoholtest durchgeführt, ich bin nicht über dem erlaubten Spiegel gewesen. Ich hatte ein Glas Wein mit Ruth, aber wir haben Spaghetti gegessen. Ich war bis oben hin voll mit Kohlenhydraten, und ich hatte zwei Kaffee. Wir haben *Kinder*. Sie sind bei Ruths Schwester, zu klein, um zu verstehen, was mit ihrer Mum los ist.«

»Wie alt sind sie?«, fragte Noah.

»Sorcha ist zwei. Liam zehn Monate. Carrie kümmert sich toll um sie. Sie lieben ihre Tante.« Joe wischte sich über die Augen, legte dann die Hände um den Tischrand. »Okay. Das Mädchen gestern Abend? Sie hat wie siebzehn ausgesehen, vielleicht ein bisschen jünger. Schwer zu sagen, weil sie nicht richtig angezogen war, nur dieses Männerhemd anhatte, viel zu groß für sie, weiß. Und ihre Haut war unglaublich blass, abgesehen von den Kratzern. Sie hat sich wie ein Aufziehspielzeug bewegt. Nicht schnell, aber als würde … als *könnte* sie nicht stehen bleiben. Ihr Gesicht war … unheimlich.« Er blinzelte. »Sie wäre nicht stehen geblieben.«

»Hat sie nach Hilfe gerufen?«

»Nein, aber ihr Gesicht … Es war, als würde sie schreien.« Er verzog das Gesicht, schüttelte den Kopf, als wollte er das Bild vertreiben, das er heraufbeschworen hatte.

»Mr Eaton.« Marnie reichte ihm eine Fotografie. »Ist das hier das Mädchen, das Sie gesehen haben?«

»Ist das nicht... May Beswick?« Er hielt das Foto an den Ecken hoch. »Die verschwundene Schülerin?«

»May Beswick. Ja.«

Noah hielt den Atem an, während Joe das Gesicht von May betrachtete, aber...

»Das ist sie nicht gewesen.« Joe gab das Foto zurück. »Tut mir leid.«

»Sind Sie sicher? Sie könnte an Gewicht verloren haben, seit das Foto geschossen worden ist. Sich die Haare gefärbt, ihr Aussehen verändert haben. Wie groß war das Mädchen, das Sie gesehen haben?«

»Kleiner als Ruth. Eins fünfzig? Sicher nicht viel größer. Ein Kind halt, ein Teenager. Vielleicht sogar eher fünfzehn. Und echt mager. Knochige Knie. Rote Haare.« Ein Blick zu Marnie. »Nicht wie Ihre. Rot rot, wie Farbe.« Stirnrunzelnd zwang er seine Augen zurück zum Foto. »Es *ist* gefärbt gewesen.«

»Lange Haare oder kurze?«

»Schulterlang. Aber völlig durcheinander, als hätte sie es irgendwie toupiert. Total wirr und wild.«

May Beswick war einen Meter fünfundfünfzig, nicht mager, aber auch nicht dick. Auf dem Foto waren ihre blonden Haare hüftlang, ordentlich gekämmt. Sie trug einen grünen Pullover über einer weißen Bluse, und sie lächelte, wobei die Oberlippe die Schneidezähne nicht berührte, mit warmen braunen Augen, die sich in den Augenwinkeln leicht kräuselten. Noah musste sich das Foto nicht ansehen, um sich sämtliche Details ins Gedächtnis zu rufen. Er sah ihr Gesicht seit zwölf Wochen im Schlaf.

»Was hat sie sonst noch getragen«, fragte Marnie, »abgesehen von dem Hemd?«

»Nichts. Eine Unterhose, nehme ich an.« Joe errötete. »Keine Hose, keine Schuhe. Keinen BH. Vielleicht ist sie doch siebzehn gewesen. Keine Ahnung. Sie hätte einen BH tragen müssen.«

Irgendwo wurde eine Tür aufgerissen. Joes Kopf wirbelte in Richtung des Geräuschs. Seine Hände waren auf dem Tisch geballt, sein Hals rot in der Manschette.

»Erzählen Sie uns von den Kratzern«, sagte Marnie.

»Die waren über… überall. An ihren Beinen, ihrem Bauch, ihrer Brust.« Er verzog das Gesicht. »Einfach überall.«

Auf der Fotografie war Mays Gesicht glatt, genau wie ihre Haare. Runde Wangen, eine breite Stirn, keine Akne. Keine einzige Schramme, vor zwölf Wochen.

»War ihr Gesicht zerkratzt?«

»Ihr Gesicht nicht. Aber alles andere.«

»Waren die Kratzer frisch?«, fragte Noah.

»Ich glaube nicht. Schwer zu sagen im Licht der Scheinwerfer, und ich habe sie bloß eine Sekunde gesehen. Sie wirkten schwarz, nicht rot, nicht wie frisches Blut.« Er atmete tief ein. Hielt die Luft in seiner Brust. Stieß sie wieder aus. »Ruth hat sie besser gesehen als ich. Das Mädchen ist von links gekommen, ihrer Wagenseite. Falls…« Er presste sich die Hände auf die Augen. »*Sobald* sie aufwacht, wird sie Ihnen eine bessere Beschreibung geben können. Ruth fällt immer Zeugs auf. Darin ist sie echt genial.«

Er presste die Hände fester zusammen, die Knöchel bleich unter dem Druck. »Ich kann ihr Gesicht nicht vergessen. Vielleicht *war* es May Beswick, keine Ahnung. Sie hat ihr nicht ähnlich gesehen, aber sie sieht *anders* aus. Was auch immer ihr widerfahren ist… sie wirkte… *panisch vor Angst.*«

Er ließ die Hände in den Schoß sinken und blickte zu Marnie und Noah auf. »Sie hat keinen Laut von sich gegeben, nichts, aber ihr ganzes Gesicht hat *geschrien.*«

3

Aimee

Vor drei Monaten habe ich gedacht, ich wäre sicher. Hätte ein Zuhause, im Trocknen, weg von der Straße. Und nicht nur ich. Alle von uns haben dasselbe gedacht, dass wir auf den Füßen gelandet sind. Wie Katzen. Er hat uns alle bei sich aufgenommen.

Er hat die neue Wohnung unser Zuhause genannt, aber nicht so, wie man es glauben mag. »Es ist völlig offen«, hat er gesagt.

Ein offener Grundriss, hatte der Makler gesagt, aber Harm meinte es anders, die Sorte Ort, wo man übersehen wird, wo man verschwindet, selbst wenn man es überhaupt nicht vorhat. London ist voller solcher Orte. Tote Winkel, blinde Flecken. Leere Hauseingänge, Lücken zwischen Gebäuden. Orte, bei denen niemand auf den Gedanken kommt hinzuschauen, weil sie nicht *hinsehen*, nicht richtig. Vielleicht haben sie es früher getan, aber sie haben es sich abgewöhnt. Selbst wenn man genau dort sitzt, wo sie jeden Morgen entlangkommen, wenn deine Hand ausgestreckt ist und du sie um etwas Hilfe bittest, selbst wenn man einen verdammten *Hund* dabeihat. Etwas kann direkt vor deiner Nase sein, sagte Harm, und du siehst es trotzdem nicht. Einige Dinge sind einfach … unsichtbar.

Grace wollte nicht unsichtbar sein. Sie hatte angefangen, ihm Paroli zu bieten. Hat sich nicht an die Spielregeln gehalten, und ich wollte nur, dass sie die Klappe hält. War ständig unter Strom, weshalb sie gezappelt hat, weshalb diese verrückten roten Haare abgestanden haben, als hätte sie mit einem Luftballon darüber gerubbelt. Sie konnte nicht still sitzen, und sie konnte nicht ruhig sein, und ich dachte, irgendwas stimmt nicht mit ihr. Irgendwas stimmt mit uns allen nicht, danach hat er uns auch ausgewählt. Die Lauten wie Grace und solche wie mich, die einfach verschwinden – wie ein Feuerwerk verbrennen, bis nichts mehr übrig ist.

Bei Harm wären wir in Sicherheit, hat er gesagt. Wir müssten nur auf ihn hören, zulassen, dass er uns hilft. Grace hätte die Klappe halten müssen. Zumindest hatte sie ein Dach über dem Kopf.

Ein neues Dach. Das Haus, in dem er uns untergebracht hatte, wurde allmählich zu klein, wirkte zu sehr wie ein besetztes Gebäude. Wir platzten aus allen Nähten, machten Dreck. Diese neue Wohnung war viel besser. »Großes Potential«, sagte Harm.

Dem Makler gefiel das. »Manche sehen nur ungenutzten Raum, aber ich spüre, Sie sind einer von der cleveren Sorte.«

Harm nickte und drehte ihm den Rücken zu. Er hielt den Mann für einen Arschkriecher, das konnte ich in seinem Gesicht ablesen. Harm hasste Arschkriecher; es war eines der ersten Dinge, die ich über ihn erfahren hatte.

Unser neuer Unterschlupf war eine Wohnung, aber auf zwei Etagen. Maisonette, sagte der Makler, *Loft-Feeling*. Ein Raum höher als die anderen, eine Treppe rauf. Mein Zimmer. Unfertig, als wir es dieses erste Mal gesehen haben. Unverputzte Wände mit faustgroßen Löchern für die Stromkabel, und der Makler ließ den ganzen Scheiß vom Stapel über indirekte Beleuchtung und Fußbodenheizung, aber man konnte das Geld sehen, das sie in diese Wohnung stecken müssten, nur damit überhaupt jemand darin leben könnte. Kein Wunder, dass es ihnen ausgegangen ist. Es hat aber schön ausgesehen, damals. Der Schwanzlutscher hat uns allein gelassen, damit wir die Aussicht bewundern können. Ganz London, ein funkelndes Lichtermeer unter uns. »Ich gebe Ihnen einen Moment«, sagte er.

Harm drehte ihm den Rücken zu.

Man muss wissen, genau dann ist er gefährlich – wenn er einem den Rücken zukehrt. Das bedeutet, dass er es nicht mehr aushält, dich anzusehen. Du hast ihn angewidert, ihn wütend gemacht. So angewidert und wütend, dass er dich nicht anschauen kann. Er will, dass du aufhörst zu reden, aufhörst ihn anzusehen, aufhörst *zu existieren*. Wir alle wussten das, selbst Grace, aber der Makler nicht. Er hat zu der Sorte Mensch gehört, die einfach ausgewichen ist, als ich bettelnd auf der Straße gesessen habe, weshalb ich auch wollte, dass er aufhört zu reden und aufhört zu *existieren*, genau wie Harm.

Schlussendlich hat Harm dem Mann die Hand geschüttelt, woraufhin seine Augen aufgeleuchtet haben, einen Verkauf witternd. Das war damals, bevor ihnen das Geld ausgegangen ist, als sie immer noch an indirekte Beleuchtung und Fußbodenheizung geglaubt haben. Damals, bevor Grace aufgehört hat, unter Strom zu stehen. Bevor er es ihr ausgetrieben hat.

Ich erinnere mich genau, wie er sich angefühlt hat, dieser erste Tag in der neuen Wohnung.

Die anderen sind Harm und Christie nach draußen gefolgt, aber ich bin geblieben, wollte mich sammeln, musste wissen, womit ich es zu tun habe.

Harm ist zurückgekommen. Ich habe ihn auf der Treppe

nicht gehört, aber ich habe Staub gesehen, der vom Boden aufwirbelte, als seine Füße darüber glitten, ohne den kleinsten Laut von sich zu geben.

Dann seine Hitze hinter mir …

Das feuchte Gewicht seines Schattens auf meinen Schultern, in meinem Nacken.

Er bestand darauf, dass meine Haare kurz geschnitten waren. Ich konnte das Brennen seiner Augen auf meiner Haut spüren.

Keine Berührung. Er berührte uns nie. Das hier war viel schlimmer.

Sein Blick war heißer als Finger oder eine Zunge.

Ich konnte ihn riechen, sein Lächeln.

Er war so schwer hinter mir.

»Das ist es«, flüsterte er. »Unser Zuhause.«

4

Wie Joe Eaton hatte auch Calum Marsh eine Halskrause und eine Schlinge für den rechten Arm, die den Druck von seinem stark geprellten Schlüsselbein nahm. Er saß am Fußende des Krankenhausbettes und versuchte, seinen linken Fuß in einen Lederschuh zu zwängen. Wer auch immer ihm die Schuhe ausgezogen hatte, hatte die Schnürsenkel nicht aufgeknotet, und er mühte sich verzweifelt ab, das Gesicht vor Konzentration verzerrt. Er trug eine Chinohose und ein halb zugeknöpftes Hemd, in aller Hast übergeworfen, um loslaufen und nach seinem Sohn sehen zu können. Seine gesamte Panik und sein Schmerz manifestierten sich dort in seinem Kampf mit dem Schuh.

»Mr Marsh, ich bin DI Rome, und das ist DS Jake.« Marnie ging in die Hocke und nahm den Schuh, befreite die Schnürsenkel aus dem Würgegriff des Knotens. »Wir sind hier, um herauszufinden, was vorgefallen ist.«

Calum spähte sie verwirrt an. »Haben Sie ihn gesehen? Logan?« Seine Füße und sein Gesicht zuckten vor Stress. »Ich bin *eingeschlafen*. Ist seine Mum hier?« Sein Blick glitt von Marnie weg, richtete sich auf Noah. »Geht es ihm gut? Was ist los?«

»Wir müssen noch etwas warten, bis wir mit dem Arzt sprechen können. Logan ist im OP.« Marnie blieb in der Hocke, den aufgeschnürten Schuh in Händen. »Ich habe jemanden gebeten, Sie zu informieren, sobald es Neuigkeiten gibt.«

»Ich kann nichts tun. Das haben sie im Krankenwagen gesagt. Und hier. Die Schwestern haben dasselbe gesagt.« Calum wischte sich die Hand am Laken ab und hinterließ einen rostroten Fleck, wo sein Schweiß eingetrocknetes Blut verflüssigt hatte. »*Nichts!*« Er war Anfang vierzig, gut gebaut, ergrauende Schläfen und Dreitagebart, Blut in den Fältchen unter den Augen. Sofern sein Hemd keine Verletzungen verbarg, die Noah nicht sehen konnte, stammte das Blut von seinem Sohn.

»Es müsste bald Neuigkeiten geben.« Marnie stellte den Schuh beiseite und richtete sich auf, bevor sie einen Schritt zurücktrat. Sie nickte Noah zu, der einen Stuhl ans Bett schob.

»Wir haben gerade mit Joe Eaton über den Tathergang gesprochen«, sagte er. »Wir versuchen, das Mädchen zu finden.«

»Das Mädchen.« Calums Gesicht war ausdruckslos. Er blinzelte, konzentrierte sich. »Welches Mädchen?«

»Das Mädchen, das auf die Straße gelaufen ist. Der Grund, weshalb Joe Eaton ausweichen musste.«

»Er ist direkt auf mich zugefahren.« Calum hob die Hand, Handfläche nach außen. »*Direkt* auf mich zu.« Seine Hand war breiter als die von Joe, an einigen Stellen vernarbt, und sie zitterte vor Schock wie der Rest von ihm.

»Joe behauptet, ein Mädchen wäre ihm vor den Wagen gelaufen.« Noah bemühte sich, den Mann nicht zu bedrängen. »Deshalb ist er ausgewichen. Um das Mädchen nicht zu überfahren.«

»Das hat er gesagt? Der andere Fahrer … Er hat gesagt, da wäre ein *Mädchen …*?«

»Sie haben sie nicht gesehen?«

»Kein Mädchen, nur das Auto, das auf uns zugerast ist, und … die Wand. Dann Logan, der gegen die Windschutzscheibe geknallt ist, mit diesem *Geräusch.*« Er malträtierte seinen verletzten Arm mit der linken Hand. »Sein Kopf hat dieses Geräusch gemacht, als würde etwas *platzen*. Er hat die Windschutzscheibe mit dem *Kopf* zertrümmert ...« Streckte blindlings die Hand aus. »Er darf nicht sterben. Nicht so. Nicht durch meine Schuld, es darf nicht meine Schuld sein, er ist doch noch ein Kind. *Mein* Kind!«

»Okay.« Noah nahm die Hand des Mannes, eiskalt und klebrig vom Blut seines Sohnes, der Nachhall des Schocks ließ seine Finger zur Faust ballen und wieder öffnen. »Mr Marsh? Calum. Es ist okay.«

Marnie verschwand und kehrte mit einer Krankenschwester zurück, die Logans Dad ins Bett bugsierte. Noah wartete, bis er lag, bevor er seine Hand aus der Umklammerung des Mannes löste.

»Tut mir leid«, sagte Calum immer und immer wieder, zur Krankenschwester, zu Noah. »Es tut mir leid.«

Marnie war im Flur, wartete.

»Er hat kein Mädchen gesehen«, sagte Noah. »Glaubst du, Joe Eaton hat sich geirrt?«

»Etwas war da, das Joe zum Ausweichen gezwungen hat. Er ist nicht betrunken gewesen, und es hat nicht geregnet. Die Verkehrsverhältnisse waren gut. Warum ein Mädchen erfinden? Insbesondere ein halb nacktes, mit Schrammen übersätes Mädchen?«

Sie holte ihr Handy heraus. »Wir müssen wissen, wer sonst noch auf der Straße unterwegs gewesen ist. DC Tanner sichtet die Überwachungskameras. Ob es sich nun um May Beswick handelt oder nicht, dieses Mädchen steckt in Schwierigkeiten.« Sie wählte eine Nummer, hielt das Handy ans Ohr. »Ed, ruf mich zurück, wenn du das hier abhörst. Ich brauche deine Meinung.«

Ed Belloc arbeitete für die Opferhilfe, einer ihrer besten. Er und Marnie waren seit sechs Monaten zusammen, vielleicht ein bisschen länger.

»Ob es sich nun um May Beswick handelt oder nicht«, wiederholte Noah. »Denkst du, es besteht die Chance, dass sie es ist?«

»Keine Ahnung. Ich würde es gern hoffen. Zumindest … Dieses Mädchen ist vor jemandem weggelaufen. Verletzt, allem Anschein nach. Sie ist nicht stehen geblieben, nachdem sie den Unfall verursacht hat. Ich frage mich, ob sie untergetaucht ist, in irgendeinem Versteck, wenn sie genug Glück hatte, eins zu finden. Ed wird welche in Battersea kennen und wissen, wie leicht es ist, einen sicheren Unterschlupf in diesem Teil der Stadt zu finden, wenn man verzweifelt ist.«

»Sie könnte verzweifelt sein, weil sie den Unfall verursacht hat. Falls Logan stirbt oder Ruth … könnte sie vor *uns* Angst haben.«

Hinter ihnen, durch die Wand, das gedämpfte Geräusch von Calum Marshs Kummer.

»Wir müssen sie finden«, sagte Marnie.

5

Aimee

Nägel kratzten an der Tür. »Essen ist fertig. Er will dich bei uns.«

Ich wollte nicht essen, also habe ich keine Antwort gegeben. Ashleigh kam ins Zimmer, mit der Schulter die Tür aufschiebend. Harm hatte einen Türschließer eingebaut; sie knallte zu, wenn man nicht achtgab. »Du kannst mit uns essen, sagt er.«

»Ich bin nicht hungrig.«

»Sei nicht blöd!« Sie blickte sich um. »Und reit mich nicht in die Scheiße. Mal wieder.« Ihre Augen waren gierig, glitten überall hin. Ich hatte zu viel Zeug bekommen.

Harm machte mir ständig Geschenke. Die Haarbürste war meine neueste Errungenschaft, echtes Silber, mit eingraviertem Feingehaltstempel. Ashleigh ging geradewegs auf sie zu, wo sie auf einem Frisiertisch lag, Glühbirnen um den Spiegel, als wäre ich der Star eines Softpornos. »Hübsch.« Ihre Stimme war ausdrucksleer. Sie hasste mich. Sie fasste die Bürste aber nicht an. Das hat sie nicht gewagt. Im Licht der Glühbirnen sah es aus, als hätte sie einen Ausschlag.

»Du musst kommen und mit uns essen.« Sie ging zu Tür. »Steh auf!«

Ich blieb noch ein bisschen auf dem Bett liegen, bevor ich

tat, was sie von mir verlangte. Sie hasste mich, aber sie hatte recht. Ich konnte sie nicht schon wieder in die Scheiße reiten, nicht so schnell nach dem letzten Mal.

Die anderen warteten unten um den Tisch. Keine Gracie, was bedeutete, dass sie mal wieder in Schwierigkeiten steckte, weggesperrt in ihr Zimmer. Ashleigh hatte angefangen, sie *Dis*gracie zu nennen. Es war lustig, außer dass es das nicht war. Sie hat mir schrecklich leidgetan. Auch wenn es mir nicht im Geringsten besser erging. Ich war schlimmer dran als alle anderen, kein Berg an silbernen Haarbürsten konnte das ändern.

In der Küche roch es heiß und braun, und bei dem Gedanken, was auch immer auf dem Herd köcheln mochte, hätte ich mich am liebsten übergeben. Dosen, immer aus Dosen. Lieber wäre ich verhungert, nur dass das natürlich Quatsch war. Ich hatte genügend Nächte auf der Straße verbracht, in denen ich fast verhungert wäre. Verhungern ist was für reiche Kids, die nie weiter als eine Armlänge von einem anständigen Essen entfernt sind. Ich würde diesen Fraß essen, was auch immer es war, und dankbar sein.

May lächelte mich an, saß mit durchgedrücktem Rücken auf dem Stuhl, die Haare fein säuberlich gekämmt, alles an ihr von der Schuluniform bedeckt. Die Strumpfhose juckte sie an den Beinen, genau wie mich. Keine von uns wagte es allerdings, sich zu kratzen, zumindest nicht am Tisch. Ashleigh nahm ihren Platz ein, legte eine Serviette auf ihren Schoß, verbarg jede Spur des Miststücks, das sie oben gewesen war.

Am Herd schöpfte Harm braunes Essen auf graue Teller. Er bewegte sich langsamer als üblich, als müsste er uns ins Gedächtnis rufen, wie das hier funktionierte – wer das Sagen hatte. Meine Finger zuckten, bis ich mich zwang, es zu lassen. Alles, was anders war, jede noch so kleine Veränderung, machte mich nervös.

Alles musste immer, *immer* gleich sein.

Das war, was er uns beigebracht, was er uns eingetrichtert hatte. Ich hasste es, wie bedächtig er sich bewegte. Die Kerzen saugten an seinem Schatten, zerrten ihn bis zum Tisch. Meine Finger krochen außer Reichweite.

Christie half Harm, zwei Teller in jeder Hand wie eine Kellnerin. Sie war groß und kräftig, echter als der Rest von uns. Blonde Haare, die ihr über den Rücken fielen, genau wie er es mochte. Ein Baumwollkleid, das ihr bis zum Knie reichte und stolz ihre Waden zur Schau stellte. Sie hatte prächtige Muskeln. Im Vergleich zu Harm war sie nichts. Sie spähte zu mir, nickte anerkennend. Mir war gestattet worden, nach unten zu kommen, und ich war der Anweisung ohne großes Theater gefolgt. Braves Mädchen. Braver Hund. Ich zog einen Stuhl heraus und setzte mich neben May, deren Hand sich unter dem Tisch verstohlen in meine schob. Ihre Hand war warm oder meine kalt. In meinem Zimmer wurde es nie warm, nicht richtig. Diese Fußbodenheizung war eine große Lüge, genauso wie alles andere.

Ashleigh kratzte mit den Füßen über den Boden, dann hielt sie inne und saß still da.

Wir drei in unseren weißen Blusen, schwarzen Röcken und Strumpfhosen, die Gesichter mit Seife und Wasser geschrubbt, die Haare hübsch säuberlich gekämmt. Wir sahen aus, als könnte uns kein Wässerchen trüben.

Christie brachte die Teller an den Tisch. Harm war ein guter Koch, sagte sie. Als bräuchte man einen Michelin-Stern, um den Dreck zu kochen, von dem wir uns ernährten, Essen, so voll von Konservierungsstoffen, dass es noch in hundert Jahren genießbar wäre. May hatte einmal versucht, Gemüse anzupflanzen, aber er hat es verboten. Alles musste lang haltbar sein. Schleimige Scheiben rekonstituierter Aubergine, als hätte sich die Zunge eines Stiefels an der Seite meines Tellers zersetzt.

Wir aßen schweigend, das einzige Geräusch das Kratzen von Gabeln auf Blechtellern. Wir tranken Wasser aus Blechtassen. Nichts auf unserem Tisch war zerbrechlich, außer es zählte die angespannte Stille von Teenagermädchen, Leibeigene eines gutaussehenden und großzügigen Mannes. Am liebsten hätte ich *wirklich* gekotzt.

»Wir sind, was wir sind«, sagte Christie immer.

Ich hatte mal einen Horrorfilm von Jim Mickle mit diesem Titel gesehen, aber das behielt ich für mich.

Wir sind, was wir sind.

Hätte man durchs Fenster geschaut, was hätte man dann gesehen? Einen Vater und seine blutjunge Ehefrau, die mit ihrer Familie aus geschniegelten Püppchen beisammensaßen, glatte Haare bis zur Hüfte, erblühende Titten unter sauberen Hemden. Und ich – das Kuckucksei am Tischende, flachbrüstig und mit kurz geschnittenen schwarzen Haaren, an die seine dicke silberne Bürste vergeudet war.

Es war alles eine Lüge. Christie war nicht seine Frau. Wir waren nicht seine Töchter, nicht einmal Schwestern. Natürlich hätte man auch nicht durch das Fenster schauen können. Zum einen gab es da Verdunklungsrollos.

Harm füllte meine Tasse mit Wasser auf, ein Hauch von Besorgnis auf seinem Gesicht. »Nicht dehydrieren!«

Ashleigh riskierte ein Augenrollen, das sie sogleich in ein Blinzeln verwandelte, bevor Harm sie dabei ertappte.

Das Wasser schmeckte nach Münzen, so wie meine Hände am Ende eines guten Tags Betteln auf der Straße gerochen hatten. »Vielen Dank.« Meine Stimme brach beim letzten Wort.

Ashleigh war die Erste, die ihren Teller aufgegessen hatte. »Das war fein.« Sie leckte sich über die Lippen und warf Harm ein weißes Lächeln über den Tisch zu, Augen so hell leuchtend wie ihre Zähne. Sie hatte etwas auf ihre Lider getan.

Fuck ...

Sie hatte sich Vaseline auf Lider und Mund geschmiert. Kein Make-up im Haus. Eine der goldenen Regeln. Die Vaseline verlieh ihrem Mund einen feuchten Schimmer. Sie sah nicht wie ein Schulmädchen aus. Sie sah erwachsen aus, nuttig. Du dumme, *dumme* Kuh ...

Harm hasste alles Erwachsene. Und *nuttig* sogar noch mehr. Wir sollten seine perfekten Puppen sein, geschlechtslos, keusch. Das *wusste* sie. Ashleigh wusste es. Sie saß zu weit nach vorn gebeugt da, mit den Händen am Saum ihres Hemds ziehend, sodass es vorne hauteng anlag. Er würde es bemerken. Schon seit Wochen versuchte sie, seine Aufmerksamkeit zu erregen. *Fuck.* Wie konnte er ihre Titten *nicht* bemerken, wenn sie so dasaß?

Christie schob ihren Stuhl zurück. »Ashleigh, du bist an der Reihe, den Tisch abzuräumen.«

Ashleigh erhob sich, die Hüften hin und her wiegend wie ein Slinky-Spielzeug, das eine Treppe hinabsteigt. Ich spürte den Schlag in Christies Blick, als hätte sie mir eigenhändig eine Ohrfeige verpasst.

Die Luft wurde stickig, ähnlich wie vor einem Sturm. Ich schmeckte das Aufflackern von statischer Elektrizität auf meiner Zunge. Neben mir war May erstarrt, abwartend, was er tun würde. Wir waren richtig angezogen, saßen dort, wo wir sitzen sollten, aßen sein Scheißessen, aber es war nicht genug. Nichts war jemals genug.

»Ashleigh.« Seine Stimme war sanft, als wäre sie mit Kreide

bestäubt, so wie ein Gewichtheber seine Hände mit Kreide einreibt. »Ashleigh.«

Sie drehte sich um, ihr Lächeln verflogen. Sie hatte versucht, sich die Vaseline von den Lippen zu lecken, aber sie war immer noch dort, in ihren Mundwinkeln, und winkte ihm zu.

»Komm her.«

Unter dem Tisch drückte May meine Finger.

Nicht nicht nicht …

»Komm her«, wiederholte Harm.

Ashleigh ging zum Tisch zurück, diesmal ohne das wiegende Hüftgewackel, ruckartig, als wäre sie angeleint. Er starrte ihr ins Gesicht. Er war so nah, sie musste seinen Atem gespürt haben. Er war der Einzige, der atmete, der Rest von uns wagte es nicht. Selbst Christie hielt die Luft an. Die Kerzen brannten schnurgerade zur Decke in der plötzlichen paralysierten Stille.

»Hast du dich am Mund verletzt?« Seine Stimme blieb kreideweich.

Ashleigh riss den Kopf von einer Seite zur anderen.

»Hast du dir die Augen verletzt?«

Sie schüttelte den Kopf.

»Sind sie trocken? Eingerissen?«

Und wieder.

»Warum hast du dann Vaseline im Gesicht?«

»Ich … nein. Ja. B…Bitte. Tut mir leid.« Sie betonte jedes einzelne Wort, in der Hoffnung, das richtige zu finden.

Harm hörte ihr nicht zu. Er streckte Christie die Hand hin, die ihre Papierserviette nahm und sie ihm über den Tisch hinweg reichte, was die Kerzen zum Züngeln und Flackern brachte.

Er spuckte auf die Serviette. Erhob sich zu seiner vollen Größe.

Der gesamte Raum neigte sich zur Seite und zerrte unsere Schatten zu ihm, als würde er uns alle verschlingen.

Ashleigh hatte sich nicht gerührt. Sie war jetzt sehr klein im Vergleich zu ihm, der bedrohlich vor ihr stand.

Er rieb mit der Serviette über ihren Mund. Spuckte noch einmal. Kratzte über ihre Augenlider. Als wollte er sie ausradieren. Sie ließ ihn gewähren. So vernünftig war sie zumindest. Sie krümmte sich leicht, um ihre Titten kleiner aussehen zu lassen. *Gut*. Spuckte. Und rieb.

Als Harm fertig war, warf er die zusammengeknüllte Serviette auf den Tisch.

Dann nahm er eine Kerze.

Meine Finger zuckten unter dem Tisch. May streichelte mit ihrem Daumen über meine Knöchel, versuchte alles, um mich zu beruhigen. Es hätte andersherum sein müssen, *ich*, die sich um sie kümmerte. Ich war die Einzige, die er nicht anfasste, die Einzige mit ein bisschen Macht, aber ich hatte Angst, hatte zu große Angst.

Ashleigh stand stocksteif da, während sich ihr Schatten zu ihren Füßen krümmte, als hätte sie eingenässt.

Harm hielt die Kerze so nah, dass ihre gesamte Gesichtsseite gelb glühte.

Ich nahm einen kurzen Luftzug durch die Nase, weil ich nicht länger *nicht* atmen konnte, aber ich wollte die Flamme keinesfalls in ihre Haare ziehen.

Er sah sie an. »Besser.« Seine Stimme hatte nie aufgehört, weich zu sein. Er schrie nie. Das musste er auch nicht. »Und nun, was sagt man?«

»D…Danke.«

»Nein, nicht das.« Jedes Wort ließ die Flamme näher an ihr Gesicht züngeln. »Was sagt man?«

»T…Tut mir leid.«

»Sag das zu allen.«

Sie musste sich zum Tisch drehen, um seinem Befehl Folge zu leisten, und ihr Gesicht geriet in die Flamme. Er zog die Kerze nicht weg, und ich konnte riechen, dass ihre Haut wie Milch brodelte, seine Spucke auf ihrem Gesicht trocknete …

Ich konnte seine Spucke auf ihr riechen.

»Tut mir leid. Tut mir l…leid.«

»Was tut dir leid?«, fragte Harm.

»Das hier ruiniert zu haben.« Sie weinte. Die Flamme leckte an ihrem Gesicht, fand ihre Tränen, ließ sie zischen. »Es tut mir leid, das hier ruiniert zu haben.«

»Das ist viel besser.« Harm stellte die Kerze wieder hin. Er breitete die Arme aus, und sie stürzte vor, schmiegte sich laut heulend an seine Brust. »Braves Mädchen.« Er streichelte ihr über die Haare, tätschelte sie. »Braves Mädchen.«

Er sah mich direkt an.

Nach einer Weile schob er Ashleigh eine Armlänge weit von sich und ließ sie gehen.

Nein, lass nicht *zu, dass er dir den Rücken zudreht …*

Gestern Nacht hatte er Grace den Rücken zugekehrt.

Christie begann, die Teller vom Tisch abzuräumen, durchbrach die Stille, brachte Geräusche in den Raum zurück. Harm lächelte Ashleigh an und zeigte zur Spüle. Ihr Gesicht war nun eingesunken, immer noch schimmernd von seiner Spucke. Und das nur, weil sie seine Auserwählte sein wollte. Ich wusste es besser …

Du willst nicht seine Auserwählte sein, das willst du wirklich nicht.

Alles, was sie sah, waren die Geschenke, das Geben. Das Nehmen sah sie nicht.

Harm war zurück am Kopfende des Tischs. »Aimee, iss

auf.« Seine Augen glitten zu May. »Du auch.« Als wäre nichts geschehen.

Alles musste immer, *immer* gleich sein.

Essen war ein Privileg. Ich schaufelte es in mich hinein, als würde ich einen Graben füllen, hibbelig vor Adrenalin. Es machte mich mutig und dumm. Ich hasste es, wenn er May ansah. *Hasste* es. »Wo ist Grace?« Ich griff nach meiner Tasse, lauschte in die neue Stille hinein. Anders als vorhin, weil sein Augenmerk nun auf mich gerichtet war, aber alles war besser, als wenn er auf May blickte. Durch einen Mundvoll Essen wiederholte ich die gefährliche Frage. »Wo ist Grace?«

Ich hatte seine Aufmerksamkeit. Ich ganz allein. Als wären wir die einzigen zwei Menschen im Zimmer. Sein Starren ließ mich tanzen, aber ich wollte, dass er es laut sagte. Ich wollte den Beweis.

Grace war fort.

Ich konnte das Loch spüren. Ich kannte jeden Winkel hier drinnen, ob nun völlig offen oder nicht. Einer von ihnen war leer. Ein blinder Fleck. Sie war fort, und ich wollte es von ihm hören, dass es einen Weg nach draußen gab. Weg von den Geschenken und der kurzen Leine seiner Aufmerksamkeit, der Angst, was geschehen würde, wenn er die Geduld verlor oder das Essen ausging. Seine Familie war fake, toxisch. Wir waren toxisch. Er hatte uns in Sicherheit gebracht, und er hatte uns krank gemacht. Wir lebten nach seinen Regeln, sehnten uns gleichzeitig nach seiner Aufmerksamkeit und wollten sie nicht. Hassten einander, hassten *ihn*, weil wir ihn brauchten, weil es sonst nichts gab und wir *heilig* waren. Wie ausgepeitschte Hunde lebten.

Grace war fort. Sie war entkommen.

Ich wollte es aus seinem Mund hören.

Meine Hand war kalt und leer.

May sprang auf.

Nicht wie die anderen. Sie brauchte Harms Aufmerksamkeit nicht, aber sie bekam sie. Sie bekam sämtliche Aufmerksamkeit, als sie sagte: »Ich bin schwanger.«

6

Marnie stand auf der vom Unfall vernarbten Seite der Straße, unter dem starren Blick einer Überwachungskamera. London hatte quasi an jeder Ecke eine. Ihr Team hatte unzählige Stunden Filmmaterial, in denen sie nach dem Mädchen suchen könnten, das möglicherweise May Beswick war. Anwohnerbefragungen gingen schneller, hatten aber ihre eigenen Nachteile, hauptsächlich, dass die Superkraft der meisten Londoner war, Dinge nicht zu bemerken.

Joe Eatons Beschreibung war eindringlich genug, dass Marnie das Mädchen vor ihrem geistigen Auge sehen konnte. Gefärbte rote Haare, wild ins Gesicht fallend, dunkle Kratzer auf der Haut. Barfuß. Wie eine Aufziehpuppe, in den Verkehr hinein. Wer hatte sie aufgezogen? Und von wo?

Sie drehte sich zur Wohnsiedlung um, aus der weitere Überwachungskameras hervorlugten. Eine auf sechs Menschen in der Stadt. Tim Welland, ihr Boss, liebte solche Statistiken. Der Durchschnittslondoner wurde vierhundertmal am Tag gefilmt, aber nur drei Prozent der Verbrechen wurden dank der Bilder aus Überwachungskameras gelöst. Vielleicht hatte sie unrecht, was das Nichtbemerken betraf. Vielleicht war die Superkraft Paranoia. Sie eilte in Richtung Siedlung, weg von den Unfallspuren, in Gedanken bei den nackten Füßen des Mädchens. Sie war gelaufen, verletzt, auf der Suche nach einem sicheren Versteck. Warum war sie dann nicht stehen geblieben?

Vor zwölf Wochen war May Beswick ein aufgeweckter, ruhiger Teenager gewesen. Keinerlei Stimmungsschwankungen, keine Sorgen oder zumindest keine, die ihre Freunde oder Familie mitbekommen hätten. Joe Eatons Mädchen hatte geschrien.

Noah wartete an der Ecke. »Ron ist mit der Anwohnerbefragung unterwegs.« Ein Kopfnicken über die Schulter zur Garrett-Siedlung. »Er meint, er wäre heute Morgen eh hergekommen.«

»Emma Tarvin«, erinnerte sich Marnie. »Sie hat sich über Kinder beschwert, die Feuer gelegt haben.«

»Und sie bedroht haben.« Noah nickte. »Ron sagt, sie wäre ein alter Drachen, nicht die Sorte, die sich leicht ins Bockshorn jagen lässt. Schon was Neues von Ed?«

»Er telefoniert immer noch herum, aber er hat mit den nächsten Frauenhäusern gesprochen, und die haben gestern Nacht kein Mädchen aufgenommen. Sie hätte sowieso nicht einfach reinspazieren können. Sie hätte zuvor anrufen und außerdem die Nummer kennen müssen. Hätte sie ein Telefon in die Finger bekommen, hätte sie wohl eher die Polizei angerufen. Wir überprüfen sämtliche Notrufe vor und nach dem Unfall. Bisher nichts.«

Sie gingen weiter auf die Garrett-Siedlung zu. »Joe Eaton hat von nackten Füßen gesprochen.« Noah beäugte den Bürgersteig. »Auf diesen Straßen hier würde ich kein Risiko eingehen.«

»Oder auf jeder anderen Straße von London. Außerdem ist es kalt. Sie wird versucht haben, einen warmen Ort zu finden.«

»Vorausgesetzt, sie ist allein und dass der, vor wem auch immer sie weggelaufen ist, sie nicht geschnappt hat.«

»Vorausgesetzt, sie ist allein«, räumte Marnie ein.

Das Garrett war ein Wohnkomplex aus vier Hochhäusern, verbunden durch ein System aus gemeinsamen Überführungen. *Laubengänge* lautete der architektonische Fachbegriff. Die Türme waren seelenlose Betonschächte, in denen die Ärmsten von London in winzigen Schuhschachteln mit einem funkelnden Ausblick über den Fluss wohnten. Sozialwohnungen, doch es roch bestenfalls nach Anonymität, schlimmstenfalls nach Isolation. Mit Brettern verstärkte Türen und zugenagelte Fenster deuteten darauf hin, dass Paranoia hier gedieh, auch wenn es das Einzige war, was hier wuchs. Die Blumenbeete waren Zementtröge, mit Unrat und noch Widerlicherem gefüllt. Das Gras, das in den Fugen wuchs, war ausgedörrt, mehr grau als grün. Selbst die Graffiti waren tot, mit Sandstrahl zu pastellfarbenen Narben an den Wänden abgeschmirgelt.

Die mobile Einheit richtete sich draußen vor dem ersten Hochhaus ein, mit Ron Carling, der das Team der Anwohnerbefragung über ihren voraussichtlichen Empfang in der Siedlung informierte. »Wir sind hier in der Gegend so beliebt wie Ebola, also bleibt kumpelhaft. Wir brauchen Punkte, Punkte, Punkte, wie Larry Grayson immer gesagt hat. Oh, hallo.« Er grinste Noah schief an. »Wenn man vom Teufel spricht.«

»Emma Tarvin«, sagte Marnie. »In welcher Wohnung wohnt sie?«

»Sieben-vier-sechs. Sie bekommt manchmal die ganze Nacht kein Auge zu und liegt auf der Lauer, was als Nächstes passiert. Es ist schon so schlimm, dass sie Angst vor ihrem eigenen Schatten hat, die Ärmste.«

»Ich dachte, sie wäre ein alter Drachen«, sagte Noah.

»Heißt doch nicht, dass sie keine Angst hat.«

»Sie liegt auf der Lauer«, sagte Marnie. »An welchem Fenster?«

»Hat sie beobachtet, wie unser Mädchen gestern Abend hier entlanggelaufen ist?« Ron zeigte auf eine Fensterreihe, etwa auf halber Höhe des ersten Wohnblocks. »Vogelperspektive, und sie ist ein neugieriger alter Vogel. Muss sie auch sein, um hier zu überleben. Willkommen zu dem, was von Lambeth übrig ist. Gotham ist nichts gegen dieses Drecksloch.«

»Kopf hoch, Bruce. Du kriegst das hin.«

»Bruce?« Ron spähte zu Noah. »Oh, okay. Bruce Wayne.«

»Oder Forsyth. Ich hätte auf Forsyth getippt. Wegen des Schnurrbarts.«

Ron schnaubte, aber er grinste. »Dann lasst uns an den Türen Punkte holen.«

Auf der Südseite des Wohnkomplexes traten zwei Kinder gegen eine angekokelte Mülltonne. Beim Anblick der Polizei traten sie noch fester zu, bis einer der Uniformierten in ihre Richtung kam, dann verschwanden sie schnell zwischen den Wohnblocks, verschlungen von den langen Schatten der Hochhäuser.

»Angst ist eine normale Reaktion im sozialen Wohnungsbau.« Noah passte sich Marnies Tempo an. »Wird das nicht immer wieder gesagt?«

»Auf mich haben sie nicht wirklich verängstigt gewirkt. Vielleicht gelangweilt.«

»Mein Dad würde es Thatchers Erbe nennen. So etwas wie Gesellschaft gibt es nicht, nur Familien und Individuen. *Konkurrierende* Individuen. Jeder ist ein Konkurrent, also stellt jeder eine Bedrohung dar. Wir geben vor, sozial eingestellt zu sein, aber in Wirklichkeit machen wir uns vor Angst fast in die Hose.« Noah kratzte sich an der Wange. »Mein Dad ist eigentlich viel cooler, als ich ihn klingen lasse. Aber er liebt es, von früher zu reden, circa 1987.«

»Du bist 1987 geboren, nicht wahr?«

»An einem Ort wie diesem.« Er reckte den Hals zum Laubengang über ihnen. »Mein Dad hat es den Gulag genannt. Unter anderem.«

In dreißig Meter Entfernung fuhr ein schwarzer Junge von etwa zehn Jahren auf einem Fahrrad im Kreis, die Beanie-Mütze bis zum Nasenbein heruntergezogen. Das Rad war zu klein für ihn, pinke Nylonbändchen baumelten von den Lenkergriffen herab. Eine Karikatur der Langeweile, wie er dort ziellos in die Pedale trat, doch Noah sagte: »Er steht Schmiere. Das bedeutet, dass hier jemand mit Drogen dealt oder gestohlene Waren vertickt. Oder beides.«

Er wusste, wovon er sprach. Marnie hörte es aus seiner Stimme heraus, sah es in der wachsamen Art, wie er sich bewegte. »Denkst du, er könnte gestern Abend etwas Nützliches beobachtet haben?«

»Vielleicht, aber würde er es uns verraten?« Der Junge scherte aus und radelte zwischen zwei Hochhaustürmen hindurch. »Unwahrscheinlich.« Noah drehte den Kopf nicht nach dem Jungen um, hielt Schultern und Wirbelsäule locker, die Augen misstrauisch nach vorne gerichtet. »Würden wir ihn befragen, würde er seinen Sozialarbeiter auf uns hetzen. Kids wie der sind mit allen Wassern gewaschen.«

Für Ron war jeder in der Siedlung gleich, doch Noah wusste es besser. Er würde nicht den Fehler begehen zu glauben, dass zu große Vertraulichkeit das Einzige war, das hier Verachtung nach sich zog. Marnie war froh, ihn in ihrem Team zu wissen.

Sie hatten den Eingang des Wohnblocks erreicht, in dem Emma Tarvin lebte.

»Kommen Sie schon, meine Liebe.« Ron wartete mit dem Finger auf dem Klingelknopf, den Mund nah an der Gegensprechanlage. »Sie kennen mich doch. Machen Sie auf!«

Eine ältliche Stimme, knisternd und rauschend: »Da draußen ist eine ganze Horde von Ihnen. Wo zum Teufel waren Sie, als die Mädchen all das Zeug durch meinen Briefschlitz geworfen haben? Nirgends, verdammt noch mal.«

»Nun, aber jetzt sind wir hier. Lassen Sie uns rein, dann mache ich Ihnen eine schöne Tasse Tee. Wir brauchen Ihre Hilfe.«

»Wobei? Euch zu helfen, dass ihr den Arsch hochkriegt?« Doch sie drückte auf den Summer und ließ sie in die Eingangshalle des Gebäudes.

Ron nickte in Richtung Treppenhaus. »Oder der Aufzug, wenn Sie den Gestank von Pisse mögen.« Mit schwer stampfenden Schritten ging er die Treppe voran nach oben.

Marnie und Noah folgten, sahen überall die Spuren von Feuer, schwarze Brandflecken an den Wänden, geschmolzenes Plastik am Geländer. Marnie war schon öfter in niedergebrannten Gebäuden gewesen; sie wusste, das hier war nichts – Kids, die mit Streichhölzern spielten. Was nicht bedeutete, dass sie sich nicht zu Feuerzeugbenzin oder ganzen Kanistern hocharbeiten konnten. Es mochte keine Rolle spielen, dass hier Menschen wohnten. Vor nicht allzu langer Zeit und nicht allzu weit entfernt hatte ein Teenager ein Tierheim angezündet und Dutzende Hunde getötet. Brandstifter hatten harte Herzen. Und Feuer war so schnell. Zu schnell, um es sich noch einmal anders zu überlegen.

»Nächste Etage«, sagte Ron, immer noch auf dem Weg nach oben.

Niemand kam ihnen im Treppenhaus entgegen. Keine Spur von Leben aus den Wohnungen, nur das gelegentliche Dröhnen eines Fernsehers. Wie viele Bewohner waren zu Hause? Wie viele gingen einer geregelten Arbeit nach? Die Statistiken zu diesem Teil Londons waren deprimierend. Joe Eaton und Calum Marsh waren hier in ihren hübschen Autos durchgefahren, zu besseren Leben irgendwo in einem anderen Viertel. Bis das passiert war.

Emma Tarvin wohnte im siebten Stock.

Marnie blieb im Laubengang stehen, um zur mobilen Einheit hinabzublicken, die noch immer ihr Lager aufschlug. Die beiden Kinder waren zurück, bearbeiteten den Mülleimer mit Tritten und hämmerten ihn über die Betonödnis zwischen den Wohnungen und der Hauptstraße. Dahinter lag die Baustelle um die Battersea Power Station wie eine Wunde weit aufgerissen da. *Das Exil in uns…*

Die Worte drängten sich ungewollt in ihr Bewusstsein. Sie hatte dafür bezahlt, dass man sie ihr auf die linke Hüfte tätowierte, damals, mit achtzehn, als sie sich für eine verschlagene Rebellin gehalten hatte. Sie las die Worte auf ihrer Haut, wann immer sie sich an- und auszog. Ed Belloc hatte sie ebenfalls gelesen, der erste Mensch, dem sie genug vertraut hatte, um sie sehen zu dürfen. Und Stephen Keele hatte sie gelesen, als Teenager in dem Haus, in dem sie aufgewachsen war. Ihr Pflegebruder. Der Mörder ihrer Eltern. *Das Exil in uns* war der Grund, den er für seine Tat angegeben hatte, als hätten die Worte ihn zum Töten angestachelt. Als wäre ihre Haut ein Befehl oder eine Bitte gewesen.

Ein dumpfes Poltern von unten. Den Kindern war es gelungen, die Mülltonne umzukippen. Sie lag auf der Seite, ihre Eingeweide aus Abfall um sich verstreut. Marnie blinzelte. Konzentrierte sich wieder.

Das Mädchen, bei dem es sich vielleicht um May Beswick handelte, war gestern Abend hier entlanggekommen. Vom siebten Stock aus hatte man freie Sicht auf die Unfallstelle, und Emma Tarvin war ein Wachtposten. Hatte sie etwas gesehen?

Ron stand an der Tür von Nummer 746. »Machen Sie auf.

Sie kennen mich. Wahrscheinlich haben Sie meine Visage längst satt. Aber wir brauchen Ihre Hilfe.«

»Marke.« Mrs Tarvins Stimme war scharf. Ihre Wohnungstür war mit Metall verstärkt, voller Fußabdrücke von Kindern, die dagegen getreten hatten. Braune Flecken um das Schloss und den Briefschlitz, Spuren von Feuer am unteren Rand der Tür, die sich über die gesamte Wohnungslänge erstreckten. Sie lebte im Belagerungszustand.

Ron hielt seinen Ausweis vor den Türspion. »Kommen Sie schon. Ich brauche unbedingt 'ne Tasse Tee.«

»Wer ist da bei Ihnen?« Ihr Auge am Guckloch, scharf wie ihre Stimme.

»Meine Chefin, Detective Inspector Rome. Sie möchte Sie kennenlernen. Ich habe ihr erzählt, dass Sie ihr gerne mal den Marsch blasen wollen.«

Sesam, öffne dich!

7

»Wird auch Zeit, verdammt noch mal. Dachte schon, ich hätte längst ins Gras gebissen, bevor ihr euren Arsch herbewegt. Wahrscheinlich verkohlt in meinem Bett.« Emma Tarvin war eine große Frau, ihre breiten Schultern ließen den erbärmlichen Korridor noch erbärmlicher aussehen, in einem violetten Kleid und einer hellbraunen Strumpfhose, mit graumeliertem Haar, kurz geschoren über einem quadratischen Gesicht, mit Haut, die nie Tageslicht sah, ohne Make-up, überall rote Äderchen. Braune Augen, hart wie Schrotkugeln, starr auf Marnies Gesicht gerichtet, bevor sie zu Noah glitten. »Wer ist der Schönling?«

»Das ist DS Jake. Er macht einen klasse Tee«, sagte Ron.

»*Sie* können Tee machen. Der Schönling«, sie warf Noah ein Lächeln zu, rasiermesserscharf, »kommt mit mir mit.« Mit einer Kopfbewegung zeigte sie auf Marnie. »Die auch.«

Noah und Marnie folgten ihr ins Wohnzimmer, eine kleine Schuhschachtel, gestrichen in einem kränklich gelbstichigen Ton. Rußige Schlieren die Wände hinauf und um die nach Süden zeigenden Fenster. Gardinen, die aussahen, als wären sie mit starkem Tee gebatikt, ein aggressiver Nylonteppich, Möbel, direkt aus dem *Festival of Britain*, alles bis zum letzten Zentimeter mit Resopal beschichtet. Es erinnerte Noah an die Wohnung seiner Großmutter, bis hin zu den Sesselschonern und dem Spiegel in Form einer Sonne. Das Einzige, was fehlte, waren Familienfotos. Das Zuhause seiner Großmutter war voller Fotos von ihm und Sol. Emma war sechsundsiebzig. Entweder hatte sie keine Enkel, oder sie bewahrte ihre Bilder in einem anderen Zimmer auf. Kein Nippes, nicht einmal eine Blumenvase. Bücherregale, hauptsächlich mit Videokassetten und DVDs gefüllt. Breitbildfernseher. Schreibtisch am Fenster, mit Zeitschriften und Papieren übersät. Eher eine Studentenbude als die Wohnung einer Rentnerin. Es roch auch nach einer Studentenbude, männlich und muffig.

»Sie können sich *da* hinsetzen.« Emma ließ sich auf das Sofa sinken, nickte Noah neben sich.

Er kam ihrer Aufforderung nach, während Marnie sich in einen der zwei Sessel ihr gegenübersetzte. Ron kam mit vier Teetassen auf einem ramponierten Tablett aus der Küche zurück.

»Wer bezahlt für die?« Ein Schnauben. »Ich heiße Tarvin, nicht Tetley, verdammt noch mal!«

»Beim nächsten Mal bringe ich eine Packung Teebeutel mit.« Ron setzte sich in den anderen Sessel. »Und Kekse, wenn Sie wollen.«

»Wenn die da Sie lässt.« Ein Nicken in Marnies Richtung. »Sieht nicht so aus, als würde sie Kekse futtern. Ich persönlich kann Cadbury Fingers nicht widerstehen.« Ein weiteres rasiermesserscharfes Lächeln für Noah. »Tut mir leid wegen des Getues an der Tür, aber hier klingeln ständig Leute, die reinwollen. Die nette Alte einen Stock unter mir hat dem Sozialamt aufgemacht, können Sie das glauben? Haben natürlich alles ausgeräumt. Alles, was nicht niet- und nagelfest ist, ist hier in der Gegend so gut wie weg.« Sie griff nach einer Teetasse. »Sie wollen also etwas über meine Brandstifter wissen. Nehmen die Sache endlich ernst, nach dreizehn Feuern. Außer natürlich, Sie wollen mir einen Vortrag halten wie die Letzten, die hergeschickt wurden. ›Brandstiftung ist ein Hilfeschrei.‹ Hier wird sowieso schon viel zu viel geschrien. Niemand wird gehört. *Ich* zumindest nicht. Kann mich nicht erinnern, wann ich das letzte Mal 'ne Nacht durchgeschlafen habe. Wenn sie nichts in Brand stecken, drohen sie einem oder klauen Zeugs. Kick and run, so nennt ihr das doch, nicht wahr? Haben wir früher Einbruch genannt. Oder sie brüllen den lieben, langen Tag. Ich mach mir gar nicht mehr die Mühe, ins Bett zu gehen. Bleibe wach und beobachte sie.« Sie nickte zum Fenster, kaute auf der Lippe. »Sie sind weniger angsteinflößend, wenn man sie sieht.«

»Und Sie machen sich Notizen«, sagte Marnie.

Noah folgte ihrem Blick und entdeckte das Notizbuch auf dem Tisch neben dem Fenster, halb versteckt unter einer Ausgabe der *Radio Times*. Er hatte es bisher nicht bemerkt.

Emma taxierte Marnie erneut. »Ich bin gründlich. Einer hier muss es ja sein.«

»Fahren Sie bitte fort. Sie meinten, Sie würden wach bleiben und sie beobachten.«

»Jede Nacht. Ein rotzfrecher Haufen. Die Mädchen sind die Schlimmsten.«

»Natalie Filton und Abigail Gull. Das waren die Namen, die Sie DS Carling genannt haben.« Marnie trank einen kleinen Schluck Tee. »Gibt es noch andere?«

»Eine Menge, aber die beiden sind die Anführer.« Eine Pause, dann: »Sie sind zu jung, um ihr Boss zu sein.« Mit dem Kinn zeigte sie auf Ron. Sah zu Noah. »Positive Diskriminierung, hm?« Sie hatte den Kiefer eines Mittelgewichtsboxers. Noah bemerkte Stoppeln an ihrem Kinn.

»Dreizehn Feuer. In wie vielen Monaten?« Marnie passte

ihren Ton dem der anderen Frau an, als lieferten sie sich einen Schlagabtausch.

Es war die richtige Taktik bei Emma. Noah sah ein anerkennendes Glitzern in den Augen der Frau. »Weniger als ein Jahr. Nicht dass es hier jemals ein verdammtes Frensham gewesen wäre.«

»Frensham?«, wiederholte Ron.

»Das ruhigste Dorf in ganz England. Oder eines davon. Kennen Sie Frensham, Mrs Tarvin?«

»Nur aus der Glotze.« Sie schlürfte ihren Tee, hielt die Tasse in der Hand, doppelt so groß wie Marnies und breiter als Noahs. Sie trug einen Ehering unter einem Verlobungsring, gespickt mit Steinen, zu matt, um Diamanten zu sein.

»Sie haben DS Carling gesagt, dass Ihrer Meinung nach dieselben Mädchen für alle dreizehn Feuer verantwortlich sind.«

»Sind sie auch. Nur weil Ihre Leute es nicht geschafft haben, Beweise zu finden.«

»Haben Sie gesehen, dass sie das Feuer gelegt haben?«

»Natürlich nicht. Die sind nicht blöd, nur kleine Barbaren. Sie haben mich bedroht, mit Steinen beworfen, Zeug durch meinen Briefkasten geschoben. Ich habe alles aufgeschrieben, habe es dem da gegeben.«

Ron sagte: »Wir haben mit den Mädchen gesprochen und mit ihren Mums. Es gab keine Väter, mit denen wir hätten reden können.«

Emma schnaubte verächtlich. »Natürlich nicht. Kleine Bastarde, alle beide.«

»Womit haben sie Ihnen gedroht?«, fragte Noah.

»Mich bei der Polizei anzuzeigen, weil ich ihnen nachspioniere. Ja, ich dachte schon, dass Ihnen das gefällt. Die Kids *beherrschen* diese Gegend, und sie sind ein Haufen blutrünstige Barbaren.« Sie maß Noah von oben bis unten. »Sie haben Glück, dass Sie nicht hier wohnen. Die hassen Schwarze, selbst die gutaussehenden. Mrs Singh, ein Stockwerk tiefer? Ihr Junge liegt im Krankenhaus, nachdem sie entschieden haben, dass er ein Dschihadist ist. Ich gehe raus, stelle mich ihnen in den Weg, und das verdammt noch mal ohne jede Hilfe von irgendwem. Euch kümmert's doch einen Scheiß, wenn's um Schwarze geht, und nach Savile und dem Rest der Perversen macht ihr euch bei kleinen Mädchen in die Hose. Habt Schiss, euren Job zu machen, also müssen Menschen wie ich ihn für euch tun. In meinem Alter. Bleibe die ganze Nacht wach und halte Wache.« Ihre Hand zitterte, Licht fing sich in den falschen Diamanten. Sie beruhigte ihre Finger, schnippte mit ihrer Zunge gegen die Zähne. Sie war älter als Noahs Großmutter, das sah man ihr in diesem Moment auch an.

Wiederholt versuchte Brandstiftung, und es war ein weiter Weg bis zum Erdgeschoss. Wie mochte es sein, vom Geruch von Rauch geweckt zu werden, der unter der Wohnungstür hereinkroch, in dem Wissen, eingesperrt zu sein?

»Haben Sie vergangene Nacht Wache gehalten?«, fragte Marnie.

»Jede einzelne verdammte Nacht. Und auch den Großteil des Tages.«

»Und Sie notieren sich alles, was ungewöhnlich ist?«

»Nein, Liebes.« Ihre Stimme, tropfend vor Sarkasmus. »Denn hier ist es *normal*, Feuer zu legen und muslimische Jungs zusammenzuschlagen. Wie schon gesagt.«

»Können wir einen Blick reinwerfen?« Marnie nickte in Richtung Notizbuch.

Ein Schulterzucken. »Nur zu.«

Marnie stand auf, und Noah tat es ihr gleich, heilfroh, der

Umklammerung des Sofas zu entkommen. Der Teppich vor dem Fenster war verschlissen. Wie viele Stunden eines jeden Tages stand sie dort und schaute nach draußen? Behielt die Mädchen im Auge, die sie zu einer Gefangenen degradierten. Mädchen, jünger als May Beswick. Mädchen, die eine cholerische Rentnerin als leichtes Opfer für ihr Maulheldentum oder ihre Langeweile auserkoren hatten. Noah war unter Gangs wie dieser aufgewachsen. Kids, die mit stolzgeschwellter Brust durch ihre Pubertät stolzierten, ihre Angst in etwas anderes ummodelten, groß genug und laut genug, damit es mit Mut verwechselt werden konnte. Sol hing noch immer mit einigen aus den Gangs ab, die sie von damals kannten.

Das Notizbuch unter der *Radio Times* hervorgekramt, blätterten er und Marnie es durch, während Ron Smalltalk mit Emma betrieb. Ihre Handschrift war verkrampft, aber leserlich. Mit nachdrücklichem blauen Kugelschreiber hatte sie Daten, Zeiten und Vorfälle aufgeschrieben. Ein Großteil der Vorfälle betraf die Mädchen, deren Namen sie Ron gegeben hatte: *NF und AG rauchen. AG schubst USM gegen die Mauer, Hände an der Kehle*. Das war in den vergangenen zwei Wochen mehr als einmal passiert.

»Wer ist USM?«, fragte Noah.

»Unbekanntes schwarzes Mädchen«, erklärte Emma.

»Demnach ist UWM ein unbekanntes weißes Mädchen?« Marnie berührte mit dem Daumen den Eintrag der letzten Nacht.

»Das ist nicht gerade Quantenphysik, meine Liebe!« Mit verdrehten Augen sah sie zu Ron, der sie angrinste.

»Das unbekannte weiße Mädchen, das Sie vergangene Nacht gesehen haben. Können Sie sie beschreiben?«

»Was steht da?«

Marnie las aus dem Notizbuch vor: »›UWM. Neu. Ärger?‹

Sie haben ein Fragezeichen ans Ende gesetzt, und Sie haben das ›Neu‹ unterstrichen.«

»Ach, *die*! An die erinnere ich mich. 'ne Metze, wahrscheinlich.«

»Eine Prostituierte«, erklärte Ron. »Wie kommen Sie darauf?«

»So wie die angezogen oder besser gesagt nicht angezogen gewesen ist. Hat ihre Titten gezeigt und nicht nur die.« Schmiegte die großen Hände um ihren Becher. »War echt kaputt, die Kleine. Rote Haare, wie Kraut und Rüben, hat getaumelt. Betrunken, nehme ich an. Hab sie noch nie zuvor gesehen.«

»Ist sie allein gewesen?«

»Als ich sie gesehen habe, ja.«

»Aus welcher Richtung ist sie gekommen?«

»York Road.«

»Haben Sie gesehen, wohin sie gegangen ist?«

»Was hat sie angestellt?«, fragte Emma und sah die drei nacheinander an. »Wenn sie Ärger bedeutet, habe ich ein Recht drauf, es zu wissen.«

»Gestern Abend haben Sie angenommen, dass sie Ärger bedeutet«, sagte Marnie. »Das steht zumindest hier.«

»Das Letzte, was dieses Drecksloch braucht, sind mehr Leute wie die. Wir sind nicht Knightsbridge, meine Liebe. Die Nutten hier gehen nicht bei Harrods einkaufen und funkeln nicht vor Diamanten. Die meisten tun es, um ihre Drogen zu bezahlen. Sie lassen benutzte Kondome und weiß Gott was in den Gängen liegen. Also ja. Als ich *sie* gesehen habe, habe ich *Ärger* gerochen. Und wenn ich mir Ihre Gesichter ansehe, hatte ich auch recht. Was hat sie angestellt?«

»Sie haben von dem Autounfall gestern Abend gehört?«, fragte Ron. »Das war sie, die vor ein Auto spaziert ist.«

Marnies Zähne klopften gegeneinander. »DS Carling, wären Sie so freundlich, den Abwasch zu übernehmen?«

Emma kicherte. »Jetzt können Sie sich aber auf was gefasst machen, Plappermaul.«

Schweigend sammelte Ron die Tassen ein.

»Haben Sie gesehen, wohin das Mädchen gegangen ist?«, fragte Marnie.

»Sie ist hierhergekommen, aber sobald man in der Nähe des Eingangs ist, kann ich sie nicht mehr sehen. Falscher Winkel.«

»Sie ist also *ins* Gebäude gegangen?«

»Vielleicht. Sie wohnt hier nicht, zumindest habe ich sie noch nie gesehen. Und ich habe sie alle gesehen, irgendwann mal.«

»Ist Ihnen noch etwas an ihr aufgefallen?«

»Nur dass sie betrunken und halb nackt gewesen ist. Sie passt also perfekt hierher.«

Noah überprüfte den Blickwinkel vom Fenster. Er überschlug, dass das Mädchen etwa zwei bis drei Meter vom Hauseingang entfernt gewesen war, als Emma sie aus den Augen verloren hatte. Mit an Sicherheit grenzender Wahrscheinlichkeit hatte sie das Hochhaus betreten.

Marnie war an seiner Seite, sah ebenfalls hinunter, allerdings nicht zu dem toten Winkel unter dem Fenster. Sondern zu der Stelle, wo die Kids die Mülltonne umgekippt hatten, deren Inhalt sich über den Beton ergoss. Sie hatte etwas entdeckt; ihre Aufmerksamkeit war allein auf die Tonne gerichtet. Noah sah nur zerdrückte Schachteln, das zerbrochene Gerippe eines alten Regals, das aufblitzende Weiß mehrerer leerer Einkaufsbeutel.

»Würden Sie das Mädchen wiedererkennen«, wollte Marnie von Emma wissen, »wenn Sie sie sehen würden?«

»O ja. Ich habe ein gutes Gedächtnis für Gesichter.« Ein versteinertes Lächeln für Noah. »Man muss kein Schönling sein, damit ich mich an jemanden erinnere.«

»Informieren Sie das Team«, sagte Marnie, zurück an der frischen Luft.

»Sie glauben, sie ist hier?«, fragte Ron. »In einer der Wohnungen?«

»Ich weiß, dass sie die Kleidung gewechselt hat.« Marnie ging auf die Mülltonne zu. Streifte sich Handschuhe über. »Außer, das hier ist Zufall.« Sie zeigte auf etwas.

In dem Durcheinander aus Abfall von der umgetretenen Mülltonne lag ein weißes Hemd. Noah hatte es mit einem Plastikbeutel verwechselt.

Marnie zog es unter den Trümmern des Regals hervor, schüttelte Plastikflaschen, Chipspackungen und Pizzaschachteln ab.

Ein Männerhemd.

Auf der Innenseite mit etwas beschmutzt, das aussah wie Blut.

8

Aimee

Jemand klopfte an die Tür. Unten, an die *Wohnungs*tür. Jemand von draußen, der hereinkommen wollte.

Ich setzte mich im Bett auf, lauschte, bis mir die Ohren schmerzten. Nichts. Ich wurde allmählich verrückt. Niemand kam jemals vorbei, warum sollten sie auch? Auf der Straße denkst du, der *Nächste* wird dich bemerken, der *Nächste* wird helfen, aber du machst dir selbst etwas vor. Niemand hilft, niemand kommt vorbei. Außer Harm.

»Ich bin schwanger.« May hielt den Kopf hoch, als sie die Worte sagte, als wäre sie jetzt unangreifbar. Als ob *schwanger* einen Unterschied bedeutete. Sie hatte eine kleine Schwester, die sie mehr als alles andere auf der Welt liebte, und sie hatte sich immer ein Baby gewünscht. Ich hatte gehofft, ihre Schwester eines Tages kennenzulernen. Doch genau in dieser Sekunde konnte ich nur noch ihn sehen, die Art, wie er sie mit seinem Blick begrub.

»Geht in eure Zimmer.«

Nach all den Vorträgen, seinen Regeln …

Ich bin schwanger.

Was hatte sie nur getan?

Mays Zimmer lag genau unter meinem. Sie teilte es sich

mit Ashleigh und den Wasserkanistern aus Plastik, den Kisten mit Klopapier, Reinigungsmitteln, Batterien. Selbstversorgung, sagte Harm immer, überleben. Alles war hier. Es gab keinen Grund, sich jemals wieder wegen Kälte oder Regen oder Hunger Sorgen machen zu müssen. Kein Grund, jemals wieder von hier wegzugehen. Wir brauchten nur einander, sagte Harm, und ich hatte geglaubt, wir wären in Sicherheit.

Geht in eure Zimmer.

Niemand klopfte an die Tür. Selbst wenn sie es täten, würde Harm sie abwimmeln; die Umgebung zu sichern war nichts, was man einmal tat und dann einfach vergaß. Man musste stets auf der Hut sein, die Ohren spitzen, cool bleiben, wachsam.

Ich bin schwanger.

Ich habe sein Gesicht gesehen, als er uns auf unsere Zimmer geschickt hat. Es hat gewirkt, als hätte er Schmerzen. Als wütete ein Sturm in seinem Kopf, und er hörte ihn jaulen, wie ein Baby. Mays Baby. Er stand vor dem verdunkelten Fenster, seine Finger berührten das Glas, und es war, als könnte ich in sein Innerstes sehen, heiß und rot. *Schmerzen*. Ich dachte …

Wir waren wie Schmerzen für ihn. Pressten unseren Lärm durch die Wände, mussten gehalten, mussten ernährt werden. Wäre er eine Frau, würde er auslaufen, sein ganzer Körper von der Pein ausgelaugt, nicht in der Lage, sich zu wehren. Aber er war ein Mann, und so hielt er den Schmerz in Schach, darauf hoffend, er würde vergehen, und sich gleichzeitig davor fürchtend, was geschehen würde, wenn es nicht eintraf. Christie und Ashleigh und May …

Wir alle in greifbarer Nähe, eine Armlänge entfernt.

Wie er dort am Fenster stand, die Fingerspitzen küsste, um das Grau des Glases zu schmecken.

Bei dem Anblick wurde mir übel vor Angst.

Als May sagte: »Ich bin schwanger«, bevor ich mir den Gedanken aus dem Kopf schlagen konnte, nur für eine Sekunde, dachte ich:

Du bist tot.

9

Auf dem Revier sagte OCU Commander Welland: »Die vom Verkehr haben angerufen. Sie wollen ihren Tatort zurück. Irgendwas wegen eines blutverschmierten Hemds in einem Container?«

»Es war in einer Mülltonne.«

»Nun, die sind auf hundertachtzig. Sie wollen wissen, warum unser MIT-Team ihre Unfallspuren untersucht.« Welland beäugte Marnie und Noah. Seine finstere Stirn ließ keinen Zweifel an seiner Gefühlslage. »Sie haben nicht ganz unrecht. Selbst wenn es hier ein Todesopfer gibt, gehört es dem Verkehr.«

»Wir suchen nach dem Mädchen vom Unfall«, sagte Marnie. »Wir glauben, sie ist in Gefahr.«

»Wegen des blutbeschmierten Hemds? Was wollen Sie überhaupt damit?«

»Fran Lennox hat das Hemd. Wir durchkämmen den Wohnblock, wo wir es gefunden haben. Dieses Mädchen ist nicht der erste Teenager, der in den vergangenen zwölf Wochen in diesem Teil Londons verschwunden ist. Womöglich *ist* es sogar May Beswick. Wenn auch nur die geringste Chance besteht …«

Welland nickte langsam. »Die Garrett-Siedlung. DS Carlings liebstes Urlaubsresort, die Brandstifter-Algarve. Aber jemand war nüchtern genug, um dieses Mädchen gestern Abend zu sehen?«

»Emma Tarvin«, erklärte Noah. »Sie hat bestätigt, was Joe Eaton über das Mädchen gesagt hat, dass sie aussieht, als würde sie in Schwierigkeiten stecken, wahrscheinlich traumatisiert.«

»Tarvin.« Welland zupfte an seiner Oberlippe. »Sie ist die neugierige Nachbarin?«

»Sie führt über jeden Buch«, sagte Marnie, »der sich ihrer Haustür auf zwei Meter nähert.«

»Ganz schöne Papierverschwendung.«

»Geht aber schneller, als die Überwachungskameras auszuwerten.«

»Das trifft auch auf Schnecken zu, aber ich würde trotzdem keine als Zeugin für die CPS vorschlagen. Sie führen Anwohnerbefragungen durch?«

Marnie nickte. »Aber nicht jeder plaudert so gern mit uns wie Mrs Tarvin.«

»Was Sie nicht sagen!« Welland schnaubte. »Sozialbau vom Feinsten. Das letzte Mal, als ich im Garrett war, hätte ich selbst fast ein Feuer gelegt, nur um die Kälte zu vertreiben. Niemand kennt irgendwen oder interessiert sich für irgendwas. Die Sicherheitslage ist ein Witz. Geben Sie sich keine Mühe, die Überwachungskameras zu überprüfen. Die haben vor Jahren den Geist aufgegeben. Reparatur: Fehlanzeige … Nach dem, was DS Carling mir erzählt hat, ist es in jüngster Zeit sogar noch schlimmer geworden.«

»Da würde Ihnen Mrs Tarvin nicht widersprechen. Insbesondere mit einer Gruppe Mädchen hat sie ein Problem.«

»Kids«, fauchte Welland angewidert. »Sie haben die Strafmündigkeit aus gutem Grund runtergeschraubt, aber meistens können wir sie nicht verhaften, geschweige denn rechtlich belangen. Und das wissen die auch. Ich habe Sechs- und Siebenjährige gesehen, die in ihrem Revier sämtlichen Dealerabschaum abklappern, bis sie einen finden, der ihren Mums die verschreibungspflichtigen Rezepte für einen Tag selige Besinnungslosigkeit vertickt. Wenn dieses Mädchen im Garrett untergetaucht ist, dann viel Spaß bei der Suche.« Kopfschüttelnd klopfte er mit dem Daumennagel gegen seine Zähne. »May Beswick verfügt über genug gesunden Menschenverstand, um keinen Fuß in dieses Drecksloch zu setzen.«

»Vielleicht auch nicht«, sagte Noah.

Welland sah ihn mit hochgezogener Augenbraue an. »Ihr Pessimismus in Ehren, Detective.« Er nickte Marnie zu. »Kaufen Sie DS Jake einen großen Kaffee, damit er ihn runterspülen kann.«

Marnie kam seiner Aufforderung nach und ging auf die Straße vor dem Polizeirevier, um mit Noah einen Kaffee zu trinken. »Wir sollten mit den Beswicks reden.«

»Es ist Wochen her, seit wir Neuigkeiten für sie hatten.« Noah beschattete die Augen vor dem grellen Licht, das sich in den Fenstern des Reviers spiegelte. »Was, wenn wir in ihnen falsche Hoffnungen wecken?«

Marnie pulte den Deckel von ihrem Kaffee ab. »Sobald die Presse von der Geschichte gestern Abend Wind bekommt, haben wir Mays Eltern am Telefon, die Neuigkeiten wollen. Ich würde sie lieber selbst anrufen, bevor sie es tun müssen.«

»Du glaubst immer noch, es könnte May sein? Mrs Tarvin hat sie für eine Prostituierte oder eine Betrunkene gehalten.« Noah runzelte die Stirn. »Gesetzt den Fall, *dass* sie sich nicht getäuscht hat. Ohne eine einwandfreie Identifizierung, wie viel können wir ihnen dann überhaupt sagen?«

Marnie trank einen großen Schluck Kaffee, bevor sie antwortete. »Sie werden eine Verbindung sehen, weil es das ist, was sie brauchen. *Dieses* Mädchen lebt. Sie werden glauben wollen, dass es May ist. Ich an ihrer Stelle würde es tun.«

»Ich frage mich, wie Loz zurechtkommt.« Mitgefühl für die jüngere Tochter der Beswicks packte Noah. »Die Arme!«

Loz war dreizehn, eine clevere Kratzbürste. In einem Haus, das auseinanderbrach unter dem schrecklichen Verschwinden ihrer Schwester. May war sechzehn, ohne ersichtlichen Grund von zu Hause abzuhauen, oder zumindest keinen, den Marnie oder Noah gesehen hätten. Das Schlimmste zu befürchten, war leicht. Das Schwierige war, das Beste zu hoffen.

»Neuigkeiten vom Krankenhaus über Logan Marsh oder Ruth Eaton?«, fragte er.

»Logans Zustand ist immer noch kritisch. Ruth ist fürs Erste stabil.«

»Falls wir dieses Mädchen finden … werden die vom Verkehr sie anklagen?«

»Weswegen? Störung der öffentlichen Ordnung?« Marnies blaue Augen waren dunkel, ernst. »Wenn überhaupt werden sie sich Joe Eaton vorknöpfen. Sie werden wissen wollen, warum er ausgewichen ist, anstatt zu halten, und wie er auf der falschen Straßenseite gelandet ist, in einem Tempo, um einen Unfall dieses Ausmaßes zu verursachen. Er meinte, sie wäre nicht gelaufen, warum hatte er dann keine Zeit zu bremsen oder zumindest langsamer zu fahren? Er wird ein paar knifflige Fragen beantworten müssen, insbesondere wenn keine weiteren Zeugen auf der Bildfläche erscheinen.«

»Glaubst du, Mrs Tarvin hat recht, dass sie betrunken war oder unter Drogeneinfluss gestanden ist?«

»Ärger, das war das Wort, das sie benutzt hat. Neu und

Ärger. Ich denke nicht, dass Mrs Tarvin viel Verständnis für jegliche Art von Kindern hat.«

»Keine Familienfotos. Sonderbar für jemanden aus ihrer Generation, keine Kinder oder Enkel zu haben.«

»Familien brechen auseinander. Und trennen sich.«

»Sie lebt ganz allein dort oben. Ich würde das für meine Großmutter nicht wollen, du etwa?«

»Ich glaube, sie hat das ganz gut im Griff.« Ein spröder Unterton schlich sich in ihre Stimme. »Aber nein, würde ich nicht.«

»Wir haben eine Anwohnerbefragung im Garrett durchgeführt, kurz nachdem May verschwunden ist. Und in einem Teil von Lambeth. Niemand hat irgendwas gesehen, nicht einmal Mrs Tarvin.«

»Nein«, stimmte Marnie ihm zu. »Dieses Mädchen hat irgendwo Wechselkleidung her. Es ist möglich, dass sie im Garrett wohnt oder dort jemanden kennt.«

In anderen Worten, nicht May Beswick.

»Denkst du, sie kennt Natalie Filton oder Abi Gull, unsere netten Brandstifterinnen vor Ort?«

»Wir sollten Mrs Tarvin nicht immer beim Wort nehmen.« Marnie warf ihren leeren Kaffeebecher in den Mülleimer. »Und lass uns bei den Beswicks vorbeischauen, bevor die Presse von der Geschichte Wind bekommt.«

Sean und Katrina Beswick wohnten in einem Reihenhaus in der Taybridge Road, unweit vom Clapham Common. Das Haus mit seinen Erkerfenstern krallte sich an seinen originalen Bauelementen fest wie eine Rentnerin an ihrer Handtasche am Auszahlungstag der Pension. Die Nachbarn hatten durchbrochene Betonmauern, die Beswicks hingegen eine Ligusterhecke gepflanzt, die bis vor Kurzem fein säuberlich gestutzt worden war. Im Lauf der vergangenen drei Monate war sie wild zugewachsen.

Mays Vater öffnete die Tür, beim Anblick von Noah und Marnie entglitten ihm die Gesichtszüge.

»Keine Neuigkeiten«, versicherte Marnie, wohl wissend, welche Neuigkeiten er fürchtete. »Wir suchen immer noch nach May.«

»Kommen Sie rein.« Er drückte die Tür weit auf.

Sie folgten ihm ins Wohnzimmer. Mit seinen ein Meter zweiundneunzig war Sean der Einzige auf Augenhöhe mit den Bildern, die er viel zu hoch an die Wände gehängt hatte. Idyllische Landschaften, die Dan als Spießer-Graffiti bezeichnet hätte. Ein Regal mit Weinflaschen füllte den ungenutzten Kamin. Keine Bücher. Flachbildfernseher und Regale mit Glasgeschirr, klebrig vor Staub. Weiße Wände, viel leerer Raum. Ein Immobilienmakler hätte das Haus als hell und sonnendurchflutet beschrieben. Doch das war es nicht, niedergebeugt unter der Last des verschwundenen Kindes.

»Wie geht es Katrina?«, fragte Marnie. »Und Loz?«

»Sind auf dem Heimweg von der Arbeit und Schule.« Sean schob die Fäuste in die Jeanstaschen. Er hatte den krummen Rücken eines großen Mannes, mit gesenktem blonden Kopf, die breiten Schultern hochgezogen. Nicht für die Arbeit gekleidet und unrasiert. Ein Laptop lag auf dem niedrigen Couchtisch aufgeklappt da. Seans Blick huschte in seine Richtung. »Ich habe mich auf Websites angemeldet, die nach vermissten Kindern suchen, Foren, in denen sie Nachrichten hinterlassen können. Nicht dass May viel mit Computern am Hut gehabt hätte, hat nicht mal das Handy benutzt, das wir ihr gegeben haben. Nun, Sie wissen ja … Loz ist anders, ihr Leben spielt sich regelrecht im Internet ab.« Er zuckte zusammen, ruderte zurück. »Wir passen natürlich auf. Wir haben eine Kindersicherung für die schlimmsten Websites.«

»Sie geht zur Schule.« Marnie warf dem Mann ihr verlässliches Lächeln zu. »Wie läuft's?«

»Es gibt Fragen, Mitleid, Sie wissen schon. Ein paar Kinder sind grausam, vielleicht absichtlich, vielleicht auch nicht, stellen Vermutungen an, ob May noch am Leben ist oder schon tot, ob sie weggelaufen ist oder jemand sie entführt hat. Die Schule kümmert sich darum, dann fangen sie wieder von vorne an. Ich wünschte, wir könnten Loz zu Hause behalten, aber das dürfen wir nicht. Wir sind übereingekommen, dass wir versuchen, unser Leben weiterzuleben wie bisher.« Er blinzelte durch den Raum ins Leere, seine braune Augen wie die von May, aber unruhig vor Kummer. »Versuchen, normal zu sein.«

»Sollen wir uns hinsetzen?«, fragte Marnie.

»Natürlich, tut mir leid.« Er bückte sich, um den Laptop zuzuklappen. »Ich setze Kaffee auf. Wollen Sie einen Kaffee?« Er bewegte sich in Richtung Küche, trug den Schmerz wie ein Hinken im linken Bein.

»Nur Wasser, danke.« Marnie ließ ihn gehen. Noah blieb bei ihr, ließ die kleinen Veränderungen seit ihrem letzten Besuch auf sich wirken. Bei jedem Mal ein kleines bisschen mehr Staub, eine weitere Schicht Gleichgültigkeit. Eine der Landschaften hing schief an der Wand. Sie stach heraus wie ein Handabdruck.

Sean kehrte mit zwei Gläsern Wasser aus der Küche zurück. »Hier.«

»Danke.« Marnie nahm auf dem Sofa Platz. »Wir wollten Sie vorwarnen wegen einer Geschichte, die spätestens morgen oder schon heute Abend in der Zeitung stehen könnte.« Sie wartete, bis Sean sich gesetzt hatte, die Hände zwischen den

Knien. »Womöglich haben Sie von dem Verkehrsunfall gestern Abend gehört.«

»Die York Road war gesperrt.« Sean roch nach abgestandenem Schweiß und Zigaretten. Keine Aschenbecher im Zimmer. Vielleicht rauchte er im Garten. »Kat musste einen anderen Weg zur Arbeit nehmen.«

»Einer der Fahrer hat ein Mädchen gesehen, das vom Unfallort weggegangen ist. Wir suchen nach ihr. Wir müssen uns an die Öffentlichkeit wenden, falls wir sie nicht bald finden.«

»Sie glauben, es ist May?« Seine Schultern knackten, als er sich vorbeugte. »Der Fahrer hat May gesehen?«

»Wir haben ihm ein Foto gezeigt. Er glaubt nicht, dass es May ist. Wir suchen nach weiteren Zeugen, aber wir wollten nicht, dass Sie die Nachrichten einschalten und annehmen, es könnte May sein. Die Presse wird zwangsläufig Vermutungen anstellen, weil es hier in der Nähe passiert ist und jeder nach May sucht, in der Hoffnung auf Neuigkeiten.«

»So hat es angefangen«, sagte Sean. »Aber nach zwei Wochen haben sie die Hoffnung aufgegeben. *Wir* nicht. Das können wir nicht. Aber es ist schon zu lange her, um von einem Durchschnittsmenschen zu erwarten, für das Kind eines Fremden weiterhin Interesse an den Tag zu legen. Kat sagt, ihre Kollegen in der Arbeit hätten aufgehört, sie anzusehen, als hätten sie entschieden, dass es schon so lange her ist, May also … tot sein muss.« Seine Zähne verkrampften um das Wort. »Sie werden wieder anfangen, wenn es zur Verhandlung kommt.« Seine Gesichtszüge bröckelten, dann ordnete er sie neu und suchte krampfhaft nach einer Miene, die nicht nach Verzweiflung schrie. »Ich meinte nicht … Das sind *die*, nicht wir. Wir geben die Hoffnung nicht auf.«

Doch, das hatte er. Nicht einmal mehr das kleinste Fünkchen Hoffnung irgendwo auf seinem Gesicht. Als wüsste er mit unfehlbarer Sicherheit, dass seine Tochter tot war.

»Das verstehen wir«, sagte Marnie. »Wir geben die Hoffnung auch nicht auf.«

»Sie sind hergekommen, um uns zu warnen, keine Hoffnung zu schöpfen. Wenn wir in den Nachrichten von dem Mädchen von gestern Abend hören, wollen Sie nicht, dass wir uns falsche Hoffnungen machen. Darum geht es, nicht wahr?«

»Ich wollte, dass Sie zum gegenwärtigen Zeitpunkt genauso viel wissen wie wir. Was leider nicht sonderlich viel ist. Wie gesagt, der Fahrer glaubt nicht, dass es May ist, aber wir tun alles in unserer Macht Stehende, um Gewissheit zu bekommen.«

Seans Kopf senkte sich zu einem Nicken. »Ich verstehe. Hoffnung ist eine schreckliche Sache. Das habe ich in den vergangenen drei Monaten gelernt. Eine schreckliche, schreckliche Sache. Aber man kann nicht aufhören. *Wir* können nicht aufhören. Nicht, bis Sie sie zerstören.«

Mit einem nikotinverfärbten Finger zeigte er zur Straße. »Wenn Sie an die Tür klopfen, um uns zu sagen, dass Sie sie gefunden haben.« Seine Hand zitterte. »Dass Sie … dass Sie sie gefunden haben. Dann werden wir aufhören.«

10

Aimee

Ashleigh war im Badezimmer und versuchte, sich das Kerzenwachs und die Spucke vom Gesicht zu wischen. Ich konnte sie rumhantieren hören. Glücklich, weil die Hitze weg war, auch wenn seine Spucke noch an ihr klebte. Sie hatte May nie gemocht, und mich hasste sie.

»Ich bin schon drei verfickte Monate hier gewesen«, das war ihr Lieblingsgemeckere, »bevor ihr zwei aufgetaucht seid.«

Wohl wahr, aber es war nicht meine Schuld, dass er mich am liebsten hatte. Es war nicht so, als würde ich es *wollen*, dass er mich mochte.

Christie war schon seit fast zwei Jahren bei ihm, länger als jede von uns. Sie hatte Grace vor ungefähr einem Jahr gefunden, und die zwei hatten Ashleigh gefunden. Immer dieselbe Geschichte, dieselbe Masche.

»Ich kenne diesen Kerl«, sagte Christie immer. »Er hat dieses Haus. Er lässt uns bei sich wohnen, wenn wir uns gut benehmen.«

Grace hatte wahrscheinlich etwas in der Art geantwortet: »Echt? Gutes Benehmen auf dem Rücken, oder sollen wir für ihn lieber auf die Knie gehen?« Bei Ashleigh das Gleiche.

Und Christie sagte dann: »So ist er nicht«, und ich wette, Ashleigh ist enttäuscht gewesen.

Das Haus war annehmbar. Saubere Kleidung, heißes Wasser, Essen. Alles umsonst, und selbst wenn nicht, wen interessiert's? Wir hatten es alle schon schlimmer getroffen, draußen auf der Straße. Abgesehen von May, aber sie hatte mich. Wir dachten, wir wären sicher, May und ich, weil wir einander hatten. Erst als das Haus zu klein wurde und wir in die Wohnung umgezogen sind, hat sich das Märchen in diesen Scheiß verwandelt. Wir waren zwei dumme, verträumte Jugendliche, aber wir haben das nicht verdient. May hat das nicht verdient.

Hier kommt das Dümmste von allem. Wir dachten, *wir* hätten *ihn* ausgesucht, nicht anders rum. Wir dachten, wir wären schrecklich clever, weil wir ihn dazu gebracht hatten, uns ein Dach über dem Kopf, gratis Essen, Geschenke zu geben. Ashleigh mit ihren Titten wie wärmesuchende Raketen. Die wilde Gracie, immer auf Streit aus. May mit ihrem engelsgleichen Aussehen, die aber kein Engel war – und jetzt wusste es jeder. Und ich, das Opfer. Sein Liebling. Er liebt es, an meinem Bettrand zu sitzen und mir einen Lappen an den Kopf zu halten, ein Glas an die Lippen. Er hat mich nie berührt, außer um meinen Puls zu messen, und selbst dann ist es nicht so gewesen, wie man denken würde. Er war nicht der Kranke. Das bin ich gewesen. Jeden Tag ein bisschen schwächer, leichter, weniger *ich*. Er hat mich mit seinem kalten Lappen und seinem heißen Blick ausgelöscht.

Für den Fall, man könnte glauben, ich hätte den Verstand verloren, überhaupt hierhergekommen zu sein, muss ich anmerken, dass es so nicht von Anfang an gewesen ist. Früher, vor langer Zeit, ist es toll gewesen. Und wir *wollten* uns bei ihm einschmeicheln, so sieht's aus. Es war nicht leicht, sich bei Harm einzuschmeicheln. Er war nicht wie andere Männer, die meisten Männer. *Irgendwelche* Männer. Ich wünschte, er wäre es.

Ich habe Männer verstanden. Ich wusste, was sie wollten und wie man sie zufriedenstellte, aber Harm war anders. Grace hat geglaubt, er wäre doch so, und deshalb musste sie gehen. Hat ihn beleidigt mit ihren Andeutungen, er könnte uns auf diese Art wollen. Tut er aber nicht. Ich glaube, er kann es überhaupt nicht. Er hat May nie angefasst, aber sie war schwanger, und niemand wusste, wie das passiert war. Sie hat nichts gesagt, kein Sterbenswörtchen.

Ich habe gehört, wie Ashleigh endlich im Bad fertig war und zurück in ihr Zimmer ging. Es war still, abgesehen von den Geräuschen Londons, die gegen die Fenster schwappten. Ich wartete, dass May nach oben kam. Sie kam immer hoch, um mich vor dem Schlafen zu sehen. Um zu reden, mir eine gute Nacht zu wünschen. Ich musste unbedingt wissen, dass bei ihr alles in Ordnung war.

Dieser Ort – ich spürte, wie er unter mir brodelte.

Ich wollte sie hier oben bei mir, nicht unten bei ihm. Hätte ich den Mut aufgebracht, ich wäre in ihr Zimmer gegangen, hätte den anzüglichen Blicken von Ashleigh getrotzt, wäre das Risiko eingegangen, von Christie geschnappt zu werden oder von Harm.

Mein gesamtes beschissenes Leben lang hat es sich immer nur um Hätte-ich-den-Mut-aufgebracht gedreht.

Ich bin schwanger.

Ich habe die Minuten, die Stunden gezählt, seit sie das gesagt hat.

Wollte sie hier oben bei mir.

Hatte Angst, weil sie dort unten war, bei ihm.

Und er ihr vielleicht den Rücken zudrehte.

11

Noah hörte den Fernseher, sobald er die Wohnungstür aufschloss. Kreischen und abgefeuerte Gewehrkugeln, kehliges Geschrei, nasses Fleisch. Eine weitere Zombie-Nacht. Er ließ seine Schlüssel in die Schale im Flur fallen und streifte sich die Schuhe ab, während er ins Wohnzimmer ging.

Sein kleiner Bruder Sol lümmelte auf dem Sofa neben Dan, ihre Gesichter rot und grün angestrahlt vom Fernsehbildschirm, auf dem eine Nahaufnahme von einer Machete flimmerte, die jemandem den Kopf abschlug.

Sol grinste Noah an. »Hi, Bruderherz!«

»Hi. Tut mir leid, dass ich zu spät bin. Habe ich das Abendessen verpasst?«

»Ich hab deine SMS bekommen.« Dan rollte sich in die Senkrechte und kam ums Sofa herum, um ihm einen Kuss zu geben. »Hab beim Chinesen bestellt. Es sollte in zwanzig Minuten hier sein.«

Auf dem Bildschirm schwang ein Mann, das Gesicht wie in Stein gemeißelt, eine Armbrust gegen einen sich nähernden Untoten. Sol klopfte sich auf die Schenkel. »Jetzt bist du dran, Vollpfosten!«

»Es hat einen Golden Globe gewonnen«, sagte Dan arglos.

»Zwanzig Minuten, bis das Essen kommt?« Noah hakte den Daumen durch die Gürtelschlaufe von Dans Jeans und schob ihn in den Gang. »Dann hilf mir, Appetit zu bekommen.«

Dan stieß mit dem Fuß die Wohnzimmertür zu, ließ Sol vor dem Fernseher allein. »Wir sollten die Teller erwärmen.«

»Hm, wärm erst mal mich.«

»Das hast du nicht nötig, du bist heiß.« Dan warf Noahs Krawatte über seine Schulter, beugte sich vor und fuhr mit der Zungenspitze über seinen Hals. »Und schmeckst noch dazu gut.«

Noahs Hüften lockerten sich, entspannt in Dans Umarmung, sein Atem kam stockend. »Mann ... Du hast viel zu viele Zombiefilme angeschaut.«

»Magst du es nicht, gebissen zu werden?«

»Küssen ist mir lieber.« Er zog an Dans blondem Pony, wollte das siedende Blau seiner Augen sehen.

Dan presste ihn gegen die Wand, küsste ihn, bis Noah der Kopf schwirrte. »Du riechst nach Äpfeln.«

»Hmm. Das war mein Mittagessen.«

»DI Rome gibt dir nicht gut zu essen?«

»Nicht ihre Aufgabe. Wir hatten viel zu tun. Drüben in Battersea, neben dem Kraftwerk.«

Dan ließ seine Hüften an Noahs kreisen. »Ich liebe das Kraftwerk. Werde ständig eingeladen, noch einmal auf einen der Schornsteine zu klettern, bevor die restlichen abgerissen werden.«

»Deine Place-Hacker-Freunde«, folgerte Noah.

»Urban Explorer«, korrigierte ihn Dan. »Holen sich die Stadt von den Planern zurück ...«

»... werden wegen widerrechtlichen Betretens verhaftet und brechen sich das Genick. Es ist gut, dass du viel zu klug bist, um dich diesen Adrenalinjunkies anzuschließen.«

»Es geht nicht nur um Adrenalin.« Dan stützte sich mit

dem Ellbogen neben Noahs Kopf ab und küsste ihn zwischen den Worten, die seinen Mund verließen. »Sondern wieder im Einklang mit dem zu sein, was uns gehört, Grenzen zu überwinden, den Puls der Stadt zu spüren.«

»Hm. Deine Kumpel werden früher oder später geschnappt werden. Mehr Überwachungskameras in England als im Rest von Europa zusammen. Sie wissen das, oder?«

»Sie wissen, dass ich einen Detective Sergeant vögle. Das schlägt sich negativ auf die Anzahl der Einladungen nieder.«

»Kommt mir gelegen. Ich möchte dich nicht mit Handschellen an einen Metallzaun festbinden müssen.«

»Wird nicht passieren.« Dan lachte an Noahs Hals. »Aber ich verstehe, wo das herkommt, du nicht? Heutzutage weiß kaum noch jemand, wo er hingehört. Das musst du doch andauernd sehen, Kids auf der Straße, die kein Zuhause haben, sich einen Dreck um Privatbesitz oder Betreten-verboten-Schilder scheren. Sie haben kein Zuhause, also machen sie alles zu ihrem. Gehen, wohin sie wollen, tun, was sie wollen.«

»Deine Urban-Explorer-Freunde sind keine Kids, und sie sind nicht arm. Die meisten arbeiten und sind reich. Wären sie es nicht, hätten sie nicht das passende Kleingeld, um ihre Touren zu bezahlen.«

»Wie sind wir auf dieses Thema gekommen?« Dan küsste ihn wieder. »Oh, natürlich. Battersea Power Station, phallische Schornsteine, *du*, heiß wie eh …«

Jemand klingelte, um ins Gebäude gelassen zu werden.

Sol steckte den Kopf aus der Wohnzimmertür. »Abendessen ist da!«

»Ich kümmere mich darum.« Dan schälte sich aus Noahs Umarmung. »Du kannst die Teller warm machen.« Er eilte aus der Wohnung.

Sol sah seinen Bruder kopfschüttelnd an, während er mit

der Zunge über die Innenseite seiner Wange strich. »Du hast noch nicht mal deinen Anzug ausgezogen, Mann. Was würde deine Chefin sagen?«

»Sie würde sagen: ›Schnorrt sich dein kleiner Bruder etwa immer noch bei dir zu Hause durch, Noah, und hat er deine Oyster Card geklaut?‹«

»Hab Zeug von zu Hause gebraucht.« Sol kramte in seinen Jeanstaschen. »Danke, okay?«

»Nächstes Mal bitte mich um Geld.« Noah steckte die Karte ein. »Ich brauche die.«

»Bleib cool, Mann.« Sol ging in Richtung Küche. »Bier?«

Dan kam mit Plastiktüten zurück, die nach gebratenem Reis dufteten. »Lasst uns essen.«

Sie verteilten gerade das Essen auf Teller, als Noahs Handy brummte. »Chefin?«

»May Beswick.« Bei Marnie klangen die Worte messerscharf. »Wir haben sie gefunden.«

Tot.

Noah konnte es in ihrer Stimme hören.

May war tot.

Er stellte die Aluminiumschale mit Reis ab, drehte sich vom Tisch weg. »Wo?«

»Battersea Power Station. Wie schnell kannst du hier sein?«

12

London beugte sich durch lange Fenster herein, um einen Blick auf das zu erhaschen, was hier vor sich ging. Ihre Schatten färbten Böden und Wände und das Schaumglasgranulat in den glasierten Töpfen, in denen riesige Kakteen wuchsen. Dieselben Schatten färbten die Füße und Beine des Mädchens, sammelten sich in ihrem Bauch wie Schmutzwasser.

Noah stand in der Penthousewohnung, die berühmten Schornsteine des Kohlekraftwerks in seinem Rücken, sah eine tote Tochter und Schwester. Ein ermordetes Mädchen.

London blickte gleichgültig auf May Beswick herab. Löschte ihr Gesicht aus, presste ihre Hände an ihre Seiten, erschwerte es ihnen, die schwarzen Wörter auf ihrem Körper zu lesen. Sie wirkte sehr klein, wie sie dort auf dem Bett lag. Sie war sechzehn Jahre alt. Nackt, abgesehen von einer weißen Baumwollunterhose und der Schrift. Ihr Körper war mit Schrift übersät. Schwarze Farbe, von der breiten Spitze eines Textmarkers.

Hässlich. Nutte. Luder. Miststück. Dieselben Worte, immer und immer wieder. Ihre Beine empor und an ihren Armen hinab. Über ihren Bauch und ihre Brust. Höher, bis zu ihrem Brustbein. *Miststück. Nutte. Luder.*

In den geöffneten Innenflächen ihrer Hand. *Hure.*

Die Worte brüllten, füllten den Raum aus, hämmerten in

Noahs Schädel, als hätte jemand dort drinnen die Lautstärke hochgedreht. Alles schrie. Die Farben, der Geruch, ihre Stille. Die Art, wie sie dort lag, die hellblonden Haare ordentlich auf das Kissen gekämmt.

Runde Wangen und eine breite Stirn, doch sie war nicht mehr das Mädchen von dem Foto, das ihn in den vergangenen zwölf Wochen im Schlaf heimgesucht hatte. Er konnte die Bürstenstriche in ihren Haaren hören, das langsame Sammeln von Blut an der Rückseite ihrer Beine. Er ballte die Hände und biss die Zähne zusammen, konzentrierte sich allein auf das Verbrechen.

Die Wörter auf der linken Seite ihres Körpers waren ordentlicher. Falls sie Rechtshänderin war, hätte sie sie selbst schreiben können. Er konnte sie kaum ansehen, aber das musste er. Es war sein Job, die einzige Ausrede dafür, hier zu sein und einen toten Teenager anzustarren. Das Bild zersplitterte und verwandelte sich in ein statisches Rauschen. Er hörte es mehr, als dass er es sah, ein schrilles Kratzen, das sich zu dem Lärm in seinem Kopf gesellte.

»Wir brauchen die Spurensicherung. Fran Lennox …« Marnie sprach in ihr Handy. Ihr Mund beschrieb eine Linie in ihrem Gesicht. »Nein, ich will Fran. Sagen Sie ihr, dass ich ausdrücklich nach ihr gefragt habe. Der Opferschutz soll sich bereithalten.« Sie stand am Bettende. »Das ist jetzt eine Mordermittlung.«

Noah konnte die Hände des Mannes an Mays Kehle hören, das Zudrücken. Riesige Hände, ihre Größe schrie ihm durch den Umriss der blauen Flecke zu. Sie war erwürgt worden. Erst kürzlich, ihrer Farbe nach zu urteilen. Er konnte ihre um sich tretenden Füße hören. Es war nicht hier passiert.

»Rede mit mir«, sagte Marnie. »Sag mir, was du siehst.«

»Er hat es nicht hier getan. Sie war bereits tot, als er sie hergebracht hat. Es ist kein … Ich glaube nicht, dass es ihm um Sex ging. Er sieht in ihr ein Kind.«

»Er hat sie ausgezogen.«

Noah schüttelte entschieden den Kopf. »Sie sieht wie ein Kind aus.«

»Wir haben nach einem Kind gesucht. Der Tochter der Beswicks. *Ihr* Kind.«

»Loz' Schwester.« Ihm wurde übel. »Ihre große Schwester.«

»Warum geht es ihm nicht um Sex? Sag mir, was du siehst!«

»Die Art, wie er ihr die Haare gebürstet hat …« Noah hatte Frauen gesehen, von ihren Mördern wie Engel oder Huren hergerichtet. Hier war die Sache anders. »Er hat ihr die Haare wie bei einem Kind gebürstet.«

»Viele Menschen bringen Kinder um. Zu viele.«

»Ja. Aber das hier hört sich nicht … *sieht* nicht so aus. Nicht für mich.« Er musste aufhören, das Bett anzustarren, nur für einen kurzen Moment.

Darüber: ein Bild des Kraftwerks. Es hatte den äußersten Rand seines Gesichtsfelds aufgewühlt, seit er den Raum betreten hatte. Eine kühle graue Skizze der räumlichen Tiefe und schwindelerregender Perspektiven – das Gefühl, man würde in die Leinwand fallen und wie eine Fliege im Vorratsschrank einer Spinne zappeln, wenn man zu lang oder eindringlich hinsah. Solche Gemälde hatte er in Ausstellungen gesehen, die er mit Dan besucht hatte. Schmutz, von Hochbahnbogen und Kanaldeckeln gekratzt, machte die Farbe dick und ungleichmäßig, Staubklumpen und Haare wuchsen wie Zysten unter der Oberfläche der Leinwand. Sein Magen verkrampfte, während er das Bild betrachtete.

»Wie ist er hier reingekommen?« Marnie drehte sich vom Bett zu den hohen Fenstern. »Alles ist gesichert. Wahrscheinlich sogar noch mehr als später, wenn die Bauarbeiten fertig sind. Überwachungskameras, Alarmanlagen, Sicherheitsdienst.«

Einer vom Sicherheitsdienst hatte das Verbrechen gemeldet. Ein Wachmann hatte auf seinem Rundgang Mays Leiche gefunden und die Polizei alarmiert, entsetzt, aber nicht in Panik.

»Jamie Ledger, Ex-Soldat«, sagte Marnie. »Er hat Schlimmeres gesehen, wenn auch nicht in London. Er hatte geglaubt, es wäre ein ruhiger Job, Penthouses zu bewachen. Wir müssen mit ihm reden.«

Noah nickte, rührte sich aber nicht vom Fleck. Er wollte hierbleiben, bis der Leichnam auf dem Bett verstummte. »Der Mörder ist das Risiko eingegangen, geschnappt zu werden, nur um sie hier hochzubringen.« Die Schornsteine waren schwer in seinem Rücken. Monumental. Ikonenhaft. »Er wollte, dass wir sie so vorfinden. Und *hier* … genau hier.« Die Haare ordentlich gekämmt, Hände an den Seiten. »Es ist ein Ritual oder ein Geständnis.« Noahs Ausbildung, in Psychologie und als Detective, sagte ihm, dass sie es mit jemandem zu tun hatten, der wieder zuschlagen würde. Es war ein langer Weg durch das Baugelände. Überwachungskameras, Alarmanlagen, Wachmänner. »Er hat keine Mühen gescheut, sie hier für uns zurückzulassen.«

»Es ist eine Botschaft«, stimmte Marnie ihm zu. »Aber welche? Was will er uns sagen?«

»Er hat Zugang zu dem Gebäude, oder er kennt jemanden, der Zugang hat. Wir brauchen die Namen von jedem, der mit den Sicherheitsvorkehrungen der Baustelle vertraut ist. Er ist schon mal hier gewesen, *bevor* er sie getötet hat … er hat all das gesehen, und er wollte, dass sie ein Teil davon wird.«

»Eine teure letzte Ruhestätte«, murmelte Marnie, »wo sie gefunden werden würde, und das schnell. Du hast recht. Arbeiter, Immobilienmakler, potentielle Kunden – wir brauchen eine Liste von allen, die in den vergangenen zwölf Wochen Interesse an der Wohnung gezeigt haben.«

Noah beobachtete, wie sich die Lichter der Stadt in der Themse tief unten kräuselten. »Ich habe mit Dan über dieses Gebäude gesprochen. Er hat Urban Explorer erwähnt, Place Hacker. Die lieben es hier.«

»Nicht jeder wird auf einer Liste sein. Na gut. Aber irgendwo müssen wir anfangen.«

Noah nickte, erinnerte sich, was Dan noch über die Verlockungen eines solchen Orts gesagt hatte.

Es geht darum, den Puls der Stadt zu spüren.

Er drehte sich zum Bett zurück, das immer noch schrie. Die Wörter auf ihrem Körper. In seinem Kopf hämmerte es schwarz. »Glaubst du, sie hat es selbst getan? Die Schrift, meine ich.«

»Jede Menge Eddings in ihrem Zimmer. Sean meinte, sie würde immer malen.«

»Battersea Power Station… War das nicht eines der Motive, die sie gezeichnet hat?«

Marnie nickte. »Dieser Ort hatte auch für sie eine Bedeutung. Nicht nur für ihren Mörder.« Sie gesellte sich zu ihm ans Bett. »Mach weiter. Was noch?«

»Zwölf Wochen und ein Tag.« Noah blickte zu Mays Händen und ihren Füßen. »Dort, wo er sie gefangen gehalten hat, war es sauber, ordentlich. Es gab Essen, er hat sich um sie gekümmert. Ihre Fingernägel sind gepflegt, die Beine kürzlich rasiert, das Haar gewaschen… Er hat es gebürstet, nachdem er das getan hat. Nachdem er sie getötet hat. Könnte er den Rest auch post mortem getan haben?«

»Nicht alles«, sagte Marnie. »Sieh dir ihre Haut an. Keine Hämatome, abgesehen von denen an ihrer Kehle. Keine

Schrammen, keine sichtbaren Verletzungen. Jemand hat sie umsorgt, oder sie durfte sich selbst pflegen. Sie hätte das nicht getan, hätte sie sich gefürchtet. Nicht, wenn sie geglaubt hätte, sie würde in Lebensgefahr schweben.«

»Die Worte sind hässlich. Denkst du, sie hat sie selbst geschrieben, *bevor* sie von zu Hause verschwunden ist?«

»Vielleicht. Wir haben die Beswicks zu selbstverletzendem Verhalten befragt, und sie haben es abgestritten.«

»Ist es selbstverletzend?«

»Zumindest ein Selbstvorwurf. Eine Warnung vielleicht.« Marnie blickte weg, schwieg einen Moment. »Sie ist immer noch blond, und sie ist nicht dürr. Aber ich finde, wir sollten Joe Eaton noch einmal wegen des Mädchens befragen, das er gesehen hat. Insbesondere in Bezug auf die schwarzen Kratzer.«

Noah sah zu der zackigen Farbe auf Mays Körper. »Du denkst, es könnte *Schrift* gewesen sein, wie bei ihr?«

»Ich denke … vielleicht. Ja.«

»Sie haben sich *gekannt*? May und das andere Mädchen? Oder sie kannten den Mörder?«

»Das habe ich nicht gesagt. Es könnte Zufall sein.«

»So was gibt's nicht«, erwiderte Noah automatisch.

»Er hat sie gelesen.« Marnies Stimme war so leise, er musste den Kopf drehen, um sie zu verstehen. »Psychisch lädierte Mädchen, Ausreißerinnen. Er hat sie gefunden, sie mitgenommen. Und sie gelesen. Er hat ihre Haut gelesen.« Sie sah zu Noah. »Wir müssen ihn finden, bevor er wieder zuschlägt.«

Rituale. Spektakel …

Alles deutete auf den Beginn einer Mordserie hin.

London war voller Ausreißerinnen.

Wie viele von ihnen hatte dieser Mann aufgesammelt?

13

Aimee

Ich hatte ihre Stifte. Mays Stifte. Die, mit denen sie auf sich geschrieben hat. Es war Grace' Spiel, aber May hat ihr Gesellschaft geleistet, wollte, dass Grace sich weniger wie ein Freak vorkommt, weniger allein. Ich hatte die Worte gehasst, all diese Lügen. *Hässlich. Miststück. Nutte.* »Du bist nichts davon«, hatte ich ihr versichert, aber sie hat nicht aufgehört.

Sie war weg.

Ich konnte es nicht glauben. Sie hatte sich nicht mal verabschiedet. Nur ein weiterer leerer Platz am Tisch, als wir uns zum Frühstück hinsetzten.

»Sie ist nach Hause gegangen.« Harms Gesicht war ein Schlusspunkt. »Es war ihr Wunsch.«

Niemand hat eine Frage gestellt. Nicht beim Frühstück, nicht Harm. Ich konnte sein Essen nicht herunterschlucken, musste es in den Wangentaschen aufheben, bis ich es in die Toilette spucken konnte. Es war Schock, größtenteils. Ich war ein solcher *Feigling.* Wie konnte sie darauf vertraut haben, dass ich sie beschütze, ganz zu schweigen von dem Baby?

Nach dem Frühstück bin ich in ihr Zimmer gegangen, in der Hoffnung, dass sie mir eine Nachricht hinterlassen hatte, Anweisungen, wie man sie finden könnte. Ohne sie wollte ich nicht hierbleiben. Aber wohin sollte ich gehen? Wenn selbst *sie* mich nicht wollte …

»Was ist los, Freak? Vermisst wohl deine kleine Freundin? Selbst jetzt, wo du weißt, dass sie keine Lesbe ist?« Ashleigh stopfte die Sachen aus Mays Spind in einen Müllsack. »Lesben werden nicht schwanger.« Sie machte oben in den Beutel einen Knoten. »Sie hat Schwänze gemocht.«

»Kann ich den haben?« Ich streckte die Hand aus.

»Hä? Warum? Was bekomme ich dafür, Freak?«

»Paracetamol.« Ich steckte die Hand in die Tasche. »Ich gebe dir zwei Paracetamol.«

Keiner außer mir durfte Tabletten haben, denn ich musste ständig die Kranke spielen.

Ashleigh wollte die Tabletten, aber sie war gierig. »Was ist mit dem Anhänger, den er dir geschenkt hat?« Sie schlang sich die Lasche der Mülltüte ums Handgelenk. »Zwei Paracetamol und der Anhänger.«

»Du kannst den Anhänger nicht haben. Er kontrolliert sämtliches Zeug, das er mir schenkt. Wenn etwas fehlt, wird er wissen, dass du ihn geklaut hast, und du kriegst Riesenärger. Ich kann behaupten, ich hätte die Tabletten geschluckt, weil es mir nicht gut gegangen ist.« Ich holte den Folienstreifen heraus und drückte zwei Pillen in meine Hand, streckte sie ihr hin. »Die zählt er nicht nach.«

»Warum willst du überhaupt ihren Scheiß?« Ashleigh nahm die Tabletten, gab mir den Beutel. »Sie ist 'ne dreckige Hure. Hat rumgevögelt, ist rausgeschlichen, um es sich besorgen zu lassen. Die Glückliche. Außer, *er* ist es gewesen.« In gespieltem Entsetzen schlug sie sich die Hand vor den Mund. Nur halb gespielt. Würde er sie so reden hören oder würde ich es ihm erzählen, würde sie es bereuen. Es gäbe eine weitere Runde mit der Kerze und dem Gesichtschrubben, nur diesmal schlimmer.

»So ist er nicht. Und May auch nicht.«

»Oh, mach dich nicht *lächerlich*! Sie ist schwanger. Wie, glaubst du, ist das passiert? Sie hat sich heimlich rausgeschlichen und rumgevögelt. Nun, viel Glück für sie. Und bye-bye.« Sie drehte sich zum Spind um, in dem sie die Tube Vaseline aufbewahrte, mit der sie sich die Lippen angemalt hatte, und ich dachte:

Du bist die Nächste.

Bye-bye.

Ich nahm die Mülltüte mit nach oben und setzte mich auf mein Bett, um die Dinge durchzugehen, die May zurückgelassen hatte. Zwei T-Shirts, alte Haargummis mit ihren Haaren drin, ihre Stifte und ihr Skizzenblock. Ich blätterte die Seiten um, betrachtete unsere Gesichter. Die anderen hatten ihr nicht Modell sitzen wollen, weshalb Ashleighs Gesicht nur schraffiert war. Christies war ihr nicht richtig gelungen, wie Menschen, die Papiermasken trugen, auf die ihr Gesicht fotografiert worden war. Die Bilder von Grace waren gut. Ich vermisste sie, die verrückte Gracie. Keine Bilder von Harm im Skizzenblock, aber eine Menge von mir. Er hatte May befohlen, mich zu zeichnen, immer und immer wieder. Am Frisiertisch mit seinen Geschenken. Haare bürstend, den Anhänger um den Hals, im Bett. Viele Bilder von mir im Bett: *Aimee, im Sterben*. Sie hatte zugestimmt, mich zu malen, weil es bedeutete, dass wir Zeit zusammen verbringen konnten. Ich hatte ihr gern beim Arbeiten zugesehen, mit ihren zurückgebundenen Haaren, den Mund vor Konzentration fest geschlossen, Himmel und Wolken, die sich über ihre Schultern beugten. Ganz London war dort draußen. Wenn ich mich ans Fenster stellte, konnte ich die Battersea Power Station sehen. Ihre Schornsteine waren das Letzte, was sie gemalt hatte.

Ich suchte nach Botschaften, etwas, das nur mir galt. Ich

konnte nicht glauben, dass sie fortgegangen war, ohne sich zu verabschieden. Wir hatten alles geteilt. Damals, als Christie mir eine Schachtel Damenbinden gegeben hatte – ich kann immer noch die verlegene Röte spüren, die *Scham*, die mir ins Gesicht gekrochen war. Ich weiß nicht, was ich getan hätte, hätte May keinen Witz gerissen: »Was ist rot und fliegt durch die Luft? Die Binde Maja …«

Keine Botschaft in ihrem Skizzenblock, nichts, was ich nicht schon gesehen hätte, abgesehen von diesem letzten Bild des Kraftwerks. Wir hatten beobachtet, wie das Baugerüst hochgezogen wurde, Arbeiter mit Schutzhelmen, die überall auf der Baustelle herumwuselten. Sie wandelten es in Wohnungen um, und wir hatten uns ausgemalt, dass wir eines Tages dort wohnen würden, May und ich und ihre kleine Schwester. In der größten Wohnung, mit den Fick-mich-Fenstern, die ganz London zu Bildern machten wie die, die sie gemalt hatte. War es eine Botschaft, dieses letzte Bild? Wartete sie dort auf mich? Sie hatte einen Ausweg gefunden, so wie Grace. Sie war fort, aber sie hatte mich hier zurückgelassen. Bei ihm …

Die Türklinke senkte sich.

Hastig schob ich den Skizzenblock und alles andere unter das Kissen, legte mich hin und schloss die Augen. Blut pumpte in meiner Kehle, Schweiß rann mir wie ein Ausschlag an Armen und Beinen hinab, kitzelte mich in den Achselhöhlen, auf den Lippen …

Die Luft im Zimmer verdickte sich, krümmte sich um mich.

Er kam zum Bett und stand lange da, den Blick auf mich gesenkt.

Sah, was er sehen wollte.

Sein krankes, kleines Mädchen.

Aimee, im Sterben.

14

Außerhalb der Penthousewohnung wirkte das Kraftwerk verlassen. Unverputzter Beton, modrige Fliesen, Böden, klebrig von Fett und Staub. Stromkabel, die aus der Decke hingen, darauf wartend, mit dem Rest der Stadt verbunden zu werden. Hier unten roch die Baustelle wie eine erkrankte Lunge.

Marnie unterhielt sich mit dem Wachmann, Jamie Ledger. »Wollen Sie mir etwa sagen, dass Sie keine Videoaufnahmen der Überwachungskameras von gestern Abend haben?«

»Das würde mich zumindest überraschen. Ist doch der Grund, warum sie uns haben. Und die Hunde.« Mit dem Kopf nickte er zu einem seiner Kollegen, der mit einem Deutschen Schäferhund an einer schweren Leine das Gelände abschritt. »An denen kommt niemand vorbei.«

Ex-Soldat, Mitte vierzig, Tätowierungen an den Fingern. Er hatte in seiner Zeit Schlimmes gesehen, aber das hier? Es war ein stumpfsinniger Job, nichts im Vergleich zu der lebensbedrohlichen Arbeit, die er hinter sich gelassen hatte, und das erst kürzlich, seinem Stoppelhaarschnitt nach zu urteilen.

»Seit wann arbeiten Sie hier?«

»Am Dienstag drei Wochen.« Ledger verschränkte die Hände hinter dem Rücken.

»Hat es früher schon mal Ärger gegeben?«

»Im Sinne von Leichen? Nein, das ist die erste.«

»Aber es gab eine andere Art von Ärger?«

»Kids, Fassadenkletterer, ein paar Betrunkene. Nichts im Vergleich zu dem hier.« Blasse Augen in einem dunklen Gesicht. Eine seiner Fingertätowierungen war ein Falke. Knapp über eins achtzig, gut in Form, besser als die anderen Wachleute, die sie auf der Baustelle gesehen hatte, ein Muskelpaket. Sein kieselgrauer Blick hatte sie im Bruchteil einer Sekunde erfasst. Er hatte gewusst, dass sie das Sagen hatte, noch bevor sie ihre Marke gezeigt hatte. Ein guter Soldat, schätzte sie und hätte gern den Grund erfahren, weshalb er die Armee verlassen hatte. Da bemerkte sie die münzgroße Narbe über seinem linken Ohr. Er hatte sie gefragt, ob es sie störte, wenn er rauchte, und sie hatte verneint, weil sie ihn auf ihrer Seite brauchte. Er drehte sich jede Zigarette selbst, rauchte sie bis zu den Fingern, bevor er sie wegschnipste.

»Die Überwachungskameras im Haupttrakt funktionieren nicht? Warum nicht? Da hängen doch überall welche rum.«

»Kameras müssen aber angeschlossen sein. Sie wollen erst mehr Einheiten verkaufen, bevor sie weiter Geld reinstecken.« Er zuckte mit den Schultern. »So ticken Bauunternehmer eben. Wenn's um Geld geht, haben die Stacheldraht in der Tasche.«

»Ist das Ihre Meinung, oder wissen Sie das? Ich könnte ein paar harte Fakten gebrauchen. Etwa, wie viele Kameras auf dem Gelände funktionieren und welche. Insbesondere oben.«

»Keine von denen oben. Die vertrauen drauf, dass es niemand so hoch schafft, außer er hat ein paar Millionen zu viel im Geldbeutel.« Er fuhr mit der Zunge über ein Zigarettenpapier. »Wir sollen das Gelände hier unten sichern.« Ein verstohlener Seitenblick, mit dem er sie abcheckte, genau wie er eine Waffe mit den Augen abchecken würde, um zu erkennen, ob sie womöglich eine Ladehemmung haben oder beim

Schießen zur Seite ausreißen könnte. Nichts Persönliches, ganz gewiss nichts Sexuelles. Er hatte Noah auf dieselbe Art abgecheckt.

Marnie brauchte jemanden auf der Baustelle, der aufmerksam war. Eine Ausnahme zum gewöhnlichen Durchschnittswachmann. Was hatte er über den Sicherheitsmitarbeiter mit dem Hund gesagt? An denen kommt niemand vorbei. Sie speicherte es für später ab. »Sie haben die Leiche entdeckt, oben. Aber Sie haben nichts angefasst.«

»Nein.« Der blasse Blick glitt wie ein Suchscheinwerfer über sie hinweg. »Es war offensichtlich, was es ist.«

»Was ist es denn?«

»Mord. Irgendein Psycho hat sie erwürgt. Wahrscheinlich auch vergewaltigt.« Ein Hauch von Wut in seiner Stimme. »Ich hatte vergessen, was für ein Drecksloch London ist.«

»Wie lang sind Sie schon wieder zurück?«

Er hielt seinen Zorn mit einem Lächeln zurück. »Zwei Jahre, Pi mal Daumen.«

»Wo sind Sie gewesen?«

»Afghanistan.« Keine Wichtigtuerei in seiner Stimme. Präsentierte nur die Fakten, nüchtern.

»Sie wiegt knapp fünfundvierzig Kilo.« Marnie passte ihren Ton der schlichten Sachlichkeit des Mannes an. »Wer auch immer sie dort hoch getragen hat, ist fit und stark.«

»Und leise. Es ist nicht leicht, hier leise zu sein.« Mit dem Stiefel kickte er gegen einen kleinen Berg Bauschutt, das Geräusch von prasselndem Regen hervorrufend. »Ich hab sie bei meinem ersten Rundgang gefunden. Sie könnte schon ein paar Stunden vor meiner Schicht dort gelegen haben.«

»Niemand sonst hat einen Rundgang gemacht, bevor Sie gekommen sind?«

»Alle, laut Dienstplan. Ich hab mich umgehört, während

Sie oben waren. Im Dienstplan ist unterschrieben worden, aber ich würd 'nen Besen fressen, wenn jeder von denen den Arsch hochbekommen hätte und wirklich bis ganz oben gegangen wäre.«

»Sie sind der Einzige, der das tut?«

»Ich mag die Bewegung. Ist besser, als blöd rumzusitzen und den anderen beim Jammern und Furzen zuzuhören.« Mit den Fingerspitzen gab er der Zigarette den letzten Schliff. »Sie war bereits oben, als ich mich eingestempelt habe. Andernfalls hätte ich was mitbekommen.« Er blickte in Richtung Fluss. »Mir entgeht kaum was. Dazu wurde ich ausgebildet. Augen und Ohren offen zu halten. Manches vergisst man, aber das nicht. Hatte allerdings vergessen, zu was ich hierher zurückkomme.« Er zündete ein Streichholz an und hielt es sich an die Zigarette. »Afghanistan ist nichts im Vergleich zu dem hier.«

Fran Lennox stand im Penthouse neben dem Bett. »Mauve ist eine grässliche Farbe. Schmutzig. Ich hätte Weiß genommen. Mit weißem Bettzeug kann man nichts falsch machen.«

»Sie verkaufen an Manager«, sagte Noah. »Es ist alles sehr ... maskulin.«

»Ich hasse diese Ausstellungswohnungen.« Fran zog an den Spitzen ihrer Finger, zupfte die Latexhandschuhe ab. Sie war nicht viel größer als May, schlank und blond, die Haare kurz geraspelt, nichts als Wangenknochen und helle, neugierige Augen. »Ich kann mir nicht vorstellen, dass jemand wirklich so wohnt, Sie etwa? Dieses Kopfteil könnte glatt aus einem Jumbojet stammen. Und was das Bild angeht ...« Sie schauderte, der blaue Schutzanzug ließ ihre Haut milchig weiß schimmern.

Wartete sie etwa, so wie er gewartet hatte, dass der Lärm

hier drinnen erstarb? May schrie Noah seit einer geraumen Weile nichts mehr zu, aber vielleicht hörte Fran sie noch. Nein, dafür hatte sie zu viele Leichen gesehen. Sie wartete auf Marnie. »Wo ist die Chefin?«

»Redet mit dem Wachmann, der die Leiche gefunden hat.«

»Wie geht's ihm?«

»Ex-Soldat. Ihm geht's okay. So okay, wie's einem wohl gehen kann.«

Fran trat näher, betrachtete May. »Könnte schlimmer sein. Zumindest werden ihre Eltern sie wiedererkennen.«

Noah war nicht sicher, ob das besser oder schlimmer war. Die fein säuberliche Anordnung, mit der sie aufgebahrt worden war, war feige, eine Beleidigung. Als hätte der Mörder die Vergebung der Familie als selbstverständlich vorausgesetzt. Er hatte ihre Tochter aufgeräumt, sie stumm und fügsam gemacht, puppengleich. Sie wieder in ein Kind verwandelt. Es war einer der schlimmsten Morde, den Noah seit Langem erlebt hatte.

»Sie war sechzehn, oder?«, fragte Fran.

»Ja.«

»Wirkt nicht so alt. Mehr wie dreizehn. Ich meine nicht körperlich. Die Art, wie sie zurückgelassen worden ist.«

»Ja.« Jemand hatte nicht gewollt, dass May erwachsen wird. »Die Schrift … Hat sie das selbst gemacht?«

»Wenn sie Rechtshänderin ist, so wie neunzig Prozent der Bevölkerung, dann ja.« Fran neigte den Kopf. »Vom Neigungswinkel der Wörter aus kann man davon ausgehen.«

»Wir haben uns wegen des verschwundenen Mädchens vom Unfallort gefragt, ob das, was Joe Eaton als Kratzer bezeichnet hat, das hier sein könnte. Schrift.«

»Ich habe das Hemd getestet, das ihr gefunden habt. Es war kein Blut. Ethanol und Isopropanol. Der Hauptbestandteil von Eddings.« Fran nickte zu den Innenflächen von Mays Hand. »Genau wie hier, würde ich sagen.«

»Dann ... kannten sie sich. Zwei Mädchen, dasselbe Alter, dieselben Worte. Eine von ihnen konnte fliehen, die andere ...« Noah schüttelte den Kopf, niedergeschlagen.

»Könnte Zufall sein.« Fran beugte sich vor, musterte die Blutergüsse an Mays Hals. »Große Hände. Nicht zwangsläufig die eines Mannes. Und auf mich macht es nicht den Eindruck eines sexuell motivierten Mords, aber nagel mich nicht drauf fest. Ihr braucht Fotos von der Schrift, um sie Joe Eaton zu zeigen.«

»Zwei Teenagermädchen im selben Teil von London, beide mit Schrift auf ihrer Haut? Das kann kein Zufall sein. Sie müssen sich gekannt haben, entweder als Freundinnen oder Opfer.«

»Das andere Mädchen hat ihre Kleidung weggeworfen und ist untergetaucht, das habt ihr doch gesagt, oder? Vielleicht ist sie in die Sache verwickelt, ich würde sie also nicht zwangsläufig als Opfer bezeichnen, noch nicht ...« Fran richtete sich auf, blickte an Noahs Schulter vorbei. »DI Rome, du bringst mich an die schönsten Orte.«

»Du kannst mir später danken. Dein Team ist auf dem Weg nach oben.«

»Gut. In dem Fall machen wir uns lieber an die Arbeit und überlassen euch die Sicherheitsleute und Überwachungskameras. So wie dieser Kasten verkabelt ist? Wahrscheinlich kennt ihr die Identität des Mörders noch vor mir.«

»Dein Optimismus in Ehren«, stöhnte Marnie.

»Sag jetzt nicht, dass dieser supermoderne Hightech nur fake ist?«

»Oh, der ist schon echt. Er ist bloß noch nicht eingeschaltet.«

»Nicht dein Ernst?« Noah nickte zur Konsole neben der Tür. »Nichts von dem Zeug funktioniert?«

»Ein Teil, im Erdgeschoss. Hier oben? Fehlanzeige laut Jamie Ledger.«

»Wer weiß sonst noch davon, abgesehen von Ledger?«

»Die Bauunternehmer, das Sicherheitspersonal. Wir arbeiten an einer Liste.« Als Marnies Blick zum Bett glitt, veränderte sich ihr Gesicht. »Wir sollten den Beswicks die Nachricht überbringen.«

Morgenröte schob sich zaghaft über den Horizont, Licht fiel in Streifen auf Frans schlanke Hände, während sie arbeitete.

»Kann das nicht warten?«, fragte Noah. »Bis zum Morgen? Lassen wir sie noch etwas schlafen.«

»Glaubst du etwa, sie schlafen? Wir sollten es ihnen sagen. Fran, ruf mich an, sobald ihr hier fertig seid.« Marnies Augen waren die ganze Zeit über auf das Bett geheftet gewesen. »Sie werden sie sehen wollen.«

15

In der Taybridge Road standen die Mülltonnen im Freien, bereit zur Abholung. Fast die ganze Nacht war Regen gefallen, der im Rinnstein und den flachen Deckeln der Mülltonnen Pfützen gebildet hatte. Es war fast fünf Uhr morgens.

Marnie fand einen Parkplatz, schaltete den Motor aus, betrachtete den Regen, der sich auf der Windschutzscheibe sammelte. »Bereit?«

»Ja.« Noah löste den Sicherheitsgurt, bewegte sich ansonsten nicht vom Beifahrersitz. »Eigentlich, nein. Ich habe Angst. Das Falsche zu sagen und es schlimmer zu machen.«

»Wirst du nicht.« Der Motor des Wagens gluckste beim Abkühlen. »Kannst du gar nicht. Schlimmer kann es nicht werden.« Ihre Worte klangen zu trostlos. Sie versuchte es noch einmal. »Ich habe bei dieser Sache lieber dich bei mir als jeden anderen aus dem Team. Genau deshalb, weil du so mitfühlend bist. Das wissen die Beswicks. Sie vertrauen dir.«

Noah nickte. »Okay. Bringen wir's hinter uns.« Er stieg aus dem Wagen.

Durch das geriffelte Glas der Haustür drang Licht aus dem Haus. Jemand war früh wach. Marnie klopfte und trat zurück, Schulter an Schulter mit Noah.

Loz öffnete die Tür. Sie sah in ihre Gesichter, und ihr Blick wurde hitzig. »Nein. *Nein.* Gehen Sie weg!« Sie versperrte ihnen den Weg ins Haus. »Sie sind noch nicht wach. Sie schlafen. Gehen Sie einfach … weg!«

Marnie sagte: »Es tut uns sehr leid. Aber wir müssen reinkommen. Wir müssen mit deinen Eltern sprechen.«

Loz wich keinen Zentimeter beiseite. »Sagen … Sagen Sie ihnen nicht, dass sie tot ist.« Die Ärmelaufschläge ihrer Schuluniform verbargen beinahe die Fäuste, zu denen ihre Hände geballt waren. »Tun Sie das *ja* nicht!« Sie war das genaue Gegenteil ihrer Schwester. Knochig, wo May kurvig gewesen war, dunkles Haar, das wie Gestrüpp um ihr schmales Gesicht wuchs. Niemand könnte Loz' Haare jemals zu einem blonden Fächer auf einem malvenfarbenen Kissen kämmen.

Noah sagte: »Loz, lass uns rein. Ich friere hier draußen.«

Schwarze Augen huschten zu seinem Gesicht. »Werden Sie es ihnen sagen, oder wird sie das übernehmen? Vermutlich muss sie es tun, weil sie eine *Frau* ist und Frauen diesen verdammten Scheiß besser verstehen.« Sie blinzelte, sah für einen kurzen Moment genau wie ihr Dad aus. »Wenn meine Schwester tot ist, darf ich wohl noch fluchen.«

»Du darfst fluchen«, sagte Noah. »Du darfst mich auch schlagen, falls das helfen sollte. Aber lass uns rein, okay?«

Sie trat hinter die Tür, blieb dort auch stehen, als Marnie und Noah bereits im Haus waren. Kein Geräusch von oben.

Noah schloss die Eingangstür. »Kannst du deine Eltern für uns wecken?«

»Sie werden sowieso bald aufstehen. Mum steht um sechs für die Arbeit auf.« Keinerlei Gesichtsfarbe. »Sie können warten, oder?«

»Tut mir leid.« Noahs Gesicht war nass vom Regen. Er wollte Loz die Hand auf die Schulter legen, doch sie sah aus, als würde sie dann sofort zusammenbrechen. Sie brauchte ihre Mum und ihren Dad.

»Ich gehe hoch«, sagte Marnie sanft. »Wenn das für dich in Ordnung ist.«

»*Na schön.* Ich geh schon!« Loz schob sich an ihnen vorbei, die Treppe hinauf. Auf halber Höhe blieb sie stehen, drehte sich zu ihnen zurück. »Sie sollten Wasser aufsetzen.« Ihr Mund formte einen scharfsinnigen Kreis. »Sie werden Tee brauchen.«

Katrina und Sean Beswick saßen in ihren Pyjamas auf dem Sofa. Loz stand in der Ecke des Wohnzimmers, beobachtete sie. Beobachtete auch Marnie und Noah. Fünf Tassen Tee standen auf dem niedrigen Couchtisch, auf dem Seans aufgeklappter Laptop lag, mit blinkender Batterieanzeige.

»Sind Sie *sicher*, dass sie es ist?« Katrina wirkte halb erfroren in ihrem weißen Seidenpyjama, entblößte Schlüsselbeine wie ein Kleiderbügel für den Rest ihres Körpers. »Müssen wir sie identifizieren?«

»Es muss eine offizielle Identifizierung geben, ja.« Marnie saß am Rand ihres Sessels, nahe bei den trauernden Eltern. »Aber wir sind uns so sicher wie nur irgend möglich, dass es sich um May handelt. Es tut mir sehr leid.«

Noah stand am Fenster, nicht weit weg von Loz. Er konnte Weichspüler an ihrer Uniform riechen. Ihr ganzer Körper war wie erstarrt, strahlte Anspannung aus.

»Sie wurde in der Battersea Power Station gefunden? Hat sie …« Sean schluckte. »Können Sie uns sagen, ob sie …«

»Was Dad fragen will«, sagte Loz, »ist, ob sie sich umgebracht hat?«

Der starre Blick ihrer Mutter fand sie auf der anderen Seite des Zimmers. »Loz, nicht.« Flehte sie mit geöffneten Handflächen an. Licht fiel in die Fältchen unter ihren grauen Augen. »Nicht jetzt.«

»Es ist kein Suizid gewesen«, sagte Marnie.

»Also hat sie jemand umgebracht. Sie ist ermordet worden.«

»Bitte!« Ihre Mum fauchte das Wort.

Regen traf die Fenster des Hauses wie eine Handvoll Kieselsteine.

»Was, darf ich nicht mal wütend sein, dass irgendein Arschloch meine Schwester umgebracht hat?«

»Süße, komm her.« Seans Blick verschwamm, war blind. »Komm her.«

Loz ignorierte seine ausgestreckte Hand. Sie saß nun auf einem Schemel in der Zimmerecke, die Knie bis zum Kinn hochgezogen.

Marnie wartete, bis sich der schlimmste Sturm auf Loz' Gesicht verzogen hatte. »Es tut mir sehr leid, aber ja. Das hier ist eine Mordermittlung. Das Mädchen, das wir gefunden haben, ist erwürgt worden.«

»Das *Mädchen*, das Sie gefunden haben. Also sind Sie sich *nicht* ganz sicher?«, beharrte Katrina. »Sie ist es vielleicht *nicht.*«

»Mum, sie haben dir gesagt, dass May tot ist. Jemand hat sie umgebracht.« Loz schlang die Arme um die Knie, große, brennende Augen in ihrem Gesicht. »Sie brauchen dich, damit du sie identifizierst, so funktioniert das, aber sie haben sie gesehen, also wissen sie, dass sie es ist.« Sie blickte zu Noah. »Haben *Sie* sie gesehen? Sie ist es, nicht wahr?«

»Ja. Es tut mir sehr leid.«

»Etwas Gutes gibt es. Sie muss okay aussehen, wenn Sie sich so sicher sind. Sie kann nicht verbrannt oder schrecklich vermöbelt oder verfault sein.«

Katrina hob beide Hände, um den Anblick ihrer Tochter auszublenden.

»Süße«, sagte Sean mit schwacher Stimme, »du musst aufhören.« Seine entsetzten Augen richteten sich auf Marnie. »Wann? Wann haben Sie sie gefunden, wann ist es passiert?«

»Wir haben sie gestern Abend gegen sieben gefunden. Wir wissen nicht genau, wann es passiert ist, aber wir nehmen an, nicht lang davor. Wir werden Ihnen bald bessere Antworten geben können.«

»Nach der Autopsie.« Loz schloss die Augen, wiegte sich auf dem Schemel vor und zurück.

Noah wartete, dass einer ihrer Eltern das Zimmer durchqueren und sie in den Arm nehmen würde. Weder Sean noch Katrina erhoben sich vom Sofa. Mit einem Mal erkannte er, dass es in diesem Haus mit seinen weißen Wänden und kargen Räumen keinerlei Geborgenheit mehr gab. Loz umarmte sich, als würde es sonst nie jemand tun.

»Sie ist also gestern Morgen und gestern Nachmittag am Leben gewesen. Noch vor so kurzer Zeit?« Sean griff nicht nach der Hand seiner Frau, saß ein Stück entfernt von ihr, als fürchtete er den Kontakt. »Die ganze Zeit über war sie am Leben?«

»Ja.« Marnies Handy summte, ihr Blick huschte zum Display. »Das ist meine Kollegin, Fran. Sie ist mit den Vorbereitungen fertig, damit Sie May noch einmal sehen können. Sobald Sie bereit sind.«

»Fran?«, wiederholte Katrina.

»Die Pathologin.« Loz schlug die Augen nicht auf. »Diejenige, die die Autopsie durchführen wird.«

Die Beswicks konnten weder ihre Tochter noch einander ansehen. Stattdessen suchten sie in Marnies Gesicht nach einem schwachen Trost. »Alice Gordon könnte uns begleiten«, sagte Marnie, »wenn Sie wollen.«

Alice war ihre Opferbetreuerin.

»Nein, danke.« Loz hob das Kinn, starrte Noah trotzig an. »Wenn ich diese blöde Kuh noch einmal sehe, muss ich kotzen.«

Keine Reaktion vom Sofa, ihre Eltern hatten sie längst ausgeblendet.

Noah wollte Loz umarmen, jeden einzelnen ihrer kratzbürstigen Stacheln.

»Sie haben das von Anfang an als Mord behandelt. Das weiß ich. Das habe ich im Internet nachgelesen. Polizeiliche Verfahrensweisen bei vermissten Personen. Sollten Zweifel bestehen, immer an Mord denken. Das spart später Zeit, wenn die vermisste Person tot aufgefunden wird.« Loz stützte das Kinn wieder auf den Knien ab. »Sie glauben schon seit Wochen, dass sie tot ist.«

16

Christie

»Aimee ist fiebrig«, sagte Harm. »Sie sollte im Bett bleiben. Du wirst später immer mal wieder bei ihr vorbeischauen müssen.«

Er stand am anderen Ende der Küche, zwischen Christie und der Tür. Aber es war nicht hoffnungslos, noch nicht. Er konnte sie immer noch ansehen. Erst wenn er ihrem Blick auswich, bekäme Christie es mit der Angst zu tun. Er wollte sich nicht ansehen, was er getan hatte. Was er war. Sie würde gleich zu Aimee hochgehen. Weil er es erwartete und weil sie sich vergewissern musste, dass es Aimee gut ging. Sie hatte angenommen, sie wäre sich seiner sicher, aber nach Grace und May…

Christie konnte sich seiner nicht sicher sein. Keine von ihnen verstand das. Ashleigh glaubte, sie könnte ihn verführen. Sie würde nicht mehr lang bei ihnen sein. Was Aimee anging…

Aimee hatte nie die kleinste Chance gehabt. Bei ihrem Aussehen, ihrer *Gebrechlichkeit*. Wie sie auf der Straße überlebt hatte, war Christie ein Rätsel, aber wahrscheinlich war Aimee clever, auf ihre ganz eigene Art. Sie würde nicht schlafen, wenn Christie nach ihr sah, aber allmählich war sie gut darin, es vorzutäuschen. Clever, nur nicht clever genug. Aimee glaubte, May wäre dort draußen, am Leben. Sie wusste rein gar nichts.

Keine von ihnen wusste irgendetwas.

Von Harm. Oder Neve, seiner Schwester, die weggelaufen war, als er ein Junge gewesen war. Auf der Straße lebte. Das glaubten sie zumindest. Harm hatte jahrelang nach ihr gesucht, ohne genau zu wissen, wonach er Ausschau hielt. Niemand auf der Straße war noch derselbe Mensch wie früher. Es war unmöglich zu sagen, ob Neve eine Nutte wie Ashleigh oder wild wie Gracie geworden war, eine Träumerin wie May oder eine Überlebenskünstlerin wie Christie.

Christie war vom Kopf her nicht so clever wie Aimee. Sie war clever mit ihren Händen und ihren Füßen. Sie war auch eine harte Arbeiterin. Sie kochte und putzte und ging einkaufen und plante. Es gab nichts, was sie nicht für ihn getan hätte, aber Harm …

Harm mochte keine Überlebenskünstlerinnen. Aimee war sein Liebling, weil sie *schwach* war. Das Wort *Opfer* stand ihr geradezu auf die Stirn geschrieben. Er wollte sie beschützen, wie er seine Schwester nicht hatte beschützen können. Aimee war seine neue Neve, nur dass er diesmal auf sie aufpassen würde.

Alles drehte sich allein um Neve.

Er hatte Christie erzählt, wie seine Eltern vor all den vielen Jahren am Boden gekniet, mit den Gesichtern und Hinterköpfen und Fußsohlen gebetet hatten – ihres so schrecklich faltig, man konnte ihr Alter darin ablesen, jeden Tag ein bisschen älter, während sie dort kniete, ihre Fäuste in Laken gekrallt, der Kopf voll mit Neve, das gesamte Haus von Angst um sie erfüllt. Geschichten, wohin sie verschwunden, wer sie geworden sein könnte – eine Prostituierte oder Drogenabhängige, ein Freigeist oder jemandes Sklavin –, alles, um die

Gedanken zu vertreiben, sie könnte tot sein. So viele Versionen von Neve. Kein Wunder, dass er nicht aufhören konnte, nach ihr zu suchen, sie in den Gesichtern anderer Ausreißerinnen auszumachen. Es war ihr Geheimnis, Christies und Harms. Er vertraute ihr. Sie war anders als die anderen. Sie war wichtig. Alles, was sie jemals gewollt hatte, war, wichtig zu sein.

Ashleigh glaubte, sie wäre etwas Besonderes, mit ihrem schimmernden Lächeln und ihren Brüsten, die sich gegen ihre Bluse pressten, als wäre das der Grund, warum er sie gekauft hatte, um zu sehen, wie sich ihr Körper veränderte. Sie verstand nicht, was passieren würde, wenn sie zu groß für die Kleidung wurde, die er ihr gegeben hatte. Sie hielt es für Macht, ihr Erblühen, ihr Erwachsenwerden, glaubte, er würde sie dafür lieben. Sie irrte sich, irrte sich schrecklich. Das war nicht der Weg zu seiner Liebe. Er konnte sie längst nicht mehr ansehen.

Wie Grace, wie May.

Christie wollte nicht über May nachdenken. Ein Baby, hatte sie gesagt. Sie bekam ein Baby. Von wem? Hier drinnen wäre es *sicher* gewesen. Wegen so etwas hatten sie sich nicht sorgen müssen, keine von ihnen. Harm hatte gesehen, wie andere Männer sie auf der Straße anstarrten, sie mit ihren Augen verzehrten, und hatte sie vor diesem Schicksal *gerettet*. May hatte sich in Gefahr gebracht, Aimee ebenfalls. Sie alle waren in Gefahr, weil May sich nicht damit zufriedengeben wollte, was sie hatte. War für Sex rausgeschlichen, nach ihrer Schwäche stinkend, und hatte es hierhergebracht. Ihr *Baby*, ein widerlicher roter Wurm in ihrem Bauch. Aimee hatte geglaubt, May wäre ihre Freundin, aber was für eine Sorte Freundin infizierte dein sicheres Zuhause mit ihrer Krankheit?

Christie hatte eine Geburt miterlebt – eine Art Geburt. Sie

kannte die Sauerei, die so etwas mit sich brachte. Das würde hier gewiss nicht passieren. Harm würde es nicht zulassen. Ein Baby, aber May hatte sich geweigert, ihr zu verraten, von wem es war. Egal, wie sehr Christie sie bedrängte.

Ashleigh glaubte, sie wüsste es. Doch sie stank nach Hormonen und sah Aimee an, als wäre *sie* diejenige, die das hier kaputtmachte, wo sich doch alles nur um Aimee drehte. Alles geschah allein für Aimee.

Harm würde es Ashleigh zeigen müssen. Das musste er.

Oder Christie würde es tun.

Er stand an der Spüle und wusch Teller ab, seine Schultern, geschmeidig vor Muskeln, während das Licht lange Schatten in den Raum warf. Sie suchte in ihm nach einem Zeichen von Schwäche. Einem Weg zu seinem Inneren. Manchmal glaubte sie, blaue Flecken in dem offenen Kragen seines Hemds zu sehen, wo die Haut wie Holz gemasert war, fast als wäre er geschnitzt. Helles Holz, mit Wirbeln für die Augen und einem Astloch für den Mund. Man bräuchte eine Axt, um einen Eindruck zu hinterlassen, und selbst dann würde es kaum gelingen. Aber …

Menschen umarmten Bäume, nicht wahr?

Schatten glitten über seinen Hals, füllten und leerten die Mulde an seinem Hemdkragen. Sie hatte dieses Hemd gebügelt. Und seine Hosen. Er mochte es, gepflegt auszusehen, ein Überbleibsel seines alten Lebens. Er konnte es nicht loslassen, dieses andere Leben. Es lief neben ihm her wie ein Hund. Niemand von ihnen verstand ihn. Sie hörten nicht, wie er tickte. Sie lauschten seinen Regeln und befolgten seine Anweisungen. Aßen sein Essen, trugen seine Kleidung. Doch sie wussten nicht, was er *war*, im Gegensatz zu Christie.

Regen benetzte das Fenster über seinem Kopf, prasselte und kroch in gebrochenen Schlieren über das Glas. So lang, seit sie ihn auf ihrem Gesicht gespürt hatte. Zwei Jahre, seit sie auf diesem Gehsteig gesessen hatte, die Füße aus dem Weg der Leute geschoben. *Klimper-klimper* in der zerbeulten Dose, die sie aufgestellt, mit einem Stein beschwert hatte. Rost an ihren Fingern, wie Blut. Ein Pochen zwischen den Beinen, ihr Innerstes wund gekratzt. Alles schmeckte nach Metall und Fleisch. Harm hatte sie gerettet. Sein Hals war gefleckt, glatt. Am liebsten hätte sie ihre Wange an ihn geschmiegt.

Aimee lernte dazu. Schon wieder krank, in ihrem Bett. Der beste Ort für sie. Sie lernte schnell, diese Aimee.

Christie fragte sich, wer von ihnen die Nächste wäre.

Die nächste Grace. Die nächste May.

Ashleigh, dachte sie.

Ashleigh wäre die Nächste.

17

An das Whiteboard des Besprechungszimmers geheftet: Mays Fotografien, vorher und nachher. Verschwunden, mit einem Lächeln im Gesicht. Gefunden, mit Hämatomen am Hals.

»Diese Schrift…« Ron spähte zu den Bildern. »Warum würde irgendjemand sich so was antun? Sind wir sicher, dass es nicht von ihrem Mörder ist?«

»Fran meint, nein«, sagte Noah. »Es gibt keine auf ihrem Rücken, und auf der linken Seite ist sie viel deutlicher. Sie war Rechtshänderin.«

»Haben ihre Mum und ihr Dad die Schrift gesehen, als sie sie identifiziert haben?«

»Die war von ihrer Kleidung verdeckt, also nein.«

Sean und Katrina hatten das tote Mädchen nicht mit Worten, sondern mit schmerzvollen Lauten als ihre Tochter bestätigt: ein herzzerreißendes Wehklagen von Katrina, belegtes Schluchzen von Sean.

»Wusste Loz von der Schrift? Meine Schwester kannte jedes meiner Geheimnisse.« Debbie wirbelte herum, um ans Telefon der Station zu gehen.

»Wie läuft es mit der Anwohnerbefragung?«, erkundigte sich Noah bei Ron. »Irgendeine Spur von dem verschwundenen Mädchen vom Verkehrsunfall aus der Garrett-Siedlung?«

»Sagen wir's mal so, mir wurden mehr Türen vor der Nase zugeknallt, als du in deinem Leben Dirty Martinis hattest.«

»Ich hasse Martinis.«

»Na schön. Dann sind mir mehr Türen vor der Nase zugeknallt worden, als du Blowjobs bekommen hast, Detective Sergeant Pin-up-Boy.«

»Wie geht es Mrs Tarvin?«

»Wie immer. Letztes Bollwerk gegen den Scheiß, der auf dieses Drecksloch runterregnet.«

»Ich schätze mal, sie wird nach unserem Mädchen Ausschau halten.«

»Bestimmt. Wir sollten sie dafür bezahlen … Was?« Ron hatte den Blick auf Debbies Gesicht bemerkt, als sie den Telefonhörer auflegte. »Nicht noch mehr beschissene Neuigkeiten.«

Sie nickte unglücklich. »Das war das St Thomas. Logan Marsh ist gestern verstorben.«

Noch mehr trauernde Eltern. Noah taten die Zähne weh. »Wann gestern?«

»Sie haben keinen genauen Zeitpunkt genannt, sich nur dafür entschuldigt, uns nicht früher informiert zu haben, und die Schuld auf die Verwaltung geschoben.«

»Mist!« Ron schlug die Hände über dem Kopf zusammen, drehte sich weg. Fast im selben Moment drehte er sich wieder zurück. »Wir sollten die Schrift lieber Joe Eaton zeigen, bevor die vom Verkehr sich entschließen, ihn zu verhaften.«

Noah stimmte ihm zu, holte sein Handy aus der Tasche. »Ich gebe der Chefin Bescheid.«

An der Battersea Power Station peitschte der Wind vom Wasser herauf, ließ das Absperrband in Marnies Rücken schnalzen. Frans Team war beim Aufräumen. Sie hatten die Musterwohnung abgeriegelt, sämtliche Beweise eingetütet, die sie gefunden hatten.

Marnie steckte die Eiseskälte des Leichenschauhauses in den Knochen, spürte immer noch das blanke Entsetzen in Loz' Blick, die Wut, die das Mädchen ausstrahlte, um ihre Trauer in Schach zu halten. Es gab so viel an Loz, das Marnie wiedererkannte. Sie wollte Ed anrufen, einfach nur, um seine Stimme zu hören, aber sie hatte keine Zeit. Sie fürchtete, die Spur könnte kalt werden. May war weniger als zwölf Stunden tot. Sie mussten aus diesem Umstand Kapital schlagen, Aussagen von jedem bekommen, der tags zuvor auf der Baustelle gewesen war. Neunzehn Menschen, einschließlich Jamie Ledger.

Ledger machte gerade Feierabend. Einer der anderen Wachmänner rief: »Bis dann, Ledge«, und bei dem Spitznamen fragte Marnie sich verwundert, ob er die Wahrheit gesagt hatte, als er meinte, wie wenig er den Rest des Sicherheitspersonals mochte.

»Sie brauchen eine eidesstattliche Aussage«, sagte er, noch bevor sie den Mund öffnen konnte. »Wo machen Sie die? Hier oder auf dem Revier?«

»Hier. Ihr Boss hat uns das Verkaufsbüro zur Verfügung gestellt.« Mehrere Tische zwischen Hochglanzaufstellern in einem Raum, der nach neuem Teppich und teuren Druckerzeugnissen stank.

Ledger steckte die Arme in seine Jacke. »Dann sehe ich Sie drüben.«

»Nicht mich. Mein Team. Ich werde woanders gebraucht.«

»Wie geht's der Familie? Sie hatte 'ne kleine Schwester, nicht wahr? May Beswick. Ich hab sie aus der Zeitung wiedererkannt.« Sein Gesicht wurde düster. »Ich hab mich nur gefragt, wie sie damit klarkommt.«

»Tut mir leid, ich darf nicht über die Ermittlung sprechen.«

»Natürlich.« Er richtete sich auf. »Schwierige Aufgabe, es der Familie beizubringen. Musste es selbst schon mal tun. Ich wollte nicht neugierig sein oder makaber.«

Marnie nickte, wartete ab, bis er die Baustelle durchquert und das Verkaufsbüro betreten hatte, bevor sie ihr Handy herauszog, um Noah anzurufen.

»Logan Marsh ist gestorben«, verkündete er. »Ich bin gerade unterwegs zu Joe Eaton, dachte, wir überprüfen lieber, ob es sich bei den Kratzern auf unserem verschwundenen Mädchen um Schrift handeln könnte wie bei May.«

»Welland wird sämtliche Einsatzkräfte hier haben wollen. Bis wir sicher sind oder zumindest einen Anhaltspunkt haben, dass es eine Verbindung zwischen den beiden Mädchen gibt.«

»Eaton könnte uns diese Verbindung liefern.«

»Das hat keine Priorität. Tut mir leid wegen Logan, aber wir brauchen das gesamte Team der Anwohnerbefragung beim Kohlekraftwerk. Wir sollten den Radius verkleinern und ihn erst mal so belassen. Ich brauche dich hier.«

»Ich bin auf dem Weg«, versprach Noah.

Marnie beendete das Gespräch und drehte das Gesicht in den Wind, ließ sich von seinen scharfen Zähnen in die Wange beißen. Der Regen hatte nachgelassen, doch er würde wieder einsetzen, sein dumpfes Gewicht drückte bereits auf die Wolken. Marnie betrachtete das Wasser, das sich wie eine Faust schloss und wieder öffnete, ihre Gedanken bei Logan Marsh im Leichenschauhaus, bei dem Schmerz seiner Eltern. Und fragte sich, warum May weggelaufen war, wo sie schlussendlich gelandet war. Wohlgenährt, die Nägel ordentlich gefeilt. Jemand hatte sich um sie gekümmert. Derselbe Jemand, der sie getötet hatte? Hatte sie sich sicher gefühlt in den Wochen vor ihrem Tod? Vielleicht sogar glücklich?

Die Handyhülle lag blutwarm in Marnies Hand, ihre Finger zeichneten Eds Nummer auf dem Ziffernfeld nach. Sie selbst war abgehauen, vor vierzehn Jahren. Ein sicheres Zuhause, aber kein glückliches. War mit dreizehn völlig außer Rand und Band gewesen, bis spät nachts wach geblieben, betrunken nach Hause gekommen. Hatte die Grenzen ihrer elterlichen Fürsorge und Geduld ausgetestet, bis sie schließlich den Mut aufgebracht hatte, alle Brücken hinter sich abzubrechen und wegzulaufen. May war nicht außer Rand und Band gewesen, nicht auf diese Art. Sie war ein paarmal betrunken, nach Zigaretten riechend nach Hause gekommen, doch es hatte gereicht, damit ihre Eltern sich fragten, ob sie nicht eher weggelaufen als entführt worden war. Loz hatte der Polizei vorgeworfen, von Anfang an angenommen zu haben, dass ihre Schwester tot war. Sie hatte nicht ganz unrecht. Sie hatten allerdings viel Zeit vergeudet, der Frage nachzugehen, ob May irgendwo auf der Straße lebte, hatten allen möglichen Leuten Fragen gestellt, die sie womöglich im Freien schlafend gesehen hatten. Die falschen Fragen, wie sich jetzt herausgestellt hatte. May hatte sich versteckt oder war versteckt worden. Zu Hause hatte sie sich weder gewaschen noch anständig gegessen. Hatte sich gehen lassen, die Bemühungen ihrer Eltern ausgeschlagen, wieder auf die Beine zu kommen. Katrina hatte versucht, sie für Kleidung zu interessieren, für Körperpflege. Spa-Besuche, Frustshoppen. Sean übernahm das Kochen, hatte gehofft, den Gaumen seiner Tochter zu kitzeln, damit ihr Appetit zurückkam, hatte ihr ein Glas Wein zum Essen erlaubt. Nichts half. May entglitt ihnen. Zog sich immer mehr zurück, bis sie eines Tages ganz fort war. Nun ausgestellt wie ein Kind auf diesem Bett. Wer hatte sich in den letzten drei Monaten ihres Lebens solche Mühe um sie gemacht? Wer hatte nicht gewollt, dass sie erwachsen wird?

Marnies Handy klingelte: Fran Lennox. Sie suchte den Schutz einer Mauer auf, musste unbedingt die Nuancen in Frans Stimme hören. »Was hast du für mich?«

»Bluttests. Hohe Konzentration von hCG. Humanes Choriongonadotropin.«

Regen prasselte auf Marnies Haut. »Sie war schwanger? Wie weit?«

»Sieben, acht Wochen. Nicht viel länger.«

Noah kam über die Baustelle, Kopf gesenkt, mit den langen Beinen Pfützen ausweichend.

»Wir haben falschgelegen«, sagte Marnie ins Telefon. »Wir dachten, es wäre nichts Sexuelles. Dass der Mörder sie als Kind gesehen hatte. Aber wenn sie schwanger war, haben wir falschgelegen.«

»Oder sie war bei jemand anderem, als sie verschwunden ist. Einem Freund vielleicht. Keine Fesselspuren oder Wunden. Kein Beweis für Gewalteinwirkung. Wenn wir von einem Sexualstraftäter sprechen, ergibt die Beweislage keinen Sinn, noch nicht. Nach der endgültigen Autopsie weiß ich mehr.«

Noah hatte Marnie erreicht, suchte Schutz vor dem Regen.

»Was war sonst noch in ihrem Blut?«, fragte Marnie die Pathologin.

»Keine Drogen, kein Alkohol. Das einzig Auffällige ist ihr erhöhter Natriumwert. Sie stand kurz vor einer Hypernatriämie. Das ist eine Salzvergiftung oder starke Dehydrierung. Nicht genug, um eine Schwangerschaft in der achten Woche zu beeinträchtigen, aber auch nicht gesund. Wenn sie an Übelkeit gelitten hat, könnte das dafür verantwortlich sein. Ihre Eltern haben nichts Konkretes wegen einer Essstörung gesagt?«

»Nein. Davon hätten sie gewusst, haben sie gesagt, aber sie wussten auch nichts von der Schrift.«

»Frag ihre Schwester wegen der Schrift«, sagte Fran, »und

dem Essen. Geschwister wissen gewöhnlich viel mehr als Eltern, und von dem, was ich von der Schwester weiß, ist sie ein kluges Köpfchen.«

»Ja. Ruf mich an, wenn du mehr hast.«

»Du bist die Erste, die von mir hört«, versprach Fran. Und legte auf.

Noah rieb sich den Regen aus dem Gesicht. »Was ist los?«

»May ist schwanger gewesen. Siebte oder achte Woche.«

»O Gott!« Er sah weg, Schmerz zerrte an seinem Gesicht. »Er hat sie also vergewaltigt und dann umgebracht? Denkst du, er *wusste* von der Schwangerschaft, als er sie getötet hat?«

»Der Vater und der Mörder müssen nicht zwangsläufig ein und dieselbe Person sein.«

»Wissen ihre Eltern Bescheid?« Noah schlug sich die Hand vor den Mund.

»Ich habe es gerade selbst erst erfahren. Sie haben nicht geglaubt, dass May irgendeine Art von Beziehung hatte. Nun, vielleicht hatte sie auch keine.« Marnie straffte die Schultern, steckte das Handy ein. »Im Moment müssen wir uns darauf konzentrieren, wie der Mörder sie hierhergebracht hat. Fran hat die unmittelbare Umgebung gecheckt. Wir brauchen ein Team, das den Radius ausweitet.« Sie zeigte es Noah auf der Karte. »Die einzigen Wege rein und wieder raus sind hier und hier.« Sie deutete auf den Kirtling-Street-Eingang, den Noah gerade benutzt hatte, und einen zweiten Zugang im Osten. »Er könnte sie über den Fluss hierhergebracht haben, aber für den Augenblick nehmen wir an, dass er die Straße benutzt hat. Colin treibt sämtliche uns verfügbaren Überwachungskameras auf. Wir sollten uns hier ein bisschen umschauen, um uns ein besseres Bild von der Umgebung zu machen.«

In der Kirtling Street stach die Sonne Noah in die Augen und in den Mund, schmeckte sauer und gelb.

Marnie blickte zu ihm. »Geht's dir nicht gut?«

»Kopfschmerzen. Wird schon wieder. Wir müssen also noch einmal mit den Beswicks reden.«

»Ja, müssen wir. Ich denke, die Neuigkeit mit der Schwangerschaft kann warten, bis wir den Abschlussbericht der Autopsie von Fran haben, aber ich will sie noch mal wegen der Möglichkeit eines Freunds befragen. Und der Schrift. Fran ist sicher, dass May es selbst gewesen ist. Ich möchte das gern bestätigt wissen oder ausschließen.«

»Debbie glaubt, Loz könnte etwas wissen. Schwestern vertrauen sich Geheimnisse an, meint sie.«

»Fran hat dasselbe gesagt … Glaubst du, Loz würde mit dir reden?«

»Kommt drauf an, wie wütend sie ist.« Noah hatte wegen der Kopfschmerzen gelogen. Es war Migräne, eine Feuerbrunst in seinen Augenhöhlen. Er hatte Tabletten geschluckt, aber wenn es nicht bald besser wurde, wäre er weder Marnie noch sonst jemandem eine große Hilfe. »Wenn sie herausfinden, dass sie schwanger gewesen ist …«

»… werden sie annehmen, dass sie vergewaltigt wurde. Deshalb brauchen wir den Abschlussbericht von Fran. Wenn wir ihnen solche Neuigkeiten unterbreiten, will ich für den nötigen Kontext sorgen.«

Sie standen im Schatten der Schornsteine, den Geruch des Flusses und der Baustelle um das Kraftwerk in der Nase, und sie sahen, wie sich das Stadtbild von London um sie herum veränderte.

»Im Moment gelten in London siebzehn Mädchen in Mays Alter als vermisst«, sagte Noah. »Ich habe gleich heute früh die Datenbank gecheckt. Vier von ihnen sind in den letzten sechs Monaten verschwunden.«

»Du und ich, wir halten es beide für wahrscheinlich, dass

der Mörder wieder zuschlagen könnte. Wir müssen darauf vorbereitet sein. Wir müssen ein Profil erstellen, das ist auch der Grund, weshalb wir die Beswicks wegen der Schrift befragen müssen, damit wir genau wissen, womit wir es zu tun haben.«

»Einem Monster.« Noah schloss die Augen. »Egal, wie wir es drehen und wenden, ob er sie nun gefangen gehalten und vergewaltigt hat, bevor er sie tötete – wir haben es mit einem Monster zu tun.«

»Das haben wir«, stimmte Marnie ihm zu. »Also lass uns so viel wie möglich über ihn herausfinden.«

Noahs Handy spielte die Titelmelodie von *Die Füchse.* »DS Jake.«

»Erster Treffer bei den Überwachungskameras.« Es war Colin Pitcher vom Revier. »Vor zwei Nächten, 23 Uhr 52 auf der Battersea Park Road.«

Noah schaltete den Lautsprecher ein, damit Marnie mithören konnte. »Was sehen Sie?«

»May und ein weiteres Mädchen. Etwa im selben Alter. Dünn, zerzauste Haare. Könnte das Mädchen sein, das Joe Eaton beim Unfall beschrieben hat.«

»Nur die zwei Mädchen?«

»Ja. Sie wirken verängstigt. Zumindest May wirkt verängstigt. Das andere Mädchen steht mit dem Rücken zur Kamera. Körpersprache deutet auf einen Streit oder eine Auseinandersetzung hin.«

»In welche Richtung sind sie gegangen?«

»Norden, zum Kohlekraftwerk. Ich überprüfe den Rest der Überwachungskameras entlang der Straße, aber das wird eine Weile dauern. Nicht jeder rückt das Material schnell raus, egal wie nett ich frage.«

»Schicken Sie mir alles, was Sie bekommen, auf mein Handy.«

»Bin schon dabei.« Colin legte auf.

Sie eilten zurück zu Marnies Wagen. »Joe Eatons Mädchen?«, sagte sie. »Sollten wir deinen ursprünglichen Plan aufnehmen und ihm einen Besuch abstatten?«

»Ein Mädchen hätte May Beswick nicht töten können, oder? Und sie den ganzen Weg bis zum Penthouse hochschleppen? Das ist unmöglich.« Noah wartete, bis die Datei auf seinem Handy heruntergeladen war. »Aber sie und May sind nach Norden gegangen. Richtung Kohlekraftwerk.«

»Auch Richtung Garrett-Siedlung. Die liegt nördlich der Battersea Park Road.«

Im Auto begutachteten sie das Material.

Die Aufnahme der Überwachungskamera, stark verwaschen, verwandelte die beiden Mädchen in Geister.

Mays Gesicht war ein Oval, überbelichtet unter einer Straßenlaterne. Das andere Mädchen stand mit dem Rücken zur Kamera. Sie hatte Mays Größe, war aber dünner, in schwarzer Jogginghose und Kapuzenpulli. Die Kapuze war tief ins Gesicht gezogen, nur ein Wirrwarr aus Haaren war zu sehen, dunkler als Mays, leuchtender.

»Das war die Nacht, bevor sie gestorben ist«, sagte Noah. »Sie ist keine Meile von ihrem Elternhaus entfernt. Warum ist sie nicht nach Hause gegangen? Warum ist sie nicht weggelaufen? Wie dieses andere Mädchen, falls es *wirklich* das Mädchen vom Unfall ist.«

»Barfuß.« Marnie legte den Daumen auf das Display.

Unter den Bündchen der Jogginghose waren die Zehen des Mädchens weiß und knochig.

»Das ist sie«, sagte Marnie. »Mal sehen, ob mir Joe Eaton zustimmt.«

18

Joe Eaton öffnete die Haustür im Pyjama. »Ich habe die Neuigkeit schon erfahren. Gina Marsh hat angerufen. Ich hatte ihr im Krankenhaus meine Nummer gegeben.« Sein Gesicht war von Kissenabdrücken gezeichnet, das linke Auge immer noch blutunterlaufen. »Logan ist gestorben. Ich habe ihr gesagt, wie leid es mir tut. Es ist schrecklich. Er ist doch erst achtzehn gewesen …«

»Können wir reinkommen?« Marnie entging nicht, dass Noah neben ihr zitterte.

»Natürlich, tut mir leid.« Joe machte die Tür weit auf. »Die Kids sind bei Carrie. Ich soll mich etwas ausruhen. Hatte nicht gedacht, dass ich schlafen könnte, aber dann bin ich doch eingeschlafen.« Er führte sie ins Wohnzimmer.

Spielzeug, überall. Eine Decke auf dem Sofa, ein Laptop auf einem Couchtisch. Die Halskrause aus dem Krankenhaus lag auf einem Sessel neben dem unbenutzten Kamin. Die Beswicks hatten ihren mit Weinflaschen gefüllt. Dieser war mit DVDs von den Kindern vollgestopft. Sorcha und Liam.

»Carrie ist ihre Tante?«, fragte Marnie.

»Ruths Schwester. Sie lieben sie abgöttisch. Es ist nicht leicht, sie zu etwas zu überreden, das sie nicht wollen. Es ist nur für heute, am Abend kommen sie wieder zurück. Ruth geht es schon besser.« Er verzog das Gesicht vor Erleichterung und Schuldgefühlen. »Sie denken, sie ist über dem Berg. Ich wünschte nur … Logan hatte noch sein ganzes Leben vor sich. Wollen Sie vielleicht etwas trinken? Ich könnte einen Kaffee gebrauchen.«

»Danke, aber wir haben nicht viel Zeit. Wir wollten Ihnen noch ein paar weitere Fragen zu dem Mädchen vom Unfall stellen. DS Jake?«

»Wir haben Bildmaterial von einer Überwachungskamera.« Noah hielt sein Handy so, dass Joe sich die Szene ansehen konnte. »Wir glauben, das dort könnte das Mädchen sein, das Sie gesehen haben?«

Joe beugte sich näher, starrte das Handy stirnrunzelnd an. »Sie trägt andere Kleidung, aber die Statur ist gleich. Ist sie barfuß? Ja, das könnte sie sein. Das andere Mädchen – ist das May Beswick? In den Nachrichten habe ich gehört, dass Sie eine Leiche in der Battersea Power Station gefunden haben.«

Marnie nickte Noah zu, der mit dem Daumen über das Display glitt, dann das Handy wieder hochhielt.

»Die Kratzer, die Ihnen an dem Mädchen aufgefallen sind, das den Unfall verursacht hat – könnte es das hier gewesen sein?«

Joe lehnte sich wieder vor. »Das ist … Schrift? Sie glauben, das, was ich gesehen habe, ist Schrift?«

»Das haben wir uns gefragt«, sagte Marnie. »Sie verstehen sicher, dass wir Mays Tod untersuchen und dass das, was wir Ihnen zeigen, streng vertrauliche Informationen sind.«

»Natürlich. Ihre armen Eltern. *Himmel* … Gina kommt besser damit klar, als ich das könnte, aber vielleicht haben sie es noch nicht richtig realisiert. May war jünger als Logan, nicht wahr? Immer noch in der Schule.«

»Sie war sechzehn.«

»Das wäre schon möglich.« Joe spähte erneut zum Handy,

kniff blinzelnd das linke Auge zu. »Schrift. Auf dem Mädchen. Wäre möglich. Aber was bedeutet das? Hat sie etwas mit Mays Tod zu tun?«

»Wir haben keinerlei Grund, das anzunehmen.«

»Aber das ist May, dort bei ihr, nicht wahr? Das ist May Beswick.«

»Es gab also gute Nachrichten?«, sagte Marnie ausweichend. »In Bezug auf Ruth?«

»Die OP ist gut verlaufen. Sie spricht darauf an, das haben sie gesagt. Ich kann sie später sehen, bevor ich die Kinder abhole.« Er wirkte skeptisch, rieb sich mit den Handflächen über den Pyjama. »Sie werden sie wegen des Unfalls befragen wollen, wegen dieses Mädchens. Ich weiß nicht, wann sie dazu in der Lage sein wird.«

Marnie warf Noah einen Blick zu. »Wir bleiben in Kontakt, Mr Eaton. Vielen Dank noch mal.«

Auf der Straße fragte sie: »Wie schlimm ist es?«

Noah stützte sich mit der flachen Hand am Auto ab. Er antwortete nicht sofort.

»Migräne?«

Sein Mund wurde zu einem schmalen Strich. »Tut mir leid.«

»Ich bring dich nach Hause.«

»Ich kann mir ein Taxi rufen.«

»Es ist nicht weit. Ich bring dich. Steig ein!«

Noah widersprach nicht. Er ließ sich bedächtig auf dem Beifahrersitz nieder, als würde jede Faser seines Körpers wehtun. Schnallte sich an und schloss die Augen. Sein Gesicht war von Schmerz gezeichnet. Marnie ließ den Motor an und fädelte sich so sanft wie möglich in den Verkehr ein. Sie hatte gewusst, dass Noah an Migräne litt, doch sie hatte noch nie einen Anfall hautnah miterlebt. Er sah aus, als hätte ihm jemand mit einem stumpfen Gegenstand auf den Hinterkopf geschlagen. Sie hatten Glück mit dem Verkehr, es dauerte keine zwanzig Minuten, bis sie Noahs Wohnung erreichten. Marnie parkte in zweiter Reihe, schaltete den Motor aus und die Warnblinkanlage ein, bevor sie ausstieg und Noah die Beifahrertür aufhielt. Sie wartete, bis er ausgestiegen war, dann trat sie einen Schritt zurück, um ihm Platz zu machen, blieb jedoch nah genug, um ihn auffangen zu können, sollte er fallen.

»Danke.« Er stützte sich eine Sekunde am Wagen ab, bevor er sich ganz aufrichtete. »Tut mir leid.«

»Kein Problem.« Sie blickte über die Straße zu seinem Wohnhaus, überlegte, wie viele Stufen es bis zu seiner Wohnung waren. »Ist jemand zu Hause, um dir unter die Arme zu greifen?«

»Sol ... Aber mir geht's gleich besser.«

Das Dröhnen einer Hupe ließ ihn zusammenzucken. Ein weißer Kia Sportage wartete, dass Marnie endlich weiterfuhr. Sie ignorierte das Auto, konzentrierte sich allein auf Noah. »Komm schon.«

Sie half ihm zum Hauseingang, wartete, während er in den Taschen nach seinen Schlüsseln suchte. Der Kia Sportage drückte wieder auf die Hupe. Noah fand die Schlüssel und reichte sie Marnie. Es kostete ihn Mühe, aufrecht zu stehen. Marnie sperrte die Tür auf und brachte ihn bis zur Treppe, wo sie ihn auf die unterste Stufe drückte.

Draußen ließ der Sportage ein Hupkonzert ertönen. »Einen Augenblick«, sagte Marnie.

Sie ging hinaus auf die Straße, zum Fahrer. Er trug ein Hemd, so aufdringlich wie sein Hupen, die Anzugjacke am Haken hinter seinem Sitz. Marnie bedeutete ihm mit einer Handbewegung, das Fenster zu öffnen.

»Sie können nicht einfach mitten auf der Straße halten, blöde Kuh …«

Marnie brachte ihn mit ihrer Marke zum Schweigen. »Suchen Sie sich einen anderen Weg.« Sie steckte die Marke wieder ein. »Und hören Sie auf, an Ihrer Hupe rumzuspielen.«

Sie ging zurück zu Noah, der wieder aufgestanden war und sich mühsam ein Lächeln abrang. »Von hier schaff ich's allein. Du musst dich um den Fall kümmern. Gib mir zwei Stunden, dann bin ich wieder auf den Beinen.«

Langsam kehrte Farbe in sein Gesicht zurück, und er konnte wieder mehr Sätze äußern als auf der Fahrt.

Marnie nickte. »Ruh dich aus. Und ruf mich an, sobald es wieder geht, aber keine Sekunde früher.«

Noah stieg die Treppe zu seiner Wohnung hoch, die Hände zu beiden Seiten an den Wänden abgestützt. Beinahe blind, weil die linke Seite seines Kopfs ein wirrer Kreisel aus Farben war, alles rot und grün wie Sols Lieblingssendung. Der Schmerz glich zwei Hämmern in seinem Kopf, einer für jede Schläfe. Zumindest hatte er sich im Auto nicht übergeben. Er erreichte die Wohnung und tastete mit den Fingern nach dem Schloss, das kratzende Gefühl von Zähnen. Steckte den Schlüssel hinein. Stieß die Tür auf. Ein Fuß vor den anderen.

Nur noch bis zum Bett, dann kannst du dich hinlegen.

Hinlegen.

Er schloss die Tür, überprüfte noch einmal, ob er sie wirklich zugezogen hatte, und wartete ab, bis der hämmernde Brechreiz sich legte. Die Migräne ließ den Korridor in einer neuen Farbe erscheinen, der Gang schien sich langsam zu drehen, sodass Noah kaum aufrecht stehen konnte, obwohl er sich mit den Händen an den Wänden abstützte. Als würde er einen Tunnel entlangkriechen, der immer enger wurde.

»... verarsch mich nicht, du kleines Stück Scheiße!« Die Stimme eines Fremden.

Noah stand lauschend da. Konnte kaum etwas hören außer das Donnern in seinem Kopf, und er musste – *verdammt noch mal* –, er musste sich hinlegen. Wieder die Stimme des Fremden, zu leise, um sie zu verstehen, ein unbeherrschtes Fauchen, Wut wie ein Festkörper, der gegen die Wand zwischen ihm und dem Wohnzimmer hämmerte.

»Sol?« Seine Stimme kam brüchig heraus.

Sieben Schritte vom Flur bis zum Wohnzimmer. Er schaffte fünf, bevor sein Bruder den Korridor erreichte. »Mist. *Mist.* Komm schon, Mann.«

Noah hielt ihn mit einem Blick auf Abstand. »Wer ist da drinnen?«

»Niemand. Ein Freund.« Sol schüttelte den Kopf. »Du siehst echt beschissen aus, Bruderherz. Was ist los?«

»Migräne. Wer ist er?«

»Niemand. Das hab ich doch gesagt. Komm schon.« Sol nahm seinen Arm, führte Noah vom Wohnzimmer weg, Richtung Schlafzimmer. »Verdammt, Mann. Hab dich schon seit *Jahren* nicht mehr so gesehen.«

»Er hat dich beleidigt.« Noah legte sich aufs Bett, das Licht mit dem Arm abschirmend, während Sol die Vorhänge zuzog. »Dein Freund. Er hat dich ein kleines Stück Scheiße genannt.«

»Nur Spaß.«

Noah behielt die Armbeuge über seinen Augen. Die Migräne war ein Eisennagel durch seine linke Schläfe. »Er soll verschwinden.«

»Okay.« Sol bedeckte Noah mit dem Teil der Decke, auf dem er nicht lag. »Musst du dich übergeben?«

»Nicht wenn ich es irgendwie verhindern kann.«

Sol sagte etwas wie »Bin gleich zurück«. Über den grollenden Donner in seinem Schädel konnte Noah nichts hören. Er wollte unbedingt das Bewusstsein verlieren. Es war nicht annähernd dunkel genug im Zimmer. May Beswick…

Er musste nach May Beswick suchen. Nein, nach ihrem Mörder. Das war, was er eigentlich tun müsste. Nicht hier im Bett liegen und darauf hoffen, das Bewusstsein zu verlieren. Es war seine Aufgabe, einen Mörder zu finden.

»Eimer.« Sol legte die Hand auf Noahs Ellbogen, eine sonderbare, brüderliche Berührung. »Für den Fall, dass…«

Es war viele Jahre her, aber Sol hatte nicht vergessen, was zu tun war, wenn Noah in dieser Verfassung war. Reiner Zufall, dass er hier war, um die Vorhänge zuzuziehen und einen Eimer zu holen, und wer zum Teufel war in der Wohnung, nannte ihn ein kleines Stück Scheiße, bedrohte ihn? Nicht gut…

Noah musste schlafen. Er musste das Bewusstsein verlieren. Es war das einzige Gegenmittel, das er kannte, wenn der Schmerz unerträglich wurde. »Tramadol«, flehte er seinen Bruder an. »Im Badschrank.«

Sol sagte: »Wird sofort erledigt.«

19

Vom Fenster des Kinderzimmers in der Taybridge Road betrachtete Marnie den vertikalen Höhenflug der Stadt mit seinen Wolkenkratzern, die die Bäume im Battersea Park weit überragten und das Gedränge der Garrett-Siedlung geradezu mickrig erscheinen ließen.

Bauliche Ausgrenzung: Je höher die Stadt in den Himmel kletterte, desto weniger Menschen hatten Zugang zu ihr. Es waren nicht nur die Penthouses im Kohlekraftwerk, die Millionen kosteten. Die Büroflächen über den Wolken waren für die Elite reserviert. Für den Ausblick von The Shard brauchte man eine ziemlich teure Eintrittskarte und musste eine Sicherheitskontrolle über sich ergehen lassen. Immer mehr von London war immer weniger Bewohnern zugänglich, ein privater Tummelplatz der Superreichen und weltumspannenden Firmen. Sie suchten nach jemandem, der Zutritt zu den Musterwohnungen der Battersea Power Station hatte, und die Liste wäre nicht lang – am Ende des Tages würde Marnie sie in Händen halten –, doch sie misstraute der Illusion von Kontrolle. Sie hatte ebenso wenig Kontrolle über den Tatort wie über die Stadt. Niemand hatte das. Abgesehen vielleicht vom Mörder, mit seiner Rhetorik des Terrors. Wie hatte Noah es ausgedrückt? *Eine normale Reaktion im sozialen Wohnungsbau.* Marnie drehte sich vom Fenster zu Mays Bett um.

Saubere Laken, ein schwacher Duft nach Weichspüler. Katrina hatte das Bett an jenem Morgen gemacht, als May verschwunden war, bevor sie festgestellt hatte, dass ihre Tochter nicht nach Hause kommen würde. Sie hatte saubere Unterwäsche in die Schublade der Frisierkommode gelegt, auf der Mays Haarbürste eingestaubt war. Noch vor der Entdeckung von Mays Leichnam war Marnie dieses Zimmer komisch vorgekommen. Alles ordentlich und unberührt unter einer klebrigen Schicht Staub. Bücher, CDs, Spielzeug – nichts war in letzter Zeit bewegt, aufgehoben und wieder hingestellt, benutzt worden. May war keine vierundzwanzig Stunden verschwunden gewesen, als Marnie zum ersten Mal hier gewesen war, doch das Zimmer hatte schon damals unbelebt gewirkt. »Sie hat nicht viel Zeit hier drinnen verbracht«, hatte Sean gesagt. »Mag die Küche und das Wohnzimmer lieber, manchmal Loz' Zimmer.« Die Poster an den Wänden gehörten einem viel jüngeren Mädchen. »Die hat sie vor Jahren aufgehängt«, hatte er gesagt. »Hat sie nie abgenommen.«

May hatte nicht lange in diesem Zimmer gelebt, nicht auf die Art, wie es die meisten Teenager taten. Unordentlich, chaotisch, voller Freude, wütend. Es war ein Ding der Unmöglichkeit, sie sich dort auf dem Bett liegend vorzustellen, wie sie Musik hörte oder am Telefon mit ihren Freundinnen quatschte. Keine Spur von ihr in diesem Zimmer, damals wie heute. Wohin war sie gegangen, um ihr Leben zu bestreiten? Zu dem Ort, an dem sie getötet worden war? Die Überwachungskamera verortete sie am Abend vor ihrem Tod keine halbe Meile von hier entfernt. Sicherheit zum Greifen nahe, doch sie hatte sich dagegen entschieden. Gesetzt den Fall, sie hatte eine Wahl gehabt.

»Sie hat es hier drinnen gehasst.«

Marnie drehte sich um und sah Loz im Türrahmen zum

Zimmer ihrer Schwester. In ihrer Schuluniform, die sie zu erdrücken schien, mit zerzausten schwarzen Haaren, Augen voll unvergossener Tränen.

»Ich liebe mein Zimmer, liebe es, zur Strafe hochgeschickt zu werden. *Geh in dein Zimmer, Laura!*, als wäre es nicht sowieso der beste Ort im ganzen Haus. Aber May hat ihres gehasst. Sie mochte den Garten, das Umgraben, das Pflanzen von Zeugs. Manchmal ist sie in mein Zimmer gekommen. Ich fand's schön, wenn sie da war, aber ich konnte sie nie überreden zu bleiben. Sie ist immer herumgeflattert. Wie … ein Drache.« Ihre Stimme brach.

»Wo ist dein Dad? Deine Mum hat sich kurz hingelegt.«

»Haben sie beide.« Loz' Augen huschten im Zimmer umher. »Ich nehme an, so wird es ab jetzt immer bleiben. Das ist doch, was Eltern von toten Kindern tun, oder? Ihre Zimmer genau so belassen, wie sie gewesen sind. Außer dass es bei Mays keinen Sinn ergibt. Als wäre sie jemals *hier* gewesen. Nicht wirklich. Schon lange nicht mehr.«

Marnie erkannte die Stacheln wieder, die Loz ausfuhr, um die Welt auf Abstand zu halten, jeder scharf und schimmernd wie eine Nadel. Es war erschreckend, wie viel von sich selbst sie in Loz' Wut und ihrem Kummer sah. Diese Aufgabe hatte sie eigentlich Noah überlassen wollen, in dem Glauben, er wäre für ein Gespräch mit Loz besser gewappnet. Sie hatte nicht diejenige sein wollen, die Fragen stellen oder hautnah den Schmerz des Mädchens miterleben musste. Es war niemals leicht, einem trauernden Angehörigen in die Augen zu sehen, aber Marnie machte sich die Mühe, weil es wichtig war. Das hier war anders, allerdings nicht weniger von Bedeutung …

Schwerer. Weil Loz sie so sehr an das Mädchen erinnerte, das sie selbst einmal gewesen war.

»Wer kümmert sich um dich? Gibt es da jemanden, abgesehen von deiner Mum und deinem Dad?«

»Nur sie.« Ihr Gesicht war klein in der Gewitterwolke aus Haaren. »Wo ist Noah?«

»Ihm war übel. Ich habe ihn nach Hause gebracht.«

»Übel von Mays Anblick?«

»Nein, er hatte einen Migräneanfall. Den bekommt er manchmal.«

»Mum ist nach dem Leichenschauhaus übel gewesen. Ich habe ihr gesagt, dass das wahrscheinlich am Adrenalin liegt.« Loz steckte den Daumen zwischen die Zähne. »Glauben Sie, sie hat den gekannt, der das getan hat?«

»Deine Mum?«

»May. Die meisten werden von Menschen getötet, die sie kennen.« Diese unerbittlichen Augen, die unverblümter Fakten einforderten, als Marnie sie den Eltern gegeben hatte. »Glauben Sie, May hat ihren Mörder gekannt?«

»Was ist mit Alice Gordon? Du hast dich mit ihr überworfen.«

»Sie war 'ne Lügnerin. Sie hat gesagt, May würde zurückkommen, dass alles gut werden würde. Wir wieder eine *Familie* wären, als wäre das überhaupt schon mal der Fall gewesen. Sie war nicht mal 'ne *gute* Lügnerin. Mussten Sie diesen Scheiß über sich ergehen lassen, als Ihre Eltern umgebracht worden sind?«

Der plötzliche Themenwechsel ließ Marnie blinzeln.

»Sie wurden doch umgebracht«, wiederholte Loz. »Das habe ich im Netz gelesen. Ihr Stiefbruder hat es getan, mit vierzehn. Hat sie erstochen. May ist nicht erstochen worden, nicht wahr? Sie wurde erwürgt.«

»Loz … Es wäre unangebracht, wenn ich mit dir über solche Dinge rede. Nicht ohne Anwesenheit eines Erwachsenen.«

»Sie sind eine Erwachsene.«

»Ich bin Detective.«

»Das ist doch egal. Es wäre nur ein Problem, wenn Sie versuchen würden, Beweise aus mir rauszubekommen, was Sie nicht tun. Ich rede nur. Ich rede immer. Ich öffne den Mund, und Zeug kommt raus. Bis ich in ein Fettnäpfchen trete und die Klappe halte, das behauptet zumindest mein Dad.«

Ihr Dad hatte nicht ganz unrecht.

»Haben Sie am Vergebungsprojekt teilgenommen?«, fragte Loz als Nächstes. »Das ist ein Gefängnisprojekt, das Opfern helfen soll, mit dem Geschehenen klarzukommen, indem man den Menschen vergibt, die einem Leid zugefügt haben. Werden wir demjenigen, der May getötet hat, verzeihen müssen? Denn das werde ich nicht. Selbst wenn Mum und Dad daran teilnehmen, ich werde ihm nie vergeben, niemals. May würde das nicht wollen.« Ihr Blick schimmerte vor Tränen. »Mussten Sie Stephen Keele verzeihen? Ich habe Sie gegoogelt, nach Ihrem ersten Besuch hier. Eigentlich habe ich Noah gegoogelt, aber über ihn habe ich nichts gefunden, deshalb habe ich Sie gegoogelt und 'ne Menge gefunden. Von vor fünf Jahren. Er ist jetzt neunzehn.« Sie presste die Lippen aufeinander, bis sie weiß wurden. »Haben Sie ihm vergeben? Wurden Sie gezwungen, da mitzumachen? Ich meine, *mussten* Sie, weil Sie für die Polizei arbeiten? Oder als eine Art Therapie? Ich wette, Sie hatten lange Therapie. Das wird wohl das Nächste sein, was Sie uns anbieten. Trauerbewältigung, unseren Verlust aufzuarbeiten. Oder werden Sie abwarten, bis wir sie beerdigt haben? Falls wir sie beerdigen. Wahrscheinlich gibt es eine Einäscherung.« Sie wischte sich über die Augen, starrte wütend ihre feuchte Hand an. »Wir werden sowieso noch abwarten müssen, nicht wahr? Bis die Autopsie fertig ist, und selbst dann werden Sie ihren Körper als Beweismittel zurückbehalten. Für den Fall, dass Sie den Mörder finden, was ewig dauern könnte. Sie könnten sie viele, viele Monate behalten. Mum und Dad haben nicht verstanden, dass sie jetzt Ihnen gehört, der Polizei. Und dann dem Gericht. Sie ist ein Beweisstück. Sie gehört Ihnen.« Sie holte schluckend Atem, rieb mit den Händen über die Vorderseite ihres Pullis. »Es ist nicht Ihre Schuld. Niemand behauptet das. Aber *irgendjemand* hat Schuld. Der Mörder, zunächst einmal. Ich werde demjenigen, der das getan hat, niemals verzeihen. Nur damit Sie's wissen, falls Sie mit Ihrer Vergebungsscheiße bei mir anfangen wollen. Ich mach da nicht mit, nicht mal Mum und Dad zuliebe. Ich kann nicht viel tun, um zu helfen. Ich kann *nichts* tun. Aber ich kann denjenigen hassen, wer auch immer es getan hat.« Sie zitterte längst. »Das zumindest kann ich tun.«

Marnie hatte schweigend zugehört, während das Mädchen ihre Fragen wie Gewehrsalven abfeuerte. Nun sagte sie: »Das ist in Ordnung. Du darfst denjenigen hassen, der es getan hat.«

»Hassen Sie ihn? Stephen Keele. Selbst nach fünf Jahren?«

»Das weiß ich nicht. Du hast recht, sie wollten, dass ich am Vergebungsprojekt teilnehme. Ich habe mich angemeldet, weil es von mir erwartet worden ist. Aber ich habe nicht daran geglaubt, zumindest damals nicht.«

»Es ist *dumm*. Schwach.«

»Das mag auf dich so wirken. Aber es kann dich zermürben, immer wütend zu sein.«

»Ich bin lieber zermürbt, als es zu *akzeptieren*.« Loz schob sich das Haar aus dem Gesicht. »Ich hasse Menschen, die das tun, die einfach *weitermachen*. Als hätte nichts davon …« Sie streckte die Arme im Zimmer ihrer toten Schwester aus. »… jemals existiert. Ich werde das nicht tun. Niemals.«

Ihr schwarzer Blick bohrte sich wieder in Marnie. »Alle sagen, *ich* wäre die Starke. May war die Träumerin, mit ihren Gedanken immer weit weg. Hat nie Fragen gestellt, nie Probleme gemacht. Nun, ich hoffe, sie hat *ihm* Probleme bereitet. Dem Mörder. Ich hoffe, sie hat sich gewehrt. Auch wenn sie es nie getan hat, als sie noch am Leben gewesen ist. Nicht wie ich, die *Schwierige*. Der Störenfried. Na schön. *Na schön!* Ich wünschte, ich könnte demjenigen, der das getan hat, Probleme bereiten! Hat sie erwürgt und ihr weiß der Geier was angetan. Wann werden Sie wissen, was er getan hat? Wann ist die Autopsie fertig?«

»Bald.« Marnie fühlte sich erdrückt von der Traurigkeit des Mädchens, ihrem Bedürfnis nach Antworten. Ihre Kehle schmerzte vom Nichtantworten. Und vor Mitgefühl.

»Werden Sie es mir sagen?«, fragte Loz. »*Meine Eltern* werden es nicht tun. Oder ich bekomme eine jugendfreie Version. Aber ich will es *wissen*. Ich muss wissen, was ihr zugestoßen ist. Werden Sie es mir sagen? Versprechen Sie mir, dass Sie es mir sagen werden?«

»Das kann ich nicht. Es tut mir leid. Ich werde keine Versprechen geben, die ich nicht halten kann.«

»*Ihnen* haben sie alles gesagt. Sie mussten sich nichts Schlimmeres vorstellen als das, was tatsächlich passiert ist.«

»Ich war achtundzwanzig.« Und es gab nichts *Schlimmeres* als das, was passiert war.

»Sie haben vorhin etwas gesucht.« Loz biss sich auf die Lippe, den Blick ins Zimmer ihrer Schwester gerichtet. »Was?«

»Die Eddings.« Eine Antwort, oder etwas in der Art.

Loz' Blick huschte zu Marnie. »Die Stifte.« Scharrte mit den Zehen über den Boden. »Sie haben es also gesehen.«

»Ich habe die Wörter gesehen. Du auch? Früher. Als May noch hier gewohnt hat.«

»Sie hat sie mir gezeigt. Einmal hat sie gewollt, dass ich etwas schreibe.«

Marnie dachte an die Wörter, die sie auf Mays Körper gelesen hatte. Hässliche, beleidigende Wörter. Die Tat einer Einzelnen, hatte sie angenommen. Vor einem Spiegel, eingeschlossen im Badezimmer. Sie hatte keinen Komplizen vermutet, als May diese Warnungen auf ihren Körper geschrieben hatte. »Was hast du geschrieben?«

»*Nichts*. Ich hätte niemals solches Zeugs auf meine Schwester geschrieben. Es waren alles Lügen, widerlicher *Dreck*. Es war Dreck. Ich habe es *gehasst*.« Blinzelte Tränen zurück. »Ich habe gehasst, was sie geschrieben hat.«

»Natürlich. Es tut mir leid. Aber sie hat dich gebeten, etwas zu schreiben?«

Loz nickte widerstrebend, wollte die Geheimnisse ihrer Schwester nicht preisgeben. »Sie hat es ein Spiel genannt.«

»Wie lange hat sie es gespielt?«

»Keine Ahnung. Lange.«

»Hat sie es sonst noch mit jemandem gespielt?«

Loz zögerte wieder. »Manchmal. Ich bin mir nicht sicher, sie hat nie etwas erzählt, aber ich glaube schon.«

»Schulfreunde?«

»Nein.« Loz blickte sie verächtlich an. »Die kriegen doch schon Zustände, wenn man nicht die richtigen Haar-Extensions hat. Sie hatte dort keine echten Freunde.«

»Wo waren ihre echten Freunde?«

»Loz …« Sean Beswick stand am anderen Ende des Korridors, das Gesicht verhärmt, seine Tochter anstarrend. »Was tust du da?«

Mit einem leichten Achselzucken huschten Loz' Augen zu Marnie. »Fragen stellen, schwierig sein, du kennst mich. Aber keine Sorge. DI Rome ist viel zu professionell, um mit mir zu reden, solange kein Erwachsener anwesend ist.« Sie stieß sich von der Wand ab. »Ich mache Tee. Das wäre doch hilfreich, oder?«

Ihr Dad beobachtete, wie sie die Treppe nach unten ging. Marnie las Angst in seinem Gesicht, als fürchtete er sich vor den Fragen, die Loz gestellt haben könnte. Oder ihrem Kummer.

Warum fiel es den Beswicks so schwer, ihre jüngere Tochter zu umarmen? Hatten sie Angst, sie ebenfalls zu verlieren? Den Störenfried. Wie viele unbequeme Fragen hatte Loz ihren Eltern schon gestellt, bevor Marnie gekommen war? Keine Antworten auf einige dieser Fragen, noch nicht, vielleicht nie. Wie genau May gestorben, was genau ihr in den zwölf Wochen nach ihrem Verschwinden zugestoßen war. Warum sie getötet worden war und von wem. Marnie wollte die Antworten genauso dringend wissen wie Loz.

Sean sagte: »Tut mir leid. Ich musste bei Kat bleiben. Sie ist in keiner guten Verfassung.«

»Natürlich. Das verstehe ich.«

»Sie hatten Fragen. Brauchen Sie uns beide? Kat würde etwas Schlaf wirklich guttun.«

»Ich wollte Sie noch einmal zu Mays Freunden befragen, jedem, bei dem sie sich vielleicht während der vergangenen drei Monate, in denen sie verschwunden war, gemeldet haben könnte.«

»Sie haben mit ihren Freunden gesprochen.« Sean rieb sich die Augen mit dem Handballen. »Oder nicht? Wir haben Ihnen doch alle Namen gegeben, schon vor Wochen.«

»Wir haben mit ihren Freundinnen in der Schule geredet, aber gab es da noch jemanden, jemanden, den wir übersehen haben könnten? Einen festen Freund vielleicht?«

Sean hatte seine Tochter im Leichenschauhaus gesehen,

ihre ordentlich geschnittenen Fingernägel, die gewaschenen Haare. Hatte er sich nicht gewundert, wo sie gesteckt hatte, um so gut umsorgt worden zu sein? Nein, natürlich nicht. Er hatte seine Tochter gesehen, tot, erwürgt. Für »gut umsorgt« war da kein Platz. Marnie konnte nicht aufhören, wie ein Detective zu denken, aber genauso wenig konnte sie es von einem trauernden Vater erwarten.

»Ein Freund? Nein. Ich bin sicher, dass da keiner gewesen ist.« Anspannung in seinem Gesicht, wie eine Schranke vor ihrer Frage. »Hätte sie sich mit *irgendjemandem* getroffen, selbst mit jemandem, den wir nicht gemocht hätten, wir hätten es Ihnen gesagt. Den Namen hätten wir Ihnen wahrscheinlich als Erstes genannt.« Seine Hand glitt an seiner Seite herab. »Warum? Glauben Sie, sie hat denjenigen gekannt, der sie getötet hat?«

»Sie war zwölf Wochen verschwunden. Wir müssen herausfinden, ob sie die ganze Zeit bei derselben Person gewesen ist oder noch irgendwo anders. Vielleicht an einem sicheren Ort, bis kürzlich.«

»Sie war *hier* sicher.« Er schlug mit der Faust gegen die Wand. »Bei *uns* war sie sicher. Bis er sie geholt hat.«

Aus Respekt vor seinem Kummer wartete Marnie einen Moment ab. »May war Künstlerin. Sie haben uns ihre Skizzenbücher gezeigt. Einige ihrer Bilder …«

»Die Battersea Power Station.« Er nickte. »Sie war besessen von diesem Ort, hat für ein Kunstprojekt seine Geschichte recherchiert, die Veränderungen dort. Als Sie uns erzählt haben, wo sie gefunden worden ist, dachte ich mir, dass wir dort schon früher hätten suchen müssen. Sie hat sich ständig beim Kraftwerk herumgetrieben.«

»Wir haben das Gebiet vor zwölf Wochen abgesucht«, rief ihm Marnie ins Gedächtnis. »Das Team von der Anwohnerbefragung ist sehr gründlich gewesen. Hat May jemals jemanden in der Garrett-Siedlung besucht? Ein Mädchen vielleicht?«

»Nein.« Eine weitere entschiedene Antwort. »Keine ihrer Freundinnen hat dort gewohnt. Ein paar Kids von der Schule natürlich, aber keine ihrer Freundinnen. Wir haben den Mädchen eingebläut, einen großen Bogen um die Siedlung zu machen. Warum fragen Sie? Hat sie ... Wissen Sie, wer es getan hat? Haben Sie jemanden gefunden ...?«

»Noch nicht, aber wir haben die Aufnahme einer Überwachungskamera, die May kürzlich zusammen mit einem anderen Mädchen zeigt ...«

»Kürzlich? Sie meinen, sie ist *hier* gewesen, draußen auf der Straße? Warum ist sie nicht *nach Hause* gekommen?«

»Das wissen wir nicht. Tut mir leid.«

»Welches Mädchen?« Seine Stimme wurde leiser, als er Loz auf der Treppe hörte. »Haben Sie einen Namen?«

»Noch nicht. Sie hat rot gefärbte Haare. Sehr rot und sehr viel davon. Sie ist schlank, ungefähr Mays Größe und Alter. Können Sie sich erinnern, May mit einem Mädchen gesehen zu haben, auf das diese Beschreibung passt?«

Sean schüttelte den Kopf, die Augen fest auf ihr Gesicht gerichtet. »Sie wohnt im Garrett?«

Loz trug zwei Becher Tee hoch. Einen streckte sie ihrem Vater hin, den anderen Marnie. »Das Garrett ist voller Loser. Junkies und Ritzer, die schlimmsten Kids der Schule. Die Polizei ist einmal gekommen und hat uns einen Vortrag gehalten, weil ein paar Jungs Messer in die Schule mitgebracht und behauptet hatten, sie hätten sie aus dem Garrett. Da kann man alles bekommen. Poppers, Alkohol, Waffen.«

»Okay, Loz. Das reicht.«

»Ich habe DI Rome nur erklärt, warum wir dort nicht hingehen würden. Es gibt keine *netten Mädchen* im Garrett.« Sie sah Marnie direkt an, ihre großen Augen unverwandt auf sie gerichtet. »Da würde man nur hingehen, wenn man selbstverletzendes Verhalten an den Tag legt oder sonst einen an der Klatsche hat.«

»Das *reicht*!«

»In mein Zimmer? Mir ganz recht.« Sie marschierte in ihr Zimmer, zog die Tür mit einem lauten Klicken hinter sich ins Schloss.

Ihre Traurigkeit blieb im Korridor zurück, selbst nachdem Loz fort war, machte die Luft spröde und stachelig, bohrte ihren Schmerz in Marnies Brust.

Stirnrunzelnd betrachtete Tim Welland das Whiteboard im Besprechungszimmer, einen Becher Tee in der rechten Hand. Er quittierte Marnies Eintreten mit einem Kopfnicken in Richtung von Mays Foto. »Wie verkraften es ihre Eltern?«

»Bedingt gut.« Marnie zog ihren Mantel aus, ging in ihr Büro.

Welland folgte ihr. »Ich habe mir die Aufnahme der Überwachungskamera angeschaut. Ist das unser Mädchen vom Verkehrsunfall?«

»Joe Eaton glaubt es, und er ist im Moment unser einziger Augenzeuge. Wir sollten bald das Bildmaterial von der Unfallstelle bekommen. Alles aus Battersea ist Zeitverschwendung.« Ihre Handgelenke schmerzten von der krampfhaften Umklammerung des Lenkrads während der Fahrt zum Revier. »Ich würde gern noch mal ins Garrett fahren, um nach dem verschwundenen Mädchen zu suchen.«

»Sie denken, sie könnte die Nächste sein?« Welland schlürfte Tee aus seinem Becher. »Oder glauben Sie, sie ist in die Sache verwickelt? Sie und May wirkten nicht gerade wie beste Freundinnen, von dem, was ich auf der Überwachungskamera gesehen habe.«

»Nein«, stimmte Marnie ihm zu. »Aber *sie* hat May nicht hoch in diese Wohnung getragen.«

»Sie hätte die Tür aufhalten können für den, wer auch immer es getan hat. Leichter zu zweit.«

»Das schließe ich nicht aus. Ich habe nur das Gefühl, dass das nicht zusammenpasst, zumindest noch nicht. Am Unfallabend hat sie unter Schock gestanden, war halb nackt. Sie hätte von Eatons Auto überfahren werden können. Sie hatte großes Glück.«

»Mehr Glück als Logan Marsh. Oder May Beswick.« Welland schritt zum Fenster, blickte nach unten. »Wenn sie noch mal davongekommen ist, warum hat sie sich dann nicht an uns gewandt? Warum sich umziehen und abhauen?« Er drehte sich zurück und betrachtete Marnie, die wulstige Stirn in Falten gelegt. »Geben Sie mir ein paar Gründe. Abgesehen davon, dass Sie nachvollziehen können, wie man sich als Ausreißerin fühlt.«

»Sie hat sich im Garrett umgezogen, also wohnt sie entweder dort oder hat dort Freunde. Was beides nicht zwangsläufig bedeutet, dass sie bei der Polizei nicht Schutz suchen könnte, wenn sie in Schwierigkeiten steckt, aber das macht es weniger wahrscheinlich, finden Sie nicht? Wann war das letzte Mal, dass uns jemand aus der Siedlung um Hilfe gebeten hat? Abgesehen von Mrs Tarvin, und sie ist gewiss nicht unser größter Fan.«

»Jetzt weiß ich, an wen sie mich erinnert… Kathy Bates in *Misery*.« Anerkennend hob er seinen Becher. »Tut mir leid, was haben Sie gesagt? Etwas in der Art, dass das mehr als nur Empathie Ihrerseits ist?«

»Müssen wir uns kurz unterhalten, Sir? Es kommt mir nämlich so vor, als wollten Sie mir durch die Blume etwas sagen.« Sie machte eine ausladende Handbewegung. »Es ist lang her, seit ich eine Ausreißerin gewesen bin.«

»Neunzehn Jahre. Nicht sonderlich lang im großen Rad der Zeit.« Über den Rand seines Bechers beobachtete er sie, sein linkes Auge immer noch vom Krebs gezeichnet, der vor drei Jahren sein Augenlicht bedroht hatte.

Seine Krankheit hatte Marnie aus ihrer Trauer gerissen. Der Gedanke, ihn zu verlieren, ließ ihre Kehle selbst jetzt noch brennen. Sie wollte ihn zum Lächeln bringen. »Hier geht es nicht um Empathie. Ich habe nicht den blassesten Schimmer, was in Mays Kopf vorgegangen ist, als sie von zu Hause abgehauen ist, aber ich glaube, dass sie *freiwillig* gegangen ist. Ich kann mir nicht vorstellen, dass sie entführt worden ist. Ich bin mir nicht mal sicher, ob sie nicht erst kürzlich auf ihren Mörder gestoßen ist.«

»Und wer hat sie dann geschwängert? Nichts von einem Freund in den Aussagen von vor zwölf Wochen.« Er stellte seinen leeren Becher auf den Schreibtisch. »Ich kenne nur wenige Sechzehnjährige mit genug Schmalz in der Birne, um ihr Sexleben für sich zu behalten. Die meisten geben jederzeit Updates zu ihrem Beziehungsstatus im Internet preis.«

»Nicht May, oder zumindest nicht laut ihrer Familie. Ihre Schwester hat vorhin etwas Interessantes gesagt: Keiner von Mays richtigen Freunden ist in der Schule. Vielleicht haben wir mit den falschen Leuten geredet, und sie hatte ein Leben, von dem wir bisher nichts gewusst haben. Nicht online. Ein *richtiges* Leben, zu dem sie vor zwölf Wochen gegangen ist. Irgendwo, wo sie das Unfallmädchen getroffen hat.«

»Im Garrett? Das ist kein Rettungsweg, das ist ’ne Sackgasse. Und sie hatte ein gutes Leben. Ihre Eltern sind gut situierte, anständige Leute. Kein Anzeichen von Misshandlung oder Vernachlässigung.«

»Nein«, stimmte Marnie ihm zu.

»Aber Sie glauben, sie ist abgehauen. Weil sie schwanger gewesen ist?«

»Die Empfängnis war später, also nein. Ich denke, sie ist abgehauen, weil sie dort nicht mehr wohnen konnte, aus welchen Gründen auch immer. Ich glaube, sie war schrecklich unglücklich.«

»Also war das eine … *Angststörung*?«

»In diesem Alter? Traurigkeit kann sich wie das Ende der Welt anfühlen. Und die Beswicks sind … kleine erbsenzählende Spießer. Ich habe nichts gegen sie. Sie tun mir leid. Aber während der vergangenen zwölf Wochen habe ich nicht gesehen, dass einer von ihnen ihre jüngere Tochter umarmt hätte. Nicht mal in den letzten achtundvierzig Stunden.«

»Laura Beswick ist wie alt? Dreizehn?«

»Jung genug, um umarmt zu werden, wenn ihre Schwester umgebracht wird.«

Schweigend überdachte Welland diesen Einwand. »Wie geht's DS Jake?«

»Auf dem Weg der Besserung, hoffe ich.«

»Sie und ich, wir wissen, wonach das aussieht. Der Auftakt von etwas Großem, vielleicht sogar ein Serientäter.« Er vermied das Wort *Serienkiller*, doch er verzog das Gesicht. »Ihr Junge ist gut, aber er ist jung. Wenn Sie jemanden mit mehr Jahren auf dem Buckel oder mehr Erfahrung …«

»Nein, danke. Noah hat sofort gesehen, worum es geht. Ein Blick auf den Tatort hat ihm gereicht. Er weiß, womit wir es zu tun haben. Ich brauche seinen Verstand und schätze seinen Instinkt.«

»Okay, der Wunderknabe bleibt. Stellen Sie nur sicher, dass Sie alles haben, was Sie brauchen, um die Sache nicht zu vermasseln. Ich würde es vorziehen, wenn keine weiteren Leichen an öffentlichen Plätzen auftauchen, wir wollen doch nicht, dass Touristen im London Eye oder sonst wo über ein totes Mädchen stolpern.«

»Ich würde mir eine bessere Kooperation mit dem Verkehr wünschen. Haben die vor, Joe Eaton anzuklagen?«

»Das find ich raus. Halten Sie mich auf dem Laufenden, was die Überwachungskameras ausspucken und wann und wie Sie die Presse benachrichtigen wollen.« Sein Gesicht zerknautschte sich vor Ekel. »Der Battersea-Bauunternehmer zickt rum wie 'ne kleine Diva, also kümmere ich mich auch darum.«

Er nahm seine leere Tasse von Marnies Schreibtisch. »Hm? Mir ward mal wieder voll eingeschenkt.«

Ron starrte mit finsterer Miene zum Whiteboard, als Marnie zum Team zurückkehrte. »Kann man sich die verdammte Unfähigkeit drüben in Battersea vorstellen? Die Millionen, die sie in diese Wohnungen gesteckt haben, und dann schaffen sie's nicht mal, die Dreckskameras anzuschließen. Das zum Thema Prioritäten setzen.«

»Haben wir sämtliche Aussagen aller Sicherheitskräfte von der Baustelle?«

»Wozu auch immer die gut sein mögen. Der Einzige, der die Augen offen hatte, war dieser Ex-Soldat, Ledger. Dem Rest von denen würde ich nicht mal zutrauen, dass sie 'nen Haufen Scheiße sehen, wenn er ihnen am Schuh klebt.«

»Was ist mit der Liste an Menschen, die in den vergangenen zwölf Wochen Zutritt zur Baustelle hatten?«

»Da sind wir immer noch dran. Bisher haben wir die Subunternehmer, die Baufirmen, die Makler. Die Makler müssen noch die Liste an Leuten rausrücken, die bei den Besichtigungen dabei waren. Man kann sich vorstellen, wie die sich vor Begeisterung kaum halten können. Dann haben sie da vor sechs Wochen auf der Baustelle eine Medienparty geschmissen. Presse, Fotografen – alle, von denen sie gehofft hatten, sie könnten eine gute Geschichte abdrucken und ihnen helfen, ein paar Wohnungen zu verticken. Wir warten noch auf die Gästeliste.«

»Dann lasst uns anfangen, ein paar Namen von den Listen zu streichen, die wir bereits haben. Wie geht die Anwohnerbefragung voran?«

»Wie üblich, ›Fremde in weißen Lieferwagen‹. Dort wimmelt es an weißen Lieferwagen wie Pickel am Arsch. Ich fahre nachher noch mal rüber. Wir bekommen ein Bild vom Unfallmädchen, das wir rumzeigen können, oder?« Als Marnie nickte, fragte Ron: »Wie ist es mit den Eltern gelaufen?«

»Sean Beswick ist überzeugt, dass May nie einen Fuß ins Garrett gesetzt hat, aber laut Loz ist das gut möglich. Wenn das Unfallmädchen dort wohnt, will ich, dass sie gefunden wird. Sie ist unsere beste Spur zu dem, was May in den Stunden vor ihrem Tod zugestoßen ist.«

»Sie glauben, May könnte sich im Garrett aufgehalten haben? Dann wäre sie in Emmas Notizbuch, oder nicht? Unserer Emma entgeht so gut wie nichts.« Ron klang stolz auf die Rentnerin.

»Wir wissen, dass May von der Battersea Power Station besessen gewesen ist. Sie hat die hier gemalt.« Marnie reichte ihm den Skizzenblock, den sie sich von Sean ausgeliehen hatte. »Machen Sie Kopien für die Tafel. Wir müssen uns auf die Baustelle konzentrieren, auf der sie gefunden wurde, und auf den Ort, wo das Unfallmädchen das letzte Mal gesichtet worden ist. Also das Kraftwerk und das Garrett. Und lassen Sie uns noch einmal einen Blick auf Mays Leben in den letzten zwölf Wochen werfen. Ich will ein Gespür dafür bekommen, wo sie gewohnt hat. War sie allein oder mit Freunden unterwegs? Ich glaube nicht, dass sie auf der Straße gelebt hat. Sie wirkte gesünder als auf ihrem letzten Familienfoto. Ich will wissen, wer sich um sie gekümmert hat und wo.«

Wie Welland sagte Ron: »Ihre Eltern sind anständige Menschen. Wir haben nichts gefunden, was das widerlegt hätte, und wir haben tief gegraben. Kids laufen aus den unterschiedlichsten Gründen davon. Denken Sie nur an Clancy Brand von vor sechs Monaten. Seine Eltern hatten Geld wie Heu, haben alles für Alarmanlagen auf den Kopf gehauen. Gehe jede Wette ein, *deren* Kameras waren angeschlossen. Was für ein beklopptes Paar von Sicherheitsfreaks. Aber er ist trotzdem getürmt.«

Die Brands waren paranoid gewesen, besessen von Gefahr, von dem, was draußen vor ihrer Haustür lauerte. Sie hatten sich vor dem Leben versteckt und versucht, ihren Teenagersohn ebenfalls wegzusperren. Clancy war schließlich im Alter von vierzehn Jahren weggelaufen – geradewegs in die Gefahr hinein, aber das war ihm laut eigener Aussage lieber gewesen, als zu Hause zu bleiben. Einige Eltern pflanzten Ängste in ihre Kinder, nur indem sie sie zu sehr beschützten. Marnie glaubte nicht, dass die Beswicks in diese Kategorie fielen, aber ihr Gespräch mit Loz hatte sie gezwungen, alles, was sie über die Familie zu wissen glaubte, noch einmal zu überdenken.

»Das Garrett kann bis morgen früh warten«, sagte sie zu Ron. »Ich brauche das Team frisch und ausgeschlafen für die Befragung von jedem, der einen Fuß ins Kraftwerk gesetzt hat. Die OCU schickt uns Verstärkung, aber ich will, dass Sie das Garrett-Team leiten. Sie kennen das Gebiet.«

Als wäre die Siedlung ein Kriegsschauplatz.

Es *war* ein Kriegsschauplatz.

»Feindliche Linien«, sagte Ron, ihre Gedanken lesend. »Ich werde einen Schlachtplan aufstellen.«

20

Aimee

May ist nach Hause gekommen. Ich habe ihre Stimme gehört. Ich war aus dem Bett, halb angezogen, habe mich weder um seine Regeln noch sonst was geschert, nur um May.

Sie ist zurückgekommen. Sie ist hier. Ich habe sie *gehört*.

Ich war in seinem weißen Nachthemd auf der Treppe, mit dem Licht, das den Stoff durchsichtig macht, nichts zwischen mir und seinem durchdringenden Blick, als ich jäh stehen blieb.

Es konnte nicht May sein. Wie hätte das möglich sein sollen? Sie würde nicht zurückkommen. Sie durften mich so nicht sehen. *Er* durfte mich so nicht sehen. Heute beim Abendessen …

Er hat uns allen den Rücken zugedreht.

Hat vor uns in der Spüle den Abwasch gemacht, aber er hat uns zu lang den Rücken zugekehrt, und er hat gespült und gespült, und seine Schultern haben gezuckt, bis ich geglaubt habe, er würde weinen. Das ganze Abendessen lang hat er schon kein Wort gesagt, hat mir nicht befohlen aufzuessen oder mein Wasser zu trinken, hat keine von uns angesehen.

Irgendetwas war geschehen. Es ist vor Tagen passiert, nachdem Gracie verschwunden ist, als hätte sie einen Teil von ihm mitgenommen, den Teil, der nötig war, damit er richtig funktioniert, er nicht nur ein gebrochener Mann war.

Alles muss immer, *immer* gleich sein. Doch das war es nicht. Es war anders. Er war anders. Jetzt gab es nichts mehr als Kerzen und geschrubbte Gesichter. Keine Umarmungen, kein *braves Mädchen*.

Christie hat versucht, sich normal zu geben, aber ihre Augen sind unruhig hin und her gehuscht. »Ashleigh, du kannst als Erste ins Bad gehen.«

Er rührte sich nicht, sagte nichts. Er roch scharf, nach Brennholz.

Die Kerzen malten einen tiefen, tiefen Schatten auf seinen Rücken.

Christie leckte sich die Finger und zwickte die Flammen aus, bis keine Kerze mehr brannte, nur vier graue Rauchfäden, die vom Tisch aufstiegen.

Viel später habe ich geglaubt, Mays Stimme zu hören. Aber ich habe mich getäuscht. Ich habe ihren Skizzenblock bei mir im Bett, versteckt unter der Decke. Das Zimmer hat nach Krankheit gestunken, *ich* habe gestunken. Ich hätte mich waschen, das Laken wechseln müssen, aber mir fehlte die Energie. Es war leichter, dort zu bleiben, wo er mich wollte, zusammengerollt im Bett. Genau wie damals, als ich klein gewesen war und Mum mich nicht in die Schule geschickt hat mit der Begründung, ich wäre krank. Sie hat sich immer Sorgen gemacht, meine Mum. Das war auch der Grund, warum ich geglaubt habe, ich würde wissen, worauf ich mich bei Harm einlasse, weil ich die Symptome wiedererkannt habe, das Kontrollieren und nochmals kontrollieren, die immer gleichen Abläufe. Ich dachte, er wäre wie meine Mum und dass er sich wie sie um mich kümmern würde, bis sie es dann nicht mehr konnte.

Katastrophisieren, so haben sie es genannt. Ein Sozialarbeiter hat es mir mal erklärt, nachdem sie Mum ins Krankenhaus eingeliefert haben. Das ist, wenn man zulässt, dass negative Gedanken außer Kontrolle geraten, und man sich zu Tode ängstigt über Dinge, auf die man sowieso keinen Einfluss hat. Man versucht, alles zu planen und Regeln aufzustellen, aber das klappt nicht, weil das Gehirn sich einfach immer schlimmere Dinge ausdenkt, über die es sich Sorgen macht. Heutzutage geht man davon aus, dass es ein Paranoid-Gen gibt. Wenn dem so ist, werden sie vielleicht ein Heilmittel finden. Aber für Harm wird es dann zu spät sein. Es ist zu spät für meine Mum gewesen, und er ist schlimmer, als sie jemals war.

Zumindest musste May seinen gefriergetrockneten Scheiß nicht mehr essen oder seinen Vorträgen über die Gefahren auf der Straße zuhören. *Er* war die Gefahr. Nur er. May ging es jetzt gut. Ich sagte es mir wie ein Mantra auf – ihr ging es jetzt gut. Schwer zu glauben, dass wir jemals dumm genug gewesen waren, uns hier sicher zu fühlen. Nur dass er damals anders gewesen war, uns gesagt hatte, dass wir wichtig wären, *ich* wichtig wäre. Das kann niemand nachvollziehen, der nicht auf der Straße gelebt hat. Es ist nicht nur der Hunger oder die Kälte oder die Angst, zusammengeschlagen zu werden, oder Schlimmeres. Es ist die Art, wie es dich aushöhlt, du *leer* wirst. Den Hunger und die Kälte könnte ich ertragen, vielleicht sogar die Vergewaltigungen, auch wenn es mir nur einmal passiert ist. Was ich nicht ertrage, ist der Umstand, nicht mehr *ich selbst* zu sein.

Obdachlos ist nur eine andere Formulierung für *leer*.

An jenem Abend, als Harm mich gefunden hatte …

Na gut, dann dachte ich halt, er wollte Sex. Ich bin mit ihm mitgegangen, auch wenn ich geglaubt hatte, dass er das von mir wollte. Ich bin nicht blöd. Männer holen obdachlose Kinder nicht ohne Hintergedanken von der Straße, aber ich hielt es für angemessen angesichts dessen, was er mir bot. Ein Bett für die Nacht, anständiges Essen, einen Platz, um trocken zu werden. Es hatte tagelang geregnet, und ich hatte mir eine starke Erkältung zugezogen, hustete mir die Seele aus dem Leib. Anfangs musste ich es nicht spielen.

Ich habe mich ausgezogen und geduscht, weil ich gestunken habe. Es war schön, wieder sauber zu sein. Dann bin ich ins Bett gegangen und habe auf ihn gewartet. Ein sauberes Bett, weiche Laken. Solange er mir nicht wehtat, wäre es das wert. Ich war kein Kind mehr, ich wusste, was ich tat, und ich dachte, er könnte nicht so schlimm sein, weil das Zimmer warm war und das Haus sich sicher angefühlt hat. Ein stinknormales Haus, aber Christie hat es sauber gehalten. In jener ersten Nacht habe ich weder sie noch die anderen getroffen. Er hat mich in ein Zimmer im hinteren Teil des Hauses gebracht, und da war kein Schloss, was bedeutete, dass er mich nicht einsperren konnte, sollte er sich als Perversling herausstellen. Es fühlte sich okay an. Nachdem ich eine Weile im Bett gelegen hatte, habe ich mich auf den Bauch gerollt, weil ich dachte, es würde ihm gefallen, mich so vorzufinden, doch er ist nicht gekommen. Ich bin eingeschlafen, während ich auf ihn gewartet habe. Am nächsten Morgen habe ich wieder meine alte Kleidung angezogen und bin nach unten gegangen. Er bereitete gerade Pfannkuchen zum Frühstück zu. Bei dem Geruch ist mir das Wasser im Mund zusammengelaufen.

»Ich habe dir saubere Kleidung hingelegt. Warum ziehst du dich nicht um, und ich wasche dein altes Zeug?« Er häufte die Pfannkuchen auf zwei Teller. »Nach dem Frühstück«, sagte er mit einem Lächeln.

Die Pfannkuchen waren unglaublich.

Anschließend bin ich nach oben gegangen und habe die Kleidung angezogen, die er mir hingelegt hat: einen schwarzen Schuluniformrock und eine weiße Bluse – und ich weiß, was jetzt jeder sofort denkt, aber so ist das nicht gewesen. Der Rock war lang, und da lag eine Strumpfhose daneben, eine richtig dicke Strumpfhose, nichts Aufreizendes. Die Kleidung hat mir besser gepasst als mein weiter Pulli und die Jeans. Als ich einen Blick in den Spiegel geworfen habe, habe ich ein flachbrüstiges Schulmädchen gesehen.

Die Uniform war peinlich, aber ich habe mich an sie gewöhnt. Es hat nicht das bedeutet, was ich dachte, was es bedeuten würde. Bei Harm war das nie der Fall. Wochenlang habe ich erwartet, er würde mich anfassen, insbesondere weil er mich immer ins Bett geschickt hat. Mein Husten verschwand nach ein paar Tagen in der Wärme mit gutem Essen. Doch er wollte nicht, dass ich gesund werde. Er wollte sich um mich kümmern. Genau wie meine Mum, bevor sie krank wurde. Damals war ich gut darin gewesen, es ihr vorzuspielen. Bei ihm war es schwieriger.

Sechs von uns in diesem Haus. Es muss seinen Eltern gehört haben, denn ich habe immer wieder Babyfotos gefunden. Ein Mädchen und ein Junge, der ihm ähnlich sah. Christie, Grace, Ashleigh, May und ich – alle in diesem Haus, bis er meinte, es würde allmählich zu klein für uns werden, zu schwierig, um für unsere Sicherheit zu sorgen. Er hasste den Garten, selbst nachdem May versucht hatte, ihn wieder zum Leben zu erwecken. Es war zu leicht, dort einzubrechen, erklärte er. Anschließend hat er uns ein neues Zuhause gesucht, mit einem eigenen Zimmer für mich, die Maisonettewohnung.

Ich habe es gehasst, dort immerzu im Bett zu liegen. Ashleigh hat rumgezickt. Ich habe sie in Schwierigkeiten gebracht, weil ich sagte, sie würde sich beschweren, weil ich genauso Hausarbeiten wie der Rest von ihnen verrichten sollte. Das hat ihn angekotzt. Aber ich habe dort oben den Verstand verloren, wie die verrückte Frau auf dem Dachboden, nur dass ich keine Frau war, ich war sein krankes, kleines Mädchen.

Einzelhaft führt zu Halluzinationen. Wussten Sie das? Menschen in Gefängnissen verlieren den Verstand. Ich habe zur Decke gestarrt, mit ihren feuchten Flecken wie eine Landkarte, und versucht, mir freien Himmel, Vögel, Bäume, die Außenwelt vorzustellen. May und das Baby…

Manchmal habe ich keine Luft bekommen. Es war, als würde etwas auf meiner Brust sitzen. Ein Kind oder ein Zwerg, schwer und heiß. Ich hörte sein Blut rauschen und spürte sein Gewicht, das mich niederdrückte. Sein Atem war widerlich, als wäre etwas Fettiges in seinem Mund verrottet.

Ganze Tage, die ich so dagelegen habe und an denen er froh war, dass ich zu krank zum Aufstehen gewesen war. Es hat ihn nicht gekümmert, ob ich ersticke, ob irgendein Scheiß*ding* auf meiner Brust sitzt, mich dort festhält, bis ich Wörter auf mich schreiben wollte, so wie Grace es getan hat, und May. Nur dass ich die Wahrheit schreiben wollte. Darüber, was er uns in diesem Gefängnis antut, das wir, blöd wie wir waren, unser Zuhause nannten.

Echter Schmerz und eingebildeter Schmerz fühlen sich gleich an. Sie triggern denselben Bereich des Gehirns, hatte mir der Sozialarbeiter erklärt. Gegen Ende wusste Mum nicht mehr, welche Bedrohungen real waren und welche nicht. Beide fühlten sich genau gleich an, haben ihr Hirn blockiert, sie dann mit Adrenalin geflutet, woraufhin sie auf Fluchtmodus umgeschaltet hat. Wir sind die Summe unserer Ängste, hatte der Sozialarbeiter gesagt. Das würde ich schreiben. Ich würde den Draht aus Mays Skizzenblock friemeln und die

Wörter überall in mich kratzen: *Harm hat es getan* und *dieser Scheißwichser …*

Weil er Grace dazu getrieben hat, von hier wegzulaufen, und May auch. Weil er mir meine beste Freundin genommen hat, das Einzige, was diesen Ort erträglich machte. Jetzt bin nur noch ich da. Ich und das Ding, das auf meiner Brust hockt, mir seinen Atem ins Gesicht haucht, weshalb ich nicht aus dem Bett steigen kann, selbst wenn ich es gewollt hätte, weshalb es immer weniger Vortäuschen war und mehr und mehr real.

Das war, was er wollte.

Ich in diesem Bett. Mit dem Gesicht nach oben oder nach unten, das spielte keine Rolle. Außer dass er mich wohl letztendlich mit dem Gesicht nach oben hinlegen würde, die Haare ordentlich gebürstet auf dem Kissen. Ich habe nicht angenommen, dass er mich beerdigen würde. Ich habe nicht angenommen, dass das sein Wunsch war. Er würde mich dort liegen lassen, bis ich so widerlich stank, dass jemand die Stadtverwaltung anrief, die mich wegbringen würde, ein verfaultes Ding in einem schwarzen Sack, und niemand wüsste, was sie mit mir anstellen sollten. Niemand wüsste, wer ich war oder woher ich kam. Außer sie gruben richtig tief, bis hinunter zu dieser Unterführung, dem Tunnel, wo wir vor dem Regen Schutz gesucht hatten, wo ich mit durchnässten Füßen gesessen und mir die Seele aus dem Leib gehustet hatte. Bis er gekommen war.

May ging es gut. Ihr ging es *gut*.

Ich hörte sie unten, Ashleigh und Christie, wie sie sich behutsam bewegten, um ihn keinesfalls zu stören.

Konnte ich Christie trauen? Nein, ich konnte keinem von ihnen trauen. Er hatte mich in ein Monster verwandelt, ihren Buhmann, sein kostbares kleines Mädchen. Kein Wunder, dass Ashleigh mich hasste.

Der Draht ließ sich nicht aus dem Skizzenbuch lösen, zumindest nicht leicht, aber ich arbeitete unermüdlich. Ich dachte, wenn ich das Metall mit den Fingern und meinem Atem wärmte, könnte ich es herausbiegen.

Es wäre keine gute Waffe, aber es war alles, was ich hatte.

Ich würde es ihm nicht leicht machen. Es hatte keinen Sinn, jetzt wo May fort war.

Ihr zuliebe hatte ich mich ruhig verhalten, aber jetzt war ich allein.

Er und ich, das war, worauf es hinausgelaufen war.

Darauf war es immer hinausgelaufen.

Er und ich.

21

Noah erwachte in einem dunklen Zimmer. Seine Schläfen pochten, doch die Migräne war verschwunden und hatte einem leichten Brodeln von Endorphinen Platz gemacht. Er blinzelte ins Kissen, benommen vor Erleichterung.

»Bist du wach?« Dan stand am Bettrand.

»Hmm.« Er drehte sich auf den Rücken, schwelgte in einem Gefühl von Glückseligkeit. »Wie spät ist es?«

»Fast sieben.« Dan fand seine Hand. »Wie fühlst du dich?«

»Besser.«

Dans Daumen fuhr seine Fingerknöchel nach. »Sicher?«

»Ja. Komm her.« Er zog Dan für einen Kuss nach unten und presste die Lippen hart auf seine, um sie beide zu überzeugen, dass es ihm gut ging. »Wo ist Sol?«

»Er ist los, als ich nach Hause gekommen bin, meinte, du müsstest es ausschlafen. Er hat dich nicht aus den Augen gelassen. Er ist ein guter Bruder.«

Noah widersprach nicht. Er schwang die Beine über die Bettkante und wartete ab, ob der Schmerz wieder zuschlagen würde, bevor er versuchte aufzustehen. Manchmal hallte eine Migräne noch tagelang nach, aber diese hatte sich verflüchtigt. Erleichtert stieß er den Atem aus, den er angehalten hatte, und lächelte Dan an. »Mir geht's gut. Wirklich. Ich könnte es nicht vortäuschen, wenn es nicht so wäre.«

Dan erwiderte schlicht: »Ich weiß.« Dann: »Überzeugst du mich noch mal?«

Noah presste Dan einen langen Moment gegen die Wand, überzeugte ihn mit seinen Händen und seinem Mund, bevor er sagte: »Ich muss etwas essen.«

»Was du nicht sagst!«

»Komm schon.« Er verschränkte ihre Finger, zog Dan in Richtung Küche.

Als sie am Wohnzimmer vorbeikamen, blieb Noah stehen, erinnerte sich an die aufgebrachten Stimmen. Jemand war mit Sol in der Wohnung gewesen … ein Freund, hatte sein Bruder gesagt, aber er hatte nicht freundlich geklungen. Er hatte Sol beschimpft, ihn bedroht …

Das Zimmer war leer, abgesehen von Sols Kopfabdruck in den Sofakissen. Keine Unordnung, nichts, was nicht von der entspannten Einstellung seines Bruders als Hausgast zu erklären gewesen wäre. »Wohin ist Sol gleich noch mal gegangen?«

Dan schüttelte den Kopf. »Er hat nur gesagt, dass es nicht lang dauern würde.«

Sie betraten die Küche. Dan öffnete den Kühlschrank, holte Eier und Speck heraus.

»War er allein, als du nach Hause gekommen bist? Niemand hier bei ihm?«

»Nur du«, Dan lächelte über seine Schulter, »bewusstlos im Bett.«

Sol hatte sich der Person, wer auch immer es gewesen sein mochte, entledigt, bevor Dan nach Hause gekommen war. Noah wünschte, er könnte sich genau daran erinnern, was er gehört hatte. Wenn Sol in Schwierigkeiten steckte und falls er diese Schwierigkeiten mit hierhergebracht hatte … wollte Noah es wissen.

Dan schlug die Eier für ein Omelett in eine Schüssel. »Willst du Käse drin?«

»Ja, bitte.« Er kramte sein Handy heraus. »Ich sollte in der Arbeit anrufen, sie wissen lassen, dass es mir wieder gut geht.« Er ging in den Flur, wo der Empfang besser war. Als Erstes wählte er Sols Nummer, wobei sich sogleich die Mailbox einschaltete. »Hey, ich bin's. Danke für vorhin. Gib mir Bescheid, dass bei dir alles in Ordnung ist.« Er legte auf und rief Marnie an.

Sie ging beim zweiten Klingelton dran. »Wie geht es dir?«

»Großartig. Alles gut. Gibt's Neuigkeiten?«

»Nichts, was nicht bis morgen warten könnte. Ruh dich aus. Fran wird dann die Obduktionsergebnisse für uns haben. Ich melde mich bei dir, sollte etwas Unvorhergesehenes eintreten. Ansonsten sehen wir uns morgen in aller Früh.« Sie legte auf.

Noah steckte das Handy ein und ging zurück in die Küche. »Das riecht lecker.« Sein Körper lechzte nach fettigem Essen. Er goss sich ein Glas Orangensaft und Dan ein Bier ein, bevor er zwei Teller auf den Tisch stellte.

»Ich hab im Radio die Nachrichten gehört.« Dan schob das erste Omelett unter den Grill. »Es hat eine Leiche in Battersea gegeben. Ist das dein Fall?«

»Ja.«

»Kein Wunder, dass du einen Migräneanfall hattest.« Dans blaue Augen waren einen Farbton dunkler als gewöhnlich, in seiner Stimme lag ein Hauch von Besorgnis, doch er stellte keine weiteren Fragen. »Setz dich, das erste ist fertig.«

Noahs Handy summte in seiner Tasche.

Eine SMS von Sol: *Alles cool* samt lächelndem Smiley.

Sols Code für *Lass mich in Ruhe.*

Noah steckte das Handy zurück in die Tasche und konzentrierte sich auf das Essen.

Ein Korb mit Petunien hing über der Tür von Nummer 14, ein schimmerndes Auto parkte in der Einfahrt. Mülltonnen säumten wie kleine Wachposten die Straße, ähnlich wie in der Taybridge Road. Doch das war auf der anderen Seite von London, ein anderes Haus. Marnie hatte seit ihrem achtzehnten Lebensjahr nicht mehr hier gewohnt. Dreißigerjahrebau, freistehend, große Küche nach hinten raus und unten ein Bad, wo ihr Dad sich gewaschen hatte, nachdem er das Auto sauber gemacht hatte, einen braunen Vauxhall, sein ganzer Stolz. Der Wagen in der Einfahrt war jetzt ein Audi, aber der Korb mit Petunien war derselbe, rot und lila, im Licht der Straßenlaternen fast schon schwarz.

Marnie legte die Handgelenke auf dem Lenkrad ab und blickte durch die Windschutzscheibe zu dem Haus, das ihre Eltern ihr hinterlassen hatten. Alles war ihr vererbt worden. Damals hatten sie darauf gepocht, dass Stephen ein fester Bestandteil ihrer Familie war – er war seit sechs Jahren ihr Pflegekind –, dennoch wurde er in ihrem Testament mit keiner Silbe erwähnt. Ein stiller, spindeldürrer Achtjähriger, dessen erste Lebensjahre die Hölle auf Erden gewesen waren – das war alles, was sie von ihm gewusst hatte, als ihre Eltern ihn bei sich aufnahmen. Keine Einzelheiten, und die hatte sie auch nicht gewollt. Er hatte ihre Eltern auf Trab gehalten, hatte ihre Aufmerksamkeit voll und ganz auf sich gezogen. Marnie war froh gewesen, schwer beschäftigt mit ihrem neuen Leben, ihrer Karriere. Sie war geflohen. Eine jugendliche Ausreißerin hatte Welland sie genannt, eine Ähnlichkeit zu May Beswick in ihr erkennend, aber Marnie war in diesem Haus nie stumm gewesen. Sie war eine Naturgewalt gewesen, hatte alles um sich herum fast zum Einstürzen gebracht. Ein ungestümes Kind, angetrieben von Wut. Bei der Erinnerung schauderte sie hinter dem Lenkrad.

Hassen Sie ihn? Stephen Keele. Selbst nach fünf Jahren?

May hatte zu Hause nie aufbegehrt. Loz war die Wütende. Wie Marnie. Wie Stephen, nur dass er seinen Zorn so tief in sich vergraben hatte, dass das Jugendamt ihn übersehen hatte. Er hatte still in diesem Haus gelebt, ihr heimlich nachspioniert, als er zwölf und sie doppelt so alt wie er gewesen war, hatte ihr heimlich beim Ausziehen im Gästezimmer zugesehen, ihre Geheimnisse auf der Haut gelesen, die Tätowierung, die sie vor allen versteckt gehalten hatte. Sie war gut darin gewesen, Geheimnisse zu bewahren. Das Trinken mit vierzehn, die Affäre mit sechzehn …

Manche Häuser sogen Geheimnisse regelrecht in sich auf.

War es in der Taybridge Road genauso? May und Loz und Sean und Katrina, alle unter demselben Dach, aber so wenig vom Leben des anderen wissend, vom Schmerz des anderen?

Das Lenkrad presste sich in ihre Brust, als sie sich vorbeugte, um zum Schlafzimmer hochzuspähen, ihrem Zimmer, bis sie ausgezogen war. Das drei Jahre leer stand, dann die nächsten sechs Stephen gehörte, bevor er eines Morgens mit einem Messer auf ihre Eltern losgegangen war, während Marnie meilenweit entfernt gewohnt und gearbeitet hatte, als Detective.

Haben Sie ihm vergeben? Loz hatte keine Antwort abgewartet.

Über der Pflanzenampel war der Vorhang am Fenster zugezogen, alles ruhig.

Wie war es für Stephen gewesen, in ihrem Zimmer zu leben? Warum hatte er die Wände nicht gestrichen, ihre Habseligkeiten auf den Dachboden geräumt, die Möbel umgestellt? Weil er wusste, dass er nicht lang bleiben würde? Oder weil er das Zimmer mit all ihren Sachen mochte? Er hatte behauptet, sie *ihretwegen* umgebracht zu haben. Seine letzte Körperverletzung, ein erneutes Heischen nach ihrer Aufmerksamkeit, oder steckte mehr dahinter?

Was hatte er gefunden oder geglaubt, in ihrem Zimmer gefunden zu haben? Welche Hinweise hatte sie zurückgelassen, die ihn auf den Gedanken gebracht hatten, sie wäre hier unglücklich gewesen? Staub in ihrer Haarbürste, wie bei der in Mays Zimmer? Unberührte Bücher? Ein Zimmer, das nicht bewohnt gewesen war, nicht richtig. Ein Zimmer, aus dem sie immer und immer wieder abgehauen war, außer Stande, das Gefühl der Wände um sie herum zu ertragen.

Er ist so ein kleiner Junge, Marn, und sein Leben ist die reinste Hölle gewesen. Wir möchten es wiedergutmachen.

Was hatten sie getan, um zu verdienen, was er ihnen angetan hatte? Was hatten sie getan, um Marnies Wut zu verdienen, ihre Rastlosigkeit, ihr Weglaufen?

Sie lehnte sich im Wagen zurück, schloss die Augen.

Es war spät. Sie sollte zu Hause bei Ed sein, nicht hier im Auto, den Blick starr auf ein Haus gerichtet, das sie seit fünf Jahren nicht mehr betreten hatte, die Vermietung aus der Ferne regelnd, weil sie nicht bereit war für einen Verkauf, immer noch in der Hoffnung, Beweise zu finden, die ihr entgangen waren, Hinweise, warum er es getan hatte. Sie schloss die Hand um den Haustürschlüssel. Der Anhänger aus Leder war weich, von Haut poliert, von den Fingern ihres Vaters. Der Schlüssel bohrte sich mit seinen Zähnen in ihre Handfläche. Es war ihr Haus. Sie könnte ihren Mietern kündigen und hineingehen, nach den Hinweisen suchen, die sie übersehen hatte. Den Hinweisen, die sie alle übersehen hatten. Falls Stephen ein sonderbarer Junge gewesen war, so war es niemandem aufgefallen. Ihren Eltern nicht und auch nicht ihren Nachbarn. Er war kein einziges Mal von hier weggelaufen. Er hatte ihrem Dad geholfen, den Vauxhall zu waschen, hatte auf der Schaukel im Garten gespielt, war jeden Tag zur Schule gegangen. Seine Sozialarbeiterin konnte es sich nicht erklären, ebenso wenig wie der Gefängnispsychologe. Ihre Eltern hatten sich nie bei irgendjemandem über ihn beschwert. Mrs Poole, die Nachbarin, hatte Marnie fuchsteufelswild aus dem Haus stürmen und heimlich zurückschleichen gesehen, aber Stephen hatte sie bei keinem einzigen Fehltritt beobachtet. Bis zu jenem Morgen, als die Schreie sie aus ihrem Haus und auf die Straße getrieben hatten.

Keinem Nachbarn in der Taybridge Road war vor Mays Verschwinden irgendetwas Sonderbares aufgefallen. »Eine glückliche Familie«, lautete das einhellige Urteil. Doch das traf nicht zu.

Traf das denn auf irgendjemandem zu, irgendwo?

Marnie ließ den Motor an, warf einen Blick in den Rückspiegel und rollte vom Bürgersteig weg.

Eine Überwachungskamera war in die Mauer von Nummer 8 eingebaut worden. Eine Alarmanlage. Vor fünf Jahren hatte es die nicht gegeben. Die Morde hatten die Menschen nervös gemacht, hatten dieser netten Nachbarschaft einen schlechten Ruf eingebracht. Sie fragte sich, welchen Ruf die Taybridge Road bekäme, sobald die Nachricht publik wurde, dass May ermordet worden war, und ob das Penthouse in Battersea jemals verkauft werden würde und an wen. Wer würde an einem Ort wohnen wollen, an dem eine Leiche gefunden worden war?

Sie fuhr die Straße zurück, die Geschwindigkeitsbegrenzung im Auge behaltend, an den Einfamilienhäusern mit ihren gelb beleuchteten Fenstern und abgesperrten Türen vorbei.

Wohnte Mays Mörder in einem Haus wie diesem?

Er war irgendwo dort draußen. Sie hatte es hinausgezögert, nach Hause zu fahren, in der Hoffnung auf Neuigkeiten, einem Auflodern der Spur, die sich in den Morgenstunden warm angefühlt, aber zunehmend kalt geworden war.

Dieser Mann wusste, wie man sich versteckte. Man bahrte einen Leichnam nicht so auf, wie er es mit May getan hatte, wenn man kein gutes Versteck und keinen ausgeprägten Überlebensinstinkt hatte.

Saubere Tatorte erfüllten sie mit Grauen. Saubere Mörder waren am schwersten zu schnappen. Es war möglich, dass May nicht sein erstes Opfer gewesen ist. Marnie war sich fast sicher, dass sie nicht sein letztes bleiben würde.

Marnie bog nach links ab, an unzähligen Straßen voller identischer Häuser vorbei, heim zu Ed.

Ed lag in einem alten T-Shirt und Pyjamahose auf dem Sofa. Kopfhörer im Ohr, aufgeklappter Laptop im Schoß, und schaute eine Folge *Seinfeld*. Zwei unterschiedliche Socken an den Füßen, braune Haare in den Augen, zerwühlt wie kurz nach dem Aufstehen. Marnie setzte sich auf die Armlehne des Sofas und beugte sich hinunter, um ihm einen Kuss zu geben.

»Hast du gegessen?« Er zog die Kopfhörer heraus.

Sie roch Speck. »Und du?«

»Ich hatte Frühstück.«

»Frühstück war vor Stunden.«

»Ich habe es zum Abendbrot gegessen.« Ed streckte sich, schob den Laptop beiseite. »Ich hatte irgendwie Gelüste. Ich mach dir auch eins.«

»Vielleicht später.« Sie küsste ihn wieder, die Hände in seinen Haaren. Er schmeckte nach brauner Soße, genau wie die Farbe seiner Augen. »Du hast ein paar schlechte Angewohnheiten, Belloc.«

»Hmm.« Er lächelte gegen ihren Mund. »Du bist die beste davon.«

Ihre Hände glitten zu seinen Hüften, sie mochte seine schmale Statur, die Art, wie sie beide zusammenpassten. Nach einer Weile gingen sie in die winzige Küche am anderen Ende der Wohnung.

»Ich habe das von Battersea gehört«, sagte Ed. »Ist es das arme Mädchen?«

»May Beswick, ja. Wir werden es morgen früh offiziell bestätigen.«

»Mord?« Ed schlug ein Ei an der Pfanne auf.

»Ja.«

Er schüttelte den Kopf, sagte nichts weiter.

Marnie fand eine Flasche Guinness im Kühlschrank und teilte es auf zwei Gläser auf. »Sehr sauber«, sagte sie. »Sehr hässlich, aber sehr sauber.« Sie wusste, Ed würde verstehen, was sie meinte.

»Wie verkraften es ihre Eltern?«, fragte er.

»Nicht gut. Ihre Schwester Loz ist sehr wütend. Ich mache mir Sorgen, dass es niemanden gibt, der sich um sie kümmert.«

»Fall für die Opferhilfe?«

»Passt nicht. Loz ist ein Sturkopf. Es wird schwer werden, ihr zu helfen. Sie braucht jemanden, der ihr nicht mit hohlen Phrasen kommt. Sie ist dreizehn, aber auf eine Art viel älter, als May es je gewesen ist.« Marnie beobachtete, wie Ed den Speck in der Pfanne wendete. »May war schwanger. Nur ein paar Wochen.«

Er sah zu ihr. »Der Mörder?«

»Wissen wir nicht. Das wäre die offensichtliche Schlussfolgerung, aber so, wie er sie aufgebahrt hat … Es wirkt nicht wie ein Sexualverbrechen. Nicht auf mich und auch nicht auf Noah.«

Ed schaufelte das Essen auf einen Teller und setzte sich zu

ihr, während sie aß. Marnie hatte nicht geahnt, wie hungrig sie war. Als sie aufgegessen hatte, kehrten sie mit dem, was von dem Guinness übrig war, zum Sofa zurück.

»Loz hat mich zu Stephen befragt«, sagte sie zu Ed. »Sie hat mich gegoogelt, wollte wissen, ob ich am Vergebungsprojekt teilgenommen habe.«

»Was hast du ihr geantwortet?«

»Dass ich nicht daran geglaubt habe, als ich mich angemeldet habe. Sie kann sich nicht vorstellen, jemals dem Menschen zu verzeihen, der ihre Schwester umgebracht hat. Ich meinte, das würde ich verstehen, aber dass Wut sehr ermüdend sein kann. Dumm von mir. Es ist viel zu früh, ihr solche Weisheiten unter die Nase zu reiben. Sie *sollte* wütend sein.«

Ed legte die Hand auf ihre Taille, seine Finger fanden die nackte Haut ihrer Hüfte. Die Berührung erinnerte sie an noch etwas, das Loz gesagt hatte. »May hat sich mit Eddings vollgeschrieben. Sie war regelrecht mit Wörtern übersät. Wir vermuten, dass es bei dem Mädchen vom Unfall ähnlich ist. Die beiden haben sich gekannt. Wir können das andere Mädchen nicht finden, aber wir glauben, dass sie sich womöglich in der Garrett-Siedlung aufhält.«

»Eine Suche dort ist eine knifflige Angelegenheit«, sagte Ed.

»Ja … Ich habe auch auf mich geschrieben, bevor ich genug Geld für die Tätowierung zusammengespart hatte.« Das hatte sie noch nie jemandem erzählt. »Ich weiß, wie es sich anfühlt, solche Geheimnisse für sich zu behalten. Und dieses Ritual, dieser Drang. Es hat mir geholfen, damit klarzukommen, hat meine Entschlossenheit untermauert, endlich zu fliehen. Es war wie ein erster Entwurf meiner Rebellion. Auch wenn es nie wirklich eine große Rebellion gewesen ist.« Sie war erschöpft. Die Worte auszusprechen, Ed dieses neue Vertrauen zu schenken. »May hat ›Hure‹ auf ihre Hände geschrieben, in ihre Handflächen. Und andere Beleidigungen, überall auf ihren Körper. Sie ist sehr unglücklich gewesen. Aber warum hat sie dieses Wort gewählt? Wenn der Mörder sie geschwängert hat, war es wohl kaum einvernehmlich.«

»Welche Wörter hast du geschrieben?«, wollte Ed wissen.

»Oh, nichts dergleichen. Großspuriger Blödsinn, wie das Tattoo.«

Ed strich mit dem Daumen über die Worte, die mit Tinte auf ihrer Hüfte verewigt waren: *Das Exil in uns*.

»Siebzehn Mädchen im Teenageralter gelten im Moment in London als vermisst. Selbst wenn wir es auf diejenigen eingrenzen, die erst kürzlich verschwunden sind, bleiben vier übrig. Und dieser Mann. Er wird nicht aufhören.«

»Sehr hässlich und sehr sauber.«

»Ganz genau. Er kümmert sich um sie, zumindest zu Anfang. May war nicht unterernährt, kein Anzeichen von Misshandlung. Sie hat nicht auf der Straße gelebt. Wenn sie die ganze Zeit bei ihrem Mörder gewesen ist, dann hat er gut für sie gesorgt. Das ist auch der Grund, warum ich nicht glaube, dass er aufhören wird.«

»Wie hat er sie gefunden, wenn sie nicht auf der Straße gelebt hat? Denkst du, sie wurde entführt?«

»Ich fürchte fast, sie hat *ihn* gefunden und nicht andersherum.«

»Soziale Netzwerke?«

»Sie hat weder einen Computer noch ihr Handy benutzt. Zumindest nicht wie andere Teenager. Wir haben die Laptops im Haus gecheckt – nichts. Sie hat es geliebt, die Battersea Power Station zu malen. Vielleicht hat er sie dabei beobachtet. Wenn sie einsam war, hätte er das ausnutzen, ihr schmeicheln, ihr das Gefühl geben können, etwas Besonderes zu sein …« Sie dachte an eine Party vor sechzehn Jahren, an einen Fremden, der ihr Feuer angeboten hatte, sein Mund lässig um eine Zigarette geschlossen, die Augen heiße Ringe von Blau. Adam Fletcher. Ihr erster großer Fehler.

»Loz hat angedeutet, dass wir im Garrett suchen sollten. Wo wir auch nach dem anderen Mädchen suchen.«

»Ich kenne dort ein paar Familien.« Ed rieb sich mit der Hand über den Schädel. »Von dem, was sie mir erzählen, befinden sie sich quasi im Belagerungszustand.« Er sorgte sich um die Familien, denen er half; es entsprach nicht seiner Natur, sie nach der Arbeit einfach auszublenden. Höchste Zeit, das Thema zu wechseln.

Marnie griff nach dem Guinness. »Stephen wird in eine Haftanstalt für Erwachsene verlegt.«

»Wann?«

»In ein paar Monaten. Er wird dann zwanzig, und die Dinge in Sommerville sind in letzter Zeit etwas aus dem Ruder gelaufen. Sie müssen seinen Namen ganz oben auf die Liste gesetzt haben.«

»Welches Gefängnis, weißt du das?«

Marnie nickte, sagte es ihm. »Kennst du eines mit einem schlechteren Ruf? Ich nicht.«

Selbstverletzendes Verhalten, Suizid, Gewalt. Stephens neues Zuhause hätte alles davon zu bieten, und im Gegensatz zu Sommerville lag es im Großraum London. Kein Grund mehr, ihn nicht zu besuchen, falls sie die Versprechen halten wollte, die sie beim Vergebungsprojekt gemacht hatte.

Ed schwieg, seine Hand immer noch auf ihrer Hüfte, die Finger sanft auf ihrer Haut.

»Ich habe gesagt, ich würde ihn besuchen, bevor er verlegt wird. Paul Bruton denkt, ich könnte ihm einen aufmunternden Vortrag halten, ihm helfen, sich auf seine Resozialisierung zu konzentrieren.«

»Ist das nicht Brutons Job?«

Marnie hielt seine Hand auf ihrer Hüfte. »Stephen weiß davon. Dem Tattoo.« Eds Finger lagen auf den Worten *Das Exil in uns*. »Er meinte, es wäre der Grund, weshalb er es getan hat, der Grund für den Mord.«

»Was …?«

»Ich hätte es dir schon früher sagen müssen. Er muss mich vor Jahren heimlich im Haus beobachtet haben. Das Tattoo gesehen, es aber nie angesprochen haben. Dann, bei meinem letzten Besuch, meinte er, es wäre der Grund, weshalb er sie getötet hätte. ›Ich habe es für dich getan.‹«

»Was für ein Quatsch!« Eds Augen funkelten vor Wut. »Dieser Mistkerl!«

»Ich weiß, dass es Quatsch ist. Es ist okay.« Sie lächelte, hielt seine Hand dort gefangen. »Ich weiß, dass er lügt. Ich weiß sogar, *warum* er lügt. Um mit mir zu spielen. Das tut er, weil das alles ist, was er hat. Zumindest … Wir haben doch über Carepakete geredet. Jemand schickt ihm Essen, Bücher. Er behauptet, nicht zu wissen, wer der Absender ist. Seine Eltern wahrscheinlich. Aber er ist nicht daran interessiert, seine Spielchen mit ihnen zu spielen. Es ist meine Aufmerksamkeit, die er will.«

»Er hätte vor Jahren in ein Erwachsenengefängnis verlegt werden müssen.«

»Ich will nicht, dass er verlegt wird.«

»Was?« Ed starrte sie an.

»Ein Teil von mir will es natürlich. Ein Teil von mir ist froh, dass er endlich anständig bestraft wird. Doch das ist der Teil von mir, auf den ich nicht stolz bin. Genau wie ich nicht stolz darauf bin, wie ich mich in Mays Alter aufgeführt habe, wie ich völlig durchgedreht bin, Ärger gesucht, meinen Eltern das Leben zur Hölle gemacht habe. *Das* Mädchen hat triumphiert, als sie die Neuigkeit von Stephens Verlegung gehört hat, aber die mag ich nicht besonders. Ich versuche, sie nicht mehr zu sein.« Sie wartete, doch Ed schwieg, blieb nah bei ihr, ließ sie ausreden. »Will ich, dass der Mörder meiner Eltern bestraft wird? Ja. Aber will ich, dass er an einen Ort kommt, wo er höchstwahrscheinlich noch schlimmere Methoden erlernt, andere Menschen zu verletzen? Nein. Und das nur, falls er überlebt. Die Chancen stehen gut, dass er es nicht tut, und falls er stirbt, bevor ich das, was er getan hat, bewältigt habe, würde ich das nicht ertragen. Ich will, dass er lebt und in Sicherheit ist und *erwachsen* wird. Allmählich komme ich damit klar, und dasselbe will ich für ihn. Ich will, dass er bereut, was er getan hat. Selbst wenn er es nicht erklären kann, will ich, dass es ihm *leidtut.*«

Vor sechs Monaten hatte eine trauernde Mutter Marnie erklärt, dass Reue eine Waffe war: »Wäre da jemand, den Sie bestrafen möchten, jemand, der Sie persönlich verletzt hat, wäre das die beste Methode. Bringen Sie ihn dazu, Reue zu empfinden. Egal wie. Es gibt keinen schlimmeren Schmerz.«

Reue als Bestrafung. Hoffte sie, Stephen *wehzutun*, indem sie ihn zwang, sich dem zu stellen, was er verbrochen hatte? Sie wollte es nicht glauben, aber in ihren Ohren klang es fast danach.

»Du bist außergewöhnlich«, sagte Ed. »Wusstest du das?«

Sie schüttelte den Kopf. »*Außergewöhnlich* hätte sich längst weiterentwickelt. Oder sich dir viel früher geöffnet, als ich das getan habe.«

»Nimmst du mich mit?« Er umschloss ihre Hand mit seiner. »Das nächste Mal, wenn du ihn siehst. Nicht in die Haftanstalt selbst. Ich könnte draußen warten. Du müsstest anschließend auch nicht reden, nur lass mich dich begleiten.«

»Natürlich.«

»Ich kenne jemanden in dem Gefängnis, in das er verlegt

wird. Dieser Mann war acht Wochen in Isolationshaft, freiwillig.«

»Wie geht's ihm?«

»Er ist paranoid. Feindselig. Das ist, was Isolation mit dir anstellt. Man hat vor allem Angst.« Ed schüttelte den Kopf. »Man glaubt, überall lauern Gefahren, und man fürchtet sich, weshalb man anfängt, sich aggressiv zu verhalten, was dazu führt, dass die Menschen einen großen Bogen um dich machen. Ein Teufelskreis.«

Marnie wusste nur allzu gut, welchen Schaden Furcht anrichtete, wie sie dich erstarren ließ, deine Identität aushöhlte. Laut vieler Profiler haben Mörder Angst – zu sehen, was sie nicht bekommen können, vor dem Alleinsein. Sie fühlen sich bedroht, insbesondere von denen, die sie als Opfer wählen. »Angst schleicht sich heimlich herein«, hatte Marnies Therapeut in den Monaten nach dem Tod ihrer Eltern gesagt, »und wir schließen sämtliche Türen. Das Leben ist hart. Das Leben mit Angst ist noch härter. Um diesen Zustand zu überwinden, muss man dagegen ankämpfen, und es könnte das Anstrengendste sein, was Sie jemals tun müssen.«

Wie viele Mädchen kämpften im Moment? Wie viele lebten in Angst, vielleicht sogar vor Mays Mörder? Und fürchtete *er* sich ebenfalls? Da er sich bedroht fühlte, einsam war …

Ihr Handy läutete, und sie griff danach.

Tim Welland. »Tut mir leid, Ihnen den Abend zu versauen, aber da die vom Verkehr mir einen Leitkegel in den Arsch schieben, wollte ich den Schmerz gern weitergeben. Sie behandeln Logan Marshs Tod als fahrlässige Tötung. Joe Eaton wird morgen früh mit einer neuen Dimension von Kopfschmerzen aufwachen.«

»Haben sie ihn schon verhaftet?« Marnie schälte sich vom Sofa, stellte die Füße fest auf den Boden.

»Sie befragen die trauernden Eltern. Sergeant Kenickie, kennen Sie den? Kleiner Solo-Wichser, knackt Walnüsse mit dem bloßen Gesicht … Er findet Ihren Augenzeugen unsympathisch aus Gründen, die nur ihm selbst bekannt sind. Ich dachte, Sie sollten wissen, dass er sich auf Kriegsfuß befindet.«

»Danke für die Warnung. Wie geht es Logans Eltern?«

»Ähnlich wie den Beswicks, könnte ich mir vorstellen. Zusätzlich zu einer Scheidung und keinen weiteren Kindern.«

»Ich sollte ihnen mein Beileid aussprechen …«

Ein Nicken in Wellands Stimme. »Kenickie würde das gutheißen. Er geifert säbelrasselnd nach Ihrem verschwundenen Mädchen. Machen Sie sich auf Einmischung gefasst, wenn Sie sie finden.«

»Ich nehme jedwede Einmischung liebend gern in Kauf«, sagte Marnie, »sollten wir sie lebend finden.«

22

Christie

Harm wusch sich in der Spüle, das Licht grell auf seinen Schultern, wo seine Muskeln sich wie Musik bewegten, auf und ab, auf und ab. Mit der hohlen Hand schöpfte er Wasser aus dem Becken in sein Gesicht. Das Licht fing sich im Wasser, ließ es schimmern, polierte seinen Hals und seine Hände.

In der Spüle floss es braun ab, doch sein Hals war silbrig weiß. Am liebsten hätte Christie seinen Nacken geküsst. Sie wollte das Gesicht zwischen seine Schulterblätter schmiegen und ihm zuflüstern, was sie wusste.

Ashleigh.

Ashleigh war fort.

Kein schmieriges Lächeln mehr am Abendbrottisch, kein unbeholfenes Augengeklimpere. Sie war ein echter Nichtsnutz gewesen. Er hatte geglaubt, er könnte ihr helfen, so wie den anderen, doch das konnte er nicht. Sie war verdorben gewesen, als sie hergekommen war und als Christie sie zurückbrachte.

»Lass mich helfen«, flüsterte sie.

Er hörte sie nicht, die Hände immer noch unter dem Wasser hin und her drehend.

Christie wusste, was er gerade dachte. So viele Mädchen,

die auf der Straße lebten, Hilfe brauchten. Ausreißerinnen, wie seine Schwester Neve. Manchmal konnte er sie retten, sie auf den rechten Weg bringen. Wenn sie ihm zuhörten, falls sie gerettet werden wollten.

Ashleigh hatte nur das Eine gewollt, das Übliche.

Das Eine, das er ihnen nicht geben wollte.

Doch hier war Harm, mit dem Licht auf seinem Rücken wie eine Axt, schimmernd, schimmernd.

Ahnungslos, zumindest noch davon, was sie getan hatte.

23

Noah betrat morgens um kurz nach sieben das Revier.

Marnie war im Besprechungsraum, hängte Fotos an ein sauberes Whiteboard. Mädchengesichter, lächelnd, für die Kamera posierend. Eine warf dem Betrachter eine Kusshand zu, eine andere war so stark geschminkt, dass es kaum möglich war, darunter ihr wahres Alter zu erkennen. Noah zählte siebzehn Fotos. Marnie hatte vier umkreist, neben der Beweistafel für Battersea. Sie hatte weitere Skizzen von May aufgehängt, vom Kraftwerk.

»Du bist früh dran. Ist das Kaffee?«

»Ja.« Er hatte zwei Flat White gekauft, für den Fall, dass er nicht der Einzige war, der so früh mit der Arbeit anfangen wollte. »Sind das die Mädchen, die kürzlich in London verschwunden sind?«

»Keine von ihnen sieht wie das Unfallmädchen aus, aber zumindest sind drei unter ähnlichen Umständen wie May verschwunden. Normale Familien, keine einschneidenden Ereignisse, nichts, was aus dem Haus mitgenommen worden ist. Die Vierte passt von der Zeit und der Gegend, aber für den ermittelnden Beamten war sie eine klassische Ausreißerin. Probleme in der Schule, Minenfeld zu Hause, neuer Stiefvater … Würden wir jeden Teenager zählen, der von zu Hause oder aus einem Heim abgehauen ist, bräuchten wir Beweistafeln von hier bis Rockall. Ausreißer kommen normalerweise wieder nach Hause. Vermisst bedeutet entführt. Diese Mädchen? Werden vermisst.« Marnie nippte an ihrem Kaffee. »Ich schlage nur die Zeit tot, bis wir mit der Anwohnerbefragung starten können oder Fran anruft. All das könnte nichts bedeuten. Zufall.«

Noah trat näher an die Tafel heran, um die Gesichter der Mädchen zu betrachten und sich ihre Namen einzuprägen.

Sika Khair trug eine dicke Schicht Make-up, falsche Wimpern, ein Piercing durch die Unterlippe, schwarze und goldene Strähnchen im Haar. Sechzehn Jahre alt. Das Mädchen, das der Kamera eine Kusshand zuwarf, war Ashleigh Jewell. Haare zu einem hohen Pferdeschwanz gebunden, genau so, wie es die Mädchen im Garrett taten. Jede Menge Lipgloss, ein ärmelloses Top, das einen Selbstbräuner-Ausschnitt zur Schau stellte, eine markante Höckernase, schwere Ohrläppchen, an drei Stellen gepierct, goldene Stecker und Kreolen. Fünfzehn, seit fast vier Monaten verschwunden. Die Haut der anderen beiden Mädchen wies dieselbe künstliche Selbstbräune auf, ebenfalls ärmellose Tops, volle Lippen und Lider, hautstraffende Pferdeschwänze.

»Warum tun sie das?«, fragte Noah verwundert. »Sich so identisch anziehen? Bei uns in der Straße erleben wir das die ganze Zeit. Die Mädchen sehen völlig gleich aus, auch wenn sie keine Schuluniform tragen. Bei Jungs dasselbe, als gäbe es irgendwo eine Fabrik, die sie klont… Muss es einem schwermachen, wenn man nicht dazu passt. Das ist ganz schön viel Druck, diese Gleichförmigkeit.« Er dachte an seine eigenen Teenagerjahre zurück, seine Entscheidung, sich zu outen, während seine Freunde sich Gangs anschlossen. Nicht leicht, gegen den Strom zu schwimmen, seine eigene Identität zu bewahren, wenn sich alle um einen herum eine Fassade zulegten. Er dankte Gott für Dan, den sicheren Hafen, den er gefunden hatte, für ihr Glück. »Wer ist das Mädchen mit dem Stiefvater?«

»Sika Khair.« Marnie setzte sich auf den Rand des Tischs, der am nächsten stand, in Jeans und einem grauen Pullover mit Rundhalsausschnitt, die Hüften schmal wie die eines Jungen. Sie blickte zu den Gesichtern an der Tafel, und ihr musste derselbe erleichterte Gedanke über sichere Häfen gekommen sein, denn sie fragte: »Wie geht's Dan?«

»Gut, danke. Und Ed?«

Sie nickte. »Wir sollten irgendwann mal was zusammen unternehmen. Wir vier.«

Das war etwas Großes. Ihre Privatsphäre war ihr heilig. Noah sagte: »Das wäre schön.«

»Ich meinte keine Dinnerparty.« Sie wölbte eine Augenbraue, ein verstohlenes Lächeln auf den Lippen. »Das würde ich dir niemals zumuten. Vielleicht irgendwo einen Drink?«

»Super.« Noah lächelte zurück. »Ich kenne ein paar nette Clubs. Keinen Club Crawl«, fügte er rasch hinzu für den Fall, dass sie ihn missverstanden haben könnte.

»Wie kommst du drauf, dass wir etwas gegen einen Club Crawl haben, Detective?« Ihr Gesicht war ausdruckslos, aber er kannte sie gut genug, um das Lachen hinter ihren Augen zu erahnen.

»Wenn das so ist, sehr gerne. Mag Ed Tequila?«

»Er hat ein Jahr in Mexiko gelebt. Wenn nicht er, wer dann?« Marnie nickte zur Tafel, lenkte den Fokus auf die Arbeit zurück. »Fran glaubt, dass May dehydriert gewesen ist. Die endgültige Autopsie müsste uns ein genaueres Bild geben.«

»Sie wurde also vielleicht gar nicht so gut umsorgt, wie wir angenommen haben? Straßenkinder dehydrieren leicht. Haben die Überwachungskameras in Battersea immer noch nichts ausgespuckt?«

»Nichts auf den Bändern vor der Baustelle oder am Flussufer. Heute Morgen bekommen wir die Baupläne zugeschickt, um zu sehen, wie er sie sonst noch dort reingebracht haben könnte.«

»Diese Skizzen von May sind gut.« Er folgte den Bleistiftstrichen, erinnerte sich an das, was Dan ihm über Kunst beigebracht hatte. »Sie hat das Kraftwerk geliebt, auch wenn sie gleichzeitig Angst davor hatte.«

»Woher weißt du das?« Marnie hüpfte vom Tisch und stellte sich neben ihn.

Noah fuhr die Linien mit dem Daumen nach. »Es sind die Stellen, die im Schatten liegen. Einschüchternd, findest du nicht?« Die Schornsteine, grotesk groß, wirkten fast menschlich.

»Sie ist irgendwo gewesen, wo sie einen Blick auf die Baustelle hatte«, sagte Marnie. »Als sie die hier gezeichnet hat.«

»Im Garrett, in einer der Wohnungen, die nach Süden zeigen? In der über Mrs Tarvin müsste man diese Perspektive haben. Glaubst du, er hat sie in der Siedlung gefangen gehalten?«

»Das bezweifle ich. Viel zu viele Menschen. Wie hätte er sie dort hineinbringen können, ohne gesehen zu werden? Die Anwohner mögen auf die Polizei nicht sonderlich gut zu sprechen sein, aber sie würden keinen Kindermörder verstecken. Nein, ich denke, es müsste etwas Abgeschiedeneres sein. Vielleicht kann Colin einen Übersichtsplan von der Gegend erstellen, mögliche Verstecke mit Blick auf die Schornsteine.« Sie machte sich eine Notiz und steckte sie in die Ecke von Colins Bildschirm. »Ich habe Ron die Leitung des Teams im Garrett übertragen. Dich brauche ich, damit du mir ein Profil von unserem Mörder erstellst und wir abgleichen können, ob es auf irgendjemanden passt, der in den vergangenen zwölf Wochen Zutritt zur Baustelle hatte.«

»Was ist mit dem Unfallmädchen? Ist schon raus, dass es eine Verbindung zu May gibt?«

»Noch nicht beziehungsweise nicht offiziell. Welland wird die Nachricht kurz vor der Pressekonferenz verkünden.« Marnies Handy klingelte. »Fran. Hast du was für uns?«

»Und ob.«

In der Cafeteria des Leichenschauhauses waren Schinkensandwiches der Renner. Marnie und Noah setzten sich zu Fran an einen Tisch mit Aussicht auf den Berufsverkehr von Westminster.

»Also … May war schwanger, das wisst ihr beide. Allerhöchstens achte oder neunte Woche. Nicht der kleinste Hinweis, dass der Sex nicht einvernehmlich gewesen sein könnte. Keinerlei Läsionen oder Verletzungen, nichts dergleichen. Zumindest nichts in letzter Zeit. Kein Samen in oder auf dem Körper. Keine DNS, die nicht ihre wäre.« Fran kaute geräuschvoll ein Stück Toast. »Ich habe die Schrift mit Babyöl abbekommen. Keine Einstichstellen, blauen Flecken, Abschürfungen. Keine Abwehrverletzungen, nichts, was darauf schließen lässt, dass sie sich verteidigt hätte. Aber auch nichts, was darauf hinweisen würde, dass sie bewusstlos war, als er sie erdrosselt hat. Die meisten gesunden jungen Menschen würden sich zur Wehr setzen.«

»Als *er* sie erdrosselt hat«, sagte Noah. »Sie sind sicher, dass es ein Mann war?«

»Aufgrund der Hämatome, der Handspanne, ja.«

»Konnten Sie die Todeszeit weiter eingrenzen?«

»Nicht mehr als sechs Stunden, bevor sie gefunden wurde, nicht weniger als zwei. Das bedeutet alles zwischen dreizehn und siebzehn Uhr. Ihr habt sie um kurz nach sieben gefunden, also war es knapp.«

»Er hat eine Leiche durch den Berufsverkehr gefahren und sie in die Baustelle gebracht, bevor es dunkel wurde?« Noah machte sich auf seinem Handy Notizen. »Riskant.«

»Und er ist vorsichtig. Er hat Latexhandschuhe getragen, alles war sauber. Der Mageninhalt ist interessant. Linsen und geräucherter Fisch. Nichts, was ich als letzte Mahlzeit ausgesucht hätte. Der Fisch war voll von Salz. In anderen Worten, stark konserviert. Sie hat über einen längeren Zeitraum zu viel Salz gegessen, dem Zustand ihrer Nieren nach zu urteilen.«

»Hypernatriämie.«

Fran nickte. »Normalerweise verursacht durch einen Wassermangel im Körper, nur selten durch eine erhöhte Natriumaufnahme. Meine erste Vermutung, als ich die Blutwerte gesehen habe, war eine Essstörung, aber sie war nicht unterernährt, und ihre Eiweißaufnahme war hoch. Keine Anzeichen, dass sie übermäßig geschwitzt oder sie kein Wasser bekommen hätte. Zustand der Haut war gut. Sie hat schlicht zu viel Salz gegessen. Wenn der Rest ihrer Ernährung wie der Fisch war, dann ist vielleicht alles eingesalzen oder gepökelt worden – worauf auch immer unsere Vorfahren zurückgegriffen haben, bevor der Kühlschrank erfunden wurde.«

»Was wären die Symptome?«, fragte Marnie.

»Durst hauptsächlich. Vielleicht Erbrechen oder Durchfall. Kein Hinweis, dass sie an einem von beidem gelitten hätte. Zucken, Zittern. Bei älteren Kranken tritt häufig Verwirrung auf. Das Schlimmste? Krampfanfälle. Koma. May war kein schlimmer Fall, aber es war heftig. Wäre sie lebend gefunden worden, hätte ich sie an den Tropf gehängt.«

»Hohe Eiweißaufnahme«, sagte Noah. »War sie denn keine Vegetarierin?«

»Laut ihrer Eltern.« Marnie nickte. »Seit sechs Monaten oder noch länger. Sean dachte, das würde ihre Appetitlosigkeit erklären.«

»Nun, in den vergangenen zwölf Wochen hat sie viel Fleisch gegessen«, erklärte Fran. »Gepökelt, höchstwahrscheinlich. Aber rotes Fleisch. Ansonsten ließe sich der hohe Proteinspiegel nicht erklären. Quinoa ist gut, aber nicht so gut.«

»Was kannst du uns über die Strangulation sagen? Du meintest, sie hätte sich nicht gewehrt?«

»Meine Vermutung? Sie ist auf dem Rücken gelegen. Er war über ihr, hat wahrscheinlich zu beiden Seiten ihres Rumpfs gekniet. Wäre er ein großer Mann und hätte sie geschlafen, als er diese Stellung eingenommen hat, wäre es für sie schwer gewesen, sich zu wehren.« Fran nippte an ihrem Tee. »Er war schnell. Hat es nicht hinausgezögert, hat nicht mit ihr gespielt. Er wollte nur ihren Tod. Ich lehne mich jetzt mal sehr weit aus dem Fenster und behaupte, er ist kein Triebtäter. Er hatte kein Vergnügen an dem, was er getan hat, nicht auf eine sadistische Art.«

»Er hat sie zur Schau gestellt«, sagte Marnie. »Quasi nackt. Das legt Verachtung nahe.«

»Vielleicht wollte er, dass wir die Wörter sehen. Sie hatte sie versteckt, nicht wahr? Vor ihren Eltern, Freundinnen. Es war das Erste, was uns ins Auge gesprungen ist, als wir sie gefunden haben. Nicht ihr Leichnam, nicht einmal die blauen Flecken, die er ihr beigebracht hat, sondern die Schrift. Nicht, was *er* ihr angetan hat, sondern was sie sich selbst angetan hat.«

»Denkst du, er wird es wieder tun wollen?«, fragte Marnie. »Auch wenn es ihm kein Vergnügen bereitet hat. Das Ritual, die Art, wie er sie präsentiert hat. Das *Spektakel.* Deswegen haben wir das Gefühl, dass er es wieder tun wird.«

»Da kann ich nicht widersprechen.« Fran trank ihren Tee aus, warf einen Blick auf ihre Uhr. »Jetzt seid ihr wieder dran.«

Zurück auf dem Revier sagte Noah: »Erlernte Hilflosigkeit. Ich frage mich, ob das bei May der Fall gewesen ist, warum sie sich nicht zur Wehr gesetzt, sein Essen gegessen hat, all diesen haltbaren Dreck, Fleisch, obwohl sie Vegetarierin war. Erlernte Hilflosigkeit bedeutet völlige Passivität, die Opfer sind emotional und körperlich nicht in der Lage, zu widersprechen oder die Initiative zu ergreifen.«

»Stockholm-Syndrom hoch drei.« Marnie unterdrückte ein Schaudern. »Und da hatte ich tatsächlich noch gehofft, sie wäre sicher gewesen, bis er sie gefunden hat.«

»Die Freund-Theorie? Die könnte immer noch zutreffen. Wenn Fran recht hat und der Mörder kein Triebtäter ist, dann ist er vielleicht nicht derjenige, der sie geschwängert hat.«

»Aber er ist derjenige, der sie gefunden hat. Und vielleicht nicht nur sie ... Ja, DC Tanner?«

Debbie wartete vor Marnies Büro. »Ruth Eaton wird heute Morgen entlassen. Joe hat angerufen, um uns Bescheid zu geben. Sie sagt, sie hätte unser Mädchen gesehen und könnte uns eine Beschreibung liefern.«

»Gut. Wir brauchen ihre Hilfe beim Phantombild. Dieses Mädchen war eine der letzten Personen, die May lebend gesehen hat. Sie zu finden ist unsere absolute Priorität, ob sie nun selbst in Gefahr schwebt oder nicht.«

»Wird gemacht, Boss. Oh, und Calum Marsh ist unten und will Sie sehen. Ich habe ihm nichts versprochen, mir ist klar, wie beschäftigt Sie sind.«

»Ich gehe runter zu ihm. Danke.«

Auf dem Weg ins Erdgeschoss sagte Marnie zu Noah: »Sergeant Kenickie vom SCIU hat die Marshs aufgestachelt. Mach dich auf einen wütenden Vater gefasst, der nach Gerechtigkeit für seinen Sohn lechzt.«

»Dann ist das hier jetzt Schadensbegrenzung oder Öffentlichkeitsarbeit?«

»Heute so zynisch ...«

Calum Marsh saß auf einem Plastikstuhl unter einem Plakat, das Besucher auf die Strafe für gewalttätiges Verhalten und drohende Äußerungen hinwies. Mit offenem Kragen und dunkler Hose, die Ellbogen auf die Knie gestützt, die Hände schlaff herabhängend, Kopf gesenkt. Er wirkte ohnmächtig, am Ende.

»Mr Marsh. Es hat mir so leidgetan, als ich die Nachricht von Logan gehört habe.«

Calum erhob sich, schüttelte Marnies ausgestreckte Hand. Er trug die Schnürschuhe, mit denen er sich im Krankenhaus vergeblich abgemüht hatte. Keine Halskrause oder Schlinge mehr, doch die Erschöpfung hatte neue Schatten in sein Gesicht gegraben. »Danke. Ich bin nicht hier, um Ihnen die Hölle heißzumachen.« Er nickte Noah zu. »Ich weiß, Sie haben alle Hände voll zu tun, aber ich wollte wissen, ob Sie sie gefunden haben, das Mädchen vom Unfall. Geht es ihr gut?«

Sergeant Kenickie mochte sein Bestes gegeben haben, um ein Gefühl von Ungerechtigkeit in Logans Eltern zu schüren, doch es war ihm nicht gelungen, zumindest nicht in Calums Fall. Nichts als trostlose Besorgnis in seinem Gesicht, während er in Marnies nach Neuigkeiten von dem verschwundenen Mädchen suchte. »Logan hat ehrenamtlich in Obdachlosenunterkünften gearbeitet, hat sich mit Jugendlichen angefreundet, Straßenkindern. Wenn dieses Mädchen auch auf der Straße lebt, würde er wissen wollen, dass es ihr gut geht.« Er rieb sich übers Schlüsselbein, blinzelte aus übernächtigten Augen. »Der Unfall war keine Absicht. Von dem, was Joe sagt, war sie verzweifelt … Ich habe versucht, mich an Details zu erinnern, wie es passiert ist, irgendwas, das helfen könnte.« Er sah aus, als würde er gleich zusammenbrechen. »Ich will helfen.«

»Lassen Sie uns ein ruhiges Plätzchen suchen«, sagte Marnie. »Und möchten Sie eine Tasse Tee oder Kaffee?«

»Sie haben alle Hände voll zu tun«, wiederholte Calum, doch er folgte ihnen in ein Verhörzimmer. »Ich will Ihre Zeit nicht vergeuden. Ich kann nichts für Gina tun, nicht mit der Scheidung … Ich fühle mich wie das fünfte Rad am Wagen.« Er versuchte zu lächeln, doch sein Mund gehorchte ihm nicht. »Ich ertrage es nicht, nutzlos zu sein.«

Hinter dem Schmerz in seinen Augen lagen Schuld und Reue. Hatte Gina ihm Vorwürfe gemacht, vielleicht auch nur durch ihr Schweigen? Noah hoffte, nicht. Es war offensichtlich, wie sehr Schuldgefühle auf den Schultern dieses Mannes lasten würden.

»Wir werden heute Morgen noch mit Ruth Eaton sprechen«, erklärte er Calum, »und wir hoffen, eine bessere Beschreibung des Mädchens zu bekommen.«

»Ruth ist über den Berg. Das ist gut.« Seine Finger glitten zu seinen Augen, als fürchtete er, dort Tränen vorzufinden, aber es war nur Schmerz, der überquoll. »Ihre Kinder werden froh sein, ihre Mum zurückzubekommen.«

Im Zimmer roch es nach Schweiß und Teppich. Sie saßen um den Metalltisch.

»Ich weiß, Sergeant Kenickie hat sich mit Ihnen in Verbindung gesetzt«, sagte Marnie. »Ich bin sicher, er wird Sie über die Fortschritte der Ermittlung auf dem Laufenden halten.«

»Kenickie«, wiederholte Calum. Sein Kiefer mahlte. »Ja, den habe ich getroffen. Er hat es auf Joe abgesehen, will, dass ich dasselbe denke, aber Joe hat nicht *mein* Auto gefahren. Ich hätte schneller reagieren müssen.«

»So wie Joe es erzählt, war dafür keine Zeit.«

»Ruth hat das Mädchen gesehen, das ist, was ich nicht verstehe. Sie haben sie beide gesehen, aber ich nicht. Wie konnte ich sie übersehen? Sie muss direkt in meinem Scheinwerfer gewesen sein. Wenn Joe ausgewichen ist, muss sie genau *da* gewesen sein.« Er presste den Daumen auf den Tisch. »Ich hätte Logan fahren lassen müssen. Er hatte seine vorläufige Fahrerlaubnis, und er hat es *toll* gemacht. Nichts hat ihn aus der Ruhe gebracht. Er war so erwachsen, hat bei nichts meine Hilfe gebraucht, nicht mehr. Hätte ich ihn fahren lassen …« Er schloss einen Moment die Augen, bevor er sie blinzelnd wieder öffnete. »Er würde wissen wollen, ob es dem Mädchen gut geht. Es hat ihn echt mitgenommen, dass Kinder wie sie da draußen sind. Ich weiß, Kenickie glaubt, es ist *ihre* Schuld, weil sie einfach auf die Straße gelaufen ist, aber Logan würde widersprechen.«

»Wie geht es seiner Mum?«, fragte Noah.

»Ihre Eltern kümmern sich um sie. Logans Großeltern. Meine sind vor zwei Jahren gestorben, er hatte nur Ginas Mum und Dad.«

»Haben *Sie* jemanden?« Noah hoffte, dass der Mann nicht allein war. »Brüder, Schwestern?«

Calum schüttelte den Kopf, als spielte es keine Rolle. »Dieses Mädchen … Wenn sie obdachlos gewesen ist, auf der Straße gelebt hat, dann hätte Logan helfen wollen. Er hat sich nicht freiwillig engagiert, um seinen Lebenslauf aufzupeppen oder weil es seine Freunde getan haben. Es war ihm *wichtig*. Die Kinder, die er getroffen hat … Sie waren wie er, das hat er immer gesagt, nur dass er das Glück hatte, ein Dach über dem Kopf zu haben. ›Dad, kannst du dir vorstellen, so zu leben? Immer in

Angst und auf dich allein gestellt?‹ Es hat ihm das Herz gebrochen. Das geht mir einfach nicht aus dem Kopf. Wie *wichtig* es ihm gewesen ist. Er hätte es gehasst, dass dieses Mädchen auf der Straße lebt, niemanden hat, der sich um sie kümmert. Ihre Familie, die sich fragt, wo sie steckt, sie vermisst, um Neuigkeiten betet …« Er schlang sich die Arme um den Körper, wie Loz es getan hatte, wiegte sich leicht auf seinem Sitz, blinzelte ins Leere. »Ich hoffe, Ruth kann Ihnen weiterhelfen. Ich wünschte, *ich* könnte es. Wünschte, ich könnte irgendwie helfen, aber ich habe sie nicht gesehen. Habe niemanden gesehen, nur Joes Auto, das direkt auf uns zugekommen ist und … Logan, der gegen die Windschutzscheibe knallt.«

»Armer Kerl«, sagte Noah, als sie die Treppe zurück zum Büro hochstiegen. »Wie lange, denkst du, wird er sich Vorwürfe machen?«

»Bis er sich selbst vergibt oder seine Frau es tut.« Marnie kräuselte die Nase. »Oder bis Kenickie aufgibt. Er hat es auf eine Verurteilung wegen fahrlässiger Tötung abgesehen. Wenn er nicht lockerlässt und Gina und Calum weiter einredet, dass jemand den Preis für Logans Tod zahlen muss …«

Ihr Handy piepste. »DC Tanner, wir sind auf dem Weg nach oben …« Ihre Augen verengten sich beim Zuhören, dann schaltete sie auf laut. »Noch einmal, bitte.«

»Wir haben noch eine.« Debbies Stimme wurde vom Rauschen verzerrt. »Noch eine Leiche.«

»Wo?«

»Im Garrett.«

Marnie und Noah hasteten die Treppe zurück nach unten, in Richtung Parkplatz. »Wer ist vor Ort?«

»DS Carling und das Team der Anwohnerbefragung. Ron riegelt den Tatort ab.«

»Ein weiteres Mädchen?«

»Ja, aber er meint, es wäre nicht wie bei May. Die hier ist einfach abgeladen worden.«

»Wo abgeladen? Wer hat sie gefunden?«

»Kinder. Er meinte Kinder.« Debbie sog scharf die Luft ein. »Keine Drogen, es ist keine Überdosis. Von denen hatten sie schon mehr als genug im Garrett, aber dieses Mädchen wurde getötet. Erwürgt, glaubt er. Wie May, nur nicht so sauber. Er hat sie erwürgt und dann einfach abgeladen.«

»Das Unfallmädchen?«, fragte Noah.

»Ron glaubt nicht. Sie ist kräftiger, und soweit er das beurteilen kann, fehlt die Schrift. Er wartet jetzt auf die Gerichtsmedizin und auf euch.«

»Richten Sie ihm aus, dass wir auf dem Weg sind.«

24

Der Mord an May Beswick war laut gewesen, ihre Leiche hatte Noah vom Bett in Battersea aus angeschrien. Dieser neue Mord war geräuschlos, gleichgültig gegen eine Backsteinmauer geschoben, immer noch blutend vom gerade gefallenen Regen. Ein großes Mädchen, kräftiger als May, aber der Mörder hatte sie in einen Schmutzfleck verwandelt, als hätte ein dreckiger Daumen gedankenlos über eine harte Oberfläche gerieben, um eine eingetrocknete Stelle wegzukratzen.

Marnie ging in die Hocke, winkte Noah zu sich. Ihm fiel sogleich die markante Höckernase des toten Mädchens auf. Ihre fleischigen Ohrläppchen waren an drei Stellen gepierct.

Marnie sagte: »Das ist Ashleigh Jewell. Nicht wahr?«

»Ja …«

Das Mädchen vom Whiteboard im Polizeirevier, dasjenige, das der Kamera eine Kusshand zuwarf. Ihr Gesicht war ausdruckslos, die Lippen zugeschwollen von Blut, schwärzlich, derselbe Farbton wie die Male um ihren Hals.

Noah ließ den Blick umherschweifen, bei all dem achtlos weggeworfenen Abfall an diesem Ort musste Noah kurz die Augen schließen. Ron Carlings Augen folgten Noahs, und er sah ebenfalls weg, als würde der Tatort ihn beschämen.

»Glaubst du, es ist derselbe Mörder?«, fragte Marnie.

Noah sah wieder hin. »Ja.«

»Warum?« Ihre Stimme war von Ruhe getränkt, hielt ihn im Hier und Jetzt, zwang ihn, den Tatort trotz seines Gestanks, seiner Schäbigkeit, seiner Sinnlosigkeit zu respektieren.

»Die Blutergüsse. Die Form ist gleich. Große Hände.«

»Was noch? Ist sonst noch etwas gleich?«

Auf den ersten Blick hatte dieser Mord nichts mit Mays gemein. Ashleigh Jewell war vollständig bekleidet. Keine Schrift in den Handflächen oder am sichtbaren Teil ihres Brustbeins. Ihre Haare waren nicht gebürstet. Sie war in der Ecke abgeladen worden, wo die Wohnungen aufeinandertrafen – ein Sammelplatz für Sperrmüll –, ihr Körper im rechten Winkel, Backsteinmauer im Rücken, das Gesicht halb vergraben unter altem Papier und einer leeren Pizzaschachtel, die Hände gespreizt, kein Anzeichen, dass sie gefesselt gewesen war. Sie trug eine Schuluniform, weiße Bluse und schwarzer Rock, blickdichte Strumpfhose, Turnschuhe an den Füßen. Weder eine Uhr noch Schmuck. Ihre Haare waren offen, die Spitzen vom flachen Meer aus Müll verfilzt. Kein Make-up oder Nagellack, obwohl Noah winzige Sprenkel von altem Lack am unteren Rand zweier Nägel bemerkte, eine zähe Linie von Silber.

»Sie ist sauber.« Er sah zu Marnie. »Sie ist *zu* sauber. Und sie riecht genau wie May. Unter dem ganzen Abfall, meine ich. Seife und Wasser. Sie riecht nach Pears-Seife.« Seine Nase bäumte sich auf, wehrte sich gegen die Erinnerung. »Die Uniform ist… falsch. Als hätte jemand sie verkleidet, damit sie wie ein Kind aussieht. So hat sie auf dem Foto nicht ausgesehen, das du an die Tafel gehängt hast.«

»Nein, hat sie nicht.« Marnie stand auf und trat einen Schritt von der Leiche zurück.

Noah tat es ihr gleich, suchte das Gebiet mit den Augen nach Beweisen ab, die eingetütet werden müssten. Ein Windstoß sog an ihren Schutzanzügen und dem Plastikzelt, zu spät errichtet für die Handvoll Bewohner, die sich neugierig versammelt hatten. Aufgewühlte Stimmung von der Menschenmenge, zu viel atmosphärische Störung, die Noahs Kopfhaut zum Jucken brachte. Er spürte, dass die Spannung gleich in Gewalt umschlagen würde.

Marnie warf einen Blick in Richtung der Gaffer, bevor sie neben dem toten Mädchen wieder in die Hocke ging. »Geh ruhig und schau, was los ist. Ich kümmere mich hier um alles.«

Noah verließ den Tatort, duckte sich unter dem Flatterband hindurch und ging zu Ron, der ein Trio an Mädchen in Schach hielt, die Hände gegen ihren Ansturm an Fragen gehoben.

»Was is hier los?«, wollte eine von ihnen wissen. Für die Schule gekleidet, aber nicht wie Ashleigh Jewell. Dieses Mädchen trug eine hautenge Hose und ein schwarzes Oberteil, mit herausgerissenem Kragen, ein weißes ärmelloses T-Shirt darunter. Tiefschwarz umrandete Augen, Wangen mit Rouge zugekleistert, die Haare zu einem Pferdeschwanz zurückgegelt, der wie eine Peitsche aussah. Alles an ihr war hart und angespannt, von den geschnürten Stiefeletten bis hin zu ihren Lippen. »Was is hier los, verdammt noch mal?« Zeigte mit dem Kinn auf Ron.

»Zurücktreten. Das ist ein Tatort.«

»Ja? Bist wohl zu fest auf jemandem gesessen, hä?« Ein Lachen in Richtung ihrer Freundinnen.

»Zurücktreten, Abi. Ich sag's nicht noch mal.«

»Ich hab Sie schon wieder bei der alten Schachtel gesehen.« Es war Abi Gull, die Brandstifterin, die Emma Tarvin terrorisierte. »Haben ihre beschissenen Kekse wie ein *Schwein* in sich reingestopft.«

Ron sagte: »Geht zur Schule. Oder haut ab, ist mir völlig egal. Aber das hier ist ein Tatort, und ihr müsst verschwinden.«

»Ich hab 'n Recht drauf zu wissen, was los ist. Ich wohn

hier. Sie verpissen sich schön nach Hause, wenn Sie hier fertig sind.« Sie reckte den Hals und fing Noahs Blick auf. »*Sie* hab ich auch gesehen. Bei der alten Schnepfe. Als wär sie Ihre Omi, Arschkriecher.«

»Hey, Abi.« Eine ihrer Freundinnen, dieselbe Uniform, aber ein Puppengesicht. »Er ist *süß*.«

»Na und? Er ist trotzdem 'n Schwein.«

»Du würdest aber trotzdem, oder? *Ich* nämlich schon.«

Gelächter von den anderen beiden Mädchen, aber Abi starrte Noah einfach an. »Jemand ist gestorben. Ihr tragt weiße Schutzanzüge. Wer is tot?«

Ron hob wieder die Hände, die Innenflächen in Richtung der Mädchen. »Verschwindet, sofort!«

»Das ist mein *fucking* Zuhause. Ich hab ein Recht drauf zu wissen, ob einer meiner Freunde tot ist.«

»Das wissen wir nicht, okay? Wer sie ist oder wie sie gestorben ist. Lasst uns unsere Arbeit machen, damit diese Gegend sicherer wird.«

»Sie hab'n doch keine Ahnung, was *sicher* ist. Verdammte Bullen, ihr seid alle gleich. Selbst die Schwarzen sind scheißweiß.«

Sie drehte sich auf dem Absatz um und ging weg, gefolgt von ihren Freundinnen.

Noah erkannte die Form wieder, die sie bildeten. V-Formation, Abi einen Schritt vor den anderen beiden, alle drei stolzierend. Sie mochten nicht die einzige Gang im Garrett sein, aber es gehörte ihnen. Die anderen zwei Mädchen drehten ständig die Köpfe, nach Feinden Ausschau haltend. Noah war unter solchen Kids aufgewachsen. War solchen Kids aus dem Weg gegangen.

»Das war Abi Gull«, sagte Ron. »Nur für den Fall, dass du dich gefragt hast.«

»Hab ich nicht.« Noah öffnete den Reißverschluss des Schutzanzugs und zog ihn aus.

»Kein Wunder, dass Emma wie ein geprügelter Hund lebt, wenn dieses kleine Miststück hier das Sagen hat.«

»Sie ist dreizehn, nicht wahr? Sieht älter aus.«

»Das tun sie alle. Dieses Drecksloch lässt jeden, der hier auch nur einen Fuß reinsetzt, zehn Jahre altern.« Ron blinzelte über Noahs Schulter und hob zur Begrüßung die Faust. »Kenickie, altes Haus.«

Ein Mann mittleren Alters und mittlerer Statur kam auf sie zu, Blick starr und sandfarben, einen Hauch dunkler als sein schütteres Haar. Aknenarben, tief wie Krater, überzogen sein Gesicht. Er nickte Richtung Zelt, klimperte mit den Schlüsseln seines BMW, vorne auf seinem glänzenden Anzug Falten vom Sicherheitsgurt. »Ist das unser Mädchen?«

»Das glauben wir nicht«, sagte Noah.

»Wo ist Ihr Pitbull von einem Boss?« Kenickie zeigte seine Zähne, ohne jede Spur von Humor. Raucherzähne, zurückgegangenes Zahnfleisch. »Hab nur keine Lust, mit Affen zu reden.« Er sah zu Ron. »Logan Marsh ist tot, schon vergessen?«

Ron nickte. »Wir sind ziemlich sicher, dass das nicht sie ist.«

»Sie ist hier gesichtet worden.« Kenickie drehte den Hals, suchte das Gebiet mit den Augen ab. »Nicht wahr?«

»Sieht so aus.«

»Aber ihr habt sie verloren.« Sein Blick blieb an Ron hängen. »Habt eure besten Leute drauf angesetzt, hm?«

»Wir arbeiten auf Hochtour. Joe Eatons Frau hilft uns mit dem Phantombild …«

»Eaton sitzt in der Patsche. Hat zugegeben, getrunken zu haben, auch wenn er den Alkoholtest knapp bestanden hat.« Beäugte Noah. »Ich dachte, euch stehen drüben in Battersea die Leichen bis zum Hals.«

»Und jetzt das.« Ron nickte. »Die Kacke ist echt am Dampfen.«

»Perversling.« Kenickies Augen waren starr auf Noah gerichtet. »Drüben in Battersea. Hab gehört, es ist ein Sexualmörder.«

Ron fuhr sich mit dem Finger unter dem Hemdkragen entlang. »Noch zu früh, um das zu sagen.« Er blickte zu Noah, dann weg.

»Ich würde hier gern mit der Anwohnerbefragung anfangen.« Kenickie federte auf dem Absatz, Autoschlüssel klappernd in der Faust. »Wegen unserem Mädchen.«

»Wäre besser, wenn ihr das Fragen uns überlasst. Wo es jetzt um zwei Morde geht.«

»Drei, wenn man Logan mitzählt. Seine Mum tut das nämlich. Sie ist am Boden zerstört, und seinem Dad geht's nicht viel besser. Reiner Zufall, dass sie in dieser Nacht auf dieser Straße gewesen sind. Sie brauchen Antworten, die Sinn ergeben. Etwas Besseres als eine dumme Kuh, die 'nen Spaziergang gemacht hat, und einen Säufer voller Carbonara und Chablis.«

»Wir arbeiten daran.« Ron rieb sich übers Gesicht. »Glaub mir, du willst diesen Scheiß nicht. Wir werden uns hier den Arsch aufreißen.«

Kenickie zeigte wieder seine schlechten Zähne. »Wie gut, dass du jemanden an deiner Seite hast, der sich bei dem Thema auskennt.«

Noah hatte diese Beleidigung schon tausendmal gehört, aber wahrscheinlich war Kenickie nicht auf dem neusten Stand.

»Alles klar, Mann.« Rons Hände kamen hoch, wie vorhin, als Abi Gull ihn aufgezogen hatte. »Überlass uns die Sache.«

»Viel Glück mit eurem Perversling.« Er wirbelte auf dem Absatz herum. »Bis später.«

Ron stieß die Luft durch die Zähne aus. »Kenny ist schon immer ein Morgenmuffel gewesen.« Er warf Noah einen Blick zu, der fast schon einer Entschuldigung gleichkam.

»Kopf hoch.« Noah klopfte ihm auf die Schulter. »Ich hatte schon Cocktails mit schlimmeren Namen.«

Ron sah ihn blinzelnd an.

»Pervert on the beach. Halber Preis zur Happy Hour ...«

Sie drehten sich um, als Marnie aus dem Zelt trat und sich aus dem Schutzanzug schälte. »DS Carling, Sie sollten jetzt mit der Anwohnerbefragung starten. Wer hat was gesehen und wann.« Sie strich sich die roten Locken ordentlich aus dem Gesicht, dann nickte sie Noah zu. »Wir müssen die Identität des toten Mädchens klären und ihre Familie benachrichtigen ... War dieses unangenehme Piepsen in meinen Ohren gerade jemand vom Verkehr?«

Ron nickte. »Sie glauben immer noch, dass das verschwundene Mädchen ihnen gehört. Logans Mum ist mit den Nerven am Ende.«

»Viele Mütter sind mit den Nerven am Ende. Die von May Beswick und jetzt die von diesem neuen Mädchen. Zeigen Sie das Phantombild während der Anwohnerbefragung herum, aber in Verbindung mit May. Wir haben Vorrang.«

»Das habe ich Kenickie auch gesagt.«

Marnie nickte zu dem Häufchen Schaulustiger. »Sind das unsere Brandstifterinnen?«

Abi Gull und ihre Gang hatten sich in den Schutz eines Hauseingangs zurückgezogen, doch sie beobachteten das Geschehen immer noch, Arme vor der Brust verschränkt, Kinn in Richtung Zelt.

»Ich hab sie verscheucht.« Ron blickte finster drein. »Sie sollten in der Schule sein.«

»Haben sie die Leiche gesehen?«

»Glaub ich nicht«, sagte Noah. »Sie wussten, dass jemand gestorben ist, wegen der Schutzanzüge und dem Zelt. Aber ich glaube nicht, dass sie irgendwas gesehen haben.«

»Ashleigh ist vor vier Monaten in Dartford verschwunden. Wenn irgendjemand in der Siedlung sie vor heute gesehen hat, müssen wir das wissen.«

»Sie glauben, zwischen ihnen besteht eine Verbindung«, sagte Ron. »May und diesem Mädchen, vielleicht sogar dem Unfallmädchen?«

»Zu früh, um das zu sagen. Keine offensichtlichen Gemeinsamkeiten zwischen Mays Mord und dem hier, aber wir sollten unvoreingenommen an die Sache rangehen. Ohne die Spekulationen der Leute oder der Presse anzuheizen.«

Ihre Blicke wanderten zu mehreren Gaffern, die ihre Handys hochhielten und die Szene filmten.

»Wir werden schneller auf YouTube sein, als uns lieb ist«, murrte Ron.

»Wir können nur hoffen, dass sie die Augen auch gestern Nacht oder heute früh offen hatten.«

Fran Lennox bahnte sich einen Weg in ihre Richtung, blonde Haare, mit Gel zu einer Igelfrisur gestylt, graue Jeans und Lederjacke, in der sie wie eine Elfe aussah, die sich als Punk verkleidet hatte. Abi und ihre Freundinnen musterten sie aus schmalen Augen, als würden sie eine Rivalin sehen, keine Pathologin. »Noch so eine schöne Bescherung für mich?«, fragte Fran.

»Totes Mädchen. DS Jake und ich sehen eine Verbindung zu May Beswick, aber vielleicht belehrst du uns eines Besseren.« Marnie nickte Noah zu. »Ich bleibe hier. Du fährst zurück zum Revier und siehst zu, was du über Ashleigh Jewells letzten Aufenthaltsort und ihre nächsten Angehörigen herausfinden kannst.«

25

Fran kniete neben dem toten Mädchen, musterte ihr geschwollenes Gesicht, bevor ihre behandschuhten Finger zärtlich die Blutergüsse berührten.

Marnie blieb im Hintergrund, redete kein Wort, beobachtete Fran bei der Arbeit. Durch ihre Gegenwart fühlte sich der Tatort weniger wie eine Zerstörung an. Sie maß bei dem Opfer Fieber, nahm den Puls, spürte Ecken und Kanten auf. Bis eben hätte Marnie das tote Mädchen am liebsten zugedeckt, sie vor neugierigen Augen versteckt. Sie hatte den Blick bemerkt, mit dem Ron den Leichnam angesehen hatte, peinlich berührt und wütend. Ein Teenager, wie Abfall weggeworfen, erschreckend verletzlich. Bei Fran, die an ihrer Seite kniete, wirkte sie sicher.

»Sie ist keine zwölf Stunden tot, vielleicht sogar erst sechs. Todeszeitpunkt? Sagen wir zwischen einundzwanzig Uhr und ein Uhr morgens. Erwürgt, wie May. Dasselbe Muster an Blutergüssen, auch dieselbe Größe der Hände. Du könntest recht haben, dass es sich um denselben Mörder handelt.« Fran hob den Kopf und betrachtete die nähere Umgebung. »Hier ist kein Gemälde. Auch keine Wörter. Außer, sie sind gut unter ihrer Kleidung versteckt.«

»Kein Gemälde, aber vielleicht eine Botschaft. Genau wie oben im Penthouse.«

»May als Engel, dieses arme Mädchen Abfall?«

»Falls es derselbe Mörder ist.«

»Sie ist in Mays Alter. Pi mal Daumen.«

»Wir denken, es ist Ashleigh Jewell. Fünfzehn. Vor vier Monaten in Dartford verschwunden.«

Fran hielt eine Hand des toten Mädchens, besah sich die Nagelbetten. »Noch eine, um die er sich gekümmert hat, falls es tatsächlich derselbe Mörder ist. Sie war in guter Verfassung, bis gestern.«

»Er findet sie, nimmt sie bei sich auf, gibt ihnen zu essen. Dann bringt er sie um. Warum? Warum sich solche Mühe um jemanden machen, wenn man ihn später achtlos wegwirft?«

»Vielleicht enttäuschen sie ihn.« Fran tastete den Unterleib des Mädchens ab. »Kein sichtbares Zeichen, dass sie schwanger ist, aber ich gebe dir Bescheid, falls das eine weitere Parallele zu May sein sollte.«

»Sie enttäuschen ihn«, wiederholte Marnie. »Oder er findet jemand anderen. Jemand Neues.«

»Du meintest, dieses Mädchen wäre vor fast vier Monaten verschwunden. Das wäre derselbe Zeitraum wie bei May. Er holt sich nicht eine nach der anderen.« Fran erhob sich. »Immer gesetzt den Fall, dass es derselbe Mörder ist.«

»Viel zu viele Spekulationen.« Marnie nickte. »Lass mich wissen, wie du mit den Ergebnissen vorankommst, alles, was diesen Mord mit dem von May in Verbindung bringt oder ausschließt.«

»Ich schätze, die Sicherheitsvorkehrungen am Kraftwerk sind erhöht worden?«

»Unmöglich, dass irgendjemand dort eine zweite Leiche ablegt. Das mag es erforderlich gemacht haben, Ashleigh hier draußen zu deponieren.«

»Im Grunde riskanter.« Fran sah sich um. »Alles völlig

offen. Höhere Wahrscheinlichkeit, gesehen zu werden, und ein rascheres Auffinden der Leiche.«

»Vielleicht will er das ja.«

»Nicht der erste Todesfall dieses Jahr in dieser Siedlung, wenn ich mich recht erinnere.«

»Nicht einmal der erste Mord. Eine tödliche Messerstecherei im Januar und eine Überdosis kurz danach.«

»An die Überdosis erinnere ich mich«, sagte Fran. »Kleiner Junge, zehn oder elf Jahre alt. Was für eine schreckliche Verschwendung eines Lebens!«

Sie traten aus dem Zelt. Ein Großteil ihres Publikums hatte sich zerstreut, aber Abi Gull hielt noch mit einer ihrer Freundinnen Wache. Das dritte Mädchen war verschwunden. Abi hatte das Bein angewinkelt, den Fuß gegen die Mauer gestemmt, ihren beißenden Blick auf den Tatort gerichtet. Die Sorte Mädchen, der nichts entging. Marnie fragte sich, wie viel Abi von dem gesehen hatte, was hier zwischen einundzwanzig Uhr und ein Uhr morgens passiert war, ob man ihr das Wissen, das sich hinter ihren verschlossenen Lippen verbarg, irgendwie entlocken konnte.

»Welch ein freundliches Wesen«, murmelte Fran. »Wenn Blicke töten könnten, würde ich als Nächstes deine Autopsie machen.«

»Sie ist in guter Gesellschaft. Ich bezweifle, dass es hier irgendjemanden gibt, der uns nicht am liebsten auf den Mond schießen würde, und das schließt die Rentnerin ein, die von unserer netten Brandstifterin dort drüben terrorisiert wird. Ein Mangel an Vertrauen, überall. Und viel zu viel Paranoia.«

»Ich erinnere mich, wie ich in den Nachrichten einmal eine schwangere Mutter gehört habe«, sagte Fran, »aus einer Siedlung wie dieser. Vielleicht war es sogar die hier. Sie meinte, wie verzweifelt sie ist, weil sie eine weitere Tochter bekommt und weiß, was sie erwartet. Bei Söhnen sieht es vermutlich nicht besser aus. Drogen, Gewalt, sinnlose Kriminalität. Keine Zukunft, so würde die Schlagzeile der Boulevardpresse lauten. Aber in vielerlei Hinsicht haben es die Mädchen schwerer. Sie lernen zu lügen und zu verleumden und zu verführen. Keine Tricks, die sie nicht kennen und nicht einsetzen würden – so die Hauptaussage der Mutter. Man sieht Mädchen wie die dort«, ihr Blick glitt zu Abi, »und man weiß, dass sie recht hat. Wie alt, glaubst du, ist sie? Wie unser Opfer?«

»Jünger«, erwiderte Marnie. »Sie ist erst dreizehn.«

Genauso alt wie Loz. Abis Abgebrühtheit wirkte nicht aufgesetzt, aber Marnie hütete sich davor, es ihr einfach abzukaufen. An einem Ort wie dem Garrett verstellte sich jeder. Tarnung als Überlebensstrategie, anpassen oder sterben. Diese Fotos am Whiteboard … Ashleigh, die der Kamera eine Kusshand zuwarf. May, sittsam und süß. Hatte der Mörder diese Masken durchschaut? Oder waren es die Masken, die ihn anzogen? Ausreißerinnen, deren Identität sich bereits zersetzte. Leicht zu dominieren, leicht zu kontrollieren. War das, wie er sie auswählte, *warum* er sie auswählte? Solche Mädchen brauchten immer einen Ort, um sich zu verstecken, und es gab so viele verschiedene Wege, es zu tun. Indem man sich wie Emma Tarvin hinter verschlossenen Türen verschanzte oder sich wie Abi Gull einer Gang anschloss. Es war ein Leichtes, sich vorzustellen, dass Abi sich vor nichts und niemandem fürchtete, aber Marnie hatte dieselbe Maske getragen, als sie dreizehn war, hatte sich neu definiert und geweigert, sich das Mädchen genauer anzusehen, zu dem sie wurde. Hatte sich vor jedem versteckt, sogar vor sich selbst.

Abi Gull rührte sich nicht, blieb an der Mauer gelehnt stehen, während sie Marnies Näherkommen durch schmale Schlitze beäugte. Ihre Freundin stand neben ihr, versuchte, Abis Missachtung zu kopieren, scheiterte jedoch, ihr Mund eine nervöse Schnute, als Marnie ihre Marke vorzeigte.

»Detective Inspector«, las Abi. »Sie sind also der Boss. Hab Sie im siebten Stock gesehen.«

»Du hast scharfe Augen. Hast du heute Morgen oder gestern Abend etwas gesehen?«

»Was, so was wie ’nen Mörder?« Verachtung triefte in ihrer Stimme. »Oder ’ne Leiche?«

»Genau das.« Marnie steckte die Marke wieder ein.

»Nur dass ihr das Zelt da aufgebaut habt, als wär’s ’ne Party. Wer liegt da überhaupt?«

»Das wissen wir noch nicht.«

»Ich hab gehört, sie war nackt«, sagte Abis Freundin.

Abi warf ihr einen Blick zu, gespickt mit grenzenloser Geringschätzung. »Halt die Klappe!«

»Du bist Abigail Gull.« Marnie nickte zu dem anderen Mädchen. »Bist du Natalie Filton?«

»Ja.« Sie wurde rot. »Und?«

»Wo hast du gehört, dass sie nackt gewesen ist?«

»Nirgends.« Ihre Augen senkten sich zum asphaltierten Weg. »Hab’s mir ausgedacht.«

»Ja, hast du.« Abi sah zu Marnie. »Waren’s Drogen?« Ein neuer Farbton in ihrer Stimme. Dealte Abi, oder nahm sie selbst welche?

Marnie schüttelte den Kopf. »Wir glauben nicht, dass es Drogen waren.«

»Sie wurde also umgebracht.«

»Ja.« Die direkten Antworten taten ihre Wirkung; Marnie bemerkte, dass das Mädchen sie interessiert taxierte. »Falls du irgendwelche Fremden gesehen hast, wäre es nützlich, wenn wir das erfahren.«

»Alle hier sind Fremde.« Abi schnipste mit dem Finger ihren Pony weg. »Niemand kümmert sich auch nur einen Scheiß um sonst was. Nicht mal deine Freunde.«

Natalie biss sich auf die Lippe, sagte jedoch nichts.

»Im Ernst. Ich könnte an 'ner Überdosis verrecken, und keiner von denen würde auch nur mit der Wimper zucken. Die blöde Kuh im siebten Stock würde 'ne Party in Ihrem Zelt schmeißen. Tee und Kekse, Miststück.«

»Mrs Tarvin hat ein wachsames Auge auf alles, was hier so vor sich geht. Sie hat uns erzählt, dass sie vor zwei Nächten ein Mädchen gesehen hat. Eine Fremde. Rote Haare, weißes Hemd. Habt ihr sie gesehen?«

Sie schüttelten die Köpfe, keine Spur von Täuschung in den Gesichtern der Mädchen. »Wenn Sie Zeugenaussagen von dieser Kuh nehmen«, sagte Abi, »müssen Sie verzweifelt sein.«

»Ich nehme von jedem Aussagen auf, der etwas zu sagen hat.« Marnie reichte den Mädchen ihre Karte. »Meldet euch. Und passt auf euch auf.«

Auf dem Revier reichte Noah Marnie sämtliche Unterlagen, die er aufgestöbert hatte. »Ashleigh ist in Obhut des Jugendamts gewesen, als sie weggelaufen ist. Ihre Mutter und ihr Stiefvater waren nicht mehr in der Lage, zu Hause mit ihr fertigzuwerden. In der Schule hatte sie Ärger und auch mit der Polizei. Im Grunde mit jedem, soweit ich das beurteilen kann.«

»Also haben sie sie ins Heim gesteckt?«

»Es war Ashleigh, die das wollte, zumindest laut Jugendamt. Sie hatten es mit Stubenarrest versucht, Verwarnungen, nichts hat funktioniert. Sie ist mehr als einmal von zu Hause abgehauen. Das letzte Mal hat sie gewarnt, das Haus abzufackeln, sollten sie sie zurückbringen.« Noah rieb sich den Nasenrücken. »Sie hat ihren Stiefvater des Missbrauchs bezichtigt, aber es gab keine Beweise, die ihre Aussage bekräftigt hätten, keine Anzeige. Ihre Mutter hat Partei für den Stiefvater ergriffen, meinte, Ashleigh sei außer Kontrolle, würde nur Theater spielen. Ihre Mum war damals im achten Monat schwanger, hat geglaubt, mit Ashleigh und dem neuen Baby nicht zurechtzukommen. Jeder schien vor Erleichterung aufzuatmen, als sie in Obhut genommen wurde.«

»Bis sie weggelaufen ist. Wie haben ihre Eltern damals reagiert?«

»Sie haben sich an die Öffentlichkeit gewandt, Ashleigh gebeten, sich bei ihnen zu melden, aber das Baby war eine Frühgeburt und hat viel Zeit in Anspruch genommen. Sie waren fast den ganzen ersten Monat mit ihm im Krankenhaus, als Ashleigh verschwunden ist. Seitdem muss er ständig operiert werden. Ashleigh ist ihre geringste Sorge, das ist zumindest der Eindruck, den das Sozialamt mir vermittelt hat.«

»Als sie verschwunden ist – war es das erste Mal, dass sie weggelaufen ist, seit sie in Obhut genommen wurde?«

»Ja, aber da ist sie auch nicht lang geblieben. Zwei Monate nachdem sie ins Heim gekommen ist, war sie fort. Keine Spur, wohin sie gegangen sein könnte, keine SMS an ihre Freunde, kein Kontakt mit irgendjemandem von ihrer Familie oder der Schule. Ihre Sozialarbeiterin meinte, das wäre ungewöhnlich. Ashleigh hat ständig SMS geschrieben.«

»Aber sie sind sicher, dass sie weggelaufen ist, kein Grund zur Annahme, dass sie entführt wurde?«

»Sie hat ihr Make-up und ihre Kleidung mitgenommen. Samt Reisetasche, also kein kleiner Spaziergang.« Noah deutete auf die wichtige Seite in den Unterlagen. »Die Polizei hat ihren Stiefvater und ihre Mum befragt. Die Schule und das

Heim. Genau nach Vorschrift. Ein paarmal ist sie auf Überwachungskameras gesichtet worden, dann nichts mehr. Keine SMS, Handy ausgeschaltet. Genau wie bei May Beswick.«

Nicht genau wie bei May, deren fotogener blonder Schopf sie bis in die Hauptnachrichten gebracht hatte. Marnie konnte sich an keinen einzigen Artikel über Ashleighs Verschwinden erinnern.

»Was ist mit ihrem biologischen Vater?«

»Er war nie mit ihrer Mum verheiratet. Soldat, häufig im Auslandseinsatz. Ashleigh hatte keinen Kontakt zu ihm. Der Stiefvater ist auf der Bildfläche aufgetaucht, als sie zwölf war. Sie haben sich nicht sonderlich gut verstanden, obwohl es den Anschein macht, als hätte er es versucht. Sämtliche Berichte beschreiben ihn als einen anständigen Kerl, der sein Bestes gibt. Das Jugendamt hat bei ihnen zu Hause keine Kindeswohlgefährdung festgestellt, abgesehen von der Belastung durch Ashleighs Verhalten zu einem kritischen Zeitpunkt der Schwangerschaft ihrer Mum.«

»Wo waren die Treffer von den Überwachungskameras, nachdem sie aus dem Heim abgehauen ist?«

»Bahnhof Liverpool Street. Dann Camden. Sobald sie wussten, dass sie in London ist, waren die von der Vermisstenstelle pessimistisch, sie jemals zu finden. Sie wirkte wie ein klassischer Fall, wahrscheinlich ein Straßenkind, eines von Zehntausenden, die jedes Jahr von zu Hause weglaufen … Was hat Fran gesagt?«

»Oberflächliche Ähnlichkeiten mit May. Hauptsächlich die Blutergüsse. Sie meldet sich, sobald sie mehr weiß.« Ihr Handy brummte: Sean Beswick.

»Mr Beswick. Wie geht es Ihnen?«

»Wir wussten nichts davon.« Mays Vater klang tief erschüttert. »*Wirklich* nicht. Alles, was wir Ihnen erzählt haben, war die Wahrheit – oder was wir für die Wahrheit gehalten haben.«

»Was ist passiert?« Marnie griff nach ihrer Jacke. »Mr Beswick?«

»Zeichnungen, wir haben weitere Zeichnungen gefunden. Ich kann es Ihnen nicht … nicht am Telefon. Können Sie vorbeikommen? Es ist nicht … Wir wissen, dass Sie sie sehen müssen, aber sie sind nicht richtig. Es ist nicht richtig. Es tut mir leid. Wir wussten nichts davon, wirklich nicht. Loz sagt … aber *wir* nicht. Ich und Kat. Wir wussten nichts davon.«

Marnie nickte Noah zu. »Wir sind auf dem Weg.«

26

Das Haus in der Taybridge Road war überbelichtet, ein greller Lichtschein aus jedem Fenster.

Marnie erinnerte sich an einen solchen Überfluss von Elektrizität im Haus ihrer Eltern, um den Geruch und Schmutz zu überdecken, den Stephen zurückgelassen hatte. Sie stieg mit Noah aus dem Auto, checkte ihr Handy, hoffte auf eine Nachricht von Fran. Noch nichts.

Sean öffnete die Tür, das Gesicht von Kummer und frischer Besorgnis gezeichnet. »Vielen Dank, dass Sie so schnell herkommen konnten.« Ein Blick über die Schulter zur Treppe. »Kommen Sie rein.«

Als sie im Flur standen, sah Marnie Loz auf dem oberen Treppenabsatz sitzen, in ihrer Schuluniform, Ellbogen auf die Knie gestützt. »Hallo.«

Loz sah durch sie hindurch zu Noah.

»Sie sollte in der Schule sein«, sagte Sean, »aber wir wollten sie nicht hinschicken, nicht heute.«

Noah und Marnie folgten ihm in die Küche, wo Katrina saß, einen Becher Tee mit den Händen umklammert. Wie bei Sean war ihr Gesicht von Sorge gefurcht, das morgendliche Make-up unter den Augen verschmiert. Für die Arbeit gekleidet in einem roten Blazer über einem schwarzen Kleid, Statement-Kette, Armringe, Absätze. Lippenstift am Becher, eine

Tanninhaut auf der Oberfläche des kalten Tees. Ihre Hände wirkten rau, eine goldene Uhr baumelte an ihrem linken Handgelenk. »Sie sollten sich lieber setzen.«

Auf dem Tisch lag ein schweres, spiralgebundenes Skizzenbuch mit einem gelb-schwarz gestreiften Tiger auf dem Einband. Mays Eltern beäugten es angsterfüllt. Marnie zog einen Stuhl unter dem Tisch hervor und setzte sich, Noah nahm neben ihr Platz. Marnie nahm den Block in die Hand und öffnete ihn, blätterte um.

Dickes Papier, kalkweiß, mit grauen Flecken. May hatte mit Kohle und Bleistift gearbeitet, den Block mit Skizzen gefüllt. Auf den ersten Blick anatomische Studien, aber nicht nur. Grafisch, gewiss. Nahaufnahmen von Mündern, Brüsten, männlichen und weiblichen Genitalien. Geschlechtsakte, fast zu intim, um sie sich anzusehen. May hatte nicht gewollt, dass sie von jedem x-Beliebigem angeschaut werden, gewiss nicht von ihren Eltern oder der Polizei.

»Wo haben Sie die gefunden?«

Die Stille in der Küche wurde von dem knackenden Geräusch des Gefrierschranks unterbrochen, Eis, das irgendwo in seinem Innern abbrach.

Marnie hob den Blick vom Skizzenblock und betrachtete Katrina, die sich mit der Hand die Augen bedeckte. Sean schüttelte den Kopf, benommen. »Loz hat ihn gefunden, in ihrem Zimmer. Versteckt in ihrem Zimmer.«

»*Ich* habe ihn nicht versteckt.« Loz stand im Türrahmen, kratzte mit den Zehen über den Küchenboden. »Das ist May gewesen. Aber sie hat mir nichts davon erzählt.« Ihre Stimme war wie zugeschnürt vor Tränen.

»Wo in deinem Zimmer hat sie ihn versteckt?«, fragte Noah.

»Hinter meinen Stofftieren, im obersten Regal.«

»Die hat sie früher mal gesammelt«, erklärte ihr Vater, »als sie noch klein war.« Als wäre sie jetzt eine Erwachsene.

»Du meintest, du hättest nicht gewusst, dass May den Block bei dir versteckt hat, aber hast du ihn früher schon mal gesehen?«

Loz schüttelte den Kopf, biss sich auf die Unterlippe, wo ihre Haut spröde und wund war.

Unter Marnies Fingern war der dicke Draht des Skizzenblocks weich von ausgefranstem Papier, weggeworfenen Seiten. »Bist du sicher?«, fragte sie so sanft wie nur irgend möglich.

»Also ehrlich! An *so was* würde ich mich wohl erinnern.« Den Blick vom Tisch abgewandt, auf dem der Skizzenblock aufgeschlagen lag. Sie klang zum allerersten Mal wie ein Kind.

Noah blätterte weiter. Mehr von dem, was sie bereits gesehen hatten. Und etwas Neues.

Ein Tunnel, erleuchtet von rechteckigen Kästen, zu beiden Seiten der Wände. Eine Fußgängerunterführung? Körper, schlafend auf dem Boden, zur Wand gedrehte Gesichter, Graffiti über ihren Köpfen. *Fearz* in sattem Gelb, *Rents* in Neonpink. Am Rand der Seite hatte May ein Gesicht unter einem Kapuzenpulli skizziert, mit riesigen Augen und einem riesigen Mund.

»Ist das ein realer Ort?« Noah blickte zu Mays Eltern. »Kennen Sie ihn?«

Sie schüttelten beide die Köpfe.

»Das könnte überall sein, oder? Ganz offensichtlich kein Ort, an dem wir unsere Mädchen gern gesehen hätten. Wir haben sie vor Fußgängerunterführungen gewarnt und das … Sie hat das nach Einbruch der Dunkelheit gemalt. Sie kann nach Einbruch der Dunkelheit nicht dort gewesen sein.« Sean hatte den Blick stur vom Skizzenblock abgewandt. »Aber vielleicht war sie es doch. Den Rest davon konnten wir auch nicht glauben. *Können* wir nicht glauben. Sie hatte nicht mal einen Freund.«

»Wir haben die ersten Resultate der Autopsie.« Marnie wartete ab, wollte ihnen die Möglichkeit geben, ihr zu sagen, dass es Loz nicht hören sollte. Sie sagten nichts, starrten sie nur schweigend an. »May war in der achten Woche schwanger, als sie gestorben ist.«

Ihre Worte erschütterten Sean sichtlich. Katrina ließ die Hände auf den Tisch sinken, betrachtete ihre Armbänder, als wären es Handschellen. Ihre Kehle verkrampfte, tonlos.

»Sie wurde … vergewaltigt?« Zorn unter dem Schock in Seans Stimme. »Er hat sie vergewaltigt?«

»Wir kennen die Identität des Vaters nicht. Es gibt keinen Hinweis auf einen Übergriff.«

»Keinen *Hinweis*? Sie haben uns doch gerade gesagt, dass sie schwanger war! Welchen anderen Beweis brauchen Sie denn noch?«

»Der Vater muss nicht zwangsläufig der Mörder sein.« Marnie legte die Hand auf das Skizzenbuch. »Ich weiß, Sie haben gesagt, dass May keinen Freund hatte, aber in Anbetracht der Umstände …«

»Sie war *Künstlerin*! Nur weil sie malen konnte, nennen Sie sie eine Hure?«

»Nein. Natürlich nicht.« Er hatte dasselbe Wort gewählt, das May sich auf die Handinnenseiten geschrieben hatte. »Ich frage mich nur, ob es nicht möglich ist, dass sie sich mit jemandem getroffen hat, von dem Sie nichts wussten?«

Katrina drehte ihren Ehering am Finger. »Das ist möglich.« Sie blickte Marnie an, dann ihren Ehemann. Schließlich, blind, Loz. »So muss es gewesen sein.«

Sean schüttelte den Kopf, die Lippen weiß.

»Wir wussten, dass irgendetwas nicht in Ordnung ist«, sagte Katrina. »Wir wussten nur nicht, was. Sie hatte aufgehört, mit uns zu reden. Es war, als hätten wir einen Geist im Haus. Wir dachten ... sie wird langsam erwachsen. Natürlich wird sie langsam erwachsen, aber wir dachten ... Freunde. Neue Interessen, vielleicht eine kleine Teenager-Rebellion. *Ja*, das hätte es sein können.« Sean hatte ein protestierendes Geräusch von sich gegeben. »Sie werden so schnell erwachsen. Ich meine nicht körperlich. Nur ... an dem einen Tag sind sie *da* und am nächsten nicht mehr. Wir haben sie verloren. Irgendwie.« Sie drehte die Hände auf dem Tisch, die Handflächen leer nach oben zeigend. »Wir haben den Bezug zu ihr verloren.« Sie bedeckte wieder ihre Augen.

»Und Sie können sich niemanden vorstellen, mit dem sie sich womöglich getroffen haben könnte? Keines dieser Gesichter kommt Ihnen bekannt vor?« Marnies Hand verharrte fest auf dem Skizzenblock. »Oder irgendwo, wohin sie gegangen sein könnte. Zu dieser Fußgängerunterführung vielleicht?«

Sie schüttelten die Köpfe.

»Loz ... weißt du, wo das hier sein könnte? Erkennst du das wieder?«

»Nein.« Loz sah sich die Skizze nicht an.

»Und du erkennst niemanden wieder?«

Loz schüttelte erbittert den Kopf, biss sich immer noch auf die Lippe. Das Gesicht am Rand der Seite war jung. Fünfzehn, vielleicht sechzehn. Es fiel schwer, sich von seinem Blick zu lösen. May hatte die ganze Arroganz eines jugendlichen Ausreißers eingefangen, ein wahres Aushängeschild für *Shelter*. In der größeren Skizze: ausgedörrte Grasbüschel am Eingang der Unterführung, Graffiti-Tags. »Hat May davon gesprochen, Obdachlose an einem solchen Ort getroffen zu haben?«

»Über solches Zeug hat sie nie mit mir geredet.«

»Warum, glaubst du, hat sie den Block in deinem Zimmer versteckt?«, fragte Noah. »Anstatt in ihrem?«

»Mein Zimmer haben Sie nicht durchsucht, als sie abgehauen ist. Ich schätze mal, das war der Grund.«

»Das würde bedeuten, dass sie geplant hatte wegzulaufen.«

»Das kann nicht sein.« Katrina nahm die Hände vom Gesicht. »Wenn sie es geplant hätte, warum hat sie dann nicht mehr Sachen mitgenommen? Eine Tasche, Kleidung – *irgendetwas*. Es war nicht geplant, das ist unmöglich.«

Bevor Marnie etwas erwidern konnte, sagte Noah: »Sieh dir das an!«

Er hatte zu einer neuen Seite auf dem Skizzenblock geblättert.

Ein weiteres Gesicht, Nahaufnahme.

Weiblich, mit einem Schmollmund.

Markante Höckernase.

Goldene Creolen durch fleischige Ohrläppchen.

Ashleigh Jewell.

27

Aimee

Meine Finger brannten vom Herausdrehen des Drahts. Ich hatte ihn halb aus dem Skizzenbuch bekommen, aber es dauerte zu lang. Ich musste unter der Decke arbeiten, im Bett.

Wie sonderbar, dass ich einmal gut bei diesem Scheiß gewesen bin. Beim Herumschleichen, beim Aufpassen auf mich selbst. Jetzt war ich vollkommen nutzlos. Harm wollte, dass ich in nichts gut war außer im Kranksein. Genau wie meine Mum, als ich klein gewesen war. Krankes Heim, Glück allein.

Christie ließ mich nicht mehr aus den Augen. Kam immer ganz dicht ans Bett heran. Ich hörte ihren Atem, hörte, wie sie mich beobachtete, während ich so tat, als würde ich schlafen. Genau in dem Moment, wenn ich fürchtete, sie hätte mich durchschaut, ging sie wieder. Aber sie hat immer länger und länger gewartet. Ich hatte angenommen, da wäre nur er, um den ich mir Sorgen machen müsste. Jetzt war da auch noch sie, und sie kommt von der Straße, also kennt sie alle Tricks. Harm ist nie auf der Straße gewesen, hat nie dort gelebt. Er ist in einem netten Haus mit einer netten Familie aufgewachsen, auch wenn das nichts heißt. Bei May hat es nichts bedeutet. Sie war sicher gewesen, hatte sie gesagt, zu Hause bei ihrer

Familie. Sie hat ihre kleine Schwester geliebt. Sie hat nur nicht dort wohnen können. Manchmal ist das einfach so.

Der Draht hat mir die Finger zerschrammt. Ich hab mit dem Mund an ihnen gesogen, um wieder Gefühl in sie zu bekommen.

Ich hatte mich entschieden, den Versuch zu wagen, ein Messer mitgehen zu lassen, beim Abendessen.

Jetzt waren es nur noch wir drei. Ich und die beiden.

Ashleigh war fort.

Ich hatte nicht gedacht, dass ich sie vermissen würde, aber so war es. Ich vermisste ihre Fassade, die Art, wie sie Harms Blick von mir weglockte. Ich vermisste ihre Titten. Ihre Titten hatte ich bewundert. Sie hatten dieser ganzen So-tun-als-ob-Scheiße den Stinkefinger gezeigt, dem Spiel, das wir alle spielten. Sich wie Schulmädchen anziehen, seinen Dreck fressen. Ihre Titten waren ein Beweis für die reale Welt, was auch immer dort draußen vor sich gehen mochte, weit weg von ihm.

Ich konnte kein Messer stehlen. Er passte viel zu gut auf in der Küche. May hatte versucht, Essen zu klauen, als sie anfangs Heißhungerattacken hatte, aber dann hat er dem einen Riegel vorgeschoben. Er hat uns beobachtet, oder Christie hat es übernommen.

Immer öfter war es Christie, die uns beobachtet hat. Harm ist weggeblieben, manchmal stundenlang, aber sie hat nie die Wohnung verlassen. Ich habe ihr Knarzen auf der Treppe gehört, und früher war das okay, aber dann hat sie angefangen, in mein Zimmer zu kommen. Ganz dicht an mein Bett heran. Ihre Augen auf mir, beobachtend, wie ich so tat, als würde ich schlafen.

Das war, worauf ich zielen würde mit dem Draht – ihre Augen.

Damit sie nicht länger für ihn spionieren, Dinge sehen

konnte, die sie nicht sehen sollte. Er schaute nicht, nicht richtig, sie schon. Sie wusste, dass etwas mit mir nicht stimmte. Ich konnte es an ihrem Atem hören. Sie hat mich *gesehen*. Sie war auch stärker. Größer, schwerer, ihre Hände breit wie verdammte Maurerkellen, aber ich bekäme sie dran.

Ich bekäme sie *verdammt* noch mal dran.

Früher habe ich auf der Straße gelebt, in den Unterführungen.

May wusste es …

Dort hat sie uns gefunden, dort, wo wir bei Regen wie Ratten gelebt und so getan haben, als wäre es kein Drecksloch, so getan haben, als wären wir Freigeister, die sich Geschichten über die Arschlöcher erzählen, vor denen wir weggelaufen waren. Wir haben im *verdammten* Regen getanzt.

Ashleigh hatte eine Geschichte über ihren Stiefvater auf Lager. Irgendeinen Scheiß darüber, dass er sie heimlich beim Umziehen beobachtet hat. Wir alle hatten so eine Geschichte parat, und ihre war gelogen, das wusste ich. Sie *wollte*, dass er sie beobachtete, das war meine Vermutung. Alles, was sie hatte, waren ihre Titten und ihr Arsch. Wenn die niemand anstarrte, wurde sie von niemandem gesehen, und wir alle wollten gesehen werden. Wir haben geglaubt, es wäre unmöglich, übersehen zu werden, wenn wir jeden Tag direkt *dort* vor euren Füßen sitzen. Aber ihr habt es irgendwie geschafft, habt es geschafft, dass wir unsichtbar sind. Ashleigh hat es nicht ertragen, unsichtbar zu sein. Genau in diesem Moment wird sie dort draußen sein und irgendjemandem ihre Titten zeigen, gesehen werden. Viel Glück dabei. Wir alle haben einfach versucht, am Leben zu bleiben. Wenn sie begrabscht werden muss, um dieses Gefühl zu haben, dann viel Spaß dabei. Ich hoffe, sie wird genau in diesem Moment angefasst.

Um May müsste sich jemand kümmern, jetzt mit dem Baby,

das unterwegs war, das habe ich kapiert. Warum sie zurück nach Hause zu ihrer kleinen Schwester musste, die bald Tante wird. Ich habe ihr keine Vorwürfe gemacht, weil sie einfach abgehauen ist. Ich hätte dasselbe getan, wäre ich nicht so gut bewacht worden. Von ihr, nicht mehr nur von ihm.

Der Draht hat mir in den Finger gestochen, hat mich unter einem Nagel blutig gekratzt.

Ich habe daran gesaugt, Salz geschmeckt.

Ich war durstig, immer. Es war das Essen, alles gesalzen, getrocknet, konserviert. Vielleicht hatte er genau das mit mir vor, wollte mich von innen heraus wie eine ägyptische Mumie konservieren. Er wird mein Gehirn durch die Nase herausziehen und meine Nieren in Gläsern aufbewahren. Ich werde Haut wie Leder haben und riesige ausgehöhlte Augen. So würde ich ihm gefallen.

Schritte auf der Treppe.

Mein Herz flatterte.

Ich rollte mich auf der Seite zusammen, mit dem Draht unter mir, die Hände unter der Decke versteckt.

Flache Atemzüge, flach, verrat dich nicht!

Kalte Luft kroch ins Zimmer.

War das er oder sie?

Ich schlafe, schau ruhig her. Ich schlafe.

Mein Mund, offen auf dem Kissen, flache Atemzüge durch den Mund.

Schlafend. Weck mich nicht.

Sein Schatten über mir, wie ein Stein. Oder ihrer, war es ihrer?

Schweigen, zusammengepresst wie Erde, grün und schwarz hinter meinen Augen, mit weißen Flecken gesprenkelt wie Spucke. Flache Atemzüge durch den Mund, feucht auf dem Kissen. Ich war krank, schlief. Lass mich schlafen.

Ich wollte nicht aufwachen. Auf keinen Fall.

Augen auf meiner Haut, auf meiner Kehle, wie herumstochernde, zerdrückende Finger. Ich konnte nicht atmen. Da waren nur Augen. Seine oder ihre. Die mich beim Schlafen beobachteten. Aber sie fühlten sich wie Finger an, Hände an meiner Kehle.

Ich konnte nicht atmen, konnte nicht atmen, konnte nicht atmen.

Panik peitschte Luft in meine Brust, ließ mich zusammenzucken. Ich verwandelte es in ein Schnarchen, ein Runzeln im Schlaf, wachte nicht auf. Mein ganzer Körper kribbelte vor Angst, jedes Härchen auf meiner Haut stellte sich auf. Doch ich wachte nicht auf, öffnete nicht die Augen, bewegte mich nicht mehr nach diesem ersten Beben der Panik.

Ich war gut darin, immer noch gut genug.

Sein braves, kleines Mädchen. Und ihres.

Der Stein schob sich über mich, glitt vom Bett weg, wich zur Tür.

Ich spürte den langen Sog des Schattens, der wie Wasser aus dem Zimmer schwappte und mich nass und zuckend im Bett zurückließ.

28

»Unsere toten Mädchen haben sich also gekannt.« Welland beäugte das Whiteboard, als wäre sein Inhalt ein persönlicher Affront. »Irgendeine Idee, wo sie sich kennengelernt haben könnten?«

»Wir suchen nach der Unterführung aus der Zeichnung«, erklärte Noah. »Das ist unsere heißeste Spur.«

»Eine Zeichnung? Wer weiß, ob das alles nicht bloß Hirngespinste sind?«

»Sie hat das Kraftwerk gezeichnet und andere markante Gebäude.« Was hatte sie von den langweiligen Landschaften an den Wänden ihrer Eltern gehalten, wenn sie Skizzen gemalt hatte, so unverhohlen intim wie ihre? »Wir sind der Meinung, dass es die Unterführung tatsächlich gibt. Wir suchen in der Nähe ihres Hauses und der Schule.«

»Das ist alles, was wir haben?«

»Und das Graffiti. Sprayer haben ein bestimmtes Gebiet. Wenn es uns gelingt, die Tags zu identifizieren, können wir auch die Unterführung leichter finden. Die BTP hat eine Datenbank, weshalb wir dort anfangen.«

Welland betrachtete die Tags in Mays Zeichnung: *Fearz*, *Rents*. »Dadurch erfahren wir, wo sich die Mädchen getroffen haben, aber nicht, wie beide innerhalb von achtundvierzig Stunden gestorben sind.« Er zupfte an seiner Oberlippe.

»Ashleighs Eltern haben keinen Schimmer? Oder das Heim, aus dem sie abgehauen ist?«

»Die Kenter Polizei hat den Eltern und dem Heim die Nachricht beigebracht. Sie haben ihnen Mays Foto gezeigt, aber keiner erinnert sich daran, sie zu irgendeinem Zeitpunkt gesehen zu haben. Sie müssen sich getroffen haben, nachdem sie nach London gekommen ist. Ich schätze, sie haben sich in dieser Unterführung kennengelernt. Was May dort wollte, keine Ahnung. Vielleicht malen. Ich glaube, das ist auch der Ort, an dem der Mörder sie gefunden hat.«

»Was ist mit dem dritten Mädchen, dem vom Unfall?«

»Dank Ruth Eaton haben wir jetzt ein besseres Phantombild. Das Team von der Anwohnerbefragung zeigt es im Garrett herum. Lauter verängstigte Menschen dort, nachdem wir Ashleighs Leiche heute Morgen gefunden haben.«

Vom Whiteboard aus warf Ashleigh dem Betrachter eine Kusshand zu, ihre Augen im Flirtmodus, die Schultern leicht gehoben. Sie heischte nach Aufmerksamkeit. Nicht wie May oder zumindest nicht, wie sie sich May vorgestellt hatten. Der Skizzenblock hatte vieles verändert.

Welland massierte die Haut unter seinen Augen. »Wo steckt DI Rome?«

»Bei Fran Lennox wegen der Obduktionsergebnisse. Eines vorweg: Ashleigh ist nicht schwanger gewesen. Fran hat jeglichen Geschlechtsverkehr in letzter Zeit ausgeschlossen. Kein Hinweis auf Missbrauch oder Übergriffe.«

»Er hat sie also nur erwürgt und abgeladen. Was für ein Gentleman!« Welland spähte zu den Zeichnungen, Kopien aus Mays Skizzenblock. »Das Beswick-Mädchen war ein stilles Wässerchen. Mit einem A-Level in Pornografie, hm?«

»Das ist keine Pornografie«, entgegnete Noah. »Es sind anatomische Studien.«

»Und jetzt ist sie tot. Wessen Anatomie hat sie da studiert?« Ein Klopfen mit dem Daumen auf die plastischste der Zeichnungen. »Die unseres Mörders? Was sagt die Schwester dazu? Das hier wurde immerhin in ihrem Zimmer gefunden.«

»Loz wusste nichts von den Zeichnungen. Sie ist aufgebracht, aber nicht aus demselben Grund wie ihre Eltern. May hatte Geheimnisse vor ihr. Dadurch fühlt sie sich noch einsamer.«

Vorhin, im Haus der Beswicks, hatte sie Noah erzählt, dass ihr mit einem Therapeuten gedroht worden war. »Ich brauche keinen Psychodoktor«, hatte sie gesagt. »Meine Welt ist sowieso schon psycho genug.«

Noah hatte gesagt: »Es könnte dir helfen. Das Reden. Damit du erkennst, dass du nicht allein bist.«

Loz hatte ihm fest in die Augen geblickt. »Sie wissen schon, dass das nach großem Bullshit klingt?«

Welland knurrte die Zeichnungen an. »Wie schade, dass sie nicht mehr Gesichter gemalt hat. Ich habe wenig Lust, unseren Mörder anhand seiner Genitalien identifizieren zu müssen.« Er schnalzte mit der Zunge. »Halten Sie mich auf dem Laufenden, Detective.«

»Ashleigh Jewell war hypernatriämisch«, erklärte Marnie Noah vierzig Minuten später. »Fran hat das bestätigt. Außerdem war ihr Mageninhalt identisch mit dem von May. Geräucherter Fisch und Linsen. Sie waren am selben Ort und haben kurz vor ihrem Tod das Gleiche gegessen.«

»Er hatte Sex mit May, aber nicht mit Ashleigh.«

»Irgendjemand hatte Sex mit May«, verbesserte sie ihn. »Wir wissen nicht, ob es der Mörder war.«

»Er legt May aufs Bett, kämmt ihr die Haare, bahrt sie geradezu auf. Ashleigh wirft er weg wie Müll.«

»Die Hämatome sind identisch in Bezug auf Größe und Form. Wieder Latexhandschuhe, Spuren von Talkum. Keinerlei DNS. Er mag sie wie Müll weggeworfen haben, aber er hat penibel darauf geachtet, keine Spuren zu hinterlassen. Er war genauso vorsichtig wie bei May.« Marnie rieb sich das linke Handgelenk. »Falls es sich um denselben Mörder handelt, hat er beide Mädchen wochenlang gefangen gehalten. Hat ihnen Essen gegeben, Kleidung, zumindest in Ashleighs Fall. Die Unterwäsche stammt von Marks and Spencer, ebenso die Schuluniform, auch wenn Ashleigh keine Schule besucht hat. Er hat ihnen Kleidung gekauft, dann hat er die beiden Mädchen innerhalb von achtundvierzig Stunden getötet. Warum? Was ist passiert, dass er das getan hat?«

»Selbst wenn Mays Schwangerschaft der Grund gewesen ist, sie umzubringen, erklärt das nicht Ashleighs Tod. Wir haben nach May gesucht, ihr Gesicht war in den Zeitungen, in den Nachrichten. Ashleighs nicht. Falls er Angst hat, geschnappt zu werden, dann wirkt der Umstand, sie in allernächste Nähe des Tatorts abgeladen zu haben, geradezu verzweifelt.« Noah schüttelte den Kopf. »Oder er *will*, dass wir wissen, was er tut, genießt unsere Aufmerksamkeit.«

Marnie widersprach nicht. »Ashleighs Eltern sind auf dem Weg nach London, um den Leichnam zu identifizieren. Sobald das getan ist, werden wir ihr Foto und ihren Namen veröffentlichen. Bis dahin ist May das einzige offizielle Opfer.«

»Was wirst du der Presse heute Morgen sagen?«

»Dass sie verantwortungsvoll berichten sollen.« Sie strich sich die Haare aus dem Gesicht. »Wir werden die Obdachlosenheime informieren, sie wissen lassen, dass wir in den kommenden Wochen verstärkt Präsenz zeigen werden. Falls er es auf junge Ausreißerinnen abgesehen hat, müssen wir die Orte im Auge behalten, die am stärksten gefährdet sind. Schon Glück gehabt mit der Unterführung in Mays Zeichnungen?«

»Noch nicht, aber Dan kennt jemanden, der die Londoner Streetart katalogisiert. Wenn wir in der Graffiti-Abteilung der BTP keinen Treffer landen, dann hoffe ich, dass er etwas mit unseren Tags anfangen kann.«

»Du meintest auch, Dan wüsste vielleicht andere Wege, um in die Battersea Power Station zu gelangen? In dieser Hinsicht haben uns die Mitarbeiter des Bauunternehmers nichts Nützliches geliefert.«

»Ich werde ihn fragen. Zumindest haben wir die Listen von allen, die innerhalb der letzten zwölf Wochen Zugang zur Baustelle hatten. Ich hatte Kopien davon auf deinen Schreibtisch gelegt. Irgendwas, das dir ins Auge gesprungen ist?«

»Die Medienparty scheint ein Riesenspektakel gewesen zu sein. Gratis-Champagner für jeden mit mehr als fünfhundert Twitter-Followern.« Ihre Augen blitzten heftig auf, ein Stirnrunzeln hatte sich tief in ihr Gesicht gegraben. Frustriert, wie Noah. »Eine Sache geht mir nicht mehr aus dem Kopf.«

»Etwas, das wir nach der Taybridge Road nicht besprochen haben …« Er verstummte.

Doch Marnie wusste, was er meinte: »Sean Beswick hat mich beschuldigt, seine Tochter eine Hure genannt zu haben.«

»Dann ist es nicht nur mir aufgefallen. Das war … sonderbar. Dass er dieses Wort benutzt hat. May war sechzehn. Ihm mag die Vorstellung nicht gefallen, dass sie Sex hatte, aber in diesem Alter? Das ist gewiss nicht ungewöhnlich.«

»Wir haben die Eltern damals, als sie verschwunden ist, genau unter die Lupe genommen. Nichts Auffälliges.« Mit den Fingerspitzen zupfte Marnie einen Faden vom Ärmel ihrer Jacke. »Haben wir etwas übersehen? Kontrollwahn oder Missbrauch? Es würde uns einen Grund liefern, warum May von zu Hause weggelaufen ist. Es würde die Zeichnungen erklären und die fehlende Beziehung. Katrina war nicht überrascht, als sie gehört hat, dass May schwanger war.«

Sie holte gepeinigt Luft. »Sie sehen sich nicht an und trösten einander nicht. Hast du einen von ihnen dabei erlebt, wie er Loz umarmt oder auch nur ihre Hand gehalten hat? Ich nicht. Das könnte man auf den Kummer schieben, oder es steckt etwas Schlimmeres dahinter. Und wenn May Ashleigh gekannt hat, dann ist es gut möglich, dass Sean sie ebenfalls gekannt hat.« Unverhohlen begegnete sie Noahs Blick. »Ein Statistiker würde uns an die Wahrscheinlichkeit erinnern, dass May ihren Mörder gekannt hat.«

Sie schwiegen, dachten denselben grauenhaften Gedanken, und es war ihr *Job*, Noah wusste, es war ihr Job, solche Gedanken zu haben. Die Fakten eiskalt, sie schonungslos zu analysieren. In der Taybridge Road jeden noch so kleinen Stein umzudrehen, nichts für bare Münze zu nehmen, im Zweifel gegen den Angeklagten. Es war ihr Job, Sean und Katrina zu verdächtigen, selbst Loz. Jedes menschliche Wesen in diesem Haus gegen die unumstößliche Tatsache von Mays Tod abzuwiegen. Aufgebahrt wie ein Kind, genau dieses Wort mit Edding in ihre Handinnenflächen geschrieben …

Hure. Das Wort, das ihr Vater benutzt hatte, aschfahl vor Wut bei der Andeutung, seine Tochter könnte einvernehmlichen Sex gehabt haben, fast schon, als würde er es vorziehen, dass sie vergewaltigt worden war …

Nein. Das war nicht fair. Er war wütend, weil seine Tochter tot war, und entsetzt über die Vorstellung, sie könnte zuvor vergewaltigt worden sein. Wenn das nur gespielt war, dann war Sean Beswick einer der besten Schauspieler, die Noah jemals erlebt hatte. Größenwahnsinnig, unglaublich selbstbewusst und …

»Loz. Müssen wir sie von dort rausholen?«

»Mit welcher Begründung? Weil er das Wort *Hure* anstelle eines anderen Worts benutzt hat? Weil es so viel Schmerz in diesem Haus gibt, dass niemand an ihm vorbeikommt, um den anderen zu trösten?« Marnie schüttelte den Kopf. »Wir bleiben dran, weil wir beide ein komisches Gefühl bei der Sache haben. Wir überprüfen noch mal die Aussagen von den Beswicks, schauen uns alles ein zweites Mal genau an. Knöpfen uns Seans Alibi für den Tag vor, als sie verschwunden ist, und den Tag, an dem sie gestorben ist. Aber dabei dürfen wir nicht vergessen, dass sie *uns* den Skizzenblock gebracht haben. Wir hören nicht auf, nach jemand anderem zu suchen, und das schließt unser verschwundenes Mädchen mit ein.«

»Ich *will* nicht, dass er es gewesen ist«, setzte Noah an.

»Ich auch nicht. Aber wir schließen es auch nicht kategorisch aus.« Sie warf einen Blick auf die Uhr. »Ich muss zur Pressekonferenz. Meld dich später bei mir.«

29

Marnie erkannte eine Handvoll der Journalisten wieder, die zur Pressekonferenz erschienen waren, doch es fehlte ein Gesicht in der Menge. Sie hatte mit dem Erscheinen von Adam Fletcher gerechnet. Sein Name hatte auf der Gästeliste für die Medienparty in Battersea gestanden, und es sah Adam nicht ähnlich, sich die Chance entgehen zu lassen, aus einer Tragödie eine Geschichte zu spinnen, insbesondere wenn er sich damit brüsten konnte, selbst an dem Ort gewesen zu sein, der nun der Tatort war.

Vor sechs Wochen hatte Adam in der Wohnung, in der Mays Leiche gefunden worden war, Champagner getrunken und teure Canapés gegessen. Die Bauunternehmer hatten ihr Bestes gegeben, um die Presse für sich einzunehmen. In Adams Fall war es ihnen nicht geglückt. Er schrieb über den Preis des Penthouses, stellte Vergleiche zwischen dem Bauprojekt und seiner Umgebung an, erwähnte beiläufig die Garrett-Siedlung, zitierte Statistiken über die Obdachlosigkeit im Süden Londons. Die Zeitung druckte das Foto eines obdachlosen Jungen ab, dessen Gesicht eine auffallende Ähnlichkeit zu dem in Mays Skizzenblock hatte. Marnie durchforstete die Artikel über Mays Ermordung nach Adams Namen, doch bis jetzt verhielt er sich ruhig. Wühlte nach etwas Besserem als trockenen Fakten, suchte nach einem anderen Blickwinkel.

Adam war immer gut darin gewesen, andere Perspektiven einzunehmen.

Es war kinderleicht, seine Adresse ausfindig zu machen. Hätte er nicht in unmittelbarer Nähe zum Revier gewohnt, hätte sie es jemand anderem übertragen, ihn von der Liste an Menschen mit Zutritt zum Tatort zu streichen. Unter den gegebenen Umständen spazierte sie die kurze Strecke bis zu dem schmalen Apartmenthaus, drückte auf die Klingel und stellte sich so hin, dass die Videokamera ihr Gesicht einfing. Die Tür ging summend auf, und sie suchte sich den Weg zu seiner Wohnung, wo sie zweimal klopfen musste, bevor er ihr öffnete.

Barfuß, in einer fleckigen Chinohose, weißem T-Shirt. »Detective Inspector.« Sein langer Körper schmiegte sich in den Türrahmen. »Wollen Sie mich etwa verhaften?«

»Sollte ich das denn?«

»Ich dachte, du würdest einen Mörder jagen, keiner alten Flamme Hausbesuche abstatten.«

»Kann ich reinkommen?«

»Ohne einen Durchsuchungsbefehl?« Adam stützte sich mit dem Ellbogen an der Wand neben seinem Kopf ab. »Eher nicht.«

»Ich wollte nur kurz mit dir sprechen. Über die Party in Battersea, vor sechs Wochen. Dein Name steht auf der Liste. Ich würde ihn gerne durchstreichen.«

»Hättest du nicht anrufen können?« Seinen Augen nach zu urteilen, die mehr grau als blau waren, hatte er seit Tagen nicht geschlafen. Und er hatte Gewicht verloren, seine Magerkeit wirkte kränklich.

»Das habe ich versucht.« Er hatte zwar nicht geschlafen, aber er hatte sich gewaschen. Roch nach Duschgel, nicht nach Zigaretten. Hatte er seine alten Gewohnheiten abgelegt? »Du hast die Nummer gewechselt.«

»Ständig dieser ärgerliche Telefonterror. Das kennst du sicherlich.« Ein Hauch Feindseligkeit in seinem Blick, als erinnerte er sich an die Umstände ihres letzten Gesprächs – Marnies Rede, Dinge hinter sich, die Vergangenheit auf sich beruhen lassend. »Was willst du über die Party wissen?«

»Ob dir irgendetwas oder irgendjemand aufgefallen ist. Jemand, der zum Beispiel ein zu reges Interesse an der Wohnung gezeigt hat. Oder viele Fragen über den Sicherheitsdienst und die Überwachungskameras gestellt hat.«

Adams Augen wurden schmal. »Ihr wisst nicht, wie er sie dort hochgebracht hat.«

»Das ist nicht ohne weiteres ersichtlich. Irgendjemand, der dir spontan in den Sinn kommt?«

»Vielleicht.« Er veränderte die Haltung im Türrahmen. Da bemerkte sie die blauen Flecken an seinen nackten Füßen. »Schwer zu sagen, so aus dem Stegreif.«

»Du arbeitest nicht an einer Story über May Beswicks Ermordung?«

»Das habe ich nicht gesagt.« Adam zuckte mit den Schultern. »Gewalt verkauft sich immer gut.«

Vor sechs Monaten hatte er sich einen Weg in ihre Ermittlung erschlichen mit Informationen, wie er behauptet hatte, um ihr dabei zu helfen, den Mörder von zwei kleinen Jungen zu überführen. Er hatte sich bei der Begegnung die Finger verbrannt, oder sein Stolz hatte einen Dämpfer abbekommen. Jetzt gab er ihr überhaupt nichts mehr. Aber alles, was bei der Medienparty auch nur im Geringsten ungewöhnlich gewesen wäre, hätte er bemerkt – fast so, als wäre ein Detective auf der Party gewesen.

»Ich versuche, einen Mörder zu finden«, sagte sie. »Falls du mir dabei helfen kannst …«

»Einen Mörder oder einen Serienmörder?« Er stützte den

Kopf in die Hand. Auch an den Fingern Schrammen. »Ihr habt heute Morgen eine weitere Leiche gefunden. In der Garrett-Siedlung. Ein zweites totes Mädchen.«

»Woher hast du das?«

»Twitter. Du bist sehr fotogen, Detective Inspector. Du und DS Jake.«

»Wer hat dich zusammengeschlagen?« Marnie nickte zu seinen Füßen und Fingern.

»Mitnahmemöbel.« Er zuckte nicht einmal mit der Wimper. »Ich habe ein Bücherregal aufgebaut.«

»Kann ich es sehen?«

»Ohne Durchsuchungsbefehl?« Sein Mundwinkel wölbte sich, doch es war kein Lächeln. Er wollte, dass sie verschwand.

Er hatte seine Tochter verloren, ein Busunglück, als Tia vierzehn war. Alles war darauf zurückzuführen – seine unermüdliche Neugierde und sein Unrechtsempfinden –, als wäre seine Vergangenheit ein Leichnam, der nur notdürftig mit Gewichten unter der Wasseroberfläche seines gegenwärtigen Lebens verankert war, immer im Auftrieb.

»Du wirst allmählich häuslich«, sagte Marnie. »Das ist neu.«

»Alles ist neu«, sagte Adam. »Außer dir.«

Auf dem Weg zurück zum Polizeirevier kam Marnie in den Sinn, dass Adam herausfinden könnte, wer Stephen Keele Carepakete schickte. Es war gut möglich, dass er es längst wusste. Vor sechs Monaten hatte er ihr erzählt, dass er das Rätsel lösen wollte, warum Stephen ihre Eltern umgebracht hatte. Ohne ihre Erlaubnis, ohne zu fragen, ob sie seine Hilfe überhaupt wollte. Sie hatte deutlich gemacht, wie wenig ihr seine Einmischung gefiel, aber vielleicht sollte sie sich seiner Talente bedienen. Adam war gut in dem, was er tat. Womöglich würde er die Antworten finden, die sich ihr entzogen. Er war clever und einfallsreich. Das hatte sie erkannt, als sie sechzehn war. Adam war einer der Gründe, weshalb sie von zu Hause abgehauen war. Er hatte ihr einmal gesagt, dass sie keine schlechte Tochter war, doch sie hatte ihm nicht geglaubt.

Ihr Handy brummte. »Noah. Was gibt's?«

»Eine Spur in Bezug auf die Unterführung, hoffe ich zumindest. Dan meint, er würde den Sprayer Rents kennen. Er lebt in Stockwell. Ich werde ihm die Zeichnung schicken, vielleicht kann er uns einen Anhaltspunkt geben. Und Dan hat mir einen Kontakt zu einem seiner Urban-Explorer-Freunde vermittelt, der womöglich einen anderen Weg kennt, um ins Battersea hineinzukommen.«

»Gut. Ich rufe gleich Ron an, um nachzufragen, wie es mit der Anwohnerbefragung läuft. Dann treffe ich Ashleighs Eltern im Leichenschauhaus.« Sie zögerte. »Irgendwas Neues in puncto Alibis?«

»Sean war an beiden Nachmittagen allein zu Hause. An dem Tag, als May verschwunden ist, und an dem Tag, an dem sie gestorben ist. Loz ist gegen vier aus der Schule nach Hause gekommen. Sofern sie ihn nicht deckt, war er tatsächlich daheim. Ihre Mum ist später nach Hause gekommen, etwa zu der Zeit, als Jamie Ledger Mays Leichnam gefunden hat. Ich lasse beide Autos von Sean und Katrina überprüfen für den Fall, dass sie an jenem Nachmittag in der Nähe des Kraftwerks gewesen sind. Falls sich irgendetwas ergeben sollte, melde ich mich sofort bei dir … Hat sich die Presse anständig benommen?«

»Mehr oder weniger. Sobald wir ihnen von Ashleigh erzählen, wird sich das ändern.« Adam wäre nicht der Einzige, der eine Verbindung zwischen den Morden an zwei Mädchen innerhalb einer Quadratmeile sähe. »Wenn der Mörder *tatsächlich* in Panik geraten ist, müssen wir die Story unter Verschluss halten. Das Unfallmädchen aufspüren und den Fußgängertunnel in Mays Zeichnung finden – überprüfen, ob sonst noch jemand in den vergangenen vier Monaten von dort verschwunden ist.«

»Du glaubst, er hält weitere Mädchen gefangen«, sagte Noah niedergeschlagen. Sie wusste, dass er die Gesichter auf dem Whiteboard betrachtete. Sika Khair und Kim Nguyen, sechzehn. Sasha Ronson, vierzehn.

»Meld dich, wenn es etwas Neues gibt«, sagte Marnie, beendete das Telefongespräch und wählte Rons Nummer. »Wie steht's?«

»Abgesehen von Blasen an den Ohren? Sonst nichts.« Er klang fix und fertig. »Die Leute werden nervös, Boss. Ein paar Penner haben uns rassistische Motive unterstellt, weil unser Opfer ein weißes Mädchen ist, was die Sache nicht gerade leichter macht.«

»Sagen Sie DC Tanner, sie soll die Community Safety Unit kontaktieren und sie bitten, zu Ihnen vor Ort zu kommen. Ich werde dasselbe tun. Halten Sie mich auf dem Laufenden.«

30

»Leerstehende Gebäude sind die besten«, sagte Dans Freund zu Noah. »Die, die keiner auf dem Schirm hat. Manchmal geht es natürlich ums Medienspektakel, klar. Wie die Studenten, die den Turmspitzen des King's College Weihnachtsmannmützen aufgesetzt oder ein Auto auf das Dach des Senate House bugsiert haben. Haben ihnen ans Bein gepinkelt, warum auch nicht? Aber viele von uns mögen die ruhigen Orte, um eine andere Seite der Stadt zu sehen, verstehen Sie?«

Noah reichte ihm einen Becher Kaffee von dem Imbissstand gegenüber des Reviers. »Vom King's College hat mir Dan erzählt. Von dem Auto auf dem Senate House habe ich nicht gehört.«

»Sie mussten es in der Mitte durchtrennen, um es wieder runter zu bekommen. Also ja. Spektakel. Aber die meisten von uns ziehen es vor, nicht in der Zeitung zu stehen. Es geht darum, unter dem Radar zu bleiben, nicht aufzufallen.« Riff war Mitte dreißig. Schick mit Anzug, Haarschnitt à la mittleres Management, goldener Ehering, Schuhe mit eckiger Spitze. Tagsüber technischer Sachverständiger. Nachts Urban Explorer. »Ich erzähle Ihnen das in der Vergangenheit, okay?« Er pulte den Plastikdeckel vom Kaffee. »Das habe ich alles vor Monaten hinter mir gelassen.«

»Warum?«, wollte Noah wissen.

»Zu alt.« Riff zuckte mit den Schultern. »Wie Dan.« Die Haut um seine Augen war gebräunt und von Falten durchzogen. Alte Narben an den Händen, Knötchen in den Handgelenken vom Klettern. »Was Sie verstehen müssen, ist, dass die meisten von uns anständige Jobs haben, ein hübsches Zuhause, Geld. Der beste Explorer, der mir je untergekommen ist – der mutigste –, war ein Call-Center-Mitarbeiter. Meinte, sein Job würde ihn in den Wahnsinn treiben, weil er so sicher und langweilig ist.«

»Explorer. Weil es darum geht, die Stadt zu spüren und neu zu erfahren? Was ist mit den Alarmanlagen? Wie sind Sie in all die Gebäude reingekommen?«

»Je ausgeklügelter die Sicherheitsvorkehrungen sind, desto leichter kann man sie knacken. Wir mussten häufig nicht mal besonders clever sein. Wir haben uns Warnwesten und Helme aufgesetzt, das hat uns am helllichten Tag in unzählige Gebäude gebracht. Manchmal sind wir die Baugerüste hochgeklettert. Ansonsten geht es darum, die Lücken in der Überwachung zu finden, die Fluchtpunkte, Schwachstellen.«

»Fluchtpunkte«, wiederholte Noah. War es das, was der Mörder getan hatte? Die Fluchtpunkte in der Battersea Power Station und im Garrett zu finden? Schwieriger, gewiss, mit einem Leichnam im Schlepptau.

Riff trank einen weiteren Schluck Kaffee, beobachtete Noah. »Wie geht's Danny?«

»Gut.« Noah lächelte. »Alles gut.«

»Klettert er noch?«

»Manchmal, im Urlaub. Hauptsächlich arbeitet er in Galerien oder an Installationen. Wie die vor einer Weile in Battersea.«

»Nicht die verfaulten Äpfel?« Riff grinste, als Noah ihn ausdruckslos ansah. »Sie haben einen Käfig mit vielleicht hunderttausend Äpfeln gefüllt und sie vergammeln lassen. Der ganze Raum hat noch *monatelang* nach Cider gestunken.«

»Vor Dans Zeit, glaube ich.« Ein Dreigespann an Kindern lungerte an der Bushaltestelle auf der anderen Straßenseite herum. In Schuluniform, wie Abi Gull und ihre Freundinnen, aber ebenso wenig in der Schule wie Abi diesen Morgen. Sie sahen zu Noah und Riff, dann ignorierten sie sie, gefangen von ihren Handys. »Wenn ich nach einem Versteck suchen würde, wo würde ich anfangen? Auf Baustellen?«

»Vielleicht. Aber zu viel von London ist schon gehackt worden.«

»Mit gehackt meinen Sie entdeckt. Erforscht.«

»Ja. Manchmal glaubt man, etwas Neues gefunden zu haben, dass man der Erste dort ist. Dann bemerkt man die Markierungen – jemand ist dir zuvorgekommen.«

»Markierungen wie Graffiti-Tags?«

Riff nickte. »Aber ehrlich? Da fragen Sie den Falschen. Ich bin viel zu alt. Wenn man den Dreh nicht mehr raushat oder ein zu großes Risiko eingehen muss, dann ist es an der Zeit aufzuhören.«

»Ich dachte, es geht allein um die Gefahr.« Noah lächelte. »Dan sagt immer noch, dass er Sicherheit hasst.«

»Es geht um die Verbindung. Das Zugehörigkeitsgefühl. Zur echten Stadt und deinen Leuten, deinem Team.«

»Was war Ihre beste Zeit? Dan meinte, Sie hätten eine Schwäche für Battersea gehabt. Ich weiß, dass es bei ihm so war.«

»Na klar.« Riff schloss die Augen und kippte den Kaffeebecher nach hinten, um auch noch den letzten Tropfen zu ergattern. »Kann's nicht ausstehen, was sie mit ihr gemacht haben. Diese schicken Wichser-Wohnungen.«

»Ich habe die Ausstellungswohnung gesehen. Ganz oben auf dem alten Boilerhaus.«

»Was für eine Scheißverschwendung. Sie war eine Prinzessin. Sie hätten dabei sein müssen, als das Milleniums-Feuerwerk losgegangen ist, hätten spüren müssen, wie die Schornsteine gewackelt haben. Bester Rausch meines Lebens.«

»Wie sind Sie da reingekommen? Dan meinte, die Sicherheitsmaßnahmen waren schon immer recht hoch.«

Riff warf ihm einen Blick zu, dann grinste er. »Ich habe ein Foto von Danny mit einem der Schornsteine. Verdammt noch mal, er hat die Prinzessin geliebt.«

»Das hat er mir erzählt.« Noah lächelte. Er wartete, drängte ihn nicht.

»Sie sind ganz paranoid geworden, was Sicherheit angeht. Flutlichter, Hunde. Es wurde *viel* schwieriger, nachdem sie beschlossen haben, dass sie Geld aus ihr rausschlagen können. Sobald wir von den Penthousewohnungen gehört haben, wussten wir, dass wir sie so nicht mehr erleben würden, vielleicht nie wieder. Weshalb ein paar von uns einen letzten Ausflug machen wollten. Sich verabschieden, verstehen Sie?«

»Konnten Sie Abschied nehmen?«

Riff schüttelte den Kopf, immer noch lächelnd. »Das wäre doch illegal.«

»Okay, na klar. Aber angenommen, jemand würde einen letzten Ausflug machen wollen. Mit den Sicherheitsmaßnahmen, die es gerade gibt. Es ist illegal, aber wäre es möglich?«

»Nichts ist unmöglich ... Die Musterwohnung ist die auf dem alten Boilerhaus. Dort habt ihr sie gefunden, das ermordete Mädchen? Er hat sie dort hochgebracht, um sie umzubringen?« Riff wirkte angewidert. »Freak.«

»Er hat sie dort oben nicht umgebracht. Ich kann Ihnen keine Details verraten, aber er wollte, dass sie im Kraftwerk gefunden wird.«

»Das ist krank. Wenn Sie denken, es wäre ein Urban Explorer… Keiner von uns würde so was tun. Es ist das genaue Gegenteil von dem, worum es uns geht.«

»Wir glauben nicht, dass es ein Urban Explorer ist. Aber wir kommen nicht dahinter, wie er sie ins Kraftwerk gebracht hat. An den Sicherheitsvorkehrungen vorbei. Den Wachen und Hunden.«

»Es gibt mehr als einen Weg rein.«

»Er ist nicht über den Fluss gekommen.«

Riff schwieg einen Moment, dann sagte er: »Die Wachen mit den Hunden. Die haben sie überprüft, oder? Bei mir ist manchmal das eine oder andere Bestechungsgeld geflossen.«

»Wir überprüfen jeden, der in den letzten vier Monaten Zugang zur Baustelle hatte.« Noah nahm sich vor, die Liste mit den Securityleuten noch einmal durchzugehen. »Sie haben Tags angesprochen. Wir sind auf der Suche nach einem Sprayer namens Rents.«

Riff schüttelte den Kopf. »Kenn ich nicht.«

Es war die Nadel im Heuhaufen, aber Noah holte sein Handy heraus und scrollte bis zu Mays Skizze von der Unterführung. »Und die hier kennen Sie wohl nicht zufällig?«

»Tut mir leid.« Wieder ein Kopfschütteln.

»Falls Ihnen noch irgendetwas einfallen sollte, rufen Sie mich dann bitte an? Auch via Dan, falls Ihnen das lieber ist.«

Riff nickte. »Viel Glück.«

Dan rief an, als Noah gerade auf dem Weg zurück ins Revier war.

»Hi«, sagte Noah. »Hattest du schon Glück mit Rents?«

»Er hat noch nicht zurückgerufen… Hast du Sol gesehen?«

»Nicht seit dem Migräneanfall. Warum?«

»Er ist nach Hause gekommen, als ich gerade zur Arbeit wollte. Er hat ausgesehen, als wäre er verprügelt worden. Er wollte nicht darüber reden und hat mich gebeten, dir nichts zu sagen. Ich habe ihm nichts versprochen.«

Noahs Schritte wurden schneller. »Schlimm?«

»Nicht, soweit ich das beurteilen kann. Eine blutige Nase, ein paar Prellungen. Er ist selbstständig nach Hause gekommen, also kann es nicht so schlimm gewesen sein, aber ich dachte, du solltest es wissen.«

»Ich rufe ihn später an.«

»Er ist nicht drangegangen«, sagte Dan. »Ich hab's gerade bei ihm probiert und dann in der Wohnung. Falls er dort ist, nimmt er nicht ab.«

»Okay. Ich versuche später, ihn zu erreichen. Danke.«

Noah wählte Sols Nummer und lauschte der Mailboxansage. Legte auf und probierte es auf dem Festnetz, wo er auch nur den Anrufbeantworter dranbekam. Was auch immer Sol vorhatte, er wollte nicht reden. *Mist.*

Noah verspürte einen vertrauten Anflug von Panik in sich aufsteigen. Sich um Sol zu sorgen, war Teil seines Erwachsenwerdens gewesen. Er hatte es sich mehr oder weniger bewusst abgewöhnt, doch die Stimme, die er vor zwei Tagen in seiner Wohnung gehört hatte, Sols Besucher, der ihn bedroht hatte …

Das Leben war voller solcher Menschen gewesen, damals, als Sol in dem sozialen Wohnblock mit seiner Gang abgehangen hatte und ständig von einer Schwierigkeit in die nächste geschlittert war. Messer, Pillen, selbst eine amateurhafte Schutzgelderpressung. Später hatte es Anzeichen gegeben, dass er sich aus dem schlimmsten Schlamassel befreit hatte, doch das war vielleicht auch nur Wunschdenken auf Seiten Noahs gewesen. Oder Sol hatte Schwierigkeiten, Problemen aus dem Weg zu gehen. Wenn er sich mit den falschen Leuten eingelassen hatte, wäre es nicht leicht, wieder auszusteigen. Dasselbe galt für die Gangs im Garrett: Abi und ihre Schulfreundinnen, die Feuer legten, alte Damen terrorisierten. Sobald man einmal diesen Weg einschlug, war es unmöglich, die Richtung zu ändern, ohne das Gesicht oder Freunde zu verlieren. All diese finsteren Blicke am Morgen in der Siedlung…

Abi und ihre Freundinnen, fast noch Kinder.

Selbst ein totes Mädchen hatte sie nicht berühren können, da waren höchstens Neugierde und eine gewisse morbide Feindseligkeit gewesen.

Jede von ihnen könnte die Nächste sein. War ihnen das bewusst?

War das der Grund, weshalb sie sich weigerten, verängstigt auszusehen? Sich weigerten, drinnen zu bleiben?

Sondern draußen im Freien standen, in ihren Schuluniformen, und so taten, als wären sie erwachsen.

Jedem die Stirn boten – selbst einem Mörder.

31

»Sie ist immer eine Fremde gewesen. Selbst als sie ganz klein war. Ich habe sie im Grunde nie… *gekannt.* Ich habe mir selbst die Schuld gegeben, habe gedacht, ich würde verrückt werden, vielleicht eine postnatale Depression. ›Wer *ist* dieses Kind? Woher *kommt* sie?‹ Sie ist nicht wie ich gewesen oder meine Schwestern oder irgendjemand, den wir kennen. Vielleicht war sie wie ihr Dad. Ich habe ihn nicht wirklich gekannt, nicht wie man den Menschen kennen sollte, mit dem man ein Kind bekommt. Und er hat sich sofort verdrückt, gleich nach ihrer Geburt. Ich war mit dieser Fremden zu Hause, und sie… hat mich nie gemocht, hat geschrien, sobald ich ihr zu nahe kam, hat es gehasst, gehalten zu werden oder zu kuscheln. Sie hat *mich* gehasst… Wir waren Fremde.« Helen Collier verstummte schließlich, tränenlos neben dem Leichnam ihrer Tochter. Fassungslos. Als hätte Ashleigh mit ihrem Ableben erneut etwas Unerklärliches getan. »Ich habe versucht, sie zu lieben, aber sie hat es mir unmöglich gemacht. Sie hat nicht mal zugelassen, dass ich sie *mochte* oder ich mich um sie kümmern konnte. Wollte sich von mir, als sie klein war, nicht zeigen lassen, wie man sich die Schuhe bindet oder wie man sich schminkt. Alles, was ich getan habe, alles, was ich *versucht* habe zu tun, hat sie von sich weggestoßen.«

Ashleighs Stiefvater legte den Arm um die Schultern seiner Frau. Ein freundlich aussehender Mann, blond, das Gesicht von Hoffnung und Sorge gezeichnet. Helen war eine große Frau mit einem ehemals hübschen Gesicht, in einem dunklen Kleid, das verblichen an ihrer Hüfte herabhing; Marnie konnte sie sich gut mit einem Kind im Schoß vorstellen. Nicht Ashleigh, aber mit ihrem Sohn Jolyon, dem kranken kleinen Jungen, ein Dauergast im Krankenhaus, seitdem Ashleigh weggelaufen war.

»Haben Sie irgendeine Idee, wo sie während der letzten zwei Monate gewohnt haben könnte?«

»Nein.« Robin Collier schüttelte den Kopf.

»Könnte sie bei anderen Mädchen gewesen sein, Ausreißerinnen?«

»Sie mochte keine Menschen.« Helen blickte blinzelnd zum Leichnam ihrer Tochter. »Insbesondere Mädchen.«

»Hatte sie einen Freund?«

»Nicht, als sie zu Hause gewohnt hat. Sie hat ein paar Jungs gekannt, aber die hat sie nicht gemocht, das hat sie immer gesagt.« In ihrem Gesicht arbeitete es. »Sie ist nicht vergewaltigt worden. Zumindest das hat er ihr erspart.«

Marnie wartete einen Moment. »Das Heim meinte, sie hätte ständig ihr Handy benutzt, bevor sie verschwunden ist. Hat SMS geschrieben und ist in Chats unterwegs gewesen.«

»Mit niemandem, den wir kennen. Uns hat sie nie angerufen, unsere Anrufe nie angenommen.«

»Bei uns hat sie sich nicht mehr gemeldet, schon lange vor Jolyons Geburt«, sagte Robin.

»Wie geht es ihm?«

»Besser, im Moment jedenfalls. Wir sind dankbar für das, was wir haben, und nehmen jeden Tag, wie er kommt.« Er zog seine Frau näher an sich. »Ich wünschte, wir hätten Ashleigh helfen können, aber Helen hat recht. Sie hat es nicht zugelassen. Unseres Wissens hat sie sich von niemandem helfen lassen.«

»Hatte sie Kontakt zu ihrem biologischen Vater?«

Helen schüttelte den Kopf. »Ich weiß selbst nicht, wo er steckt. Der Kontakt ist schon vor vielen Jahren abgerissen.«

»Noch jemand, den Ashleigh nicht kennenlernen wollte.« Robin wirkte traurig. »Wahrscheinlich hatte sie das Gefühl, von ihm abgelehnt worden zu sein, aber es war mehr als das. Sie war schrecklich selbstständig, wie Helen schon gesagt hat. Hasste es, ein Kind zu sein, wollte unbedingt erwachsen werden und abhauen. Wir haben einfach … keinen Draht zu ihr aufbauen können.«

Marnie schwieg eine Weile, wartete ab, ob einer der Colliers noch etwas hinzufügen würde, doch die beiden standen einfach da, den Blick auf die Fremde gerichtet, die gestorben war, nachdem sie von ihrem Zuhause weggelaufen war.

Schließlich sagte Helen: »Können wir jetzt gehen? Das ist sie, das können wir bestätigen. Das ist alles, was Sie von uns brauchen, oder?« Sie spähte auf ihre Armbanduhr. »Wir haben meiner Mum versprochen, zu Jolyons Bettgehzeit zurück zu sein.«

Am Eingang des Leichenschauhauses schüttelte Marnie ihnen die Hand. »Vielen Dank noch einmal und mein Beileid.«

»Für unseren Verlust«, sagte Helen mechanisch. »Ich meinte nicht … Es ist fürchterlich, natürlich ist es das. Ich wünschte, sie wäre nicht tot. Ich wünschte, sie hätte glücklich sein können.« Sie wischte sich über die trockenen Augen. »Ich hoffe, sie kriegen den, wer auch immer es getan hat. Ashleigh hat das nicht verdient.«

»Eins noch.« Robin runzelte die Stirn. »Sie hatte Köpfchen,

war wirklich gewieft. Sie hat nicht jedem vertraut, ganz zu schweigen Fremden. Wer auch immer ihr das angetan hat, Sie suchen nach jemandem, der sehr clever ist oder sehr schnell. Ich kann nicht glauben, dass sie einfach irgendjemandem auf den Leim gegangen ist. Sie war ein schrecklich zynisches Kind, der letzte Mensch, von dem ich angenommen hätte, dass er so enden würde. Aber sie *war* schlicht und ergreifend noch ein Kind. Sie hat sich nicht so aufgeführt, aber das war sie.« Seine Augen verdunkelten sich, und er legte erneut den Arm um seine Frau. »Die Arme.«

»Vielen Dank«, sagte Helen zu Marnie. »Dass Sie sie so nett zurechtgemacht haben. Ich hatte Angst, sie zu sehen. Ich hatte angenommen, sie würde viel schlimmer aussehen. Ihre Haut hat immer so … *geglüht.* Sie hat viel zu viel Make-up benutzt, was die Sache nicht besser gemacht hat. Dort drinnen hat sie wieder wie ein kleines Mädchen ausgesehen.« Ihr Mund verzog sich zu einem krummen Lächeln. »Vielen Dank.«

Marnie nickte, aber sie dachte: *Das waren nicht wir.*

Das war der Mörder.

»Ashleigh war also keine zweite May Beswick.« Ron betrachtete die neuen Skizzen auf dem Whiteboard, diejenigen, die Welland als pornografisch bezeichnet hatte. »Nicht, dass May ein so braves Mädchen gewesen ist, wie sich herausgestellt hat.«

»Weil sie Talent hatte?«, fragte Noah.

»Es geht nicht darum, *wie* sie gezeichnet hat, sondern *was.* Ich würde nicht wollen, dass meine Kinder solche Bilder malen. Wette, ihre Mum und ihr Dad haben einen Anfall gekriegt, als sie die gefunden haben.«

»Ihre Schwester hat sie gefunden«, entgegnete Noah barsch. Er hatte die Hände in den Taschen, Schultern hochgezogen.

Marnie beobachtete ihn und fragte sich verwundert, was passiert war, um ihn derart auf die Palme zu bringen. Oder dachte er immer noch über die Beswicks nach, so wie sie? Über Kummer und Schuld und alles dazwischen?

»Ashleigh war gewieft«, erklärte sie dem Team. »May wusste, welche Orte sie nach Einbruch der Dunkelheit meiden sollte. Keines der Mädchen gehörte zu der Sorte, die sich von Fremden leicht täuschen lassen würden. Wie sind sie dann bei unserem Mörder gelandet? Fran hat bei keinem der Mädchen einen Beweis für körperliche Gewalt gefunden. Alle Spuren deuten darauf hin, dass sie freiwillig mit ihm gegangen sind. Bei ihm gewohnt, sein Essen gegessen, unter seinem Dach geschlafen haben. Warum? Wie hat er sie verführt?«

»Sie denken, er sieht gut aus?« Ron schnaubte. »Reich vielleicht. Falls er einen schicken Flitzer hat …«

»Was hatten diese Mädchen an sich, das *ihn* angezogen hat?«, fragte Noah. »Sie haben nichts gemein. Unterschiedliche Erziehung, unterschiedliche Persönlichkeiten, unterschiedliches Aussehen.«

»Sie haben in derselben Fußgängerunterführung abgehangen. Vielleicht ist es so einfach. Er hat sie zusammen gesehen, weshalb er beide mitgenommen hat. Und weil sie zu zweit waren, haben sie sich sicher genug gefühlt, um mit ihm mitzugehen … Wir müssen diese Unterführung finden. Falls es sie überhaupt gibt.«

»Gibt es. Rents ist ein Sprayer aus Stockwell. Diesen Tag hat er überall in South London benutzt. Er wird wissen, wo diese Unterführung ist. Wir müssen ihn bloß finden.«

»Wie läuft die Suche?«, wollte Marnie von Noah wissen.

»Dan hat mir eine Telefonnummer gegeben. Ich habe ein paar Nachrichten hinterlassen. Er hat noch nicht zurückgerufen. Die Graffiti-Abteilung der BRP hat ihn auf ihrer Liste, aber weder Namen noch Adresse. Er hat letztes Jahr ein paar ihrer Züge besprüht. Bisher haben sie ihn nicht erwischt, und wie es aussieht, gelingt uns das auch nicht. Ich habe ihnen gesagt, dass wir sie auf dem Laufenden halten.«

Marnie blickte zu Colin. »Wie lange dauert es, bis wir die Liste mit Leuten abgearbeitet haben, die Zugang zum Kraftwerk hatten?«

»Bisher konnten wir dreizehn ausschließen, falsches Profil oder mit einem Alibi für den Tag, als May getötet wurde. Zwei wirken ganz interessant, weshalb wir genauer nachforschen. Einer von der Security, ein Schichtarbeiter wie Jamie Ledger. Hat in Litauen eine Haftstrafe wegen Körperverletzung abgesessen. Er hat an dem fraglichen Tag nicht gearbeitet, aber wir suchen nach jedem, den man womöglich bestechen könnte, um beide Augen zuzudrücken.«

»Er kommt an die Tafel.« Marnie reichte ihm den Stift.

Colin schrieb: *Romek Malis.*

»Welche Art von Körperverletzung in Litauen?«

»Häusliche Gewalt. Wir warten auf Details.«

»Keine Spur von Gewalt an den beiden Mädchen.« Noah trat näher an die Fotografien von Ashleigh und May heran. »Dann ist es … was? Identifikation mit dem Aggressor?«

»Klartext, bitte«, sagte Ron. Er war müde. Das waren sie alle.

»Zwei clevere Mädchen, die freiwillig mit einem Verrückten mitgegangen sind, der sie schlussendlich erwürgt hat. Er hat sie nicht gefesselt, sie haben sich nicht gewehrt. Warum? Sie haben ihm vertraut. Vielleicht mochten sie ihn sogar. Oder sie hatten Angst vor ihm, wussten, sie müssten zum Überleben alles tun, was er von ihnen verlangt. Sie haben jede Anweisung befolgt. Das bedeutet Identifikation mit dem Aggressor. Mit Angst zu leben – im Grunde *in* der Angst zu leben –, kann dem Opfer ein Gefühl der Sicherheit geben. In diesem Zustand definiert man neu, was rational und irrational ist. Selbst wenn diese Mädchen völlig von der Quelle ihrer Angst beherrscht werden, stehen die Chancen gut, dass sie sich *sicher* fühlen. Vielleicht sogar keine Angst haben. Er hat sie nicht entführt, sie haben *selbst* gewählt, mit ihm zu gehen. Sie befinden sich in einer anderen Realität. Erst wenn sie einen Schritt zurücktreten und einen anderen Blickwinkel einnehmen, trifft es sie wie der Schlag. Vielleicht war das der Grund, warum unser Unfallmädchen so desorientiert gewesen ist. Sie hatte nur durch völlige Unterwerfung überlebt.«

»Ashleigh wirkt nicht wie der devote Typ«, sagte Marnie. »Ihr Stiefvater meint, wir sollten nach jemandem suchen, der clever und schnell ist. Drei verschwundene Mädchen in drei Tagen, zwei von ihnen tot. Er ist definitiv schnell. Wir müssen unsere Anstrengungen verdoppeln. Die Unterführung in Mays Skizze und unser Mädchen vom Fahndungsbild finden.«

Sie nickte Noah zu. »DS Jake?«

Noah folgte Marnie zum Parkplatz des Reviers. Der Regen hatte sich verzogen, Sonnenschein lag wie Abfall auf dem Asphalt. »Irgendwas liegt dir auf der Seele.« Marnie sperrte den Wagen auf. »Was ist los?«

»Sol steckt in Schwierigkeiten.« Noah stieg ein. »Dan meint, er hätte eine blutige Nase gehabt, als er heute Morgen nach Hause gekommen ist. Ich rede heute Abend mal mit ihm.« Er schnallte sich an. »Wohin fahren wir?«

»Zurück nach Battersea.« Marnie ließ den Motor an. »Ich will mir den Tatort noch einmal ansehen. Und mich mit Romek Malis unterhalten. Was gibt's Neues in Bezug auf die Beswicks?«

»Katrinas Auto war, eine halbe Stunde bevor Mays Leiche gefunden worden ist, auf der York Road.« Ein Muskel spannte sich in seiner Wange an. »Es ist ihr üblicher Nachhauseweg, so wie jeden Tag. Es könnte nichts bedeuten.«

Oder es könnten Sean Beswicks Hände um den Hals seiner Tochter gewesen sein, zusammen mit seiner Frau, die ihm half, die Spuren zu beseitigen. Marnie wollte diese Bilder genauso wenig in ihrem Kopf haben wie Noah. Sie fuhr schweigend weiter, bis der stockende Verkehr sie abbremsen ließ. »Sean hätte fast etwas gesagt, bei dem Telefonat, als er uns von den Skizzen erzählt hat. Er meinte: ›Wir wussten nichts davon, wirklich nicht. Loz sagt … aber *wir* nicht. Ich und Kat.‹ Ich würde gern wissen, was Loz gesagt hat. Ich glaube, sie wusste von den Zeichnungen. Vielleicht hat sie den Block in ihrem Zimmer versteckt, um May zu helfen, damals, als May verschwunden ist, weil sie nicht wollte, dass wir ihn finden.«

»Sie will Mays Mörder finden. Sie würde nichts zurückhalten, das uns helfen würde, ihn hinter Gitter zu bringen.«

»Nicht absichtlich, aber es ist möglich, dass sie die Bedeutung der Skizzen nicht versteht.«

Ihre Angst um Loz war wie ein greifbarer Gegenstand im Auto – ein fester Körper auf der Rückbank.

Nach einem kurzen Moment sagte Noah: »Ich kann mir die beiden nicht zusammen vorstellen. May und Ashleigh. Irgendetwas passt da nicht. Aber wir wissen, dass sie am selben Ort gewesen sind, wegen der Nahrung, die sie gegessen haben, und wegen Mays Skizzen. Gepökelter Fisch und Linsen, Survivalnahrung. Konserviert, meinte Fran. Vielleicht hat er sich irgendwo weit ab vom Schuss mit ihnen verkrochen. Irgendwo, wo es supersicher ist. Kein Zugang zu Geschäften, kein Grund, das Haus zu verlassen. Die Schuluniform ist sonderbar. Ashleigh ist nicht zur Schule gegangen, warum war sie dann so gekleidet? Wir haben es mit einem Kontrollfreak zu tun.«

»Wer zieht unkontrollierbare Ausreißerinnen an? Etwas an unserem Mörder muss Ashleigh Jewell und May Beswick angesprochen haben. Und auch das verschwundene Mädchen. Vielleicht noch weitere Mädchen …«

»Vielleicht nicht bloß Mädchen«, sagte Noah. »Da draußen gibt es auch viele obdachlose Jungen. Wir gehen von der Annahme aus, dass er sich keinen von ihnen geholt hat, aber wenn das, was er mit ihnen anstellt, nicht sexuell motiviert ist, wenn es rein um Kontrolle geht, könnte er auch auf Jungen aus sein.«

Sie hatten das Kraftwerk erreicht. Marnie zeigte ihre Marke an der Schranke vor und parkte den Wagen. Als sie aus dem Auto stiegen, traf sie der Geruch des Flusses, der Gezeitenwechsel in vollem Gange.

»Ashleigh wurde keine Meile von hier abgeladen.« Marnie warf einen Blick auf ihr Handy. »Ich wette, wir finden diese Unterführung in derselben Quadratmeile.«

Noah legte den Kopf in den Nacken, betrachtete die Schornsteine, während ihn das Gefühl erdrückte, ganz London wäre in diese Quadratmeile gestopft. Kein abgelegenes Gefängnis, wo dieser Mann die Mädchen versteckte. Er war *hier*. »Er ist in der Nähe. Kannst du ihn spüren?«

»Die Unterführung ist nicht weit von hier«, sagte Marnie. »Es muss so sein. Wir wissen, dass May in den Wochen vor ihrem Verschwinden nicht längere Zeit von zu Hause weg gewesen ist. Sie hat auf dem Weg zur Schule und wieder nach Hause in dieser Unterführung gezeichnet. Das ist kein großer Radius.«

»Ich frage mich, wie es in diesem Haus für Loz sein muss. Selbst wenn wir mit unserem unguten Gefühl falschliegen, sind Sean und Katrina sehr … höflich, distanziert. Uns gegenüber. Ich frage mich, wie sie als Eltern sind.«

Marnie gab keine Antwort, marschierte einen Schritt vor Noah mitten ins Herz der Baustelle. In den Wochen nachdem Stephen ihre Familie ausgelöscht hatte, hatte sie sich dieselbe Frage über ihre eigenen Eltern gestellt, hatte sich gewundert, ob sie als Pflegeeltern anders gewesen waren, vielleicht geduldiger. Gewiss weniger vorschnell, ihre eigenen Fehler, aufgebläht ins Unermessliche, in ihm wiederzuerkennen, da zwischen ihnen keine Blutsverwandtschaft bestand. Und Stephen – wann hatte er sich entschieden, sie zu töten? Oder hatte er es erst in dem Moment gewusst, als es passierte, ein plötzliches Aufbäumen von fremdartigen Hormonen, von Hass?

Battersea war voller Schatten und verbranntem Geruch nach geschliffenem Stein, heißem Metall. Die Bauarbeiter links von ihnen bohrten, das dröhnende Rattern drang durch die Mauern, kroch ihnen in die Knochen. Noah blickte zu den verbliebenen Schornsteinen hoch. »Wusstest du, dass sie schon mal versucht haben, die niederzureißen? Von innen heraus. Sie haben die Ablagerungen abgetragen, dann haben sie gemerkt, dass die Schornsteine sich ausgedehnt haben. Der Teer, all dieser giftige schwarze Ruß im Innern, hat sie zusammengehalten. Deshalb stehen sie immer noch.«

»Du hast gesagt, May hätte diesen Ort hier geliebt, aber er hätte ihr gleichzeitig Angst eingejagt.«

Er nickte. »Es war in ihren Skizzen.«

»Falls unser Mörder die Bilder gesehen hat, könnte das erklären, warum er sie hierhergebracht hat. Wir haben angenommen, dass er von diesem Ort besessen ist, aber May war es auch. Vielleicht hat er sie aus dem Grund hier aufgebahrt, was *sie* für das Kraftwerk empfunden hat, nicht seinetwegen.«

»Furcht?«

»Und Liebe. Sie hat es hier geliebt, aber es hat ihr auch Angst eingejagt.«

Wie das Leben selbst, dachte Marnie, *das Leben eines Teenagers.*

»Du musst die Angst zu deiner Verbündeten machen.« Noah starrte in das blinde Auge einer Überwachungskamera. »Das hat mein Dad immer gesagt.«

»In Bezug worauf?«

»Das Leben allgemein. In einer Siedlung wie dem Garrett aufzuwachsen, auf dem rechten Weg zu bleiben. Es war eine gute Rede. Darüber, unsere Grenzen zu kennen, unsere Schwachstellen zu akzeptieren. Frieden zu schließen mit dem, wer wir sind und wer wir nicht sind. Ich denke, in der Rede ging es um Identität.«

Hatte sein Bruder Sol diese Rede ebenfalls zu schätzen gewusst? Zwei Jungen, aufgewachsen in derselben Siedlung, aber unterschiedliche Richtungen einschlagend, mit Noah, der die Polizei wählte, während Sol den entgegengesetzten Weg nahm. Familien waren Schwerstarbeit. Der Mörder hatte diesen Umstand ausgenutzt und sich diejenigen herausgepickt, die nicht zu Hause leben konnten, hatte sie zu anderen Menschen gemacht, wieder zu Kindern. In Ashleighs Fall bis zur Unkenntlichkeit verändert, selbst für ihre eigenen Eltern.

Das Penthouse war abgeriegelt, Nummerntafeln der Forensik auf Boden und Bett.

»Gehören Sie zur Polizei?« Eine Frau in einem engen blauen Anzug war ihnen gefolgt. Ende dreißig, spindeldürr, mit breitem Gesicht, abgekämpftem Make-up, High Heels, dreckig vom Schotter der Baustelle. »Gibt es etwas Neues?«

Marnie zeigte ihre Marke. »Und Sie sind …?«

»Toni Shepherd, Senior Marketing Manager. Hat es irgendwelche Entwicklungen gegeben?« Augen unruhig auf das Bett gerichtet, der Umriss von Mays Leichnam auf der Tagesdecke. »Etwas Positives?«

»Wir würden gern mit Ihren Sicherheitsleuten sprechen. Nicht jeder hatte Dienst, als wir die ersten Befragungen durchgeführt haben. Romek Malis, arbeitet er heute?«

»Da müssen Sie den Bauleiter fragen.« Sie trat einen Schritt von der Nummerntafel weg, ihre Wadenmuskulatur angespannt. »Ich hatte gehofft, Sie könnten mir sagen, wann wir das Putzteam reinlassen können, damit sie die Wohnung für die weiteren Besichtigungen auf Vordermann bringen. Wir kommen der Nachfrage kaum hinterher.«

Die Wohnung auf Vordermann bringen.

»Leute haben eine Besichtigung vereinbart, nachdem hier eine Leiche gefunden worden ist?«

»Ich weiß, was Sie jetzt denken, aber das sind keine Freaks.« Sie zwang sich zu einem Lächeln. »Wir überprüfen jeden ganz genau, bevor wir ihn hier hochlassen.«

»Was für eine Art von Überprüfung?«, fragte Noah. »Um zu sehen, ob sie sich die Preise leisten können, die Sie veranschlagen? Oder um sicherzugehen, dass es keine Freaks sind? *Wie* überprüfen Sie das überhaupt?«

Tonis Blick schwenkte zu ihm, und sie lächelte ihn reflexartig an, wie es Frauen bei Noahs Anblick immer taten. »Das Erstere natürlich. Das schließt zwar keine weiteren Motive aus, aber ich bezweifle, dass irgendjemand, der die Absicht hegt, solch eine Wohnung zu kaufen, seine oder unsere Zeit vergeuden würde, weil er einen Tatort sehen will. Es gibt viele günstigere Orte, die sie besichtigen könnten, wäre das ihr wahres Interesse.«

Marnies Handy klingelte, und sie drehte sich weg, um den Anruf entgegenzunehmen. »DI Rome.«

»Sind Sie in Battersea?« Es war Colin Pitcher. »Ron meinte, Sie wollten mit Romek Malis sprechen.«

»Wir sind auf der Baustelle, ja. Was haben Sie für uns?«

»Ich habe mit jemandem von der Medienparty gesprochen, Marc Amos, Eventmanager für eine hiesige Wohltätigkeitsorganisation. Ihm ist von einem der Sicherheitskräfte eine Privatführung angeboten worden, sozusagen ein Blick hinter die Kulissen. Er hat abgelehnt, weil der Mann Geld wollte und Amos nicht genügend Cash dabeihatte. Aber er war versucht, rein aus Neugierde. Der Mann meinte, er könnte ihm zeigen, wo gepfuscht wurde, mit anderen Worten, dass es auf der Baustelle nicht ganz mit rechten Dingen zugeht. Amos meinte, es würde ihn überraschen, dass keiner der Journalisten von dem Angebot Gebrauch gemacht hat. Jeder hatte die Nase voll von dem Hochglanzprospekt, hat nach einem Haken gesucht.«

»Hat der Mann auch einen Namen?« Marnie trat von Toni Shepherd weg, die mit gespitzten Ohren versuchte, dem Telefongespräch zu lauschen. »War es Romek Malis?«

»Kein Name, aber Amos hat mir eine Beschreibung geliefert. Mitte dreißig, durchtrainiert, rasierter Schädel. Tätowierungen an den Fingern. Eines der Tattoos war irgendein Vogel.«

»Ein Falke.« Marnie drehte sich um, suchte Noahs Blick. »Jamie Ledger.«

»Ledger steht auf meiner Liste«, sagte Colin. »Wir haben vor Ort seine Aussage aufgenommen. Wollen Sie seine Adresse und Nummer?«

»Schicken Sie sie mir per SMS. Ich erkundige mich, ob er heute arbeitet. Danke, ich rufe dann zurück.«

»Neue Entwicklungen?«, fragte Toni, ihre Augen eindringlich auf Marnies Gesicht.

»Betreten Sie die Wohnung bitte nicht mehr und lassen Sie sie abgeschlossen. DS Jake?«

In der Kaffeeküche der Sicherheitsleute tranken zwei Männer Tee aus einer Thermoskanne. Beide blickten gelangweilt, als Marnie ihre Marke vorzeigte. Keiner von ihnen war Jamie Ledger oder Romek Malis.

»Romek hat Nachtschicht. Ledge hab ich seit zwei Tagen nich mehr gesehen.«

Der andere Mann stimmte ihm zu. »Ist gestern nicht aufgetaucht. Sieht Ledge gar nicht ähnlich, aber es hat mir ein paar Überstunden eingebracht, also …« Er zuckte mit den Schultern.

»Kann ich den Dienstplan sehen?«

»Nur zu.« Er nickte zu einem Klemmbrett voller Blätter, mit Teeflecken übersät.

Unterschriften, hingekritzelt. Anfang und Ende der Arbeitszeiten, stellenweise unleserlich. »J. Ledger« war auf die Liste der gestrigen Schicht gedruckt, keine Zeiten oder Unterschrift. Früher in der Woche hatte er sich bei mehreren Schichten ein- und ausgetragen, einschließlich derjenigen, während der er Mays Leichnam entdeckt hatte.

»Gibt es davon eine elektronische Version?«, wollte Marnie wissen.

»Fragen Sie Aaron, der ist dafür zuständig.«

»Wo können wir ihn finden?«

»Am Fluss.« Er nickte mit dem Kopf in die Richtung. »Nimmt Lieferungen an.«

»Ledger ist für heute Nachmittag eingeteilt. Wann würden Sie ihn erwarten?«

»Jetzt um den Dreh. Er isst hier sein Mittagessen, geht noch mal aufs Klo, bevor er mit der Arbeit anfängt.«

Etwas in der Stimme des Mannes ließ Marnie fragen: »Ist das ungewöhnlich?«

»Er duscht hier, hat sein ganzes Zeug in Taschen dabei, als hätte seine Alte ihn vor die Tür gesetzt.«

»Und, hat sie?«

Ein Schulterzucken. »Redet nicht drüber. Redet fast gar nicht. So ist Ledge nun mal.«

Aaron Buxton, der Vorarbeiter, hatte eine ähnliche Geschichte auf Lager. Und eine Beschwerde. »Er hat uns ganz schön in die Scheiße geritten, als er einfach nicht aufgetaucht ist. Wir haben die Sicherheitsmaßnahmen verschärft, genau wie wir es versprochen haben. Wir brauchen ihn hier.«

Ein Lastkahn lud Schalsteine vom Fluss ab. Buxtons breites Gesicht schimmerte vor Schweiß unter dem Schutzhelm. Er trug einen Geschäftsanzug mit Stahlkappenschuhen. Klein, gedrungen, doch seine Hände waren zart, fast feminin.

»Hat er sich krankgemeldet?«, fragte Noah.

»Nein, kein Sterbenswörtchen. Hat einfach die Fliege gemacht, nachdem Sie ihn befragt haben, und seitdem hat er sich hier nicht mehr blicken lassen. Ich wollte ihn melden, falls er heute nicht aufkreuzt, aber vielleicht tut er's ja noch.«

»Haben Sie eine Telefonnummer?«

»In seiner Akte natürlich.«

»Haben Sie ihn angerufen, als er gestern nicht zur Arbeit erschienen ist?«

»Ich persönlich? Nein. Ich hab alle Hände voll zu tun. Aber die Agentur wird ihm sicher in den Arsch getreten haben.«

»Wir werden uns mit der Agentur in Verbindung setzen müssen.«

Buxton holte sein Handy heraus und scrollte mit dem Zeigefinger durch eine Liste, auf der Suche nach Name und

Nummer. »Sonst noch was, womit ich Ihnen helfen kann?« Er schielte zum Lastkahn, das Gewicht von einem Bein aufs andere verlagernd, beunruhigt. Das Weiß seiner Augen war gelb gefärbt wie bei einem Alkoholiker. »Ist nur so, dass wir hinter dem Zeitplan liegen.«

»Wir werden warten«, sagte Marnie, »um zu sehen, ob Ledger noch auftaucht. Ich hätte auch noch gern die Kontaktnummer eines anderen Mitarbeiters von der Security. Romek Malis.«

»Die Agentur …« Buxton wirkte abgelenkt. »Die wird alle Details haben. Zumindest auf Malis ist Verlass. Er hat die Nachtschicht, hat bisher keine einzige Stunde gefehlt.« Er steckte das Handy zurück in die Tasche. »Aber Ledger auch nicht, bis jetzt.« Er beäugte Marnie und Noah, als wären sie für seine schrumpfende Belegschaft verantwortlich. »So was macht die Leute nervös. Ich hätte nicht geglaubt, dass es bei Ledger der Fall wäre, immerhin ist er in der Armee gewesen. Er muss Schlimmeres gesehen haben, schätze ich. Und er hat die Arbeit mehr als die meisten gebraucht. Zumindest hat die Agentur 'ne Menge Namen in petto. Ich hab Ledger gemocht, aber wir können Stellen nicht lang freihalten. Wir brauchen zuverlässige Leute, wie Malis.«

»Warum hat Ledger diese Arbeit mehr gebraucht als die meisten?«

»Er lebt in 'nem Wohnheim, hat versucht, wieder auf die Beine zu kommen. Dieser Job hier hat ihm gutgetan, hat er zumindest behauptet. Aber wir können die Jobs nicht für Leute freihalten, die nicht aufkreuzen, wenn sie es eigentlich sollten. Insbesondere jetzt nicht, mit den zusätzlichen Sicherheitsmaßnahmen und dem Zeitplan, dem wir hinterherhinken.« Er nickte zum Lastkahn. »Tut mir leid, aber ich werde gebraucht. Zeugs zu unterzeichnen. Rufen Sie mich an, wenn's noch was gibt.« Er leierte eine Nummer herunter, die Noah in sein Handy eintippte. »Kann man nur hoffen, dass Ledge für seine Schicht auftaucht.«

Marnie und Noah warteten geschlagene zwanzig Minuten, bis es offensichtlich war, dass Ledger nicht mehr erscheinen würde. Sie hatten bei der Agentur angerufen und erwarteten einen Rückruf von der Frau, die Ledger nachtelefoniert hatte, als er tags zuvor nicht auf der Baustelle erschienen war. Die Telefonnummer, die er bei der polizeilichen Befragung angegeben hatte, funktionierte nicht.

»Er ist weg. Was denkst du?« Noah stellte den Kragen seiner Jacke gegen den Wind auf, der vom Wasser heraufpeitschte. »Er hat die Leiche gefunden. Ihm wurde gesagt, dass er sich zur Verfügung halten sollte. Aber er ist weg.«

»Lass uns im Auto warten.« Marnie ging los.

Noah folgte ihr. »Du hast an dem Abend mit ihm gesprochen. Ist dir irgendwas aufgefallen?«

»Etwas, das darauf hingedeutet hat, dass er abtauchen könnte oder einen Grund dafür hätte?« Ihre Stimme war schneidend. »Nein.«

Sie gab sich selbst die Schuld, dachte Noah, aber er wusste, dass sie Ledger niemals hätte gehen lassen, hätte sie auch nur den kleinsten Verdacht gehabt, dass er Mays Mörder war.

Ihr Handy klingelte, als sie den Wagen erreichten. »DI Rome. Ja, genau … Ich verstehe. Können Sie mir sagen, unter welcher Nummer Sie es versucht haben?« Sie entriegelte das Auto und stieg ein. »Vielen Dank, und die Adresse, die Sie haben? Nein, nur zu. Stockwell. Ja, die habe ich. Nein, er ist nicht zur Arbeit erschienen. Ja, ich bin sicher, dass Mr Buxton das möchte. Vielen Dank.«

Sie beendete das Gespräch und ließ den Motor an. »Sie

haben ihn nicht erreicht. Sie haben dieselbe Nummer, die er uns gegeben hat. Auch dieselbe Adresse. Paradise House in Stockwell.«

»Ein Wohnheim?«, fragte Noah.

»Mal sehen.«

32

Paradise House war eine umgebaute Papierfabrik mit schmalen Fenstern, die sich in regelmäßigen Abständen wiederholten, zu eng beieinander, um im Innern viel Privatsphäre zu bieten, und jedes vom Dreck der Stadt verkrustet. Kein Ort, den Marnie gern als ihr Zuhause bezeichnet hätte.

Noah musste denselben Gedanken gehabt haben, denn er sagte: »O jemine«, als sie aus dem Wagen ausstiegen.

Marnie klingelte, um ins Wohnheim eingelassen zu werden, und zeigte ihre Marke in die Überwachungskamera, nur für den Fall, dass sie nicht so blind war, wie es den Anschein machte. Nach acht Sekunden war ein Summen zu hören, und sie traten ein.

Schimmel, das war der erste Eindruck. Ausufernde grüne und schwarze Flecken an der Decke und auf den Teppichfliesen. Sporen in der Luft. Ihre Lungen sträubten sich dagegen. Irgendwo unter der Feuchtigkeit hing der trockene Geruch von Papyrus aus der Zeit, als das Gebäude Papier statt Menschen beherbergt hatte.

Eine Tür am anderen Ende des Korridors wurde aufgerissen, und eine Frau kam mit großen Schritten heraus. Blonde Haare, zur Hochsteckfrisur gestylt, marineblauer Anzug, hochhackige Schuhe. Sie warf Marnie und Noah ein Lächeln zu, blieb jedoch nicht stehen, sondern verließ das Gebäude durch die Eingangstür, wo sie die Straße hoch verschwand. Auf den ersten Blick hatte Marnie sie für eine Mitarbeiterin gehalten, doch sie war eine Bewohnerin. Ihr Lächeln hatte sie verraten: ein abgebrochener Schneidezahn und viel zu viel Mundwasser. Wie viele der restlichen Bewohner könnten noch als Berufstätige durchgehen? Jamie Ledger hatte Marnie während ihrer Unterhaltung am Tag von Mays Ermordung an der Nase herumgeführt. Seine lässige Raucherpose, sein abschätziger Blick auf ihr, als würde er eine neue Ausrüstung ausprobieren. Kein Hinweis, dass er obdachlos war. Keine abgebrochenen Zähne oder schlechter Atem.

»Kann ich Ihnen helfen?« Ein Mann Mitte fünfzig kam über den Gang auf sie zu, seine Miene bewusst abweisend. Klein und untersetzt, mit straßenköterblonden Haaren, fleischigen Wangen und Lippen. In einer grünen Thermoweste über einem roten Hemd, einer ausgebleichten Jeans, knöchelhohen Turnschuhen. Auf dem Ausweis-Umhängeband hieß es schlicht: *Mitarbeiter*.

Marnie zückte ihre Marke, stellte Noah vor und fragte, ob sie sich irgendwo unter vier Augen unterhalten könnten. Der Gesichtsausdruck des Mannes veränderte sich nicht. »Um wen geht's, Arkinstall?« Er führte sie in ein Büro. »Er ist schon seit zwei Nächten nicht mehr hier gewesen. Wir haben seinem Bewährungshelfer schon Bescheid gegeben.«

»Ach ja?« Marnie wartete ab, um zu sehen, ob er noch etwas hinzufügen würde.

Das Büro war klein und roch genauso schlimm wie der Rest des Gebäudes, ein schwarzer Fleck Feuchtigkeit an der Decke. Aktenschränke, mit einem Rolljalousieschloss versehen, ein Schreibtisch samt Computer und ein Drahtkorb für die Post, orangerote Plastikstühle mit abgewetzten Sitzflächen, mottenzerfressener Teppich von der Farbe von Galle. Von seinem

Platz hinter dem Schreibtisch bedeutete der Mann Marnie und Noah, sich auf die anderen Stühle zu setzen. »Jedem Bewohner wird eine Wohnvereinbarung und die Hausordnung ausgehändigt. Die Regeln sind aus gutem Grund da, nicht zu unserer Belustigung.«

»Gegen welche Regel hat Arkinstall verstoßen?«

»Kein Rauchen, nur im eigenen Zimmer.« Mit dem Finger zeigte er auf eine laminierte Kopie der Hausordnung, die neben ein Poster von einer Selbsthilfegruppe für Drogenabhängige gepinnt war.

Hatte er die Hausordnung selbst laminiert? Vielleicht beschäftigte er sich gern damit.

»Wie viele Zimmer haben Sie hier?«, fragte Noah.

»Dreizehn für Männer. Sieben für Frauen.« Ein erstes Aufflackern von Emotionen zerknautschte sein Gesicht. Abneigung oder schlicht Unannehmlichkeit? »Natürlich strikt getrennt.«

»Ich könnte mir vorstellen, dass das schwierig ist.«

»Nicht für Arkinstall. Deshalb sind Sie doch hier, oder?«

Marnie entgegnete: »Tut mir leid, ich habe Ihren Namen vorhin nicht mitbekommen. Mr…?«

»Welch.«

»Wir wollten eigentlich mit einem anderen Ihrer Bewohner sprechen. Jamie Ledger.«

Seine Augen wurden groß. »Ledger? Wegen dem sind Sie hier?«

»Das überrascht Sie?«

»Falls er in Schwierigkeiten stecken sollte. Ich hätte nicht gedacht, dass er zu der Sorte gehört.«

»Sie haben ihn viel gesehen? Genug, um sich eine gute Meinung von ihm zu bilden?«

Welch kratzte sich an der Wange. »Er war ruhig, hat sich an

die Regeln gehalten. Ich habe ihn nicht oft zu Gesicht bekommen, was allgemein ein gutes Zeichen ist.«

»Ist er im Moment da?«

»Kann sein. Bewohner müssen sich nicht an- oder abmelden, außer, sie sind auf Bewährung.« Keinerlei Neugierde in seinem Gesicht. Keine Fragen, kein Nachhaken, warum die Polizei Ledger sprechen wollte.

»Wie viel Personal gibt es hier?«, fragte Marnie.

»Ein Minimum von zwei, plus einen Wachmann für die Nacht.«

»Könnten Sie uns zu Mr Ledgers Zimmer bringen? Wir würden gern mit ihm sprechen.«

Welch zog einen Schlüsselring heraus und führte sie den Korridor hinab, wo der Schimmel außer Rand und Band zu sein schien. Marnie entging nicht, dass Noah die Nase rümpfte, sein Profil schmal wurde. »Sie haben ein Feuchtigkeitsproblem«, sagte sie zu Welch.

Er widersprach nicht, sondern zitierte einfach wieder aus dem Handbuch: »Das hier ist nur als vorübergehender Schritt auf dem Weg zurück ins Leben gedacht. Das Ziel ist immer eine eigene Wohnung.« Als würde der Schimmel den Bewohnern einen Gefallen tun, indem er ihnen einen Anreiz gab, sich zusammenzureißen und schnellstmöglich von hier zu verschwinden.

Ledgers Zimmer war abgesperrt.

Welch klopfte, wartete, klopfte erneut. Dann rief er: »Ich komme rein.« Er entriegelte die Tür, schob sie mit weit ausgestreckten Armen auf, die Füße fest im Korridor verankert. Eine weitere Hausregel? Um Ledgers Privatsphäre zu schützen oder weil er Schwierigkeiten erwartete?

Der Raum war leer. Dünne Vorhänge, zugezogen, ein kleiner Tisch und ein Einzelbett, mit militärischer Ordnung gemacht. Kein Schrank, nicht einmal ein Spind. Löcher in der Fußbodenleiste, mit Putz und Sägespänen gefüllt. Die Glühlampe, die von der Decke hing, war rot. Kein Lampenschirm, nur ein mit Spinnweben überzogenes schwarzes Kabel. Es war kaum vorstellbar, auf diesem Bett zu liegen – eine durchhängende Pritsche, mit Flecken übersät – und lesen zu wollen, das Zimmer rot erleuchtet, während die Feuchtigkeit die Tapete von den Wänden schälte. Marnie hätte es nicht gekonnt. Sie dachte an die effiziente Art, wie Ledger seine Zigaretten gerollt, jede bis knapp zu den Fingern geraucht hatte. Wie er dagestanden hatte, die Schultern zurückgezogen, sie mit seinem durchdringenden Blick gemustert hatte, voll wachsamer Aufmerksamkeit. Gründlich, diszipliniert. Gewiss hatte er schon an schlimmeren Orten wie diesem hier geschlafen, aber aus freien Stücken?

Ich hatte vergessen, was für ein Drecksloch London ist.

Was hatte es mit seiner Würde gemacht, dass er diesen Ort sein Zuhause nennen musste? Sich mit Drogenabhängigen und ehemaligen Straftätern die Klinke in die Hand drückte? Nur ein weiteres Gesicht für Welch, das er ausblenden konnte, seiner Identität beraubt, jede Idee von Kameradschaft getilgt durch eine Wohnvereinbarung, die einem vorschrieb, wann man unter einer roten Glühbirne liegen durfte und wann nicht, während man Schimmelsporen einatmete. Keine Kontrolle über nichts, nachdem sein Leben sich allein um Kontrolle, Routine, Befehle gedreht hatte. Nur Welchs Hausregeln, kein Rauchen, nur im eigenen Zimmer.

Ledger hatte hier drinnen nicht geraucht. Keine Spur von Tabak, kein Fetzen Zigarettenpapier. Nichts.

Marnie hatte nicht erwartet, ihn hier anzutreffen, aber sie hatte auf einen Anhaltspunkt gehofft, wohin er verschwunden sein könnte. Sie waren vom Pech verfolgt. »Hat er sich mit einem der anderen Bewohner gut verstanden? Irgendjemand, der vielleicht weiß, wo wir ihn finden können?«

»Ich habe nie mitbekommen, dass er sich mit irgendjemandem unterhalten hätte. Aber er ist natürlich auch nicht oft hier. Kommt und geht, wie es ihm gefällt, ein Einzelgänger, klug genug, um es sich hier nicht zu gemütlich zu machen.« Welchs Tonfall ließ darauf schließen, dass er wünschte, mehr Bewohner würden Ledgers Einstellung teilen. »Manchmal hat er mit den Ehrenamtlichen geredet.«

»Haben Sie viele Ehrenamtliche?«, fragte Noah.

»Ein paar. Ich kann Ihnen eine Liste geben, wenn Sie möchten.«

»Danke. Und wir bräuchten die Kontaktdaten, die Sie haben. Ledgers nächste Angehörige und so weiter.«

Welch nickte. Selbst jetzt hatte er keine Fragen, sein Gesicht dieselbe leere Maske, die er schon bei ihrer Ankunft getragen hatte. Vielleicht war es notwendig. Sein Schutzschild gegen allzu große Nähe oder Mitgefühl oder Aggression – alles, was seine Arbeit erschweren, menschlicher machen könnte.

»Er ist nicht oft hier«, sagte Marnie. »Was meinen Sie damit?«

»Genau das, was ich gesagt habe. Er ist oft genug hier, um das Zimmer zu rechtfertigen, aber er *wohnt* nicht hier.«

»Wo wohnt er dann?«

»Keine Ahnung.« Welch schien von der Frage überrascht zu sein, doch ihre Antwort interessierte ihn nicht. »Bin nur froh, dass er über genug gesunden Menschenverstand verfügt, um hier keine Wurzeln zu schlagen. Das ist der erste Schritt.«

Und der einzige Weg, einer Aspergillose zu entgehen.

»Noch eine letzte Frage«, sagte Marnie. »Können Bewohner hier im Gebäude sonst noch irgendwo ihre Habseligkeiten unterbringen? In einem Spind oder einem Safe?«

»Das ist alles.« Welch zeigte mit einer Handbewegung durch das karge Zimmer. »Wenn es hier nicht ist, hat er es mitgenommen.«

33

Aimee

Die Reihe an Fenstern dort, rechts vom Kraftwerk, dieses Gebäude mit dem Flachdach? Das ist ein Wohnheim. Ich habe ein paar Nächte dort verbracht, bevor ich May getroffen habe. Alles in dem Gebäude hat nach Feuchtigkeit gestunken, und ich bin die ganze Nacht wach geblieben, das Bett gegen die Tür geschoben, für den Fall, dass jemand auf den Gedanken käme, ich würde ihm gefallen. Man mag darüber lachen, aber ich habe einer Menge Menschen gefallen, vor Harm.

In der neuen Wohnung ist es ein langer Weg nach unten. Zu weit, um zu springen, selbst wenn er die Fenster nicht zugenagelt hätte. Zu weit, als dass irgendjemand mich hätte winken sehen oder nach Hilfe rufen hören. Wenn ich von hier abhauen will – und das werde ich –, muss ich an ihnen vorbei.

Harm und Christie.

Der Draht dauert zu lang. Ich bräuchte eine Glasscherbe oder ein Messer. Auf der Straße hatte ich ein Messer, nachdem ich vergewaltigt worden war, aber es war riskant, eines bei sich zu tragen. Wenn man ausgeraubt wurde, standen die Chance gut, dass sie dich auch abstachen, und in den Wohnheimen musste man die Taschen leeren, für den Fall, dass man ein Junkie oder Psycho war. Ich hatte das Messer weggeworfen, bevor ich May kennengelernt habe.

Es ist meine Schuld, dass sie dort gewesen ist, in Harms sicherem Versteck.

Sobald ich sie in der Fußgängerunterführung gesehen habe, wo sie vor dem Regen Schutz gesucht hatte, wollte ich sie bei mir haben. Ich bin kein Romantiker, das ist keine schnulzige Liebesgeschichte, und ich bin keine *Lesbe*, wie Ashleigh immer geglaubt hat. Ich bin nichts gewesen. Aber ich habe May von dem Augenblick an geliebt, als ich sie zum ersten Mal gesehen habe. Wollte sie bei mir im Haus haben und dann in der Wohnung, wo es zu hoch war zum Springen und zu weit zum Winken. Nur ein Ausweg – an ihnen vorbei.

Es ist meine Schuld, dass May hier gewesen ist, aber es war deren Schuld, dass sie fort ist.

Harms und Christies.

Es hätte gut sein können, hätte gut sein *müssen*. Besser als dieses verdammte Drecksloch mit dem Schimmel an den Wänden, wo ich Riesenschiss gehabt hatte, wieder vergewaltigt zu werden, wo ich die ganze Nacht über wach bleiben musste.

Wir sind dort gesessen, May und ich, stundenlang. Ich habe ihr mit seiner silbernen Bürste die Haare gekämmt, und sie hat mir von ihrer kleinen Schwester erzählt und …

Fuck, ich habe sie geliebt. So sehr, dass es wehgetan hat. Ich wollte dort draußen sein. Selbst wenn es kalt und nass werden und ich mit einem Messer aufgeschlitzt enden würde, wäre es das wert, nur um sie wiederzusehen. Selbst wenn sie mich nicht mehr wollte, wenn sie zu Hause bei ihrer Schwester war und auf die Geburt des Babys wartete, würde ich sie sehen, und das wäre es wert.

Deshalb werde ich von hier abhauen, auch wenn ich die beiden umbringen muss, um das zu bewerkstelligen.

Kein *Hätte-ich-den-Mut* mehr, kein *Aimee-im-Sterben* mehr.

Ich werde kein Weichei mehr sein und abhauen.

Sollen sie doch versuchen, sich mir in den Weg zu stellen, sollen sie es verdammt noch mal versuchen.

Ich werde es ihnen zeigen. Passt nur auf.

Ich werde es ihnen verdammt noch mal zeigen.

34

»Paradise House ist ein Wohnheim«, erklärte Marnie Tim Welland. »Geführt von Mitarbeitern und ehrenamtlichen Helfern. Sie nehmen Obdachlose mit speziellen Problemen auf, insbesondere drogen- oder alkoholbedingt. Sie nehmen auch Ex-Soldaten auf, die aus den verschiedensten Gründen straucheln.«

»Jamie Ledger ist gestrauchelt«, wiederholte Welland nachdenklich. »Wie genau?«

»Posttraumatische Belastungsstörung. Panikattacken, Nachtangst. Seine Nachbarn haben sich bei der Hausverwaltung wegen des Lärms beschwert. Er ist immer gegen drei Uhr nachts aufgewacht, schreiend, hat mit der Faust gegen Wände gehämmert. Seine Frau hat ihn gebeten auszuziehen, weil sie Angst hatte, sie könnten die Wohnung verlieren. Er hat keine der angebotenen Hilfen angenommen, darauf bestanden, dass andere sie mehr bräuchten als er. Hat auch Medikamente verweigert, weil sie ihn katatonisch machen, und wie sollte er sich dann um seine Frau kümmern?«

Marnie strich mit dem Daumen über Ledgers Foto, das an das Whiteboard gepinnt war. »Er schafft es geschickt, sich den Schein eines gut funktionierenden Menschen zu geben, aber laut seiner Frau und seines Arztes ist er weit davon entfernt. Paranoide Wahnvorstellungen, gewalttätige Wutausbrüche, kontrollierendes Zwangsverhalten. Das volle Programm.«

Susie Ledger war im Paradise House als Jamies nächste Angehörige angegeben worden. Sie hatte Marnies Fragen ruhig beantwortet, Erschöpfung in der Stimme. Hatte gefragt, ob es ihrem Mann gut gehe, ob er zurechtkomme, ob er in Sicherheit sei. Marnie hatte keine ihrer Fragen beantworten können.

Welland musterte Ledgers Gesicht. »Sie denken, er ist unser Mörder?«

»Er passt ins Profil. In den letzten zwei Jahren hat er in diesem Teil von London gelebt, seit er aus der Armee entlassen worden ist. Er ist überzeugend, jemand, dem die Mädchen womöglich vertrauen, mit Zutritt zu der Baustelle, auf der May gefunden worden ist. *Er* hat sie gefunden, und er ist weg. Laut Wohnheim ist er seit dem Morgen der polizeilichen Befragung nicht zurückgekommen, ist einfach von der Baustelle verschwunden, nachdem wir aufgetaucht sind. Niemand hat ihn seitdem gesehen.«

»Was hat es mit diesem Angebot von ihm auf sich, Journalisten dort rumzuführen?« Welland kratzte sich an der Wange. »Das war riskant, falls er bereits geplant hatte, eine Leiche oben im Penthouse zu deponieren. Warum Aufmerksamkeit auf sich ziehen?«

Auf dem Foto lächelte Ledger, doch seine Augen waren ernst.

Marnie hatte ihn gemocht. Es tat weh, dass sie allem Anschein nach so falschgelegen hatte.

»Alles, was dieser Mörder tut, ist riskant«, sagte sie zu Welland. »Ledger hat die Gefahr in Afghanistan lieben gelernt. Nichts stört ihn mehr als Gleichgültigkeit. Gesellschaftliche Gleichgültigkeit. In seinen Augen leben die meisten von uns wie Zombies, laut ihm müssten wir aufwachen und verstehen, was in der Welt vor sich geht.«

»Stammt das von seiner Frau?« Wellands Augenbrauen zogen sich zusammen. »Sie hat nichts mehr von ihm gehört?«

»Schon seit drei Monaten.«

»Was ist mit Freunden?«

»Keine in London. Laut Wohnheim hatte er keine Besucher, keine Nachrichten, die für ihn hinterlassen worden sind.«

»Er ist also obdachlos, ein Einzelgänger, Ex-Soldat. Gefährlich, paranoid und gewalttätig.« Welland nickte langsam. »Was noch, oder war's das?«

»Er arbeitet seit Monaten auf Neubaustellen, weshalb wir uns dort umsehen. Er hat mit Marc Amos auf der Medienparty gesprochen. Es ist gut möglich, dass er sich auch an verschiedene Journalisten gewandt hat. Vielleicht hat einer von ihnen sein Angebot für eine Insiderstory angenommen. Wir werden der Sache weiter nachgehen. Er hat ein Handy, das er entweder ausgeschaltet oder weggeworfen hat. Wir lassen es orten. DS Carling zeigt sein Foto im Garrett herum, um zu sehen, ob er irgendjemandem dort in letzter Zeit aufgefallen ist.«

»Es ist an der Zeit, der Presse von Ashleigh Jewell zu erzählen.« Welland legte die Hände aufeinander, maß seine langen Handinnenflächen. »Ich finde, wir sollten gleichzeitig Ledgers Foto rausgeben. Person von besonderem polizeilichen Interesse.«

Es würde nach einem Fortschritt ihrerseits aussehen. Zwei tote Mädchen und ein Mann, der untergetaucht war. Die Öffentlichkeit würde Ledger für den Mörder halten, ganz gleich, ob die Presse sie in diese Richtung lenkte oder nicht.

Marnie gefiel das nicht, und das sagte sie auch.

Welland zuckte mit den breiten Schultern. »Wir brauchen einen Schritt nach vorne.«

»Und wenn die Sache nach hinten losgeht?«

»Dann können Sie sagen, dass Sie's mir gesagt haben.«

Um neun Uhr abends war Ashleighs Gesicht im Fernsehen, ihr Tod mit dem von May verknüpft, zwei Mädchen, die lebendig so unterschiedlich ausgesehen hatten wie im Tod.

Marnie schaute die Nachrichten in Eds Wohnung, fühlte sich ausgehöhlt, ihr Körper leichter, als er hätte sein sollen. Ihr Kopf war leer, zischte leise, noch keine echten Kopfschmerzen. Ed saß neben ihr auf dem Sofa, ein Anker für die Nacht. Sie wusste, sie brauchte Schlaf. Wenn sie die Augen schloss, sah sie die Gesichter der Mädchen, einander so unähnlich. Und die anderen Gesichter, die Ausreißerinnen vom Whiteboard. Sasha und Kim und Sika. Auch das Unfallmädchen, für das sie keinen Namen hatten. Ihre Homogenität verfolgte sie in ihren Träumen, eine Tyrannei der Gleichheit hinter diesen zu breiten Lächeln, Make-ups wie Kriegsbemalung, leeren Augen, Haarverlängerungen, lackierten Nägeln, Bräunungscremes. So wenig Raum, um anders zu sein, um man selbst zu sein. War das Leben so gewesen, als sie fünfzehn, sechzehn gewesen war? Sie erinnerte sich, die Last ihrer Andersartigkeit mit sich getragen zu haben – rote Haare, blasse Haut, ihre Schroffheit. Ganze Wochen, in denen sie Feindseligkeit an jeden in ihrer Umgebung ausgestrahlt hatte, ein Leuchtturmsignal, teils Warnung, teils Hilferuf. Sie hatte sich Rettung gewünscht, Sicherheit. Jemanden, der sie vor allem beschützte, einschließlich sich selbst. War es für May und Ashleigh und die anderen Mädchen auch so gewesen? Hatten sie ihre Lektion auf dieselbe harte Tour gelernt wie sie? Dass, egal wie laut man schrie, es manchmal niemanden interessierte? Manchmal niemand kam?

Dan fing Noah gleich hinter der Wohnungstür ab, um ihm zu sagen, dass Sol in der Küche kochte. »Er macht Reggae Nachos. Du solltest ihm dabei zusehen.«

»Es geht ihm wohl besser.« Das war Sol im Buße-Modus, in der Hoffnung, unliebsamen Fragen aus dem Weg zu gehen. Das Essen roch großartig. »Wann ist es fertig?«

»Dauert noch 'ne Weile.« Dans Augen leuchteten. »Lust auf eine Dusche?«

Später saßen die drei zusammen am Tisch und aßen. Sol hatte Reis zu den Nachos gekocht und Schwarzaugenbohnen. Noah widerstand der Versuchung, seinen Bruder auf die Parallele zu seinem eigenen blauen Auge hinzuweisen, das sich allmählich grün verfärbte.

Sol war in Topform, riss Witze, füllte ihre Drinks nach. Er war wie Teflon, unangenehme Fragen wären einfach an ihm abgeperlt. Noah war dankbar für die Ablenkung. Er hatte sich damals, als er diesen Job angetreten hatte, das Versprechen gegeben, nichts davon mit nach Hause zu nehmen. Es fiel ihm nicht leicht, insbesondere seit er mit DI Rome an Fällen wie diesem zusammenarbeitete. Vor sechs Monaten waren es tote Brüder gewesen, kleine Kinder, zum Sterben in einem unterirdischen Bunker zurückgelassen. Dieser neue Fall war kein bisschen leichter, aber Noah war froh, dass er nicht so abgebrüht war wie Kenickie, der Mord abtat, als wäre es nichts weiter als eine Statistik. Wo war Kenickies Mädchen, seit der Unfallnacht wie vom Erdboden verschluckt? Und wo steckte Jamie Ledger, der womöglich ihr Mörder war? Noah hatte aufgrund der Migräne einen halben Tag verloren. Die verlorene Zeit nagte an ihm.

Nach dem Abendessen sagte er zu Dan, er müsse laufen gehen.

»Willst du Gesellschaft?«

Noah schüttelte den Kopf. »Ich mache eine lange Runde, will versuchen, mir über ein paar Sachen klarzuwerden. Ich werde zwei Stunden weg sein.«

Er nahm den Bus nach Chelsea Embankment, wollte das Kraftwerk so schnell wie möglich im Blick haben, die Anziehungskraft verstehen, die es auf Ledger oder denjenigen ausübte, der Mays Leichnam dort platziert hatte. Bis kürzlich hatte es das Stadtbild beherrscht, aber all das war im Wandel. Von der anderen Seite des Flusses konnte er direkt durch die Haupttürbinenhalle sehen, ausgehöhlt durch die Bauunternehmer, voller leerer Fenster. Durch eine Lichtspiegelung machte es von seinem Blickwinkel aus den Anschein, als wären noch alle Schornsteine vorhanden. Als er näher kam, war der fehlende Turm unübersehbar, ein Stück Londoner Geschichte, das nun fehlte. Seine neue Gebrechlichkeit, die Art, wie es von gläsernen Penthousewohnungen verschluckt wurde, erinnerte ihn an Emma Tarvin, niedergedrückt von den Mädchen im Garrett. Das alte London, aufgefressen von ungezügelter Gier und Langeweile. Er begann mit einem langsamen Traben, teilte sich seine Kräfte ein, seine Aufmerksamkeit auf den sich verändernden Umriss der Baustelle gerichtet, während der Fluss sich windend daran vorbeischlängelte.

Er rannte zwischen Platanen hindurch, deren Äste horizontal zum Wasser wuchsen, hinein in den blendenden Sonnenuntergang. An Steintreppen vorbei, die vor übermäßiger Benutzung abbröckelten, zu Uferschlick und Schlamm hinabführten. An sonderbaren Gebäuden entlang, wie alte Zähne, die dem verheerenden Wüten von Stadtplanern entkommen waren, Gras, das Mulden überwucherte, wo schmiedeeiserne Geländer herausgerissen worden waren.

Überall spürte er den Sog der Themse.

Auf der Chelsea Bridge verlor er zwischen den Neubauten das Kraftwerk aus den Augen, nur ein gelegentliches Aufblitzen durch die unzähligen Reihen an Glasapartments. Er war nicht weit weg von hier aufgewachsen. Früher kannte er diesen Teil von London wie seine Westentasche, seine Pfade und Pulsadern, die weißen Schornsteine nützliche Orientierungspunkte, wenn er sich als Kind einen Weg durch seine Stadt gebahnt hatte. Viel Spaß demjenigen, der sie heutzutage als Kompass benutzen wollte. London verlor seine Identität. Wie die Mädchen, die der Mörder gefunden hatte. Ein Paradebeispiel für Kontrolle und Reinigung, ein Auslöschen ihrer gesamten Charaktereigenschaften.

Als er das Garrett erreichte, hörte er mit joggen auf.

Die Dunkelheit kroch herein, verdrängte alles, was vom Tag noch übrig war, die vier Wohnblöcke mit Licht gesprenkelt. Er musste nicht lang nach dem Kind Ausschau halten. Dem Späher. Auf seinem Fahrrad Runden drehend, mit der Beanie-Mütze, die seinem Kopf das Aussehen einer runden Kugel verpasste. Noah hütete sich davor, sich ihm zu nähern. Er setzte sich auf einen der Betontröge, Ellbogen auf die Knie, Hände und Kopf herabbaumelnd, wieder zu Atem kommend. Das letzte Stück war er gesprintet, angetrieben von der plötzlichen Eingebung, den Jungen zu sehen.

Er hatte es weder Marnie noch sonst irgendjemandem erzählt, aber …

Früher war er selbst Späher gewesen.

Vor vielen Jahren, als er noch ein kleiner Junge gewesen war.

In einer Siedlung wie dieser. Im Kreis fahrend, Langeweile vortäuschend, wo er in Wirklichkeit vor Wachsamkeit pulsierte. Nicht auf einem Fahrrad. Noah hatte seine Runden zu Fuß gedreht. Für die Aufgabe ausgewählt, weil er gut sprinten konnte und nicht wie der Rest von ihnen aussah, mit ihren rasierten Zickzackmustern in den Haaren, ihrer Goldkettchen-Prahlerei. Weil er wie ein nettes Kind aussah. Anständig.

Sechs Wohnungen wurden an jenem Nachmittag ausgeräumt, als Noah Späher war.

Später hatte er sich eingeredet, hereingelegt worden zu sein; er hatte das, was der Bandenführer wollte, falsch verstanden, hatte nur nach seinem kleinen Bruder Ausschau gehalten. Sol war blitzschnell in die Wohnungen geschlüpft und wieder draußen gewesen. Die Gang hatte ihn ausgesucht, weil er klein war und weil er einen anständig aussehenden Bruder hatte, der schwören würde, dass er woanders gewesen war.

Die Erinnerung brannte auf Noahs Haut.

Er verschränkte die Hände im Nacken, Kopf gesenkt, Augen fest auf den geteerten Weg unter seinen Füßen geheftet. Im Laufe der Jahre hatte er immer mal wieder für Sol gelogen. Nicht bei der Polizei – niemand hatte Noah oder Sol mit den Einbrüchen an jenem Nachmittag in Verbindung gebracht –, aber er hatte seine Eltern und die Schule, seine Freunde angelogen. Er log in diesem Moment Dan an, indem er Sol in ihrer Wohnung Asyl gewährte, ohne ihm zu erzählen, was sein Bruder womöglich getan und wo er möglicherweise gewesen war, wem er die Tür zu ihrem Zuhause geöffnet hatte.

Wann würde er aufhören zu lügen, sich nicht mehr vor der Wahrheit verstecken? Der Tatsache ins Auge blicken, dass Sol immer noch der schmalschultrige Junge war, der sich vor fünfzehn Jahren durch Fenster gequetscht, Noah anschließend mit einem »Ich war schnell, nich wahr?« angegrinst hatte, nach der Anerkennung seines Bruders heischend, sie unbedingt haben wollte. Aber er *brauchte* sie nicht, nicht genug, dass Noahs Missbilligung irgendetwas verändert hätte. Wann hatte er aufgehört zu versuchen, Sol auf den Pfad der Tugend zurückzubringen, hatte er es überhaupt jemals versucht? Als Noah bei der Polizei angefangen hatte, hatte Sol zwei Jahre kein Wort mit ihm geredet, war sogar noch entrüsteter gewesen als damals, als Noah sein Coming-out gehabt hatte. Er hatte sich schließlich damit abgefunden – Noahs Berufswahl und seine Sexualität –, doch er hatte sich immer tiefer in die Machenschaften der Gang verstrickt, insbesondere in der Anfangszeit, darauf erpicht, seinem Status als harter Mann, Outlaw, gerecht zu werden. Noah hatte gelernt, keine merkwürdigen Fragen zu stellen und die Lebensentscheidungen seines Bruders zu akzeptieren, so wie Sol seine akzeptiert hatte, doch wem half er in Wirklichkeit? Wenn Sol Fremde in ihre Wohnung brachte, verprügelt wurde. Wo würde es einmal enden?

Der Junge auf dem Fahrrad fuhr immer noch Runde für Runde.

Noah löste die Hände vom Nacken und hob den Kopf, kramte ein Päckchen Kaugummi aus der Tasche seiner Jogginghose hervor. Er wickelte einen Streifen aus, faltete ihn mit der Zunge und warf das Papier in den Betontrog.

Als er aufblickte, überrumpelte er den Jungen und stellte Augenkontakt her, bevor dieser wegsehen konnte. Wie alt war er? Zehn?

Mit einem mürrischen Gesichtsausdruck stellte sich das Kind auf die Pedale des Fahrrads, schob sich näher an Noah heran, denn ein Zurückweichen zeugte von Schwäche, und er hatte gelernt, niemals Schwäche zu zeigen. Nun, da er entdeckt worden war, musterte er Noah unverhohlen, schwarze Augen, die von seinen Laufschuhen zu seinem Gesicht glitten, ihn genau taxierten. Ausgeschlossen, dass er Noah ohne seinen Anzug nicht wiedererkannte. Er war ein cleveres Kerlchen, wachsam, hochkonzentriert, mit dürren Beinen, die die Pedale bearbeiteten, das Fahrrad ruhig hielten, obwohl es sich jetzt kaum mehr bewegte. Abgewetzte Jeans, aber eine gute Marke, und seine Turnschuhe waren hip. Sweatshirt mit Logo. Unter dem Beanie war sein Gesicht weich, aber sein Kiefer wurde bereits eckiger, seine Wangenknochen würden sich bald abzeichnen. Rußige Wimpern, die er vor dem Spiegel wahrscheinlich verfluchte, die aber von der Gang geliebt wurden, weil sie seine Kindlichkeit betonten. In einem Jahr würde er sich durch Fenster quetschen, und sie nähmen sich einen neuen Späher, vielleicht den Bruder des Jungen.

Schweigend bot Noah ihm die Packung Kaugummi an.

»Perversling.« Der Junge hatte gehört, wie die verbale Magie von Sergeant Kenickie Wunder bewirkt hatte.

Noah hielt den Arm ausgestreckt, den Kaugummi im Angebot. War versucht, etwas zu sagen, seinen alten Gangslang auszuprobieren, zu sehen, ob er eingerostet war. Oder etwas von der Sprache einfließen zu lassen, die er bei Sol aufgeschnappt hatte. Doch er schwieg, hielt es bei diesem Jungen für die bessere Taktik.

»Hab keinen Bock auf deinen Kaugummi.« Doch er kam näher, das Fahrrad völlig ruhig unter sich, die Füße fest auf den Pedalen. Neugierde gewann die Oberhand. Es war eine langweilige Aufgabe, Späher zu sein.

Mit zwei Fingern zupfte der Junge einen Streifen Kaugummi aus dem Päckchen. Wickelte ihn mit den Zähnen aus, spuckte das Silberpapier in den Betontrog. Kaute. Die Augen weiterhin auf Noah gerichtet, aber sein Hals drehte sich hin und her, die Umgebung fest im Blick. Sollte irgendjemand aus den Wohnungen kommen, wäre er weg, lieber würde er sich die Kugel geben, als im Gespräch mit einem Bullen erwischt zu werden. »Hab dich mit der Schlampe gesehen.«

Meinte er Ashleigh Jewell oder Abi Gull?

Nicht Abi. Sie besaß viel zu viel Macht hier. Wahrscheinlich war dieser Junge sogar ihr Späher, aber so oder so würde er nicht respektlos von ihr reden. Noah schüttelte den Kopf, blickte von ihm weg, die Ellbogen auf die Knie gestützt, als wollte er aufstehen, sobald er wieder genug Kraft gesammelt hatte.

»Was? Redest wohl nich mit Schwarzen?«

»Ich rede nicht mit Kindern. Verstößt gegen die Regeln. Wie alt bist du … zehn?«

»Fick dich. Ich bin elf.« Die Schärfe in seiner Stimme ließ darauf schließen, dass er die Monate zählte. »Perversling.«

»Genau.« Noah richtete sich auf, drehte sich zur Seite.

Der Junge folgte ihm, als hätte Noah ihn an die Leine genommen. »*Perversling.*« Er würde das Wort wiederholen, bis er eine Reaktion bekam oder einfach nur, weil es sein Schutz war, eine Abkürzung zu seinem Sozialarbeiter, sollte Noah sich entscheiden, unangenehm zu werden. »Du glaubst, ich weiß nix? Ich weiß 'ne Menge. Ich weiß mehr als du, Perversling.«

»Toll. Dann noch 'nen schönen Abend.«

»Du glaubst, ich weiß nur Scheiß?« Der Junge stellte sich auf die Pedale, hielt das Fahrrad nah bei Noah. »Ich seh alles, was hier läuft. *Alles.*«

»Das glaube ich dir.« Noah ging in die Hocke, um seine Laufschuhe neu zu binden, ließ sich Zeit. »Wie schade, dass ich dich nicht befragen darf.«

»Ich hab die Schlampe gesehen und auch die andern. Seit *Jahren* seh ich die. Die mit den Haaren. Die mit dem *Gekritzel.*«

Noah blieb am Boden, darauf bedacht, sich die Anspannung nicht anmerken zu lassen. Der Junge plapperte nur, weil Noah keine Reaktion zeigte. Sobald er bemerkte, dass seine Worte von Bedeutung waren, würde er die Klappe halten oder abhauen.

Die mit dem Gekritzel…

Meinte er May Beswick? Oder das Unfallmädchen?

Noah war ein schneller Sprinter, doch er bezweifelte, dass er es mit dem Fahrrad aufnehmen könnte, nicht, wo der Junge sämtliche Schleichwege in der Siedlung wie im Schlaf kannte. Würde er ihn verschrecken, wäre er auf Nimmerwiedersehen weg.

»Wie schon gesagt, schade. Mein Job wäre viel leichter, wenn ich mit Zehnjährigen reden dürfte.« Er richtete sich auf, klopfte sich mit der Hand den Staub von den Knien, als würde er den beleidigten Gesichtsausdruck des Jungen wegwischen.

»Fick dich, Perversling. Ich weiß Zeugs, damit wär dein Fall gelöst, *bäng*. Ich kenn *Christie*. Du hast keinen *Schimmer*, wonach du suchen musst.«

Noah sah ihn nicht an, warf einen Blick auf seine Uhr, träufelte eine Extraportion Langeweile in seine Stimme. »Christie wer?«

»Christie *Faulk*, Perversling. Ich kenn Christie Faulk.« Er fuhr sich mit der Zunge über die Oberlippe, wirkte nervös, trotz Noahs Desinteresse. Doch jetzt konnte er keinen Rückzieher mehr machen, zu sehr fürchtete er, Angst zu zeigen.

Noah hatte Mitleid mit ihm. Aber auch er würde nicht klein beigeben. Seine Taktik mochte hinterhältig sein, doch sie funktionierte. »Wir suchen keine Christie Faulk.«

»Ja? Solltet ihr aber. Sie hat die Schlampe hergebracht.«

»Welche Schlampe?«

»Die *tote* Schlampe. Die mit den Scheiß-Turnschuhen und der Nase, als hätte ihr jemand eins draufgegeben.«

Ashleigh Jewell.

»Und … was? Christie Faulk hat sie also hergebracht. Das willst du mir also sagen?«

»Ich seh *jeden Scheiß*.« Hoch aufgerichtet auf seinen Pedalen, Kinn vorgeschoben, die schwarzen Augen fest in Noahs Gesicht gebohrt. Hinter ihm lag die gesamte Siedlung still da, ihre erleuchteten Fenster wie Augen. »Ich seh mehr Scheiß als *du*. Als ihr alle. Nix passiert hier, was ich nich sehe.«

35

Christie

Die Küche stank nach Wachs. Vierzehn brennende Kerzen, aber sie machten den Raum nicht heller, sondern zerrten nur noch mehr Dunkelheit herein. Gierig, wie sein Schmerz an ihr zog, an allem zog. Er war endlos, sein Schmerz. So wie er.

Christie versuchte, still zu sitzen. Sie versuchte, es für ihn zu sein, ein ruhiger Ort, an dem er Frieden fand. Sie suchte nach den richtigen Worten, fand jedoch nur: »Das Haus war besser. Hier ist es zu hoch, davon wird ihnen schwindlig. Es ist der Ausblick.«

»Welcher Ausblick?«, wollte Harm wissen. »Ich hab doch Verdunkelungsrollos aufgehängt! Welcher Ausblick?«

Der Ausblick in ihren Köpfen, dachte sie. Sie konnte es nicht erklären. Sie lauschte angestrengt nach einem Geräusch von Aimee über ihr, doch da war nichts, als würden sie im Weltraum schweben. »Das Haus war besser.«

»Das Haus hat nicht getaugt.« Er schob ihren Einwand mit der Hand beiseite. »Zu voll.«

»Wir könnten zurückziehen. Jetzt sind wir weniger.«

»Voll von *ihnen*.« Seine Augen huschten hin und her, fauchten vor Schmerz. »Voll von *ihr*.«

»Neve.« Sie sprach den Namen seiner Schwester so sanft

wie irgend möglich aus, aber sie hasste Neve. So wie sie May und Ashleigh gehasst hatte. Wie sie Aimee hasste.

Harm beugte sich zu ihr, seine Schultern türmten sich heiß vor Schatten. »Was hast du getan?«

»Was hast du getan?«, wiederholte sie seine Worte. Fragte.

Sie beäugten sich über das Feuer und den Rauch der Kerzen hinweg.

»Ich habe ihnen ein Zuhause gegeben«, sagte Harm. »Ich habe sie bei mir aufgenommen.«

»Du hast sie bei dir aufgenommen«, stimmte Christie ihm zu.

»Ich habe *dich* bei mir aufgenommen.«

Sie warf ihm ein Lächeln zu, in das sie ihr gesamtes Inneres steckte, alles, was er gerettet, alles, was er vollbracht hatte.

»Was hast du getan«, beharrte er, »was hast du mit Ashleigh getan?«

»Sie ist wieder dort draußen.« Christie benutzte die Worte, die er benutzt hatte, um die Sache mit May zu erklären. »Sie hat es so gewollt.«

Er schlug sich die Hände auf den Mund.

»Für dich. Ich habe es für dich getan.«

Er bedeckte sich die Augen.

»Du musst an Aimee denken«, sagte sie. »So ist es besser, nur wir drei. Wir sind eine richtige Familie. Wir brauchen dich«, sagte sie. »Du bist der Herr im Haus.«

Er brauchte es, gebraucht zu werden. Das wusste sie.

»Du hast sie gerettet, hast sie beschützt. Hätten sie deine Regeln befolgt, wäre alles noch in Ordnung. *Du* hast hier das Sagen. Sie hätten das respektieren, hätten *dich* respektieren müssen. Wo sie unter deinem Dach leben durften, dir alles zu verdanken haben.« Ihre Augen brannten vom Rauch. Sie leckte sich die Finger und löschte die nächste Kerze, zerdrückte die Flamme. Ein Tropfen Wachs spritzte auf ihren Daumen, verhärtete sich umgehend. Sie zupfte das Wachs ab und legte es auf den Tisch, eine winzige umgedrehte Muschel, mit ihrem Daumenabdruck im Innern. »Wir verdanken dir alles.«

»Aimee…« Er seufzte ihren Namen.

»Sie verdankt dir alles. So wie der Rest von uns.« Sie löschte eine weitere Kerze. »Du bist der Mann im Haus, und das ist deine Wohnung. Keine von uns hatte ein Zuhause, bevor du uns gefunden hast. Du hast Neve verloren, aber du hast uns gefunden.«

»Neve ist tot.« Seine Stimme brach wie die eines Jungen. »Ich habe sie geliebt, und sie ist tot.«

Christie griff nach seiner Hand. »Neve ist verschollen, nicht tot.«

»Sie ist *tot*! Du weißt nicht, wie wir die ganze Zeit über… so tun mussten, also ob.« Er zog seine Hand weg. »*Ich* musste die ganze Zeit so tun. Hoffen, dass sie die Hoffnung nicht aufgegeben haben, ihr Spiel mitspielen, damit sie am Leben bleibt, wo ich es *wusste*. Hast du auch nur den blassesten Schimmer, wie… *schwer* das gewesen ist? Mit ihnen zu beten, so zu tun, als wäre sie nicht tot?«

Die Kerzen kräuselten sich von ihm weg, zitterten in Christies Richtung.

»Ich war tot«, sagte sie, »bis du mich gefunden hast. Mit dieser Frau zu leben, wie ein Tier, und dann auf der Straße…« Sie schmeckte den Umriss ihres Mundes, scharf. »Sie haben dich nicht verdient, Grace und May und Ashleigh. Du hast ihnen *alles* gegeben…«

»Hast du sie gesehen?«, wollte Harm wissen. »Die Wörter, die sie geschrieben hat. Hast du sie gesehen?«

»May?« Ein schriller Schrei auf ihrem ganzen Körper, ein

Kreischen von den Bildern in ihrem Skizzenblock. Grace war oberflächlich gesehen lauter, aber May hatte mehr Schaden angerichtet. Schwanger zu werden, alles zu zerstören. »Ja.«

»Ich wollte, dass *sie* es sehen. Den Schmerz, der sie zerfressen hat. Wie sie sich gefühlt hat, was sie durchlebt hat. Ich weiß, wie sehr es wehtut, solche Geheimnisse für sich zu behalten.« Schließlich sah er sie wieder an. »Du auch?«

»Natürlich.« Christie runzelte die Stirn. »Das weißt du doch.«

»Und du weißt, *warum* ich sie dort hingebracht habe?«

»Zum Kraftwerk.« Sie war es leid, über May zu reden. Was sollte es auch bringen? May war tot, weg, für immer und ewig. »Weil sie es dort geliebt hat und weil du wolltest, dass jeder ihr Geheimnis sieht. Damit sie verstehen, wie sehr sie gelitten hat und wie sehr du versucht hast, ihr zu helfen. Du wolltest, dass sie hören, wie laut sie nach Hilfe gerufen hat.«

»Ich *habe* ihr geholfen.« Er richtete sich auf, brachte den Raum zum Schwanken. »Du hast gesagt, dass ich euch allen geholfen habe. Ich habe May geliebt.«

Christie schwieg. Die Wachskruste ein mattrosa Fleck auf dem Tisch.

»Ich habe Ashleigh geliebt.« Der Umriss seines Schädels auf dem Boden, den Wänden. »Du auch?«

»Ich habe es für dich getan.« Ihr Daumen pulsierte schwach, neu und wund, wo sie das Wachs weggepult hatte. »Nur für dich.«

»Und Grace.« Harm beugte sich zu ihr, das Gesicht vom Licht mit gelben Flecken übersät. »Was hast du mit Grace getan?«

Die Uhr tickte an ihrem Handgelenk. Damals hatte er ihre Hände genommen, sie vom Gehsteig aus dem Regen geholt. Seine Hände waren leer gewesen, warm. Sie könnte ihm das niemals vergelten.

»Du hast nach ihr gesucht«, sagte sie. »Nachdem sie verschwunden ist. Aber du hättest sie nicht zurückbringen können.«

Undankbare Grace, die nie wie ein Tier hatte leben müssen.

»Du kannst sie nicht kontrollieren«, erklärte sie Harm. »Das ist der Grund, weshalb sie weglaufen. Das und die Aussicht von hier oben. Sie können zu weit in die Ferne schauen, davon wird ihnen schwindlig. Bei May und Ashleigh hättest du niemals Erfolg gehabt. Es hat nicht an dir gelegen, sondern an *ihnen*. Aimee ist anders. Vielleicht ist sie wie Neve. Jetzt sind es nur noch wir drei, und alles wird wieder gut. Es *wird* …«

»Was hast du mit Grace gemacht?«, wiederholte er. »Wo ist sie?«

»Sie wollte nicht hier sein. Sie hat dich nicht verdient. Wo es dort draußen Orte gibt, die dich umbringen, die *mich* umgebracht haben.« Sie ballte die Hände auf dem Tisch zu Fäusten. »Orte, die dich aushöhlen.« Sie biss die Zähne zusammen. Sah ihm in die Augen. »Grace hat das bekommen, was sie verdient.«

Er stand da, so groß, dass ihr beim Hochschauen schwindlig wurde. »Wo ist sie?«

»Weg«, sagte Christie. »Sie ist … weg.«

36

»Ist da Detective Inspector Marnie Rome?«

»Ja. Wer spricht da?«

»Sie haben einen Anruf aus der Jugendstrafanstalt Sommerville. Soll ich durchstellen?«

Marnie schloss die Tür zu ihrem Büro. Es war früh, aber ihr Team steckte schon mitten in der Arbeit. »Ja.«

Stille. Ein Klicken, dann noch eins. Stille. War etwa aufgelegt worden? »Hallo?«

»Hallo.« Stephen Keele.

Eine Ewigkeit, seit sie seine Stimme zuletzt übers Telefon gehört hatte, doch sie erkannte sie sofort. Sie lauschte in die Stille hinein, bis er sagte: »Bist du beschäftigt? Ich schätze, du bist beschäftigt.«

»Was willst du?«

»May Beswick«, sagte er. »Und Ashleigh Jewell.«

Die Verbindung war schlecht, dehnte die Zischlaute in beiden Mädchennamen. Hätten sie sich persönlich gegenübergestanden, hätte Marnie das Zischen in Stephens Stimme nicht ausgemacht. Dafür redete er zu bedächtig. Mit der freien Hand stützte sie sich am Schreibtisch ab, beobachtete, wie ihre Fingerknöchel weiß wurden. »Was ist mit ihnen?«

»Ich habe es im Fernsehen verfolgt.« Ein Geräusch. Sie hörte, wie er das Telefon in die andere Hand wechselte. »Du solltest dich mit einem der Mädchen hier unterhalten. Jodie Izard. Sie behauptet, das Mädchen zu kennen, nach dem ihr sucht. Das Mädchen mit den roten Haaren von dem Phantombild.«

Marnie stellte ihn sich in seiner grauen Jogginghose vor, den Telefonhörer unter seinen schwarzen Locken ans Ohr gepresst, der schlanke Körper träge an der Wand lehnend. Glücklich, ihre Aufmerksamkeit zu haben. Sie schwieg weiterhin, ihr einziger Schutzschild.

»Sie heißt Grace«, sagte Stephen. »Das Mädchen vom Phantombild. Grace Bradley. Hat vor knapp einem Jahr auf der Straße gelebt. So hat Jodie sie getroffen.«

»Sehr schön. Vielen Dank.« Mit der Stimme, die sie bei jedem möglichen Zeugen benutzte. Höflich, unverbindlich. »Ich werde jemanden schicken, der Jodies Aussage aufnimmt.«

»*Du* musst kommen«, sagte Stephen. »Sie ist eine Lügnerin. Nicht die weltbeste Lügnerin, aber eine gute. Sie hat so getan, als würde sie auch May Beswick kennen. Und Ashleigh Jewell. Das ist 'ne Lüge, aber sie sagt die Wahrheit, was Grace betrifft. Und da ist noch was …« Er verstummte.

Ihr Stichwort. Er wollte, dass sie sein Spielchen mitspielte. Er hatte es vermisst. Ihre Aufmerksamkeit. Das war, was er wirklich wollte. Gewiss nicht ihr helfen, einen Mörder oder ein verschwundenes Mädchen zu finden. Sondern Marnie wieder allein für sich zu haben, mit ihren Fragen und ihrem Schmerz. Das Vergebungsprojekt war seine Vorstellung von einem guten Witz …

Klopf, klopf, wer ist da?

Kontrollfreak. Jetzt sagst du, *Kontrollfreak wer?*

»Ich schicke jemanden vorbei«, sagte Marnie. »Um von Jodie Izard eine Aussage zu nehmen.«

»Da ist noch etwas. Jemand, nach dem du suchen solltest.«

Er wartete. »Sie haben Grace Bradley entführt. Was wahrscheinlich auch bedeutet, dass sie May entführt haben. Und Ashleigh. Jodie hat beobachtet, wie sie Grace mitgenommen haben. Sie hat sie mir beschrieben.«

Stille. Marnies Hand schmerzte. Sie nahm sie vom Tisch, betrachtete die Abdrücke an ihren Knöcheln, beobachtete, wie das Blut in roten Flecken unter ihrer Haut in ihre Finger zurückkehrte.

»Ich weiß, wie der Mörder aussieht«, sagte Stephen. »Und sie werden es wieder tun.«

Er legte so unvermittelt auf, dass das Pulsieren von statischer Elektrizität in ihrem Ohr sie zusammenzucken ließ.

Sie wartete ab, ob die Jugendstrafanstalt noch in der Leitung war, doch der Anruf schaltete zum Freizeichen um. Sie legte auf, ließ die Hand auf dem Hörer liegen, während ihr Verstand auf Hochtouren arbeitete, sämtliche Möglichkeiten durchspielte.

Stephen wollte ihre Aufmerksamkeit, und das war eine großartige Chance, sie zu bekommen. Sie ließen die Jugendlichen in Sommerville fernsehen. Er hatte die Nachrichten über May und Ashleigh gesehen, hatte ihren Namen als leitende Ermittlerin gehört. Klug von ihm, Jamie Ledger mit keiner Silbe zu erwähnen. Das wäre ungeschickt gewesen. So war es wahrscheinlicher, dass sie selbst nach Sommerville käme, um Jodie Izard zu befragen, vielleicht sogar um ihn zu besuchen, wenn sie schon einmal dort war. Er wollte ihre Aufmerksamkeit, genau wie immer. Ihre Angst war, dass er sie vor fünf Jahren auch gewollt hatte. Dass dieser ganze verdammte Scheiß nur deshalb passiert war, um ihre Aufmerksamkeit zu bekommen.

Sie nahm einen Kugelschreiber und schrieb: »Grace Bradley.«

Falls es ihre Aufmerksamkeit war, auf die er es abgesehen hatte … bisher hatte sie sich immer nur für ihre Arbeit interessiert, und er war dazu geworden, indem er ihre Eltern umgebracht hatte. Er hatte sie gezwungen, Zeit mit ihm zu verbringen, sie an sich gebunden und dort festgehalten. Wie hoch war die Wahrscheinlichkeit, dass er jemanden kannte oder etwas wusste, das mit diesem neuen Fall in Verbindung stand? Minimal, obwohl sie den Umstand nicht abtun konnte, dass er in einer gemischtgeschlechtlichen Jugendstrafanstalt einsaß. Einige der Häftlinge hatten auf der Straße gelebt. Die meisten waren in Heimen gewesen, wie Stephen und Ashleigh. Sechzig Prozent der Mädchen an Orten wie Sommerville waren vom Jugendamt in Obhut genommen worden; eine weitere von Wellands Lieblingsstatistiken. Marnie konnte sich die Annahme, egal wie begründet sie sein mochte, nicht leisten, dass Stephen sie anlog.

Sie marschierte den kurzen Weg von ihrem Büro zum Whiteboard.

»Das Unfallmädchen könnte Grace Bradley sein.« Sie schrieb den Namen an die Tafel.

»Gibt es einen neuen Zeugen?«, fragte Debbie.

»Möglicherweise. Vielleicht nur Zeitverschwendung, mal sehen.« Sie legte den Stift weg, drehte sich zu ihrem Team um. »Was ist heute Morgen sonst noch neu?«

»Ron ist wieder im Garrett«, sagte Colin. »Niemand hat Ledger bisher erkannt. Wir versuchen immer noch, mit Leuten zu reden, die Ashleigh oder das Unfallmädchen gesehen haben könnten. Viele Türen bleiben einfach geschlossen, aber Ron meint, sie würden Fortschritte machen, streichen Anwohner von der Liste. Über siebenhundert Wohnungen, das sind fast zweitausend Bewohner, die befragt werden müssen. Die Leute haben gestern Abend die Nachrichten gesehen, was vielleicht helfen wird.«

Oder auch nicht, dachte Marnie.

»Wie ist heute Morgen die Stimmung? Im Garrett.«

»Die Community Safety Unit ist wieder drüben. Ron meint, alles ist immer noch sehr angespannt.«

»Halten Sie mich auf dem Laufenden.« Sie blickte auf, als Noah das Zimmer betrat, das Wort Neuigkeit mitten auf die Stirn geschrieben. »Und?«

»Die Unterführung. Wir haben sie gefunden.«

»Wo?« Sie griff nach ihrer Jacke.

»Stockwell. Weniger als eine halbe Meile vom Paradise House entfernt.«

»Die Forensik wird hinwollen«, sagte Colin. »Falls das der Ort ist, wo er May und Ashleigh aufgegabelt hat.«

»Wir sollten uns schon mal ein wenig umsehen.« Marnie nickte Noah zu. »Gute Arbeit.«

Im Auto sagte sie: »War es die BTP oder Dans Freund, der dich angerufen hat?«

»Rents, der Sprayer.« Noah schnallte sich an. »Er ist kein Freund von Dan oder irgendjemandem, soviel ich weiß. Dan musste einiges an Überzeugungsarbeit leisten, um ihn zu überzeugen, dass nichts an die BTP durchsickern wird. Rents meint, er wäre seit Monaten nicht mehr in der Unterführung gewesen, aber dort habe es von Kids nur so gewimmelt, Jungs und auch Mädchen. Teenager, aber noch grün hinter den Ohren. Keine echten Straßenkinder.«

In anderen Worten, leichte Beute, und weniger als eine halbe Meile von dem Ort entfernt, wo Ledger die vergangenen drei Monate gewohnt hatte.

Der Verkehr war auf ihrer Seite. Noah war angespannt, sein Profil vom Stress gezeichnet. Wenn Marnie lauschte, konnte sie hören, wir er leise mit den Fingern trommelte. »Hast du mit Sol gesprochen?«

Er schüttelte den Kopf. »Aber alles okay, glaube ich.«

Nicht Sol. Etwas anderes schien ihn zu beunruhigen.

»Du solltest es mir lieber erzählen«, sagte sie leichthin. »Selbst wenn du denkst, dass es mir nicht gefallen wird.«

Noah warf ihr einen raschen Seitenblick zu. Sie lächelte. »Komm schon, wir arbeiten jetzt wie lange zusammen? Ich weiß, wenn etwas an dir nagt.«

Seine Schultern sackten nach unten. Er erwiderte ihr Lächeln, kurz. »Okay, aber es wird dir wohl überhaupt nicht gefallen. Ich … habe mich gestern Abend mit dem Kleinen im Garrett unterhalten. Dem auf dem Fahrrad, dem Späher.«

Marnie wechselte hinter einem Taxi die Fahrbahn. »Und?«

»Ich war laufen. Wollte mir das Kraftwerk anschauen, einfach ein bisschen die Lage sondieren. Ich bin nicht losgezogen, um mit irgendjemandem zu reden. Ich weiß, dass das die Ermittlung gefährden kann. Und er ist ein kleiner Junge, was uns in Schwierigkeiten bringen könnte, aber … Er ist allein gewesen, und ich wusste, wie man mit ihm reden muss. Ich wusste, dass er etwas gesehen hat, denn das ist dein Job als Späher.« Er verstummte, wartete auf Marnies Reaktion. »Tut mir leid.«

Ihr Verstand übersprang ihren ersten Gedanken – Welland, der ihr in wenigen klaren Worten erklärte, was er von ihrem Wunderknaben hielt, der die Anfängerregel Nr. 1 gebrochen hatte: *Halt dich verdammt noch mal von jeglicher Scheiße fern* – und war direkt bei ihrem zweiten gelandet. »Was hat er dir gegeben?«

»Einen Namen. Christie Falk. Sie hat früher im Garrett gewohnt. Er hat sie zusammen mit Ashleigh Jewell gesehen.«

»Am fraglichen Abend?«

Noah schüttelte den Kopf. »Ich dachte, das würde er meinen, aber er behauptet, Christie seit Monaten nicht mehr gesehen zu haben. Es war vor Weihnachten, als er sie mit Ashleigh beobachtet hat.«

»Wie ist sein Name? Dein Zeuge.«

»Hab nach keinem Namen gefragt. Er hätte nicht mit mir geredet, wäre es eine offizielle Befragung gewesen. Das ist auch der Grund, weshalb ich dich gestern Abend nicht angerufen habe. Ich wusste nicht, ob es dir recht wäre, wenn ich Christies Namen an die Tafel schreibe, in Anbetracht dessen, wie ich ihn bekommen habe.«

Marnie dachte an den Namen, den sie an diesem Morgen zur Tafel hinzugefügt hatte: Grace Bradley. Die Quelle dafür war wohl kaum verlässlicher als Noahs namenloser Junge. »Wie sicher bist du dir, dass es ein echter Hinweis ist?«

»Ziemlich sicher. Ich kenne solche Kids, bin mit ihnen aufgewachsen. Dieser Junge hat nicht gelogen.«

»Dann solltest du die Spur weiterverfolgen. Setz DC Tanner darauf an, im System nach Christie Faulk zu suchen.«

Noah holte sein Handy heraus und tätigte den Anruf. Als er auflegte, wechselte er das Thema. »Dan richtet gerade eine neue Ausstellung aus. Gefängniskunst. Das hat mich an Mays Skizzen erinnert, all diese vertikalen Linien. Und ans Garrett. Emma Tarvin, die wie eine Eingekerkerte lebt. Selbst Abi und ihre Freundinnen sind dort gefangen. Genau wie der Junge gestern Abend. Alle haben Angst. In meiner Kindheit ist es noch nicht so schlimm gewesen. Ich meine, es war nicht *gut*. Es gab eine Menge Probleme, aber da war nicht diese Paranoia. Wir wussten, wer auf unserer Seite war und wer nicht. Dann gibt es Menschen wie Toni Shepherd, die ihren Lebensunterhalt damit verdienen. All diese Versprechen in puncto Sicherheit, Privatsphäre, *Abschottung*… Die Kunst in der Wohnung, in der wir May gefunden haben, die Landschaft über dem Bett? Die ist entworfen worden, damit man auch noch die teuren Schlösser an den Türen und die Überwachungskameras will. ›Seht her, wie furchteinflößend London ist‹, das ist, was sie dir vermitteln, was sie dir verkaufen wollen. ›Seht her, wie furchteinflößend es *dort draußen* ist. Willst du stattdessen nicht lieber hier drinnen in Sicherheit leben?‹«

Panikräume. Quasi-Bunker. Bewachte Wohnanlagen. Ein ganzer Industriezweig hatte sich auf die Angst der Menschen vor Einbrüchen oder Überfällen spezialisiert. Es war leicht, Öl ins Feuer der Paranoia zu gießen.

»Als wäre die Welt nicht furchteinflößend genug«, sagte Noah, »ohne Dinge zu erfinden, vor denen man sich fürchten soll.«

In Stockwell schimmerte die Unterführung vom kürzlich gefallenen Regen. Sie erkannten sie sogleich durch Mays Skizzen wieder, der Eingang zu beiden Seiten mit Gras überwachsen, orangefarbenes Licht aus rechteckigen Kästen entlang der Wände. Die Graffiti waren genau so, wie May sie gezeichnet hatte, kontrastierende Schattierungen von Neon. *Fearz* und *Rents*. Der Rest war frischer Abfall und Teenager, die in einem kleinen Grüppchen dasaßen, mit dem Rücken an die Wand gelehnt. Zwei auf einer karierten Picknickdecke. Der andere, ein Junge, auf einer Waitrose-Tragetüte. Nicht obdachlos, nur Schulschwänzer. Sie hatten Becks getrunken, leere Flaschen zu ihren Füßen, und war das eine Kettle-Chipstüte?

»Hallo. Ich bin Detective Inspector Rome. Das ist Detective Sergeant Jake. Wie heißt ihr?«

Der Junge auf der Plastiktüte verrenkte sich fast, um sie anzusehen. Ein nettes Gesicht, rund wie von einem Kind. »Ich bin Joel.«

»Hallo Joel.« Marnie nickte, den Blick auf die anderen zwei

geheftet. Ein Junge und ein Mädchen, beide in schwarzen Skinny-Jeans und Kapuzenpullis, Dr. Martens.

Die Stiefel des Mädchens waren geblümt. UGGs für Hipster. »Daisy«, sagte sie.

Der Junge sagte: »Corin.«

Alle drei waren käsebleich. Schulschwänzer mit liberalen Eltern, die für die teuren Stiefel und Jeans bezahlt hatten, indem sie lang und hart arbeiteten, zu lang, um sich die Frage zu stellen, was ihre Kinder nach oder vor der Schule so trieben. Mays Freunde waren Jugendliche wie diese gewesen. Vernachlässigt, aber nicht auf die gewohnte Art.

»Kommt ihr schon lange hierher?«, erkundigte sich Marnie.

»Nicht wirklich«, sagte Joel. »Es hat geregnet, und wir wollten nicht nass werden, das ist alles.«

Die Jugendlichen wirkten erschrocken. Wegen Marnie oder Noah? Sie lächelte, um ihnen zu bedeuten, dass alles in Ordnung war. »Wir suchen nach ein paar Leuten, die vielleicht kürzlich hier gewesen sind.« Sie nickte Noah zu.

Er holte sein Handy heraus, zeigte ihnen die Bilder von Jamie Ledger und dem Unfallmädchen.

Die Jugendlichen schüttelten die Köpfe. Corin fragte: »Ist er der Mörder?«

Sie wussten von dem Mörder, aber sie hingen nach der Schule lieber hier ab, als nach Hause zu gehen.

»Ich mag ihre Haare«, sagte Daisy wehmütig.

Marnie dachte über das Gesicht in Mays Skizzenbuch nach, dem Vorzeigekind für *Shelter*. Keiner der drei hier hatte diese androgynen Gesichtszüge, diese Arroganz und Verletzlichkeit. Was war mit diesem Kind passiert?

»Hat einer von euch May Beswick gekannt?«

Die drei tauschten ein paar Blicke aus, bevor Joel sagte:

»Nicht wirklich. Nur aus den Nachrichten. Wir haben in den Nachrichten von ihr gehört.«

»Sie ist hier nicht abgehangen?«

»Nicht, als wir hier gewesen sind.« Ein weiterer rascher Blick zu den anderen beiden. »Wir kommen noch nicht so lang her. Erst seit ein paar Wochen und nur, wenn's regnet.«

Im vergangenen Monat hatte es fast ununterbrochen geregnet.

»Ich hätte gern solche Haare«, sagte Daisy.

Marnie stellte sich die Mutter des Mädchens vor, wie sie für ihre teuren Strähnchen bezahlte, genau so, wie sie auch für die geblümten Stiefel bezahlt hatte, heilfroh, sich von ihren Schuldgefühlen freikaufen und sich die allerletzten Reste Zuneigung ihrer Tochter sichern zu können. Daisys Mund verzog sich zu einer Schnute.

»Hast du sie gekannt, Corin?«, fragte Noah. »May Beswick.«

Der Junge spähte erschrocken zu Joel, biss den Mund so fest zusammen, dass sich der Umriss seiner Zähne durch die Lippen abzeichnete. Er schüttelte den Kopf.

Noah sagte: »Es hat nur so gewirkt, als würdest du sie kennen, als DI Rome ihren Namen gesagt hat.«

Corin zuckte mit den Achseln, verschränkte die Arme um die Knie.

Daisy rülpste. »'tschuldigung.« Sie kicherte, zeigte auf die leeren Becks-Flaschen. »Die sind schuld.«

»Wie alt bist du, Daisy?« Marnie lächelte das Mädchen an. »Sechzehn?«

»Siebzehn.« Abwehrend.

»May war sechzehn. In der Oberstufe an der Robert Fiedler, mit den A-Levels Kunst und Design.« Ihr Blick ruhte fest auf dem Gesicht des Mädchens, da sie wusste, dass Noah Corin im Auge behalten würde. »Bist du in der Oberstufe, Joel?«

Der Junge verlagerte sein Gewicht auf der Plastiktüte. »Ja.«

»Welche Schule?«

»Dieselbe. Robert Fiedler.«

»Aber du hast May Beswick nicht gekannt.«

»Es ist 'ne große Schule, viele von uns gehen da drauf.«

»Wenn du sie nicht gekannt hast«, fragte Noah Corin, »warum bist du dann so aufgebracht?«

»Weil sie *tot* ist.« Er trat eine leere Flasche weg. »Was sind Sie … ein Freak? Herrgott!«

Noah holte sein Notizbuch heraus. Nur Show, aber es verfehlte nicht seine Wirkung. Alle drei erstarrten.

Marnie sagte: »Ich halte es für das Beste, eure Namen und Adressen aufzunehmen.«

»Sie ist hergekommen.« Daisy wickelte mit dem Finger eine Haarsträhne auf, ignorierte die finsteren Blicke, die die beiden Jungen ihr zuwarfen. »Wir haben sie nicht wirklich gekannt, aber sie ist manchmal hergekommen. Um Zeug zu malen.« Sie zog an ihren Haaren, funkelte Corin und Joel böse an. »Ich brauche keine weitere Scheiß-Standpauke von meinem Dad, okay?«

»Ihr kommt also schon seit über drei Monaten her. Wann habt ihr May das letzte Mal gesehen?«

»Vor Weihnachten«, sagte Joel.

»Lange davor«, berichtigte Daisy ihn. »Damals hab ich die hier bekommen.« Sie streckte die Füße aus. »Ich konnte sie ihr nie zeigen.«

»Guy-Fawkes-Nacht«, sagte Corin, an den Fingernägeln kauend. »Sie hat das Feuerwerk über der Battersea Power Station gemalt. Sie hat es dort geliebt.«

May war am 31. Dezember verschwunden. Warum hatte sie zwei Monate vorher aufgehört, zur Unterführung zu kommen? Oder waren diese Jugendlichen nicht mehr gekommen, als das Wetter kalt geworden war und sie sich entschieden hatten, dass es sich in ihren warmen Häusern doch aushalten ließ?

»Ist sie mit jemandem zusammen hergekommen?«, fragte Marnie. »Oder ist sie allein gewesen?«

»Allein.«

»Ihr habt euch nicht gemeldet, als sie verschwunden ist«, sagte Noah. »Warum nicht?«

»Wir hatten sie seit 'ner Ewigkeit nicht gesehen, also gab es keinen Grund, Ihnen das zu erzählen. In der Schule haben sie uns auch befragt, aber wir wussten nichts.«

»Und wolltet keine Standpauke von euren Eltern«, sagte Noah, »weil ihr hier abhängt.«

Daisy sah ihn einen langen Moment an, bevor sie schließlich nickte.

»Wer hat damals sonst noch hier abgehangen? Nur ihr vier?«

»Unterschiedliche Leute«, sagte Corin, »ständig ist irgendwer aufgekreuzt. Es ist nicht so, als wären wir eine *Gang*.«

Noah zeigte ihnen wieder sein Handy. »Was ist mit ihr? Ist sie auch mal aufgekreuzt?«

»Das ist Ashleigh Jewell«, sagte Daisy naiv. »Die haben wir nie gesehen.«

»Aber du weißt, wer sie ist?«

»Hab sie im Fernsehen gesehen. Wie den Skinhead, den Sie uns gezeigt haben. Ihr Tumblr muss *so* deprimierend sein, lauter Fotos von toten Mädchen und Mördern …«

»Wer ist sonst noch aufgekreuzt zu der Zeit, als May hier war?«

»Sasha«, sagte Joel. »Eric. Ein ganzer Haufen. Aber die Leute ziehen weiter, wenn es irgendwie möglich ist. Besser, als in diesem Drecksloch gefangen zu sein.«

»Sasha Ronson?«, fragte Noah.

Joel zuckte mit den Schultern. »Nur Sasha. Sie hat nie ihren Nachnamen gesagt.«

»Hast du sie in letzter Zeit gesehen?«

»Nein. Sie hat noch vor May die Fliege gemacht.«

»Was ist mit Eric?«, fragte Marnie. »Hast du für den einen Nachnamen?«

Joel schüttelte den Kopf. »Der war irgendwie ein Psycho, hat nie viel geredet. Hab ihn sowieso schon seit 'ner Ewigkeit nicht mehr gesehen. Ist wohl abgehauen.«

»Diese Leute, die weiterziehen«, fragte Marnie, »sind die in eurem Alter?«

»Kann gut sein ...« Joel wirkte distanziert.

Corin sprang jäh auf, kickte seine Ecke der karierten Decke aus dem Weg. »Ich geh nach Hause. Kommst du mit, Dee?«

Daisy rollte sich seitlich auf die Knie. Rappelte sich auf, zog die Decke mit sich. Sie schlang sie sich um den linken Arm, wartete, während Joel aufstand. Mit theatralischem Gebaren räumte er die leeren Flaschen in die Plastiktüte, gab sich den Anschein von Rücksichtnahme.

»Die nehmen lieber wir.« Marnie streckte die Hand aus. »Und wir brauchen eure Namen und Adressen. Für den Fall, dass wir Kontakt mit euch aufnehmen müssen.«

Sie wollte diese Jugendlichen nicht aus den Augen verlieren. Noah nahm ihre Personalien auf. Anschließend blieben er und Marnie zurück, wollten wissen, welcher der Jugendlichen die Führung übernehmen würde. Schließlich gingen die drei im Gleichschritt, bewegten sich wie die Gang, von der Corin vehement behauptet hatte, sie wären es nicht, und versteckten sich unter ihren Kapuzen, als Tageslicht auf sie fiel.

»Was denkst du?« Marnies Blick glitt über den Schwall

Abfall in der Unterführung. »Lohnt es sich überhaupt, die Forensik herzuschicken?«

»Sie könnten gelogen haben, wann sie May das letzte Mal gesehen haben.« Noah verschränkte die Hände im Nacken. »Ich glaube nicht, dass sie Ledger wiedererkannt haben, weder von meinem Handy noch von den gestrigen Nachrichten. Aber May ist hier gewesen, mehr als einmal.« Er beäugte die gesprungenen Fliesen, wo der vergangene Regen sich wie dunkelbraune Suppe gesammelt hatte. »Sie hat hier gezeichnet, mit Ashleigh.«

Marnie nickte. »Dann lass uns alles absperren. Ich rufe die Forensik an.« Sie machte einen Knoten in die Träger der Plastiktüte und stellte sie zum Rest des Mülls auf den gefliesten Boden. »Fran wird wissen wollen, dass wir die Unterführung gefunden haben. Vielleicht kann sie sogar helfen, dass sie bei den Untersuchungen einen Zahn zulegen.«

Noah zweifelte die Entscheidung nicht an, sondern wirkte erleichtert, etwas tun zu können, selbst wenn es nur das Abwickeln von Absperrband war, um weitere Jugendliche davon abzuhalten, sich beim nächsten Regen hier breitzumachen.

Nachdem Marnie den Anruf bei Fran erledigt hatte, meldete sie sich bei Debbie im Revier. »Wir brauchen einen Uniformierten.« Sie gab die Lage der Unterführung durch. »Wir haben sie abgesperrt, die Forensik ist auf dem Weg, aber sie muss abgeriegelt bleiben, bis sie mit allem fertig sind. Irgendwas Neues von Grace Bradley?«

Sie wollte, dass Debbie verneinte, aber …

»Es gibt eine Grace Irene Bradley in der Datenbank der Vermisstenfälle. Sie ist vor einem Jahr aus dem Heim verschwunden, in dem sie gelebt hat, mit vierzehn. Ich versuche, ein anständiges Foto in die Finger zu bekommen. Das,

das sie haben, könnte jeder sein. Sie *könnte* das Unfallmädchen sein.«

»Wo war das Heim?«

»Wolverhampton. Keine Verbindung zu Ashleigh oder May, soweit ich das beurteilen kann.«

»Schicken Sie mir alles, was Sie haben. Was ist mit dem anderen Mädchen, Christie Faulk?«

»Sie ist die Nächste auf meiner Liste. Ron wird Sie anrufen. Das Garrett geht ihm ganz schön an die Nieren.«

»Graben Sie weiter. Ich will alles, was Sie über Grace und Christie finden können.«

Marnie beendete den Anruf, blickte zu Noah. »Der Uniformierte ist auf dem Weg. Wir haben eine mögliche Spur zum Unfallmädchen. Grace Bradley ist vor einem Jahr aus einem Heim in Wolverhampton verschwunden. DC Tanner prüft das noch mal nach und schickt die Vermisstenakte.«

»Das ist gut, oder?« Noah bemerkte ihr Stirnrunzeln. »Wenn wir einen Namen für sie haben? Das ist gut.«

»Mal sehen, was wir bekommen.« Marnie wischte mit dem Daumen über den Bildschirm ihres Handys, auf die Nachricht von Debbie oder den Anruf von Ron wartend.

Debbies SMS kam zuerst.

Das Foto von Grace Bradley war von schlechter Qualität, schwarz-weiß, ihr Gesicht im Schatten. Marnie suchte nach einer Ähnlichkeit mit dem Phantombild, dem barfüßigen Mädchen von den Aufnahmen der Überwachungskamera. »Ist sie das?«

Noah beugte sich herab, um das Bild genauer zu betrachten. »Vielleicht. Ja.« Er zeigte auf das Kinn des Mädchens, markant, leicht hervorstehend. »Ich denke, sie ist es.«

Marnie schwieg lang, sodass er fragte: »Woher kam der Hinweis?«

»Stephen Keele. Er hat heute Morgen aus Sommerville angerufen. Eines der Mädchen dort, Jodie Izard, hat mit Grace auf der Straße gelebt. Sagt er. Jodie hat sie auf dem Phantombild in den Nachrichten gestern Abend wiedererkannt. Sie behauptet auch, Ashleigh und May zu kennen.«

Noahs Gesicht wurde schmaler, ein Stirnrunzeln erschien. »Was noch?«

»Laut Stephen? Grace ist entführt worden, und Jodie kann denjenigen beschreiben, der es gewesen ist. Vielleicht unseren Mörder. Falls Grace tatsächlich unser Unfallmädchen ist, dann sollten wir Jodie befragen und die ganze Geschichte aus ihr rausbekommen.«

»Ich könnte hinfahren.« Noah wartete, seine Miene ausdruckslos. »Wenn du möchtest.«

»Ich fahre selbst«, sagte Marnie. »Ich brauche dich hier, damit du nach Grace suchst. Und Christie Faulk.«

37

Marnie verschwand, sobald der Community Safety Officer auftauchte, um die Unterführung zu bewachen. Sie nahm das Auto, sodass Noah die U-Bahn zurück zum Revier nehmen musste. Er wies den Uniformierten kurz ein, warnte ihn, jeden aus der Unterführung zu scheuchen, bis die Forensik fertig war. »Passen Sie insbesondere auf Jugendliche auf. Die hängen hier gern ab.«

Mit angewiderter Miene spähte der Uniformierte in den Tunnel. »Lieber die als ich.«

Derselbe Gedanke war auch Noah gekommen, als er Corin und die anderen in der Unterführung sitzend gesehen hatte, wenn auch auf einer Picknickdecke mit teurem Bier und Chips, um sie bei Laune zu halten. Er wusste, was sein Dad sagen würde: »Kids wie die wissen nicht, wie gut sie's haben«, aber das hätte nicht den Tod von May und Ashleigh bedeuten dürfen. Er eilte in Richtung U-Bahn-Station, dankbar für das, was er hatte. Seine Mum und seinen Dad, Sol. Dan. Er konnte sich glücklich schätzen, nicht zu wissen, wie es sich anfühlte, in einer Familie zu leben, die völlig zerrüttet war. Marnie war das beste Beispiel. Ihr Pflegebruder hatte ihre Eltern umgebracht, ihr Leben verändert.

Dieses Hilfsangebot von Stephen – Noah misstraute ihm. Er war sich sicher, dass es Marnie ebenso erging. Sie war nach Sommerville gefahren, weil Jodie Izard eine potentielle Zeugin war, die befragt werden musste, aber verfolgte Stephen *jeden* Fall, bei dem Marnie die leitende Beamtin war? Oder war es das erste Mal, dass er seine Hilfe angeboten hatte? Was führte er im Schilde?

Als er durch die Ticketschranke ging, spielte sein Handy Marnies Melodie.

»Ich stecke auf der M25 fest.« Ihre Stimme war schneidend. »Wie schnell kannst du im Garrett sein?«

»Zwanzig Minuten, allerhöchstens.« Noah eilte zurück zur U-Bahn, fischte mit der freien Hand nach seiner Oyster Card. »Was ist passiert?«

»Körperverletzung und Brandstiftung. Emma Tarvin ist ins Krankenhaus eingeliefert worden.«

»Abi Gull?«

»Sieht so aus. DS Carling ist vor Ort. Ich komme so schnell wie möglich nach, sobald ich die Aussage von Jodie Izard habe. Ruf mich an, wenn du in der Siedlung bist, und gib Bescheid, wie schlimm die Sache ist. Ich muss Welland auf dem Laufenden halten, damit er der Presse immer einen Schritt voraus ist.«

Im Garrett luden die Community Safety Beamten Schutzausrüstung aus dem Transporter. Bewaffnet mit einem Lautsprecher, versuchte einer von ihnen, für die Feuerwehr eine Schneise durch die Menschenmenge zu schlagen.

Rauch drang wie eine geballte Faust aus dem sechsten Stock. Selbst aus der Entfernung spürte Noah das Brennen in den Augen. Er ging auf den schwarzen Turm zu, seine Marke jedem unter die Nase reibend, der ihm in den Weg kam, während er nach dem Jungen auf dem Fahrrad Ausschau hielt, doch der war entweder nicht hier oder hatte sich ein gutes Versteck gesucht.

Ron stand am Haupteingang, redete in sein Handy.

»Er ist jetzt hier. Ja… mach ich. Danke, Boss.« Er beendete das Telefonat. »Das ist ganz schön in die Hose gegangen.« Rußflecken unter den Augen, Blut an den Händen. »Emma. Sie ist ein nervliches Wrack. Boshafte kleine Biester.«

»Sie haben sie ins Krankenhaus gebracht?«, fragte Noah.

»Und Abi Gull sitzt hinten im Einsatzwagen.«

Sie wichen einen Schritt zur Seite, damit die Feuerwehr das Gebäude betreten konnte.

»Wo ist das Feuer ausgebrochen? Nicht in ihrer Wohnung?« Noah stellte sich lodernde Gardinen vor, Emma am Boden, in dem verzweifelten Versuch, unter dem Rauch zu bleiben, während Abi und ihre Freunde mit Stiefeln auf sie eintraten.

Ron schüttelte den Kopf. »Die kleinen Scheißer haben es im Stockwerk drunter gelegt, mussten gewusst haben, dass Mrs Neugierde rauskommen würde. Sie haben sie abgepasst.«

»Sie haben sie ausgeräuchert.«

»Ganz genau.« Ron wirkte angewidert. »Kannst du glauben, was Abi bei ihrer Verhaftung gesagt hat? ›Das ist's wert gewesen.‹ Zumindest kriegen wir sie jetzt endlich hinter Gitter.«

»Waren ihre Freundinnen beteiligt? Wie viele Verhaftungen konntest du durchführen?«

»Nur die eine, fürs Erste. Ich wette, Natalie Filton war mit von der Partie, aber sie hat die Fliege gemacht, als wir gekommen sind. Abi hatte zu viel Spaß, um aufzuhören, bis wir sie gewaltsam von ihr weggezerrt haben.«

»Wie schlimm sind ihre Verletzungen? Emmas, meine ich.«

»Der Notarzt war schnell hier, und sie ist ein zäher, alter Knochen. Ich hoffe, sie rappelt sich wieder auf. Ich will den Ausdruck auf ihrem Gesicht nicht verpassen, wenn wir ihr sagen, dass wir Abi diesmal dranbekommen, endlich.«

Vielleicht würde Emma dann dasselbe sagen, was Abi gesagt hatte: *Das ist's wert gewesen.*

Die Feuerwehr kam die Treppe wieder herunter. Noah fragte: »Wie schlimm ist es dort oben?«

»Das Feuer ist aus«, sagte der leitende Feuerwehrmann. »Wieder mal Brandstiftung. Jemand meinte, Sie hätten sie diesmal geschnappt.«

»Im Einsatzwagen.« Ron nickte in die Richtung. »Wie groß ist der Schaden?«

»An den Wohnungen? Nicht schlimm. Hauptsächlich entlang des Laubengangs. Wie üblich. Man würde meinen, irgendwann müsste es sie doch langweilen, nicht wahr?«

»Nicht bei der«, sagte Ron. »Aber wir haben sie jetzt. Keine Chance, dass sie diesmal ungeschoren davonkommt.«

»Ist es sicher, hochzugehen?« Noah wollte sich den Schaden mit eigenen Augen ansehen.

Der Mann nickte. »Solange sie einen großen Bogen um die Brandermittler machen.«

Noah dankte ihm und ließ Ron am Haupteingang zurück.

Er stieg die Treppe hoch, die Nachwehen des Feuers schwarz auf seiner Zunge, sein Kopf mit Bildern von Emma gefüllt, wie sie sich einen Weg durch den dicken Rauch kämpfte, direkt in die Arme der Mädchen, die bereits auf der Lauer lagen.

Im sechsten Stock gab es nicht viel zu sehen.

Ein dünner Wasserfilm aus den Schläuchen, verbrannte Stofffetzen und Papier, die auf seiner Oberfläche trieben. Braune Flecken entlang der Wände. Die Siedlung saugte das Chaos bereits wieder in sich auf. Brandstiftung hinterließ eine Narbe, doch diese hier fügte sich in all die anderen ein, nur eine weitere Schicht der natürlichen Tarnung des Garretts.

Noah ging weiter in den siebten Stock, zählte die Sekunden, die Emma gebraucht hatte, um die Stelle zu erreichen, an der die Mädchen auf sie eingeprügelt hatten. Weniger als eine Minute, selbst wenn man berücksichtigte, dass sie gewiss langsamer gewesen war als er. Kaum der Rede wert.

Emmas Wohnung, als er sie schließlich erreichte, sah noch ganz genauso aus.

Er formte die Hände zu einer Schale, schirmte das Licht ab, um durch das breite Fenster ins Wohnzimmer zu spähen. Gardinen färbten seinen Blick sepiabraun, als würde er sich eine alte Postkarte ansehen. Er erkannte die Notizbücher auf dem niedrigen Couchtisch, wo Emma sämtliche Vorkommnisse ihrer Ein-Frau-Nachbarschaftswache notierte.

Aus dem Innern der Wohnung drang ein Geräusch …

Ein Klopfen?

Vielleicht der Kühlschrank oder der Boiler. Er lauschte dem unregelmäßigen Hämmern, bevor er die Klinke der Tür probierte, trotz der Annahme, dass sie abgesperrt war.

Die Tür war geschlossen, aber nicht richtig, als wäre sie in aller Eile zugezogen worden. Der Schnapper wäre beinahe ins Schloss gefallen, doch er spürte den leichten Druck des Riegels und zog die Tür behutsam auf.

Betrat den Flur, wo es nach verbrannter Milch und Rauch roch. »Hallo?«

Das Klopfen war jetzt lauter. Kein Kühlschrank oder Boiler, mehr wie …

Füße oder Fäuste.

Noahs Kopfhaut zog sich zusammen. Er folgte dem Geräusch zum Schlafzimmer, auf der Rückseite der Wohnung.

»Hallo? Polizei. Ich bin Detective Sergeant Jake.«

Das Bett hatte eine geblümte Tagesdecke, passende Kissen. Die Vorhänge vor dem Fenster waren zugezogen, ihr dünner Baumwollstoff warf blumenförmige Schatten ins Zimmer.

Das Klopfen kam vom Einbauschrank in der gegenüberliegenden Wand. Die Schranktüren waren mit einem langen Stück gelber Nylonwäscheleine zugebunden, um die Griffe geschlungen und fest verknotet. Ein guter Knoten, seemannstauglich.

Noah hatte Schwierigkeiten, ihn zu lösen.

»Einen Augenblick noch. Polizei.«

Das Klopfen hörte nicht auf, aber es wurde auch nicht lauter oder eindringlicher, nicht einmal, als er seinen Dienstgrad und Namen wiederholte, in der Absicht, denjenigen zu beruhigen, wer auch immer dort eingesperrt war.

Im Schlafzimmer roch es nach Talkumpuder, ein rosa Kratzen in seinem Gaumen. Er mühte sich mit dem Nylonknoten ab, musste an Emma Tarvins große Hände denken. Seine Finger schwitzten bei der Anstrengung.

»Alles wird gut, ich bin von der Polizei, noch einen Moment ...«

Endlich bekam er den Knoten auf, zerrte das Seil durch die Griffe, warf es hinter sich auf den Boden ...

Sie fiel ihm vor die Füße, schwer nach Luft ringend.

Gelbes Seil um ihre Hand- und Fußgelenke, ihr Mund mit einem elastischen Verband geknebelt.

Dürr, nur halb bekleidet, krallten sich ihre verbundenen Hände an seinen Füßen fest, zogen an Noah, als sie den Kopf hob und versuchte, den Blick auf sein Gesicht zu richten. Er kauerte sich neben sie.

Spitze Knochen, ein wildes Kreischen in den Augen.

Rote Haare, weiße Haut, mit schwarzem Stift beschrieben, blaue Flecken ...

Das Unfallmädchen.

Das Mädchen, nach dem sie seit der Unfallnacht gesucht hatten, das Mädchen, das Kenickie für den Totschlag an Logan Marsh verhaften wollte.

Das Mädchen, dessen Namen sie von Marnies Pflegebruder Stephen hatten.

Grace Bradley.

38

Sommerville hatte sich nicht verändert. Dasselbe dunstige Licht von Leuchtröhren, in denen sich Staub und tote Insekten gesammelt hatten. Dieselbe Akustik, die Marnies Schritte energisch klingen ließ. Dasselbe Warten auf Paul Bruton, um Einlass ins Zentrum der Jugendstrafanstalt gewährt zu bekommen, obwohl sie im Vorfeld angerufen hatte, um ihnen die Dringlichkeit zu erklären, weshalb sie mit Jodie Izard sprechen musste.

Nur eines hatte sich verändert. Sie hätte womöglich unbemerkt kommen und gehen können, hätte man sie nicht warten lassen, bis Jodie in den Besucherraum gebracht worden war.

Am Ende des Korridors führte eine Glastür zum Haupttrakt der Jugendhaftanstalt. Marnie war mehr als einmal durch diese Tür geschritten. Sie hatte nicht die Absicht, es heute zu tun. Sie wollte eine Aussage von Jodie und dann so schnell wie möglich nach London zurückkehren. Noah müsste mittlerweile im Garrett sein. Sie erwartete seinen Bericht.

Während sie auf Bruton wartete, sah sie einen Mann auf der anderen Seite des feuerfesten Glases stehen. Ihre Größe, vielleicht einen Hauch größer, in Jeans und grauem Sweatshirt. Breitschultrig, die Haare zu einem dunklen Schatten auf der Kopfhaut geschoren. Er stand ruhig da, beobachtete sie.

Es war allein diese Reglosigkeit, die ihn verriet.

Stephen Keele.

Marnie verkrampfte vor Schreck, ihre Haut kribbelte überall, genau wie es auch passierte, wenn sie spätnachts, allein unterwegs, einen Fremden bemerkte – ein kalter Schwall Angst durch ihre Adern.

Sie kannte ihn, und gleichzeitig kannte sie ihn nicht.

Ein erwachsener Mann, ein neuer Fremder.

Säure verätzte ihre Kehle, Blut hämmerte in ihren Ohren. Er war stark, das sah sie an seinen Schultern. Er könnte sie überwältigen. Sein Schatten zog sich lang die Wand hinauf.

Sie starrten sich durch die Leere des Korridors an.

Er war neunzehn Jahre alt. Das letzte Mal, als sie ihn gesehen hatte, war er ein Junge gewesen, immer noch mager, mit schwarzen Locken und rotem Mund.

Sie erkannte den Mann hinter dem Glas kaum wieder.

Wie konnte er sich während der vergangenen sechs Monate so verändert haben? Sie musste nicht fragen, *warum* er sich verändert hatte. Er wurde in ein Erwachsenengefängnis verlegt – Krafttraining, Muskelaufbau. Vor zehn Jahren hatte sie ihn auf die Schaukel im Garten ihrer Eltern heben können. Jetzt sah er gefährlich aus, unnachgiebig. Es lag nicht nur an seiner neuen Figur und der Stoppelfrisur. Es war die Neigung seines Kopfes, seine Kriegerpose.

Sie spürte das Pulsieren seiner Feindseligkeit aus zehn Meter Entfernung und musste gewaltsam gegen die Kampf-oder-Flucht-Reaktion ankämpfen, die sie jäh packte, während die Haut in ihrem Nacken und ihren Kniekehlen feucht wurde und zu glühen begann. Wie bei einer plötzlichen Schamesröte, nur dass sie nicht diejenige sein sollte, die sich schämte. Sie hatte nichts weiter getan, als den Verlust ihrer Eltern zu betrauern und Fragen zu stellen, beharrlich auf Antworten wartend, bis es offensichtlich war, dass er sie ihr nicht geben konnte oder wollte. Ein Anflug von Wut hinten in ihrer Kehle, salzig wie Tränen …

Er hatte seine Tarnung verloren. Nein – er hatte sie selbst abgestreift. Die letzten Spuren, die ihn als Kind gekennzeichnet hatten. Seine Locken, seine Schmächtigkeit, die unverwandte Art, wie er sein Starren eingesetzt hatte, um sie zurück in jene Vergangenheit zu ziehen, wo sie ihren Eltern das Versprechen gegeben hatte, sich um ihren neuen Pflegebruder zu kümmern. Den Jungen, den sie aus einer kaputten Familie gerettet hatten und den sie wieder heil machen wollten. Sechs Jahre, die sie darauf verwendet hatten, ihn zu lieben. Da war keine Spur mehr von diesem Jungen in dem Mann, der auf der anderen Seite des Glases stand. *Weg …*

Er ist weg.

Gut so.

Jetzt kann ich ihn hassen.

Die Wucht dieses Gedankens brachte sie zum Erschüttern. Einen Moment war sie im freien Fall, euphorisch, ihr Kopf schwerelos und leer. Sie war sich nur dumpf bewusst, dass sie in seine Richtung schritt, zur Glastür.

»DI Rome?«

Die Zeit verging wie in Zeitlupe. Marnie spürte, wie sie sich entwirrte, jeder Strang einzeln und statisch aufgeladen.

Sie blieb stehen, einen Meter vor Stephen.

Auf seiner Seite des Glases hatte er sich nicht bewegt.

Licht beizte das Blut unter seiner Haut ab, ließ sein Gesicht in Schwarz-Weiß zurück. Sie war nah genug, um jedes Detail in seinen Augen zu sehen.

»DI Rome?« Paul Bruton stand im Türrahmen zum Besucherraum.

Marnie konnte ihn sehen, ohne hinschauen zu müssen,

ohne den Augenkontakt mit Stephen zu unterbrechen. Ihre Hände schmerzten. Sie hatte sie zu Fäusten geballt.

Sie wich zurück. Entspannte ihre Hände. Drehte sich zu Bruton um.

»Jodie ist jetzt bereit für Sie.« Bruton blickte an ihr vorbei zur Glastür, aber er war zu weit weg, um zu erkennen, was Marnie in Stephens Augen gesehen hatte.

Unter der Feindseligkeit, der frisch angestauten Aggression, lag ein Lächeln.

Stephen lächelte.

Glücklich, sie hier zu haben, doch da steckte mehr dahinter.

Glücklich, weil sie ihn hasste.

Und endlich Angst vor ihm hatte.

39

Marnie war nicht die Einzige, die sich vor Stephen Keele fürchtete.

Im Besucherraum, vornübergebeugt auf ihrem Stuhl, kaute Jodie Izard konzentriert an ihrer Nagelhaut. Als sich die Tür öffnete, zuckte sie zusammen und setzte sich aufrecht hin.

Paul Bruton sagte: »Das hier ist Detective Inspector Rome. Sie muss dir ein paar Fragen stellen, Jodie. Wenn du willst, kann ich bei euch bleiben.«

»Ist in Ordnung.« Ihr starrer Blick glitt an Brutons Schulter vorbei zu Marnie. Ihre aschblonden Haare waren schulterlang, die Wurzeln von zu viel Peroxid verbrannt. Sie trug einen schwarzen Polyester-Skaterrock über einer dicken schwarzen Leggings, Adidas-Turnschuhe. Ein hautenges weißes Yoga-Oberteil betonte die künstliche Bräune, die sich in Schlieren über ihre Schultern und den sichtbaren Teil ihrer Brust erstreckte. Ihr Gesicht war oval, zugekleistert mit billigem Make-up, ein Ring aus Lipgloss um ihren Mund, ein teilweise verheiltes Piercing in einem ihrer dünnen Nasenflügel. Ihre Augen waren hübsch. Meergrün, verängstigt.

Sie wartete, bis Bruton den Raum verlassen hatte, bevor sie sagte: »Sie sind seine Schwester.« Ihre Stimme war tief, mit einem schnarrenden Sommerset-Akzent. »Sie sind diejenige, der er…« Sie steckte die Zunge zwischen die Zähne und biss zu.

Diejenige, der er… Was? Was hatte Stephen diesem Mädchen erzählt, das er mit Marnie getan hatte?

»Ich bin hier, um Ihnen ein paar Fragen zu Grace Bradley zu stellen.« Sie ließ ihr Lächeln ermutigend, aber nicht naiv wirken. Stephen hatte gesagt, dass Jodie eine gute Lügnerin war, und er musste es wissen. »Was können Sie mir über Grace sagen?«

»Hab sie auf der Straße kennengelernt, okay?« Sie konnte den Blick nicht von Marnie abwenden. »In Gloucester, vor 'nem Jahr, vielleicht ein bisschen länger. Es ist kalt gewesen, daran erinnere ich mich. Echt knallhart, diese Grace. Hat sich um nichts geschert, nur getan, was sie wollte, aber sie hat die Kälte gehasst. Hat ein Angebot bekommen, dann ist sie verschwunden. Ich hätte auch so viel Glück gebraucht.« Sie ratterte die Information herunter, wollte rasch zu etwas anderem übergehen. »Er hat Ihre Mum und Ihren Dad umgebracht. Hat gesagt, er hat sie erstochen…«

»Wohin ist Grace gegangen? Sie sagten, sie hätte ein Angebot bekommen. Was für eine Art Angebot? Von wem?«

»Ich schätze, sie hat gedacht, es wäre sicher. Man gerät in jede Menge Scheiße, wenn man auf der Straße schläft. Die spucken dich an, pissen auf dich. Die Leute denken, man wäre ein Stück Fleisch. Sex. Aber nur, wenn man Glück hat.« Sie beugte sich unter dem Lichtstrahl der Decke vor, ihre hübschen Augen glitzerten katzengleich. »Er behauptet, Sie hätten das gewollt. Dass Sie und er…«

»Grace hat ein Angebot für Sex bekommen, wollen Sie mir das damit sagen?«

Marnie wollte die Lügen nicht hören, die Stephen diesem Mädchen und höchstwahrscheinlich auch dem Rest von

Sommerville aufgetischt hatte. Die ganze Zeit über, die sie hierhergekommen war, diese sonderbaren Blicke der Jugendlichen, sobald sie aufgetaucht war. Sie hatte ihr Starren auf den Umstand zurückgeführt, dass sie ein Detective war, ihre neugierigen Augen, die ihre Haut aufkratzten. Jetzt ergab alles Sinn. Unter der Tischkante ballte sie die Hände zu Fäusten, konzentrierte sich auf den stumpfen Schmerz. »Wer hat Grace ein Angebot gemacht? Und was genau war es?«

»Kein Sex«, sagte Jodie und fuhr mit der Zunge an der Innenseite ihrer Wange entlang. »Wir sind nicht alle pervers.«

Über ihnen fauchte das Licht, als wäre eine Wespe in die fluoreszierende Röhre geflogen.

»Was dann? Wohin ist Grace gegangen?«

»An einen sicheren Ort.« Ein Schulterzucken. »Das wollen wir doch alle, oder? Einen sicheren Ort.«

»Wo war dieser sichere Ort?«

»Weg von der Straße. Irgendwo, wo's warm ist. Ist nicht so, als könnten wir alle einfach *nach Hause* gehen.« Sie sprach die Wörter wie eine Obszönität aus, ihre Augen immer noch in Marnies Gesicht gebohrt. »Grace hat's nicht gekonnt. Ihre Stiefmutter wollte, dass sie ihren Namen ändert, meinte, *Grace* wäre altmodisch und sie sollte *Ray* heißen oder ein anderer Scheißname. Hat all ihr Zeug rausgeworfen, ihre Kleidung, Spielzeug. Wollte sie in ein Brautjungfernkleid stecken, wollte, dass sie sich die Haare wachsen lässt, damit sie bei der Hochzeit ihres Dads hübsch aussieht, wollte, dass Gracie sie *Mum* nennt, als wäre das nicht superschräg, als würde sie das nicht völlig kirre machen. Gracie meinte, sie hätte sie ausgelöscht. Das ist ihr *Zuhause* gewesen, und sie hat sie ausgelöscht.

»Wer hat Grace das Angebot gemacht, und wohin ist sie gegangen? Irgendwo in Gloucester?«

»Bezweifle ich. Hab sie nie wieder gesehen.« Sie berührte

das schorfige Piercing in ihrer Nase. »Aber viel Glück dem, der sie mitgenommen hat. Wahrscheinlich hat sie ihm den Kopf eingeschlagen und seine Geldbörse geklaut. Die ist ein echter Psycho!«

»Haben Sie gesehen, wer sie mitgenommen hat?«

»Vielleicht.«

Zum ersten Mal löste sich ihr Blick von Marnie. Sie log. Genau wie Stephen sie vorgewarnt hatte. Außer ... Hatte er ihr *befohlen* zu lügen? Um Marnie hier zu halten?

»Falls Sie denjenigen gesehen haben, der sie mitgenommen hat, muss ich das wissen. Zwei Mädchen sind tot. Mädchen wie Grace, die nicht zu Hause leben konnten, aber auf der Straße nicht sicher waren. Nicht so großes Glück hatten, wegen Ladendiebstahls verurteilt zu werden und hier zu landen, wo es warm ist. Sie sind tot. Wenn Sie irgendwelche Informationen haben, die uns helfen könnten, denjenigen zu finden, der das getan hat, dann müssen Sie es mir sofort sagen. Vergessen Sie, welches Spiel auch immer Sie für Stephen Keele oder sonst jemanden spielen. Und jetzt raus mit der Sprache!«

Die Rede hatte das Mädchen aufgerüttelt, ihre Aufmerksamkeit gebannt. Sie blickte zur Tür, als würde sie sich wieder erinnern, wo sie war. Angst schlich sich zurück in ihr Gesicht. »Ich würde Sie nich verarschen, okay? Sie sind seine Schwester.« Keine Angst vor der Polizei oder Marnie. Nur Angst vor Stephen.

»Raus mit der Sprache«, wiederholte Marnie. »Was wissen Sie über denjenigen, der Grace mitgenommen hat?«

»Ich hab ihn nicht richtig gesehen, aber es könnte er gewesen sein. Ja. Der aus dem Fernsehen, der, nach dem Sie suchen. Der könnt's gewesen sein.«

Marnie sprach Ledgers Namen nicht aus, wartete ab, ob Jodie es täte. Hätte sie Ledger mit eigenen Augen gesehen, dann hätte sein Name sich bei ihr eingebrannt, sobald sie ihn in den Nachrichten gehört hätte. Selbst wenn sie ihn vor einem Jahr nicht gekannt hätte, hätte er sich bei ihr eingebrannt. Jodie sagte nichts, sah Marnie nur aus ihren hübschen Augen an, darauf erpicht, sie zufriedenzustellen, denn sie würde Stephen Keeles Schwester niemals verarschen. Wenn das ihr Beweggrund war, dann könnte Marnie ihn sich zu Nutzen machen.

»Reden wir über Stephen. Er hat Ihnen aufgetragen, was Sie mir sagen sollen, nicht wahr? Hat Ihnen Befehle gegeben, Anweisungen. Und Sie wollten ihn nicht verärgern, weshalb Sie mitspielen.«

»So ist das nicht.« Das Mädchen sog ihren Mund zu einem kleinen O. »Ich habe Grace *gesehen*! Okay? Ich hab sie gekannt.«

»Aber Sie haben nicht gesehen, wer sie mitgenommen hat. Sie haben Jamie Ledger – oder wen auch immer – nicht gesehen, wie er sie von der Straße aufgesammelt hat. Nicht wahr?«

Jodie zögerte, wog ihre Möglichkeiten ab, hin- und hergerissen zwischen zwei Arten Angst.

»Wenn Sie die Polizei anlügen«, zeigte Marnie ihr auf, »ist das eine Straftat. Dadurch würde sich Ihre Haftstrafe deutlich erhöhen, und es würde mir persönlich ganz gehörig auf den Sack gehen. Das wollen Sie doch nicht. Warum auch?«

»Sie sind nicht hier drinnen.« Durch zusammengepresste Zähne. »*Er* schon.«

»Nicht mehr lange. Er wird in ein Erwachsenengefängnis verlegt. Sie werden grundlos einen Meineid begangen haben. Haben Sie gesehen, wer Grace Bradley entführt hat?«

Jodie schüttelte den Kopf. Doch sie sagte: »Sie hätten ihn von hier raushauen müssen. Sie hätten es *gekonnt*. Ihn raushauen, Beweise liefern …«

»Welche Beweise?«, wollte Marnie wissen.

»Sie hätten denen sagen können, warum er es getan hat.«

»*Ich* hätte es ihnen sagen können?« Sie traute ihren Ohren nicht. »Sie glauben, ich wüsste es?«

Als hätten die Antworten, nach denen sie die ganze Zeit über gesucht hatte, wie bei einem Zaubertrick in ihrem Ärmel gesteckt. Welche Lügen hatte Stephen diesem Mädchen erzählt? Dieselben, die er auch Marnie aufgetischt hatte?

»Er hat es Ihretwegen getan«, sagte Jodie. »Wegen dem, was Sie hatten, Sie beide.«

Dieselbe Lüge, schon wieder.

Marnie hatte es satt, sie zu hören.

Wut bohrte sich durch sie hindurch, genau wie damals, mit fünfzehn, ein hell leuchtender, heißer Nagel.

»Wegen dem, was wir hatten? Wir hatten *nichts*.«

Jodie schüttelte den Kopf. »Sie hätten es denen erzählen können, aber das haben Sie nich gemacht. Das ist der Grund, weshalb er so stinksauer auf Sie ist.« Sie sog scharf die Luft ein. »Weshalb er Sie fertigmachen wird.«

40

Christie

Die Straße dröhnte hell und leer, stahlgrau, kurz vor einem Regenguss. Christie stand blinzelnd da, wackelig auf den Beinen. Draußen war immer ein Schock. In Jeans und Mantel, doch sie fühlte sich nackt. Nur für eine Sekunde wünschte sie, sie könnte die Uhr zwei Jahre zurückdrehen. Zurück zu der Zeit, als sie noch unsichtbar gewesen war.

Harm stand am Fenster, starrte ihr hinterher. Sie spürte, wie sein Blick verblasste, als sie um die Ecke bog. Er hatte ihr vergeben, behauptete er, wegen Grace und Ashleigh.

Aber: »Bring mir ein neues Mädchen«, durch zusammengepresste Zähne.

Sie überquerte die Straße zwischen geparkten Autos, die Hände in den Ärmeln versteckt. Zu weit weg, dass er sie noch beobachten könnte, doch sie spürte das Ziehen des Fadens, der sie verband, als hätte sie ihn selbst angenäht – ihre Haut mit einer Nadel durchbohrt, das andere Ende an seine Schulterblätter oder Lider festgeknotet. Konnte sie immer noch im Auge behalten, während sie in die U-Bahn-Station eintauchte.

Voller Menschen, deren Geruch sie gierig verschlang. Mit zitternden Händen tippte sie Zahlen in den Fahrkartenautomaten, stopfte die Kreditkarte zurück in ihre Tasche, hastete zur Durchgangssperre.

Eine Haltestelle, viele Stufen.

Hinauf in das blaue Licht eines Geschäfts, das Kaffee und Backwaren verkaufte. Bei dem Geruch zog es ihr den Magen zusammen. So lang her, seit sie gutes Essen gegessen hatte. *Schlechtes* Essen. Jetzt aß sie richtig. Kaffee entzog einem Wasser, und Kuchen bestand allein aus leeren Kalorien, die einen langsam machten, krank machten. Ihr Spiegelbild im Schaufenster des Ladens war hungrig, ausgehöhlt. Sie zwang sich zu einem Lächeln. *Heiße Schokolade.* Ihre Zunge berührte ihre Lippen, schmeckte das Süße und Fettige in ihrem Mund, und für einen kurzen Augenblick wollte sie weglaufen. Den Faden durchtrennen. Sich befreien, *fliehen.* Zu spät, jetzt war es zu spät.

Hastig drehte sie sich vom Laden weg, in Richtung der Unterführung.

Die Unterführung lag mit weit aufgerissenem Maul da, zur Straße gewandt. Vom Dach tropfte es herab, als sie sich hineinduckte, aus dem Regen.

Mit einem Mal war es nicht mehr London. Der Lärm, den sie mit sich getragen hatte, war fort, ebenso wie der metallfleischige Geruch der U-Bahn. Orangefarbenes Licht in Rechtecken, aus Kästen entlang der Wände, doch das Licht rollte davon, hinein in den Schlund des Tunnels. Dunkel und trocken. Daran erinnerte sie sich. Wie sonderbar es sich anfühlte, wenn es einem warm war, wo es keine Tür gab und der Regen hereinwehte. Rohre im Boden führten bis zum Kraftwerk. Harm hatte es ihr erklärt. Kilometerlange Rohrsysteme, die überschüssigen Dampf zu den Sozialwohnungen auf der anderen Seite des Flusses brachten.

Vier Jugendliche auf dem Boden, Gesichter in Kapuzen, leere Flaschen zu ihren Füßen. Wie Höhlenmenschen, mit herabhängenden Händen, Köpfe gesenkt. Wenn Christie es richtig anstellte, wären morgen nur noch drei da.

»Ich bin auf der Suche nach Neve.«

Zwei der Gesichter drehten sich zu ihr, träge und matt. Sie ignorierte das Aufbäumen von Verachtung unter ihren Rippen und traf eine instinktgeleitete Entscheidung. Das Mädchen mit den großen Kulleraugen, genau die. Harm hätte sie ausgesucht. Ein Kind, verloren aussehend.

»Neve«, wiederholte Christie. »Hat einer von euch sie gesehen?«

»Nein.« Einer der Jungen, der für die gesamte Gruppe sprach. Hartgesotten, oder zumindest tat er so. Wäre er wirklich hartgesotten, würde er nicht beim ersten Anzeichen von Regen hier drinnen sitzen.

»Mist.« Sie lehnte sich gegen die Wand, dann rutschte sie hinab, bis sie auf dem Boden der Unterführung saß. »*Mist!*«

Der Junge starrte sie an und bewegte den Mund. »Was?«

»Ich glaube, sie ist tot.« Christie lehnte den Kopf an die Wand, unterhalb des Zeichens *Fearz*. »Neve. Ich glaube, sie ist tot.«

»Wer ist sie?« Das Mädchen mit den großen Kulleraugen hatte Stacheln in der Stimme.

»Meine Schwester.« Christie wischte sich mit dem Ärmelaufschlag ihres Hemds übers Gesicht. »Sie ist meine Schwester.« Das kam der Wahrheit recht nahe. Harms Schwester, diejenige, die er für tot hielt. »Bin schon überall gewesen, in ganz London. Überall, wo sie früher abgehangen hat.« Trat mit dem Fuß gegen die gesprungenen Fliesen. »Fuck. *Fuck!*«

»Wir haben sie nicht gesehen«, sagte der Junge. »Tut mir leid.«

»Vergesst es. Sie ist tot. Kann nur einfach nicht aufhören, nach ihr zu suchen, versteht ihr?«

Schweigen. Hitze, die in ihre Beine sickerte. Kilometerlange Rohre, mit Dampf gespeist von den längst erloschenen Schornsteinen des Kraftwerks. Als würde der Erdkern nach oben pressen.

»Glaubst du, sie ist ermordet worden?« Kullerauge sah wie zwölf aus, vielleicht dreizehn. Zerzauste Haare wie schwarzes Gestrüpp. Kleidung, viel zu groß für sie, genau wie ihre Augen. Stacheln in der Stimme und ihrem Blick.

»Keine Ahnung«, sagte Christie. »Vielleicht. So was passiert.«

»Es ist erst kürzlich passiert«, sagte Kullerauge. »Mehr als einmal.«

Der Junge nickte, blähte sich wichtigtuerisch auf. »Die Polizei ist vorhin hier gewesen. Wir mussten warten, bis sie wieder weg sind. Die suchen nach einem Mörder.«

»Ja, davon habe ich gehört.«

»Glaubst du, das is auch deiner Schwester zugestoßen?«

»Keine Ahnung.« Sie schloss die Augen. »Das Blöde ist nur, dass ich jetzt ein Zuhause habe, einen sicheren Ort. Genau das hat sie immer gewollt, und hätte sie nur ein bisschen gewartet, zwei oder drei Wochen …« Sie verstummte, kopfschüttelnd.

»Wo?«, fragte Kullerauge.

»Was?« Kraftlos drehte sie den Hals, als würde weder die Frage noch ihre Antwort sie interessieren.

»Wo wohnst du jetzt? An einem sicheren Ort, meintest du.«

Kullerauge war schnell, keine zweite Aimee. Harm würde das nicht auffallen, nicht sofort. Er würde ihr Gesicht sehen, so verloren in ihren verfilzten Haaren, und wie sie sich selbst umarmte. Er würde sie mögen, bis es zu spät war. Er würde sie auswählen. Bis es zu spät war.

»Ja. Ich hatte Glück. Aber zu spät für Neve …«

»Ein besetztes Haus?« Der Junge hatte ein Zuhause. Nur jemand mit einem Zuhause würde *»Ein besetztes Haus?«* sagen, als wäre es ein cooler Ort, von dem er in einem Buch oder im Internet gelesen hatte.

Christie öffnete die Augen, wandte den Kopf jedoch ab. »Kein besetztes Haus.«

Kullerauge beobachtete sie. Ihr Blick war durchdringend, wie der von Harm. Was Christie wütend machte. »Verpiss dich, okay? Es gibt sowieso keinen Platz mehr. Kein Platz für noch jemanden. Wir sind voll.«

»Seit wann wird sie vermisst?«, fragte Kullerauge. »Neve.«

»Wochen. Monate.« Das war nicht gut. Sie müsste genau wissen, wie lange. Sie müsste jede Stunde zählen. »Dreizehn Wochen und vier Tage.«

Kullerauge nickte, senkte den Blick. »Tut mir leid«, sagte sie, verlor ein paar ihrer Stacheln.

»Ist okay.« Ein Atemzug. »Ich bin übrigens Christie.«

»Hi«, erwiderten die Jugendlichen, einer nach dem anderen. Der Junge sagte: »Ich bin Joel«, und einer der anderen nannte ebenfalls seinen Namen. Kullerauge nicht. War auf der Hut.

Christie wirkte nicht mehr wie eine von ihnen. War es das? Sie hatte ihre Tarnung verloren. Bei Grace und den anderen war es leicht gewesen. Sie hatte ihnen vom Haus erzählt – ein warmer Ort, Gratisessen, Betten –, und sie waren wie Mäuse der Spur aus Brosamen gefolgt. Kullerauge misstraute ihr, so wie Christie dem reichen Widerling in seinem Plastikcape misstraut hatte. War sie zu so jemandem geworden, einem Menschen, vor dem man sich fürchtete? Oder wie das religiöse Pärchen, das ihr erklärt hatte, sie müsse bereit sein für das, was käme, wo sie selbst nicht den *blassesten Schimmer* hatten, was genau das war. Harm hatte sie vor dem Perversling gerettet, den Drohungen und Versprechungen. Sie schuldete es ihm. Selbst wenn nicht, könnte sie nicht mit leeren Händen zurückkehren. Doch sie könnte jemanden mitnehmen, den er nicht erwartete, jemanden, der ihn daran erinnerte, warum er *sie* brauchte. Christie. Er würde nicht wissen, was er mit Kullerauge anstellen sollte, zumindest nicht ohne ihre Hilfe.

»Habt ihr sie gekannt?«, fragte sie die Jugendlichen. »Die Mädchen, die umgebracht worden sind.«

Joel warf Kullerauge einen eindringlichen Blick zu, aber sie schüttelte den Kopf. »Wir haben von ihnen gehört, in den Nachrichten.«

»Habt ihr irgendwo was, wo ihr hingehen könnt?«, fragte Christie widerwillig. »Sicherer als das hier, meine ich.«

Joel sagte: »Kommt drauf an, was du unter *sicher* verstehst«, als hätte er eine Geschichte auf Lager.

Christie ahnte, was er erzählen würde. Missbrauch. Jungen wie Joel glaubten immer, Missbrauch würde sie zu etwas Besonderem machen. Jungen wie Joel wussten nicht, wie gut sie es hatten. Er hatte eine Uhr am Handgelenk, für die andere Kids über Leichen gehen würden. Und es vielleicht irgendwann täten. Sie konnte ihn sich tot vorstellen. Ein überraschter Gesichtsausdruck à la *Ich habe das nicht verdient*, aber das hatte er. Weil er hier Bier aus Glasflaschen trank, bei seinen Freunden mit seiner Geschichte auf die Tränendrüse drückte, wo jeder Einzelne von ihnen ein Zuhause hatte, in das er zurückkehren könnte. Weil er so tat, als wäre er völlig am Ende. Als wäre der Regen ein reißender Strom, in dem sie mit ihren weichen Füßen planschen könnten, bevor sie in ihre warmen Betten zurückkehrten.

Kullerauge war anders. Sie wirkte verloren, aber es könnte Theater sein oder am Licht liegen. Christie würde es nicht hundertprozentig wissen, erst nachdem sie das Mädchen nach Hause zu Harm gebracht hatte.

»Was ist mit dir?« Der Tunnel schluckte ihre Worte, ließ sie hart klingen.

Weich, sagte Harm immer. *Weich, weich.*

»Was soll mit mir sein?« Kullerauge starrte Christie an, sog sie mit ihrem Blick auf. *Sah* sie. Genau so, wie Harm sie vor zwei Jahren gesehen hatte, genau so, wie sonst niemand sie sah. Am liebsten hätte Christie geschrien. Sie wollte dieses Kind mit Füßen treten, bis ihre Schuhe klebrig waren.

Bring mir ein neues Mädchen.

»Hast du einen sicheren Ort, an den du gehen kannst?«, fragte sie mit weicher Stimme.

Kullerauge sagte: »Nein.« Es war eine Lüge, aber Kullerauge war gut.

Es kümmerte sie nicht, ob Christie ihr glaubte oder nicht. Sie war nicht wie Joel oder die anderen, das hier war kein Spiel für sie. Sie war hier, weil sie keine andere Wahl hatte, am Ende war. Am Ende der Tränen und der Scham und dem ganzen Rest. Nichts von ihr war mehr übrig. Sie hatte den Tiefpunkt erreicht.

Christie stellte sich ein Haus für Kullerauge vor, wie das, aus dem sie vor Jahren weggelaufen war. Ein nettes Haus in einer netten Straße. Vorhänge vor den Fenstern, helle Teppiche. Schuhe an der Tür ausziehen, eine goldene Hausregel. Parkett unten, sodass Echos dich jagten und du den Atem anhalten musstest, wenn du nachts in die Küche runtergeschlichen bist, um im weißen Summen des Kühlschranks Milch aus der Tüte zu trinken. Nette Menschen, die oben im Schlafzimmer schliefen. Ein Mann und eine Frau, er mit braunen Haaren und Augen, ihre Strähnchen ein teures Vergnügen alle sechs Wochen, Körper angespannt wie Bogensehnen, kein Trost in ihr, nirgends. Die Milch schmeckt blau und fettig, und es ist natürlich verboten, direkt aus der Tüte zu trinken. Durch das Küchenfenster beobachten dich die Augen der Katze. Sie wird nachts ausgesperrt. Du solltest auch ausgesperrt werden. Listen, an die Kühlschranktür geheftet, mit Dingen, die es zu tun und zu kaufen galt, Ziele für die Woche. Der kalte Atem des Kühlschranks bewegt die Listen, doch sie sind mit Magneten an die Tür gepinnt, fallen nicht ab. Du stürzt so viel Milch herunter, dass sie dir aus dem Mund läuft, dir den Ausschnitt des T-Shirts besudelt. Am Morgen wirst du stinken. Du legst den Kopf in den Nacken und trinkst, siehst dein Spiegelbild im kupfernen Bauch der Hängelampe, die gierige Art, wie du an der Öffnung des Tetrapaks saugst, mit gedrungenem Körper, die Gesichtszüge flachgedrückt und verzerrt. Das Wort *hässlich* ist noch zu schön für dich.

Das war das Haus, das Christie sich für Kullerauge vorstellte.

Es fehlte an nichts, für alles wurde gesorgt und gezahlt. Sie hatte nichts zu bemängeln, außer dass sie nicht essen, nicht atmen, nicht leben konnte.

Für Kullerauge war es dasselbe.

Nichts von ihr war mehr übrig.

Sie stand kurz davor, ausgelöscht zu werden, wie Ashleigh und May.

Kullerauge wollte sterben.

Christie könnte ihr dabei helfen.

41

»Grace muss die ganze Zeit dort drin gewesen sein«, sagte Noah zu Marnie. »Während wir mit Emma über den Unfall geredet haben, als sie uns von der Brandstiftung erzählt hat. Sie ist die ganze Zeit dort drin gewesen.« In dem Wandschrank stank es nach der Furcht des Mädchens. »Wir haben in ihrer Tasche einen Zettel mit dieser Adresse und Emmas Namen gefunden. Jemand muss ihr gesagt haben, es wäre ein sicherer Ort… Der Notarzt meinte, sie hätte seit drei Tagen nichts gegessen, vielleicht sogar länger. Ruhiggestellt. Hypernatriämisch. Zitternd, genau wie Fran meinte, aber das könnte auch der Schock gewesen sein.« Er drehte sich um und ließ den Blick über Emma Tarvins Schlafzimmer gleiten. »Ich kann das nicht glauben. Du?«

Er konnte nicht fassen, dass eine sechsundsiebzigjährige Frau ein fünfzehnjähriges Mädchen gefangen genommen hatte. Hungern lassen hatte. Gefesselt und geschlagen hatte. Vielleicht war es auch Emmas Arroganz, die er nicht glauben konnte, wie sie Tee getrunken und ihre Fragen beantwortet hatte, während das Mädchen im Nebenzimmer eingesperrt gewesen war. Ihre Aufmerksamkeit freiwillig auf sich ziehend, indem sie immer und immer wieder Anzeige gegen Abi erstattet hatte, ihre Meinung von der Polizei so schlecht, dass sie sich keine Sekunde gefürchtet hatte, geschnappt zu werden.

Ein Glas auf dem Nachttisch mit abgestandenem Wasser, in dem die alte Frau nachts ihre Zähne aufbewahrte. Marnie konnte sich die Zähne im Innern des Glases vorstellen, ihr Grinsen um ein Vielfaches vergrößert.

»Und *warum*?«, fragte Noah. »Warum hat sie das getan?«

»Keine Ahnung«, sagte Marnie. »Aber ich würde gerne wissen, ob Abi Gull es uns sagen kann.«

»Ja«, sagte Abi. »Ich weiß, was dieses Miststück ist. Als wäre *Ihnen* das auf einmal nicht mehr scheißegal.«

»Was ist sie?«, fragte Marnie.

»Eine böse Hexe.« Ballte die Fäuste in den tiefen Taschen ihres Kapuzenpullis. »Eine böse, *mordende* Hexe.«

»Wen hat sie ermordet?«

Abi starrte die Wand an. Sie würde den Namen nicht aussprechen, nicht hier drinnen. Aber Marnie hatte Nachforschungen angestellt, nachdem Ron die Brandstiftung gemeldet hatte, oder besser gesagt, sie hatte Colin gebeten, Nachforschungen für sie anzustellen, während sie aus Sommerville zurückgefahren war. Dank Colin wusste sie genau, was Abi verheimlichte.

»*Das ist es wert gewesen*, das waren deine Worte zu DS Carling. Es ist es wert gewesen, geschnappt zu werden. Wert, verhaftet zu werden.«

Es war etwas Persönliches zwischen Abi und Emma. Feuer war etwas ganz Persönliches, und das traf auch auf die Gewalt zu, die Marnie in Emma Tarvins Augen gesehen hatte und jetzt in Abis.

»Dein Bruder Clarke ist im Januar an einer Überdosis gestorben.«

»Und?« Dieselbe Schärfe hatte in Abis Stimme mitgeschwungen, als sie gefragt hatte, ob Ashleigh Jewell an einer Überdosis gestorben war. »Was soll das?«

Marnie hatte vermutet, dass Abi dealte. Doch das war, bevor Colin ihr von ihrem Bruder erzählt hatte. »Clarke war zehn, als er gestorben ist. Wie lang ist er schon süchtig gewesen?«

»Er war nicht *süchtig.*« Trat gegen das Tischbein. »Fick dich.«

»Woher hatte er die Drogen, die ihn umgebracht haben?«

Schweigen. Man redete nicht mit der Polizei, diese eiserne Regel stand dem Mädchen ins Gesicht geschrieben.

»Komm schon. Das ist doch offensichtlich. Er hatte die Drogen von Emma Tarvin.«

»Haben Sie ’nen Beweis dafür?« Abi fürchtete sich vor Emma. Ihre Angst war nicht so groß wie die von Grace, aber Emma hatte auch nicht Abi in einen Wandschrank gesperrt und mit ihrem Gehstock verprügelt.

»Du hast sie beobachtet«, sagte Marnie. »Hast du gesehen, wie Grace Bradley Dienstagabend ihre Wohnung betreten hat? Am Abend des Verkehrsunfalls.«

»Hab ’ne Menge Kids in ihre Wohnung gehen sehen.«

»Du wusstest, dass wir nach einem Mädchen mit roten Haaren suchen. DS Carling hat dir ein Foto gezeigt.«

Abi schüttelte den Kopf, widerwillig, als bereitete es ihr Magenschmerzen, die Wahrheit zu sagen. »Hab sie nich gesehen.«

»Wie oft verlässt Mrs Tarvin ihre Wohnung?«

»Nicht oft genug, ansonsten hätt ich sie schon vor heute drangekriegt, nich wahr?«

»Wir haben verschreibungspflichtige Medikamente in ihrer Wohnung gefunden. Schmerzmittel. Antidepressiva. Zu viele für eine Person, aber sie hatte Rezepte. Wir haben also einen Beweis fürs Bunkern, aber das ist kein Beweis, dass sie gedealt hat.«

»In anderen Worten, Sie können verfickt noch mal nichts tun. So wie Sie einen Scheiß wegen Clarke gemacht haben.« Abi beugte sich vor, hämmerte mit dem Finger auf den Tisch ein. »Ich hab der Polizei *gesagt*, dass es die alte Hexe ist, hab gesagt, dass ich gesehen hab, wie Kids in ihre Wohnung gehen und wieder rauskommen, vollgepumpt mit was auch immer sie ihnen verkauft. Wie, glauben Sie, hat sie sich diesen riesigen Fernseher leisten können? Die Kids haben für sie eingekauft, Besorgungen erledigt, alles getan, was sie wollte. Sie hat einen eigenen *Späher*, verdammt noch mal! Nur so kann sie in ihrer Wohnung bleiben und von vorn bis hinten bedient werden. Sie liebt es, wenn wir vor ihr auf den Knien rumrutschen, weil sie uns abgrundtief hasst und uns am liebsten tot sehen würde, so wie Clarke. Süßigkeiten, so nennt sie das Zeug. Es ist nich wie Koks, nich wie Heroin. Sie gibt *jedem* Süßigkeiten, der blöd genug ist, da hochzugehen und sie drum anbettelt. Kleine Kinder, es interessiert sie 'nen Scheiß, wie jung die sind.«

»Wie ist der Name ihres Spähers?«, fragte Noah.

»Linton Mays.« Verzog die Lippen. »Er war 'n Kumpel von Clarke, bis der ganze Scheiß angefangen hat. Jetzt arbeitet er für diese Hexe. Erzählt ihr, wer neu ist, wer Stoff braucht. Kümmert sich drum, dass keiner von euch Bullen ihr das Geschäft versaut.«

»Elf Jahre. Trägt eine Beanie-Mütze, fährt auf einem Mädchenfahrrad. Das ist Linton Mays?«

Sie nickte. Blinzelte. »Er war ein netter Junge, bevor sie ihn in die Klauen bekommen hat.«

»Kennst du ein Mädchen namens Christie Faulk? Linton behauptet, sie wäre früher im Garrett gewesen.«

»*Die!*« Abi verschränkte die Arme, einsilbig wie zuvor. »Ja. Warum?«

»Hast du sie kürzlich gesehen?«, fragte Noah.

»Nicht seit der Abtreibung.«

»Christie hatte eine Abtreibung?«

»Sie geht für die alte Hexe auf 'n Strich, also ja. Sie hat 'ne Abtreibung gemacht, weil sie es ihr befohlen hat. Dann hat Tarvin sie trotzdem rausgeschmissen. Ich meine die Sorte Arschloch. Sie lässt dich bei ihr wohnen, tut so, als würde sie dich mögen, und vielleicht fällst du auf sie rein, weil sie alt ist, richtig alt, *oma*-alt. Macht dich süchtig nach ihrem Scheiß, bis du auf jede erdenkliche Art dafür bezahlst. Klaust, rumfickst. Christie ist bei ihr eingezogen und hat Emma *vergöttert*, okay? Hat gekocht, geputzt, ist einkaufen gegangen. Sie hätte sich für die alte Hexe den Kopf rasiert. Aber Tarvin schmeißt sie raus, als sie merkt, was los ist.«

»Und was war los?«, fragte Marnie.

Abi tippte sich mit dem Finger an die Schläfe. »Sie is verrückt geworden. Hat versucht, so zu sein, wie *Emma* es will. Hat sich wie 'ne Nutte angezogen, ist mit jedem mitgegangen, selbst mit den alten Kerlen, denjenigen, die sonst niemand anfassen würde. Tarvin fand's toll, sie an die sonderbaren Spinner zu verkaufen. Hat sie auf der Straße gefunden, also ja. Wahrscheinlich hatte sie Angst, wieder dort zu landen. Hat immer versucht dazuzugehören, immer versucht, es allen recht zu machen. Dumme Kuh.«

»Emma hat Christie auf der Straße gefunden?«

»Bettelnd, das zumindest hat sie behauptet. So blöd, wie sie war, hat sie wahrscheinlich sogar noch geglaubt, sie wäre gerettet worden. Sie war so *dankbar*, ich hätt am liebsten gekotzt. So treu ergeben. Nichts hat zu große Umstände gemacht, solange Emma gesagt hat, dass sie wichtig ist. Als gäbe es einen Orden für Blowjobs.«

Noah versuchte, sich das Mädchen vorzustellen, das Abi

beschrieb. Ein Mensch, der unbedingt gefallen, verzweifelt einen Fuß in die Tür zu etwas bekommen wollte, was auf den ersten Blick wie ein normales Leben gewirkt haben musste. Eine Frau, alt genug, um ihre Großmutter zu sein, die beim Einkaufen und Saubermachen Hilfe brauchte. Jemand, dem Christie helfen konnte, ein Ort, an dem sie sich geliebt, wertgeschätzt fühlte. Was hatte es mit ihr angestellt, von ihrer Beschützerin vor die Tür gesetzt zu werden?

»Wann hast du Christie das letzte Mal gesehen?«, wollte Marnie von Abi wissen.

»Irgendwann vor Weihnachten. Lang davor.«

»Linton behauptet, er hätte sie mit Ashleigh Jewell gesehen.«

»Echt? Ich nicht, aber kann gut sein. Wahrscheinlich hat sie sie für die alte Hexe angeworben. Hat mir immer gesagt, ich könnte mich an *Emma* wenden, wenn ich mal in Schwierigkeiten stecke. Hat 'ner Menge Mädchen den gleichen Scheiß erzählt. Ehrlich, die ist völlig gaga. Wenn Sie nach ihr suchen, sollten Sie lieber gleich 'ne Zwangsjacke mitnehmen.«

»Hast du sie jemals mit diesem Mann zusammen gesehen?« Noah zeigte ihr Ledgers Foto auf seinem Handy.

»Hab sie mit 'ner Menge Männern gesehen.« Abi warf keinen Blick auf das Foto. »Es sind nicht die Männer, um die Sie sich sorgen müssten. Es ist *sie*. Tarvin. Und die Kids. *Uns*. Was werden Sie für uns tun?«

Ihre Augen brannten in ihrem Gesicht. »Ich hab dort oben Achtjährige gesehen. *Kleine Kinder*. Die sind ihr scheißegal, sie wartet einfach ab, bis sie sie anflehen. ›Bitte, Mrs Tarvin. Danke, Mrs Tarvin.‹ Sie ist 'ne Psychopathin. *Böse*. Also, ja.« Sie warf sich in ihrem Stuhl zurück. »Ich hab sie krankenhausreif geprügelt, na und? Ich wünschte, ich hätte die Sache zu Ende gebracht, nicht aufgehört, bis sie *verreckt*. Bevor ein anderer von *uns* wieder dort oben landet.«

Mit einem Mal erhitzten Tränen ihren Blick, und sie war ein dreizehnjähriges Mädchen, das um ihren toten Bruder trauerte, untröstlich und verängstigt. »Keiner von uns ist sicher, solange sie dort oben ist. Keiner von uns.«

Zurück im Besprechungsraum brachte Noah das Whiteboard mit Grace Bradleys Angaben und den restlichen Informationen, die sie von Abi Gull erfahren hatten, auf den neuesten Stand. »Das Krankenhaus sagt, wir dürfen Emma erst befragen, sobald ein Arzt sie untersucht hat. Grace stellt uns vor ein anderes Problem. Wir können zwar zu ihr, aber sie redet nicht. Mit niemandem.«

»Wir müssen das ändern, wenn wir Christie Faulk finden wollen.« Marnie brach das Siegel an einer Wasserflasche. »Was ist mit Jamie Ledger?«

»Jede Menge Anrufe im Anschluss an die Nachrichten gestern Abend. Colin arbeitet die Hinweise ab. Und wir überprüfen die Baustellen, auf denen Ledger vor Battersea gearbeitet hat, für den Fall, dass er dort Freunde oder ein Versteck gefunden hat.«

»Ruf noch mal im Krankenhaus an. Sag ihnen, dass wir einen Beamten der Opferhilfe zu Grace schicken. Erklär ihnen, was auf dem Spiel steht.« Marnie trank einen Schluck Wasser. »Und finde heraus, wann wir mit Emma sprechen können. Vielleicht hat Grace mit ihr geredet, bevor Emma angefangen hat, sie zu verprügeln, oder während sie auf sie eingeprügelt hat.« Sie schraubte den Verschluss wieder zu. »Da wir Anklage wegen schwerer Körperverletzung und Freiheitsberaubung erheben werden, könnte ich mir vorstellen, dass sie kooperieren wird.«

»Du glaubst nicht, dass sie in etwas noch Schlimmeres verwickelt sein könnte?« Noah dachte an Emmas mit Ringen bestückte Hände. »May oder Ashleigh? Grace war in der Nacht, als sie ins Garrett gekommen ist, mit May zusammen, und falls die Mädchen Christie Faulk kannten …«

»Du hast gehört, was Abi gesagt hat. Hätte Emma in den letzten zwei Wochen einen Fuß aus ihrer Wohnung gesetzt, hätte Abi sie vor heute krankenhausreif geprügelt. Wir sollten Emma wegen Grace befragen und wegen Christie. Aber unser Mörder ist noch irgendwo dort draußen. Vielleicht gibt es eine Verbindung zu Christie, aber es ist zu früh, um eine solche Vermutung anzustellen.«

»Wenn Christie Grace den Zettel in die Tasche gesteckt hat, ist sie gefährlich. Oder gestört, wie Abi behauptet. Wer würde ein verängstigtes Mädchen zu Emma schicken?«

Marnie nickte. »Mal sehen, ob Emma eine Antwort darauf hat.«

42

»Ich hoffe, Sie haben sie weggesperrt.« Emma präsentierte ihre Arme, dunkelviolett vor Blutergüssen. »Sehen Sie, was sie mit mir gemacht hat? Die ist ein Tier!« Von Kissen gestützt saß sie aufrecht im Krankenhausbett eines Einzelzimmers, die Beine unter einer flauschigen Decke, die dünne Haut ihres Schädels an mehreren Stellen von Abis Stiefeln aufgerissen.

»Wir müssen uns über Grace Bradley unterhalten, das Mädchen, das Sie in Ihrer Wohnung tätlich angegriffen haben. Was ist da passiert?«

»Oh, *die*!« Verachtung in ihrer Stimme. »Fragen Sie sie doch selbst. Ich habe ihr ein Dach über dem Kopf gegeben, oder? Woher sollte ich wissen, was für eine Sorte Mädchen das ist?«

Noah entging nicht, dass sie Marnies Gesicht nach Schwäche absuchte, irgendeinem Zeichen, dass DI Rome nicht bereit wäre, die ganze Nacht auf die Beantwortung ihrer Frage zu warten. Als Emma nicht fand, was sie erhofft hatte, schürzte sie pikiert den Mund.

»Sie hat mich um Hilfe gebeten, und ich habe ihr geholfen. Und im nächsten Moment hat sie mir Tabletten aus dem Nachttisch geklaut, hat sich zugedröhnt und versucht, mich rumzuschubsen. Das kenne ich nur zu gut von den Tieren, die hierfür verantwortlich sind. Deshalb habe ich sie in den

Wandschrank gesperrt, damit sie sich beruhigt. Sie hat sich selbst Schaden zugefügt, so wie mir und meinen Möbeln. Ich habe die erforderlichen Vorsichtsmaßnahmen getroffen, das ist alles.«

»Es war eine erforderliche Vorsichtsmaßnahme, sie mit einem Gehstock zu verprügeln?«

»Wer sagt, dass ich das gewesen bin? Sie etwa? Die Kleine ist 'ne Lügnerin. Sie war völlig stoned, konnte kaum geradeaus gehen. Hätte ich gewusst, dass sie ein Junkie ist, hätte ich sie niemals in meine Wohnung gelassen.«

»Sie wussten, dass wir nach ihr suchen. Warum haben Sie uns nicht angerufen?«

»Damit Sie mich wieder ignorieren, so wie immer?« Sie krallte sich in der Decke fest. »Ich dachte, um die kümmere ich mich lieber allein, vielen Dank auch.«

»Grace hatte einen Zettel in der Tasche«, sagte Marnie, »mit Ihrem Namen und Ihrer Adresse. Kannten Sie sie schon, bevor Sie sie in Ihren Wandschrank gesperrt haben?«

»Hab sie mein Lebtag nicht gesehen.« Saugte an ihren dritten Zähnen. Eine Erinnerung an ihre Gebrechlichkeit.

»Woher hatte sie dann Ihren Namen und Ihre Adresse?«

»Keine Ahnung. Vielleicht ist sie vorbeigekommen, um mich auszurauben oder ein Feuerchen zu legen. Vielleicht kennt Gull sie.«

»Wir haben sie gefragt. Sie kennt sie nicht.« Marnie legte den Beweisbeutel so hin, dass Emma den Papierfetzen lesen konnte, den sie in Grace' Tasche gefunden hatten. »Erkennen Sie die Handschrift wieder?«

»Ist nicht die von Gull.« Ihre Augen schauderten. »Ich habe genug von ihren Hassbotschaften gelesen.«

»Jemand hat Grace zu Ihrer Wohnung gelotst. Wer würde so etwas tun?«

»Ich habe nicht den blassesten Schimmer, meine Liebe. Wie gut, dass nicht *ich* der Detective bin. Wie schon gesagt, sie hat an meiner Tür geklopft, und ich habe sie reingelassen. Wollte nur helfen. Hab für meine Güte schmerzlich bezahlt.«

Marnies Augen lösten sich von der Frau, als könnte sie es nicht mehr ertragen, sie anzusehen, könnte es nicht mehr ertragen, sich ihre Lügen anzuhören. »Wir haben Ihren Gehstock und Fotos von Grace' Hämatomen. Es wird nicht schwer werden nachzuweisen, was passiert ist. Vielleicht wollen Sie sich noch einmal durch den Kopf gehen lassen, wie es sein wird, zurück ins Garrett zu kommen, sobald sich herumgesprochen hat, was sie einer verängstigten Fünfzehnjährigen angetan haben?« Eine kurze Pause. »Ganz zu schweigen von den anderen Kindern, denjenigen, denen Sie Drogen verkauft haben. Abigail Gull legt zur Verteidigung ihrer eigenen Taten gerade eine eidesstattliche Erklärung ab. Aber womöglich unterschätze ich die Toleranz Ihrer Nachbarschaft. Vielleicht wird im Zweifel für den Angeklagten entschieden.«

Emma Tarvin sammelte ihre Spucke und rotzte sie Marnie vor die Füße, wo sie, Farbe und Größe eines alten Zehn-Pence-Stücks, hart auf den Boden des Krankenhauszimmers platschte.

»Wollen Sie *mir* etwa Angst einjagen, Lady? Ich habe gesehen, wie die Leute im Garrett behandelt werden. Nicht nur von dieser Meute kleiner Scheißer, diesen verdammten Barbaren. Von der Polizei und den Zeitungen, von allen. Die Kinder sind am schlimmsten. Abschaum. Kein Respekt vor nichts und niemandem. Ist denen egal, dass meine Mum während des Kriegs in der Fabrik gearbeitet und Bomben bestückt hat, damit dieses Land weiterhin sicher ist. Ich wünschte, ich hätte etwas von dem Zeug aufgehoben, um diese kleinen

Mistkröten wegzusprengen. Wäre ihnen eine Lehre gewesen, die einzige, aus der sie etwas gelernt hätten.«

Marnie unterbrach sie nicht. Als Emma mit ihrer Rede fertig war, sagte sie: »Grace Bradley ist in einen Wandschrank gesperrt worden, von Ihnen. Sie ist ausgehungert, wurde verprügelt und hat Todesängste ausgestanden. Durch Ihre Hand.«

»Die verdienen es, ein bisschen Schiss zu haben. Das ganze Pack. Glauben Sie, ich sitze einfach in meinen Pantoffeln da, während sie meine Wohnung wieder in Brand stecken? Glauben Sie, ich lass das zu?« Ihre Augen bohrten sich in Marnie, glühend vor Zorn. »Jahrelang habe ich mich an Ihre Spielregeln gehalten, und was hat's mir gebracht? Hab Formulare ausgefüllt, musste mir herablassendes Gequassel von Ihren Opferbeamten anhören. Höchste Zeit, dass ein paar von uns sich daran erinnern, wer wir sind. Besser als diese Wichser, die rumlaufen, als würde ihnen alles gehören, Schule schwänzen, für jeden die Beine breitmachen, der nicht bei drei auf dem Baum ist.« Sie schüttelte sich vor Verachtung. »Widerliche kleine Huren. Dreck. Die sollten weggesperrt werden.«

Marnie legte einen Gefrierbeutel mit Pillen auf den Tisch neben dem Bett. »Und die hier?«

»Was soll mit denen sein?« Ihr Blick glitt verächtlich über Marnie. »Sie sehen aus, als könnten Sie ein paar von denen gebrauchen. Sind ja nicht gerade ein Sonnenschein, hm, Lady?«

»Sie haben in der Siedlung Tabletten an Kinder verkauft. Abis Bruder Clarke ist durch eine Überdosis gestorben. Kein Wunder, dass sie entschieden hat, Sie wären der Staatsfeind Nr. 1.«

»Dieses Flittchen braucht keine Ausrede für das, was sie tut. Sie liebt es. Feuer legen, Steine werfen. Sie hat's im Blut. Wissen Sie, wobei ich sie sonst noch beobachtet habe? Wie sie den Rock gehoben und einfach auf den Bürgersteig gepisst hat.« Sie lehnte sich zurück, atemlos. »Sie ist ein Tier, wie der Rest von denen. Wilde Tiere.«

»Sie streiten nicht ab, Tabletten verkauft zu haben?« Noah hätte nicht geglaubt, dass es so leicht werden würde, ein Geständnis von ihr zu bekommen. »Drogen an Kinder gedealt zu haben?«

»Wo Sie einen Kühlschrank voller Beweismittel haben, mein Hübscher? Nein, natürlich nicht.«

»Und es tut Ihnen nicht leid? Sie schämen sich gar nicht?«

»Mich schämen?« Sie setzte sich, an ihre Kissen gelehnt, etwas aufrechter hin. »Ich bin *stolz*. Ich mache etwas aus mir. Ist das nicht, was wir mit unserem Leben anstellen sollen? Ich bin nicht diejenige, die süchtig ist. Oh, ich *könnte* es sein. Eine Menge meiner Freunde sind von dem Müll abhängig, mit dem sie uns zuschütten, damit wir uns nicht zu laut über unsere schwache Blase und die Arthritis und Gott weiß was beschweren. Am liebsten wäre es ihnen, wenn ich bis oben mit diesem Gift vollgepumpt wäre. Würde mich zumindest ruhigstellen, nicht wahr? Da wir alle immer länger leben, wäre es ihnen sehr lieb, wenn wir einfach die Klappe halten.« Sie spuckte wieder, diesmal schwächer, sodass ihr Speichel auf der Vorderseite ihrer Strickjacke landete. »Deshalb nehme ich die Pillen, vielen Dank auch, so viel, wie ich bekomme. Und ich verkaufe sie an all die, die ohne ein kleines High nicht durch den Tag kommen.« Ihre Augen leuchteten, rot gerändert vom Alter. »Ich verrate Ihnen was, Lady. Bin in meinem ganzen Leben noch nie so freundlich behandelt worden wie von diesen Pillenjunkies. Mit ihren Verbeugungen und dem Katzbuckeln, ihrem *Mrs Tarvin*. Ziehen den Schwanz ein, weil sie etwas brauchen, damit sie sich nicht mehr so kalt und leer fühlen, wo sie überhaupt nicht wissen, was echte Kälte und

Leere bedeutet. Es ist, was sie *verdient* haben. Keinem von denen geht es auch nur einen Tick besser, als es sein sollte.«

Mit anderen Worten: nicht nur ein finanzieller Anreiz. Das hier war Rache und Boshaftigkeit. Abi hatte recht gehabt. Das Geld war ein netter Nebeneffekt, aber es war nicht der Hauptgrund, weshalb diese Frau die Schwäche der Kinder, die in der Sozialsiedlung lebten, ausnutzte. Sie ergötzte sich regelrecht an ihrem Leid.

»Sie sollten froh sein, dass ich dem Staat nicht auf der Tasche liege. Hab jetzt mehr als genug zum Leben. Die von zwei Stockwerken unter mir? Ist fast am Verhungern, weil sie jede Woche das Geld für die Versicherung zusammenkratzen muss, sobald sie mal wieder ausgeraubt wird. *Am Verhungern.* Weil sie weiß, dass sie alles wieder verlieren wird und es die einzige Chance ist, ihren Schaden beglichen zu bekommen. Natürlich nur, wenn die Versicherer sie nicht über den Tisch ziehen. Nicht einer von uns fürchtet sich nicht vor dem, was als Nächstes durch unsere Türen oder Fenster kommt. Ich tue nichts weiter, als die Situation in die eigenen Hände zu nehmen. Denn wer tut es sonst? Ihr nicht. Viel zu sehr damit beschäftigt, euren eigenen Arsch zu retten anstatt meinen.« Sie lehnte sich zurück, erfreut über das Stirnrunzeln in Noahs Gesicht. »Ich nehme an, dass es eine Ermittlung gegen Sie geben wird. Die werden wissen wollen, warum Sie das Mädchen nicht gefunden haben, wo sie doch genau vor Ihrer Nase gewesen ist. Sie sind die ganze letzte Woche bei mir ein und aus gegangen. Sie und dieser fette Dummkopf, der mir die Kekse wegfrisst.«

Ron hatte Emma wegen ihres Muts gemocht. Sie hingegen hatte nur Verachtung für ihn übrig.

»Ja, es ist uns tatsächlich nicht in den Sinn gekommen, dass Sie ein Kind betäubt und verprügelt haben könnten, bevor wir es in Ihrem Wandschrank gefunden haben.« Marnie erhob sich. »Aber jetzt wissen wir, mit wem wir es zu tun haben, das ist doch ein Fortschritt.«

Überrascht blickte Emma zu ihr hoch. »Sie gehen schon, echt? Nennen Sie das etwa ein Verhör? Ich bin im Co-op schon bohrenderen Fragen unterzogen worden.«

Unter dem spöttischen Grinsen wirkte sie verängstigt. Was würden Geschworene von ihr halten? Genau in diesem Moment sah sie wie eine verletzliche alte Frau aus. Würden sie ihre Maske durchschauen?

»Haben Sie überhaupt mit Grace geredet?« Marnie blieb im Türrahmen stehen. »Vielleicht ganz am Anfang, als sie aufgetaucht ist. Als Sie ihr einen Schlafplatz angeboten haben. Warum haben Sie das überhaupt getan?«

»Mein großes Herz, reicht Ihnen das denn nicht, Detective Inspector?«

Marnie ignorierte ihre Antwort. »Ich nehme an, Sie haben ein neues Opfer in ihr gesehen, jemanden, an den sie Drogen verkaufen oder den sie auf den Strich schicken könnten. Dafür sind doch Ihre Notizbücher da, nicht wahr? Listen von Kindern, die Sie ausbeuten können. Ein neues Mädchen, das verzweifelt wirkt, muss Ihnen die Nacht versüßt haben.«

»Die hat ihre Titten doch schon draußen gehabt, dafür hat sie meine Hilfe nicht gebraucht. Hab ich mit ihr geredet? Nein. Sie hatte kein Interesse am Reden, wollte nur Essen und ein Dach über dem Kopf. Dachte, sie hätte mit mir das große Los gezogen.«

»Und dann haben Sie sie geknebelt«, sagte Noah. »Weshalb es anschließend sowieso keine Unterhaltung mehr gegeben hat.«

»Ich mag es ruhig im Haus.« Spielte an ihrer Decke herum, strich sie glatt. »Wir sind nicht alle im Ghetto groß geworden.«

»Christie Faulk«, sagte Marnie. »War sie ein weiteres Mädchen, das dachte, es hätte das große Los gezogen?«

Marnies Worte durchbrachen Emmas Schutzwall. Ihr Mund klappte überrascht auf, ihre Augen wurden zu schmalen Schlitzen. »Wer?«

»Christie Faulk. Sie hat vor zwei Jahren eine Weile bei Ihnen gewohnt. Bis sie schwanger geworden ist und Sie sie rausgeworfen haben. Einen schwangeren Teenager auf den Strich zu schicken, hat wohl selbst Ihren Einfallsreichtum überstiegen.«

Emma benetzte sich die Lippen. »Ich weiß nicht, wovon Sie reden, Lady.«

»Ist es Christie gewesen, die den Zettel geschrieben hat, den wir in Grace' Tasche gefunden haben? Ein Zufluchtsort, aber nur im äußersten Notfall. Ich kann mir nicht vorstellen, dass Christie viele glückliche Erinnerungen an die Zeit unter Ihrem Dach hat.«

»Ich kenne keine Christie.« Doch zum ersten Mal wirkte Emma unsicher.

Prostitution, Abtreibung – die Tabletten waren schlimm genug. Einen Verstoß gegen das Betäubungsmittelgesetz könnte sie unbeschadet überstehen, aber eine Anklage wegen Sexualstraftaten nicht, nicht im Garrett.

Marnie sagte: »DC Tanner wird das weitere Verhör übernehmen. Außerdem wird sie Sie wegen Drogen und des Anstiftens zu Unzucht, der Körperverletzung, des Freiheitsentzugs und natürlich wegen der Falschaussage, die Sie bei der Polizei gemacht haben, verhaften.«

»Sie geben den Schwarzen Peter einfach weiter? Mit dieser Einstellung werden Sie es nie zu was bringen. Sie wollen doch ein Zeichen setzen, zeigen, dass Sie hier gewesen sind. Das ist genau das, was ich tue, Lady.« Sie beugte sich wieder vor, ihre Wut saugte sämtliches Licht auf. »*Mein* Zeichen setzen.«

43

Mit kläglicher Miene wartete Ron mit Debbie im Krankenhausflur, ebenso bedrückt wie der Rest von ihnen über die Enthüllungen in Bezug auf Emma Tarvin. Ein Blick in Noahs Gesicht verriet ihm, dass sie gestanden hatte und keinerlei Reue zeigte. »Herrgott noch mal!« Er drehte sich weg.

Marnie fragte: »Wie geht es Grace?«

»Im Schockzustand«, sagte Debbie. »Sie haben sie an den Tropf angeschlossen. Wie es aussieht, ist ihr eine Menge Diazepam und Tramadol verabreicht worden. Sie ist sehr benommen. Nicht viel besser als zu dem Zeitpunkt, als Noah sie gefunden hat.«

»Sie war bereits traumatisiert, bevor das passiert ist«, rief Marnie ihnen ins Gedächtnis. »Als sie vor Joe Eatons Auto gelaufen ist, hat sie bereits unter Schock gestanden.«

Als hätten ihre Worte ihn heraufbeschworen, kam Sergeant Kenickie durch die Doppeltür auf sie zu, Hände in den Taschen geballt. »G. I. Bradley. Welches Zimmer?«

Marnie gab Debbie und Ron mit einem Kopfnicken zu verstehen, dass sie in Mrs Tarvins Zimmer gehen sollten. »Grace Bradley ist tabu«, erklärte sie Kenickie. »Nicht meine Anordnung, die des Arztes. Wenn Ihnen das nicht gefallen sollte, müssen Sie das mit ihm abklären.«

An Noah gewandt sagte sie: »Wir müssen zurück ins Revier.«

»Ich möchte eine Verhaftung durchführen.« Kenickie ignorierte Noah, allein auf Marnie konzentriert. »Gina Marsh verdient das, außer bei Ihnen ist jedes Opfer tabu, egal was es gemacht hat.«

»Hier gibt es mehr als genug Opfer.« Marnie warf einen Blick auf ihre Uhr. »Wir suchen nach einem Mörder, vielleicht auch zweien. Sofern Sie uns nicht einen davon abnehmen können, schlage ich vor, dass Sie mit Ihrer Selbstdarstellung woanders weitermachen.«

»Einen kann ich Ihnen sofort abnehmen. Selbst wenn wir es Totschlag nennen müssen. Ihr Mädchen hat Logan Marsh auf dem Gewissen.« Kenickie klapperte mit dem Schlüssel in seiner Tasche. »Wann hatten Sie eigentlich vor, uns Bescheid zu geben, dass Sie sie gefunden haben?«

»Es stand nicht ganz oben auf meiner Liste«, erklärte Marnie.

Sie begann wegzugehen. Noah folgte ihr.

Kenickie rief ihnen mit lauter Stimme nach: »Wusste gar nicht, dass positive Diskriminierung nicht nur bei Mitarbeitern, sondern auch bei Verdächtigen gilt. Wäre sie ein Kerl oder wäre Logan ein Mädchen, sähe die Sache ganz anders aus.«

Marnie erwiderte nichts, doch ihr Profil war wutentbrannt. Noah musste sich beeilen, um mit ihr Schritt zu halten. »Ich frage mich, ob Gina Marsh seinen Kreuzzug gutheißt.«

»Das bezweifle ich. Ich könnte mir vorstellen, dass sie viel zu sehr damit beschäftigt ist, um ihren Sohn zu trauern.«

Draußen regnete es wie aus Kübeln.

Als Marnie den Wagen aufsperrte, klingelte ihr Handy. »DI Rome … Mr Beswick, hallo … Nein, ich bin auf dem Weg zurück zum Revier.« Sie erstarrte, die Hand an der Wagentür. »Wiederholen Sie das.«

Ihr Gesicht veränderte sich beim Zuhören, ihre Falten ein tiefes Relief. »Ich bin sofort bei Ihnen.«

Sie klappte ihr Handy zu, blickte über das Auto zu Noah. »Loz wird vermisst.«

»*Loz…*« Noahs Kehle schnürte sich zusammen. »Seit wann?«

»Vor der Schule. Sie hat darauf bestanden hinzugehen, ist dort aber nicht aufgetaucht. Die Schule hat ihre Freundinnen befragt, von denen eine meinte, Loz hätte Bilder dabei, die ihre Schwester gemalt hatte. Von einer Unterführung. Loz hat dieser Freundin gesagt, dass sie denjenigen finden will, der May entführt hat. Die Freundin hat es für einen Scherz gehalten.«

»Wir haben sie abgeriegelt. Die Unterführung…«

»Die Forensik hat auf unsere Bitte hin schnell gearbeitet.« Marnie schüttelte den Kopf. »Das Absperrband ist schon vor Stunden entfernt worden, während wir in Emmas Wohnung gewesen sind.«

»Mist!« Noahs Augen brannten. »Joel und die anderen… haben die uns angelogen?«

»Das finden wir heraus.« Marnie scrollte mit dem Daumen über ihr Handy. »Joel, hier spricht DI Rome. Wo bist du gerade? Alles klar. Bleib bitte, wo du bist. Wir müssen uns unterhalten.«

Im Starbucks genehmigte Daisy sich einen Flavoured Latte. Joel und Corin behielten die Tür im Auge, wirkten zu Tode erschrocken, als Marnie und Noah das Café betraten.

»Loz Beswick ist verschwunden«, erklärte Marnie ihnen. »Wir glauben, ihr könntet die Letzten gewesen sein, die sie gesehen haben. In der Unterführung, gerade eben.«

Noah bemerkte die Lügen, die sich in den Augen der Jungen zusammenbrauten. Er ließ sie nicht zu Wort kommen. »Wir wissen, dass sie zur Unterführung gegangen ist. Sie ist *verschwunden.* Ihr sagt uns die Wahrheit, und zwar sofort!«

»Wir haben nicht gewusst, wer sie ist«, erklärte Corin. »Erst als sie es uns gesagt hat.«

»Was hat sie euch gesagt?«

»Dass sie Mays Skizzenblock gefunden hat. Sie hatte rausgefunden, wo die Unterführung ist, meinte, sie wollte sie mit eigenen Augen sehen. Wir haben sie bei uns abhängen lassen. Sie war ganz schön traurig.«

»Warum habt ihr uns nicht angerufen?«, fragte Noah mit fester Stimme. »Ihr hattet unsere Nummer. Ihr wusstet, dass wir nach einem Mörder suchen. Loz ist dreizehn. Sie verlässt sich darauf, dass wir denjenigen finden, der May umgebracht hat.«

Das entlockte Daisy ein überraschtes Lachen.

Joel und Corin wichen auf ihren Stühlen zurück, auf Abstand zu ihr.

Daisy rührte mit einem Holzstäbchen in ihrem Getränk herum.

»Was ist daran so lustig?«, fragte Marnie.

»Weil sie sich auf niemanden verlässt«, sagte Daisy. »Sie sucht ihn selbst.«

»Das hat sie euch erzählt?«

»Ja. Aber das ist nicht schlimm. Sie ist nicht wirklich *verschwunden*, sie treibt sich bloß ein bisschen rum.« Sie leckte Milchschaum vom Holzstäbchen. »Es ist nur … das haben wir alle gemacht. Ich kann verstehen, warum ihre Mum und ihr Dad gleich auf hundertachtzig sind, aber mal im Ernst? Das ist keine große Sache.«

May war ermordet worden. Loz war verschwunden. *Keine große Sache?*

»Wo treibt sie sich herum?«

Daisy zuckte mit den Schultern. Ebenso wie Joel und Corin. Als wären sie nicht in der Lage, sich ein Schicksal für Loz vorstellen, das weniger angenehm war als ihres, bei Starbucks sitzend und überteuerte, mit Sirup gesüßte Milch schlürfend.

»Ihr geht's gut«, beharrte Daisy. »Sie treibt sich nur ein bisschen rum.«

»Wo?«, wiederholte Marnie.

»Irgendwo, wo's sicher ist«, sagte Joel. »Sie müssen nicht gleich ausflippen.«

Corin nickte, doch seine Augen waren nicht glücklich. Nichtsdestotrotz betete er die Lüge nach, die Daisy ihnen vorgepredigt hatte. »Sie ist in Sicherheit. Das muss sie sein. Ich meine, wer macht sich schon auf die Suche nach einem Mörder? Das war doch bloß ein Witz. Oder?«

44

»Wie halten sich ihre Mum und ihr Dad?«, erkundigte sich Welland bei Marnie. »Zumindest kennen sie die Abläufe.«

»Ich bin nicht sicher, ob es das einfacher macht.«

»Sie haben sie allein zur Schule gehen lassen?«

»Beide, Sean und Katrina, hatten das Gefühl, ihr etwas Freiraum geben zu müssen, und sie haben darauf vertraut, dass nichts passiert.«

»Vertrauen wir *ihnen*?« Sein ruppigster Tonfall. Wenn ihnen etwas entgangen sein sollte …

»Wir haben sie unter die Lupe genommen, als May damals verschwunden ist. Und DS Jake hat sie sich in den letzten vierundzwanzig Stunden noch mal vorgeknöpft, nachdem der Skizzenblock aufgetaucht ist.« Marnie stockte. »Wenn Sie sie jetzt sehen könnten … Sie drehen völlig durch vor Sorge. Keines ihrer Autos hat seit gestern die Taybridge Road verlassen. Nachbarn haben Loz in ihrer Schuluniform gesehen, mit ihrer üblichen Tasche, zu ihrer üblichen Zeit in Richtung Schule. Wir können Zeit verschwenden, indem wir die Beswicks noch weiter befragen, aber ich würde mir lieber die Unterführung ansehen. Dort gibt es überall Überwachungskameras. Wir überprüfen die Umgebung der Taybridge Road und der Schule, für den Fall, dass sie einen Haken geschlagen hat.« Hätten sie die Polizeiabsperrung doch nur länger aufrechterhalten; hätte sie die Forensik nicht gebeten, so schnell zu arbeiten; wäre es ihr gelungen, Loz' Vertrauen zu gewinnen …

Welland bohrte sich die Knöchel in den Halsansatz. »Wir orten ihr Handy?«

»Sie hat es seit gestern Abend nicht mehr benutzt. Wir hoffen, dass sie es bei sich hat. Im Moment ist das unsere beste Spur. Und wir checken ihren Computer. May hat keinen benutzt, aber Sean meint, Loz hätte regelrecht im Internet gelebt. Bisher haben wir nichts weiter als Fotos von Verkehrsschildern und Rollenspiel-Accounts gefunden.«

»Was sind Rollenspiel-Accounts?«

»Vorgeben, jemand zu sein, der man nicht ist. Nichts Verbotenes, sie schlüpft nur in einen Charakter aus ihrem Lieblingsbuch oder einer Serie. Eskapismus. Nichts, was Potential für eine echte Spur hätte.«

Welland runzelte bei Marnies Bericht die Stirn. »Was wissen Sie über diese Frau, Christie Faulk?«

»Anfang zwanzig. Laut Jodie Izard hatte sie vor einem Jahr dunkle Haare und braune Augen. Das war drüben in Lewisham, wo sie Grace geholt hat. Unser Trio aus der Unterführung behauptet, die Frau, mit der Loz mitgegangen ist, wäre blond gewesen, mit braunen Augen. Wir gehen davon aus, dass es sich um dieselbe Frau handelt.«

»Anfang zwanzig, aber wir glauben, sie ist unsere Mörderin? Oder nur sein Rekrutierungskommando?«

»Das wissen wir nicht.« Egal wie man es drehte und wendete, Loz war mit ihr gegangen, freiwillig. Wie viel Schmerz musste in ihr gewütet haben, dass sie ein Risiko solchen Ausmaßes einging? »Wir müssen Christie finden, keine Frage.«

»Irgendeine Verbindung zwischen Faulk und Ledger?«, fragte Welland als Nächstes.

Marnie schüttelte den Kopf. »Aber wir konnten Christie

noch nicht offiziell identifizieren. Kein Ausweis und kein Foto. Wir hoffen, dass Grace uns helfen kann. Ich fahre rüber ins Krankenhaus, um mit ihr zu reden.«

»Sie ist drüben bei Kathy Bates?« Er meinte Emma Tarvin.

»Auf unterschiedlichen Stockwerken, aber ja.«

Welland zupfte an seiner Lippe. »Die vom Verkehr waren vorhin schon wieder am Telefon, um mir die Hölle heißzumachen.«

»Ich hoffe, Sie haben denen Paroli geboten. Kenickie ist ein Mistkerl.«

»Hab ihn von meiner Liste für Weihnachtskarten gestrichen. Was gibt's sonst noch von der Unterführung? Ich wette, die Forensik hat eine hübsche Ausbeute gemacht. Kondome, vollgeschissenes Toilettenpapier, das volle Programm.«

»Fran sucht nach DNS von Leuten aus der Vermisstendatei. Joel und die anderen haben einen Jungen namens Eric erwähnt und eine Sasha. Wir haben ihnen ein Bild von Sasha Ronson gezeigt, aber das ist sie nicht.«

»Selbst so«, sagte Welland, »'ne ganze Menge verschwundener Mädchen in unmittelbarer Nähe des Jagdreviers dieses Verrückten. Wenn er noch mehr hat, haben wir dann Grund zur Hoffnung, dass er sie lebend bei sich hat?«

»Wer auch immer May und Ashleigh ermordet hat, hat ihren Tod öffentlich zelebriert. Es gibt keinen Grund zur Annahme, dass sie bei einem anderen Mädchen, das sie getötet hätten, anders vorgegangen wären.«

»Außer, die anderen wurden vorher getötet. Verpfuschte Anfängerarbeiten, sozusagen. Es mag etwas gedauert haben, um sich zu den öffentlichen Zurschaustellungen hochzuarbeiten. Ist das nicht das übliche Muster bei diesen Psychos?«

Marnie wollte an kein anderes Mädchen als eine verpfuschte Anfängerarbeit dieses Mörders denken.

»Sie an öffentlichen Orten aufzubahren, könnte eine Kritik an der Art sein, wie wir ihren Schmerz ignorieren«, sagte Welland. »Ist das nicht das, was Ledgers Ehefrau gesagt hat, darüber, wie ihm das Leben als Zivilist vorkommt – dass wir aufwachen müssen, um endlich zu kapieren, was um uns herum vor sich geht?« Mit den Fingerspitzen knetete er die Haut unter seinen Augen, seine Miene noch zynischer und erschöpfter als sonst. »Um zu beweisen, dass er in der Stadt das Sagen hat, kommt und geht, wie es ihm gefällt, alles tut, was er will. Keine Grenzen, nur eine Menge Risikobereitschaft.«

Marnie erwiderte nichts. Er könnte recht haben, das war die verdammte Krux an der Sache. Welland könnte mitten ins Schwarze getroffen haben.

Er beugte sich zu ihr. »Geben wir der Presse Laura Beswicks Foto?«

»Noch nicht. Es könnte unseren Mörder aufschrecken. Es könnte der Grund sein, warum Ashleigh so kurz nach May wie Müll abgeladen worden ist.«

»Aber er holt sich weiterhin Mädchen. Was hat er vor? Macht er einen auf Manson-Familie, eine Art Sekte? Er vergewaltigt sie nicht oder noch nicht. Was Sinn ergeben würde, falls der Mörder eine Frau ist. Diese Christie Faulk.«

Er hatte sich noch keine endgültige Meinung gebildet, erkannte Marnie. Weder in Bezug auf Jamie Ledger noch auf Christie Faulk.

Sie stand auf. »Ich halte Sie auf dem Laufenden, was Grace zu sagen hat. Ansonsten ist jeder Beamte auf die Suche nach Loz angesetzt. Falls Sie uns *mehr* Leute besorgen könnten …«

Welland nickte. »Ich kümmere mich darum.«

Jodie Izard hatte Grace Bradley als die geborene Kämpferin beschrieben, knallhart.

Das Mädchen im Krankenhausbett war erschreckend dürr und von Prellungen übersät, ihre Hände an den Seiten zu Fäusten geballt, die Knochen an ihren Handgelenken stachen spitz heraus. Sie hatten nicht versucht, die Schrift von ihrer Haut zu schrubben, das schwarze Gekritzel war stellenweise abgewetzt von den Schürfwunden, die Emma Tarvins Gehstock hinterlassen hatte.

Marnie konnte eine Handvoll Wörter lesen.

Lügner. Tier. Tot.

Fran hatte Babyöl benutzt, um die Schrift von May zu entfernen. Am liebsten hätte Marnie dasselbe bei Grace getan. Sie saß neben ihrem Bett. »Grace, ich bin Detective Inspector Rome. Ich brauche deine Hilfe.«

Keine Antwort, nicht einmal ein Blinzeln ihrer grauen Augen, zu groß für ihr Gesicht. Wie Loz' Augen.

»Ich brauche deine Hilfe, um den Ort zu finden, wo du und May gewesen seid. Kannst du dich erinnern?«

Grace schloss die Augen. Sie drehte die Fäuste, bis ihre Arme gut sichtbar zu beiden Seiten ihres Körpers lagen. *Lügner. Tier. Tot.* Worte, aber nicht die, die Marnie von ihr hören wollte.

»Ich muss Christie Faulk finden. Ich glaube, du kennst sie. Sie hat Mays Schwester mitgenommen. Du hast May gekannt. Du bist bei ihr und bei Ashleigh gewesen. Das stimmt doch, nicht wahr? Nur dass Christie jetzt Mays Schwester Loz entführt hat. Loz ist dreizehn. Wir machen uns große Sorgen um sie. Ich glaube, du weißt, wohin Christie sie gebracht hat. An den Ort, von dem du weggelaufen bist, bevor Emma dich eingelassen hat.« Marnie erwähnte mit keiner Silbe den Autounfall oder den Wandschrank oder die Prügel. »Hilf mir bitte,

Loz zu finden. Sie ist wütend und verängstigt. Sie will denjenigen aufspüren, der ihre Schwester ermordet hat. Wir glauben, dass sie mit Christie mitgegangen ist, weil sie gehofft hat, sie würde sie zu Mays Mörder bringen …«

Das Geräusch, das aus Grace kam, war rau und tief. Matt rollte sie den Kopf auf dem Kissen hin und her.

»Du hast nicht gewusst, dass May tot ist«, erkannte Marnie. »Das tut mir leid, ich dachte, du wüsstest es. Ich dachte, das wäre der Grund, weshalb du von dort weggelaufen bist, weil du gesehen hast, wie gefährlich es ist.«

Sie wartete, ob Grace' Entsetzen zunahm. Aber sie hatte keine Zeit. Sie hatte keine Zeit zu warten.

»Grace, sag mir, wohin Christie Loz gebracht hat. An einen sicheren Ort, hat sie gesagt. Ich weiß, dass es dort Nahrung gibt und ein Dach über dem Kopf. Ich weiß, dass sie sich anfangs um euch kümmert.«

»N…Nein.« Ein Flüstern, abgehackt. »Sie w…wissen nichts.«

»*Dann erzähl es mir!*«

Grace rollte den Kopf wieder hin und her. Weigerte sich, Marnies Frage zu beantworten, oder war sie dazu nicht in der Lage? Kein Weinen, zumindest nicht mit den Augen. Keine Tränen kamen unter ihren geschlossenen Lidern hervor, aber ihre Brust hob und senkte sich unter der Bettdecke.

»Ist schon gut.« Marnie griff nach ihrer Hand und hielt sie fest. »Ist schon gut. Du bist jetzt in Sicherheit. Du kannst mir helfen. Ich brauche deine Hilfe. Du kannst helfen, Loz zu retten und wer sonst noch an dem Ort ist, über den Christie gelogen hat. Denn dort ist es nicht sicher. Es ist sehr, sehr gefährlich. Wir müssen Loz und die anderen von dort befreien, genau wie du dich befreien konntest. Sag mir, wohin sie dich gebracht hat. Hilf mir.«

Grace hörte mit dem Kopfschütteln auf. Ihre Brust hickste, bevor sie schließlich still wurde. Zu still.

Marnie wollte schon ihren Puls fühlen, als das Mädchen ihre Hand wegzog, den Arm hob und ihn sich über die Augen legte, das Handgelenk in einem sonderbaren Winkel abgeknickt, unnatürlich.

Licht fiel auf den Unterarm, hob die Wörter hervor, die dort standen.

Lügner. Tier. Tot.

Marnie stellte sich Grace und May vor, wie sie im Schneidersitz auf dem Fußboden eines Fremden gesessen und mit schwarzen Textmarkern auf ihre Haut geschrieben hatten, jedes Wort eine Waffe.

Doch da war noch etwas auf Grace' Haut.

Ein Wort, das Marnie nicht aufgefallen war, bis jetzt.

Genau über ihrem linken Handgelenk.

In spitzer Schrift, kleiner als der Rest.

Mörder.

45

Christie

»Das ist unser Zuhause«, sagte Christie zu Kullerauge. »Wie findest du's?«

Kullerauge sah sich eingehend in der Küche um. Hängeschränke, Tisch, Messerblock. »Nett.«

»Willst du dir die Schlafzimmer ansehen?«

»Ich muss mir eins teilen, nicht wahr?«

»Nicht zwangsläufig. Kommt drauf an, wer über Nacht bleibt. Im Grunde ist es ein ständiges Kommen und Gehen, ganz wie wir wollen.«

»Bekomme ich einen Schlüssel?«, fragte Kullerauge. »Wenn ich kommen und gehen kann, wie ich will, brauche ich einen Schlüssel.«

»Na klar.« Christie nickte. Sie zog eine Schublade neben dem Herd auf. »Bedien dich!«

Die Schublade war voller Haustürschlüssel an Plastikanhängern. Kullerauge wählte einen grünen.

»Wir essen gleich. Hier gibt es jede Menge Essen. Kannst du kochen?«

»Ein bisschen. Nicht wirklich. Aber ich kann gern helfen. Ich nehme an, das tun hier alle, oder?« Kullerauge steckte den Schlüssel in ihre Tasche, während sie sich weiter in der Küche umsah. Jeder zweite Blick huschte zurück zur Tür. Sie hatte sich nicht die Mühe gemacht, sich die Fenster anzusehen. Viel zu hoch. Nur ein Weg raus und rein.

Christie ging an ihr vorbei, um die Schublade zu schließen. Sie hatte die Schlüssel in einem Ramschladen gefunden, ein Restposten. Keiner von ihnen öffnete hier Türen. Aber sie sahen gut aus, wild durcheinandergewürfelt in der Schublade.

Bedien dich, komm und geh, ganz wie du willst…

Harms Idee, um den Mädchen das Gefühl von Sicherheit zu geben. Keines von ihnen hatte die Schlüssel am ersten Tag ausprobiert, nicht einmal in der ersten Woche. Später, als es zu spät war, weinten sie, wenn sie herausfanden, dass die Schlüssel nicht passten. Oder sie kämpften, so wie Grace.

Wie sie dort in der Küche stand, wirkte Kullerauge alt. Was sie nicht war. Sie war jünger als jede von ihnen, aber sie sah uralt aus. Angst kroch in Christies Kehle. Was hatte sie nur getan?

Sie schnappte sich ein Glas. »Wasser ist hier.« Sie ging zu den gestapelten Kanistern, zeigte dem Mädchen, wie der Hahn funktionierte, den Harm eingebaut hatte.

»Was stimmt mit der Spüle nicht?«, fragte Kullerauge.

»Sie haben das Wasser noch nicht angeschlossen. Das hier ist ein Neubau. Kein Wasser, kein Gas. Keine Elektrizität außer der, die Harm für uns gelegt hat.«

»Wer ist Harm?«

»Ein Freund.« Christie warf ihr einen Blick zu. »Nicht ausflippen. So ist das nicht.«

Ihr Gesicht zuckte, aufgewühlt. »Wie denn?«

»Nicht das, was du denkst.« Christie atmete tief ein und trank einen Schluck aus dem Glas, bis die Schlange in ihrem Mund sich nicht mehr rührte. »Ich habe dasselbe gedacht, als ich damals hergekommen bin. Es wirkt sonderbar, weil wir nicht daran gewöhnt sind, dass sich irgendjemand auch nur einen Scheiß um uns kümmert.« Sie zuckte mit den Schultern. »Ein paar tun es aber, das ist alles.«

»Wie Harm.« Kullerauge steckte die Hände in die Taschen, Schultern hochgezogen, in dem Versuch, tough auszusehen.

»Ja.« Christie musterte sie über den glatten Rand des Glases. »Wie Harm.« Sie stockte, dann fügte sie hinzu: »Du musst uns deinen Namen verraten.«

»Laura.« Es könnte ihr echter Name sein oder eine Lüge.

Alle Mädchen logen, früher oder später. Selbst May, die Einzige, der Christie einen richtigen Schlüssel anvertraut hatte, in der Gewissheit, dass sie in jener Nacht, nachdem sie Grace von hier weggebracht hatte, zurückkehren würde. Doch es war Christie gewesen, die Grace derart eingeschüchtert hatte, bis sie zu Emma Tarvin geflüchtet war. Die alte Frau würde sie ruhigstellen und ihr eine Lektion erteilen, die sie nicht so schnell wieder vergessen würde. May war allein zurückgekommen, oder zumindest hatte Christie das geglaubt. Sie hatte nichts von der Lüge in Mays Bauch gewusst und dem Umstand, dass dies alles zerstören würde.

»Komm schon.« Sie führte Laura in das Zimmer, das May sich mit Ashleigh geteilt hatte. »Das ist deins. Ich bring dir nachher Bettzeug.«

»Danke.« Ihre Augen waren auf das Zwischengeschoss gerichtet. »Was ist dort oben?«

»Noch ein Schlafzimmer.«

»Schläfst du dort?«

»Nein. Mein Zimmer ist ganz hinten.«

»Wer schläft oben?«

»Aimee, zumindest vorläufig.« Christie zuckte mit den Schultern. »Ich stelle sie dir später vor. Im Moment wird sie schlafen.«

»Warum? Ist sie ein Baby?« Laura sah aus, als würde ihr allein die Vorstellung eines Babys Angst einjagen.

»Nein. Sie hatte die Grippe und braucht jetzt viel Ruhe. Ich bringe ihr später etwas zu essen hoch.«

»Okay. Ich kann dir helfen, wenn du willst. Ich bin gut darin, mich um andere zu kümmern. Meine Mum trinkt, was auch der Grund ist, warum mein Dad abgehauen ist. Ich habe mich um meinen kleinen Bruder gekümmert, bis sie uns ins Heim gebracht haben.«

Christie war daran gewöhnt, sich die Geschichten der Mädchen anzuhören, ihr Gesicht auf *Mitleid* umzuschalten. Es half, dass sie sich vor Laura fürchtete. Sie wusste nicht, woran es lag, nur dass das Mädchen uralt aussah, eine Zauberbrecherin, als wäre sie schon ewig am Leben. Harm hatte ein Mädchen gewollt, und Christie hatte ihm eines gebracht. Sollte er doch mit ihr fertigwerden. »Was ist mit deinem Bruder passiert?«

Laura schritt zu dem Fenster mit den abgedunkelten Scheiben und dem Ausblick über die Schornsteine von Battersea. Mit spröder Stimme sagte sie: »Er ist gestorben. Das ist der Grund, warum ich weggelaufen bin, damit ich nicht so ende wie er.«

Christie nickte. »Das verstehe ich.«

»Wirklich?«

»Ich habe dir doch von Neve erzählt.«

Laura drehte sich um, weshalb das Licht nun hinter ihr war, ihre Augen auslöschte. »Wie hast du diesen Ort gefunden?«

»Harm hat ihn gefunden. Er hat hier gearbeitet, als die neuen Wohnungen hochgezogen worden sind. Sie haben das Gebäude nie fertiggestellt, Genehmigungen sind abgelaufen, Geld ist ausgegangen.« Christie ratterte die Geschichte mit einem Achselzucken herunter. »Er meint, früher oder später wird jemand kommen und uns rauswerfen, aber bisher ist das noch nicht passiert.«

»Wir sind also Hausbesetzer?«

»Sozusagen. Es ist sicher, das ist das Wichtigste.« Konnte dieses Mädchen das harte Hämmern der Lüge in Christies Kehle hören? »Und … willst du bleiben?«

Laura hatte die Hände in die Taschen gesteckt. Christie sah, wie sie eine Faust um den Schlüssel ballte, den sie aus der Schublade geholt hatte. Der Schlüssel, der in keines der Schlösser hier passen würde.

Sie nickte. »Eine Weile, danke. Wenn du denkst, dass das in Ordnung ist.«

»Das ist toll«, erwiderte Christie. »Schön, dich bei uns zu haben.«

46

»Wir haben ein Problem mit Grace Bradley.«

Marnie stand neben dem Foto des Mädchens am Whiteboard, ihre Worte an das Team gerichtet. »Sie ist offensichtlich äußerst mitgenommen von all dem, was ihr zugestoßen ist und was auch immer sie beobachtet hat, bevor *und* nachdem sie ins Garrett gekommen ist. Ein Traumaspezialist versucht das zusammenzusetzen, was sie weiß und wie es uns helfen könnte, Loz zu finden.«

»Es stimmt also nicht, dass sie gestanden hat.« Ron verschränkte die Arme.

»Es hat kein Geständnis gegeben.« Marnie sah jedes Mitglied ihres Teams der Reihe nach an. »Einige von euch, das weiß ich, haben Fotografien der Schrift auf Grace gesehen. Euch allen, da bin ich sicher, ist das Gerücht zu Ohren gekommen, dass jemand, vielleicht Grace selbst, das Wort ›Mörder‹ auf ihren linken Arm geschrieben hat.« Sie hielt inne, musste sichergehen, dass die Aufmerksamkeit aller allein auf das gerichtet war, was zählte. »Es gibt viele Worte auf ihren Armen und Beinen und überall sonst auf ihrem Körper. Eines dieser Worte ist ›Mörder‹, ein anderes ›tot‹. Ich halte sie für keine Mörderin, und dank DS Jakes gutem Gehör ist sie nicht tot. Um das ein für alle Mal klarzustellen, wir haben zum gegenwärtigen Zeitpunkt *keinerlei Grund* anzunehmen, dass

Grace für den Tod von May Beswick verantwortlich wäre, und gewiss nicht für Ashleigh Jewell, da sie an dem Tag in Emma Tarvins Wohnung eingesperrt war. Wir müssen herausfinden, wo sie war, bevor das passiert ist, *von wo* sie an jenem Abend des Autounfalls weggelaufen ist. Sie kam von Westen, das haben beide, Joe und Ruth Eaton, übereinstimmend ausgesagt. Sie ist zu Fuß unterwegs gewesen, und das eine Weile.« Grace' Füße waren zerschrammt und geschwollen gewesen, wund vom Gehen. »Wir suchen nach allem, was wir über Christine beziehungsweise Christie Faulk finden. Sie wurde vor acht Stunden mit Loz gesehen. Wir erstellen ein Phantombild, damit wir ein Gesicht haben, das wir den Leuten bald zeigen können. Und wir sind immer noch auf der Suche nach Jamie Ledger. DS Jake, du bringst uns diesbezüglich auf den neuesten Stand?«

»Ledger hat in den vergangenen dreizehn Monaten auf einer Reihe von Neubauten in ganz London gearbeitet«, erklärte Noah. »Wir überprüfen diejenigen westlich der Battersea Power Station und des Garretts. Wir wissen, dass Grace von Christie drüben in Lewisham aufgegabelt worden ist, weshalb wir Baustellen in dieser Richtung den Vorrang geben. DC Pitcher hat alles in eine Karte eingezeichnet. Sie hängt an der Tafel. Bitte genau ansehen.«

»Loz hat ihr Handy nicht mehr benutzt, seit sie gestern Abend ein paar SMS geschrieben hat«, sagte Debbie. »Ihre Eltern haben versucht, ihr SMS zu schreiben und sie anzurufen, aber das Handy ist ausgeschaltet und vielleicht weggeworfen worden. Wir versuchen, es zu orten.«

»Wir glauben, dass es irgendwo, wo es groß genug ist, damit mehr als ein Mädchen gleichzeitig untergebracht werden kann, einen Ort gibt, an dem sie sich sicher fühlen.« Colin setzte seine Brille ab, putzte sie. »Zumindest anfangs. May und Ashleigh waren sauber und wohlgenährt. Keine Lagerhalle oder stillgelegte Fabrik. Es gibt dort fließend Wasser, warme Mahlzeiten. Ein Zuhause. Wir vermuten, dass Christie Loz dorthin gebracht hat.«

»Auf unsere Augenzeugen aus der Stockwell-Unterführung hat Christie nicht sonderbar gewirkt.« Noah nickte in Richtung der Gesichter der vermissten Kinder am Whiteboard. »Sie zwingt diese Mädchen nicht, mit ihr zu kommen, aber sie ist clever. Manipulativ. Sie wollte Loz und wusste, wie sie es anstellen muss. Joel und die anderen haben geglaubt, es wäre sicher – haben Christie nicht im Geringsten als Bedrohung wahrgenommen. Loz ist nicht naiv, aber sie ist verzweifelt. Will unbedingt den Mörder ihrer Schwester finden.« Er zögerte. »Ich könnte mir vorstellen, dass sie mit Christie mitgegangen ist, in der Hoffnung, Christie würde sie zum Mörder führen. Aber ich kann mir nicht vorstellen, dass sie mitgegangen wäre, hätte sie angenommen, dass *Christie* der Mörder ist.«

»Sie könnte sich irren«, sagte Debbie. »Sie ist dreizehn und kann gerade nicht klar denken.«

»Bradley gibt uns gar nichts?«, hakte Ron nach. »Eine Adresse, eine ungefähre Wegbeschreibung?«

»Sie steht unter Schock«, erwiderte Marnie. »Geben Sie ihr etwas Zeit.«

»Wir *haben* keine Zeit. Loz wird seit Stunden vermisst. Ist bei irgendeinem Psycho, der entweder Mädchen umbringt oder sie an jemanden weitergibt, der es tut. Ihre Eltern müssen völlig durchdrehen.«

Marnie konnte dem nicht widersprechen. Sean und Katrina Beswick waren wie betäubt, versuchten immer noch vergeblich, den Umstand zu verarbeiten, dass Loz sich auf die Suche nach Mays Mörder begeben hatte. »Warum?«, hatte

Katrina ununterbrochen gefragt. »Warum hat sie das getan? *Hasst* sie uns?« Als wäre Loz ein unlösbares Rätsel für sie, genau wie Ashleigh für ihre Mutter.

»Was ist mit den anderen Teenagern, von denen Joel uns erzählt hat? Eric – gibt es da Treffer in der Vermisstendatenbank?«

»Nur einen.« Debbie reichte Marnie einen Ausdruck. »Eric James Mackay. Fünfzehn Jahre alt, gilt seit 2012 als vermisst, weggelaufen aus einem Heim. Vorbestraft, lasst euch also nicht von seinem hübschen Gesicht täuschen.« Das Foto zeigte einen dunkelhaarigen Jungen mit hohen Wangenknochen und einem schüchternen Lächeln, eines dieser fast-vertrauten Gesichter, das so viele verschwundene Kinder scheinbar gemein hatten. »Das wurde aufgenommen, als er zwölf gewesen ist.«

»Was war die Anklage?«

»Kick and run. Böswillige Sachbeschädigung. Nichts Dramatisches, aber seitdem könnte er in Schlimmeres verwickelt gewesen sein.«

»Seit Längerem nicht mehr gesichtet worden«, sagte Noah. »Nicht gerade viel, worauf man aufbauen könnte, und das Foto ist völlig veraltet, wenn er jetzt fünfzehn ist. Joel hat ihn einen Psycho genannt. Ihr könnt drauf wetten, dass er so nicht mehr aussieht.«

Marnie betrachtete die Fotografie und fragte sich, wie Eric Mackay jetzt wohl aussehen mochte. Hatte er, wie Stephen, seine engelsgleiche Tarnung abgeworfen und sich in einen kahlrasierten Schläger verwandelt?

»Schicken Sie mir eine Kopie davon aufs Handy.« Sie reichte Debbie die Fotografie zurück. »Und auch DS Jake. Wir sollten es Joel und den anderen zeigen, um zu sehen, ob sie ihn als den Jungen identifizieren können, den sie gekannt haben.

Christie benutzt diese Unterführung, um Jugendliche aufzugabeln. May und Ashleigh, jetzt Loz. Wir sollten jeden ausfindig machen, der dort früher abgehangen hat, jeden, der Christie kennen könnte und vielleicht weiß, wohin sie die Kinder bringt. Unsere Priorität lautet, Loz zu finden. Commander Welland stellt weitere Hilfe für die Anwohnerbefragung und das Sichten der Überwachungskameras zur Verfügung. Wir hören nicht auf, bis wir sie gefunden haben. DS Jake?«

Noah folgte Marnie in ihr Büro. Sie setzte sich an ihren Schreibtisch, stöpselte ihr Handy ans Ladegerät. Er nahm ihr gegenüber Platz, wartete ab, wollte hören, was sie dachte.

»Mit Grace müssen wir behutsam umgehen«, sagte sie. »Kenickie hat zwei Posten vor ihrem Krankenhauszimmer aufgestellt, die sie verhaften sollen. DS Carling bringt für meinen Geschmack etwas zu viel Verständnis für seinen Fall auf.«

»Ron ist sauer wegen Emma«, sagte Noah. »Er kann nicht glauben, dass er sich derart in ihr getäuscht hat.«

»Es wird noch schlimmer werden, wenn er die Aussage sieht, die wir von Jodie Izard haben. Bei ihr hört sich Grace wie die Sorte Mädchen an, der es noch einen Kick geben würde, einen Unfall zu verursachen, selbst einen mit tödlichem Ausgang.« Marnie schob sich das Haar aus dem Gesicht und griff nach ihrem Handy, als es klingelte. »DI Rome.« Ihr Gesicht verkrampfte sich beim Zuhören. »Dir ist bewusst, dass das hier eine Mordermittlung ist? Gut. Tu das.« Sie stand auf und bedeutete Noah, ihr zu folgen. Zum Anrufer sagte sie: »Wir treffen uns auf dem Revier.«

Sie legte auf und griff nach ihrer Jacke. »Das war Adam Fletcher.«

»Der Journalist?« Noah erinnerte sich an Fletcher von ihrer Ermittlung vor sechs Monaten. Sein Name hatte auf der

Liste von der Medienparty in Battersea gestanden. »Was hat er für uns?«

Marnie war bereits an der Tür. »Jamie Ledger.« Sie steckte ihr Handy in die Tasche. »Das behauptet er zumindest.«

Adam Fletcher sah aus, als hätte er seit einer Woche nicht geschlafen, dunkle Ringe unter den Augen, dunkle Stoppeln am Kinn. Chinohose und weißes T-Shirt, Segelschuhe an den nackten Füßen, nicht genug Kleidung für dieses Wetter. Zitternd nickte er Noah zu, bevor er sich allein auf Marnie konzentrierte.

»Ihr sucht nach Ledger«, sagte er, »aber er ist nicht euer Mörder.«

»Wo steckt er? Du hast gesagt, du hättest eine Idee.«

»Er hat mich vor sechs Wochen zu diesem Haus in Mitcham mitgenommen.« Fletcher gab Noah die Adresse. »War vor 'ner Ewigkeit mal eine Abtreibungsklinik, gekauft von einem Amerikaner, der auf die Genehmigung wartet, sie in einen schicken Glaskasten umzubauen. Im Moment ist alles dichtgemacht, Wellblech davor, das ganze Programm. Aber Ledger kennt einen Weg rein. Hatte einen Campingkocher, Trinkwasser in Kanistern, einen Schlafsack. Meinte, er würde dort nicht wohnen, es wäre nur ein Ort zum Untertauchen, um von der Bildfläche zu verschwinden.«

»Und warum genau warst du an so was interessiert?«, fragte Marnie.

»Der Ironie wegen.« Adam zuckte mit den Schultern. »Eine Abtreibungsklinik, die von einem texanischen Bauunternehmer mit Verbindung zu Pro-Life-Fanatikern gekauft wurde? Ich kenne einen Redakteur, der diese Geschichte lieben würde.«

»Du hast Ledger auf der Battersea Medienparty kennengelernt, ist das richtig?«

Adam nickte. »Hat gesagt, ihm wäre zu Ohren gekommen, dass die Bauunternehmer Schmiergeld gezahlt hätten. Ich war nicht überzeugt, dass er etwas Handfestes für mich hat, wofür es sich gelohnt hätte, Geld zu zahlen, zumindest nicht in Battersea, aber er meinte, er würde andere Baustellen mit zwielichtigen Bauunternehmern an Bord kennen. Also habe ich ihm fünfzig Pfund gegeben, und er hat mich nach Mitcham mitgenommen.«

»Wann hattest du das letzte Mal Kontakt zu ihm?«

»Vor zwei, drei Wochen?« Adam schüttelte den Kopf. »Lange bevor ihr die Leichen gefunden habt.«

»Sie sagten, er wäre nicht unser Mörder.« Noah suchte auf seinem Handy nach Details über die verlassene Klinik in Mitcham. Er blickte hoch, wollte die Reaktion des Mannes sehen. »Was macht Sie so sicher?«

»Ich kenne Mörder«, sagte Adam nachdrücklich. »Er ist nicht verrückt genug.«

»Er verstößt gegen das Gesetz«, entgegnete Marnie. »Hausfriedensbruch. Hausbesetzung. Und er ist untergetaucht, seit wir mit der Ermittlung an dem Doppelmord begonnen haben.«

»Wer auch immer May Beswick dort hochgeschleppt hat, wollte gesehen werden. Ledger will das Gegenteil.«

»Er hatte Zugang zum Penthouse«, sagte Noah. »Er hatte Dienst an dem Abend, als May gestorben ist.«

»Ja, und ich wette, ihr tretet euch selbst mächtig in den Hintern, dass ihr ihn nicht verhaftet habt, als ihr noch die Chance hattet.« Adam steckte die Hände in die Taschen, Gänsehaut auf den Armen. »Wie ist das, mache ich jetzt eine Aussage oder nicht? Ich friere mir hier draußen nämlich den Arsch ab.«

»Du machst eine Aussage«, erwiderte Marnie kurz angebunden. »Welche Nummer hast du von Ledger?«

Adam scrollte durch sein Handy, zeigte Noah das Display. »Er geht nicht ran.«

Noah tippte die Nummer in sein Handy und wählte.

»Du hast ihn schon mal angerufen.«

»Seit ihr May gefunden habt. Wusste, dass er nicht euer Mörder ist. Wollte aber sehen, ob er sonst noch was hat.«

»Und, hatte er?«

»Keine Ahnung. Wie schon gesagt, er geht nicht ran. Habe dem keine große Bedeutung beigemessen, bis ich sein Fahndungsfoto heute Morgen in der Zeitung gesehen habe.«

»Es war gestern Abend im Fernsehen.«

»Hab ich nicht mitbekommen. Sind wir jetzt fertig?«

Marnie blickte zu Noah, der den Kopf schüttelte. Ledgers Nummer hatte mehrmals geklingelt, bevor er zu einer automatischen Voicemail umgeleitet wurde. »Noch etwas, das wir über dieses Haus in Mitcham wissen sollten?«, fragte er Adam. »Zum Beispiel, wie man hineinkommt und ob er irgendwelche Waffen dort drinnen gebunkert hat?«

»Keine Waffen, soweit ich das beurteilen kann. Wir haben eine Feuerleiter auf der Rückseite des Nachbarhauses benutzt. Vom zweiten Stockwerk aus kann man in die Klinik klettern. Es ist etwas riskant, aber zumindest werdet ihr es nicht nach Einbruch der Dunkelheit tun.«

»Daher also die Schrammen«, sagte Marnie. »An deinen Händen und Füßen.«

»Er hatte mir geraten, Handschuhe anzuziehen.« Adam verzog den Mund. »Ich dachte, er würde sich wegen Fingerabdrücken Sorgen machen, aber er meinte das Klettern. Ihr braucht auch gutes Schuhwerk.«

Wie Dans Red-Chili-Kletterschuhe aus seinen Tagen mit den Place Hackern. Ledger war kein Place Hacker. Nur jemand, der es mochte – oder brauchte –, von der Bildfläche zu verschwinden. Riff hatte erklärt, dass Wachleute manchmal mit Geld dazu bewegt werden konnten, ein Auge zuzudrücken. Hatte Ledger das getan? Oder etwas Schlimmeres?

»Vergesst die Schuhe«, sagte Adam. »Ihr werdet wahrscheinlich sowieso durch die Eingangstür gehen.«

Marnie nickte. »Sie werden drinnen deine umfassende Zeugenaussage aufnehmen.«

Sie beobachtete, wie er das Revier betrat. Als er außer Hörweite war, sagte sie: »Die Mädchen wurden in keinem verlassenen Gebäude gehalten.«

»Das ist unsere Vermutung«, stimmte Noah ihr zu. »Und Mitcham liegt außerhalb des Radius, den wir für Orte gezeichnet haben, an denen Ledger gearbeitet hat, aber es liegt nicht zu weit draußen. Wir sollten es überprüfen lassen. Er hätte umziehen können, sobald er gemerkt hat, dass wir ihm auf der Spur sind.«

»Na schön, leite alles in die Wege.« Marnie nickte. »Ich fahre im Krankenhaus vorbei, um nachzufragen, wie es Grace geht. Halt mich auf dem Laufenden.«

47

Aimee

Ich habe geträumt, was nie ein gutes Zeichen ist, aber diesmal war es schlimmer, weil es um May ging.

Sie stand im Türrahmen zum Bad, auf den weißen Fliesen, wo das Licht ihre Haare zum Schimmern brachte. Und sie hat mich angelächelt, wie sie es immer getan hat, weil sie es immer wusste. Die Einzige, vor der ich es nicht verbergen konnte. Keine der anderen hat mich durchschaut. Weder Ashleigh noch Grace. Sie haben nur Harms braves Mädchen gesehen, sein krankes Mädchen.

May stand auf den weißen Fliesen, mit ihren nackten Füßen, genau wie meine, nur kleiner, rosafarbener. Ihre Haare waren offen, und das Licht hat ihr Nachthemd durchsichtig gemacht. Ich konnte ihren Bauch und ihre Brüste sehen, alles. Sie war wunderschön. Am liebsten hätte ich sie berührt.

Ich wusste, was Ashleigh sagen würde, sie und die anderen.

Sie würden mich als Lesbe bezeichnen, als Freak. Aber May wusste es. Sie hat mich gesehen. Unter der Kleidung, die er uns angezogen hat, den Röcken und Strumpfhosen. Unter seiner Uniform. Wie Puppen, aber ich war eine Matroschkapuppe, die sich in einer anderen versteckte, die sich wiederum in einer anderen versteckte, die sich …

Ich habe die Hand nach May ausgestreckt, und sie hat sie genommen, sie zu ihrem Nachthemd geführt.

Kühle Baumwolle unter meiner Hand, heiße Haut darunter.

Ich habe sie berührt.

Sie hat meinen Namen gesagt, mich gebeten, ihr zu verraten, was ich verberge, wer ich im Innern bin.

Ich hätte es nicht tun dürfen, das weiß ich.

Ich hätte nichts davon tun dürfen.

Aber ich habe es getan.

48

Die verlassene Klinik in Mitcham war braun im Innern, klebrige Böden, von Rauch verdreckte Wände. Im zweiten Stockwerk ließ das Dach den Regen herein, zerbrochene Fliesen und Putz überall auf dem Boden.

Campingkocher, Schlafsack, Wasserflaschen. Genau wie Adam Fletcher es gesagt hatte.

Taubenkot verrottete auf dem Boden, ein saurer Geschmack auf Noahs Zunge. Er stand neben Ledgers provisorischem Bett, versuchte, dieses halbe Leben zu erfassen. Nicht einmal ein halbes Leben, weniger als das.

Ledger war in Afghanistan gewesen, traumatisiert zurückgekehrt und mühte sich nun ab, als Zivilist zu überleben. Vielleicht war das hier dem Leben in einem Haus vorzuziehen, wo er ein gewisses Maß an Normalität vortäuschen musste. Besser als der Schimmel im Paradise House. Er war hier allein gewesen. Die Sauberkeit des Campingkochers, des Schlafsacks – er war allein gewesen. Jetzt von der Bildfläche verschwunden. Die Aluminiumfenster sogen die Geräusche des Verkehrs und der Menschen und Flugzeuge auf, als spielten sechs Radios gleichzeitig in der Ferne. Der Soundtrack des Lebens war draußen, woanders. Wie oft war Ledger auf diesem Boden aufgewacht, schreiend, geweckt von seinen Albträumen? Vielleicht war es besser, sie hier zu haben, weit weg von Menschen.

Noah drehte sich einmal im Kreis, langsam unter der durchhängenden Decke.

Licht, das durch das Mauerwerk sickerte, fiel auf das eingedellte Plastik der Wasserflaschen, den metallenen Reißverschluss. Ansonsten war es dunkel, trotz des Sonnenscheins draußen. Und kalt. Unter dem verrottenden Putz und den Tauben konnte er Tabak riechen. Er ging in die Hocke, glitt mit der behandschuhten Hand unter den Rand des Schlafsacks, den Strahl seiner Taschenlampe auf einen Punkt gerichtet.

Unter dem Nylonschlafsack – eine zerbeulte gelbgrüne Blechdose.

Noah öffnete sie, leuchtete mit der Taschenlampe hinein.

Geschredderter Tabak und Zigarettenpapier.

In dem aufgehäuften roten Tabakrest konnte er den Abdruck von Ledgers Daumen und Zeigefinger erkennen.

»In Mitcham ist nichts«, sagte Noah zu Marnie, als er zurück an der frischen Luft war. »Er ist hier gewesen, allein, aber das ist schon eine Weile her. Auf dem Campingkocher liegt eine dicke Schicht Staub, und der Schlafsack schimmelt. Es ist eine Müllhalde, sogar noch schlimmer als das Paradise House. Ich würde meinem ärgsten Feind nicht wünschen, so leben zu müssen.«

Er blickte zum Gebäude hoch, seine mit Wellblech vernagelten Fenster graffitibeschmiert. »Wie geht's Grace?«

»Der Arzt ist bei ihr. Die Flüssigkeit hat geholfen, sie etwas zu beruhigen, aber ich bin nicht sicher, ob wir in den nächsten paar Stunden viel aus ihr rausbekommen.«

Noah hörte die Frustration in ihrer Stimme. »Keine Spur von Loz und Christie?«

»Nein. Colin hat sich jeden Weg angesehen, den sie zu Fuß

oder mit dem Auto von der Unterführung aus hätten nehmen können. Wäre sie mit dem Auto unterwegs, hätten wir wahrscheinlich schon etwas gefunden. Die Videoüberwachung auf den Straßen ist gut. Zu Fuß sieht die Sache anders aus. Ich denke, Christie wusste, wo sie langgehen muss, um den Kameras zu entgehen.«

»Das ergibt Sinn. Sie nimmt jetzt schon seit Monaten Jugendliche mit.«

Noah begann, in Richtung Tramlink zu gehen. »Ich fahre zurück zum Revier, außer du brauchst mich irgendwo anders.«

»Wir treffen uns dort.«

»Ich bin's«, sagte Marnie.

»Hi.« Ed war in der Arbeit, im Büro, eine leise Geräuschkulisse im Hintergrund. »Alles okay bei dir?«

»Loz Beswick wird vermisst. Wir denken, sie ist beim Mörder.«

»*Verdammt!* Wie …«

Marnies Hand glitt zum Zündschlüssel, doch sie ließ den Wagen nicht an. Sie wartete auf eine Nachricht von dem Arzt, der bei Grace war. Im Auto war es still, und es war abgeschieden. »Loz wusste, wohin May gegangen ist, wenn sie nicht zu Hause war. Es war alles in ihrem Skizzenbuch, gut versteckt in Loz' Zimmer. Eine Fußgängerunterführung in Stockwell. Loz war heute Morgen dort, jetzt ist sie verschwunden. Eine junge Frau hat sie mitgenommen. Drei Jugendliche haben beobachtet, wie Loz mit ihr mitgegangen ist. Ihnen ist es nicht im Geringsten komisch vorgekommen.«

Joel und Corin und Daisy, an ihren Flavoured Latte nippend, wussten sehr wohl, dass ein Mörder auf freiem Fuß war, waren jedoch unfähig, diesen Umstand mit ihrem Leben oder dem von Loz in Verbindung zu bringen. Hielten sich für unverwundbar.

»Wir haben das Mädchen vom Verkehrsunfall gefunden«, fuhr sie fort. »Grace Bradley. Sie liegt im Krankenhaus, aber sie wird sich erholen, zumindest hoffe ich das. Sie weiß, wohin diese Frau die Mädchen bringt, doch sie kann uns nicht helfen, noch nicht. Ein Traumatherapeut ist bei ihr, aber das dauert zu lange. Wir müssen Loz schnell finden. Er hat bereits zwei Mädchen umgebracht.«

»Er?«

»Ich glaube nicht, dass die Frau, die sie aufsammelt, der Mörder ist. Aber ich könnte falschliegen.« Marnie schloss einen Moment die Augen gegen das flirrende Licht, das sich in den Fenstern des Krankenhauses spiegelte. »Ich bin heute Morgen nach Sommerville gefahren.« Hatte nach Stephens Pfeife getanzt und ihr Versprechen gebrochen, Ed beim nächsten Mal mitzunehmen. »Es hatte mit dem Fall zu tun; eines der Mädchen hat behauptet, Grace aus den Nachrichten gestern Abend erkannt zu haben.« Mit der freien Hand griff sie zum Lenkrad, zupfte an einem Stück ausgefranstem Plastik. »Ich habe Stephen gesehen. Nicht mit ihm geredet, aber er war da. Er hat sich … verändert.«

»Inwiefern?«, fragte Ed.

»Er macht Krafttraining. Hat Muskeln zugelegt. Vielleicht hat er Angst wegen seiner Verlegung ins Erwachsenengefängnis.«

»Wirkte er verängstigt?«

Sein Lächeln durch das feuerfeste Glas, das ihr gegolten hatte, die Stoppelfrisur, die seinen Schädel freilegte. »Nein.«

»Aber dir geht's gut«, sagte Ed.

»Ich hätte mehr Zeit mit Loz verbringen müssen. Bessere Fragen stellen, ihr helfen müssen, mir zu vertrauen. Sie wusste, wohin May gegangen ist, aber sie hat es uns nicht verraten. Keinem von uns. Zu ihren Eltern hat sie keinen Draht, und das habe ich gewusst, aber ich hatte angenommen, sie würde sich mir oder Noah öffnen, wenn sie irgendeine Art von Beweis hätte. Sie hat sich nicht darauf verlassen, dass wir Mays Mörder finden. Sie hat sich selbst auf die Suche nach ihm begeben. Ed, sie ist dreizehn!«

»Es hat nicht daran gelegen, dass sie dir nicht vertraut hat. In dem Alter? Da fällt es ihnen sehr schwer, sich zu öffnen.«

Marnie wusste, dass er recht hatte, aber ihr war auch bewusst, dass Loz mit Ed gesprochen hätte. Jeder redete mit Ed. Es war seine magische Superkraft.

»Dieser Skizzenblock, den wir in Loz' Zimmer gefunden haben. Aktmodelle, nicht jugendfrei. Ich glaube, Loz wusste, dass er dort gewesen ist, vielleicht hat sie ihn sogar selbst versteckt.« Marnie erinnerte sich an den Draht unter ihren Fingern, pelzig von den herausgerissenen Seiten. Hatte Loz die Seiten abgetrennt, bevor sie ihn ihren Eltern gezeigt hatte? Wenn ja, warum? Und welche Seiten? »Sie hat May beschützt, und sie hatte Angst. Und da war auch Scham. Das ganze Haus schämt sich …« Sie löste die Hand vom Lenkrad. »Das alles ergibt nicht viel Sinn, tut mir leid. Ich bin nur müde.«

»Wo bist du?«, fragte Ed.

»St Thomas, und warte darauf, mit Grace' Arzt zu sprechen. Mir geht's gut. Besser, weil ich mit dir reden konnte. Ich wünschte nur, ich hätte mehr Anstrengungen unternommen, um mit Loz ins Gespräch zu kommen, als ich noch die Chance hatte. Das wäre nicht unmöglich gewesen. Ich habe gesehen, wie es für sie in diesem Haus gewesen ist. Ich habe gesehen, wie einsam sie war. Und sie hat mich über das Vergebungsprojekt ausgefragt, über Stephen. Ich hätte eine Verbindung mit ihr herstellen können – sie dazu bringen müssen, mit mir zu reden oder mir zu vertrauen.«

»Mach dir keine Vorwürfe«, warnte Ed. »Du musst den Blick nach vorne richten.«

»Ich weiß.« Sie straffte die Schultern und sah in den Spiegel, wischte sich den Selbsthass aus dem Gesicht. »Der Arzt sollte bald bei Grace fertig sein. Dann muss ich versuchen, sie dazu zu bewegen, mit mir zu reden.«

»Kann ich vielleicht helfen?«, bot Ed an.

Opferhilfe.

Das war sein Job. Seine Superkraft. Und Grace fürchtete sich vor Marnie, wollte nicht mit der Polizei reden.

»Ich könnte in einer halben Stunde da sein«, sagte Ed. »Falls du mich brauchst.«

Sie schloss die Augen vor Erleichterung. »Bitte.«

49

Christie

Christie sortierte die schmutzige Wäsche. Zählte die Wasserkanister in der Küche. Überprüfte die Lebensmittelvorräte und berichtigte die Tabelle, um zu zeigen, was langsam zur Neige ging. Sie brauchten mehr Fisch, mehr Getreide, mehr Milchpulver. Sie stopfte den Abfall in schwarze Müllbeutel, um ihn zu den Containern in der Nebenstraße zu bringen, zu den Häusern mit all den Menschen. Zählte Batterien und Gasflaschen für den Herd. Ihre Periode würde bald einsetzen, weshalb sie sich eine Notiz schrieb, Binden zu kaufen. Aimee war eine Spätentwicklerin, sie hatte in den zehn Monaten erst zweimal ihre Tage gehabt, aber ihr ging es nicht gut, sie aß nicht richtig. Christie hatte Harm nichts von dem hellroten Blut erzählt, das sie in Aimees Binde gesehen hatte, zu hell, um normal zu sein. Vielleicht war Aimee wirklich krank und tat nicht nur so, um Harm glücklich zu machen.

Ein Geräusch von der Treppe, dem Zwischengeschoss.

Christie stand auf und lauschte, angespannt, bis ihr der Hals wehtat.

Laura, auf Erkundungstour. Neugierig. Gefährlich. Was würde Harm von ihr halten? Christie saugte an dem Finger in ihrem Mund, versuchte, dem Beben unter ihrer Haut einen

Namen zu geben. Nicht Angst, oder zumindest nicht wirklich. Sie hatte getan, worum er sie gebeten hatte, hatte ihm sein neues Mädchen gebracht. Ein altes Mädchen. Uralt.

Was hatte sie nur getan?

Sie legte die Einkaufsliste weg und ging zum Kanister, hielt ein Glas unter den Hahn, bis es voll war und der Behälter laut gurgelte. Mit langsamen Schritten trug sie das Glas aus der Küche, behutsam, nach Laura horchend. Sie kannte jedes Knarzen und jedes Stöhnen in dieser Wohnung, hörte die Leere in Lauras Zimmer, während sie mit dem Glas in der Faust dastand. Oben …

Laura war nach oben gegangen.

Christie stand wie erstarrt da, lauschte, ihre Brust und die Fingerspitzen feucht an dem Glas. Ein Bläschen platzte im Wasser, sein Druck kitzelte ihren Daumen. Würde sie den Blick senken, würde sie ihr Gesicht unten im Glasboden sehen, der Mund zu einem Lächeln verzerrt.

Laura schlich durch Aimees Zimmer, auf ihr Bett zu.

Noch zwei Schritte, und sie wäre dort, genau am Bettrand, wo Aimee schlief oder so tat, als würde sie schlafen. Christie kannte alle ihre Tricks. *Alle.*

Ein weiterer Schritt, nur noch einer.

Warum war sie stehen geblieben? Hatte sie Angst?

Christie hob das Glas an ihre Lippen.

Das Wasser schmeckte blau und abgestanden.

Sie stand da und horchte in die Stille, die sich über ihrem Kopf dehnte.

50

»Du hast Mays Ermordung nicht mitbekommen. Du wusstest nicht, dass sie tot ist, bis DI Rome es dir erzählt hat. Sie war am Leben, als du geflohen bist, aber du bist in großer Eile geflüchtet, unter Schock. Was ist dort passiert? Was hast du gesehen, das dich zur Flucht getrieben hat?«

Grace' Augen huschten im Zimmer umher, aufgebracht wegen der Entfernung von ihrem Bett zur Tür. Sie wollte wieder weglaufen. Halb bekleidet, halb verhungert, mit blauen Flecken übersät. Sie fühlte sich hier nicht sicher.

»Was passiert an diesem Ort?«, fragte Ed wieder. »Erzähl mir eine Sache. Irgendetwas.«

Er saß am Rand von Grace' Bett, in hellblauem Hemd und Twillhose, den Pony in den Augen, die Ellbogen auf den Knien. Seine gesamte Aufmerksamkeit galt ihr. Es gab keinen Menschen auf der Welt, dem man leichter sein Vertrauen schenken könnte.

»Kein … kein Wasser.« Grace' Stimme war durstig, leise. »In den Hähnen.«

Ed nahm die Kanne von ihrem Nachtisch und füllte einen Plastikbecher, dann hielt er ihn ihr hin, damit sie einen Schluck trinken konnte. »Kein Wasser in den Hähnen. Das ist sonderbar. Was ist sonst noch ungewöhnlich an diesem Ort?«

»Kein Licht. Keine … Heizung.«

»Ist es ein altes Haus?«

»Kein … kein Haus.«

»Eine Wohnung? Oder etwas anderes?«

Grace hob die Hand über ihren Kopf, verzog das Gesicht. »Hoch.«

»Ein Hochhaus? Ein altes Hochhaus?«

»Neu.« Sie flüsterte. »Alles neu.«

»Ein Neubau.«

Sie nickte, drehte sich in ihrem schmalen Bett, starrte überrascht zu den Hämatomen an ihren Armen. »Was ist mit mir passiert?« Ihre Augen glitten erschrocken zu Eds Gesicht. »Ich erinnere mich nicht.«

»Das ist nicht schlimm. Du bist dehydriert gewesen, deshalb kannst du dich nicht gut erinnern, aber das wird besser. Du bist im Krankenhaus, man kümmert sich um dich.« Der Arzt war zufrieden, wie Grace auf die Flüssigkeit ansprach, stellte eine vollständige körperliche Genesung in Aussicht, auch wenn der Traumatherapeut sie gewarnt hatte, ihre Fragen mit Bedacht zu wählen. »Erzähl mir von der Wohnung. Es ist ein Neubau, aber er ist noch nicht fertig. Kein Wasser, kein Licht, keine Heizung. Wie sehen die Räume aus?«

»Hübsch.« Sie schloss die Augen. »Sie sind … hübsch.« Sie presste die Lider fester zu. »Ich will nach Hause. Wann kann ich nach Hause?«

»Wo ist dein Zuhause?«

»Das hab ich doch gesagt. Hoch. Neu.« Sie wollte zu dem Ort zurück, von dem sie geflohen war.

Ihre Hände waren matt gefaltet. Wo war Jodies Überlebenskünstlerin, die knallharte Kämpfernatur? Marnie brauchte dieses Mädchen, diese Grace.

»Hattest du einen schönen Ausblick?«, fragte sie. »Von deinem Fenster?«

»Nur … Schornsteine.«

»Diese Schornsteine?« Marnie hielt ihr Handy hoch. »Grace? Sind das die Schornsteine, die du von deinem Fenster aus sehen konntest?«

Das Mädchen blinzelte auf das Display: Mays Skizze der Battersea Power Station. »Ja.«

»Musstest du dir ein Zimmer teilen? Mit May oder einem der anderen Mädchen?«

»Nicht … nicht immer.«

»Es ist also eine große Wohnung. Wie viele Zimmer, kannst du dich erinnern?«

»Vier.«

»Vier Schlafzimmer?«

»Und das oben.« Grace drehte den Kopf weg. »Das Loft. Fünf mit dem Loft.«

Eine große Wohnung, viele Zimmer und ein Loft. Marnie konnte sich die Wohnung im Geiste vorstellen, ein Maisonette-Schlafzimmer, dem Trend für Lofts folgend. Wie viele unfertige Neubauwohnungen mit Lofts gab es in ihrem gesteckten Radius um Battersea? Ihre Daumen kribbelten. Sie texte die neue Information an Colin und Noah, hielt sie knapp, präzise.

»Erzähl mir von dem Loftzimmer«, sagte Ed. »Wer schläft da oben?«

Grace' Blick glitt zu Ed. Er machte sie nicht nervös, so wie Marnie es tat. »Aimee.«

Ein weiteres Mädchen. Wie viele noch?

»Wie alt ist Aimee?«

»Sechzehn? Keine Ahnung.«

»Aimee schläft im Loftzimmer?«

»Er … will das so.« Sie biss sich auf die Zunge, drehte den Kopf weg.

Er. Wer?

Marnie hielt den Atem an, wollte Ed allein durch Willenskraft dazu bringen, dass er einen Namen aus dem Mädchen herausbekam.

Grace senkte den Blick, strich mit den Daumen über die Wörter, die auf ihre Handgelenke geschrieben waren. »Sie ist besonders, hat nichts mit dem Rest von uns zu tun.« Sie presste die Fingernägel in die Schrift. »Außer mit May.«

Ed führte sie durch die ungefährlichen Fragen, gewann ihr Vertrauen. »Was hat Aimee mit May gemacht?«

»Geredet.« Grace zuckte mit den schmalen Schultern. »Keine Ahnung. Sie sind die ganze Zeit dort oben gewesen. Ashleigh hat sie deswegen aufgezogen.«

»Inwiefern hat sie sie aufgezogen?«

»Hat immer auf Aimee rumgehackt, hat sie gehasst, weil sie die Auserwählte war.« Sie schob sich die Haare aus den Augen. »Ich an Aimees Stelle hätte ihr das Maul gestopft.«

Ashleigh blitzte kurz in Marnies Gedanken auf, wie sie im Abfall des Garretts gelegen hatte, mit zugeschwollenen Lippen.

»Wer lebt im Moment dort?« Ed verharrte ganz still an Grace' Seite. »Kannst du mir ihre Namen sagen?«

»May und Ashleigh und Aimee.« In einem einzigen Atemzug. »Wir alle.«

Marnie gab ihr Zeit, damit sie sich erinnern konnte, dass May tot war. Grace korrigierte die Namensliste nicht, sondern fuhr fort: »Wir alle und Christie und Harm.«

»Harm.« Ed blickte zu Marnie, darauf bedacht, die Besorgnis aus seiner Stimme zu halten.

Marnie simste Noah die Namen. »Wer ist Harm?«, fragte sie.

Grace drängte sich in ihr Kissen zurück, die Lippen zu

einer schmalen Linie gepresst, schweigend. Marnie blickte auf den Namen, den sie blind an Noah geschickt hatte. »Ist Harm ein Mann?«

»Ich will nach Hause.«

»Nach Hause zu … Harm? Wer ist das? Ist er ein Freund von Christie?«

Grace wich noch weiter zurück, hob den Arm in derselben Geste wie zuvor, drehte das Handgelenk, bis Marnie das Wort lesen konnte, das Ron fälschlicherweise für ein Geständnis gehalten hatte: *Mörder*.

Harm war der Mörder?

»Erzähl mir von den Wörtern.« Ed zog die Aufmerksamkeit des Mädchens zurück auf sich, ganz sanft. »Den Wörtern, die du und May auf eure Haut geschrieben habt. Wer hat damit angefangen?«

»Ich.« Ihre Finger zuckten. »Vor langer Zeit, als ich noch klein war.«

»May hat es dir nachgemacht?«

»Um mir Gesellschaft zu leisten, damit ich mich weniger einsam fühle.« Ihr Gesicht schien zu schrumpfen. »May war *lieb*.«

»Wie hast du die Wörter ausgewählt, die du geschrieben hast?«

»Sie haben sie ausgewählt.«

»Wer ist *sie*?«

»Alle anderen. *Alle*.«

»Sie haben aber unrecht. Du bist keine Mörderin. Du bist nicht tot.«

»Sie … Sie wissen das nicht.«

»Wen hast du umgebracht?«, fragte Ed beiläufig.

»Mich.« Ihre Fingernägel bohrten sich in ihre Handflächen. »*Mich*. Ich will nach Hause. Wann kann ich nach Hause?«

»Okay. Erzähl mir mehr von deinem Zuhause. Ist es in der Nähe? Wie lang würde es dauern, um dort hinzukommen?«

»Ich … weiß nicht. *Sie* hat mich hingeführt. Es war dunkel.«

»Christie?«

Sie presste die Augen fest zusammen. »Ja.«

»Aber du kannst von dort aus das Kraftwerk sehen. Die Wohnung liegt hoch oben, in einem Neubau. Ein Hochhaus?«

»Geheim«, sagte Grace. »Es ist nur sicher, weil es geheim ist. Ihr dürft es nicht verraten.«

»Hast du dich dort sicher gefühlt?«

»Besser als vorher. Er war besser. Bei ihm durften wir *wir* sein. Er hat uns geliebt.« Kummer zerrte an ihrem Gesicht. »Ich bin dort *brav* gewesen. Davor bin ich nie brav gewesen.«

»Aber du musstest von dort weg. Warum? Was ist geschehen?«

Ein Schluchzen. »Ich wollte doch nur, dass er mich noch mehr mag.« Sie berührte die Wörter an ihren Handgelenken. »Zu viele von uns. Er konnte mich nicht sehen. *Mich*. Ich wollte besser sein, für ihn, damit er mich mehr mag.«

»Was passiert«, fragte Ed, »wenn er dich nicht mag?«

»Er … umarmt dich nicht. Sieht dich nicht an. Du bist wieder ein Nichts.« Ritzte ihre Handgelenke mit den Fingernägeln. »Ich wollte nicht wieder ein Nichts sein.«

Marnie sah den Schmerz des Mädchens, gespiegelt in Eds Gesicht. Er wartete einen Moment, bevor er sagte: »Erzähl mir mehr von dem Ort, an dem er wohnt. Ich weiß, es ist ein Geheimnis, aber kannst du mir helfen, damit ich es mir besser vorstellen kann?« Er wartete. »Kein Wasser aus den Hähnen. Ihr müsst sehr durstig gewesen sein. Und wie habt ihr euch gewaschen?«

»Flaschen. Lauter Flaschen … Er kümmert sich um uns. Er kümmert sich *gut* um uns. Wann kann ich gehen?« Ein störrischer Nachhall in ihrer Stimme, doch dann brach sie in Schluchzen aus. »Ihr *wisst* nicht, wie es ist. Lasst mich nach Hause gehen.«

»Alles ist gut, schsch.« Ed legte eine Hand auf ihr Handgelenk, bedeckte die Wörter, die dort geschrieben standen, löste sanft ihre Finger von ihrer Haut. »Ist Harm jetzt in der Wohnung? Bei den anderen Mädchen? Bei Christie?«

»Nicht immer. Er kommt und geht.«

»Wie Christie.« Ein Nicken. »War es Christie, die dir den Zettel mit Mrs Tarvins Adresse gegeben hat? Wir haben ihn in deiner Tasche gefunden. Hat Christie ihn geschrieben?«

Grace nickte. »Sagte, dort wäre es *sicher*. Sagte, sie würde … *helfen*.«

Christie hatte ein traumatisiertes Mädchen zu Emma Tarvin geschickt, um dort Hilfe zu finden. In dem Wissen, zu was diese Frau fähig war. Warum? Um Grace zu bestrafen? Oder mit dem Hintergedanken, dass Tarvin sie zum Schweigen bringen würde?

»Christie hat Mays Schwester mitgenommen«, sagte Marnie. »Heute Morgen. Loz ist dreizehn. Sie muss sehr große Angst haben. Hat Christie sie in die Wohnung gebracht? Zu Harm?«

»Ja. *Ja!*«

»Du musst mir verraten, wo die Wohnung ist. Hilf mir, Loz und die anderen zu finden. Bitte, Grace.«

Das Mädchen zitterte vor Tränen. Marnie wusste, sie müsste aufhören, eine Krankenschwester rufen, Grace in Ruhe lassen. Aber Loz war allein, bei einem Mörder. Sie scrollte durch die Fotos auf ihrem Handy, bis sie Jamie Ledger fand. »Ist das Harm? Bitte, sieh ihn dir an, es ist schrecklich wichtig.«

Grace ballte die freie Hand und schlug matt auf das Bett ein. »Lasst mich gehen … nach Hause.«

»Das kann ich nicht. Ich kann mich um dich kümmern, ich kann dafür sorgen, dass du in Sicherheit bist, aber ich kann dich nicht an diesen Ort zurückbringen. Das werde ich nicht tun. Du weißt, dass es gefährlich ist, das ist auch der Grund, weshalb du von dort weggelaufen bist. Harm und Christie haben dich ausgetrickst, damit du glaubst, es wäre sicher, aber du weißt, dass es das nicht ist. Loz ist *dreizehn*, sie ist Mays kleine Schwester.«

Wie könnte sie dieses Mädchen erreichen – Grace dazu bringen, ihr genug zu vertrauen, damit sie ihr half?

»Du warst an dem Abend mit May zusammen, als du weggelaufen bist.« Ed hielt Grace' Hand. »Dem Abend des Unfalls. Du bist entkommen, May nicht. Sie ist zurückgegangen, genau wie du jetzt nach Hause willst, und sie hat dafür mit ihrem Leben bezahlt. Du hattest Glück, Grace. Du bist diejenige, die entkommen ist. Die Einzige, die uns helfen kann, Loz zu retten.«

Grace verdrehte den Kopf auf dem Kissen. Mit ausgestreckter Hand befreite Ed die Haare, die an ihrem Gesicht klebten, strich jede Strähne sanft zwischen den Fingern glatt. »Alles ist gut. Du bist jetzt in Sicherheit. Du kannst uns helfen.«

Marnie hörte das Ticken ihrer Uhr, die Zeit, die ihnen durch die Finger rann, vielleicht Loz' Leben, das ihnen durch die Finger rann.

»Du bist jetzt in Sicherheit«, wiederholte Ed.

Grace setzte sich aufrecht ins Bett, dünne Ärmchen, die nach einer Umarmung gierten.

Ed hielt sie, streichelte ihr übers Haar, ließ sie weinen.

Nach einer Minute wurde das Mädchen still, beugte sich näher zu ihm. »Zeigen Sie's mir?«, flüsterte sie.

Marnie reichte Ed ihr Handy. Er hielt Grace das Foto von Ledger hin. Sie blinzelte gegen die Baumwolle seines Hemds. »N...Nicht er.«

»Das ist nicht Harm. Bist du sicher?«

Grace stemmte sich von ihm weg, nahm Ed das Handy aus der Hand, hielt es in beiden Händen. »Nicht Harm.« Sie schniefte, ihre Stimme nahm allmählich wieder einen normalen Klang an. »Das ist er nicht.« Ihre Daumen glitten über das Tastenfeld, als erinnerte sie sich schlagartig, wie ein Handy funktionierte. »Aimee …« Sie hatte zu einem weiteren Foto gescrollt und blickte zu Ed auf. »Das ist Aimee.«

»Zeig sie mir.« Ed bewegte sich zur Seite, damit auch Marnie das Display sehen konnte.

Grace drehte das Handy zu ihnen.

Marnies Kehle schnürte sich zusammen. Sie schüttelte den Kopf. »Das ist nicht …«

»Sie hat sich verändert. Aber es ist Aimee.« Sie gab Ed das Handy zurück. »Das erkenne ich an ihrem Lächeln.«

Ein schüchternes Lächeln. Hohe Wangenknochen. Grace glaubte, Aimee wäre sechzehn, aber das Gesicht auf dem Foto gehörte nicht zu einem sechzehnjährigen Mädchen.

Es gehörte zu einem fünfzehnjährigen Jungen, der seit 2012 als vermisst galt.

Der Junge, den Joel als einen Psycho beschrieben hatte.

Eric James Mackay.

51

Das Zimmer ist leer, das war Loz' erster Gedanke.

Die Tür war geschlossen, aber niemand war da, nur Staub, der diesen Tanz vollführte, den er immer machte, wenn man die Tür zu einem leeren Zimmer öffnete. Runde Fenster an beiden Enden wie trübe Augen, die sie anstarrten. Eine Frisierkommode, ein Bett, ein Schrank – ein abgestandener, pilziger Geruch. Niemand war hier oben. Diese Frau, Christie, hatte gelogen. Vielleicht war das nicht einmal der richtige Ort. Der Ort, an dem May gestorben war …

Dann erinnerte sich Loz an das, was Christie gesagt hatte – *Sie hat die Grippe gehabt, braucht also viel Ruhe* –, und ihre Augen wanderten zum Bett in der hintersten Ecke.

Das Bett hatte einen hohen Holzrahmen. Sie konnte nicht erkennen, ob es leer war. Um es zu erfahren, müsste sie sich ins Zimmer wagen, weg von der Tür und der Treppe. Das Risiko eingehen, hier oben in der Falle zu sitzen. Sie tastete nach dem Schlüssel in ihrer Tasche, zählte seine Zähne mit dem Daumennagel. Etwas an dem Schlüssel störte sie, aber er ließ sie auch ein bisschen mutiger werden. »Hallo?«

Ein Geräusch aus dem Stockwerk unter ihr ließ sie erstarren. Christie, die die Treppe hochkam?

Loz biss sich so fest in die Innenseite der Wange, dass sie im Mund blutete. Sie wollte hier oben nicht von Christie erwischt werden, die nur vorgab nett zu sein, wo sie in Wirklichkeit vielleicht, oder sogar höchstwahrscheinlich, verrückt war. Blut hämmerte in ihren Ohren, während sie nach den unbekannten Geräuschen im Gebäude lauschte. Das Hochhaus war unheimlich, niemand wohnte hier, abgesehen von Christie und den anderen. Loz hasste es. Am liebsten wäre sie weggelaufen. Was *tat* sie überhaupt hier? Vergiss Christie, sie *war* verrückt.

»Hallo.« Vom Bett.

Loz fuhr so heftig zusammen, dass sie sich wieder in die Wange biss.

Scheißescheißescheiße …

Sei still!

Du bist hergekommen, um es herauszufinden, nicht wahr? Um herauszufinden, wer sie umgebracht hat.

»Hi.« Sie zwang sich, in Richtung Bett zu gehen, erstarrte erneut, als sich die Decke bewegte und sich eine Gestalt aufsetzte, sich wie eine Puppe gegen die Kissen abzeichnete.

Schwarze Igelfrisur und schwarze Haare. Schrecklich blass und hübsch, wie Haruka Nanase, einer dieser Anime-Jungen mit ihren riesigen Augen und spitzen Gesichtern.

Doch Loz kannte dieses Gesicht. Sie hatte es schon einmal gesehen. In Mays Skizzenblock.

Es war alles in Mays Skizzenblock, wie eine Geschichte, der sie folgen sollte, nur eben eine, die sie weder der Polizei noch sonst jemandem erklären konnte. Eine Geschichte, nur für sie bestimmt, von den Orten, an denen May gewesen war, und den Menschen, die sie getroffen hatte. Die Geschichte von dem, der sie getötet hatte. Deshalb wusste Loz …

Das Mädchen im Bett war nicht real. Sie existierte nicht.

»Ich bin Aimee.« Die Stimme war die eines Mädchens, nur ein kleines bisschen tiefer.

Es war eine Lüge.

Du bist nicht Aimee. Sie existiert nicht.

»Ich bin Laura.« Jetzt logen sie beide. Sie würde niemals *Laura* sein. Immer nur Loz.

»Du bist neu.« Aimee setzte sich im Bett höher auf, verschränkte die Arme um die Knie. Der Großteil von ihr war unter der Bettdecke versteckt, nur ihr dünner Hals und die Schultern schauten heraus. Bekleidet mit einem Trägerhemdchen, ihre Arme ebenfalls dürr. Keine Schrift auf ihrer Haut.

Loz hatte Schrift erwartet.

Gewaltsam riss sie den Blick vom Bett, sah sich im restlichen Zimmer um. Sie wollte Aimee nicht zeigen, dass sie Angst hatte. Etwas Silbernes auf der Frisierkommode - eine Haarbürste. Ein mit Glühbirnen besetzter Spiegel. Eine Schuluniform an der Schranktür. Bei dem pilzigen Geruch drehte sich ihr der Magen. »Du wohnst hier?«

»Ja.« Aimee stützte das Kinn auf die Knie.

Loz sah sie im Spiegel. Die Hälfte von ihr, ein großes Auge, das sie beobachtete, ohne ein einziges Mal zu blinzeln. »Was ist in dem Schrank?«, fragte sie, nur um etwas zu sagen. Das Schweigen war unheimlich.

»Wassertank.«

»Es gibt kein Wasser«, sagte Loz.

Der Spiegel halbierte sie. *Aimee.*

»Christie behauptet, es gibt kein Wasser in den Hähnen.« Loz drehte sich zu ihr um, sah sie an. »Alles aus Kanistern.«

Bezeichnete sie jetzt als Lügnerin, aber *Aimee* kümmerte es nicht.

Dieses Auge, wie das einer Krähe, starr auf sie gerichtet. Das Loz herausforderte, sie als etwas Schlimmeres zu bezeichnen.

»Du bist krank«, sagte Loz.

Blinzeln. Schwarz.

»Christie hat behauptet, du hättest die Grippe.«

»Ich bin krank«, stimmte Aimee ihr zu.

Loz ging zum Bettende. Auf das Gesicht aus dem Skizzenblock ihrer Schwester zu. May hatte dieses Gesicht gezeichnet. Das Letzte, was sie jemals gezeichnet hatte. Loz hatte vom ersten Moment an gewusst, dass es kein Mädchengesicht war. Sie wusste es durch die Art, wie ihre Schwester malte, die Art, wie ihre Schwester *sah*. In dem Moment begann sie auch zu verstehen, was mit May passiert war. An diesem Ort, mit diesem Lügner. Sie blieb im Lichtstreif zwischen den Fenstern stehen, wo der Staub tänzelte, ihre Wange kitzelte. »Wie lang bist du schon hier?«

»Eine Weile. Monate.«

»Wie viele Monate?«

»Drei, vier Monate. So was in der Art.«

May, in einer Schublade aus Stahl. Ihre Schwester. Ihr Drache.

Loz ließ den Schlüssel in ihrer Tasche los und legte die Hände auf den Holzrahmen am Fußende des Bettes. »Wie war gleich noch mal dein Name?«

»Aimee.«

»Nein. So heißt du nicht. Willst du wissen, woher ich das weiß?«

Schwarze Augen krochen über sie hinweg. »Woher?«

»Weil sie meine Schwester war. May. Weil sie meine Schwester war und sie dich gemalt hat. Ich habe Bilder von deinem *Gesicht*. Bilder von der Unterführung. Sie hat dich *gemalt*. Bevor sie hierhergekommen ist, um getötet zu werden. Bist du es gewesen? Hast du sie umgebracht?« Sie war verängstigt und wütend. Der Holzrahmen bohrte sich so tief in ihre Hände, dass ihr Tränen in die Augen stiegen. »Sie war meine *Schwes-*

ter, und ich werde dir nie verzeihen, *niemals*. Tu, was du tun musst. Bring mich um, wie du sie umgebracht hast. Wie du Ashleigh Jewell umgebracht hast. Ich weiß, was du getan hast, was du bist. Du bist nicht *Aimee*. Aimee existiert nicht. Du bist ein Lügner und ein Mörder, und ich hasse dich. Ich *hasse* dich!«

Der Rahmen bebte unter ihren Händen, ließ die Gestalt im Bett verschwimmen, bis Loz nichts weiter sehen konnte als ihren starren Blick, der sie verbrannte.

»Komm schon. *Tu's!* Das, was du ihr angetan hast, denn du hast es eh längst getan. Mich getötet, mich *ausgelöscht*. Sie war der einzige Mensch, der mich gesehen hat. Der *einzige*. Du bist ein Schwein. Du bist ein krankes Schwein. Sie war nicht … Sie hat keiner *Fliege* was zuleide getan. Sie hat gelitten, die ganze Zeit, aber sie selbst hat nie jemandem Leid angetan. Sie war freundlich und ruhig und die *Einzige*, die mich geliebt hat, der es nicht schwergefallen ist, mich zu lieben.« Ihre Stimme brach vor Tränen. »Es gibt jetzt *nichts* mehr in diesem Haus. Nur noch sie, die mich hassen, weil es *mich* hätte treffen müssen. Das hätte ich sein müssen, zu der sie gehen und die sie in dieser Schublade betrachten, *identifizieren* sollten. Ich bin Abschaum, dumm, hässlich. Aber sie … sie war so freundlich und ruhig, und ich habe sie so sehr geliebt. Wenn du sie umgebracht hast, du …«

Sie verstummte erst, als seine Hand auf ihrem Mund war, ihre Lippen gegen ihre Zähne presste.

Sie hatte nicht einmal gesehen, wie er aus dem Bett gesprungen war, nicht richtig, nur als eine Art feuchten Fleck.

Er zischte heiß gegen ihre Wange. »Sei still!«

Loz versuchte zu beißen, versuchte, ihn zu treten. Er drückte sie fest gegen das Bett, die Hand weiterhin auf ihrem Mund, bis rote Sterne in ihren Augen platzten.

»Ich warne dich«, fauchte er. »Sei still!«

Sie zerrte an seiner Hand, aber er war stark. Stärker, als er im Bett gewirkt hatte. Seine Arme waren überhaupt nicht dürr, harte Muskeln unter seiner Haut. Ihre Augen rollten in ihrem Kopf nach oben, bis sie sah, wie er über ihr stand.

Schwarze Augen, Wangenknochen, die Form seines Kinns, genau wie May ihn gezeichnet hatte. *Aimee.* Wie hatte ihn irgendjemand in diesem Haus für ein Mädchen halten können?

Er beugte sich herab, seine Haare kratzten über ihr Lid, ihr Auge.

Sie hörte auf sich zu wehren, zu verängstigt, um zu atmen, geschweige denn zu kämpfen.

Sein Mund glitt nah an ihre Kehle.

»Besser«, hauchte er. »Das ist besser.«

52

»Eric James Mackay. Fünfzehn Jahre alt, seit Mai 2012 aus einer Jugendhilfeeinrichtung in Derby als vermisst gemeldet. Wir wissen, dass er in der Unterführung in Stockwell abgehangen hat, aber Joel und seine Freunde haben ihn seit September dort nicht mehr gesehen, ein paar Monate bevor May aufgehört hat, in die Unterführung zu kommen. Wir wissen, dass sie Eric dort kennengelernt hat. Sie hat ihn gemalt. Grace hat sein Porträt wiedererkannt.« Marnie heftete Mays Bild neben das Foto von Eric Mackay. »Niemand von uns hat ihn von der Skizze wiedererkannt, aber Grace hatte den Vorteil, mit ihm zusammengewohnt zu haben. Er hat sich stärker verändert, als wir angenommen haben.«

Sie hatten sich einen kahlgeschorenen Schlägertyp vorgestellt, doch Eric Mackay hatte sich in einen engelsgesichtigen, androgynen Menschen verwandelt. Vielleicht eine bessere Tarnung für einen Straßenjungen. Aber gewiss auch gefährlicher.

»Warum ist er in einem Heim gewesen?«, fragte Ron.

»Seine Mum war krank«, sagte Debbie. »Münchhausen-Stellvertreter-Syndrom. Sie hat ihn nicht in die Schule geschickt, ihn mit Tabletten vollgestopft, nicht aus dem Haus gelassen. Das Jugendamt hat ihn schließlich rausgeholt, aber es hört sich an, als wäre er ziemlich durcheinander gewesen, hat die ersten sechs Monate im Heim damit verbracht, sich im Bett zu verstecken, als würde er nichts anderes kennen.«

»Er nennt sich jetzt Aimee Finch.« Marnie berührte Mays Skizze. »Laut Grace ist er seit drei Monaten bei Christie und Harm. Er und May sind gleichzeitig aufgetaucht.«

»Die Porno-Bilder«, sagte Ron. »Ist das auch Mackay?«

»Das wissen wir nicht. Vielleicht. Er und May haben sich in der Unterführung kennengelernt, aber wir wissen nicht, wo er zu dem Zeitpunkt gewohnt hat. Es ist möglich, dass er Teil des Rekrutierungsteams ist, genau wie Christie.«

»Hat Joel ihn nicht als Psycho bezeichnet?«, fragte Ron.

Noah nickte. »Aber als wir ihn nach weiteren Informationen ausgequetscht haben, war er nicht sonderlich hilfreich. Das Ausmaß von Erics Psychose schien darin gegipfelt zu haben, dass er ein paarmal vom Dach der Unterführung gesprungen ist und draußen im Regen getanzt hat. In anderen Worten, die Vorstellung eines Teenagers von einem Psycho. Joel meinte, dass Eric vor nichts Angst gehabt hätte. Ist mehrfach mit Fremden für schnellen Sex mitgegangen.«

»Männer oder Frauen?«

»Beides. Er war nicht wählerisch, O-Ton Joel.«

»Und jetzt lebt er in einem Irrenhaus«, sagte Ron, »als Mädchen verkleidet.«

»Nicht nur als Mädchen *verkleidet*«, verbesserte Marnie ihn. »Grace war überzeugt, dass er *tatsächlich* ein Mädchen ist. Sie meinte, jeder in der Wohnung wäre davon überzeugt gewesen, einschließlich May und Ashleigh.«

»Sind wir uns da sicher?« Noah betrachtete Mays Skizze von Eric. »Bei dem hier wirkt es eher so, als hätte sie gewusst, dass er ein Junge ist.«

»Grace könnte falschliegen. Aber sie beharrt darauf, dass Harm nicht gewusst hat, dass Aimee in Wirklichkeit Eric ist.«

»Was bedeutet, dass er sie nicht missbraucht«, sagte Debbie. »Andernfalls hätte er das längst herausgefunden.«

»Grace behauptet, Harm hätte sie nie angefasst. Oder eine der anderen. Laut ihrer Beschreibung ist dies das Unheimlichste an ihm, der Umstand, dass er nicht auf diese Art an ihnen interessiert ist.«

»Sie hat eine sonderbare Definition von unheimlich.« Rons schlechte Meinung von Grace hatte sich nicht gebessert, seit das Mädchen zu reden begonnen hatte. »Warum ist sie weggelaufen, wenn alles dort so kuschlig gewesen ist?«

»Es ist nicht kuschlig, aber es ist sicher. Schlösser an den Türen, Verdunklungsrollos, strenge Regeln in Bezug auf Ruhe. Bis vor drei Monaten haben sie in einem besetzten Haus in Chiswick gelebt. Harm hat entschieden, es wäre nicht mehr sicher genug, weshalb er sie in diese Wohnung umgesiedelt hat.« Marnie blickte zu Colin. »Schon Glück gehabt, sie aufzuspüren?«

»Wir haben die Liste eingeengt, aber es grenzt fast an ein Wunder, Informationen aus Bauunternehmern herauszubekommen. Hunderte von Neubauten in ganz London, private Wohnungsunternehmen, Büros, Wohnungen. Unzählige Projekte, die auf Eis gelegt sind.«

»Warum kann sie uns nicht einfach die verdammte Adresse geben?«, fragte Ron aufgebracht. »Immerhin macht sie jetzt den Mund auf.«

»Sie hat das Gebäude nur selten verlassen vor dem Abend, als sie weggelaufen ist, und da ist es dunkel und sie in Panik gewesen. Sie arbeitet mit DC Waywell zusammen, um uns zu helfen, den Ort zu lokalisieren.«

»Was ist mit dem besetzten Haus in Chiswick?«

»Das suchen wir ebenfalls«, erwiderte Marnie. »Grace erinnert sich nicht mehr an die genaue Adresse, aber sie hat uns einige Anhaltspunkte gegeben. Wir wollen allerdings, dass sie sich auf die Wohnung konzentriert.«

»Gehen wir davon aus, dass Loz Eric oder Aimee gekannt hat?« Noah betrachtete immer noch die Skizze, die an die Tafel geheftet war. »Sie muss die hier in Mays Skizzenblock gesehen haben.«

»Das hätte sie uns gesagt.« Marnie wollte es glauben. »Hätte sie irgendetwas gewusst, von dem sie geglaubt hätte, es hätte uns in jenen Wochen zu ihr geführt, während May vermisst war, oder nun zum Mörder – dann hätte sie es uns gesagt.«

»Harm«, fragte Debbie. »Was wissen wir über ihn?«

Marnie nickte Noah zu. »DS Jake?«

»Er ist etwa im selben Alter wie Jamie Ledger, also Mitte vierzig. Vielleicht eine gewisse Ähnlichkeit, aber Grace behauptet stur und fest, dass Ledger nicht der Mann ist, den sie als Harm kennt. Wir werden bald ein Phantombild haben. Sie wollte uns nichts verraten, aber glücklicherweise hatten wir Ed Belloc im Team. Von dem, was Grace Ed erzählt hat, ist Harm ein Einzelgänger mit einem erstaunlichen Repertoire an Survivaltechniken. Ein Kontrollfreak. Essen, Wasser, Zuneigung – alles strikt rationiert. Eine Menge Regeln für die Mädchen, die es zu befolgen gilt, und er kleidet sie alle gleich, in Schuluniform. Besessen von Sicherheit. Das ist auch der Grund, weshalb sie aus dem besetzten Haus weggezogen sind. Die Wohnung ist leichter zu verteidigen. Seine Worte.«

»Hört sich für mich nach einem Ex-Soldaten an«, sagte Ron.

»Er hat die Wohnung gesichert, Heizung und Licht angeschlossen, netzunabhängig. Er ist handwerklich begabt, und er ist stark. Grace hat Angst vor ihm, und sie ist gewiss nicht leicht einzuschüchtern. Außerdem will sie seine Geheimnisse nicht preisgeben, weshalb wir annehmen können, dass er sie mit psychologischen Tricks bearbeitet hat. Er ist nicht die ganze Zeit im Gebäude. Grace behauptet, er kommt und geht, wie es ihm passt. Den Mädchen werden Schlüssel ausgehändigt, aber die funktionieren bei den Schlössern nicht, also ist das wahrscheinlich eine List, ihnen ein Gefühl von Sicherheit zu geben. Wenn Harm die Wohnung in regelmäßigen Abständen verlässt, legt das nahe, dass er noch ein anderes Leben hat. Vielleicht sogar einen Job.«

»Ledger hatte einen Job«, zeigte Ron auf, »bis kürzlich.«

»Wir suchen weiterhin nach Ledger«, erwiderte Marnie. »Aber unsere oberste Priorität ist, diese Wohnung zu finden. Grace hat sowohl vor Christie als auch vor Harm Angst. Sie glaubt nicht, dass Eric eine Bedrohung darstellt, aber das liegt daran, weil er für sie immer noch Aimee ist.«

»Wie rasiert er sich?«, fragte Debbie. »Das muss er doch jeden Tag tun, um als Mädchen durchzugehen. Irgendjemand muss doch gemerkt haben, dass da etwas nicht stimmt.«

»Grace meint, Aimee würde meistens allein gelassen werden. Harm hat ihr strikte Bettruhe verordnet, fest davon überzeugt, dass sie krank ist. Vielleicht verkriecht er sich die ganze Zeit unter der Decke, lässt die anderen nicht an sich heran. Das würde auch dazu passen, wie er aufgewachsen ist, zu den psychischen Problemen seiner Mum.«

»Was macht es für einen Unterschied, ob er dort drinnen ein Junge oder ein Mädchen ist? Wenn Harm sie nicht missbraucht oder versucht, sie zu missbrauchen, könnte er dann nicht auch einfach Eric sein?«

»Harm hasst Jungen im Teenageralter«, sagte Marnie. »Das ist eines der Dinge, vor denen er Grace und die anderen immer wieder warnt. Drogen, sexuelle Freizügigkeit, Geschlechtskrankheiten. Deshalb können wir uns lebhaft vorstellen, wie er auf die Neuigkeit von Mays Schwangerschaft reagiert hat. Er hat sie vor all dem beschützt, vor den Gefahren und Fallstricken des Lebens auf der Straße. Gleichzeitig steckt er sie in Uniformen, verlangt bedingungslose Unterwürfigkeit. DS Jake hat recht, wir haben es mit einem zwanghaften Kontrollfreak zu tun, wahrscheinlich mit einer traumatischen Vorgeschichte.«

»Grace hat nichts von den Morden gewusst«, erklärte Ron. »May und Ashleigh. Was hat sie also mit May an dem Abend vor ihrem Tod dort draußen gewollt?«

»Grace ist nach einer Auseinandersetzung mit Harm in Panik geflohen. Sie hat sich geweigert, uns genau zu erzählen, was vorgefallen ist, aber wenn man zwischen den Zeilen liest, hat sie sich wohl an ihn rangemacht, in der Hoffnung, irgendwelche Privilegien zu erhalten. Er hat nicht gut darauf reagiert, und sie ist weggelaufen. May ist ihr nach, wollte helfen. May hat immer versucht zu helfen, sagt Grace. Sie hatte Wechselkleidung und die Adresse dabei, die Christie ihr für Emmas Wohnung gegeben hat. Angeblich ein sicherer Ort, an dem sie bleiben könnte, aber ich zweifle an Christies Beweggründen. Grace hat versucht, May zu überreden, mit ihr zu kommen, aber May wollte unbedingt zu Harm und den anderen zurück.«

»Warum? Sie hatte es nach draußen geschafft. Warum wieder zurückkehren? Hätte sie das nicht getan …«

»Grace weiß es nicht genau, aber sie selbst spricht von diesem Ort immer noch als ihr ›Zuhause‹. Sie behauptet, May hätte darauf bestanden, zurück nach Hause zu gehen, weil sie Aimee dort nicht allein lassen könnte.«

»Sie ist zurückgegangen, und das war ihr Todesurteil«, sagte Ron. »Wie hat Grace darauf reagiert?«

»Sie war aufgewühlt, aber nicht groß überrascht. Insbesondere, als ich ihr erzählt habe, dass May schwanger gewesen ist. Ihr war bereits klar, dass dort drinnen etwas völlig falsch gelaufen ist. Harm hatte nicht wie sonst die Beherrschung verloren. Sie meint, er hätte regelrecht Schaum vor dem Mund gehabt – das war zu viel für sie. Sie ist weggelaufen, weil sie Angst hatte, was passieren würde, sollte sie bleiben.« Marnie verstummte, bis es im Raum vollkommen still war. »Wir wissen, dass zwei der Mädchen, die diese Wohnung betreten haben, getötet worden sind. Von Harm oder Christie oder Eric, das wissen wir nicht.«

»Wenn Harm Teenagerjungen hasst«, sagte Debbie, »dann schwebt Eric ebenfalls in Gefahr.«

»Das sagt auch Grace«, stimmte Marnie ihr zu. »Wie dem auch sei, wir müssen diese Wohnung finden, bevor noch jemand verletzt oder umgebracht wird.«

53

»Bleib sitzen und sei still!« Er ging zur Tür und lauschte, bevor er zurück zum Bett kam, auf das er sie geschoben hatte.

Loz hatte sich nicht gerührt, abgesehen davon, den Schlüssel in die Faust zu nehmen. Es gab nur einen Weg aus dem Zimmer. Durch die Tür, die er gerade kontrolliert hatte. Keine Waffen hier drinnen oder keine, die sie sehen konnte. Der Schlüssel war alles, was sie hatte.

Wie er so dastand, sah er wie eine Mischung all ihrer Lieblings-Anime-Helden aus, mit seiner Igelfrisur und dem herzförmigen Gesicht, dem weit geschnittenen Trägerhemdchen und der dunkelblauen Pyjamahose, die locker auf seiner Hüfte saß. »Du bist Loz«, sagte er. »Mays kleine Schwester.«

»Halt den Mund!« Sie zitterte vor Hass. »Du sprichst ihren Namen nicht aus, das erlaube ich nicht. Du …«

»Sei still. Willst du, dass Christie hochkommt?« Er legte die Hände auf den Rahmen am Fußende des Bettes. Er hatte lange Finger, gepflegte Nägel. Seine Fingerknöchel waren weiß. »Warum sagst du, dass sie tot ist?«

»Weil sie es *ist*. Du hast sie umgebracht. Du … *Freak!*«

Er zwang sie mit seinem Blick zum Wegsehen, Wimpern wie Klingen über seinem Nasenrücken. »Du hast gesagt, eure Eltern hätte sie sich ansehen, sie identifizieren müssen.« Seine Stimme war streng, leise, kehlig. »Ist das die Wahrheit?«

»*Ja.*«

»Sie ist wirklich tot?« Der Bettrahmen ächzte unter seiner Umklammerung, die Muskeln in seinen Armen zeichneten sich in schmalen Linien ab. Seine Wimpern funkelten vor Tränen. »Wann?«

»Vor zwei Tagen.«

»Wo?« Er spuckte jedes Wort heraus, doch er weinte bereits.

»Battersea Power Station.«

»Wie?«

»Sie ist erwürgt worden.«

Er krümmte sich, als hätte sie ihm in den Magen getreten. Das Bett kratzte über den Boden.

Loz maß die Entfernung bis zur Tür. Sie zwang sich aufzustehen.

Er weinte mit dem ganzen Körper, wiegte sich auf den Fersen vor und zurück, den Kopf zwischen den ausgestreckten Armen, das Gesicht verborgen. Sie könnte es schaffen, wenn sie schnell wäre. An ihm vorbei, die Treppe zur Küche hinunter. Christie hatte die Tür abgesperrt, aber Loz hatte einen Schlüssel. Sie öffnete die Faust und besah ihn sich, wollte sich selbst überzeugen. Sie hatte einen Schlüssel. *Schau her …*

Seine Zähne waren glatt, zu glatt für eine richtige Waffe. Zu glatt für einen Schlüssel, der angeblich erst kürzlich angefertigt worden war. Es war ein alter Schlüssel, aber die Schlösser hier drinnen waren allesamt neu. Dieser Schlüssel …

Würde die neuen Schlösser nicht öffnen. Sie hatte gewusst, dass irgendetwas mit ihm nicht stimmte, seit Christie sie aufgefordert hatte, sich einen aus der Schublade zu nehmen. Als Waffe war er nutzlos, und er war auch nutzlos, um nach draußen zu gelangen. »Du hast sie nicht umgebracht«, sagte sie zu dem Jungen.

Er schluchzte, schüttelte den Kopf. »Wir … Wir waren …«

Loz steckte den Schlüssel in die Tasche, schob sich näher ans Bettende. »Ihr wart was?«

»Verliebt. Ich habe sie *geliebt*. Das Baby in ihr war meins.« Er hob den Kopf, die Augen gerötet, das Gesicht nass. »Die Polizei … Wer hat sie gefunden?«

»Ein Wachmann in Battersea. Die Polizei hat uns den Autopsiebericht noch nicht gegeben. Aber sie haben uns gesagt, dass sie schwanger war.« Loz sah ihn an. »Ist das der Grund, weshalb sie getötet wurde?«

Er bewegte den Mund, tonlos.

»Wer hat sie getötet?«, wollte Loz wissen. »Wenn du es nicht gewesen bist?«

»Das weiß ich nicht.«

»Wer auch immer es getan hat, wusste er, dass sie schwanger war?«

»Jeder hier drinnen hat's gewusst.« Er wischte sich die Tränen mit der Armbeuge weg. »Sie hat es ihnen erzählt. Ich wollte nicht, dass sie es ihnen erzählt, aber sie ist vor allen damit rausgeplatzt. Ich hatte ihretwegen Angst. Wegen uns allen. Man kann so etwas nicht einfach sagen, nicht hier, nicht *ihm* …«

»Du wusstest nicht, dass sie tot ist, aber du wusstest, dass sie weg ist.« Loz schmeckte altes Blut in ihrem Mund, an der Stelle, wo sie sich in die Wange gebissen hatte. »Warum bist du ihr nicht nach? Warum hast du nicht auf sie *aufgepasst*?«

»Ich *wusste* es nicht. Er hat gesagt, sie wäre freiwillig gegangen. Wieder auf die Straße oder nach Hause. Ich dachte, sie wäre zu dir gegangen. Und selbst wenn nicht, wenn sie in einer Unterkunft wäre … Ich wusste, sie müssten ihr ein Dach über dem Kopf geben, wenn sie ihnen erzählt, dass sie schwanger ist. Ohne mich war sie besser dran.« Seine Schultern bebten, Wut blitzte jäh in seinem Gesicht auf. »Mir hat der Mut gefehlt, ihm die Stirn zu bieten. Dort draußen war sie besser dran als hier.«

»Wer hat gesagt, dass sie weggegangen ist?«

»Harm. Das war Harm.«

Sie sahen sich an. Da fragte Loz: »Wie heißt du?«

»Eric.«

»Wie kommt es, dass sie dich für Aimee halten?«

»Das ist *er* gewesen. Als er mich damals mitgenommen hat. Ich wusste das nicht, dachte nur, dass er … Sex will. Und ich war verzweifelt. Ich brauchte einen Ort zum Schlafen.« Er errötete, wirkte leicht fiebrig. »Als er mich gebeten hat, das da anzuziehen …«, sein Finger zeigte auf die Schranktür mit der Schuluniform für Mädchen, »dachte ich, er wäre pervers. Ich dachte, er *wüsste*, dass ich ein Junge bin, aber das hat er nicht. Danach hatte ich zu große Angst, es ihm zu verraten, nach seinen Predigten über Sicherheit und Sauberkeit. Ich dachte, er würde völlig durchdrehen, wenn er es herausfindet.«

»Er weiß es also nicht.«

»Niemand weiß es.«

»Aber sie ist schwanger gewesen. Wie, glauben sie, ist *das* passiert, wenn sie dachten, du wärst ein Mädchen?« Ihr Magen verkrampfte. »Glauben sie, *er* ist es gewesen?«

»Nein. *Nein*. Er fasst uns nicht an, niemanden von uns. Hätte er sie angefasst, hätte ich ihn umgebracht. Sie haben angenommen, sie hätte sich rausgeschlichen. Sie ist einmal rausgegangen, mit Grace. Aber sie ist zurückgekommen. *Meinetwegen*. Es ist meine Schuld.« Sein Gesicht brach, unscharf vor Tränen. »Ich habe sie zum Haus gebracht, weil ich sie toll fand.«

»Welches Haus?«

»Das vor dem hier. Wir haben dort eine Weile gelebt. May hat es gefallen, sie mochte den Garten. Es war ein Ort, an dem wir zusammen sein konnten, und ich wollte das, mehr als alles andere. Aber ich wusste, dass etwas an ihm nicht stimmt, und ich habe sie nie vor ihm gewarnt, nicht richtig, weil ich wollte, dass sie bei mir bleibt, und ich nirgends sonst mit ihr hingehen konnte. Es ist meine Schuld, dass sie tot ist. Hätte ich sie nicht geschwängert, hätte ich sie gewarnt …«

»Warum will er euch alle hier haben, wenn er euch nicht anfasst? Was *will er von* euch?«

»Durch uns fühlt er sich wie ein Mann. Er muss ein *Mann* sein. Es liegt daran, wie ihn sein Vater behandelt hat, in seiner Kindheit.« Er redete zu schnell, als wäre er so lang allein gewesen, dass er vergessen hatte, wie man mit Menschen sprach. Loz musste sich konzentrieren, um ihm zu folgen. »Deshalb ist bei ihm eine Schraube locker, genau wie bei mir wegen meiner Mum. Nur dass es für mich das Gegenteil davon war, ein *Mann zu sein*. Ich musste einfach im Bett bleiben, ihr zuliebe die Kranke spielen.«

Sie verstand es nicht, aber sie interessierte sich nicht für seine Mum. »Warum braucht er so viele von euch?«

»Nur in der Gruppe bist du sicher, sagt er. Er ist von Sicherheit besessen. Das ist auch der Grund, warum er mit uns hierhergezogen ist. Das Haus war nicht mehr sicher. Sein Job ist es, Alarmanlagen einzubauen, Leuten zuzuhören, die über nichts als Einbrüche und Raubüberfälle reden. Er glaubt, er bekommt alles auf die Reihe, würde für unsere Sicherheit sorgen. So fängt es an. Er findet uns, oder *sie* findet uns, nimmt uns mit, kümmert sich um uns. Am Anfang.« Er wischte sich wieder übers Gesicht. »Es ist fast so, als würde er … nach jemandem suchen. Oder hätte Schuldgefühle wegen irgendwas. Keine Ahnung, ich durchschaue ihn nicht. Nur dass er nicht ganz richtig im Kopf ist. Ich habe allerdings nicht gedacht, dass es so schlimm ist. Ich wusste nicht, dass er ein

Mörder ist.« Sog scharf die Luft ein. »Ich hätte niemals zugelassen, dass sie mit herkommt, hätte ich das gewusst.«

»Was ist mit Christie?« Loz brauchte eine Schwachstelle in dieser Wohnung. Sie hätte sich ein Messer aus dem Messerblock geschnappt, hätte Christie sie vorhin nicht so genau beobachtet. »Wie passt sie hier rein?«

»Wahrscheinlich ist sie missbraucht worden. Sie weiß nicht, wann sie aufhören muss, glaubt, sie hätte alles unter Kontrolle, aber das hat sie nicht, nicht wirklich. Mädchen wie sie kenne ich aus dem Heim. Normalerweise sind sie missbraucht worden.«

»Du warst in einem Heim.«

»Wir alle. Grace, Ashleigh.«

»May nicht.«

»Nein.« Seine Gesichtszüge entglitten ihm wieder. »Ich kann nicht glauben, dass sie tot ist.«

»Wirklich?« Loz sah ihn mitleidvoll an. Ihr Kopf schwirrte, alles drehte sich. Sie hatte seit Stunden nicht gegessen. »Du hast mir gerade erzählt, was für ein Psycho er ist. Und du bist hier oben, weil du Angst vor ihm hast. Warum ist es dann so schwer zu glauben, dass er sie umgebracht hat? Und nicht nur sie. Ashleigh ist auch tot.«

Eric starrte sie an. Seine Augen waren sonderbar, leer. War er auf Drogen?

»Wie hast du uns gefunden?«, fragte er.

»Die Unterführung, das hab ich dir doch schon gesagt. May hat Skizzen von dir gemacht. Ich wusste, wohin sie gegangen ist, aber von dir wusste ich nichts. Nicht richtig. Erst jetzt.« Loz blickte sich im Zimmer um. »Was weißt du sonst noch von Christie?«

»Sie ist seit zwei Jahren bei Harm. Sein Wachhund. Ich nehme an, sie ist in ihn verliebt.«

Loz rümpfte die Nase. »Eine schlechtere Werbung für die Liebe gibt's wohl kaum.«

Beinahe hätte er gelächelt.

»Ich habe nicht nur *sie* gemeint.« Loz eilte zur Tür.

»Wohin willst du?«

Sie holte ihr Handy heraus. »Hier drinnen gibt's keinen Empfang. Andernfalls hätte ich längst die Polizei gerufen.«

»Sie hat erlaubt, dass du dein Handy behältst?« Sein Gesicht zuckte vor Panik. »Das tut sie sonst nie.«

»Sie hat mir auch einen Schlüssel gegeben.« Loz wollte herausfinden, ob er das mit den Schlüsseln wusste. Sie konnte nicht sicher sein, dass er die Wahrheit sagte. Über May oder Christie oder sonst irgendetwas.

»Die Schlüssel funktionieren nicht.« Seine Hände glitten matt an seinen Seiten hinab. »Gracie hat mir das verraten.«

»Wer ist Gracie?«

»Sie hat auch hier gewohnt. Sie war die Erste, die weggegangen ist. Am Tag bevor May… bevor May weggegangen ist.«

»Du meinst, Gracie ist auch tot?«

»Keine Ahnung.« Er runzelte die Stirn. »Vielleicht. Wenn Ashleigh tot ist.«

Er glaubte es nicht wirklich. Oder es kümmerte ihn nicht.

»Hat Grace rote Haare?«, fragte Loz.

Eric nickte. Er war so dünn und hübsch. Doch dann ermahnte sie sich, wie stark er gewesen war, als er sie gepackt hatte.

»Und sie schreibt Zeugs auf sich?«

»Ja.«

»Sie ist nicht tot. Zumindest glaube ich das nicht. Sie hat einen Autounfall verursacht, am Abend bevor May gefunden wurde. Die Polizei sucht nach ihr.«

»Wissen sie, dass du hier bist?«

Sollte sie lügen? Ihm weismachen, dass sie Verstärkung mitgebracht hatte, das Haus umstellt war? Das war, was sie im Fernsehen oder in einem Buch tun würden.

»Vielleicht. Ich bin nicht sicher. Sie werden nach mir suchen.« Sie spähte zum Fenster, mit einem Mal brannten ihr die Augen. »Mum und Dad werden ausflippen.«

»Warum bist du gekommen?«, wollte er wissen. »Du hast gedacht, ich hätte sie getötet, das hast du gesagt. Warum bist du hergekommen, wenn du das geglaubt hast?«

»Ich wollte Gewissheit haben. Niemand hat mir irgendwas erzählt. Alles, was ich hatte, war das hier.« Sie holte das Blatt aus ihrer Tasche, herausgerissen aus Mays Skizzenblock, vorsichtig, damit DI Rome und DS Jake nicht bemerkten, dass es fehlte. Christies Gesicht, wie eine schlechte Fotografie, aber das war sie. May zeichnete Gesichter nicht wie schlechte Fotografien, außer es stimmte etwas nicht mit der Person, die sie malte. Auf derselben Seite ihre Skizze von der Unterführung, der Eingang grasbewachsen, Graffiti an den Wänden. Loz hatte die Seite vorsorglich herausgerissen, da sie wusste, dass die Polizei den Skizzenblock beschlagnahmen würde, sie jedoch einen Beweis von dem Ort brauchte, an dem May sich aufgehalten hatte. »Dich hat sie auch gemalt.« Aimees Gesicht hatte sie im Skizzenbuch gelassen, für DI Rome, zusammen mit all den anderen Skizzen von der Unterführung.

Eric starrte das Bild von Christie an, als würde er sie hassen. »Hier ist es nicht sicher.«

»Nirgendwo ist es sicher. Das ist der Grund, warum du hier bist, nicht wahr? Warum du nicht versucht hast abzuhauen.«

»Ich hatte Ärger mit der Polizei. Ich dachte, ich würde verhaftet werden. May meinte, das würde nicht passieren. Sie meinte, sie würde auf mich aufpassen, aber es war doch nicht *ihre* Aufgabe, das zu tun.« Er rieb sich matt die Augen. »Ich hätte derjenige sein müssen, der sich um sie kümmert, nicht andersherum.«

»Weil du ein Junge bist und sie ein Mädchen? Das ist bescheuert.«

»Ich war nicht gut genug für sie. Sie hatte jemand Besseres verdient.«

»Sie hat sich für dich entschieden, nicht wahr? Gegen uns.« Ihre Nase brannte vor zurückgehaltenen Tränen. »Gegen mich.«

»Nein.« Er schüttelte den Kopf. »Sie hat die ganze Zeit von dir gesprochen. Wie mutig du bist. Sie hat sich gewünscht, mehr wie du zu sein, das hat sie immer gesagt. Durch ihre Erzählungen habe ich dich auch unbedingt kennenlernen wollen. Sie hat dich geliebt.«

»Hör auf!« Ihre Beine fühlten sich sonderbar an, wie Gummi. »Hör auf, diesen Scheiß zu sagen, nur damit ich mich besser fühle. Hör auf mit deinen Lügen!«

»Ich lüge nicht.« Er kam auf sie zu, mit ausgestreckter Hand. »Sie hat mir gesagt, dass du die beste Tante der Welt sein würdest, weil du so mutig bist. Dir jagt nichts Angst ein, nicht wirklich, nicht lange. Wenn das Leben dir eine knallt, dann schlägst du zurück. Das hat sie gesagt.«

Loz schüttelte den Kopf. Ihre Kehle war so geschwollen und salzig, dass sie keinen Ton herausbekam.

»Sie ist auch mutig gewesen.« Eric nahm ihre Hand und hielt sie fest. Seine Finger waren kalt. »Sie hat Harm die Stirn geboten. Nicht wie Grace, schreiend und kämpfend. Leise. Sie hat es geschafft, dass ich nicht verrückt geworden bin. Ohne sie wäre ich durchgedreht. Ich *bin* durchgedreht … Sie ist der mutigste Mensch, dem ich jemals begegnet bin.«

Loz blinzelte. Ihre Schultern hörten einfach nicht auf zu beben.

»Sie hätte für uns gekämpft.« Eric legte die Arme um sie. »Wenn ich sie gelassen hätte. Und sie hat dich geliebt. Sie *hat* dich geliebt.«

»Warum hat sie mich dann zurückgelassen?«, schluchzte Loz. »Allein bei ihnen. Wenn sie mich geliebt hat, warum hat sie mich dann ganz allein dort zurückgelassen?«

»Sie wollte nach Hause.« Er weinte jetzt ebenfalls. »Das *wollte* sie. Wir hatten vor zusammenzuleben. Du und ich und sie. Und das Baby. Wir wollten zusammen sein.«

Ihr Hals war nass von seinen Tränen.

Loz löste sich von ihm. »Ich gehe.« Sie rieb sich das Gesicht trocken, wischte den Rotz von ihren Händen an ihrem Pulli ab. »Kommst du mit mir?«

Er starrte sie an. »Du kannst nicht einfach … gehen.«

»Warum nicht?«

»Sie würde das nicht zulassen.«

»Christie? Ich durfte mein Handy behalten.«

»Sie wird dich nicht einfach gehen lassen. Insbesondere jetzt nicht mehr.«

»Was soll das heißen?«

»Du weißt von Harm, dieser Wohnung.« Er schloss halb die Augen. »Tote Mädchen, hast du gesagt. Ermordet.«

»Na und? Du wirst ihr nichts verraten. Du hast zu große Angst.«

»Ich muss ihr nichts verraten«, sagte Eric. »Sie weiß es längst.«

»Was?« Ihr Kopf pochte vor Verwirrung. »Wie?«

»Sie war die ganze Zeit dort draußen. Hat gelauscht.«

Loz blickte zur geschlossenen Tür, Übelkeit stieg in ihr auf. »Sie …«

»Lauscht. Das tut sie immer.« Er starrte zur Tür, als würde er sie hassen. »So ist sie.«

In der Türklinke spiegelte sich Licht.

Eine Messingklinke, dunkelbraun, weiß marmoriert. Kein Schloss. Eine schwere Tür, von der Sorte, die mit einem Türschließer zufällt, selbst wenn man versucht, sie offen zu halten.

Loz dachte an all die Zimmer, durch die sie hindurch müsste, um von hier zu fliehen. Dann die Treppe, ein Stockwerk nach dem anderen, bevor sie die sichere Straße erreichte.

»Wir müssen los. Sofort, solange es nur *sie* ist. Bevor Harm zurückkommt.«

»Zu spät.«

»Was?«

»Kannst du ihn nicht spüren?« Eric hatte die ganze Zeit über zur Tür gestarrt, mit hasserfülltem Gesicht, sein Körper angespannt wie eine Faust. »Er ist hier. Er ist zurückgekommen, während wir geredet haben.«

Seine Augen brannten sich in die Tür ein. »Er ist hier.«

54

»Grace erinnert sich an Treppen, die zu den Zimmern geführt haben, in denen sie gefangen gehalten wurden. Mindestens ein Dutzend Treppen. Im Innern des Gebäudes.« DC Terence Waywell pinnte fünf Fotos ans Whiteboard. Wohnblöcke und Bürogebäude, jedes mit einer Adresse. »Sie haben nicht den Haupteingang benutzt, sagt sie. Es gab einen zweiten Eingang auf der Rückseite. Wie bei den staatlich verordneten Sozialwohnungen in Luxusimmobilien.«

»Armentüren«, sagte Debbie. »Nennt man die nicht so?«

Terence nickte. »Das ist genau die Sorte Wohnhaus, nach der wir suchen. Ich und Col haben es auf diese fünf eingegrenzt, basierend auf dem, woran sich Grace erinnern kann. Das Beste wäre, mit ihr die Strecke abzugehen, angefangen vom Unfallort, aber das Krankenhaus sagt, dafür wäre sie noch nicht stabil genug. Also haben wir nur das, womit wir arbeiten müssen.«

»Verfügt denn keines dieser Gebäude über anständige Security?«, beschwerte sich Ron.

»Das finden wir raus«, erwiderte Noah. »Ruf die Bauleiter an oder wer auch immer für die jeweiligen Gebäude verantwortlich ist. Wir haben es mit einem relativ kleinen Gebiet zu tun. Wir wollen den Mörder nicht aufschrecken, indem wir Teams auf benachbarte Baustellen schicken. Lasst uns versuchen, unsere Suche so schnell wie möglich noch weiter einzugrenzen.«

»Die Chefin ist immer noch bei Welland. Schätze, das bedeutet, dass sie um Verstärkung betteln muss. Man würde glauben, dass wir bei zwei toten Mädchen mit SWAT-Teams zugeballert werden.«

»Wir werden nur ein SWAT-Team brauchen«, sagte Noah. »Wenn wir den nächsten Schritt richtig machen.«

»Diese Zeugenaussage über Grace Bradley.« Welland wirkte erschöpft, die Gesichtshaut zu straff um seine Augen. »Die gefällt mir nicht.«

»Sie finden sie unglaubwürdig?«, fragte Marnie.

»Nein. Mir gefällt die Quelle der Aussage nicht.« Seine Hand glitt zu den Schriftstücken. »Sie sind deswegen nach Sommerville gefahren. Warum haben Sie nicht DC Tanner oder Waywell geschickt?«

»Es ging schneller, wenn ich selbst hinfahre. Die kennen mich dort. Ich habe bekommen, was wir gebraucht haben, und war im Handumdrehen wieder zurück.«

»Wo wir ein verschwundenes junges Mädchen hatten?«

»Zu dem Zeitpunkt wussten wir nicht, dass Loz verschwunden ist. Wir wussten nicht, dass Grace in Emmas Wandschrank war. Wir brauchten eine Zeugenaussage von Jodie Izard, und es hat Sinn ergeben, dass ich sie einhole.«

Welland sah sie mit schweren Lidern an. »Haben Sie Stephen Keele gesehen, als Sie dort waren?«

»Nicht, um mit ihm zu sprechen«, sagte sie wahrheitsgemäß.

»Aber Sie haben ihn gesehen.« Sein Gesichtsausdruck war unversöhnlich, Kritik stand ihm offen ins Gesicht geschrieben. Es traf sie, so wie es sie immer traf. Sie brauchte Wellands Anerkennung, und das nicht nur, weil er ihr Boss war.

»Ja, er ist da gewesen. Hören Sie, Eric Mackay ist an dem Ort, an dem die Mädchen gefangen gehalten werden. Christie, Eric und dieser Mann namens Harm. Ich brauche einen Verhandlungsführer für Geiselnahmen. Am liebsten Toby Graves, falls er verfügbar ist.«

»Vermerkt. Wen halten wir für den Gefährlichsten der drei? Den Survivalexperten Harm? Christie Faulk, die diese Mädchen in die Falle lockt? Oder diesen Jungen, der vorgibt, etwas zu sein, das er nicht ist?«

»Ich weiß es nicht. Wir müssen davon ausgehen, dass alle drei gefährlich sind.«

»Aber nur einer von ihnen«, Welland betastete die gespannte Haut über seinem linken Auge, »ist ein Mörder.«

»Wahrscheinlich, ja.«

»Viele Rollenspielchen, die da gespielt werden. Zu viel Schall und Rauch für meinen Geschmack. Mir gefällt das nicht.«

Er könnte ebenso gut von Stephen sprechen, über die verschiedenen Rollen, die Stephen spielte. Pflegebruder, sinnloser Mörder, Polizeispitzel. »Keinem von uns gefällt das«, sagte Marnie.

»Die Presse hat sich auf die Beswicks eingeschossen. Eine zweite Tochter, die verschwunden ist. Das lässt sie wie Pechvögel aussehen, oder verdächtig. Sind Sie sicher, dass wir nicht auch in diese Richtung ermitteln sollten?«

»Ich schließe nichts aus. Aber ihr Haus ist sauber, keine Hinweise auf irgendetwas. Wir müssen die Wohnung finden, von der Grace weggelaufen ist. Wir grenzen die Suche ein, dank DC Waywell und Colin Pitcher.«

»Ich hoffe, Sie behalten recht. Wir haben jetzt schon ein heilloses Durcheinander. Können Sie sich vorstellen, dass ich den Bürgermeister am Apparat hatte, der mir wegen ausländischer Investoren in Battersea in den Ohren gelegen ist? Leichen sind nicht gut fürs Geschäft, wurde mir gesagt. Insbesondere nicht junge, hübsche Mädchen.«

»Toby Graves«, sagte Marnie. »Und ein SWAT-Team in ständiger Bereitschaft. Das ist alles, was ich brauche. Ich will stürmen können, sobald wir die Adresse haben.«

DC Waywell nahm eines der Fotos vom Whiteboard. »Das hier scheidet aus. Laut Bauunternehmer ist die Treppe noch nicht fertiggestellt.«

»Die Liste schrumpft, das ist gut. Weiter so.«

Noah wollte sich die Beweise mit frischem Blick ansehen, eine Spur finden, die ihnen entgangen war, etwas, das sie zu Loz führen würde. Ihr Gesicht starrte ihn an, große Augen, anklagend. Sie hatte es gehasst, fotografiert zu werden. Hatte sie freiwillig eingewilligt, dass ihre Schwester sie porträtierte? Sie hatte Mays Skizzen von der Unterführung gekannt, hatte gewusst, wo sie nach dem Mörder ihrer Schwester zu suchen hatte. Warum hatte sie diesen Hinweis nicht der Polizei gegeben? Weil sie nicht darauf vertraut hatte, dass sie den Mörder finden würden, oder weil sie die Geheimnisse ihrer Schwester nicht hatte verraten wollen?

Alle Teenager hatten Geheimnisse, das war Teil des Erwachsenwerdens. Noah sah zu den anderen Mädchen an der Tafel, ihre Gesichter von der Kamera eingefangen, mit Make-up zugekleistert, aber denselben vorwurfsvollen Blick in den Augen. Wer hatte auf sie aufgepasst? Niemand. Grace' Foto war unter das von Logan Marsh gepinnt, neben Mays Obduktionsbericht. Schwanger, hypernatriämisch. Grace, die ihm aus dem Wandschrank vor die Füße gefallen war, zuckend. Beiden Mädchen war beigebracht worden, Fisch zu pökeln, Survivaltraining. Vom Mörder …

Noahs Hand glitt zu dem Foto von Jamie Ledger, verharrte dort.

Ron redete leise am Telefon. »Wenn ich es irgendwie schaffe. Wir rackern uns hier den Arsch ab. Ich muss los. Ja, mach ich.« Er legte auf, spürte Noahs Blick. »Gedenkgottesdienst nächste Woche für Logan Marsh; seine Mum organisiert alles. Kenickie wollte wissen, ob wir hingehen.«

»Wie geht's Logans Mum?«

»So lala. Kenickie meint, der Dad hält sich aus allem raus. Schuldgefühle, vermutet er. Logans Freunde sind eine große Hilfe. Sie haben eine Facebook-Seite über seine Freiwilligenarbeit erstellt, Zeugs, was er für Wohlfahrtsverbände getan hat. Für sie alle war er eine Art Held. Ich weiß, wir haben andere Dinge auf dem Schirm, aber ich werde versuchen, es zum Gottesdienst zu schaffen. Er war noch ein Kind, genau wie die anderen.« Ron kniff sich fest in die Nase. »Glaubst du, wir finden sie noch rechtzeitig? Loz Beswick.«

»So nicht«, erwiderte Noah. »Lass uns weitere Baustellen ausschließen.«

Ron nickte und nahm den Telefonhörer in die Hand.

Noah ging zu seinem Schreibtisch und zog das Profil über den Mörder heran, an dem er gearbeitet hatte.

Mann, weiß, Mitte vierzig, Einzelgänger. Es las sich wie ein Lehrbucheintrag. Einführung Psychologie. Das fühlte sich falsch an, so viel stand fest. Das Profil traf auf Jamie Ledger zu, aber Grace hatte vehement verneint, dass er der Mann war, der ihr ein Zuhause geboten hatte. *Harm*, mit seinen Regeln, besessen von Krankheiten, seinem Survivaltraining. Drei Teenagermädchen und Eric Mackay, der vorgab, das vierte zu sein. War es Eric gewesen, der May geschwängert hatte?

Noahs Handy summte, und er nahm den Anruf entgegen. »DS Jake.«

»Hier ist Riff. Dans Kumpel. Haben Sie einen Moment Zeit? Es ist nur so, ich glaube, ich weiß vielleicht, wie Ihr Mörder den Leichnam des Mädchens nach Battersea gebracht haben könnte.«

»Wie?« Noah griff nach Stift und Papier.

»Tunnel. Richtig scheißgroße Tunnel unter dem Fluss. Sind benutzt worden, um Dampf abzuleiten und die Sozialsiedlung drüben in Pimlico mit Wärme zu versorgen, bis in die frühen Achtzigerjahre. Hatte sie bisher nicht erwähnt, weil ich dachte, sie wären zugeschüttet worden, aber ich habe mich bei ein paar Kontakten erkundigt, die zu glauben scheinen, dass es einen Zugang zum Boilerraum geben könnte. Sie meinten doch, das Penthouse läge genau über dem Boilerraum? Ich dachte, das sollten Sie wissen.«

»Zugang zum Boilerraum, unterirdisch? Von diesen Tunneln aus?«

»Ja, krass, nicht wahr?« Riff klang wehmütig, schien nostalgisch auf sein altes Leben zurückzublicken. »Das ist, was ich meinte, als ich über Fluchtpunkte gesprochen habe – kilometerlange Tunnel, fuck, wer hätte das gedacht?«

»Ja, wer hätte das gedacht? Und noch wichtiger, wer hat davon gewusst? Können Sie mir die Namen Ihrer Freunde geben?«

»Kontakte«, verbesserte ihn Riff. »Tut mir leid, nein. Ich könnte Ihnen ihre Usernamen geben, aber ich bin nicht sicher, wie sehr die Ihnen weiterhelfen würden. Sie sollten lieber auf der Baustelle rumfragen. Es ergäbe keinen Sinn, Sie anzulügen, und wie gesagt, die Tunnel sind im öffentlichen Bauregister zu finden. Dort steht, dass sie versiegelt wurden, aber da sie das über jeden Ort in London sagen, der …«

»Dem werde ich nachgehen, danke.«

»Na klar.« Riff legte auf.

»Gibt's was?«, fragte Ron.

»Einen Weg in die Battersea Power Station, von dem wir nichts wussten, vorausgesetzt, dass die Quelle verlässlich ist. Ich werde den Bauleiter, Aaron Buxton, anrufen, aber das könnte einen Besuch vor Ort nach sich ziehen.«

»Dafür haben wir keine Zeit, außer es hilft uns, Loz und diese Verrückten zu finden.«

»Ist möglich.« Noah zeigte auf den Stadtplan am Whiteboard. »Wir sprechen hier von Tunneln. Falls der Mörder sie benutzt hat, um ins Kraftwerk zu gelangen, könnte er oder sie sie auch genau in diesem Moment benutzen. Das könnte der Grund sein, warum Christie und Loz auf keinen Bändern der Überwachungskameras in Stockwell aufgetaucht sind.«

»Unter der Erde … *Mist!* Du hast unser Jagdrevier gerade verdoppelt.«

Noah stöhnte. »Das müssen wir checken.«

55

»Harm ist zu Hause.« Christie überging das Ding auf dem Bett. »Er will dich kennenlernen.«

Loz zitterte am ganzen Leib, ihr Gesicht ein Häufchen Elend, tränenverschmiert. Weißer als das Bett. *Laura*, hatte sie gesagt, sei ihr Name. Sie hatte gelogen.

»Hab keine Angst.« Christie konnte sie riechen. »Er mag es nicht, wenn man Angst hat.«

An Eric gewandt sagte sie: »Du bleibst lieber oben.«

Abscheu auf ihrer Zunge wie ein Kaugummistreifen, aus dem sämtlicher Geschmack herausgesaugt worden war. Am liebsten hätte sie das Bett abgezogen. Es in Brand gesteckt. Die Flecken ausgebleicht, die Lügen. Das *Ding* an seinem Pony gepackt und zu Boden gerissen, gegen die Wand geschleudert. Aber das durfte sie nicht. Harm würde es selbst tun wollen. Harm müsste sehen, was er hier oben eingesperrt, was er liebevoll gepflegt hatte. Christie oder jemand anderem würde er es nicht glauben. Er müsste es mit eigenen Augen sehen, und dann … würde er sich darum kümmern wollen.

Sie wartete an der Tür auf Loz. »Er ist in der Küche.«

Mit einer Handbewegung bedeutete sie dem Mädchen, ihr vorauszugehen, die Treppe hinunter.

Eric rührte sich nicht, halb versteckt unter der Bettdecke.

Ein Tupfer Sonnenlicht berührte den Teppich neben dem

Bett, wo Christie immer hatte knien müssen, sorgenvoll und betend, wo sie von nun an nie wieder knien müsste. Ihre Zunge schmeckte grau.

»Er wartet«, sagte sie zu Loz. »In der Küche.«

Harm wärmte Reis auf, sein Kopf über dem Campingkocher, die Handfläche schützend um die dünne Flamme gelegt. Kerzenlicht leckte von dem Tisch, der mit Besteck, Tellern gedeckt war, an seinem Rücken. Ein pikanter Geruch vom Herd, rot und grün. Für eine Sekunde war es gleich, nur für eine Sekunde.

»Das ist Loz.« Christie stand außerhalb des Lichtscheins, ließ Harm das neue Mädchen begutachten. Benutzte ihren richtigen Namen, nicht die Lüge, die sie Christie erzählt hatte.

Harm war mit der Flamme unter dem Essen beschäftigt, aber er warf ihr über die Schulter ein Lächeln zu. »Hallo, Loz. Willkommen in der Familie.«

Christie sonnte sich in dem Lächeln, eifersüchtig auf das Mädchen, das neben ihr stand und so heftig zitterte, dass es gleich umkippen würde, stinkend vor Angst.

Der Schatten von Harms Hand fiel auf den Tisch, zwischen die Gabeln und Messer. »Ich hoffe, du magst Curry.« Der Kocher gluckerte, gurrte, als er ihm gut zuredete, den Reis in der Konserve umrührte.

»Ja«, sagte Loz. Ihre Stimme war ausgedörrt, rasselte in ihrer Kehle wie Münzen in einer Blechdose. Sie zwang sich, die Augen von den Waffen auf dem Tisch abzuwenden.

Versuch es, mach schon.

Christie dachte an den Jungen oben, den Harm beschützt hatte. Ein Dach über dem Kopf, Wärme, Essen, Liebe – alles für dieses Ding. *Aimee.* Die Schlösser, die Lichter. Wasserkanister, Batterien. Der durstige Schmerz in ihrem Magen, der ihre Füße nachts zum Tanzen brachte, ein Zittern in ihren Hüften und Fingern, bis sie nichts weiter wollte, als unter Harm zu krabbeln, nur um endlich stillzuhalten, nur um von seinem Gewicht zur Ruhe und zum Schweigen gebracht zu werden.

Sie hatte ihm geholfen, nach May. Als er vom Kraftwerk nach Hause gekommen war, niedergedrückt und schluchzend von der Last dessen, was er getan hatte, da hatte sie ihm das Versprechen gegeben, dass er nie wieder so allein sein würde. Sie hatte sich um Ashleigh gekümmert. Hatte sich ihrer entledigt, wie sie einmal den Kadaver einer Maus vom Küchenfußboden entfernt hatte, bevor ihre Mutter die Katze für etwas verfluchen konnte, das ganz natürlich für eine Katze war. Auch für Harm war es etwas ganz Natürliches. Christie verstand das. Der Tod war nicht das Schlimmste, kam nicht einmal annähernd an das Schlimmste heran. Nach Ashleigh hatte er nichts gesagt, kein *Dankeschön*, rein gar nichts. Er war losgezogen, um Grace zu finden, als wollte er sie zurück. Christie ging es nicht um Dankbarkeit. Sie würde es wieder tun, was auch immer er von ihr verlangte, was auch immer er brauchte. Sie schuldete es ihm, und sie verstand es; er würde die Hände von ihnen lassen, bis er nicht mehr anders konnte. Sie war da, um ihm zu helfen, wenn er nicht mehr anders konnte, aber bei dem Gedanken, wie viel davon für Aimee getan worden war, die nicht einmal existierte, drehte sich ihr der Magen.

»Bring uns bitte Wasser, ja?« Harm nickte ihr zu.

Christie ging zum Kanister, drehte an dem Hahn, um jeden Becher einzeln zu füllen. Es erinnerte sie an Regen, der an einer Plastikplane hinabtropfte, an den Mann mit den Kupfermünzen, vor dem Harm sie gerettet hatte, genau wie er sie davor gerettet hatte, zu Emma Tarvin zurückzugehen, die

Mädchen billiger verkaufte als ihren Stoff, mit ihrem höhnischen Feixen, als Christie ihren Badezimmerboden vollblutete, bevor sie sie vor die Tür gesetzt hatte.

Harm hatte sie in zweifacher Hinsicht gerettet.

Der Kanister gluckste, als das Wasser seinen neuen Pegel erreichte.

Kerzenlicht flackerte in den Tassen, während Christie die Becher zu ihnen an den Tisch brachte.

»Hier.« Harm zog für Loz einen Stuhl hervor, und sie setzte sich.

Mit ernster Miene musterte er sie. Ihre Haare bauschten sich wie Krähennester um ihr Gesicht, genau wie die von Grace, nur diesmal schwarz und nicht rot. Kein Make-up, kein Schmuck, kein Nagellack auf ihren Fingernägeln. Auch keine Titten. Es gab nicht viel, was mit ihr gemacht, nicht viel, was an ihr verändert werden müsste.

Harms Augen trafen Christies über dem Kopf des Mädchens. Ohne zu erkennen, zumindest noch nicht, was sie getan hatte. Er sah nur sein neues Mädchen. Dasjenige, das sie für ihn hatte holen sollen.

»Schön«, sagte er. »Es ist schön, dich kennenzulernen, Loz.«

56

»Ja, früher gab's da Tunnel unter Battersea«, sagte Aaron Buxton, »aber von der Baustelle aus gibt es keinen Zugang. Weder hier noch von der anderen Flussseite. Die haben alles vor Jahren dichtgemacht.«

»Die Tunnel haben vom Kraftwerk unter dem Fluss entlang nach Pimlico geführt. Ist das richtig?«

»Ja.« Buxton war gerade bei der Arbeit, Noah konnte den Baustellenverkehr im Hintergrund des Anrufs hören. »Sie haben dafür gesorgt, dass der Boilerraum nicht überhitzt, haben den Dampf dorthin geschickt, wo er Geld einspart. Ziemlich clever, könnte man sagen. Aber die Tunnel sind seit den frühen Achtzigerjahren stillgelegt.«

»Ich habe online Fotos gesehen. Fotos neueren Datums. Menschen gelangen in die Tunnel.«

»Sie meinen Unbefugte, Place Hacker, wie auch immer sie sich nennen. Vielleicht finden sie einen Weg rein, aber sie kommen hier drüben nicht raus. Außer sie haben es geschafft, sich durch drei Meter Beton zu graben.«

»Sind Sie absolut sicher? Wir stecken mitten in einer Mordermittlung …«

»Sparen Sie sich die Zeit, ich geb Ihnen mein Wort. Ich mach ein Foto vom Beton, wenn Sie einen Beweis wollen. So ist er nicht auf die Baustelle gekommen. Ich wünschte, so wäre es. Dann müsste ich nicht jeden meiner Securityleute doppelt überprüfen, für den Fall, dass einer von ihnen seinen Job nicht richtig erledigt hat.«

»Oder mehr als einer.«

»Danke«, sagte Buxton düster. »Das hat mir gerade noch gefehlt.«

Noah legte auf und wusste ganz genau, wie sich der Mann fühlte. Aber: »Gute Neuigkeiten«, rief er Ron zu. »Das Jagdrevier hat sich gerade wieder halbiert. Wir sind zurück am Ausgangspunkt.«

»Wir haben uns 'ne Pause verdient.« Ron rieb sich die Augen. »Im Fall, meine ich. Wir werden sowieso eine Nachtschicht einlegen müssen.«

Noah massierte sich den steifen Hals, während er hinüber zum Whiteboard ging.

Der Mörder arbeitete nicht im Verborgenen. Sondern in aller Öffentlichkeit. Das hatten sie schon vermutet, sobald sie Mays Leichnam gesehen hatten. Das hier war niemand, der sich versteckte, nicht im üblichen Sinne. Er wollte durchaus von den richtigen Menschen gefunden werden. Von Ausreißerinnen wie Ashleigh und Loz. Vielleicht sogar von der Polizei. Bei Eric Mackay war ihm ein Schnitzer unterlaufen, was bedeutete, dass er nicht unfehlbar war. Es bedeutete auch, dass er die Mädchen nicht missbrauchte, nicht körperlich. Was tat er nur mit ihnen, und warum hatte es – zweimal – zu Mord geführt?

»Grace bezeichnet es als ihr Zuhause«, sagte Marnie neben seiner Schulter. »Diesen Ort, an dem er sie gefangen hält. Sie will dorthin zurück, selbst jetzt noch. Sie fürchtet sich vor der Alternative, aber es ist mehr als das. Selbst in dem Wissen, was Harm getan hat, will sie zurück.«

»Aber nicht am Abend des Autounfalls. May ist allein zurückgekehrt.«

»Wegen Aimee. Das hat zumindest Grace gesagt. May wollte Aimee dort nicht alleinlassen.« Marnie blickte zu den Gesichtern an der Tafel. »Sie wusste es, nicht wahr?«

»Dass Aimee Eric ist? Ich schätze schon. Man kann es in ihren Skizzen sehen … Ich frage mich, ob Eric der Vater ist.«

»Ich würde behaupten, die Wahrscheinlichkeit ist recht hoch.« Marnies blaue Augen verdunkelten sich. »Was ist nur los mit unserem Mörder, dass er keinen Teenagerjungen erkennt, wenn er direkt vor ihm steht? Und wenn May und Eric miteinander geschlafen haben, dann hat er auch das nicht gemerkt.«

»Vielleicht sieht er nicht zu genau hin. Die Uniformen, die Regeln … Vielleicht sind sie alle gleich für ihn, wie Puppen. Die ultimative Degradierung der Kinder zu Objekten.« Wobei ihn im Fall von Loz eine böse Überraschung erwartete, denn sie war das am wenigsten puppenhafte Mädchen, dem Noah jemals begegnet war. »Das würde erklären, was er mit May getan hat, nachdem sie tot war, die penible Genauigkeit, mit der er sie aufgebahrt, fein säuberlich weggeräumt hat.«

»Ashleigh nicht.« Marnies Blick suchte auf der Tafel nach Hinweisen. »Grace behauptet, Ashleigh hätte mit ihren Reizen nicht gespart, und wir wissen, dass Harm das nicht gutheißt. Er mag brave kleine Mädchen, unschuldig, ohne Make-up, ohne Schmuck. Falls er herausgefunden hat, dass May schwanger ist, und falls Ashleigh mit ihm geflirtet hat … dann haben beide dieselbe Regel gebrochen. Indem sie Frauen waren anstatt Mädchen, anstatt Kinder.«

»Und Christie? Wie passt sie da rein? Sie ist eine Frau, und zwar in jeder Hinsicht.«

»*Eine* Frau ist in Ordnung, solange sie die Mutter spielt. Von dem, was Grace sagt, ist das die Rolle, die Christie sich selbst zugewiesen hat.«

»Tolle Mutter! Sie hat diese Mädchen nicht sonderlich gut beschützt … Glaubst du, Loz ist noch am Leben?« Er stellte die Frage ganz leise, wünschte im selben Moment, es nicht getan zu haben. Fürchtete, sie könnte dumm, zu optimistisch klingen.

Marnie sagte: »Das hoffe ich. Das müssen wir hoffen.«

»Ich hatte geglaubt, wir wären auf eine Spur gestoßen. Tunnel unter Battersea. Aber es ist eine Sackgasse.«

»Wir müssen weitermachen.« Marnie berührte ihn am Ellbogen. »Mach eine Pause, wenn du den Kopf freibekommen musst. Ruf Dan an oder Sol. Denk immer dran, was wichtig ist. Ich brauche hier deine volle Aufmerksamkeit.« Ihr Telefon klingelte in ihrem Büro, und sie ging hinein, um den Anruf entgegenzunehmen.

Noah drückte auf Dans Kurzwahltaste, landete aber nur auf seiner Mailbox. »Bei mir wird's spät, tut mir leid. Ich liebe dich.«

Er versuchte es bei Sol, weil Marnie recht hatte und weil das Whiteboard allmählich wie eine Ziegelmauer wirkte. »Hi«, sagte er, als sein Bruder abhob. »Alles okay bei dir?«

»Alles cool.« Eine Pause. Das Geräusch von Sol, der mit dem Fuß über den Boden scharrte. »Ich hab's verbockt, aber jetzt ist alles geregelt.«

»Wirklich?« Noah ging zum Fenster, brauchte eine andere Aussicht. »Ich bin nicht auf deinen Fall angesetzt, nur besorgt und will helfen, falls ich irgendwas tun kann. Wenn du meine Hilfe brauchst.«

»Danke, aber alles cool. Ich will wegkommen, okay? Versuche nur … wegzukommen.«

»Von einer Gang?«

»Yeah.« Sol stieß ein langes Seufzen aus. »Aber alles cool. Ich glaube … alles wird okay werden.«

»Gut. Hör mal, ich komme heute erst spät nach Hause. Dan weiß Bescheid. Wartet nicht auf mich. Und pass auf dich auf.«

»Okay. Noah? Danke.«

»Na klar.« Er beendete das Telefongespräch. Er müsste mit Sol ein ernstes Gespräch führen. In den sauren Apfel beißen und das ansprechen, worüber keiner von ihnen reden wollte, nämlich, wie tief sein Bruder in Schwierigkeiten steckte und wie sehr er selbst versuchte, sich aus dem Schlamassel zu befreien. Sol würde ihn niemals um Hilfe bitten, das wusste Noah. Aber wenn er sie *bräuchte*, dann müsste Noah den ersten Schritt tun.

Loz' Gesicht starrte ihn vom Whiteboard an, neben dem ihrer Schwester. Ein verschwundenes Mädchen und ein totes. Warum hatte Loz sie nicht um Hilfe gebeten? Warum hatte sie so schnell aufgegeben? Zu dieser Unterführung zu gehen war ein Akt der Verzweiflung oder schlimmer: Selbstmord. Sie hatte nicht geglaubt, dass die Polizei Mays Mörder finden würde. Auf Noahs Laptop war Loz' Tumblr-Seite geöffnet, Fotos, die sie von Straßenschildern geschossen hatte. Hauptsächlich Pfeile, als würde sie, vielleicht auch unbewusst, darauf hinweisen, dass ihrem Leben eine Richtung fehlte. Oder als suchte sie nach einem Weg durch ihren Kummer und Verlust.

In den Tagen nach Mays Tod hatte sie das Netz nach polizeilichen Verfahrensweisen und der Staatsanwaltschaft, Statistiken über Verurteilungen, dem Vergebungsprojekt, überfüllten Gefängnissen durchforstet. Sie hatte die Namen der Mädchen gefunden, die in London als vermisst galten, die Bilder von Ashleigh und den anderen gesehen. Hatte den Verkehrsunfall recherchiert, die Neuigkeiten über Logans Verletzungen und seinen Tod nachverfolgt, sich an die Fragen erinnert, die Marnie und Noah ihren Eltern wegen eines rothaarigen Mädchens gestellt hatten, das möglicherweise im Garrett wohnte. Loz hatte alles untersucht, was irgend möglich war, und dann war sie offline gegangen, um im realen Leben weiterzuforschen.

Colin hatte sich ihren Browserverlauf angesehen. Keinerlei Hinweise. Nur ein Verzeichnis dessen, wie sehr sie sich bemüht hatte, Wissen anzuhäufen, angefangen von der Art von Beweisen, die nötig waren, um jemanden des Mordes zu überführen, bis hin zu den Beileidsbekundungen auf Logans Facebook-Seite. Noahs Augen blieben auf den unzähligen Posts hängen. Kenickie hatte recht, Logan war ein richtiger Held gewesen, war Spenden-Marathons gelaufen, um Geld für wohltätige Organisationen zu sammeln, die im Ausland Schulen errichteten, hatte ehrenamtlich in Obdachlosenheimen und Beratungsstellen gearbeitet…

Er hielt inne, scrollte zurück nach oben. Checkte noch einmal, was er eben gesehen hatte.

Mist.

»DC Tanner, Sie haben doch eine Nachricht von Gina Marsh entgegengenommen, Logans Mum.« Er sprang auf. »Haben Sie ihre Nummer?«

»Irgendwo.« Debbie suchte ihren Schreibtisch ab. »Warum?« Sie reichte ihm ein Blatt Papier.

Noah schnappte es sich. »Das erkläre ich später.«

57

»Neuigkeiten?« Marnie las in Noahs Gesicht, als er ihr Büro betrat.

»Etwas, vielleicht. Ja.« Er hob die Schultern, machte sich schmaler. Er hatte etwas gefunden, aber er war sich nicht sicher, noch nicht. »Logan hat ehrenamtlich in Beratungseinrichtungen und Obdachlosenheimen gearbeitet. Eines davon war das Paradise House.«

»Ledgers alte Adresse.« Marnie gab ihm mit einem Nicken zu verstehen, dass er sich hinsetzen sollte. »Ich erinnere mich nicht, seinen Namen auf der Liste gesehen zu haben, die uns Welch gegeben hat.«

»War er nicht, aber Logan war achtzehn, hat nur sporadisch ausgeholfen. Vielleicht hat Welch nur Buch über Freiwillige geführt, die regelmäßig gearbeitet haben.«

»Folglich könnte Logan … Ledger gekannt haben?«

»Ich denke, man kann sogar noch einen Schritt weitergehen.« Er war angespannt, vor Zweifel oder Aufregung.

»Wie weit?«

»Ich habe mit Gina Marsh gesprochen. Sie behauptet, die ehrenamtliche Arbeit wäre Calums Idee gewesen.«

»Das hatte er doch erwähnt, als er hergekommen ist?«

»Ja, aber er hat uns nicht erzählt, dass auch *er* oft in Obdachlosenheimen gewesen ist. Hat ausgeholfen, Zeug repariert. Er ist Elektriker, aber er kann fast alles, was im Haushalt anfällt, behauptet Gina.« Noah zögerte.

Marnie betrachtete sein verkniffen schmales Gesicht. »Weiter.«

»Ich dachte nur … ein Elektriker?« Er rieb sich die Schläfe. »Sein Name hat nicht auf den Listen gestanden, die wir von Battersea bekommen haben. Aber die Firma, für die er arbeitet, Resa Electrical? *Der* Name schon. Ich warte noch auf ihren Rückruf, wen sie in den vergangenen sechs Wochen auf die Baustelle geschickt haben.«

Die Haut um Marnies Handgelenke spannte sich. »Und du denkst …«

»Das Zucken«, sagte Noah. »Als wir ihn im Krankenhaus befragt haben, erinnerst du dich? Er hat gezuckt. Ich dachte Adrenalin, der Schock. Aber es ist nicht nur in seinem Gesicht gewesen, sondern auch in seinen Füßen und Händen. Ein Zittern, genau wie Fran es beschrieben hat. Und Kenickie meinte, es wäre reiner Zufall, dass er an dem Abend auf dieser Straße gewesen ist. Es war nicht sein üblicher Nachhauseweg. Was, wenn er auf der Suche nach Grace gewesen ist? Weil er wusste, dass sie von dort, wo auch immer er sie gefangen gehalten hat, weggelaufen ist.«

Ein Telefon läutete irgendwo auf dem Revier.

Einmal, zweimal, bevor jemand abhob.

»Calum Marsh«, sagte Marnie. »Du glaubst, Calum Marsh ist Harm.«

Logans Dad. Der Mann, der auf diesem Polizeirevier gesessen hatte, den Kopf schwer in die Hände gestützt. Ihr Mörder.

»Das ergibt Sinn, oder?« Noah wartete, dass sie ihm widersprach, brauchte es, dass sie seine Theorie zerpflückte. »Selbst sein Erscheinen hier ergibt irgendwie Sinn. Wir wussten, dass wir es mit jemandem zu tun haben, der gesehen werden will …«

»Er hatte Logan an dem Abend bei sich. Warum?«

»Zufall. Gina meinte, sie hätte ihn mit ihrem Anruf überfallen, ihn gebeten, Logan abzuholen, weil sie in der Arbeit aufgehalten worden war.«

»Ein Achtzehnjähriger? Warum hatte Logan nicht allein nach Hause fahren können?«

»Er hatte eine Woche zuvor einen Fahrradunfall gehabt, war gerade erst seine Krücken losgeworden. Sie hatte versprochen, ihn abzuholen, er hatte kein Geld für ein Taxi, also hat sie Calum angerufen. Er meinte, er würde es tun, kein Problem.« Noah nahm einen flachen Atemzug. »Gina sagt, sie hätten an dem Abend nicht auf dieser Straße sein müssen, es läge gar nicht auf ihrem Weg. Sie hätten überhaupt nicht in der Nähe der York Road sein dürfen. Als sie deswegen nachgefragt hatte, hatte Calum erklärt, auf ihrer üblichen Strecke hätte es Straßenbauarbeiten gegeben. Das habe ich überprüft. Es gab keine Bauarbeiten. Warum ist er sonst dort gewesen?«

Noahs Anspannung war ansteckend. Marnies Puls raste. »Wo steckt Calum jetzt?«

»Er ist seit dem Tag nicht mehr gesehen worden, als er hierhergekommen ist. Gina kann ihn nicht erreichen. Sie hatte angenommen, er hätte Schuldgefühle, könnte es nicht ertragen, mit ihr zu reden. Sie sagt, er würde sich die Schuld an Logans Tod geben. Nicht Joe Eaton, der in ihn reingefahren ist, nicht Grace, die einfach auf die Straße gelaufen ist. Er gibt sich selbst die Schuld.«

»Er hat vehement bestritten, Grace gesehen zu haben«, erinnerte sich Marnie. »Als wir ihn im Krankenhaus befragt haben und dann hier, auf dem Revier. Er meinte, er hätte kein Mädchen gesehen, das auf die Straße gelaufen ist.«

»Das könnte der Wahrheit entsprechen. Er ist auf der anderen Seite gefahren. Aber wenn er dort draußen nach ihr *ge-*

sucht hat… Vielleicht hat er uns angelogen. Vielleicht hat er versucht, Joes Version der Dinge zu torpedieren.« Noah beugte sich vor, die Handgelenke auf den Knien. »Ich habe in seiner Arbeit angerufen, bei ihm zu Hause. Niemand hat ihn seit dem Unfall gesehen. Gina hat mit ihm gesprochen, ein einziges Telefonat, am Nachmittag, als Logan gestorben ist. Ich habe die Uhrzeit überprüft. Logan ist an dem Tag gestorben, als wir Mays Leichnam gefunden haben, ungefähr zu dem Zeitpunkt, den Fran als ihren Todeszeitpunkt angegeben hat. Was, wenn Logans Verlust ihm den Rest gegeben hat? Gina meinte, er hätte verrückt geklungen, völlig übergeschnappt vor Kummer. Es ist auch nicht das erste Mal, dass er jemanden verloren hat. Seine Eltern sind vor zwei Jahren gestorben, und da war auch etwas mit einer Schwester. Wir haben angenommen, dass unser Mörder irgendeine Art Trauma erlebt hat…«

Sein Telefon klingelte.

»DS Jake. Ja. Könnten Sie…« Er lauschte, sein Gesicht angespannt vor Konzentration. »Verstanden. Danke.«

Er beendete das Gespräch und blickte zu Marnie. »Das war das Krankenhaus. Ich hatte sie gebeten, die Unterlagen vom Unfallabend zu überprüfen. Calum Marsh war hypernatriämisch.«

»Wir müssen mit Gina reden.« Marnie sprang auf. »Setz Calum auf die Fahndungsliste. Sein SUV ist nach dem Unfall ein Totalschaden gewesen, aber finde heraus, welche anderen Wagen er fährt.«

58

Gina Marsh öffnete ihnen in einem dunklen Anzug die Tür, ohne Schuhe. Ihr Gesicht war verquollen vor Trauer, sie hielt ein iPhone in der Hand, das Display an einer Ecke gesplittert. »Ich habe auf seinem Handy nach Fotos gesucht. Ich wollte nur … sein Gesicht sehen.« Sie streckte es Marnie und Noah hin. »Das Mädchen aus den Nachrichten. Das tote Mädchen.«

»May Beswick?« Noah nahm das Telefon, neigte das Display, bis das Licht sich nicht mehr in den Rissen auf dem Glas spiegelte.

»Das andere. Das Mädchen, das Sie in der Siedlung gefunden haben. Ashleigh Jewell. Das ist sie doch, oder?«

»Ja.« Auf dem Foto grinste Ashleigh, die Lippen zu einem Schmollmund verzogen. Flirtete – mit Logan?

»Logan hat sie gekannt.« Gina zitterte, klang benommen. »Er muss sie gekannt haben, um das hier gemacht zu haben. Er hat sie nie erwähnt, aber er hatte so viele Freunde.«

Das Foto war am 20. Oktober geschossen worden, kurz vor Mays Verschwinden. Noah scrollte durch die anderen Bilder, die ungefähr zur selben Zeit aufgenommen worden waren. Weitere Gesichter, hauptsächlich Jungen. Ein paar Selfies, Logan, der grinsend in die Kamera sah.

»Das ist das einzige«, sagte Gina. »Das einzige von ihr.«

Sie griff mit der Hand nach dem Handy, nahm es behutsam

entgegen, als Noah es ihr schließlich aushändigte. Ihre Finger schlossen sich hastig um das zerbrochene Display.

»Wo ist das Foto aufgenommen worden?«, fragte Marnie. »Wissen Sie das?«

»In den Nachrichten hieß es, dass sie auf der Straße gelebt hat, ich schätze also in einem Obdachlosenheim? Logan hat ehrenamtlich in welchen gearbeitet … Wahrscheinlich wollen Sie reinkommen. Hier entlang.«

Sie führte sie in ein Wohnzimmer, in dem sämtliche Lichter eingeschaltet waren, setzte sich in einen Sessel und wartete, bis Marnie und Noah auf dem Sofa Platz genommen hatten. Fotos von ihrem Sohn an den Wänden. Keines von seinem Dad. Sie würden sie um ein anständiges Foto von Calum bitten müssen.

»Können Sie sich erinnern, in welchen Obdachlosenheimen Logan ehrenamtlich gearbeitet hat?«, fragte Noah.

»Sein Dad hat das alles geregelt. In letzter Zeit ist er irgendwo in Stockwell gewesen, glaube ich.«

»Paradise House?«

»Paradise – ja, das kommt mir bekannt vor. Davor hat er mit jüngeren Leuten gearbeitet. Er ist zwei oder drei Abende die Woche dort gewesen und an den Wochenenden. Der Vorschlag seines Dads. Zur Charakterbildung, hat Cal gemeint. Er wollte, dass Logan Verantwortung übernimmt, hat ihm ständig Vorträge darüber gehalten.« Angestrengt blickte sie zu den Fotos an der Wand. »Wir beide, um ehrlich zu sein. Cal … liebt es, andere zu belehren.«

»Wir würden gerne mit ihm reden. Haben Sie eine Ahnung, wo er sein könnte?«

»Ich habe es überall versucht. Ich organisiere die Beerdigung, und er ist … *verschwunden*. Keine Ahnung, wo er steckt.«

»Wann haben Sie zum letzten Mal mit ihm gesprochen?«

»An dem Nachmittag, als Logan gestorben ist.« Ihr Gesicht verkrampfte. »Ich habe keinen einzigen sinnvollen Satz aus ihm rausbekommen. Hat die ganze Zeit von seiner Mum und seinem Dad geredet, diesem Irrenhaus, in dem er aufgewachsen ist. Er hat Logan fast mit keiner Silbe erwähnt.« Sie öffnete die Hände, tiefe Abdrücke ihrer Fingernägel in den Handinnenflächen. »Sie müssen etwas über Cal wissen. Er ist nicht … er ist nie *bei* uns gewesen. Bei mir und Logan. Nicht richtig. Er ist zuverlässig gewesen, verantwortungsvoll, all diese äußerlichen Dinge. Hat weder getrunken noch Affären gehabt, ist immer hier gewesen, wenn wir ihn gebraucht haben. Im Haus, meine ich. Aber gleichzeitig war er es … *nicht.*« Sie schloss wieder die Hände. »Ich glaube, er hätte lieber eine Tochter gehabt, jemanden, den er beschützen konnte, verstehen Sie? Er hat alles getan, was von einem Dad erwartet wird, hat Logan das Fischen und Radfahren beigebracht. Hat ihn so erzogen, dass er Mädchen und Frauen respektiert. Hat ein ordentliches Einkommen nach Hause gebracht, damit ich nicht arbeiten musste, als Logan noch klein gewesen ist. Er wollte, dass ich zu Hause bleibe und Hausfrau und Mutter sein konnte. Er hatte immer Angst, Logan könnte krank werden.« Sie lächelte zaghaft. »Logan ist nie krank geworden. Er war ein glückliches Baby, aber Cal konnte einfach nicht aufhören, sich Sorgen zu machen. Wahrscheinlich wegen dem, was mit seiner Schwester passiert ist. Es hat ewig gedauert, bis ich gemerkt habe, wie er wirklich ist, wie *wenig* er sich aus uns macht. Ich weiß, das hört sich … Er hat alles richtig gemacht, in prinzipiell jedem Bereich, hat sich nie auch nur den kleinsten Fehltritt erlaubt, aber es ging immer nur um *da draußen.* Die Gefahren da draußen, all die Dinge, die in unserer Welt falsch laufen …« Sie zögerte. »Tut mir leid. Es tut mir leid, Sie müssen Ihren Job machen, haben andere Dinge als meinen

Ex-Mann und seine Ticks, um die Sie sich den Kopf zerbrechen müssen.«

Im Moment *waren* die Ticks ihres Ex-Manns ihr Job.

»Was ist mit seiner Schwester passiert?«, fragte Marnie.

»Sie ist verschwunden, als sie siebzehn war. Einfach von zu Hause weggelaufen. Cal war zwei Jahre jünger. Sie haben sie nie gefunden.« Etwas rührte sich hinter ihren Augen, und sie erstarrte für einen kurzen Moment, saß angespannt in ihrem Sessel. »Warum stellen Sie mir all diese Fragen über Cal?«

Sie weiß es, dachte Noah. Selbst wenn sie die Verbindung zwischen Ashleigh und ihrem Sohn, zwischen den Obdachlosenheimen und der sonderbaren Abwesenheit ihres Mannes von seiner Familie und seiner vermissten Schwester nicht hergestellt hatte. Sie wusste, warum sie diese Fragen stellten.

»Seine Eltern sind vor zwei Jahren gestorben«, sagte Marnie. »Stimmt das?«

Gina nickte. »Aber er hatte schon jahrelang keinen Kontakt mehr zu ihnen. Sie sind nicht zur Hochzeit gekommen. Ich habe sie nie getroffen. Ich schätze mal, nach dem, was seiner Schwester widerfahren ist ... haben sie sich aus den Augen verloren.«

»Wo haben sie gewohnt? Wo ist Calum aufgewachsen?«

»Sie hatten ein Haus in Chiswick, aber dort ist er nicht aufgewachsen. Sein Dad war in der Armee, weshalb sie ständig umgezogen sind.«

»Haben Sie eine Adresse für Chiswick?«

»Irgendwo.« Hilflos ließ sie den Blick durchs Zimmer schweifen. »Da war ein Anwaltsschreiben, aber Cal hat es wahrscheinlich mitgenommen, als er ausgezogen ist.«

»Ist der Brief kürzlich gekommen?«, fragte Noah.

»Vor zwei Jahren, nachdem sie gestorben sind. Damals hat er auch das Haus geerbt.« Sie stand auf, legte das Handy ihres

Sohns beiseite, um die Ablageboxen in den Bücherregalen zu durchsuchen. »Er wollte es verkaufen, aber es musste entrümpelt werden, und er hat es immer weiter rausgeschoben. Es war schlimm für ihn, die Fotos seiner Schwester zu sehen, all diese schrecklichen Erinnerungen. Dann hat er seine Arbeit verloren, und wir haben eine schwere Zeit durchgemacht.«

»Wie sind seine Eltern gestorben?«

»Ein Schiffsunglück in Italien.« Sie öffnete eine weitere Box, glitt mit den Händen mechanisch durch den Inhalt. »Sie waren im Urlaub, auf einer Kreuzfahrt.«

»Calum ist Elektriker, nicht wahr?«

»Es war eine gute Arbeit, aber er hat den Job verloren, nachdem sie gestorben sind. Er … Es war eine schwierige Zeit. Er hätte sich Zeit zum Trauern nehmen müssen. Aber Cal muss arbeiten, immer. Ich habe ihm gesagt, es wäre in Ordnung, wenn ich für eine Weile die Hauptverdienerin bin. Jetzt wäre ich mal dran, so hatte ich das gesehen. Aber er hat es gehasst. Er ist einer dieser Männer, die unbedingt *gebraucht* werden müssen.«

Calum hatte auf dem Polizeirevier dasselbe gesagt: *Ertrage es nicht, nutzlos zu sein.* Und über Grace Bradley: *Frage mich, wo sie ist, ob sie vermisst wird, bete für Neuigkeiten.* Hatte er über seine eigene Familie gesprochen, den Verlust seiner Schwester?

»Wissen Sie, wo Calum in letzter Zeit gearbeitet hat?«, fragte Marnie Gina.

»Er war selbstständig, hatte nur Aushilfsjobs.« Sie hörte auf, nach dem Anwaltsschreiben zu suchen. »Ich kann es nicht finden, tut mir leid. Er muss den Brief mitgenommen haben. Das Haus ist irgendwo in Chiswick. Ich habe es nie selbst gesehen, und er hat nicht darüber geredet, meinte nur, es wäre voller Erinnerungen. Den Sachen seiner Schwester. Kein glücklicher Ort, hat er gesagt.«

Grace hatte es als ein besetztes Haus beschrieben. Calum hatte sie umgesiedelt, weil er sich um ihre Sicherheit sorgte. Das halbfertige Hochhaus wäre besser, sicherer.

»Er sagt mir immer, wo er gerade arbeitet.« Gina wischte sich die Hände an ihrem Rock ab. »Für den Fall, dass ich ihn erreichen will, wie an dem Abend, als Logan mit dem Auto abgeholt werden musste.« Sie blinzelte, bewegte die Augen, als erwartete sie, jeden Moment zu weinen oder zusammenzubrechen, aber ihr Gesicht blieb weiterhin ausdruckslos.

»Hat er in irgendeinem Neubau-Hochhaus in Südlondon gearbeitet?«

»Die mag er am liebsten.« Sie griff nach Logans Handy, schloss die Finger darum. »Er liebt die Sicherheit dort, die *Idee* von Sicherheit. Am liebsten hätte er mit uns in einem gewohnt, hätte ich das zugelassen, in einem dieser Hochhäuser. Aber ich habe Höhenangst, und wir konnten uns das, was ihm vorgeschwebt hat, sowieso nicht leisten. Eines dieser brandneuen Hochhäuser drüben am Fluss.«

»Gab es ein Hochhaus im Besonderen, das er gemocht hat? Irgendeins, in dem er kürzlich gearbeitet hat?«

»Brigantia Gardens.« Wie aus der Pistole geschossen. »Bester Ausblick in ganz London, höher als die Schornsteine von Battersea, besseres Sicherheitssystem als Fort Knox …« Sie verdrehte die Augen, schlang sich dann die Arme um den Körper, Logans Handy fest an sich gepresst. »Er wäre gern noch vor der Fertigstellung mit uns dort hingezogen. Nicht *dass* sie es je fertiggestellt hätten. Eines dieser Hochhäuser, bei denen das Geld ausgegangen ist. Die gibt es überall in London. Aber wenn man Cal über Brigantia Gardens reden hört, könnte man fast glauben, dass das keine Rolle spielt.«

Sie blickte weg, in die Ferne, ihre Augen starr vor Trauer. »Cals Vorstellung eines Traumhauses, auch wenn es leer steht und es nicht den Anschein macht, jemals fertig zu werden. Auch wenn wir längst keine Familie mehr sind. Das wäre es gewesen. Sein Traumhaus.«

59

Loz war die Jüngste am Tisch und die Hässlichste. Fettige Haare, ungewaschene Achseln, abgekaute Fingernägel. Sie tat so, als würde sie das alles nicht kümmern, aber so war es nicht, wirklich nicht.

Christies Gesicht war superglatt, ihre Haare glänzten. Bei nichts verlor sie die Nerven. Sie wusste, wie alles hier drinnen und draußen funktionierte. Sie wusste, wie sie einen dazu brachte, mit ihr hierherzukommen, und was sie tun musste, damit man blieb. Sie war angsteinflößend, aber nicht so angsteinflößend wie *er*.

Er wirkte so …

Normal. Nett.

Loz versuchte sich vorzustellen, wie es gewesen war, als die anderen hier gewohnt hatten, Grace und Ashleigh und May, alle in derselben Uniform, blitzblank. May mit ihren glänzenden Haaren und den verborgenen Worten. Sie hatte sie auch zu Hause versteckt, aber sie hatte nie wie eine Barbiepuppe ohne Brüste ausgesehen. Loz hasste es. Hasste die blöde Kleidung und den Geruch nach Babyseife, der sich ins Essen mischte. Hasste diese *Gleichförmigkeit*.

Harm sagte leise: »Wir sprechen hier kein Tischgebet. Außer du möchtest das gerne?«

Loz schüttelte den Kopf. Als Harm seine Gabel in die Hand

nahm, tat Christie es ihm gleich. Als wären die Verdunklungsrollos und Kerzen normal – als wäre all das hier *normal.* Im Dunkeln von Campinggeschirr zu essen, während die Kerzen die Schatten von ihnen allen gespenstisch in die Länge zogen. Draußen war es nicht dunkel, noch nicht. Oder doch?

Panik ließ ihre Füße unter dem Tisch zappeln. Sie wusste nicht, wie spät es draußen war. Sie presste die Knie zusammen, konzentrierte sich darauf, ruhig zu bleiben, ihnen vorzugaukeln, sie wäre ruhig.

»Iss auf«, sagte Harm, lächelte sie an.

Gehorsam belud sie ihre Gabel. Ihr Mund war mit Spucke geflutet, weil sie so lang nichts mehr gegessen hatte. Als sie ihn öffnete, spritzte sie heraus wie Saft von einer Zitrone. Das Curry schmeckte komisch, machte sie durstig. Ihre Füße zappelten wieder. Was, wenn es vergiftet war?

May ist erwürgt *worden, du Dummkopf. Er vergiftet dich nicht, er erwürgt dich.*

Sie aß das Curry, legte immer wieder Pausen ein, um Wasser zu trinken.

»Das ist schön«, sagte Harm. »Wir alle zusammen. Es ist wunderbar, dich hier bei uns zu haben, Loz.«

»Danke. Es ist schön, hier zu sein.«

Sie könnte das hier schaffen, bei dieser Scharade mitspielen, auch wenn sich ihr der Magen drehte und sie unbedingt, einfach unbedingt aufs Klo musste. Es war, als wäre sie wieder zu Hause und würde vorgeben, nicht traurig zu sein, dass es sie nicht kümmerte, die Hässliche zu sein, deren Kleidung viel zu groß war, die in einem Kleid bescheuert aussah, deren Haare ein schwarzes Durcheinander aus Knoten waren. Diejenige, die den Mund nicht aufmachen konnte, ohne in ein Fettnäpfchen zu treten, und die keine Umarmung vor dem Schlafengehen oder zu irgendeiner anderen Zeit wollte, vielen Dank auch, froh darüber, dass sie aufgehört hatten *Wir lieben dich* zu sagen, denn wie alt war sie – acht? *Froh*, dass all das vorbei war.

Christie reichte ihr ein Küchenpapier. »Deine Nase läuft. Und deine Augen.«

»Das liegt am Curry.« Sie wischte sich das Gesicht ab. »Danke.«

Harm brachte ein frisches Glas Wasser vom Kanister, stellte es vor ihrer rechten Hand ab. »Hier«, sagte er sanft. »Es ist okay. Am Anfang fühlt es sich komisch an, natürlich tut es das. Jeder hier drinnen ist gleich. Wir haben alle etwas Schlimmes oder Schreckliches erlebt. Du musst nicht darüber sprechen, aber wenn du willst, darfst du es. Hier drinnen kannst du ganz du selbst sein. Einfach … du selbst. Das verstehen wir.«

Er war gut. Bei den meisten Menschen, seien es Lehrer oder Psychologen oder Eltern, wäre ihr nach dieser Rede die Kotze gekommen. Aber bei ihm klang es wie etwas, das jeder mit ein bisschen gesundem Menschenverstand sagen würde, als hätte man eine Stimme im Kopf, die sinnvolles Zeug redete, anstatt diese andere Stimme, die dich einfach nur hasste. Bei ihm klang alles in Ordnung, und mit einem Mal verstand Loz, warum May es hier drinnen gefallen hatte. Warum sie lieber hier hatte leben wollen als zu Hause, warum sie geblieben war.

Harm sah gut aus, und er klang gut. Wie die meisten Psychopathen. Loz hatte genug gelesen, um das zu wissen. Sie waren charmant, sogar liebenswert. Bei einigem von dem, was sie gelesen hatte, hatten Psychopathen wie Haustiere geklungen, als könnte man ihnen den Kopf tätscheln oder sie mit Keksen unter dem Tisch füttern, und sie blieben bei dir, ganz gleich, was geschah. Viel von dem, was sie gelesen hatte, war großer Mist. Viel von der *Welt* war großer Mist. Loz war nicht blöd, nicht auf diese Art, aber er war gut. Nicht nur gruselig, nicht einmal mit den Kerzen, die seinen Schatten durchs Zimmer flackern ließen, nicht einmal in dem Wissen, was er getan hatte. Sie konnte nachvollziehen, warum May ihn gemocht hatte. Sie verstand, warum ihre Schwester hier sein wollte. Was sie nicht verstand, war, warum er sie umgebracht hatte. Wenn er es denn gewesen war. Es hätte auch Christie sein können. Oder Eric. Loz glaubte nicht, dass es Eric war, außer, er war noch verrückter, als er aussah, aber sie konnte sich gut vorstellen, dass es Christie gewesen war. An Türen lauschend, falsche Schlüssel verteilend, Harm anblickend, als würde sie alles für ihn tun, über Glasscherben gehen, töten ...

Spucke füllte Loz' Mund. Ihre Füße zappelten ununterbrochen unter dem Tisch. Sie fürchtete, das Essen zu erbrechen, weil ihr Magen ein einziger großer Knoten war. Sie musste herausfinden, wer es getan hatte. Das war der Grund, weshalb sie hierhergekommen war. Um zu erfahren, was May zugestoßen war, um den Mörder ihrer Schwester zu finden. Nur dass sie sich auf einmal dumm vorkam, schreckliche Angst hatte und wünschte, niemals hierhergekommen zu sein, wünschte, sie hätte DI Rome oder Noah Jake angerufen, und ihre Mum und ihr Dad wären sicherlich längst am Durchdrehen ...

»Du isst gar nicht«, sagte Harm. »Bist du krank?«

Sie schüttelte den Kopf.

»Vielleicht solltest du dich waschen. Es ist schön, sauber zu sein. Wir können dir auch bessere Kleidung geben.«

Er mochte ihren Geruch nicht. Mochte den Dreck unter ihren Fingernägeln nicht oder dass ihre Haare auf einer Kopfseite verfilzt waren. Er wollte, dass sie wie die anderen aussah. Eine dumme Plastik*puppe*.

Sie wusste nicht, warum sie es sagte.

Wusste nicht, dass sie es überhaupt sagen *würde*.

Die Worte platzten aus ihr heraus, als sie den Mund aufmachte, so wie üblich, flossen einfach aus ihr heraus:

»Ich bin schwanger.«

60

»Calum Marsh fährt einen weißen Lieferwagen für Resa Electrical. Ich habe das Kennzeichen zur Fahndung ausgeschrieben. Bislang ohne Erfolg, aber zumindest ist es jetzt im System. Er kannte die Räumlichkeiten in Battersea, weil er dort Teil des Teams gewesen ist, das die elektrischen Leitungen verlegt hat.«

»Er hatte sich verletzt«, sagte Debbie. »Beim Unfall. Er hatte eine Halsmanschette, einen gebrochenen Arm …«

»Schlüsselbein«, verbesserte Noah, »und es war nicht gebrochen, sondern nur geprellt. Seine Verletzungen waren nicht zu schwer, nicht, wenn er entschlossen gewesen ist. Er wusste, wie man auf die Baustelle kommt, wusste genau, wo die Schwachstellen im Sicherheitssystem sind. Seine Schwester Neve ist verschwunden, da war er fünfzehn.«

Noah heftete das Foto eines Teenagermädchens an die Tafel, ihre dunklen Haare zu einem geraden Pony geschnitten, der Mund zusammengepresst und ernst, die Augen fest auf einen Punkt über der Schulter des Fotografen gerichtet.

»Gina sagt, er hätte vier Jahre nach ihr gesucht, war Teil des Suchtrupps seines Dads. Obdachlosenasyle, die Straßen, überall, wo ein Teenager stecken könnte. Vier Jahre des Suchens. Neve war clever, eigenständig, ehrgeizig. Sie hatte davon gesprochen, von zu Hause abzuhauen, seit sie zwölf war. Calum hat die ganze Zeit versucht, sie zu überreden, es nicht zu tun, weil er Riesenschiss hatte, allein mit seinem Dad und seinen Wutausbrüchen zu bleiben. Nachdem sie verschwunden war, wurde alles noch viel schlimmer.«

»Um es auf den Punkt zu bringen«, knurrte Ron. »Er hat als Kind nicht genug Aufmerksamkeit bekommen, und jetzt ist er ein Psycho? Na schön. Schnappen wir ihn uns und bringen ihn hinter Gitter. Wir wissen jetzt, wo er ist.«

»Wir müssen verstehen, womit wir es zu tun haben«, erklärte Marnie. »Wenn wir die Wohnung einfach stürmen, könnte Loz getötet werden. Es wäre besser, ihn zu überreden, sich zu stellen.«

Sie blickte zum Verhandlungsführer, Toby Graves, suchte seine Unterstützung.

»Je mehr wir wissen, desto besser.« Graves nickte. »Aber die Zeit ist nicht auf unserer Seite, das ist mir klar. Zwei Jugendliche dort drinnen in höchster Gefahr. Erzählen Sie mir von ihnen, insbesondere in Bezug auf Calums Psychose.«

Noah ergriff das Wort. »Aimee ist sein Liebling. Er ist überzeugt, dass sie krank ist, schutzbedürftig. Er weiß nicht, dass Aimee eigentlich Eric ist. Er glaubt, er hat eine Ausreißerin wie seine Schwester gefunden.«

»Wenn Aimee Neve ist«, sagte Debbie, »warum braucht er dann die anderen?«

»Er arbeitet seit Jahren in Obdachlosenasylen. Gina meint, er hat immer nach Leuten Ausschau gehalten, die er retten kann. Um das zu tun, was er für Neve nicht tun konnte.«

»Warum hat er dann angefangen, sie umzubringen?«, wollte Ron wissen. »Mal abgesehen davon, dass er ein durchgeknallter Psycho ist.«

»Das wissen wir nicht, aber der Zeitpunkt ist entscheidend. Er hat May an dem Tag umgebracht, als sein Sohn gestorben ist. Er war am Unfallabend unterwegs, um Grace zu finden. Vielleicht gibt er sich selbst die Schuld an dem Unfall, aber es ist genauso gut möglich, dass er Grace verantwortlich macht. Vielleicht hat er auch angefangen, den anderen Vorwürfe zu machen. Er wird wegen Mays Schwangerschaft wütend gewesen sein, nach all den Belehrungen, die er ihnen mit auf den Weg gegeben hat, den Moralvorstellungen, die er ihnen aufzwingen wollte. Von dem, was Grace erzählt, spielt Scham eine große Rolle. Sie alle haben es gespürt, aber sie haben es nicht alle verstanden. Ich glaube, Calum wurde als Kind dazu gebracht, sich zu schämen. Als Bruder und als Sohn. Diese Art Scham kann gefährlich sein.«

»Vielleicht hat er sie vor sich selbst gewarnt«, sagte Debbie. »Er war selbst einmal ein Teenagerjunge und noch dazu ein unglücklicher. Vielleicht war das der Zeitpunkt, als er zum ersten Mal bemerkt hat, dass etwas mit ihm nicht ganz stimmt.«

»Wir wissen, dass die Außenwelt für ihn ein feindseliger Ort ist. Gina meint, er hätte Phasen durchlebt, in denen er sehr besorgt und verwirrt gewesen ist. Als sie ihr erstes Haus gekauft haben, wäre für ihn ein offen zugänglicher Garten hinter dem Haus niemals in Frage gekommen. Hatte immer die Ausgänge im Auge. Und er war fasziniert von Gefängnissen – vier Wände, überall Schlösser. Gina sagt, er hätte sich Fernsehsendungen über Gefängnisse angesehen wie andere Menschen Heimwerkershows.«

»Er hat diese Wohnung in ein Gefängnis verwandelt«, sagte Ron. »Hat sie alle dort oben zu ihrer eigenen Sicherheit eingesperrt.«

»Sie sind glücklich, behauptet Grace. Er gibt ihnen das Gefühl, geliebt und geschätzt zu werden. Nützlich zu sein.«

»Also ist es eine Sekte. Sie verehren ihn dort drinnen. Bis er sie umbringt.«

Es war eine Sekte, dachte Noah, oder etwas in der Art. Toxisch, sonderbar. Die Familie, die Harm hörig war, der wiederum Aimee hörig war. »Wir haben unser Team bei Brigantia Gardens postiert. Wir überprüfen sämtliche Eingänge und die Sicherheitssysteme. Gefahr besteht, sollte er bemerken, dass wir das Gebäude stürmen, und in Panik geraten.«

»Er ist schon zweimal in Panik geraten«, sagte Ron. »Wenn Sie mit ›in Panik geraten‹ meinen, dass er tötet.«

»Wer hat dort drinnen die Fäden in der Hand?«, wollte Graves wissen. »Calum oder Christie?«

»Das ist nicht ganz klar, aber wir müssen annehmen, dass Calum der Mörder ist. Wegen der Abdrücke der Hämatome an den Kehlen der Mädchen, und außerdem ist May ins Penthouse getragen worden. Es ist gut möglich, dass Christie ihm hilft. Grace sagt, sie wäre in ihn verliebt.«

»Der Umstand, dass er sich so nennt«, sagte Debbie, »verrät uns doch im Grunde alles, oder? Dort drinnen, bei den Mädchen ist er nicht Calum. Er ist *Harm*. Die *Gefahr*.«

»Sehen das die Mädchen auch so?«, fragte Graves. »Von dem, was Sie mir über Grace erzählt haben, hat sie selbst jetzt noch Schwierigkeiten, in ihm den Bösen zu sehen. Wir müssen wissen, was für ein Empfang uns dort erwartet, ob sie gerettet werden wollen oder ob sie mit ihm kämpfen werden, *für* ihn.«

»Loz nicht«, sagte Noah. »Christie und Eric vielleicht. Aber Loz nicht. Eines steht fest, sie ist wütend.«

»Hoffentlich nicht zu wütend.« Graves schüttelte den Kopf. »Das klingt alles so, als wäre es kein kluger Schachzug, diesen Mann in die Enge zu treiben.«

61

Christie war die Erste, die aufstand.

Langsam, den Stuhl nach hinten schiebend, ohne Eile. Sie wusste, dass der Schlüssel in Loz' Tasche die Wohnungstür nicht öffnete und ihr Handy keinen Empfang hatte. Sie hatte Loz das Handy nicht abgenommen, um ihr das Gefühl von Sicherheit zu geben, wie das Ausgeben des Schlüssels, damit sie glaubte, sie hätte alles unter Kontrolle. Als könnte eine Dreizehnjährige jemals alles unter Kontrolle haben.

Christie schob ihren Stuhl an den Tisch, fein säuberlich, die Hände auf die Rückenlehne gestützt. Große Hände, kräftige Handgelenke. Beweise – das war, was sie bräuchte. Für eine Verhaftung, eine Verurteilung. Keine Spuren an May. Tatort zu sauber. Das war der Grund, weshalb Loz hierhergekommen war. Um Beweise zu finden.

Über den Tisch hinweg blinzelte Harm Loz an, die Gabel immer noch in der Hand.

Der Tisch wackelte, Wasser schwappte über den Rand der Becher, Schatten krochen an den Wänden entlang.

Loz fragte: »Was ist los?« Sie griff nach ihrem Becher.

Sonderbar – sie wusste, dass sie eigentlich Angst haben müsste, aber dem war nicht so. Nicht mehr als vorher. Als würde sie das hier im Fernsehen ansehen, als wäre es nicht real. *May* – sie war real. Nicht das hier.

»Ist okay«, sagte Christie. »Ich bringe sie zurück. Ich bringe sie weg.« Ihre Hände krallten sich in die Rückenlehne des Stuhls, ihre Augen auf Harm gerichtet, ihn beobachtend, wie man ein Auto beobachtete, das die Straße entlangfuhr, die man gerade überquerte, darauf hoffend, dass es nicht beschleunigte. »Ich kümmere mich um sie. Sei nicht …«

»Wie alt bist du, Loz?« Seine Stimme war dieselbe, sanft, doch sein Gesicht hatte sich verändert.

Loz hörte, wie Christies Atem in abgehackten Stößen kam.

»Dreizehn«, sagte Loz. »Vierzehn im Juli.«

»Wie bist du … schwanger geworden?«

Loz verdrehte die Augen, wie sie es bei den anderen Mädchen gesehen hatte, denen mit der Solariumbräune und den Haar-Extensions, denjenigen, die mit Abtreibungen prahlten. »Ich kann Ihnen ein Bild malen, wenn Sie wollen.«

Wie Mays Bilder. In denen alles steckte. Angst und Tränen, Liebe und Eric.

»Wer ist der Vater?« Harms Gesicht war starr wie eine Maske.

Hatte er so ausgesehen, als May ihm von ihrem Baby erzählt hatte? Als wollte er alles … kurz und klein schlagen?

Loz sagte: »Eric.«

»Wer ist Eric?«

»Nein.« Christie packte sie am Arm, zerrte sie vom Tisch hoch. »Ich kümmere mich um sie. Das ist meine Schuld. Ich hätte besser aufpassen müssen …«

»Eric ist oben«, sagte Loz. »Er ist oben …«

Christie verdrehte ihr den Arm, und Loz biss sich auf die Zunge. Schloss die Augen für einen Moment gegen den Schmerz, öffnete sie wieder, um Harm *genau* vor ihr zu sehen, sein Gesicht, als würde jemand von hinten daran ziehen, die Haut gestrafft, Augen zu Schlitzen verengt. Zähne … sie konnte seine Zähne sehen.

»Wer ist oben?«, fauchte er.

Zwei Paar Hände auf ihr. Christies und seine. Als wollten sie sich ihretwegen streiten, sie auseinanderreißen.

Gut. Beweise …

Wenn sie überall am Boden wäre, gäbe es zumindest *Beweise.*

Harm beugte sich vor, rot zwischen den Zähnen und im Weiß seiner Augen. »*Wer ist oben?*«

»Aimee!«, spuckte sie ihm ins Gesicht. »Eric ist *Aimee*, dort oben in dem bescheuerten *besonderen* Zimmer! Das ist Eric, der so tut, als wäre er Aimee. Sie *Idiot*! Er hat meine Schwester geschwängert, und dann haben Sie sie umgebracht. Sie haben meine Schwester *deswegen* umgebracht – wegen nichts! Ihr besonderes Mädchen ist ein Junge … Er ist ein *Junge*!«

62

»Calums Kreditkarte ist in der U-Bahn-Station Vauxhall benutzt worden, eine Stunde vor Loz' Verschwinden. Seitdem nicht mehr. Die Überwachungskamera hat uns das hier ausgespuckt.« Ein Gesicht, weiblich. »Grace hat sie als Christie Faulk identifiziert.«

Christies Gesicht war grau. Schlupflider, ernster Mund. Unscheinbar.

»Vauxhall ist die nächste U-Bahn-Station für Brigantia Gardens«, sagte Noah. »Keine Spur von Calum, aber seine Kreditkarte ist benutzt worden, um Wasserkanister und jede Menge flüssigen Brennstoff zu kaufen. Haltbare Nahrungsmittel, die Art, die Fran in Mays und Ashleighs Mägen gefunden hat. Sanitärflüssigkeit für Campingtoiletten. All solches Zeug.«

»Also ist er mit den Mädchen in Brigantia Gardens«, sagte Graves. »Mit jeder Menge flüssigem Brennstoff. Was noch?«

»Messer. Hauptsächlich Küchenmesser, aber Grace meint, er hätte ein Klappmesser. Und eine Axt.«

»Eine Axt«, wiederholte Graves. »Ein dreifaches Hurra auf Bear Grylls' Produktpalette.«

Eine Spezialeinheit war auf dem Weg, zusammen mit Scharfschützen.

Loz steckte in einem Hochhaus, das sich bald im Belagerungszustand befinden würde.

Noahs Zähne schmerzten vor Sorge um sie.

Marnies Handy summte. »DI Rome.« Ihr Gesicht veränderte sich, ihre Falten traten deutlich hervor.

»Mr Ledger.« Sie stand auf, traf Noahs Blick. »Ja, wir suchen nach Ihnen. Wo sind Sie?«

Sie hörte zu, dann sagte sie: »Bleiben Sie bitte in der Leitung.«

»Er ist in Brigantia Gardens.« Sie nickte Graves zu. »Und er behauptet, er wüsste, wo Calum die Mädchen gefangen hält.«

63

Sie zerrten sie die Treppe hinauf, kämpften um sie, jeder einen Arm gepackt, Christies Gesicht vor Wut verzerrt, Harms wie ein Fels, durch den ein Riss ging. Die Treppe hoch zu Aimees Zimmer …

Warfen sie aufs Bett, dann warnte Christie: »Bleib liegen!«

Harm verließ das Zimmer, aber nicht lang, kam mit einer Axt zurück.

Einer Axt.

Loz krabbelte rückwärts übers Bett, verhedderte sich mit der Decke und Eric, der zu ihr hochblinzelte, aschfahl im Gesicht, sie zischend anfauchte: »Was hast du getan?« Verängstigter als sie.

Harm war mit Holz und Nägeln an den Fenstern, sperrte das Licht aus, schloss sie ein.

Christie stand am Fußende des Bettes, mit bebenden Schultern, tränenverschmierten Wangen. Augen, die zwischen ihnen und Harm hin und her huschten, immer zurück zu Harm.

»Halt ihn auf«, flehte Loz. »Du kannst ihn aufhalten.«

Christie lachte, ihr Gesicht brach, zeigte ihre leeren Hände. »Nein.«

»*Doch*. Halt ihn auf. Hilf uns.«

»Wie denn?« Sie schüttelte den Kopf, ihre Augen glitten zu Harm zurück. »Wie soll das irgendjemandem gelingen?«

64

Jamie Ledger sah wie ein Gejagter aus, die Narbe über seinem linken Ohr leuchtend weiß. Dreck unter den Fingernägeln, Schmutzspritzer um die Augen, vor Hunger ausgehöhlte Wangen. »Ich habe nicht gewusst, dass Sie nach mir suchen, erst jetzt …«

»Erzählen Sie uns, was Sie in dem Gebäude gesehen haben«, sagte Marnie. »Der Rest kann warten.«

»Marsh und mindestens ein Mädchen, plus derjenigen, die sie ihm bringt.« Ledgers Blick fixierte das Hochhaus. »Manchmal im obersten Stockwerk, hauptsächlich im Stockwerk darunter.« Er zeigte darauf. »Wo die Verdunklungsrollos unten sind.«

Brigantia Gardens war als Luxusimmobilie geplant gewesen. Die Website des Bauunternehmers zeigte das kunstvoll gemalte Bild eines gebogenen Glas- und Stahlkomplexes. In Wirklichkeit war das Hochhaus nicht weniger brutal als die in der Garrett-Siedlung, seine Glasfassade stellenweise von schützendem Plastik überzogen. Die »traumhafte Gartenlandschaft« war ein Brachland aus zerbrochenen Ziegelsteinen und Containern.

»Ich wusste nicht, was er wirklich ist«, sagte Ledger. »Bis vor zwei Tagen. Er ist früher mit den Ehrenamtlichen ins Hostel gekommen, dort haben wir uns auch kennengelernt. Ich hab gewusst, dass er Probleme hat. Aber nicht, wie schlimm es ist. Es hat zwei Leichen gebraucht, bis bei mir der Groschen gefallen ist.« Seine Lippen kräuselten sich. »Früher bin ich schneller gewesen.«

»Konzentrieren Sie sich bitte auf das Gebäude«, sagte Marnie. »Wie kommen sie rein und raus?«

Er erklärte es. Rex Carter vom SCO19 informierte rasch sein Team, bevor er fragte: »Was haben Sie sonst noch gesehen?« Bei dem scharfen Unterton in seiner Stimme nahm Ledger die Körperhaltung eines Soldaten an. »Womit haben wir es zu tun?«

»Er ist schizoid. Gibt sich als der Gute aus. Er hat mich zum Narren gehalten, und ich bin nicht auf den Kopf gefallen – hab Sachen gesehen, die mir die meisten Menschen nicht glauben würden. Vielleicht war er ein bisschen komisch mit seinem Sohn, irgendwie *daneben*, aber nicht so schlimm, dass es den meisten Menschen aufgefallen wäre.« Er bewegte den Mund, Lippen rissig vor Durst. »Ich hab die Ausrüstung gesehen, die er im Paradise House zusammengepackt hat. Das war der Moment, als bei mir die Alarmglocken geschrillt haben. Ich hab Männer gesehen, die an der Front durchgedreht sind. Er war genauso, die ganze Zeit extrem nervös. Immer auf Regeln bedacht … Er hielt's für 'ne große Sache, dass ich in der Armee gewesen bin, meinte, ich würde ihn an seinen Dad erinnern. Schwachsinn! Ich hab ihm gesagt, das wäre alles Schwachsinn, aber er hat nicht aufgehört, das zu sagen. Diesen Mist, Männern wie mir Anerkennung zu zollen. Die die Welt zu einem besseren Ort machen. Sauberer, sicherer.« Sein Blick wirkte gequält. »Es kommt mir vor, als hätte er sie für mich dort gelassen. Als hätte dieser Psycho es für *mich* getan.«

»Sie haben ihn zwei Tage lang verfolgt«, sagte Marnie, »weil

Sie dachten, er könnte unser Mörder sein. Warum haben Sie sich nicht früher bei uns gemeldet?«

»Keine Beweise. Hätte alles hier oben sein können, wie der Rest, die Albträume.« Tippte sich an die Schläfe, ausgezehrt, tränende Augen vom Schlafmangel. »Ich dachte, wenn er es für *mich* getan hat, wenn er es sich in den Kopf gesetzt hat, dass er… aufräumt. Mir *Anerkennung zollt*. Scheiße. Damit könnte ich nicht leben. Musste ihn aufspüren, herausfinden, was er tut. Wenn er das tut, was ich geglaubt habe, das er tut, wenn ich es mir nicht nur eingebildet habe…«

»Okay«, sagte Marnie. »Wir übernehmen ab jetzt. Sie können wegtreten.«

»Reden Sie mit mir, als wäre ich ein Soldat?« Ein Lachen dröhnte in seiner Kehle. »Glauben Sie, das funktioniert? Mich einfach aufziehen und in die richtige Richtung schicken? Ich habe aufgehört, Befehle zu befolgen, als ich aus der Armee ausgeschieden bin.«

»Ich könnte Sie auch verhaften lassen.«

»Weswegen? Weil ich die Augen offen halte?«

»Hausfriedensbruch in Mitcham, unbefugtes Betreten. Behinderung der Polizei. Sie können es sich aussuchen.«

Sein Blick bohrte sich unbeherrscht in ihr Gesicht.

»Wegtreten«, wiederholte sie leise, »damit wir uns um diese Mädchen kümmern können.«

Ledger ging mit Noah zum wartenden Streifenwagen.

»Kein Handysignal im Gebäude«, sagte Toby Graves zu Marnie. »Und sie sind ganz oben, was Verhandlungen erschwert. Zehn Stunden, seit Loz verschwunden ist. Ich schlage vor, wir behandeln es wie eine Entführung und schicken das SCO19 rein. Aber Ihre Entscheidung.«

Marnie blickte zu dem unfertigen Hochhaus empor, die Schutzweste schwer auf ihrer Brust.

Zu hoch, um einen Sturz zu überleben, wenn jemand sprang oder geschubst wurde.

So viele Möglichkeiten, wie dies in einer Katastrophe enden könnte.

Sean und Katrina Beswick hatten bereits eine Tochter im Leichenschauhaus.

Das hier war ihr Job. Das hier war genau das, was sie sich ausgesucht hatte.

Sie nickte Graves und Carter zu. »Sagen Sie mir, wo Sie mich brauchen.«

65

Harm hatte einen Hammer. Um die Fenster zu vernageln. Einen Hammer und Nägel, alte Holzbretter und eine Axt – er hatte eine Scheiß-Axt. Er wollte mich nicht ansehen, seine Augen überall, außer auf dem Bett. Ich war genau dort, wo er mich haben wollte, aber er blickte nicht zu mir. Fürchtete sich, Aimee zu sehen.

Aimee war in Sicherheit. Aimee hatte alles …

Er würde sie sterben lassen, weil er sie so sehr liebte. Er hasste Eric. Ich wusste das, deshalb hatte ich mich unsichtbar gemacht, deshalb war ich in seiner Gegenwart nie *Eric* gewesen.

Christie beobachtete ihn beim Arbeiten, als hätte sie ihren Lieblingsfilm auf Endlosschleife gestellt. Er fauchte, tief unten in seiner Brust. All die Berührungen, die er sich nie gestattet hatte, all das *Verstellen* brodelte in ihm. Ich konnte dieses Brodeln hören. Er hätte sich nie verstellen dürfen. Er hätte sich von Anfang an das nehmen müssen, was er haben wollte. Das hier war, was wir – er und ich – fürs Abwarten bekommen hatten. Fürs So-tun-als-ob.

»Wir sind, was wir sind«, flüsterte ich. Ich hätte es laut geschrien, hätte ich mich getraut.

Wo war jetzt seine glückliche Familie? Wo war sein krankes kleines Mädchen?

Er bückte sich und legte die Axt auf den Boden. Seine Augen schwenkten zu Loz hinüber. Sie hatte sich in der Zimmerecke zusammengekauert, weiß wie die Wand. Gefangen. Sie sah nicht wie May aus, ich konnte keine Spur von May in ihr entdecken, Harm aber schon. Er nahm sie ins Visier, sein starrer Blick auf ihr Gesicht geheftet.

Sie war diejenige, die ihm von Eric erzählt hatte, von mir. Sie war diejenige, die hierfür verantwortlich war – die der echten Welt mit einem einzigen Ruck Tür und Tor geöffnet hatte. Seinen Traum zerstört, ihn auf dem Boden zertrampelt hatte. Harm einen Spiegel vors Gesicht gehalten, ihm gezeigt hatte, was er wirklich war. Für dieses Vergehen würde sie bezahlen.

Ich schrie vom Bett aus: »Ich bin hier! Ich bin genau hier!«

Sein Kopf wirbelte herum.

Wir sind, was wir sind …

»Ich bin *verfickt noch mal* genau hier!«

Aber es war Christie, die sich auf mich stürzte.

Was ihn vor Überraschung erstarren ließ, fast wäre sie zu schnell für uns beide gewesen. Fast.

Christie.

Der Großteil der Wucht kam von ihr. Ich habe nur die Faust an die richtige Stelle gehalten, sodass ich sie, als sie mich aus dem Bett riss, so fest wie nur irgend möglich getroffen habe, zweimal.

Sie war stärker als ich, ein echtes Muskelpaket, aber ich hab sie drangekriegt. Aus dem Grund, wo ich sie getroffen habe und womit.

Sie ist rückwärts getaumelt, hat geschrien.

Ich habe es noch mal getan, direkt über dem Herzen.

Da hat Harm einen Satz auf mich zu gemacht, aber ich habe ihm meine Faust gezeigt – rot von ihr –, und er ist mitten in der Bewegung erstarrt, zähneklappernd beim Anblick dessen, was ich getan hatte, was *er* getan hatte. Und er wusste, dass ich es wieder tun würde, sie noch mal treffen würde …

Man kann nie vorsichtig genug sein. *Er* hatte mich das gelehrt.

Christie war in die Knie gegangen, starrte zu ihrer Brust hinab, ein wilder Ausdruck im Gesicht. Zwei dunkle Flecken, die sich auf ihrer Bluse ausbreiteten. Sie zerrte daran, ein sonderbares Geräusch von sich gebend, ungläubig.

Meine Faust senkte sich.

Der Draht von Mays Skizzenbuch schnitt in meine Fingerknöchel, seine scharfe Spitze zwei Zentimeter kürzer als zuvor. Er musste in ihr abgebrochen sein, zwischen zwei Rippen.

Mit den Fingern riss sie an ihrer Bluse, versuchte, die Herkunft ihres Schmerzes zu lokalisieren. Ich ließ die Faust dort, wo Harm sie sehen konnte.

Umgebung sichern.

Sie taumelte zur Seite, verharrte reglos.

Lag da, die Axt wie ein dritter Arm neben ihr.

Der Draht war um meine Faust gewickelt, der Rest, der übrig war, zeigte nach außen. Immer noch eine anständige Waffe, auch wenn die Axt besser war, nun, wo ich es mir recht überlegte.

Die ungeschützten Stellen anvisieren.

Ich blickte zur Axt. Dann zu ihm.

Christie rührte sich nicht. Ich dachte:

Ich hab sie erledigt.

Nur noch er jetzt.

Ich und er.

66

Adrenalin ließ Marnies Finger zucken, die Schutzweste lag wie eine Steinfliese auf ihrer Brust. Das Treppenhaus des Gebäudes roch feucht und angeschmort, während sie Rex Carters Team an halb gestrichenen Wänden entlang folgte, wo sich elektrische Leitungen unfertig herabkringelten und Fenster aus gestärktem Glas mit überkreuztem Panzertape beklebt waren. Eine dicke Staubschicht hatte sich über alles gelegt, bewahrte ihre Handabdrücke auf ihrem Weg nach oben.

Im sechzehnten Stock gab Rex das Zeichen zum Stehenbleiben. Zusammengedrängt warfen sie einen letzten Blick auf den Grundriss und lauschten dem Bericht des Teams, die Augen fest auf die Wohnung geheftet, in der Jamie Ledger Bewegungen hinter den Verdunklungsrollos gesehen hatte.

»Fünf Zimmer«, erklärte Rex' Mann. »Plus dem im oberen Geschoss. Eingangstür ist abgesperrt, aber das ist kein Problem. Keine Geräusche aus dem Innern.«

Rex blickte zu Marnie. »Auf Ihr Kommando.«

»Wir gehen rein, ein Zimmer nach dem anderen, jeden Raum sichern.« Schweiß brach überall auf ihrem Körper aus. »Im Obergeschoss ist Aimee. Das ist auch das Zimmer, in dem ich mich verschanzen würde, wäre ich er.«

Rex nickte seinem Team zu. »Ihr habt sie gehört.«

Die Wohnungstür war der leichte Teil.

Im Innern wurden sie von Düsternis verschlungen, Verdunklungsrollos vor jedem Fenster.

Wärmebildkameras schalteten sich automatisch ein. Keine Leichen auf dem Boden. Auf eine Handbewegung von Rex hin hielt Marnie sich zurück, ließ das Team die Durchsuchung beenden.

Auf dem Tisch in der Küche die Reste einer Mahlzeit.

Das Echo der Wasserkanister hallte zu ihr zurück, während sie Rex durch die spärlich möblierten Zimmer folgte, eine freistehende Treppe hinauf zu dem Zimmer, das Grace als Loft bezeichnet hatte.

Aimees Zimmer.

Zwei SFOs bauten sich davor auf, sahen Rex und Marnie kopfschüttelnd an. Ein dritter und vierter warteten auf der Treppe, Waffen auf den Boden gerichtet, die Augen fest auf die Tür geheftet.

Kein Schloss. Nur glattes Holz und eine Messingklinke.

Aus dem Innern des Zimmers Stille.

Dieser Ort, sein sicheres Zuhause stank nach Harm. Ein scharfer, harziger Geruch wie gespaltenes Holz. Die Wände waren zu dicht, die gesamte Wohnung zusammengedrängt und hochexplosiv.

Marnie hob die Hand und klopfte an die Tür. »Bewaffnete Polizei. Ich bin Detective Inspector Rome. Ich möchte mit Loz und Eric sprechen.«

Ein sich langsam ausdehnendes Schweigen. Das Zimmer auf der anderen Seite der Tür atmete.

»Ich komme jetzt rein. Bleiben Sie ruhig. Schaffen Sie das?«

Die SFOs hielten sich zurück, Waffen geschultert, abwartend. Ohne ein Zeichen von Rex würden sie sich nicht rühren. Marnie hatte das Sagen, das hatte er deutlich gemacht. Ihr Fall, ihre Verantwortung.

Stille. Dann:

»Sie können reinkommen.« Loz, die ruhig klang. »Nur Sie.«

Loz. Sie ist am Leben.

»Nur ich?« Marnie wartete, wollte, dass das Mädchen ihr mehr gab, einen Anhaltspunkt, was gerade im Zimmer vor sich ging. Hinter ihr das Knarzen eines SFO-Handschuhs, der eine Waffe ausrichtete. Sie überging es, konzentrierte sich allein auf die Geräusche von der anderen Seite der Tür. »Loz?«

»Sie sind tot«, sagte Loz mit deutlicher Stimme. »Alles ist gut. Da sind nur noch ich und Eric, aber Eric hat Angst. Er hat richtig große Angst. Wenn nur Sie reinkommen, ist das in Ordnung.«

»Wenn er Angst hat, wäre es besser, wenn ich Hilfe hole.«

»Nein, ist es nicht. Er ist … Wenn nur Sie reinkommen, geht das in Ordnung.«

»Wir sind hier, um euch zu helfen.«

»Sie sagten ›bewaffnete Polizei‹. Das mussten Sie, ich weiß, aber jetzt hat er Riesenschiss. Wenn es nur Sie sind … *Bitte.*« Tränen in ihrer Stimme, unter der ruhigen Oberfläche. »Bitte.«

Marnies Augen trafen die von Rex. »Na schön. Okay.« Sie griff nach dem Messinggriff an der Tür. »Nur ich.«

Die Tür war schwer. Marnie stemmte sich mit ihrem ganzen Gewicht dagegen.

Der Türschließer ließ die Tür hinter ihr zufallen. Schloss sie hermetisch ab, sperrte das SFO-Team auf der Treppe samt Licht aus.

Der Geruch nach gehacktem Holz war das einzig Helle in diesem Zimmer.

Zugenagelte Fenster zu beiden Seiten, ein Spalt Tageslicht,

aber nicht genug, um etwas zu sehen, zumindest nicht richtig, nicht auf Anhieb. Ihre Augen hatten zu kämpfen, sandten aufgewühlte Panik in ihre Füße und Finger.

Zwei Körper auf dem Boden zu ihrer Rechten. Zu ihrer Linken …

Ein Bett, gegen die Wand geschoben, die Decke zerwühlt.

»Loz?« Marnie behielt die Tür im Rücken. Ein Rufen von ihr, und Carters Team wäre bei ihr. Die Schutzweste erdete sie, wie eine Extraportion Schwerkraft.

Sie blickte zu der Stelle, wo die Körper auf dem unverputzten, unfertigen Boden des Zimmers lagen. Etwas Blut, aber nicht viel. Nicht genug Licht, um sicher zu sein, aber die Körper waren zu groß für Kinder.

»Loz, es tut mir leid, dass ich so lang gebraucht habe, um herzukommen.« Der Raum verschluckte ihre Worte. »Aber jetzt bin ich hier. Sag mir, wie ich helfen kann.« Sie machte einen Schritt auf das Bett zu. Kein weiteres Versteck, das sie ausmachen konnte. Ein heller Lichtschimmer hinter ihr …

Glühbirnen um eine Frisierkommode, in denen sich das kleine bisschen Sonne spiegelte, das durch die zugenagelten Fenster fiel.

Zwei der Glühbirnen fehlten.

»Rede mit mir.« Sie müsste die beiden Leichen untersuchen. Es war ihr Job, die Leichen zu untersuchen. »Was ist hier passiert? Ich brauche jemanden, der mir das sagt. Loz, kannst du mir erzählen, was passiert ist?«

Zusammengekauert in einer Zimmerecke, halb verdeckt von einer Bettdecke …

Zwei schmale Gestalten, so eng aneinandergeschmiegt, dass es aussah, als wäre es eine. Zerzauste schwarze Locken, kalkweiße Ellbogen, der spitze Umriss eines Kinns. Unmöglich zu sagen, wo Eric aufhörte und Loz begann. Hielt er sie fest? Wie lang war er schon hier oben, im Dunkeln? Sie hatte das Gefühl, als könnte er sie besser sehen als sie ihn.

»Loz. Bist du verletzt?« Keines der Kinder bewegte sich. »Ich muss wissen, falls du verletzt bist.«

Staub tänzelte durch die Dunkelheit, gefangen in den dünnen Lichtstreifen vom Fenster. Sie konnte die beiden nicht atmen hören, nicht richtig. Der Boden knarzte unter ihren Füßen. Hitze kam von irgendwoher, drängte gegen die Wände, ließ das Zimmer schrumpfen, brachte sie zum Schaudern.

»Ich muss sehen, ob du verletzt bist. Ob einer von euch beiden verletzt ist. Aber alles ist gut. Ich verspreche euch, jetzt ist alles gut.«

Eine Bewegung hinter ihr.

Ein Aufrichten vom Boden, ein Schatten, der sich hinter ihr herzog, schwer wie eine Wand …

Harm.

Sie öffnete den Mund zu einem Schrei, da rammte er die Hände in die Frisierkommode, schob das Möbelstück über den Boden, sein gesamtes Gewicht dagegengestemmt.

Starrte sie an. Starrte sie fest an.

Carters Team hämmerte gegen die Tür, rief ihren Namen. Dumm, *dumm*, die leblosen Körper nicht zuerst kontrolliert zu haben. Sie rief: »Mir geht's gut. Alles gut.«

Harm neigte den Kopf in ihre Richtung, wie ein Tier, das ihre Fährte aufnahm, die Augen in sie gebohrt.

Er trat über den anderen Körper, würdigte ihn keines Blickes. Christie Faulk. Es war Christie auf dem Boden, doch er stand nun zwischen Marnie und der Tür.

»Es tut mir leid«, sagte Loz atemlos. »Ich musste es tun. Er hat mich gezwungen. Es tut mir leid.«

»Alles okay.« Sie ließ den Mann nicht aus den Augen. »Calum. Mr Marsh. Sie erinnern sich an mich. Ich bin Detective Inspector Rome. Wir haben uns im Krankenhaus gesehen. Sie sind zum Polizeirevier gekommen.«

Er sah nicht wie Calum Marsh aus, nicht wie der trauernde Vater, den sie getroffen hatte. Dieser Mann war größer und kräftiger, überall breiter. Der dünne Lichtstreif gab Blut auf der Vorderseite seines Hemds preis.

»Sie sind verletzt. Was ist geschehen?« Sie blieb zwischen Harm und den Kindern stehen, die sich an der Wand zusammengekauert hatten. Es war das Zimmer, das ihn anders aussehen ließ. Die Dunkelheit, die geschlossene Tür hinter ihm. Es war ihre Angst, die seine Schultern breiter machte, den Schatten neben ihm in die Länge zog. Er war nur ein Mann. Bloß ein Mann. »Wie schlimm ist Ihre Verletzung?«

Er schüttelte den Kopf von einer Seite zur anderen, langsam. Genau wie eine Schlange, bevor sie angriff.

»Ich würde gern einen Notarzt rufen, damit er Sie untersuchen kann.« Marnie verharrte reglos, redete laut genug, damit Carter und die anderen sie hören konnten. »Wäre das in Ordnung?«

»Ich bin nicht verletzt.« Sein Gesicht verzog sich zu einem Lächeln. »Es war ein Unfall.« Seine Stimme war ruhig, selbstbewusst. »Niemand wollte irgendjemandem wehtun.« Er lächelte sie weiterhin an, ein solches Lächeln hatte sie noch nie gesehen.

Seine Hände hingen leer an seinen Seiten herab. Keine Waffe, doch seine Hände waren Waffen. Mit diesen Händen hatte er May und Ashleigh getötet.

Sollte sie nach Carters Team rufen, damit sie die Tür einrammten und ihn überwältigten? Die Frisierkommode wirkte schwer, aber Carter hatte dort draußen vier Männer, allesamt bewaffnet und für genau solche Einsätze ausgebildet.

Nein. Loz hatte in den vergangenen zwei Stunden genug Gewalt gesehen.

Marnie würde nur im äußersten Notfall um Hilfe rufen.

»Na schön. Es ist gut, dass Sie nicht verletzt sind. Aber ich hätte trotzdem gern einen Notarzt hier drinnen. Damit er sich um die Kinder kümmert.« Eine leichte Betonung auf das Wort Kinder, um seine Reaktion zu beobachten.

Sein starrer Blick glitt zur Zimmerecke. »Wo sind sie?«

»Sie sind in Sicherheit. Das wollen Sie doch, das weiß ich. Sie wollen, dass sie in Sicherheit sind.« Ihre linke Schulter bekam die Wucht seines Blicks zu spüren, ein entsetzliches Bohren. »Ich hätte gern einen Notarzt hier, um sicherzugehen, dass es ihnen gut geht. Und Ihnen auch. Ich muss sicherstellen, dass es allen gut geht.«

»Alles ist gut. Ich wollte, dass Sie das wissen. Sie können jetzt gehen.« Staub wirbelte wie Rauch hinter ihm auf. »Ich kümmere mich um alles.«

»Das weiß ich, aber ich muss meinen Job erledigen. Es ist mein Job, mich davon zu überzeugen, dass jeder sicher ist.«

»Nein. Das ist mein Job.« Wieder dieses Lächeln. »Die Kinder sind mein Job.«

Bewegung hinter ihr, in der Zimmerecke. Füße, die über den Boden scharrten.

Harms Blick glitt über ihre Schulter, wollte an ihr vorbeidrängeln.

»Mr Marsh. Calum. Ich möchte, dass Sie ruhig bleiben.«

»Ich bin ruhig.« Er atmete durch die Nase, sein Lächeln wie ein langer Splitter in seinem Gesicht. »Das ist mein Zuhause. Das ist meine Familie. Ich kümmere mich um sie.«

Vor sechs Monaten war Marnie mit einem gefährlichen Mann an einem geschlossenen Ort gefangen gewesen. Wutentbrannt, um seine Familie trauernd. Sie hatte geglaubt, das wäre angsteinflößend gewesen, aber es war nichts im Vergleich zu dem hier. Mit *dem* Mann hatte man vernünftig reden können. Sein Schmerz hatte eine Form gehabt, die sie kannte. Harm hingegen hatte seinen Schmerz zu tief vergraben.

»*Ich* kümmere mich um meine Familie«, wiederholte er.

»Das kann ich nicht zulassen. Es tut mir leid. Ich kann Ihnen helfen, sich um sie zu kümmern. Aber zu viele Menschen sind bereits verletzt worden, und es ist meine Aufgabe sicherzustellen, dass niemand sonst verletzt wird. Das verstehen Sie sicher.«

»Loz.« Er drückte die Zunge an seine Oberlippe, gab das Rot im Innern seines Mundes preis. »Komm her.«

Marnie streckte die Hand hinter sich aus, eine Warnung an Loz, sich nicht zu bewegen. »Bleib, wo du bist.«

Harms Kopf wirbelte zurück, seine Augen wie glitzernde Scheiben im Dämmerlicht. »Das ist *mein* Haus.« Schaumbläschen zwischen den Zähnen. »Meine Regeln.«

»Aber es ist nicht Ihr Haus, nicht wahr? Dieses Gebäude gehört einem Bauunternehmer. Das Haus in Chiswick gehört Ihnen.« Trotz seiner Hitze hielt sie seinem Blick stand. »Warum sind Sie hierhergezogen?«

»Sicherer …«

»Es *ist* sicherer«, stimmte sie ihm zu. »Wir wollen, dass diese Kinder in Sicherheit sind. Sie und ich wollen dasselbe. In diesem Haus für Sicherheit sorgen. Lassen Sie mich die Tür öffnen und Hilfe holen.«

»Ich brauche keine Hilfe.« Er kam einen Schritt auf sie zu. »Warum, glauben Sie, bräuchte ich die?«

»Christie braucht Hilfe.« Marnie zeigte auf den leblosen Körper am Boden. »Verdient sie denn keine Hilfe? Sie hat sich zusammen mit Ihnen um die Kinder gekümmert.«

»Nicht um alle.« Hatte er eine punktierte Lunge? Die Hitze, die er ausstrahlte, roch nach Schwefel. »Nicht um Ashleigh.«

»Erzählen Sie mir von Ashleigh.«

»Nein.«

»Dann erzählen Sie mir von Ihrer Schwester Neve. Sie wollten nicht, dass diese Mädchen wie sie enden, auf der Straße. Verloren ...«

Ein Lachen platzte aus ihm heraus. Falls er Angst hatte oder sich bedroht oder in die Ecke gedrängt fühlte, war das nicht genug. Nicht für Marnie, um damit zu arbeiten. Kein Angelpunkt, an dem sie ansetzen konnte. Sie stand kurz davor aufzugeben.

»Reden Sie mit mir. Über Ihre Familie. Sagen Sie mir, was Sie brauchen, damit das hier gut ausgeht.«

»Es war ein Fehler, Sie hier reinzulassen.« Sein Gesicht verschloss sich. »Ich wollte, dass Sie sehen, wie gut ich mich um diese Kinder kümmere, aber Sie verstehen nichts. Überhaupt nichts. Ihnen von Neve erzählen! Sie verstehen *überhaupt* nichts. Es wäre besser, wenn Sie jetzt gehen.«

Als hätte er geglaubt, dass sie es verstehen könnte. Aber was – May oder Ashleigh? Oder seine Schwester? Die ganze Zeit, die Marnie nach May gesucht hatte ... Wer hatte nach Neve gesucht? Und warum war es ihnen nicht gelungen, sie zu finden?

»Grace ist in Sicherheit«, sagte Marnie. »Sie hat uns erzählt, wie Sie ihr geholfen haben. Sie ist dankbar.«

»Aber Sie halten mich für einen Mörder.« Seine Stimme senkte sich, wurde weicher. »Nicht wahr?«

Hatte er die Kinder auf diese Art in die Falle gelockt? Mit seinen sanften Worten und der geschickten Rhetorik, die einen glauben ließen – nein, einem das *Gefühl* gaben, dass er verstand, dass er das Durcheinander entwirren, die Welt um einen besänftigen konnte? Mit seinen Regeln die Ordnung wiederherstellte, sämtliche rauen Ecken glättete. Keine

Splitter, nichts, was sich in deine Füße oder Finger bohrte, die gesamte Welt mit Isolierband eingewickelt, *sicher* gemacht.

»Zwei Mädchen sind tot«, sagte Marnie. »May Beswick und Ashleigh Jewell. Zwei Mädchen, deren Familien trauern, so wie ihre damals. Wie *Sie* getrauert haben.«

»Christie war gefährlich.« Als stimmte er ihr zu. »Aber das hat sich erledigt.«

»Wer hat das erledigt?« Sie passte ihre Stimme seiner an, spiegelte seine Körpersprache. »Sie?«

»Eric.« Lächelte wieder. »Aber es ist ein Unfall gewesen. Ein Missverständnis.«

Ein Missverständnis. Dieses Lächeln …

Stephen hatte genauso gelächelt.

Und Calum Marsh log.

Er hatte ihnen erzählt, dass er nicht gesehen hatte, wie Grace an jenem Abend auf die Straße gelaufen war, aber er war auf der Suche nach ihr gewesen. Es war der Grund, weshalb sein Sohn tot war, ebenso wie May und Ashleigh. *Ein Missverständnis.*

»Wie ist es passiert?«

»Das müssen Sie Eric fragen.« Zeigte seine leeren Hände, seiner Überzeugungskraft gewiss.

Er hatte Marnie hier drinnen gewollt. Damit sie sich sein Alibi anhörte, eine Saat des Zweifels in ihren Kopf gepflanzt wurde. Er war sich seiner Überzeugungskraft so sicher, so sehr daran gewöhnt, dass man ihm glaubte und ihm gehorchte. Christie als Doppelmörderin. Eric als *ihr* Mörder. Calum als der untadelige Held der Geschichte.

»Eric hat May nicht in diese Wohnung gebracht. Und es ist auch nicht Christie gewesen. Sie haben Jamie Ledger gesagt, dass Sie die Welt zu einem saubereren Ort machen wollen. Nun, Mays Tod war nicht sauber. Er hat ein riesiges, schmutziges Loch in das Leben ihrer Familie gerissen. Leichen sind *niemals* sauber. Leichen bedeuten Chaos, *Durcheinander*. Sie machen die Welt zu einem schlimmeren Ort. Gefährlich, schmutzig. Der Tod ist das Gegenteil von Ordnung, das Gegenteil von sauber.«

»*Ihrer* ist es nicht gewesen.« Seine Augen wieder wie Scheiben. »Ihr Leben war genau das, bevor ich sie gefunden habe. Sie war unglücklich, von Schmerz verzehrt. Bei mir ist es ihr *besser* gegangen. Hätten Sie sie gesehen, hätten Sie das gewusst. Sie war ruhig, sauber …«

»Sehen Sie sich Christie an.« Marnie zeigte auf den leblosen Körper am Boden. »Sieht sie in Ihren Augen sauber aus? Sieht sie ruhig aus?«

»Aus dem Weg.« Er redete sanft, als wäre er ihr bisher mit Nachsicht begegnet, doch dem musste nun ein Riegel vorgeschoben werden. »Aus dem Weg!«

Er sah Christie nicht an, sein Blick fest auf die Zimmerecke geheftet, in der Loz und Eric zusammengekauert saßen. Marnie hatte verloren. Sie hatte es versucht, und sie hatte verloren.

»Ich weiß, Sie sind aufgebracht. Sie sind seit Logans Tod aufgebracht. Ihr Sohn würde wollen …«

»Nein.« Er spreizte die Hände an seinen Seiten, sein Gesicht blendete sie ebenso wirksam aus, als würde er ihr den Rücken zudrehen. »Aus dem Weg.«

»Vor der Tür stehen bewaffnete Polizisten.« Ihr Atem stapelte sich in ihrer Brust wie Ziegelsteine. »Das hier ist eine sehr ernste, sehr gefährliche Situation. Sie haben *diese* Kinder in große Gefahr gebracht. Loz ist in Gefahr. Sie müssen zurücktreten. Sofort!«

»Falsch. Sie liegen falsch. Ich habe mich um ihre Schwester gekümmert, und ich werde mich jetzt um sie …«

Die Ecke hinter Marnie explodierte, ein Körper stürzte an

ihr vorbei, bevor sie ihn aufhalten konnte, ihre Hand, die ins Leere griff, an weißer Baumwolle und einem noch weißeren Gesicht vorbei, das Aufblitzen von etwas Scharfem in seiner Hand …

Und landete auf Harm wie ein Tiger im Sprung.

Eric Mackay, mit einer zerbrochenen Glühbirne auf die Kehle des Mannes zielend.

»Carter!« Marnie stemmte sich gegen die Frisierkommode, doch sie war zu schwer. »Carter!«

Harm packte Eric am Genick, die nackten Füße des Jungen schlugen laut schmatzend gegen die Frisierkommode. Ein zermalmendes, widerlich sattes Geräusch – und Marnie atmete Blut ein, ein feuchter Sprühregen aus Harms Gesicht, während er den Jungen gegen die Wand schleuderte, der nicht von seinem Hals abließ.

Mit ihrem ganzen Gewicht drückte sie sich gegen die Frisierkommode, ein weiteres Paar Hände half – Loz, die mitschob, bis Rex Carter rief, sie sollen zurücktreten.

Marnie riss Loz zur Seite, duckte sich mit dem Mädchen aus dem Weg des SFO-Teams, das mit voller Wucht ins Zimmer stürzte, das heiße Knäuel aus Harm und Eric mit sich zu Boden reißend, der Junge, wie festgeklebt am Körper des Mannes, mit der Hand die zerbrochene Glühbirne in Harms Kehle rammend.

Marnie drehte sich weg, schirmte Loz mit ihren Armen ab.

Der gesamte Raum stank nach Blut.

Weiteres Ziehen, Zerren, während Rex' Team versuchte, die beiden voneinander zu trennen.

»Nicht hinsehen.« Sie hielt Loz fest umschlugen. »Nicht hinsehen.«

Füße auf dem Boden, immer langsamer zuckend. Bis sie völlig erstarrten.

Ein leises Klirren von Glassplittern.

Marnie blieb zusammengekauert sitzen, das Mädchen im Arm, bis die lange Stille von Loz' Schluchzen durchbrochen wurde.

67

Das Licht im Verhörraum betonte Eric Mackays Wangenknochen und die rußige Pracht seiner Wimpern. Ein papierner Overall bauschte sich um seinen schmächtigen Körper, ein Verband um seine rechte Hand, wo der Draht und das Glas seine Haut durchbohrt hatten. Er schreckte vor dem Licht zurück, seine Augen aus Protest geschlossen. Zu zerbrechlich und hübsch, um ein Mörder zu sein, doch er hatte beendet, was er begonnen hatte. Calum Marsh war noch vor Ort an Blutverlust gestorben, seine Kehle aufgeschlitzt durch die zerbrochene Glühbirne.

Erics juristischer Beistand war ein schmalgesichtiger Mann in einem billigen Anzug und breiten Schuhen, mit einem Büschel blonder Haare und einem verkniffenen Mund, der ihm riet, nur etwas zu sagen, wenn er unbedingt musste.

»Kannst du mir sagen, was vorhin passiert ist?«, fragte Marnie den Jungen.

»Wir haben bekommen, was wir verdienen.« Ein Knistern in seiner Stimme, als hätte er sie seit längerer Zeit nicht benutzt.

»Wer?«

»Ich und er. Wir beide. Das ist, was wir verdient haben.« Er duckte sich aus dem Licht, aber er sah Marnie an, wenn sie nicht redete. Außergewöhnliche Augen und dieses herzförmige Gesicht. Sie konnte nachvollziehen, woher Aimee gekommen war. »Ich gehe ins Gefängnis, das ist okay. Das ist gut.«

»Gut?«

»Egal. Besser. Kein Harm.« Er strich mit den Händen über den Metalltisch, streckte sie ins Licht, als hätte er Angst, Marnie könnte es andernfalls nicht sehen. Harms Blut, verkrustet in seinen Nagelbetten.

»Erzähl mir, warum.«

»Er hat sie getötet. May. Er hat unser Baby getötet. Und Loz. Er hätte Loz getötet.«

»Ihr Leben war in Gefahr. Hast du das geglaubt?«

»Unser aller Leben. Sie haben es selbst gesehen. Wir wären alle dort oben gestorben.«

Marnie wartete, dann sagte sie: »Und Christie? Was ist mit Christie geschehen?«

»Das bin ich gewesen. Sie hat … Notwehr.«

»Wie?«

»Sie hätte uns umgebracht. Sie hat Ashleigh getötet, das hat sie gesagt, als sie im Sterben gelegen hat. Sie hat Ashleigh getötet, für ihn.« Eric blinzelte. »Sie hätte uns alle für ihn getötet.«

Wenn er blinzelte, konnte Marnie Aimee sehen. Es war wie eine optische Täuschung, eines dieser Bilder, das gleichzeitig eine alte Frau und ein junges Mädchen war. Vermisste er seine Tarnung? Im Gefängnis bräuchte er eine neue. Wie viele besaß er? Er müsste nochmals lernen, sich zu verstecken.

Seine eingerissenen Lippen bewegten sich. »Sie haben gesagt, er hätte einen Sohn.«

»Logan, ja.«

»Als er gestorben ist … an dem Tag hat er May umgebracht?«

»Ich bin nicht sicher, dass die Sache so einfach ist. Ihr seid eine Weile bei ihm gewesen. Warum, glaubst du, ist es passiert?«

»Er war … verrückt.« Seine Augen bebten vor unvergossenen Tränen. »Es war meine Schuld. Ich hätte sie niemals anfassen dürfen. Sie musste mein Geheimnis und *unser* Geheimnis für sich bewahren. Das ist zu viel gewesen.«

»War sie unglücklich?«

»Nein. *Nein*. Sie war aufgeregt, das waren wir beide. Wir wollten das Baby. Ich dachte sogar, *er* könnte es vielleicht wollen.«

»Du dachtest, Harm könnte euer Baby wollen?«

»Er hat gelitten, ich wusste, dass er im Innern leidet.« Eric blickte auf seine Hände hinab. »Er war nicht nur ein gestörter Psycho. Ich hatte Mitleid mit ihm, bis Loz mir erzählt hat, was er getan hat.«

Marnie wartete einen Moment ab. »Du meintest, Christie hätte gestanden, Ashleigh umgebracht zu haben. Wie sicher bist du dir, dass Harm May getötet hat?«

»Er ist es gewesen.« Seine Hände zuckten. »Christie war bei uns, als es passiert ist. An dem Abend, an dem May verschwunden ist. Christie war bei uns. Sie kann sie nicht umgebracht haben.«

»Und am folgenden Abend, als Ashleigh getötet wurde? Hast du gesehen, wie es passiert ist?«

Er schüttelte den Kopf. »Ich habe im Bett gelegen.«

»Du hast nichts gesehen, was dich zu einem Zeugen für einen der Morde machen würde?«

»Ich habe *ihn* gesehen. Von Anfang an habe ich gewusst, was er ist. Genau, wie May *mich* gesehen hat.« Blinzelte seine Hände auf dem Tisch an. »Sie hat mich gesehen. Deswegen hat er sie umgebracht.«

»May hat einen Weg aus dem Gebäude gefunden. Ebenso wie Grace. Hättest du nicht mit ihnen fliehen können?«

»Ich hatte Angst. Aimee … hatte Angst.«

»Aber du bist Eric.«

»Nur bei ihr. Nur … jetzt.«

Er hatte seine Rolle, seine Tarnung zu sehr verinnerlicht, sich darin verloren. Wer war er wirklich? Joel hatte von Risikobereitschaft, Gelegenheitssex mit Fremden gesprochen. Genau wie Jodie eine Version von Grace beschrieben hatte, die nicht mehr zu dem Mädchen passte, das vor Harm geflohen war. Sie waren für diesen Mann in Rollen geschlüpft, und diese Rollen hatten ihnen Schranken auferlegt. Eric Mackay hatte es geliebt, im Regen zu tanzen. Jetzt war er ein Mörder.

»Er hat uns alles zum Thema Survival beigebracht.« Die Augen des Jungen waren nass. »Aber keiner seiner Tricks hat ihm letztendlich irgendwas gebracht. Ich habe immer geglaubt, er wäre stark, unbesiegbar. Aber ich habe ihn mit einer Glasscherbe umgebracht. Er war … nichts. Ich dachte, *ich* hätte Schiss. Aber er hatte Riesenangst. Vor dem Leben. Davor, er selbst zu sein.« Er krallte die Hände ineinander. »Sein Herz war *so*. Wie eine Faust. Wie ein Stein. May …« Er öffnete langsam die Finger, spreizte die Hände auf dem Tisch, spähte ins Licht. »Ihr Herz war *so*. Ich hatte Sorge, es würde sie schwach machen. Ich habe ihr geraten, ihn zu hassen. Alle zu hassen, sich vor allem zu fürchten. Aber das hat sie nicht. Das konnte sie nicht. Sie war mutiger als der Rest von uns – als alle. Wie Loz, wie ihre Schwester. Ihretwegen habe ich nichts Schlimmeres getan. Bevor Sie gekommen sind, meine ich.«

Er hob den Blick, sah Marnie an. »So habe ich uns am Leben gehalten. Das müssen Sie ihr sagen. Sagen Sie Loz, dass *sie* diejenige ist, die uns gerettet hat. Sie ist die Mutige. Genau wie ihre Schwester.«

»Wie war es?«, fragte Noah.

»Er ist bereit, wegen des Mordes an Calum und Christie ins Gefängnis zu gehen. Er behauptet, er hätte Angst um sein Leben und das von Loz gehabt.«

»Loz sagt dasselbe. Ich habe ihr keine einzige Frage gestellt, ich weiß, dass wir abwarten müssen, aber sie hat darauf bestanden, es mir zu sagen. Christie wollte sie umbringen, da ist sie sich sicher. Sie gibt sich die Schuld, weil sie Calum verraten hat, dass Aimee in Wirklichkeit Eric ist.« Noah zögerte. »Ihre Eltern sind bei ihr.«

»Gut. Ich muss mit ihnen reden.« Marnie drehte den Kopf, als sie ihren Namen hörte.

Joe Eaton stand im Krankenhausflur. »Ruth ist zu einer Nachuntersuchung hier. Ich habe gehört, Sie haben sie gefunden. Das Mädchen vom Unfall. Grace, nicht wahr?«

»Ja.« Marnie ging zu ihm. »Sie ist sogar hier.«

»Im Krankenhaus? Kann ich sie sehen?«

»Können Sie ...?« Die Bitte überraschte sie. »Ich bin mir nicht sicher. Sie könnten fragen.«

»Ich würde sie gern sehen, falls das erlaubt ist. Ihr geht's gut, oder?«

»Ja.«

»Ich sehe sie die ganze Zeit.« Joe tippte sich an den Kopf. »Da oben. Ich dachte, wenn ich sie in echt sehen könnte ... Nur falls es ihr gut geht. Ich hoffe, es geht ihr gut?«

»Sie ist in guten Händen.«

»Gut.« Joe nickte. »Das freut mich.« Er drehte sich um und ging den Korridor hinunter.

Noah sah ihm nach. »Wer wird Grace helfen?«

»Das Sozialamt, schätze ich mal.«

Noah nickte, sah unbeschreiblich traurig aus. »Und Eric?«

»Jugendgefängnis. Mit etwas Glück bekommt er einen anständigen Pflichtverteidiger.« Sie berührte ihn am Ellbogen. »Gute Arbeit, die Verbindung zwischen Logan und dem Paradise House herzustellen. Gut gemacht.«

»Da war auch Ledgers Anruf«, rief Noah ihr ins Gedächtnis.

»Ledger hat mir nicht den entscheidenden Hinweis gegeben, was in Calums Kopf vor sich geht.« Sie behielt die Hand auf seinem Arm, bis er lächelte, das Lob annahm. »Du hast die losen Fäden zusammengeführt.«

»Das haben wir Loz zu verdanken«, erwiderte Noah. »Ich bin nur ihrem Suchverlauf gefolgt.«

»Ich werd's ihr von dir ausrichten.«

68

Loz war mit ihren Eltern in einem Einzelzimmer. Sean und Katrina saßen eng beieinander, hielten die Hände ihrer Tochter, ihre Gesichter vor Erleichterung und Liebe trocken gewischt.

»Wir warten auf den Arzt«, sagte Sean zu Marnie.

»Er meint den Psychiater.« Loz schwang die Beine über den Rand des Krankenhausbettes. »Mir fehlt nichts, nichts Physisches, aber ich habe vielleicht eine posttraumatische Belastungsstörung oder so einen Scheiß.«

Sean drückte ihre Finger, rang sich ein Lächeln ab. Seinen freien Arm legte er um Katrina, die sich an ihn lehnte, das Lächeln erwiderte. Sie sahen aus, als würden sie gleich zusammenbrechen, aber vor Glück.

Loz wirkte hellwach, ihr aufgeweckter Blick huschte im Zimmer hin und her. Sie schaffte es geschickt, ihre Verzweiflung zu überspielen, doch Marnie ließ sich nichts vormachen. Noch vor knapp zwei Stunden hatte sie das Mädchen in den Armen gehalten, ihrem Schluchzen gelauscht, ihr Herz gespürt, das gegen ihre Haut hämmerte.

»Ich hatte gehofft, kurz mit Loz reden zu können, bevor der Psychiater auftaucht.«

»Eine Aussage, meinen Sie?« Katrina blickte hoch. »Da wollen wir dabei sein.«

»Das werden Sie. Nein, das hier ist informell. Ich wollte ihr für ihren Mut danken.«

Loz errötete. »Danke«, aber ihr Ton bedeutete: *Halten Sie den Mund.*

»Wäre es in Ordnung, wenn wir uns ein paar Minuten unterhalten? Nicht länger, versprochen.«

»Loz?« Sean streichelte mit den Fingern ihren Handrücken. »Wäre das okay?«

»Na klar.« Sie ließ die Beine baumeln, nickte. »Ja.«

Marnie wartete, bis Sean und Katrina verschwunden waren. Dann nahm sie auf einem Stuhl neben dem Bett Platz.

»Bevor Sie fragen«, sagte Loz, »sie missbrauchen mich nicht.«

»Warum sollte ich das fragen?«

»Wegen der Skizzen. Weil Sie sich wegen der Skizzen Gedanken gemacht haben und Sie sich nicht erklären können, warum May weggelaufen ist, und weil wir uns nicht umarmen.« Loz senkte den Kopf zum Linoleumboden. »Wir haben's nicht so mit *Berührungen.*«

»Viele Familien haben's nicht so mit Berührungen.«

»Na also. Wir sind *normal.* Kein Grund dafür, dass sie abgehauen ist, oder für mich, abzuhauen.« Entschlossen baumelte sie weiter mit den Füßen. »Viele Kinder sind schlimmer dran als wir. O-Ton Schule.«

Marnie saß vollkommen still da, wartete ab, dass Loz den veränderten Rhythmus im Zimmer spürte und ruhiger wurde.

»Also kein Missbrauch. Keine verrückten *Regeln.* Sie können manchmal etwas strikt sein, aber so ist es nun mal. May hat das verstanden. Sie ist nicht *weg*gelaufen. Sie ist *zu* ihm gelaufen. Eric. Weil sie in ihn *verliebt* gewesen ist.« Ihre Stimme ließ anklingen, dass Missbrauch als Motiv mehr Sinn ergab. »Das war eine *Liebesgeschichte.*« Ihr Blick landete auf Marnie, dunkel. »In anderen Worten, bei mir wird's wieder. Ich bin sicher bei ihnen. Und auch dort draußen. Ich bin nicht wie May.«

»Das denkt auch Eric. Er meinte, ihr zwei seid die mutigsten Menschen, die er jemals getroffen hat.«

»Na toll.« Ihr Gesicht veränderte sich nicht. »Ein Doppelmörder findet mich cool. Was wollten Sie mir sonst noch sagen?«

»Du hast gefragt, ob ich ihm vergeben habe«, sagte Marnie. »Stephen Keele. Ich hatte dir keine richtige Antwort gegeben.«

Loz blinzelte überrascht. Sie hatte Plattitüden erwartet, eine Version dessen, was auch immer sie fürchtete, könnte der Psychiater zu ihr sagen. Posttraumatische Belastungsstörung. *Oder so ein Scheiß.*

»Habe ich nicht«, sagte Marnie. »Werde ich nicht.« Sie wählte ihre Worte mit Bedacht, musste sicherstellen, dass Loz ihr zuhörte. »Ich denke die ganze Zeit darüber nach. Darüber, was ich ihm gern antun würde, wie ich ihn gern für das bezahlen lassen würde, was er getan hat. Ich dachte, niemand sonst würde es verstehen. Ich dachte, ich könnte es nicht laut aussprechen, für den Fall, dass die Menschen entscheiden, ich wäre gefährlich oder verrückt oder besessen. Aber viele Menschen verstehen es. Du. Und deine Eltern.«

»Die nicht«, sagte Loz schroff. »Sie haben sie geliebt, natürlich haben sie das, aber das macht die Sache nur noch schlimmer. Ich bin das, was geblieben ist. Und ich bin nicht genug, bin nie genug gewesen.« Ihre Augen füllten sich mit Tränen. »Ich bin dumm. Man muss sich nur ansehen, was ich getan habe, einfach dort hinzugehen. Was sie meinetwegen durchgestanden haben. Ich bin *dumm*.«

»Du bist unglaublich. Du hast geholfen, uns zu retten. Eric hat das gesagt. Das bist du gewesen.«

»Sagen Sie ihnen das nicht.« Ihre Wangen waren rosa. »Bitte.«

Marnie verstand. Loz hatte viel zu lang die Starke gespielt. Sie musste wieder ein Kind sein, musste aufhören dürfen, so zu tun, als würde ihr nichts etwas ausmachen, als würde nichts sie verletzen, wo alles, einfach *alles* sie verletzte.

»Das werde ich nicht, aber du musst noch etwas Mutiges tun. Erzähl ihnen, wie du dich fühlst. Deiner Mum und deinem Dad. Erzähl ihnen, wie wütend du bist, wie sehr es wehtut, wie sehr du es brauchst, dass sie sich um dich kümmern.« Sie nahm einen tiefen Atemzug, lächelte Loz an. »Gib ihnen noch eine Chance. Lass sie alles, was sie falsch gemacht haben, wiedergutmachen, denn wir alle begehen Fehler, die ganze Zeit. Sie verletzen dich. Es tut ihnen leid. Schließ sie nicht aus.«

»War es das, was Sie getan haben?«, fragte Loz, bevor sie sich ihre eigene Frage mit dem Scharfsinn beantwortete, der sie so außergewöhnlich machte. »Das ist, was Sie sich *gewünscht* hätten, getan zu haben, als Sie noch die Möglichkeit hatten.«

»Das ist, was ich mir wünschte, getan zu haben.« Marnie nickte. »Du hast die Chance und den Mut, es zu tun. Dafür war ich leider zu feige. Erzähl ihnen, wie sehr es wehtut. Bitte sie um Hilfe.«

»Ich weiß nicht, ob ich das kann.« Sie schüttelte den Kopf, blinzelte. »Ich bin die Sonderbare, schon vergessen? Ich bitte niemanden um Hilfe. Sie werden glauben, dass ich völlig den Verstand verliere.«

»Versuch es!« Marnie griff nach der Hand des Mädchens. »Bitte.«

»Na schön.« Loz hörte auf, mit den Beinen zu schaukeln, saß endlich still da, ihre Hand in der von Marnie. »Ich werde es versuchen. Aber …«, sie rümpfte die Nase, »es ist Ihre Schuld, wenn sie ausflippen.«

»Damit kann ich leben.«

Sie lächelten sich an, dann befreite Loz ihre Hand, um sich an der Wange zu kratzen. »Eines versteh ich nicht. Er hatte eine Schwester. Das haben Sie doch gesagt, als wir alle in diesem Zimmer zusammen gewesen sind. Er hatte eine Schwester, die verschwunden ist.«

»Ja.«

»Wie? Was ist ihr zugestoßen?«

»Das wissen wir nicht, nur, dass sie verschwunden ist, als er fünfzehn war.«

»Sie haben sie nie gefunden?« Loz suchte mit ihren großen Augen Marnies Gesicht ab. »Die ganze Zeit … Er hat nie erfahren, was mit ihr passiert ist?«

»Niemand hat es gewusst.«

»Das ist schrecklich. Zumindest wissen wir es.« Sie schüttelte den Kopf, für ihr Alter erstaunlich weise. »Zumindest das haben wir.«

69

Abgestorbene Rosenbüsche, schwarz vor Dornen, begrenzten den Vorgarten des Hauses in Chiswick. Müll war über die niedrige Mauer zwischen Straße und Garten geworfen worden, leere Flaschen und Bierdosen, Styroporbehälter, eine durchnässte rosafarbene Decke von einem Kinderbett. Es wohnte niemand in dem Haus, der dem illegalen Müllabladen Einhalt geboten hätte, nur die Erinnerung an einen ehemals gepflegten Garten unter der Verwahrlosung. Über der Eingangstür hing an einem rostigen Nagel die zerbrochene Kette einer Blumenampel, längst verschwunden.

»Trautes Heim, Glück allein.« Tim Welland ließ das forensische Team vorgehen. »Das wird die steigenden Immobilienpreise regulieren. Vielleicht könnte sogar ich mir hier ein Einzimmerapartment leisten.«

»Zu viele neugierige Nachbarn.« Noah nickte zur anderen Straßenseite. »Sie würden es hassen.« Er reichte Welland einen der Kaffeebecher, die er gekauft hatte, einen zweiten gab er Marnie.

»Wonach genau suchen wir hier eigentlich?« Welland nippte an seinem Kaffee, dem Rudel an Schaulustigen einen bösen Blick zuwerfend. »Abgesehen davon, dass wir die Hauptrolle in irgendeinem YouTube-Video spielen.«

»Hier hat er die Mädchen anfangs versteckt«, erklärte Marnie. »Das ist das Haus, in dem er aufgewachsen ist. Von dem seine Schwester weggelaufen ist, als sie siebzehn war.«

»Und Eric Mackay hat der Staatsanwaltschaft die Arbeit abgenommen, zumindest was Calum Marsh betrifft. Brauchen wir noch mehr Beweise als das Blut und die Leichen in Brigantia Gardens?«

Doch Welland folgte Marnie und Noah ins Haus.

Im Innern war es kalt, und es roch nach Wachs, wie in einer Kirche. Die Forensik hatte die Fenster mit Polyethylenfolie verkleidet, das Sonnenlicht abgedunkelt, während sie sich von einem Zimmer zum nächsten vorarbeiteten. Überall gestapelte Kisten, eine Hausentrümpelung. Staubquadrate an den Wänden, wo Fotos abgehängt worden waren. Teppiche, zusammengerollt in den Ecken, um Platz für Schlafsäcke zu schaffen. Eine Uhr, die hartnäckig in der Küche tickte, wo Kalk die Armaturen und den Stahl der Spüle mit einer dünnen Schicht überzogen hatte. Das Haus stand seit weniger als sechs Monaten leer, doch dort herrschte die abgestandene, eingenistete Eiseskälte eines verfallenen Gebäudes.

Die Mädchen hatten hier gelebt, von Christie für Calum hergelockt, hatten zwischen Kisten und Erinnerungsstücken, dem halb zerpflückten Leben seiner Eltern gehaust. Nicht sämtliche Fotos waren abgehängt worden. Auf einigen waren ein Junge und seine dunkelhaarige Schwester zu sehen, ihr Mund eine ernste Linie. Calum und Neve, händchenhaltend.

Eine Wand war mit Listen übersät. Harms Plänen für den Umzug ins Hochhaus, die Ecken der Blätter von der Wand nach außen gekringelt wie Schuppen oder Federn.

Welland überflog ein paar Listen. »Kann nicht geplant haben, sie umzubringen, andernfalls hätte er uns diese Bekennerschreiben nicht so fein säuberlich hinterlassen.«

Im oberen Stockwerk war eines der Zimmer anders als die

anderen. Auf der Rückseite des Gebäudes, mit Blick auf den Garten. Eingerichtet wie ein Gästezimmer, aber kühl, als hätte nie ein Gast dort geschlafen. Das Bett war gemacht, die blassrosa Überdecke glatt gestrichen.

Dieser wächserne Kerzengeruch. Der Teppich, abgenutzt neben dem Bett.

Noahs Kopfhaut kribbelte wild.

Neves Zimmer.

Eine Stoffpuppe auf den Kissen, die es als ihres markierte.

Er ging zum Fenster, blickte in den Garten hinab, ein halb umgegrabenes Stückchen Erde, wo Unkraut den von der Straße herbeigewehten Abfall überwuchert hatte. Ein feuchter Geruch von Schimmel auf der Glasscheibe. Der Fensterrahmen, vom Wetter malträtiert, nach links verzogen. Würde Noah eine Murmel auf den Boden legen, würde sie von einem Ende des Zimmers zum anderen kullern.

Das gesamte Haus, von Verlust niedergedrückt …

All die langen Jahre des Suchens, der Trauer. Calum, fünfzehn Jahre alt, gefangen in den Ängsten und der Hoffnung seiner Eltern, ihrer alles verschlingenden Vorstellungskraft, die eine Geschichte nach der anderen in seinen gequälten Geist gepflanzt hatte, sodass er jahrelang Spuren seiner verschwundenen Schwester in den Gesichtern von Straßenkindern zu sehen geglaubt hatte.

Jahre des Suchens und Hoffens und Bangens.

»Einmalige Gelegenheit«, sagte Welland neben Noahs Schulter, »für den Erwerb eines fantastischen Einfamilienhauses mit ein paar klitzekleinen Makeln.«

Ein Hund bellte unter ihnen.

»DS Jake?« Marnie war bereits auf dem Weg zur Treppe.

Noah folgte ihr, durch die Küche, hinaus in den Garten.

Der Leichensuchhund, ein Golden Retriever, stand neben

einem umgegrabenen Beet, sein Körper wie ein Pfeil auf die Erde zeigend.

»Noch ein Mädchen?« Noahs Augen glitten über den Boden. »Da wäre genug Platz für ein Dutzend.«

»Nur eine«, sagte Marnie. »Glaube ich zumindest. Hier liegt nur ein Mädchen begraben.«

Er blickte hoch, bemerkte ihr Schaudern. »Wer?«

Sie drehte sich zum Schlafzimmer, von dem aus Welland sie beobachtete. »Neve.«

Eine Krähe krächzte vom Dach herab.

Der Hund rührte sich nicht, sein Fell sträubte sich entlang der Wirbelsäule.

Die aufgewühlte Erde, keine drei Meter vom Haus entfernt.

»Hier?«, fragte Noah. »Die ganze Zeit über ist sie *hier* gewesen? Die Wutausbrüche, die posttraumatische Belastungsstörung. Du glaubst, ihr Dad …?«

»Calum.« Marnies Blick traf den von Welland. »Ich denke, es ist Calum gewesen.«

Der Hund bellte noch einmal, bevor er verstummte.

Marnie und Noah wichen zurück, machten der Forensik Platz.

»May wollte einen Garten«, erinnerte sich Noah. »Sie hat hier gegraben. Sie hat etwas gefunden.«

»Oder sie hat etwas vermutet, nachdem er ihr verboten hatte, hier weiterzugraben. Als wir sie gefunden haben, meintest du, sie sähe wie das Geständnis eines Mörders aus.«

May, aufgebahrt auf diesem Bett wie ein Kind.

Calum Marshs Geständnis.

Für mehr als einen Mord?

»Neve ist verschwunden, als er fünfzehn war.« Noah konnte die umgegrabene Erde schmecken, ranzig vor Abfall. »Er hat seine Schwester umgebracht, als er fünfzehn war? Warum?«

»Aus allen möglichen Gründen«, sagte Marnie. »Weil er sie gehasst hat. Weil sie ihn in diesem Haus mit den Wutausbrüchen ihres Vaters allein lassen wollte.« Ihre Stimme zog sich zusammen. »Weil er sie geliebt hat.«

Das Forensik-Team bewegte sich um das schwarze Stück Erde, errichtete ein Zelt. Einer aus dem Team tätschelte das Fell des Hundes. »Braves Mädchen. Brave Missy.«

»Clever, eigenständig, ehrgeizig.« Marnie trat noch weiter von dem abgesteckten Gebiet zurück, die Jacke fester um sich gezogen. »So hat Calum Gina seine Schwester beschrieben. Alles, was er an diesen Mädchen gehasst hat. Das Erwachsenwerden … Neve hatte seit Jahren von zu Hause ausziehen wollen. Er hatte es ihr mehr als einmal ausgeredet. Was, wenn dieses letzte Gespräch in einer Katastrophe geendet hat? Was, wenn dies«, sie nickte zur Grube, »ihr letztes Gespräch gewesen ist.«

»Er ist aufs Revier gekommen, während wir Mays Tod untersucht haben.« Marsh, der dagesessen war, untröstlich unter den Plakaten. »*Wollte* er geschnappt werden?«

»Er hat mit dem Geheimnis von Neves Tod schon sehr lange gelebt. Diese Art Geheimnis, diese Last? Ich denke, er hat es, so gut es ging, verdrängt. Vielleicht hatte er halb vergessen, dass er ein Mörder ist. Wenn er immer noch nach Neve gesucht hat … Außer, das war eine Lüge, die er den Mädchen aufgetischt hat. Wir wissen, dass er mit Gina und Logan ein anständiges Leben geführt hat. Er war ein guter Vater oder so gut, wie es ihm eben möglich gewesen ist. Dann, als seine Eltern gestorben sind …«

Marnie blickte zum Haus hoch. »Musste er hierher zurückkehren. Zu den Fotos, den Erinnerungen, ihrem Zimmer, völlig unberührt. Er hat dieses Haus mit den Mädchen gefüllt, die er aufgesammelt hat. Er hat ihnen nicht wehgetan, zumindest nicht anfangs. Das hat Grace uns versichert, ebenso wie Eric. Er wollte, dass wir die Schrift auf May sehen, um den Schmerz zu verstehen, den sie durchlitten hat. Er hat sie an einen Ort gebracht, den sie geliebt hat. Er hat ebenfalls gelitten. So hat es Eric gesehen. Und Eric hat Geheimnisse besser durchschaut als jeder andere in diesem Haus.«

Sie zögerte, schüttelte den Kopf. »Vielleicht. Vielleicht liege ich auch falsch.«

Missy hatte die Ohren gespitzt, zeigte immer noch auf die schwarze Erde, den Fleck, an dem May gegraben hatte, bis Calum es ihr verboten hatte. Das Forensik-Team hatte alles mit Schatten geflutet.

»Vielleicht werden wir weitere Leichen finden«, sagte Marnie, »weitere Ausreißerinnen.«

Es könnte Tage oder Wochen dauern, bis dieser Ort seine Geheimnisse preisgab.

Jahre, bis sie alle Antworten hatten.

Oder es könnte nie passieren.

Noah stand zitternd an ihrer Seite, als das Team zu graben begann.

Anmerkung der Autorin

»Puppenheim« ist reine Fiktion, dennoch haben sich folgende Quellen beim Schreiben des Buches und später beim Bearbeiten als besonders relevant und/oder inspirierend erwiesen:

Nick Davies: *Dark Heart: The Shocking Truth About Hidden Britain*, Vintage, 1998.

Daniel Freeman/Jason Freeman: *Paranoia: The 21st Century Fear*, Oxford University Press, 2008.

Stacy Pershall: *Loud in the House of Myself*, W. W. Norton, 2011.

Bradley L. Garrett: *Explore Everything*, Verso Books, 2013.

Jonathan Asser: »*If I move, he'll attack': Mastering Rage in Prisoners'*«, in: *The Observer*, 9. März 2014.

Spencer Ackerman: »*A Victim's Tale*«, in: *The Observer*, 17. Dezember 2014.

Danksagung

Das hier widme ich allen mutigen Menschen, insbesondere den Mädchen. Für Deb, den Punk, meine Freundin, als ich fünfzehn war (wohin sind alle Punks verschwunden?), und Jude. Für jeden, der sich jemals in seiner eigenen Haut nicht wohl gefühlt oder aus der Reihe getanzt oder irgendwie nicht dazugehört hat. Der sich weigerte, sich anzupassen, oder die Stimme gegen die Tyrannei der Gleichförmigkeit erhoben hat – der wie ein bunter Hund aufgefallen ist und dafür den Preis bezahlt, sich aber nicht hat unterkriegen lassen. Das hier ist für euch.

Ein Dankeschön geht natürlich an Vicki, Elizabeth und Jo bei Headline.

Und an Jane, Stephanie, Claire, Mary und alle anderen bei Gregory & Co.

An die Blogger, Rezensenten und vor allem an die Leser und Leserinnen – vielen Dank.

Und an Terence Waywell, der bei der *Get-in-Character*-Auktion zugunsten der CLIC-Sargent-Stiftung für krebskranke Kinder gewonnen hat. Ich hoffe, Sie sind mit Ihrer Rolle in der Geschichte zufrieden.